荟珍集
HUIZHENJI

子不语

（清）袁枚　著

浙江古籍出版社

图书在版编目（CIP）数据

子不语 / （清）袁枚著 . -- 杭州：浙江古籍出版社，2023.1

（荟珍集）

ISBN 978-7-5540-2457-7

Ⅰ . ①子… Ⅱ . ①袁… Ⅲ . ①笔记小说—小说集—中国—清代 Ⅳ . ① I242.1

中国版本图书馆 CIP 数据核字（2022）第 228997 号

子不语

（清）袁 枚 著

出版发行 浙江古籍出版社

（杭州体育场路 347 号 电话：0571-85176986）

责任编辑 徐晓玲

责任校对 吴颖胤

装帧设计 刘昌凤

责任印务 楼浩凯

照 排 杭州立飞图文制作有限公司

印 刷 北京众意鑫成科技有限公司

开 本 880×1230 1/32

印 张 13.75

字 数 480 千字

版 次 2023 年 1 月第 1 版

印 次 2023 年 1 月第 1 次印刷

书 号 ISBN 978-7-5540-2457-7

定 价 59.80 元

出版说明

《子不语》，清代袁枚所撰。

袁枚（1716—1798），字子才，号简斋，自号仓山居士、随园老人，浙江钱塘（今杭州）人。年轻时就很有才名。乾隆初年举博学鸿词科不第，不久中进士，授庶吉士。后出知溧水、江浦、沭阳、江宁等县，有政绩。年方四十即辞官告归，筑园于江宁小仓山下，号随园，放情声色，以吟咏著作为乐。为人放达，不拘小节，能文工诗。诗主抒写性情，倡"性灵说"，不满于儒家的"诗教"，对儒家经典和程朱理学也颇多微词，著作有《小仓山房集》《随园随笔》《随园诗话》《子不语》等。

《子不语》，又名《新齐谐》，是一部笔记小说集。凡三十四卷，正集二十四卷七百四十五篇，续集十卷二百七十七篇。"子不语"，系出自《论语》"子不语怪力乱神"。袁枚在《自序》中亦说：书成，初名《子不语》，后见元人说部有雷同者，乃改为《新齐谐》云。"齐谐"，语出《庄子》"齐谐者，志怪者也"。均可见出，本书是一部作者刻意为之的志怪集。一方面，可见其受蒲松龄《聊斋志异》的影响；另一方面，亦借以进一步传达其性灵之说。鲁迅先生在《中国小说史略》中对本书有较为中肯的评价：其文屏去雕饰，反近自然。然过于率意，亦多芜秽，自题"戏编"，得其实矣。

本书版本较多，有乾隆五十三年随园自刻本、嘉庆二十年美德堂刻本、民国三年上海锦江书局石印本等。此次整理，以随园自刻本为底本，校以他本，改正了若干错讹。为普及本故，不出校记。又考虑到本书的读者群，故删去若干篇目，仅保留篇题。疏失在所难免，祈请读者指正。

浙江古籍出版社

二〇一六年九月

自　序

怪、力、乱、神，子所不语也。然龙血、鬼车，《系词》语之；玄鸟生商，牛羊饲稷，《雅》《颂》语之。左丘明亲受业于圣人，而内外传语此四者尤详，厥何故欤？盖圣人教人文、行、忠、信而已，此外则未知生，焉知死，敬鬼神而远之，所以立人道之极也。《周易》取象幽渺，诗人自记祥瑞，左氏恢奇多闻，垂为文章，所以穷天地之变也，其理皆并行而不悖。

余生平寡嗜好，凡饮酒、度曲、抟蒲可以接群居之欢者，一无能焉。文史外无以自娱，乃广采游心骇耳之事，妄言妄听，记而存之，非有所惑也，譬如嗜味者餍八珍矣，而不广尝夫蚳醢葵菹则脾困；嗜音者备《咸》《韶》矣，而不旁及于侏儒僬侥则耳狭。以妄驱庸，以骇起惰，不有博弈者乎？为之犹贤，是亦稗谌适野之一乐也。

昔颜鲁公、李邺侯功在社稷，而好谈神怪；韩昌黎以道自任，而喜驳杂无稽之谈；徐骑省排斥佛、老，而好采异闻，门下士竟有伪造以取媚者。四贤之长，吾无能为役也；四贤之短，则吾窃取之矣。

书成，初名《子不语》，后见元人说部有雷同者，乃改为《新齐谐》云。

目　录

子不语

卷　一

卷　二

卷 七

卷 八

卷十二

卷十三

卷十六

卷十七

卷十八

卷十九

卷二十

卷二十二

卷二十三

卷二十四

续子不语

卷　一

卷　二

卷 九

卷 十

子不语

李通判

广西李通判者，巨富也。家蓄七姬，珍宝山积。通判年二十七疾卒。有老仆者，素忠谨，伤其主早亡，与七姬共设斋醮。忽一道人持簿化缘，老仆呵之曰："吾家主早亡，无暇施汝。"道士笑曰："尔亦思家主复生乎？吾能作法，令其返魂。"老仆惊，奔语诸姬，群讶然。出拜，则道士去矣。老仆与群妾悔轻慢神仙，致令化去，各相归咎。

未几，老仆过市，遇道士于途。老仆惊且喜，强持之，请罪乞哀。道士曰："我非靳尔主之复生也，阴司例：死人还阳，须得替代。恐尔家无人代死，吾是以去。"老仆曰："请归商之。"

拉道士至家，以道士语告群妾。群妾初闻道士之来也，甚喜；继闻将代死也，皆恚，各相视，嗫不发声。老仆毅然曰："诸娘子青年可惜，老奴残年何足惜？"出见道士曰："老奴者代，可乎？"道士曰："尔能无悔无怖则可。"曰："能。"道士曰："念汝诚心，可出外与亲友作别。待我作法，三日法成，七日法验矣。"

老仆奉道士于家，且夕敬礼。身至某某家，告以故，泣而诀别。其亲友有笑者，有敬者，有怜者，有揶揄不信者。老仆过圣帝庙——素所奉也，入而拜且祷曰："奴代家主死，求圣帝助道士放回家主魂魄。"语未竟，有赤脚僧立案前叱曰："汝满面妖气，大祸至矣！吾救汝，慎弗泄。"赠一纸包，曰："临时取看。"言毕不见。老仆归，偷开之：手抓五具，绳索一根。遂置怀中。

俄而三日之期已届，道士命移老仆床与家主灵柩相对，铁锁扃门，凿穴以通饮食。道士与群姬相近处筑坛诵咒。居亡何，了无他异。老仆疑之。心甫动，闻床下飒然有声，两黑人自地跃出：绿睛深目，通体短毛，长二尺许，头大如车轮。目眈眈视老仆，且视且走，绕棺而行，以齿啮棺缝。缝开，闻咳嗽声，宛然家主也。二鬼启棺之前和，扶家主出。状奄然若不胜病者。二鬼手摩其腹，口渐有声。老仆目之，形是家主，音则道士。愀然曰："圣帝之言，得无验乎！"急揣怀中纸。五爪飞出，变为金龙，长数丈，攫老仆于室中，以绳缚梁上。老仆昏然，注目下视：二鬼扶家主自棺中出，至老仆卧床，无人焉者。家主大呼曰:"法败矣!"二鬼狰狞,绕屋寻觅,卒不得。家主怒甚,取老仆床帐被褥,碎裂之。一鬼仰头,见老仆在梁,大喜,与家主腾身取之。未及屋梁,震雷一声,仆坠于地,棺合如故,二鬼亦不复见矣。

群妾闻雷,往启户视之。老仆具道所见。相与急视道士。道士已为雷震死坛所,其尸上有硫磺大书"妖道炼法易形,图财贪色,天条决斩如律令"十七字。

蔡书生

杭州北关门外有一屋,鬼屡见,人不敢居,扃锁甚固。书生蔡姓者将买其宅。人危之,蔡不听。券成,家人不肯入。蔡亲自启屋,秉烛坐。至夜半,有女子冉冉来,颈拖红帛,向蔡俯拜,结绳于梁,伸颈就之。蔡无怖色。女子再挂一绳,招蔡。蔡曳一足就之。女子曰:"君误矣。"蔡笑曰:"汝误才有今日,我勿误也。"鬼大哭,伏地再拜去。自此,怪遂绝,蔡亦登第。或云即蔡炳侯方伯也。

南昌士人

江南南昌县有士人某,读书北兰寺,一长一少,甚相友善。长者归家暴卒,少者不知也,在寺读书如故。天晚睡矣,见长者披闼入,登床抚其背曰:"吾别兄不十日,竟以暴疾亡。今我鬼也,朋友之情不能自割,特来诀别。"少者阴喝,不能言。死者慰之曰:"吾欲害兄,岂肯直告?兄慎弗怖。吾之所以来此者,欲以身后相托也。"少者心稍定,问:"托何事?"曰:"吾有老母,年七十余,妻年未三十,得数斛米,足以养生,愿兄周恤之,此其一也。吾有文稿未梓,愿兄为镌刻,俾微名不泯,此其二也。吾欠卖笔者钱数千,未经偿还,愿兄偿之,此其三也。"少者唯唯。死者起立曰:"既承兄担承,吾亦去矣。"言毕欲走。

少者见其言近人情,貌如平昔,渐无怖意,乃泣留之,曰:"与君长诀,何不稍缓须臾去耶?"死者亦泣,回坐其床,更叙平生。数语复起曰:"吾去矣。"立而不行,两眼瞪视,貌渐丑败。少者惧,促之曰:"君言既毕,可去矣。"尸竟不去。少者拍床大呼,亦不去,屹立如故。少者愈骇,起而奔,尸随之奔。少者奔愈急,尸奔亦急。追逐数里,少者逾墙仆地,尸不能逾墙,而垂首墙外,口中涎沫与少者之面相滴涔涔也。

天明,路人过之,饮以姜汁,少者苏。尸主家方觅尸不得,闻信,舁归成殡。

识者曰:"人之魂善而魄恶,人之魂灵而魄愚。其始来也,一灵不泯,魄附魂以行；其既去也，心事既毕，魂一散而魄滞。魂在，则其人也；魂去，则非其人也。世之移尸走影，皆魄为之，惟有道之人为能制魄。

曾虚舟

康熙年间，有曾虚舟者，自言四川荣昌县人，佯狂吴、楚间，言多奇中。所到处，老幼男妇环之而行。虚舟嬉笑嫚骂，所言辄中人隐。或与人好言，其人大哭去；或答骂人，人大喜过望。在问者自知之，旁人不知。

杭州王子坚先生知泸溪县事，罢官后，或议其祖坟风水不利。子坚意欲迁葬而未果，闻虚舟来，走问之。适虚舟持棒登高阜，众人环挤，子坚不得前。虚舟望见子坚，遥击以棒，骂曰："你莫来！你莫来！你来便想抠尸盗骨了！行不得！行不得！"子坚悚然而归。后子坚子文璿官至御史。

钟孝廉

余同年邵又房，幼从钟孝廉某，常熟人也，先生性方正，不苟言笑，与又房同卧起。忽夜半醒，哭曰："吾死矣。"又房问故，曰："吾梦见二隶人从地下耸身起，至榻前拉吾同行。路泱泱然，黄沙白草，了不见人。行数里，引入一官衙，有神乌纱冠，南向坐。隶掀我跪堂下，神曰：'汝知罪乎？'曰：'不知。'神曰：'试思之。'我思良久，曰：'某知矣。某不孝，某父母死，停棺二十年，无力卜葬，罪当万死。'神曰：'罪小。'曰：'某少时曾淫一婢，又狎二妓。'神曰：'罪小。'曰：'某有口过，好讥弹人文章。'神曰：'此更小矣。'曰：'然则某无他罪。'神顾左右：'令渠照来。'左右取水一盘，沃其面，恍惚悟前生姓杨，名敞，曾偕友贸易湖南，利其财物，推入水中死。不觉战栗，匍伏神前曰：'知罪。'神厉声曰：'还不变么！'举手拍案，霹雳一声，天崩地坼，城郭、衙署、神鬼、器械之类，了无所睹；但见汪洋大水，无边无岸，一身渺然，飘浮于菜叶之上。自念叶轻身重，何得不坠？回视己身，已化蛆虫，耳目口鼻，悉如芥子，不觉大哭而醒。吾梦若是，其能久乎？"又房为宽解曰："先生毋苦，梦不足凭也。"先生命速具棺殓之物。越三日，呕血暴亡。

南山顽石

海昌陈秀才某，祷梦于肃愍庙。梦肃愍开正门延之，秀才逡巡。肃愍曰："汝异日我门生也，礼应正门入。"坐未定，侍者启："汤溪县城隍禀见。"随见一神峨冠来。肃愍命陈与抗礼，曰："渠属吏，汝门生，汝宜上坐。"秀才惶恐而坐。闻城隍神与肃愍语甚细，不可辨，但闻"死在广西，中在汤溪，南山顽石，一活万年"十六字。城隍告退，肃愍命陈送之。至门，城隍曰："向与于公之言，君颇闻乎？"曰："但闻十六字。"神曰："志之，异日当有验也。"入见肃愍，言亦如之。惊而醒，以梦语人，莫解其故。

陈家贫，有表弟李姓者，选广西某府通判，欲与同行。陈不可，曰："梦中神言'死在广西'，若同行，恐不祥。"通判解之曰："神言'始在广西'，乃始终之'始'，非死生之'死'也。若既死在广西矣，又安得'中在汤溪'乎？"陈以为然，偕至广西。

通判署中西厢房，封锁甚秘，人莫敢开。陈开之，中有园亭花石，遂移榻焉。月馀无恙。八月中秋，在园醉歌曰："月明如水照楼台。"闻空中有人拊掌笑曰："'月明如水浸楼台'，易'照'字便不佳。"陈大骇，仰视之，有一老翁，白藤帽，葛衣，坐梧桐枝上。陈悸，急趋卧内。老翁落地，以手持之曰："无怖。世有风雅之鬼如我者乎？"问翁何神。曰："勿言。吾且与汝论诗。"陈见其须眉古朴，不异常人，意渐解。入室内，互相唱和。老翁所作字，皆蝌蚪形，不能尽识。问之，曰："吾少年时，俗尚此种笔画，今颇欲以楷法易之，缘手熟，一时未能骤改。"所云少年时，乃娲皇前也。自此每夜辄来，情甚狎。

通判家僮常见陈持杯向空处对饮，急白通判。通判亦觉陈神气恍惚，责曰："汝染邪气，恐'死在广西'之言验矣。"陈大悟，与通判谋归家避之。甫登舟，老翁先在，旁人俱莫见也。路过江西，老翁谓曰："明日将入浙境，吾与汝缘尽矣，不得不倾吐一言：吾修道一万年，未成正果，为少檀香三千斤刻一玄女像耳。今向汝乞之，否则将借汝之心肺。"陈大惊，问翁修何道。曰："斤车大道。"陈悟"斤"、"车"二字，合成一"斩"字，愈骇，曰："俟归家商之。"

同至海昌，告其亲友，皆曰："肃愍所谓'南山顽石'者，得毋此怪耶？"次日，老翁至。陈曰："翁家可住南山乎？"翁变色，骂曰："此非汝所能言，必有恶人教汝。"陈以其语语友。友曰："然则拉此怪入肃愍庙可也。"如其言，将至庙，老翁失色反走。陈两手挟持之，强掖以入。老翁长啸一声，冲天去。自此怪遂绝。

后陈生冒籍汤溪，竟成进士。会试房师，乃状元于振也。

酆都知县

四川酆都县，俗传人鬼交界处。县中有井，每岁焚纸钱帛锭投之，约费三千金，名"纳阴司钱粮"。人或吝惜，必生瘟疫。国初，知县刘纲到任，闻而禁之，众论哗然。令持之颇坚。众曰："公能与鬼神言明乃可。"令曰："鬼神何在？"曰："井底即鬼神所居，无人敢往。"令毅然曰："为民请命，死何惜？

吾当自行。"命左右取长绳，缚而坠焉。众持留之，令不可。其幕客李诜，豪士也，请令曰："吾欲知鬼神之情状，请与子俱。"令沮之，客不可，亦缚而坠焉。入井五丈许，地黑复明，灿然有天光。所见城郭宫室，悉如阳世。其人民藐小，映日无影，蹈空而行，自言"在此者不知有地也"。见县令，皆罗拜曰："公阳官，来何为？"令曰："吾为阳间百姓请免阴司钱粮。"众鬼啧啧称贤，手加额曰："此事须与包阎罗商之。"令曰："包公何在？"曰："在殿上。"引至一处，宫室巍峨，上有冕旒而坐者，年七十馀，容貌方严。群鬼传呼曰："某县令至。"公下阶迎，揖以上坐，曰："阴阳道隔，公来何为？"令起立拱手曰："酆都水旱频年，民力竭矣。朝廷国课，尚苦不输，岂能为阴司纳帛镪，再作租户哉？知县冒死而来，为民请命。"包公笑曰："世有妖憎恶道，借鬼神为口实，诱人修斋打醮，倾家者不下千万。鬼神幽明道隔，不能家喻户晓，破其诬罔。明公为民除弊，虽不来此，谁敢相违？今更宠临，具征仁勇。"语未竟，红光自天而下。包公起曰："伏魔大帝至矣，公少避。"刘退至后堂。少顷，关神绿袍长髯，冉冉而下，与包公行宾主礼，语多不可辨。关神曰："公处有生人气，何也？"包公具道所以。关曰："若然，则贤令也，我愿见之。"令与幕客李，惶恐出拜。关赐坐，颜色甚温，问世事甚悉，惟不及幽冥之事。

李素戆，遽问曰："玄德公何在？"关不答，色不怿，帽发尽指，即辞去。包公大惊，谓李曰："汝必为雷击死，吾不能救汝矣。此事何可问也！况于臣子之前呼其君之字乎！"令代为乞哀。包公曰："但令速死，免致焚尸。"取匣中玉印方尺许，解李袍背印之。令与李拜谢毕，仍缒而出。甫到酆都南门，李竟中风而亡。未几，暴雷震电，绕其棺椁，衣服焚烧殆尽，惟背间有印处不坏。

骷髅报仇

常熟孙君寿，性狞恶，好慢神虐鬼。与人游山，胀如厕，戏取荒冢骷髅，蹲踞之，令吞其粪，曰："汝食佳乎？"骷髅张口曰："佳。"君寿大骇，急走。骷髅随之滚地，如车轮然。君寿至桥，骷髅不得上。君寿登高望之，骷髅仍滚归原处。君寿至家，面如死灰，遂病。日遗矢，辄手取吞之，自呼曰："汝食佳乎？"食毕更遗，遗毕更食，三日而死。

骷髅吹气

杭州闵茂嘉，好弈，其师孙姓者，常与之弈。雍正五年六月，暑甚，闵招友五人，循环而弈。孙弈毕，曰："我倦，去东厢少睡，再来决胜。"少顷，闻东厢有叫号声。闵与四人趋视之，见孙伏地，涎沫满颐。饮以姜汁，苏，问之。

曰：“吾床上睡未熟，觉背间有一点冷，如胡桃大，渐至盘大，未几而半席皆冷，直透心骨，未得其故。闻床下弗弗然有声，俯视之，一骷髅张口隔席吹我，不觉骇绝，遂仆于地。骷髅竟以头击我。闻人来，始去。”四人咸请掘之。闵家子惧有祸，不敢掘，遂扃东厢。

赵大将军刺皮脸怪

赵大将军良栋，平三藩后，路过四川成都，川抚迎之，授馆于民家。将军嫌其隘，意欲宿城西察院衙门。抚军曰：“闻此中关锁百馀年，颇有怪，不敢为公备。”将军笑曰：“吾荡平寇贼，杀人无算，妖鬼有灵，亦当畏我。”即遣丁役扫除。置眷属于内室，而己独占正房，枕军中所用长戟而寝。

至二鼓，帐钩声铿然，有长身而白衣者垂大腹障床面，烛光青冷。将军起，厉声喝之。怪退行三步，烛光为之一明，照见头面，俨然俗所画方相神也。将军拔戟刺之，怪闪身于梁；再刺，再走，逐入一夹道中，隐不复见。将军还房，觉有尾之者，回目之，此怪微笑蹑其后。将军大怒，骂曰：“世那得有此皮脸怪耶！”众家丁起，各持兵仗来，怪复退走。过夹道，入一空房，见沙飞尘起，簌簌有声，似其鬼类共来格斗者。怪至中堂，挺然立，作负嵎状。家丁相视无敢前。将军愈怒，手刺以戟，正中其腹，膨亨有声，其身面不复见矣，但有两金眼在壁上，大如铜盘，光睒睒射人。众家丁各以刀击之，化为满房火星，初大后小，以至于灭，东方已明。

将军次日上马行，以所见语阖城文武，咸为咋舌，终不知何怪。

狐生员劝人修仙

赵大将军之子襄敏公总督保定，夜读书西楼，门户已闭，有自窗缝中侧身入者，形甚扁；至楼中，以手搓头及手足，渐次而圆，方巾朱履，向上长揖拱手曰：“生员狐仙也，居此百年，蒙诸大人俱许在此。公忽来读书，生员不敢抗天子之大臣，故来请示。公必欲在此读书，某宜迁让，须宽限三日。如公见怜，容其卵息于此，则请扃锁如平时。”赵公大骇，笑曰：“尔狐矣，安得有生员？”曰：“群狐蒙太山娘娘考试，每岁一次。取其文理精通者为生员，劣者为野狐。生员可以修仙，野狐不许修仙。”因劝赵公曰：“公等贵人，可惜不学仙耳。如某等，学仙最难。先学人形，再学人语。学人语者，先学鸟语；学鸟语者，又必须尽学四海九州之鸟语；无所不能，然后能为人声，以成人形，其功已五百年矣。人学仙，较异类学仙少五百年功苦。若贵人、文人学仙，较凡人又省三百年功苦。大率学仙者，千年而成，此定理也。”公喜其言，即于次日扃西楼让之。

此二事得于镇远太守讳之坛者，即将军之孙，且曰："吾父后悔未问太山娘娘出何题目考狐也。"

煞神受枷

淮安李姓者与妻某氏琴瑟调甚。李三十余病亡，已殓矣。妻不忍钉棺，朝夕哭，启而视之。故事：民间人死七日，则有迎煞之举，虽至戚，皆回避。妻独不肯，置子女于别室，已坐亡者帐中待之。

至二鼓，阴风飒然，灯火尽绿。见一鬼红发圆眼，长丈余，手持铁叉，以绳牵其夫从窗外入。见棺前设酒馔，便放叉解绳，坐而大啖。每咽物，腹中啧啧有声。其夫摩抚旧时几案，怆然长叹，走至床前揭帐。妻哭抱之，泠然如一团冷云，遂裹以被。红发神竞前牵夺。妻大呼，子女尽至，红发神踉跄走。妻与子女以所裹魂放置棺中，尸渐奄然有气，遂抱至卧床上，灌以米汁，天明而苏。其所遗铁叉，俗所焚纸叉也。复为夫妇二十余年。

妻六旬矣，偶祷于城隍庙，恍惚中见二弓丁舁一枷犯至。睒之所枷者，即红发神也。骂妇曰："吾以贪馋故，为尔所弄，枷二十年矣！今乃相遇，肯放汝耶！"妇至家而卒。

张士贵

直隶安州参将张士贵，以公廨太仄，买屋于城东。俗传其屋有怪。张素倔强，必欲居之。既移家矣，其中堂每夜闻击鼓声，家人惶恐。张乃挟弓矢，秉烛坐。至夜静时，梁上忽伸一头，睨而相笑。张射之，全身坠地，短黑而肥，腹大如五石瓠；矢中其脐，入一尺许。鬼以手摩腹，笑曰："好箭！"复射之，摩笑如前。张大呼，家人齐进，鬼升梁而走，詈曰："必灭汝家！"次日天明，参将之妻暴卒；天暮，参将之子又卒。张棺殓毕，悲悔不已。

居月馀，闻复壁中有呻吟声，往视，即其所殡之妻子也。饮以姜汁，扬扬如平生。问之，皆曰："吾未尝死，但昏昏如梦，见两大黑手，掷我于此。"开棺视之，荡然无有。方知人死有命，虽恶鬼相怨，亦仅能以幻术挪揄之，不能杀也。

杜工部

四川杜某，乾隆丁巳进士，为工部郎，年五十馀，续取襄阳某氏。婚夕，同年毕集。工部行礼毕，将入房，见花烛上有童子，长三四寸，踞烛盘，以口吹气，欲灭其火。工部喝之，应声走，两烛齐灭。宾客惊视，工部变色，汗如雨下。侍妾扶之登床，工部以手指屋之上下左右，云："悉有人头。"汗愈甚，口渐不能言，是夕卒。襄阳夫人出轿时，见有蓬发女子迎问曰："欲镌图章否？"夫人怪其语不伦，不之应。及工部死，始知揶揄夫人者即此怪也。

工部卒后，附魂于夫人之体，每食，必扼其喉，悲啼曰："舍不得。"同年周翰林煌正色责之曰："杜君何愦愦！尔死与夫人何干，而反索其命乎？"鬼大哭绝声，夫人病随愈。

胡求为鬼球

方阁学苞有仆胡求，年三十馀，随阁学入直。阁学修书武英殿，胡仆宿浴德堂中。夜三鼓，见二人昇之阶下，时月明如昼，照见二人皆青黑色，短袖仄襟，胡恐，急走。随见东首一神，红袍乌纱，长丈馀，以靴脚踢之，滚至西首。复有一神，如东首状貌衣裳，亦以靴脚踢之，滚至东首，将胡当作抛球者然。胡痛不可忍。五更鸡鸣，二神始去。胡委顿于地。明旦视之，遍身青肿，几无完肤。病数月始愈。

江中三太子

苏州进士顾三典好食鼋，渔者知之，每得鼋，必售顾家。顾之岳母李氏夜梦金甲人哀求曰："吾江中三太子也，为尔婿某所获，幸免我，心不忘报。"次早，遣家人驰救，则厨人已解之矣。是年进士家无故火自焚，图史散尽。未焚之夕，家畜一犬忽人立，以前两足擎双盂水献主人。又见屋壁上有历代祖宗，状貌如绘。识者曰："此阳不藏阴之像也，其将火乎？"已而果然。

田烈妇

江苏巡抚徐公士林，素正直。为安庆太守时，日暮升堂，月色皎然，见一女子以黑帕蒙首，肩以上眉目不可辨，跪仪门外，若诉冤者。徐公知为鬼，令吏卒持牌喝曰："有冤者魂许进！"女子冉冉入，跪阶下，声嘶如小儿，吏卒不见，但闻其声。自言姓田，寡居守节，为其夫兄方德逼嫁谋产，致令缢死。徐公为拘夫兄，与鬼对质。初讯时，殊不服；回首见女子，大骇，遂吐情实。乃置之法，一郡哗以为神。公作《田烈妇碑记》以旌之。时泰安赵相国国麟为巡抚，责徐公，谓此事作访闻足矣，何必托鬼神以自奇。徐公深以为愧。然其事颇实，不能秘也。

徐公未遇时，往京师，路上有同行客忽称背痛，跪地叩首曰："我响马贼也，利公之财，将手剑公。忽有金甲神以捶击我，遂仆于地。公日后非凡人也。"言毕死。

鬼着衣受网

庐州府舒城县乡民陈姓者妻，忽为一女鬼所凭，或扼其喉，或缚其颈，旁人不能见，妇甚苦之。时将手抓领内，多出麻草绳索。夫授以桃枝一束，曰："来即击之。"鬼怒，闹更甚。夫无可奈何，乃入城求叶道士，赠以二十金，延之家中，设坛作法。布八卦阵于四方，中置小瓶；以五色纸剪成女衣十数件，置瓶侧。道士披发持咒。漏三下，妇人曰："鬼来矣，手持猪肉。"夫以桃枝迎击之，果空中坠肉数块。道士告妇人曰："如彼肯穿我纸衣，便好拿矣。"少顷，鬼果取衣。妇故意喝曰："不许窃衣。"鬼笑曰："这样华服，理该我着。"乃尽服之。衣化为网，重重包裹，始宽后紧，遂不能出其阵中。道士书符作咒，以法水一杯当头打去，水泼而杯不破。鬼在东，杯击之于东；鬼在西，杯击之于西。杯碎，而鬼头亦裂矣。随即擒纳瓶内，封以法印五色纸，埋桃树下。复以二符入绛香末，搓为二团，付妇人曰："此鬼亦有丈夫，半月内必来复仇，以此击之，可无患矣。"越数日，果有男鬼狰狞而来。妇如其法，鬼乃逃去。

阿 龙

苏州徐世球，居木渎，幼入城中，读书于韩其武家。韩有仆曰阿龙，年二十侍书室颇勤。一夕，徐读书楼上，命阿龙下取茶。少顷，阿龙失色而至，曰："某见一白衣人在楼下狂走，呼之不应，殆鬼耶？"徐笑而不信。次夕，阿龙不敢上楼，徐命柳姓者代其职。至二更，柳下取茶，足有所触，遂仆地，视之，阿龙死于阶下。柳大呼，徐与韩氏诸宾客共来审视，见阿龙颈下有手搦痕，青黑如柳叶大，耳目口鼻尽塞黄泥，尸横而气未绝。饮以姜汁，乃苏，曰："吾下阶时，昨白衣者当头立，年可四十馀，短髯黑面，向我张嘴，伸其舌，长尺许。吾欲叫喊，遂为所击，以手夹我喉。旁有一老者，白须高冠，劝曰：'渠年少，未可欺侮。'我尔时几欲气绝，适柳某撞我脚上，白衣者冲屋去矣。"徐命众人扶之登床，床上鬼灯数十，如极大萤火，彻夜不绝。次日，阿龙痴迷不食，韩氏召女巫眹之。巫曰："取县官堂上朱笔，在病者心上书一'正'字，颈上书一'刀'字，两手书两'火'字，便可救也。"韩氏如其言。书至左手'火'字，阿龙张目大叫曰："勿烧我！我即去可也。"自此怪遂绝。阿龙至今犹存。

大乐上人

洛阳水陆庵僧，号大乐上人，饶于财。其邻人周某充县役，家贫，承催税租，皆侵蚀之。每逢比期，辄向上人借贷，数年间，积至七两。上人知其无力偿还，不复取索。役颇感恩，相见必曰："吾不能报上人恩，死当为驴马以报。"居无何，晚，有人叩门，甚急。问为谁，应声曰："周某也，来报恩耳。"上人启户，了不见人，以为有相戏者。是夜，所畜驴产一驹。明旦访役，果死。上人至驴旁，产驹奋首翘足，若相识者。

上人乘之一年。有山西客来宿，爱其驹，求买之。上人弗许，不忍明言其故。客曰："然则借我骑往某县一宿，可乎？"上人许之。客上鞍揽辔，笑曰："吾诈和尚耳。我爱此驴，骑之未必即返。我已措价置汝几上，可归取之。"不顾而驰。上人无可奈何，入房视之，几上白金七两，如其所负之数。

山西王二

熊翰林涤斋先生为余言：康熙年间游京师，与陈参政议、计副宪某饮报国寺。三人俱早贵，喜繁华，以席间不得声妓为怅，遣人召女巫某唱秧歌劝酒。女巫唱终，半席腹胀，将溲焉，出至墙下。少顷返，则两目瞪视，跪三人前呼曰："我山西王二也，某年月日为店主赵三谋财杀死，埋骨于此寺之墙下。求三长官代为伸冤。"三人相顾大骇，莫敢发声。熊晓之曰："此司坊官事，非我辈所能主张。"女巫曰："现任司坊官俞公与熊爷有交，但求熊爷转请俞公到此掘验足也。"熊曰："此事重大，空言无信，如何可行？"巫曰："论理当自陈，但某形质朽烂，须附生人而言，诸位老爷替我筹之。"言毕，女巫仆地。良久醒，问之，茫然无知。三公谋曰："我辈何能替鬼诉冤？诉亦不信。明日盍请俞司坊官共饮此处，召女巫质之，则冤白矣。"

次日，招俞司坊至寺饮，告之故。召女巫，巫大惧，不肯复来。司坊官遣役拘之，巫始至。既入寺门，言状悉如昨日。司坊官启巡城御史，发掘墙下，得白骨一具，颈下有伤。询之土人，云："从前此墙系山东济南府赵三安歇客寓之所，某年卷店逃归山东。"乃移文专差关提至济南，果有其人。文到之日，赵三一叫而绝。

大福未享

苏州罗姓者，年二十馀，元旦梦其亡祖谓曰："汝于十月某日将死，万不能免，可速理后事。"醒后语其家人，群惊怖焉。至期，众家人环而视之，罗无他恙，至暮如故。家人以为梦不足信。二更后，罗溲于墙，久而不返。家人急往视，衣离其身矣。取灯照之，裸死于墙东，去衣服十馀步；心口尚温，不敢遽殓。

次夜苏，告家人曰："冤业耳。我奸妻婢小春，有胎不认，致妻拷掠而亡。渠诉冥司，亲来拘我。适我至墙，渠以手剥我衣，如我曩时淫彼之状。我昏迷不省，遂同至阴司城隍衙门。正欲讯鞫，适渠亦以前生别事发觉，为山西城隍所拘。阴官不肯久系狱囚，故仍令还阳。恐终不免也。"罗父问曰："尔亦问阳间事乎？"曰："我自知死不可逭，恐老父无养，故问管我之隶：'吾父异日何如？'隶笑曰：'念汝孝心，尔父大福未享。'"家人闻之，皆为老翁喜，翁亦窃自负。

未逾月，罗父竟以臌胀亡，腹大如匏，始知"大福"者，"大腹"之应。其子又隔三年乃死。

观音堂

余同官赵公讳天爵者，自言为句容令时，下乡验尸。薄暮，宿古庙。梦老妪，面有积尘，发脱左鬓，立而请曰："万蓝扼我咽喉，公为有司，须速救我。"赵惊醒张目，灯前隐隐犹有所见。急起逐之，了无所得。

次早闲步，见庙侧有观音堂，旁塑一老妇，宛如梦中人。堂前沟巷狭甚，为民房出入之所。呼庙僧问曰："汝里中得毋有万蓝乎？"僧曰："在观音堂前出入者，即万蓝家也。"唤蓝至，问："尔屋祖遗乎？"曰："非也。此屋本从前观音堂大门出入之地，今年正月，寺僧盗售于我，价二十金。"赵亦不告以梦，即二十金为赎还基址，加修葺焉。

是时，赵年四十馀，尚无嗣。数月后，夫人有身。将产之夕，梦老妪复来，抱一儿与之。夫人觉，梦亦如公，遂产一儿。

常格诉冤

乾隆十六年八月初三日，阅邸抄。见景山遗失陈设古玩数件，内务府官疑挑土工人所窃，召执役者数十人，立而讯之。一人忽跪诉曰："我常格也，系正黄旗人，年十二岁。赴市买物，为工人赵二图奸不遂，将刀杀死，埋我于厚载门外堆炭地方。我家父母某，尚未知也。求大人掘验伸冤。"言毕仆地。少顷，复跃而起曰："我即赵二，杀常格者我也。"内务府大人见其状，知有冤，移交刑部掘验，尸伤宛然。访其父母，曰："我家儿遗失已一月，尚未知其死也。"随拘询赵二，尽吐情实。刑部奏："赵二自吐凶情，迹似自首，例宜减等；但为冤鬼所凭，不便援引此例，拟斩立决。"奉旨依议。

蒲州盐枭

岳水轩过山西蒲州盐池，见关神祠内塑张桓侯像，与关面南坐。旁有周将军像，怒目狰狞，手拖铁练，锁朽木一枝，不解何故。土人指而言曰："此盐枭也。"问其故，曰："宋元祐间，取盐池之水，熬煎数日，而盐不成。商民惶惑，祷于庙。梦关神召众人谓曰：'汝盐池为蚩尤所据，故烧不成盐。我享血食，自宜料理。但蚩尤之魄，吾能制之；其妻名枭者，悍恶尤甚，我不能制，须吾弟张翼德来，始能擒服。吾已遣人自益州召之矣。'众人惊寤。旦，即在庙中添塑桓侯像。其夕风雷大作，朽木一根，已在铁练之上。次日，取水煮盐，成者十倍。"始悟今所称"盐枭"，实始于此。

灵璧女借尸还魂

王砚庭知灵璧县事。村中有农妇李氏，年三十许，貌丑而瞽，病臌胀十馀年，腹大如豕。一夕卒，夫入城买棺。棺到，将殓，妇已生矣，双目尽明，腹亦平复。夫喜，近之。妻坚拒，泣曰："吾某村中王姑娘也，尚未婚嫁，何为至此？吾之父母姊妹，俱在何处？"其夫大骇，急告某村，则举家哭其幼女，尸已埋矣。其父母狂奔而至。妇一见泣抱，历叙生平，事皆符合。其未婚之家亦来眹视，妇犹羞涩，赤见于面。遂两家争此妇，鸣于官。砚庭为之作合，断归村农。乾隆二十一年事。

汉高祖弑义帝

山东驿盐道卢宪观暴卒，已而复苏，云前身本九江王英布也。弑义帝，乃高祖使之，非项羽所使也。高祖阴弑义帝，嫁名项羽，而伪与诸侯讨弑义帝者。羽讼于上帝，须布为质。质明，果系高祖所弑。陈平六出奇计，此其一也。故卢死而复苏，问："何以迟二千年而谳始定？"曰："羽以坑咸阳卒二十万，上帝震怒，戮于阴山受无量罪。今始满贯，方得诉冤。"

按王阮亭《池北偶谈》载张巡妾报冤事，亦迟至千年。盖张以忠节故，而报复难；项以惨戮故，而申诉亦难也。

地穷宫

保定督标守备李昌明暴卒，三日，尸不寒，家人未敢棺殓。忽尸腹胀大如鼓，一溺而苏，握送殓者手曰："我将死时，苦楚异甚，自脚趾至于肩领，气散出，不可收。既死，觉身体轻倩，颇佳于生时。所到处，天色深黄，无日色，飞沙茫茫。足不履地，一切屋舍人物，都无所见。我神魂飘忽，随风东南行。许久，天色渐明，沙少止。俯视东北角，有长河一条，河内牧羊者三人；羊白色，肥大如马。我问：'家安在？'牧羊人不答。又走约数十里，见远处隐隐宫殿，瓦皆黄琉璃，如帝王居。近前，有二人靴帽袍带立殿下，如世上所演高力士、童贯形状。殿前有黄金扁额，书'地穷宫'三字。我玩视良久，袍带者怒，来逐我曰：'此何地，容尔立耶？'我素刚，不肯去，与之争。殿内传呼曰：'外何喧嚷？'袍带者入，良久出曰：'汝毋去，听候谕旨。'二人环而守之。天渐暮，阴风四起，霜片如瓦。我冻久战栗，两守者亦瑟缩流涕，指我怨曰：'微汝来作闹，我辈岂受此冷夜之苦哉！'天稍明，殿内钟动，风霜亦霁。又一人出曰：'昨所留人，着送归本处。'袍带者拉以行。仍过原处，见牧羊人尚在。袍带者以我授之曰：'奉旨交此人与汝，送他还家，我去矣。'牧羊人殴我以拳。惧而坠河，饮水腹胀，一溺遂苏。"言毕后，盥手沐面，饮食如常。后十日馀，仍卒。

先是，李之邻张姓者，睡至三更，床侧闻人呼声。惊起，见黑衣四人，各长丈馀，曰："为我引路至李守备家。"张不肯，黑衣人欲殴之，惧而同行。至李门，先有二人蹲于门上，貌更狞恶。四人不敢仰视，偕张穿篱笆侧路以入，俄而哭声内作。此事傅卓园提督所言，李其友也。

狱中石匣

越州周道沣以难荫选陕西陇州知州，抵署后，循例按狱。狱中有石匣，长尺许，封锁甚固。周欲开视。狱吏固持不可，曰："相传自明季即有此匣，不知所藏何物，但记有道人云：'开则不利于官。'"周素愎，必欲开视。乃斧其匣，得人影半幅，赤身带血，面目模糊，冷气袭人。周谛视未毕，有硫黄气自匣中起，卷幅烧毁，纸灰腾空而去。周大悸得病，卒于陇。竟不知何怪。周兰坡学士为余言，州牧即其从孙也。

卷 二

张元妻

河南偃师县乡人张元妻薛氏归宁母家返，小叔迎之。路过古墓，树木阴森，薛氏将溲焉。牵所乘驴与小叔，使视之，而挂所衣红布裙于树。溲毕返，裙失所在。归家，与夫宿，侵晨不起。家人撞门入，窗牖宛然，而夫妇有身无首。告之官，不能理。拘小叔讯之，具道昨日失裙事迹。至墓所，墓旁有穴，滑溜如常有物出入者。窥之，红布裙带在外，即其嫂物。掘之，两首具在，并无棺椁。穴甚小，仅容一手。官竟不能谳也。

蝴蝶怪

京师叶某，与易州王四相善。王以七月七日为六旬寿期，叶骑驴往祝。过房山，天将暮矣。一伟丈夫跃马至，问："将何往？"叶告以故。丈夫喜曰：

"王四吾中表也。吾将往祝，盍同行乎？"叶大喜，与之偕行，丈夫屡蹑其背，叶固让前行，伪许而仍落后。叶疑为盗，屡回顾之。时天已黑，不甚辨其状貌，但见电光所烁，丈夫悬首马下，以两脚踏空而行。一路雷与之俱，丈夫口吐黑气，与雷相触，舌长丈馀，色如朱砂。叶大骇，卒无奈何，且隐忍之，疾驱至王四家。王出与相见，欢然置酒。叶私问："与路上丈夫何亲？"曰："此吾中表张某也，现居京师绳匠胡同，以熔银为业。"叶稍自安，且疑路上所见眼花耳。酒毕，叶就寝，心悸，不肯与同宿，丈夫固要之，不得已，请一苍头伴焉。叶彻夜不寐，而苍头酣寝矣。三鼓灯灭，丈夫起坐，复吐其舌，一室光明，以鼻嗅叶之帐，涎流不已，伸两手持苍头啖之，骨星星坠地。叶素奉关神，急呼曰："伏魔大帝何在？"忽訇然有钟鼓声，关帝持巨刃排梁而下，直击此怪。怪化一蝴蝶，大如车轮，张翅拒刃。盘旋片时，又霹雳一震，蝴蝶与关神俱无所见。叶昏晕仆地，日午不起。王四启门视之，具道所以。地有鲜血数斗，床上失一张某与一苍头矣，所骑马宛然在厩。急遣人至绳匠胡同踪迹张某，张方踞炉烧银，并无往易州祝寿之事。

白二官

常州王姓者，以幕游为业。岁暮归里，慕张氏青山庄园林之美，袱被往游。遇白二官于园中，素所狎戏旦也，甚喜。游毕，同宿于园。王神思恍惚，不能成寝，见白二官伸头吹灯。灯离白所卧处二丈馀，而白伸头亦长二丈馀，吹灯而灭。王大骇，以被裹首而寝。白至其床前揭被，以手上下量之，所按处其冷如铁。王惊呼，无人答应。忽窗西有一黑物，猪脸毛爪，从外跳入，与白二官对搏甚凶，不知胜负。俄而天明，地上见鲜血一片，死蟒一条。急往白二官家询之，二官得蛊疾半年，一旦而愈。其疾愈之时，即王姓遇白二官之时也。

关东毛人以人为饵

关东人许善根，以掘人参为业。故事：掘参者须黑夜往掘。许夜行劳倦，宿沙上。及醒，其身为一长人所抱，身长二丈许，遍体红毛。以左手抚许之身，又以许身摩擦其毛，如玩珠玉者然。每一摩抚，则狂笑不止。许自分将果其腹矣。俄而抱至一洞，虎筋、鹿尾、象牙之类，森森山积。置许石榻上，取虎鹿进而奉之。许喜出望外，然不能食也。长人俯而若有所思，既而点首，若有所得，敲石为火，汲水焚锅为烹，熟而进之。许大啖。黎明，长人复抱而出，身挟五矢，至绝壁之上，缚许于高树。许复大骇，疑将射己。俄而，群虎闻生人气，尽出穴，争来搏许。长人抽矢毙虎，复解缚，抱许曳死虎而返，烹献如故。许始心悟：长人养己以饵虎也。如是月馀，许无恙，而长人竟以大肥。

许一日思家，跪长人前涕泣再拜，以手指东方不已。长人亦潸然。复抱至采参处，示以归路，并为历指产参地，示相报意。许从此富矣。

平阳令

平阳令朱铄，性惨刻，所宰邑，别造厚枷巨梃。案涉妇女，必引入奸情讯之。杖妓，去小衣，以杖抵其阴，使肿溃数月，曰："看渠如何接客！"以臀血涂嫖客面。妓之美者加酷焉，髡其发，以刀开其两鼻孔，曰："使美者不美，则妓风绝矣。"逢同寅官，必自诧曰："见色不动，非吾铁面冰心，何能如此！"以俸满迁山东别驾。

挈眷至茌平旅店，店楼封锁甚固，朱问故。店主曰："楼中有怪，历年不启。"朱素愎，曰："何害！怪闻吾威名，早当自退！"妻子苦劝不听。乃置妻子于别室，己独携剑秉烛坐，至三鼓，有扣门进者，白须绛冠，见朱长揖。朱叱："何怪？"老人曰："某非怪，乃此方土地神也。闻贵人至此，正群怪殄灭之时，故喜而相迎。"且嘱曰："公少顷怪至，但须以宝剑挥之，某更相助，无不授首矣。"朱大喜，谢而遣之。

须臾，青面者、白面者以次第至。朱以剑斫，应手而倒。最后有长牙黑嘴者来，朱以剑击，亦呼痛而陨。朱喜自负，急呼店主告之。时鸡已鸣，家人秉烛来照，横尸满地，悉其妻妾子女也。朱大叫曰："吾乃为妖鬼所弄乎！"一恸而绝。

不倒翁

蒋生某往河南，过巩县，宿焉。店家有西楼，洒扫极净，蒋爱之，以行李往。店主笑曰："公胆大否？此楼不甚安。"蒋曰："椒山自有胆。"秉烛坐至夜深，闻几下如竹桶泛水声，有跃出者：青衣皂冠，长三寸许，类世间差役状。睨蒋许久，叱叱而退。

少顷，数短人舁一官至，旗帜车马之类，历历如豆。官乌纱冠危坐，指蒋大骂，声细如蜂虿。蒋无怖色。官愈怒，小手拍地，麾众短人拘蒋。众短人牵鞋扯袜，竟不能动。官嫌其无勇，攘臂自起。蒋以手撮之，置于几上，细视之，世所卖不倒翁也。块然僵仆，一土偶耳。其舆从俯伏罗拜，乞还其主。蒋戏曰："尔须以物赎。"应声曰："诺。"墙穴中嗡嗡有声，或四人舁一钗，或二人扛一簪。顷刻，首饰金帛之属布散于地。蒋取不倒翁掷与之，复能举动如初。然队伍不复整矣，奔窜而散。

天渐明，店主大呼："失贼！"问之，则楼上赎官之物，皆三寸短人所偷店主物也。

算命先生鬼

平望周姓，以撑舟为业。舟过湖州桥下，篙触骨坛落水，至家而妹病，呼曰："我湖州算命先生徐某。在生时，督抚司道贵人，谁不敬我！汝何人，敢投我骨于水！"女素不识字，病后能读书，喜为人算命。写八字与之，其推排悉合世上五行之说，亦不甚验也。周具牒诉于城隍。女卧，一日醒曰："见二青衣拘一鬼与我质于神前，鬼跪诉毁骨之事。神曰：'其兄触汝而责之于妹，何畏强欺弱耶！汝自称能算命，而不能自护其朽骨，其算法不灵可知。生前哄骗人财物，不知多少矣！笞二十，押赴湖州。'"女自此不复识字，亦不能算命矣。

鬼借力制凶人

俗传凶人之终，必有恶鬼，以其力能相制也。扬州唐氏妻某，素悍妒，妾婢死其手者无数。亡何，暴病，口喃喃詈骂，如平日撒泼状。邻有徐元，膂力绝人，先一日昏晕，鼾呼叫骂，如与人角斗者，逾日始苏。或问故，曰："吾为群鬼所借用耳。鬼奉阎罗命拘唐妻，而唐妻力强，群鬼不能制，故来假吾力缚之。吾与斗三日，昨被吾拉倒其足，缚交群鬼，吾才归耳。"往视唐妻，果气绝，而左足有青伤。

马盼盼

寿州刺史刘介石，好扶乩。牧泰州时，请仙西厅。一日，乩盘大动，书"盼盼"二字，又书有"两世缘"三字。刘大骇，以为关盼盼也。问："两世何缘？"曰："事载《西湖佳话》。"刘书纸焚之曰："可得见面否？"曰："在今晚。"果薄暮而病，目定神昏。妻妾大骇，围坐守之。灯上片时，阴风飒然，一女子容色绝世，遍身衣履甚华，手执红纱灯，从户外入，向刘直扑。刘冷汗如雨下，心有悔意。女子曰："君怖我乎？缘尚未到故也。"复从户外出，刘病稍差。嗣后意有所动，女子辄来。

刘一日寓扬州天宁寺，秋雨闷坐，复思此女，取乩焚纸。乩盘大书曰："我韦驮佛也。念汝为妖孽所缠，特来相救。汝可知天条否？上帝最恶者，以生人而好与鬼神交接，其孽在淫嗔以上。汝嗣后速宜改悔，毋得邀仙媚鬼，自戕其命。"刘悚然叩头，焚乩盘，烧符纸，自此妖绝。

数年后，阅《西湖佳话》："泰州有宋时营妓马盼盼墓，在州署之左偏。"《青箱杂志》载:"盼盼机巧,能学东坡书法。"始悟现形之妖,非关盼盼也。

滇绵谷秀才半世女妆

蜀人滇谦六,富而无子,屡得屡亡。有星家教以压胜之法,云:"足下两世命中所照临者多是雌宿,虽获雄,无益也。惟获雄而以雌畜之,庶可补救。"已而绵谷生,谦六教以穿耳、梳头、裹足,呼为"小七娘";娶不梳头、不裹足、不穿耳之女以妻之;果长大,入泮,生二孙,偶以郎名孙,即死。于是每孙生,亦以女畜之。绵谷韶秀无须,颇以女自居,有《绣针词》行世。吾友杨刺史潮观与之交好,为序其颠末。

炼丹道士

楚中大宗伯张履昊好道。予告归,寄居江宁。入城时,拥朱提一百六十万。有郎总兵者,公门下士也,荐朱道士善黄白之术,寿九百馀岁,烧杏核成银,屡试若神。道士说公烧丹,以白银百万,炼丹一枚,则长生可致。公惑之,斋戒三日,定坎离之位。每一炉,辄下银五万两,炭百担。昼则公亲监之,夜则使人守之。银登时化为水。炼三月,费银八十万,丹无消息。公诘之,道士曰:"满百万则丹成。成后含之:不饥不寒,可南可北,随意所之,无不可到。"公无奈何,复与十馀万,然已觉其妄,道士溲溺,必遣人尾之。

清晨,道士溲于园,尾者回顾,忽失道士所在。往视其炉,百万俱空矣。启道士行李,得书一封,云:"公此种财,皆非义物也。吾与公有宿缘,特来取去,为公打点阴间赎罪费用,日后自有效验。幸毋相怪。"家人觇道士者皆云:"每五万银下炉时,屋上隐隐有雷声,道士惶恐伏地,以朱符盖其头。其搬运实无痕迹。"

叶老脱

有叶老脱者,不知其由来,科头跣足,冬夏一布袍,手挈竹席而行。尝投维扬旅店,嫌客房嘈杂,欲择洁地。店主指一室曰:"此最静僻,但有鬼,不可宿。"叶曰:"无害。"径自扫除,摊竹席于地。

夜,卧至三鼓,门忽开,见有妇人系帛于项,双眸抉出,悬两颐下,伸舌长数尺,彳亍而来。旁有无头鬼,手提两头继至。尾其后者:一鬼遍体皆黑,耳目口鼻甚模糊;一鬼四肢黄肿,腹大于五石瓠。相诧曰:"此间有生人气,当共攫之。"群作搜捕状,卒不得近叶。一鬼曰:"明明在此,而搜之不得,奈何?"黄胖者曰:"凡吾辈之所以能摄人者,以其心怖而魂先出也。此人盖有道之士,心不怖,魂不离体,故仓猝不易得。"群鬼彷徨四顾,叶乃起,坐席上,以手自表曰："我在此。"群鬼惊悸，齐跪地下。叶一一讯之。妇人指三鬼曰："此死于水者，此死于火者，此盗杀人而被刑者，我则缢死此室者也。"叶曰："若辈服我乎？"皆曰："然。"曰："然则各自投生，勿在此作祟。"各罗拜去。

迨晓，为主人道其事，嗣后此室晏然。

苏耽老饮疫神

杭州苏耽老，性滑稽，善嘲人。人恶之，元旦，画疫神一纸压其门。耽老晨出开门，见而大笑，迎疫神归，延之上座，与共饮酒而烧化之。是年大疫，四邻病者为祀疫神。其病人辄作神语曰："我元旦受苏耽老礼敬，愧无以报。欲禳我者，必请苏君陪我，我方去。"于是祀疫神者争先请苏，苏逐日奔忙，困于酒食。其家大小十馀口，无一病者。

刘刺史奇梦

陕西刘刺史介石补官江南，寓苏州虎丘。夜二鼓，梦乘轻风归陕，未至乡里，路遇一鬼尾之，长三尺许，囚首丧面，狞丑可憎，与刘对搏。良久，鬼败，刘挟鬼于腋下而趋，将投之河。路遇余姓者，故邻也，谓曰："城西有观音庙，何不挟此鬼诉于观音以杜后患？"刘然其言，挟鬼入庙。

庙门外韦驮金刚神皆怒目视鬼，各举所持兵器作击鬼状，鬼亦悚惧。观音望见，呼曰："此阴府之鬼，须押回阴府。"刘拜谢。观音目金刚押解。金刚跪辞，语不甚解，似不屑押解者。现音笑目刘曰："即着汝押往阴府。"刘跪曰："弟子凡身，何能到阴府？"观音曰："易耳。"捧刘面呵气者三，即遣出。鬼俯伏无语，相随而行。

刘自念虽有观音之命，然阴府未知在何处，正徘徊间，复遇余姓者。曰："君欲往阴府，前路有竹笠覆地者是也。"刘望路北有笠，如俗所用酱缸篷状，以手起之，洼然一井。鬼见大喜，跃而入。刘随之，冷不可耐。每坠丈许，必为井所夹，有温气自上而下，则又坠矣。

三坠后，豁然有声，乃落于瓦上。张目视之，别有天地，白日丽空，所坠之瓦上，即王者之殿角也。闻殿中群神震怒，大呼曰："何处生人气？"有金甲者擒刘至王前。王衮龙衣，冕旒，须白如银，上坐，问："尔生人，胡为至此？"刘具道观音遣解之事。王目金甲神，捽其面仰天，谛视之，曰："面有红光，果然佛遣来。"问："鬼安在？"曰："在墙脚下。"王厉声曰："恶鬼难留！着押归原处。"群神叉戟交集，将鬼叉戟上投池，池中毒蛇怪鳖争脔食之。

刘自念：已到阴府，何不一问前生事。揖金甲神曰："某愿知前生事。"金甲神首肯，引至廊下，抽簿示之曰："汝前生九岁时，曾盗人卖儿银八两，卖儿父母懊恨而亡，汝以此謷夭死。今再世矣，犹应为瞽，以偿前愆。"刘大惊曰："作善可禳乎？"神曰："视汝善何如耳。"语未毕，殿中呼曰："天符至矣，速令刘某回阳，毋致泄漏阴司案件。"金甲神掖至王前。刘复跪求曰："某凡身，何能出此阴界？"王持刘背吸气者三，遂耸身于井。三耸三夹如前，有温气自下而上，身从井出。

至长安道上，复命于观音庙，跪陈阴府本末。旁一童子嚅嚅不已，所陈语与刘同。刘骇视之，耳目口鼻俨然己之本身也，但缩小如婴儿。刘大惊，指童子呼曰："此妖也！"童子亦指刘呼曰："此妖也！"观音谓刘曰："汝毋恐，此汝魂也。汝魂恶而魄善，故作事坚强而不甚透彻，今为汝易之。"刘拜谢，童子不谢，曰："我在彼上，今欲易我，必先去我。我去，独不于彼有伤乎？"观音笑曰："毋伤也。"手金簪长尺许，自刘之左胁插入，剔一肠出，以腕绕之。每绕尺许，则童子身渐缩小。绕毕，掷于梁上，童子不复见矣。观音以掌扑案，刘悸而醒，仍在苏州枕席间，胁下红痕，犹隐然在焉。月余，陕信至，其邻人余姓者亡矣。此语介石亲为余言。

赵李二生

广东赵、李二生，读书番禺山中。端阳节日，赵氏父母馈酒肴为两生庆节，两生同饮甚乐。至二鼓，闻扣门声，启之，亦书生也，衣冠楚楚。自云：相离十里许，慕两生高义，愿来纳交。邀入座，言论风生。先论举业，后及古文词赋，元元本本，两生自以为弗及。最后论及仙佛，赵素不乐闻而李颇信之，书生因力辨其有，且曰："欲见佛乎？此顷刻事也。"李欣然欲试之。书生取案几叠高五尺许，身踞其上，登时有旃檀之气氤氲四至，随取身上绢带作圈，谓二生曰："从圈入，即佛地也，可以见佛。"李信之既笃，见圈中观音、韦驮，香烟飘渺，即欲以头入圈；而赵望之则獠牙青面、吐舌丈馀者在圈中矣。遂大呼。家人共进，李如梦醒者，虽挣脱，而颈已有伤，书生杳然不复可见。两生家俱以此山有邪，不可读书，各令还家。明年，李举孝廉，会试连捷，出授庐江知县。卒以被劾，自缢而亡。

山东林秀才

山东林秀才长康，四十不第。一日，有改业之想，闻旁有呼者曰："莫灰心。"林惊问："何人？"曰："我鬼也，守公而行，并为公护驾者数年矣。"林欲见其形，鬼不可。再四言，鬼曰："公必欲见我，无怖而后可。"林许之，遂跪于前，丧面流血，曰："某蓝城县市布者也，为掖县张某谋害，以尸压东城门石磨盘之下。公异日当宰掖县，故常侍公，求为伸冤。"且言公某年举乡试，某年成进士，言毕不复见。

至期，果举孝廉，惟进士之期爽焉。林叹曰："世间功名之事，鬼亦有不知者乎！"言未毕，空中又呼曰："公自行有亏耳，非我误报也！公于某月日私通孀妇某，幸不成胎，无人知觉。阴司记其恶而宽其罪，罚迟二科。"林悚然，谨身修善，逾二科而成进士，授官掖县。抵任巡城，见一石磨，启之，果得尸；立拘张某，讯之，尽吐杀人情实，置之于法。

秦中墓道

秦中土地极厚，有掘三五丈而未及泉者。凤翔以西，其俗：人死不即葬，多暴露之，俟其血肉化尽，然后葬埋，否则有发凶之说。尸未消化而葬者，一得地气，三月之后，遍体生毛，白者号白凶，黑者号黑凶，便入人家为孽。

刘刺史之邻孙姓者掘沟得一石门，开之，隧道宛然。陈设鸡犬罍尊，皆瓦为之。中悬二棺，旁列男女数人，钉身于墙。盖古之为殉者，惧其仆，故钉之也。衣冠状貌，约略可睹。稍逼视之，风起于穴，悉化为灰，并骨如白尘矣，其钉犹在左右墙上。不知何王之墓。亦有掘得土人作卧形者，有头角四肢而无耳目，疑皆古尸之所化也。

夏侯惇墓

本朝松江提督张勇生时，其父梦有金甲神，自称汉将军夏侯氏，入门，随即生勇。后封侯归葬，掘地得古碑，隶书"魏将军夏侯惇墓"，字如碗大。阅二千年而骨肉复归其故处，亦奇。

塞外二事

雍正时，定西大将军纪成斌以失律诛，在塞外颇为祟。后接任将军查公辖下兵某，白日仆地，自称"纪大将军"，求索饮食。众皆罗拜，代为乞命。幕客陈对轩，豪士也，直前批其颊，骂曰："纪成斌，尔征阿拉蒲坦，临阵退缩，以王法伏诛。鬼若有灵，尚宜自愧，何敢忝为厉鬼，作屠沽儿乞食状耶！"骂毕，兵蹶然起，不复呫语矣。自后凡有疫疠自称纪大将军者，称"陈相公来了"骇之，无不立愈。

纪受诛时，家奴尽散，一厨者收其尸。亡何病死，常附病者身，自称"厨神"，曰："上帝怜我忠心葬主，故命为群鬼长。"问："纪将军何在？"曰："上帝怒其失律，使兵民受伤数万，罚为疫鬼，受我驱遣。我以主人故，终不敢然我所言无不听。"嗣后，塞外遇将军为祟，先请陈相公，如陈不来，便呼厨神，纪亦去矣。

关神断狱

溧阳马孝廉丰，未第时，馆于邑之西村李家。邻有王某，性凶恶，素捶其妻。妻饥饿，无以自存，窃李家鸡烹食之。李知之，告其夫。夫方被酒，大怒，持刀牵妻至。审问得实，将杀之。妻大惧，诬鸡为孝廉所窃。孝廉与争，无以自明，曰："村有关神庙，请往掷环珓卜之。卦阴者妇人窃，卦阳者男子窃。"如其言，三掷皆阳。王投刀放妻归，而孝廉以窃鸡故，为村人所薄，失馆数年。

他日，有扶乩者方登坛，自称关神。孝廉记前事，大骂神之不灵。乩书灰盘曰："马孝廉，汝将来有临民之职，亦知事有缓急重轻耶？汝窃鸡，不过失馆；某妻窃鸡，立死刀下矣。我宁受不灵之名，以救生人之命。上帝念我能识政体，故超升三级。汝乃怨我耶？"孝廉曰："关神既封帝矣，何级之升？"乩神曰："今四海九州皆有关神庙，焉得有许多关神分享血食。凡村乡所立关庙，皆奉上帝命，择里中鬼平生正直者代司其事，真关神在帝左右，何能降凡耶？"孝廉乃服。

紫清烟语

苏州杨大瓢讳宾者，工书法，年六十时，病死而苏，曰："天上书府唤我赴试耳。近日玉帝制《紫清烟语》一部，缮写者少，故召试诸善书人。我未知中式否。如中式，则不能复生矣。"越三日，空中有鸾鹤之声，杨愀然曰："吾不能学王僧虔，以秃笔自累，致损其生。"瞑目而逝。或问天府书家姓名，曰："索靖一等第一人，右军一等第十人。"

顾尧年

乾隆十五年，余寓苏州江雨峰家。其子宝臣赴金陵乡试，归家病剧。雨峰遍召名医，均有难色。知余与薛征君一瓢交好，强余作札邀之。未至，余与雨峰候于门。病者在室呼曰："顾尧年来矣！"连称："顾叟请坐。"顾尧年者，苏市布衣，先以请平米价、倡众殴官为苏抚安公所诛者也。坐定，语江曰："江相公，你已中乡试三十八名矣，病亦无恙，可自宽解。赐我酒肉，我便去。"雨峰闻之，急入房相慰曰："顾叟速去，当即祭叟。"病者曰："外有钱塘袁某官，喧聒于门，我怖之，不能去。"又唶曰："薛先生到门矣。其人良医也，我当避之。"雨峰急出，拉余让路，而一瓢果自外入。即告以故。一瓢大笑曰："鬼既避我二人，请与公同入逐之。"遂入房。薛按脉，余帚扫床前，一药而愈。其年宝臣登第，果如所报之名次。

妖道乞鱼

余姊夫王贡南，居杭州之横河桥。晨出，遇道士于门，拱手曰："乞公一鱼。"贡南嗔曰："汝出家人吃素，乃索鱼肉耶？"曰："木鱼也。"贡南拒之。道士曰："公吝于前，必悔于后。"遂去。

是夜，闻落瓦声。旦视之，瓦集于庭。次夜，衣服尽入厕溷中。

贡南乞符于张有虔秀才处。张曰："我有二符，其价一贱一贵。贱者张之，可制之于旦夕；贵者张之，现神获怪。"贡南取贱者归，悬中堂。是夜，果安。

越三日，又有老道士，形容古怪，来叩门，适贡南他适，次子后文出见。道士曰："汝家日前为某道所苦，其人即我之弟子也。汝索救于符，不如索救于我。可嘱汝父，明日到西湖之冷泉亭，大呼'铁冠'三声，我即至矣。否则，符且为鬼窃去。"贡南归，后文告之。贡南侵晨至冷泉亭，大呼"铁冠"数百声，杳无应者。适钱塘令王嘉会路过，贡南拦舆，口诉原委。王疑其痴，大被诟辱。是夜，集家丁雄健者数人护守此符。五更，忽然有声，符已不见。旦视之，几有巨人迹，长尺许。从此，每夜群鬼毕集，撞门掷碗。贡南大骇，以五十金重索符于张氏。悬后，鬼果寂然。

一日，王怒其长男后曾，将杖之。后曾逃，三日不归。余姊泣不已。贡南亲自寻求，见后曾彷徨于河，将溺焉，急拉上肩舆，其重倍他日。到家，两眼瞪视，语喃喃不可辨。卧席上，忽惊呼曰："要审！要审我即去。"贡南曰："儿何去？我当偕去。"后曾起，具衣冠，跪符下，贡南与俱。贡南无所见，后曾见一神上坐，眉间三目，金面红须，旁跪者皆渺小丈夫。神曰："王某阳寿未终，尔何得以其有畏惧之心便惑之以死？"又曰："尔等五方小吏，不受上清敕令，乃为妖道奴仆耶！"各谢罪，神予杖三十，鬼啾啾乞哀。视其臀，作青泥色。事毕，以靴脚踢后曾，如梦之初醒，汗浃于背。嗣后，家亦安宁。

尸行诉冤

常州西乡有顾姓者，日暮郊行，借宿古庙。庙僧曰："今晚为某家送殓，生徒尽行，庙中无人，君为我看庙。"顾允之，为闭庙门，吹灯卧。至三鼓，有人撞门，声甚厉。顾喝问："何人？"外应曰："沈定兰也。"沈定兰者，顾之旧交，已死十年之人也。顾大怖，不肯开。门外大呼："尔无怖，我有事托君。若迟迟不开，我既为鬼，独不能冲门而进乎？所以唤尔开门者，正以照常行事，存故人之情耳。"顾不得已为启其钥，崒然有声，如人坠地。顾手忙眼颤，意欲举烛。忽地上又大呼曰："我非沈定兰也。我乃东家新死李某，被奸妇毒死，故托名沈定兰，求汝伸冤。"顾曰："我非官府，冤何能伸？"鬼曰："尸伤可验。"问："尸在何处？"曰："灯至即见。但见灯，我便不能言矣。"正匆遽间，外扣门者人声甚众，顾迎出，则群僧归庙，各有骇色，曰："正诵经送尸，尸隐不见，故各自罢归。"顾告以故，同举火照尸，有七窍流血者奄然在地。次日，同报有司，为理其冤。

沭阳洪氏狱

乾隆甲子，余宰沭阳。有淮安吴秀才者，馆于洪氏。洪故村民，饶于财。吴挈一妻一子，居其外舍。洪氏主人偶馔先生并其子，妻独居于室。夜二更返，妻被杀死，刀掷墙外，即先生家切菜刀也。余往验尸，见妇人颈上三创，粥流喉外，为之惨然。根究凶手，无可踪迹。洪家有奴洪安者，素以左手持物，而刀痕左重右轻，遂刑讯之。初即承认，既而诉于家主洪生某指使，为奸师母不遂，故杀之。生即吴之学徒也。及讯洪生，则又以奴曾被笞，故仇诬耳。狱未具，余调江宁。后任魏公廷会，竟坐洪安，以状上。臬司翁公藻嫌供情未确，均释之，别缉正凶。十二年来，未得也。

丙子六月，余从弟凤仪自沭阳来，道有洪某者，系武生员，去年病死，尸柩未出，见梦于其妻曰：某年月日，奸杀吴先生妇者我也。漏网十馀载，今被冤魂诉于天。明午雷来击棺，可速为我迁棺避之。其妻惊觉，方议引輴之事，而棺前失火，并骨为灰烬矣。其馀草屋木器俱完好也。

余方愧身为县令，妇冤不能雪，又加刑于无罪之人，深为作吏之累。然天报必迟至十年后，又不于其身而于其无知之骸骨，何耶？此等凶徒，其身已死，其鬼不灵，何以尚存精爽于梦寐而又自惜其躯壳者，何耶？

雷公被绐

南丰征士赵黎村言：其祖某，为一乡豪士。明季乱时，有匪类某，武断乡曲，惯为纠钱作社之事，穷氓苦之。赵为告官，逐散其党。诸匪无所得，积怨者众。赵有膂力，群匪不敢私报，每天阴雷起，则聚其妻孥，具豚蹄裤曰："何不击恶人赵某耶？"一日，赵方采花园中，见尖嘴毛人从空而下，响轰然，有硫黄气。赵知雷公为匪所绐，手溺器掷之曰："雷公！雷公！吾生五十年，从未见公之击虎，而屡见公之击牛也。欺善怕恶，何至于此！公能笞我，虽枉死不恨。"雷嗫不发声，怒目闪闪，如有惭色。又为溺所污，竟坠田中，苦吼三日。其群匪啧曰："吾累雷公！吾累雷公！"为设醮超度之，始去。

鬼冒名索祭

某侍卫好驰射，逐兔东直门。有翁蹲而汲水，马逸不止，挤翁于井。某大惧，急奔归家。是夜，即见此翁排闼入，骂云："尔虽无心杀我，然见我落井，唤人救我，尚有活理，何乃忍心潜逃，竟归家耶？"某无以答。翁即毁器坏户，作祟不已。举家跪求，为设斋醮。鬼曰："无益也。欲我安宁，须刻木为主，写我姓名于上，每日以豚蹄享我，当作祖宗待我，方饶汝。"如其言，祟为之止。自此，过东直门，必纡道而避此井。

后扈从圣驾，当过东直门，仍欲纡道走。其总管斥之曰："倘上问汝何在，将何词以对？况青天白日，千乘万骑，何畏鬼耶？"某不得已，仍过井所，则见老翁宛然立井边，奔前牵衣骂曰："我今日寻着汝矣！汝前年马冲我而不救，何忍心耶？"且詈且殴之。某惊遽哀恳曰："我罪何辞，但翁已在我家受祭数年，曾面许宽我，何以又改前言？"翁更怒曰："吾未死，何需汝祭？我虽为马所冲，失脚落井，后有过者闻我呼救，登时曳出。尔何得疑我为鬼？"某大骇，即拉翁同至其家，共观木主所书者，非其姓名。翁攘臂骂，取木主掷之，撒所供物于地。举家惶愕，不解其故，闻空中有声大笑而去。

鬼畏人拼命

介侍郎有族兄某，强悍，憎人言鬼神事。每所居，喜择其素号不祥者而居之。过山东一旅店，人言西厢有怪，介大喜，开户直入。坐至二鼓，瓦坠于梁。介骂曰："若鬼耶，须择吾屋上所无者而掷焉，吾方畏汝。"果坠一磨石。介又骂曰："若厉鬼耶，须能碎吾之几，吾方畏汝。"则坠一巨石，碎几之半。介大怒，骂曰："鬼狗奴！敢碎吾之首，吾方服汝！"起立掷冠于地，昂首而待。自此，寂然无声，怪亦永断矣。

天　壳

浑天之说：天地如鸡卵，卵中之黄白未分，是混沌也；卵中之黄白既分，是开辟也。人不能游于卵壳之外。则道家三十三天之说，终属渺茫。秦中地厚，往往崩裂，全村皆陷。有冲起黑水者，有冒出烟火者，有裂而仍合者，惟所陷之人民家室，从无再出土者，亦不知何往矣。

顺治三年，武威地陷。有董遇者，学炼形之术，能伏气沉海中不死。全家遭此劫。九日后，竟一身自地下起，云："初陷时，沉沉然。一日一夜，坠至于泉。其坠下之势，似飞非飞，似晕非晕，颇为顺适，犹与家人答问。一至于泉，则家口尽溺死。"董伏气入水底千馀丈，乃复干燥，觉四面纯黄色。已而渐明，下视苍苍然，有天在下。细听之，人民鸡犬之声，因风而至。"我意此是天壳之外天也，得落第二层天宫固佳，即落在人家瓦上，岂不敬我为天上人耶？"因极力将身挣坠。为罡风所勒，兜卷空中，终不得下。俄而，有古衣冠人，长二丈馀，叱曰："此两天分界处，万古神圣不破此关。汝何人，作此妄想？速趁地未合时，仍归汝世界，否则大地一合百万丈。汝能穿水，不能穿土，死矣！"语未毕，忽金光万道，自远而来，热不可耐。古衣冠者抚其背曰："速行！速行！日轮至矣！我且避去，汝血肉之身，不走，将炽为飞灰。"董闻之悚然，即运气腾身而上。面目为水土所蚀，黑如焦炭；衣服、肌肤，粘结一片。逾月，始复人形，自称"劫外叟"。

余按《淮南子》曰：温带之下，无血气之伦。日轮所近，即温带矣。

董贤为神

康熙间，从叔祖弓韬公为西安同知，求雨终南山。山侧有古庙，中塑美少年，金貂龙衮，服饰如汉公侯。问道士何神，道士指为孙策。弓韬公以为孙策横行江东，未尝至长安。且以策才武，当有英锐之气，而神状妍媚如妇女，疑为邪神。会建修太白山龙王祠，意欲毁庙，拆其木瓦，移而用之。

是夕，梦神召见，曰："余非孙郎，乃汉大司马董圣卿也。我为王莽所害，死甚惨。上帝怜我无罪，虽居高位、蒙盛宠，而在朝未尝害一士大夫，故封我为大郎神，管此方晴雨。"弓韬公知是董贤，记《贤传》中有"美丽自喜"之语，谛视不已。神有不悦之色，曰："汝毋为班固所欺也，固作《哀皇帝本纪》，既言帝病痿，不能生子，又安能幸我耶？此自相矛盾语也。我当日君臣相得，与帝同卧起，事实有之。武帝时，卫、霍两将军亦有此宠，不得以安陵龙阳见比。幸臣一星，原应天象，我亦何辞？但二千年冤案，须卿为我湔雪。"言未毕，有二鬼獠牙蓝面者牵一囚至，年已老，头秃而声嘶，手捧一卷书。神指之曰："此莽贼也，上帝以其罪恶滔天，贬入阴山，受毒蛇咀嚼久矣。今赦出，押至我所，司溷圊之事。有小过，辄以铁鞭鞭之。"弓韬公问："囚手挟何书？"神笑曰："此贼一生信《周礼》，虽死，犹抱持不放。受铁鞭时，犹以《周礼》护其背。"弓韬公就视之，果《周礼》也。上有"臣刘歆恭校"等字，不觉大笑，遂醒。

次日，捐俸百金，葺其庙，祀以少牢。又梦神来谢，且曰："蒙君修庙，甚感高义！但无人配享我，未免血食太孤。我掾史朱栩，义士也，曾收葬我尸，为莽所杀。我感其恩，奏上帝，荫其子浮为光武皇帝大司空，君其留意。"弓韬公即塑朱公像于董公侧，而兼塑一囚为王莽状，跪阶下。嗣后祈晴雨，无不立应。

三头人

康熙时，吴逆为乱，道路断绝。有湖州客张氏兄弟三人，在云南逃归，从蒙乐山之东步行十昼夜，遂迷失道，采木叶草根食之。晨行旷野，忽大风西来，如海潮江涛之声。三人惧，登高丘望之，见一黑牛，身大于象，跟跄而过，草木为之披靡。

暮，无投宿所，望前大树下若有屋宇者。趋之，屋甚宏敞，中一丈夫走出，身长丈馀，颈上三头。每作语，则三口齐响，清亮可辨，似中州人音。问三人何来，俱以实告。三头人曰："汝步行迷道，得毋饥乎？"三人拜谢。随呼其妹为客煮饭，意颇殷勤。妹应声来，亦三头女子也。视张兄弟而笑语其兄曰："此三君：其长者可长寿，其两弟虑不免于难。"张兄弟饭毕，三头丈夫折树枝与之，曰："以此映日影而行，可当指南车也。但此去所过庙宇，可住宿，不可撞其钟鼓，须紧记之。"三人遂行。

次日，入乱山中，有古庙可憩。三人坐檐下，乌鸦群飞，来啄其顶。张怒，取石子击之，误触庙中钟，铿然作声。两夜叉跳出，取其两弟，擘而食之。又将及张，忽闻风涛声，有大黑牛漓然而至，与两夜叉角斗。移时，夜叉败走，张乃脱逃。行数十日，始得归里。

水鬼帚

表弟张鸿业，寓秦淮潘姓河房。夏夜如厕，漏下三鼓，人声已绝，月色大明。张爱月凭栏，闻水中謇然有声，一人头从水中出。张疑此时安得有泅水者，谛视之，眉目无有，黑身僵立，颈不能动，如木偶然。以石掷之，仍入于水。次日午后，有一男子溺死，方知现形者水鬼也，以此告同寓人。

有米客因言水鬼索命之奇：客少时贩米嘉兴，过黄泥沟，因淤泥太深，故骑水牛而过。行至半沟，有黑手出泥中，拉其脚。其人将脚缩上，黑手即拉牛脚，牛不得动。客大骇，呼路人共牵牛。牛不起，乃以火灸牛尾。牛不胜痛，尽力拔泥而起。腹下有敝帚紧系不解，腥秽难近。以杖击之，声啾啾然，滴下水皆黑血也。众人用刀截帚下，取柴火焚之，臭经月才散。自此，黄泥沟不复溺人矣。米客有诗纪其事，云："本欲牵人误扯牛，何须懊悔哭啾啾？与君一把桑柴火，暗处阴谋明处休。"

罗刹鸟

雍正间，内城某为子娶媳，女家亦巨族，住沙河门外。新娘登轿，后骑从簇拥。过一古墓，有飙风从冢间出，绕花轿者数次。飞沙眯目，行人皆辟易，移时方定。顷之至婿家，轿停大厅上，傧者揭帘扶新娘出。不料轿中复有一新娘掀帏自出，与先出者并肩立。众惊视之，衣妆彩色，无一异者，莫辨真伪。扶入内室，翁姑相顾而骇，无可奈何，且行夫妇之礼。凡参天祭祖，谒见诸亲，俱令新郎中立，两新人左右之。新郎私念娶一得双，大喜过望。夜阑，携两美同床，仆妇侍女辈各归寝室，翁姑亦就枕。忽闻新妇房中惨叫，披衣起，童仆妇女辈排闼入，则血淋漓满地，新郎跌卧床外，床上一新娘仰卧血泊中，其一不知何往。张灯四照，梁上栖一大鸟，色灰黑而钩喙巨爪如雪。众喧呼奋击，短兵不及。方议取弓矢长矛，鸟鼓翅作磔磔声，目光如青磷，夺门飞去。新郎昏晕在地，云："并坐移时，正思解衣就枕，忽左边妇举袖一挥，两目睛被抉去矣，痛剧而绝，不知若何化鸟也。"再询新妇，云："郎叫绝时，儿惊问所以，渠已作怪鸟来啄儿目，儿亦顿时昏绝。"后疗治数月，俱无恙，伉俪甚笃，而两盲比目，可悲也。

正黄旗张君广基为予述之如此。相传墟墓间太阴，积尸之气，久化为罗刹鸟，如灰鹤而大，能变幻作祟，好食人眼，亦药叉、修罗、薜荔类也。

卷 三

烈杰太子

湖州乌程县前有庙，神号"烈杰太子"。相传：元末时，有勇少年纠乡兵起义，与张士诚将战死。土人哀之，为立庙。号"烈杰"者，以其勇烈而能为豪杰之意也。

乾隆四十二年，邑人陈某烧香庙中，染邪自缢。其兄名正中者，刚正士也，以为庙乃神灵所栖，不应居鬼祟，往询。庙祝云："今岁来进香者，先有二人缢死矣。"正中大怒，率家僮各持锄械入庙，毁其神像。众乡人大骇，嘈嘈然以为得罪神明，将为邻里祸，遂投牒县中，控正中狂悖。正中具诉原委，且云："'烈杰太子'四字，不见史传，又不见志书，明系与五通神鬼相同，非正神也。今正中已将神像拆毁，致犯乡邻怒，情愿出资将庙修好，另立关圣神像，为乡邻祈福。"县令某嘉其词正，批准允行，销案。如是者两月，庙颇平安。

忽孙姓家一女，年已将笄，染患邪病，目斜眉竖，自称烈杰太子，"被恶人拆去神像，栖身无所，须与我酒食"等语。其家进奉稍迟，则此女自批其颊，哀号痛苦。女父往正中家咎之。正中大怒，持桃枝径往女家，大呼而入，曰："冤有头，债有主，毁汝像者我也！我在此，汝不报仇，而欺人家小儿女，索诈酒食，何烈何杰？直是无耻小人，敢不速走！"女作惊惧声曰："红脸恶人又来矣！我去！我去！"女登时苏醒。其父乃留正中住宿其家，女遂平安。正中偶然外出，鬼祟如故。于是正中与其父谋，择里中年少者嫁之。自此怪绝，而病亦愈。

裴秀才

南昌裴秀才某，夏日乘凉，裸卧社公庙，归家大病。其妻以为得罪社公，即具酒食、烧香纸，为秀才请罪。病果愈。妻命秀才往谢社公，秀才怒，反作牒呈烧向城隍庙，告社公诈渠酒食，凭势为妖。烧十日后寂然，秀才更怒，又烧催呈，并责城隍神纵属员贪赃，难享血食。是夜，梦城隍庙墙上贴一批条，云："社公诈人酒食，有玷官箴，着革职。裴某不敬鬼神，多事好讼，发新建县责三十板。"秀才醒，心怀狐疑，以为己乃南昌县人，纵有责罚，不得在新建地方，梦未必验。

未几，天雨，雷击社公庙，秀才心始忧之，不敢出门。月馀，江西巡抚阿公方入庙行香，为仇人持斧斫额，众官齐集，查拿凶人。秀才以为奇事，急行观探。新建令见其神色诧异，喝问："何人？"秀才口吃吃不能道一字，身着长衫，又无顶带。令怒，当街责三十板。毕，始称："我是秀才，且系裴司农本家。"令亦大悔，为荐丰城县掌教。

摸龙阿太

杭州少宰姚公三辰，以外科医术世其家。相传：少宰之祖半夜采药归，过西溪，醉坠于涧。以手据石，滑软有涎，旋即蠕蠕而动，惊以为蛇。少顷，负姚而上，两目如灯，照见头有须角；委姚地上，腾空去，始知乃龙也。姚两手触涎处，香数月不散；以之撮药，应手而愈。子孙相传，呼为"摸龙阿太"。又号曰"姚篮儿"，以其采药持篮故也。每愈人病，不受谢。故孙位至二品，人以为阴德之报。

水仙殿

杭州学院临考，诸廪生会集明伦堂，互保应试童生，号曰"保结"。廪生程某，在家侵晨起，肃衣冠出门。行二三里，仍还家闭户坐，嚅嚅若与人语。家人怪之，不敢问。少顷又出，良久不归。明伦堂待保童生到其家问信，家人愕然。方惊疑间，有箍桶匠扶之而归，则衣服沾湿，面上涂抹青泥，目瞪不语。灌以姜汁，涂以朱砂，始作声，曰："我初出门，街上有黑衣人向我拱手，我便昏迷，随之而行。其人云：'你到家收拾行李，与我同游水仙殿，何如？'我遂拉渠到家，将随身钥匙系腰。同出涌金门，到西湖边，见水面宫殿金碧辉煌，中有数美女艳妆歌舞。黑衣人指向余曰：'此水仙殿也。在此殿看美女与到明伦堂保童生，二事孰乐？'余曰：'此间乐。'遂挺身赴水。忽见白头翁在后喝曰：'恶鬼迷人，勿往！勿往！'谛视之，乃亡父也。黑衣人遂与亡父互相殴击。亡父几不胜矣，适箍桶匠走来，如有热风吹入水中者。黑衣人逃，水仙殿与亡父亦不见，故得回家。"

家人厚谢箍桶匠，兼问所以救之之故。匠曰："是日也，涌金门内杨姓家唤我箍桶。行过西湖，天气炎热，望见地上遗伞一柄，欲往取之遮日。至伞边，闻水中有屑索声，方知有人陷水，扶之使起。而君家相公，埋头欲沉，坚持许久，才得脱归。"其妻曰："人乃未死之鬼也，鬼乃已死之人也。人不强鬼以为人，而鬼好强人以为鬼，何耶？"忽空中应声曰："我亦生员读书者也。书云：'夫仁者：己欲立而立人，己欲达而达人。'我等为鬼者，己欲溺而溺人，己欲缢而缢人，有何不可耶？"言毕，大笑而去。

火烧盐船一案

乾隆丁亥，镇江修城隍庙。董其事者，有严、高、吕三姓，设簿劝化。一日早雨，有妇人肩舆来，袖中出银一封，交严，曰："此修庙银五十两，拜烦登簿。"严请姓氏府居，以便登记。妇曰："些微小善，何必留名，烦记明银数便了。"语毕，去。高、吕二人至，严述其故，并商何以登写。吕笑曰："登簿何为？趁此无人知觉，三人派分，似亦无害。"高曰："善。"严以为非理，急止之。二人不听，严无奈何，去。高、吕将银对分。及工竣，此事惟严一人知之。

越八年，乙未，高死；丙申，吕继亡。严未尝与人谈及。戊戌春，患疾，见二差持票谓严曰："有一妇在城隍案下告君，我等奉差拘质。"问："告何事？"差亦不知。严与同行，到庙门外，气象严冷，不复有平日算命起课者在矣。门内两旁，旧系居人，此时所见，尽是差役班房。过仙桥，至二门，见一带枷囚叫曰："严兄来耶！"视之，高生也。向严泣曰："弟自乙未年辞世，迄今四载受苦，总皆阳世罪谴。眼前正在枷满，可以托生，不料又因侵蚀修庙银一案发觉，拘此审讯。"严曰："此事已隔十数年，何以忽然发觉，想彼妇告发耶？"高曰："非也。彼妇今年二月寿终。凡鬼，无论善恶，俱解城隍府。彼妇乃系善人，同几个行善鬼解来过堂。城隍神戏问曰：'尔一生闻善即趋，上年本府修署，尔独惜费，何耶？'妇曰：'鬼妇当年六月二十日送银五十两到公所，系一严姓生员接去。自觉些微小善，册上不肯留名，故尊神有所未知。'神随命瘅恶司细查原委，不觉和盘托出。因兄有劝阻之言，故拘兄来对质。"严问："吕兄今在何处？"高叹曰："渠生前罪重，已在无间狱中，不止为分银一事也。"语未毕，忽二差至，曰："老爷升座矣。"严与高等随差立阶下。有二童持彩幢引一妇上殿，又牵一枷犯至，即吕也。城隍谓严曰："善妇之银可交汝手乎？"严一一从实诉明。城隍谓判官曰："事干修理衙署，非我擅专，宜申详东岳大帝定案，可速备文书申送。"仍令二童送妇归。二差押严并高、吕二生出庙，过西门，一路见有男着女衣者，女穿男服者，有头罩盐蒲包者，有披羊、狗皮者，纷纷满目。耳闻人语曰："乾隆三十六年仪征火烧盐船一案，凡烧死溺死者，今日业满，可以转生。"二差谓严曰："难得大帝坐殿，我们可速投文。"已而疾走呼曰："文书已投，可各上前听点。"严等急趋。立未定，闻殿上判曰："所解高某，窃分善妇之银，其罪尚小，应照该城隍所拟枷责发落。吕某生前包揽词讼，坑害良民，其罪甚大，除照拟枷责外，应命火神焚毁其尸。严某君子也，阳禄未终，宜速送还阳。"

严听毕惊醒，则身卧在床，家人皆已挂孝，曰："相公已死三日矣。因心头未冷，故而相守。"严将梦中事一一言之，家人未信。后一年八月夜，吕家失火，枢果遭焚。

年 子

盐城东北乡草堰口小关营村民孙自成妻谢氏，除夕生子，因名年子。年十八，挑鸡入城，半途有旋风一阵，将笼内鸡尽吹出，腾空飞去。年子大惊，从此回家卧病。危急中，会其母将产，举家守生，无人看护。年子昏沉，身随风荡。忽从朱门之内，坠于万丈深潭，恰无痛楚；只觉身子短小，不似平时，两目蔽涩难开，耳中所闻，仍似父母声音；以为梦中幻境，安心待之。其时孙见谢氏产儿安稳，偷暇趋视年子，则已死矣，不觉大哭。年子惊醒，不解其故。只闻母泣而数曰："生此血泡，反将我成人长大的年子死了。"悲号不已。年子始知身已转生，恐母急坏，遂大声曰："我即年子也，年子未死！"谢闻小儿言语，顿时惊风，数日而死。孙忧小儿无乳，哺以粥食。三月生齿，五月能履，取名"再生"，今年十六矣。此事盐城令阎公云。

狐撞钟

陈公树蓍任汀漳道时，海上忽浮一钟至，大可容百石。人以为瑞，告之官，遂于城西建高楼，悬此钟焉。撞之，声闻十里外，选里中老民李某掌守此楼。亡何，海水屡啸，陈公以为金水相应，海啸者，钟声所召也。命知县用印封闭此钟，并严谕李叟：不许人再撞。

有美少年常来楼中，与李闲谈，偶需食物之类，往往凭空而至。李知为狐仙，忽起贪心，跪曰："君为仙人，何不赐我银物，徒以酒食来耶？"少年晓之曰："财有定数，尔命穷薄，不可得也。得且有灾，将生懊悔。"李固请不已，少年笑而应曰："诺。"少顷，见几上置大元宝一锭；嗣后，少年不至矣。李大喜，收藏衣箱中。一日邑宰路过，闻撞钟声，怒李守护不谨，召而责之，笞十五板。李无以自明。归视印封，完好如故，然业已受笞，闷闷而已。未几，邑宰又过，楼上钟声乱鸣。遣役视之，并无一人。邑宰悟曰："楼上得毋有妖乎？"李无奈何，具以实告。命取元宝视之，即其库物也。持归复所，钟不复鸣。

土地神告状

洞庭山棠里徐氏，家世富饶，起造花园，不足于地。东边有土地庙，香火久废，私向寺僧买归，建造亭台。已年馀矣。一日，其妻韩氏方梳头，忽仆于地；小婢扶之，亦与俱仆。少顷婢起，取大椅置堂上，扶韩氏南向坐，大言曰："我苏州城隍神也，奉都城隍神差委，来审汝家私买土地神庙事。"语毕，婢跪启："太湖水神参见。"又启："棠里巡拦神参见。"韩氏一一首颔之。最后曰："原告土地神来。"韩氏命徐家子弟奴婢："听点名，分东西班侍立。有不听命者，持杖击之。"唤买地人姓名，即其夫也。问："价若干？中证何人？"口音绝非平素吴音，乃燕赵间男子声。其夫惊骇伏地，愿退地基，建还原庙。韩氏素不识字，忽索纸笔判云："人夺神地，理原不应。况土地神既老且贫，露宿年馀，殊为可怜。屡控城隍，未蒙准理，不得已，越诉都城隍。今汝即有悔心，许还庙宇，可以牲牢香火供奉之。中证某某，本应治罪，姑念所得无多，罚演戏赎罪。寺僧某，于事未发时业已身死，可毋庸议。"判毕，掷笔而卧。少顷起立，仍作女音，梳头如故。问其原委，茫然不知。其夫一一如所判而行。从此，棠里土地神香火转盛。

鄱阳湖黑鱼精

鄱阳湖有黑鱼精作祟。有许客舟过，忽黑风一阵，水立数丈，上有鱼口，如臼大，向天吐浪，许客死焉。其子某誓杀鱼以报父仇。贸易数年，资颇丰，诣龙虎山，具盛礼请于天师。时天师老矣，谓许曰："凡除怪斩妖，全仗纯气真煞。我老病且死，不能为汝用，然感汝孝心，我虽死，嘱吾子代治之。"已而，天师果死。

小天师传位一年，许又往请。小天师曰："诚然，父有遗命，我不敢忘。然此妖者，黑鱼也，据鄱阳湖五百年，神通甚大；我虽有符咒法术，亦必须有根气仙官助我，方能成事。"箧中出小铜镜，付许曰："汝持此照人，凡一人而有三影者，速来告我。"许如其言，遍照江西，皆一人一影。密搜月馀，忽照乡村杨家童子有三影，告天师。天师遣人至乡，厚赠其父母，诡言慕神童名，请到府中试其所学。童故贫家，欣然而来。

一日者，衣童子衮袍，剑缚背上，出其不意，直投湖中，众人大骇。其父母号哭，向天师索命。天师笑曰："无妨也。"俄而霹雳一声，童子手提大黑鱼头，立高浪之上。天师遣人抱至舟中，衣不沾湿。湖中水，十里内皆成血色。童子归，人争问所见。童子曰："我酣睡片时，并无所苦，但见金甲将军提鱼头放我手中，抱我立水上而已，其他我不知。"自此，鄱阳湖无黑鱼之患。或云：童子者，即总漕杨清恪公也。

鄱阳小神

江西新建县张某，生二女，同日出嫁。天大风，送亲及舁轿者一时迷惑，将妹嫁其姊家，将姊嫁其妹家。成婚后一日，方知错误。两家父母以为天缘，亦各相安，无异言。

其小妹所嫁夫金某，买货过鄱阳湖，舟中忽谓其伙伴曰："我将作官，即日到任。"伙伴咸笑之，以为戏语。行又数里，金欣然曰："胥役轿马都来迎我，我不可以久留。"言毕，跃入水中，死。是夕，近湖村人见一男子昂然来，立村前曰："我鄱阳小神也，应血食汝地方，可塑像祀我。"言毕不见。村人迟疑，未为立庙。已而头痛发热，口称小神为祟。众大骇，纠钱立庙祀之。凡有祈求，神应如响。未几，小神又至曰："岂可神明而无妃偶乎？汝等再塑立一娘娘像配我，不可缓也。"村人如其言，塑之。

金家闻水死之信，捞尸殡殓，举家成服。忽一日，其妻脱衰麻，换盛服，敷脂抹粉，扬扬得意。公姑怒，责曰："此非孀妇所宜。"曰："我夫并未死，现在鄱阳外湖作官，差胥役夫轿迎我上任，都已在外伺候，我何为不吉服耶？"言毕，作上轿状，随瞑目矣。嗣后，鄱阳小神之名颇著，远近烧香者争赴焉。

囊囊

桐城南门外章云士，性好神佛。偶过古庙，见有雕木神像，颇尊严，迎归作家堂神，奉祀甚虔。夜梦有神如所奉像，曰："我灵钧法师也。修炼有年，蒙汝敬我，以香火祀我，倘有所求，可焚牒招我，我即于梦中相见。"章自此倍加敬信。

邻有女为怪所缠。怪貌狞恶，遍体蒙茸，似毛非毛。每交媾，则下体痛楚难忍，女哀求见饶。怪曰："我非害汝者，不过爱汝姿色耳。"女曰："某家女比我更美，汝何不往缠之，而独苦我乎？"怪曰："某家女正气，我不敢犯。"女子怒骂曰："彼正气，偏我不正气耶！"怪曰："汝某月日烧香城隍庙，路有男子平走，汝在轿帘中暗窥，见其貌美，心窃慕之，此得为正气乎？"女面赤，不能答。

女母告章，章为求家堂神。是夜梦神曰："此怪未知何物，宽三日限，当为查办。"过期，神果至，曰："怪名囊囊，神通甚大，非我自往剪除不可。然鬼神力量，终需恃人而行。汝择一除日，备轿一乘，夫四名，快手四名，绳索刀斧八物，剪纸为之，悉陈于厅。汝在旁喝曰'上轿'，曰：'抬到女家'，更喝曰'斩！'如此，则怪除矣。"两家如其言。临期，扶纸轿者果觉重于平日。至女家，大喝"斩"字，纸刀盘旋如风，飒飒有声。一物掷墙而过。女身霍然如释重负。家人追视之：乃一蓑衣虫，长三尺许，细脚千条，如耀丝闪闪，自腰斫为三段。烧之，臭闻数里。

桐城人不解囊囊之名，后考《庶物异名疏》，方知蓑衣虫一名囊囊。

两神相殴

孝廉钟悟，常州人，一生行善，晚年无子，且衣食不周，意郁郁不乐。病临危，谓其妻曰："我死慎毋置我棺中。我有不平事，将诉冥王。或有灵应，亦未可知。"随即气绝，而中心尚温，妻如其言，横尸以待。

死三日后，果苏，曰：我死后到阴间，所见人民来往，与阳世一般。闻有李大王者，司赏善罚恶之事。我求人指引到他衙门，思量具诉。果到一处，宫殿巍峨，中坐尊官。我进见，自陈姓名，将生平修善不报之事一一诉知，且责神无灵。神笑曰：汝行善行恶，我所知也；汝穷困无子，非我所知，亦非我所司。问：何神所司？曰：素大王。我心知李者，理也；素者，数也。因求神送至素王处一问。神曰：素王尊严，非如我处无人拦门者。我正有事要与素王商办，汝可随行。少顷，闻呼驺声，所从吏役，皆整齐严肃。行至半途，见相随有沥血者曰受冤未报，有嚼齿者曰逆党未除，有美妇人而拉丑男者曰夫妇错配。最后有一人衮冕玉带，状若帝王，貌伟然而衣履尽湿，曰：我，周昭王也。我家祖宗，自后稷、公刘，积德累仁，我祖父文、武、成、康，圣贤相继，何以一传至我，而依例南征，无故为楚人溺死。幸有勇士辛游靡长臂多力，曳我尸起，归葬成周，否则徒为江鱼所吞矣。后虽有齐侯小白借端一问，亦不过虚应故事，草草完结。如此奇冤，二千年来绝无报应，望神替一查。李王唯唯。馀鬼闻之，纷纷然俱有怒色。钟方悟世事不平者，尚有许大冤抑，如我贫困，固是小事，气为之平。行少顷，闻途中唱道而至曰：素王来。李王迎上，各在舆中交谈。始而絮语，继而忿争，哓哓不可辨。再后两神下车，挥拳相殴。李渐不胜，群鬼从而助之，我亦奋身相救，终不能胜。李神怒云：汝等从我上奏玉皇，听候处分。随即腾云而起，二神俱不见。少顷俱下，云中有霞帔而宫装者二仙女相随来，手持金尊玉杯，传诏曰：玉帝管三十六天事，无暇听些些小讼。今赐二神天酒一尊，共十杯。有能多饮者，便值其事。李神大喜，自称我量素佳。踊跃持饮，至三杯，便捧腹欲吐。素神饮毕七杯，尚无醉色。仙女曰：汝等勿行，且俟我复命后再行。须臾，又下，颁玉帝诏云："理不胜数，自古皆然。观此酒量，汝等便该明晓。要知世上凡一切神鬼圣贤，英雄才子，时花美女，珠玉锦绣，名画法书，或得宠逢时，或遭凶受劫，素王掌管七分，李王掌管三分。素王因量大，故往往饮醉，颠倒乱行。我三十六天日食星陨，尚被素王把持擅权，我不能作主，而况李王乎！然毕竟李王能饮三杯，则人心天理，美恶是非，终有三分公道，直到万古千秋，绵绵不断。钟某阳数虽绝，而此中消息非到世间晓谕一番，则以后告状者愈多，故且开恩增寿一纪，放他还阳，此后永不为例。"

钟听毕还魂，又十二年乃死。常语人云："李王貌清雅，如世所塑文昌神；素王貌陋，团团浑浑，望去耳、目、口、鼻不甚分明。从者诸人，大概相似，千百人中，亦颇有美秀可爱者，其党亦不甚推尊也。"钟本名护，自此乃改名悟。

赌钱神号迷龙

李某，官缙云令，以赌博被参，然性好之，不能一日离。病危时，犹拍肘床上作呼卢声。其妻泣谏曰："气喘劳神，何苦如是？"李曰："赌非一人所能，我有朋类数人，在床前同掷骰盆，汝等特未之见耳。"已而气绝。忽又苏醒，伸手向家人云："速烧纸锞，替还赌钱。"妻问："与何人决胜？"曰："阴司赌神号称迷龙，其门下有赌鬼数千，皆受驱使。探人将托生时，便请迷龙作一花押，纳入天灵盖中。此人一落母胎，性便好赌，虽严父贤妻，万不能救。《汉书·公卿表》以博掩失侯者十馀人。可见此神从古有之。或且一心贪赌，有美食而让他人食，有美妻而让他人眠，皆迷龙作祟也。但阴间赌法与世间不同，其法：聚十馀鬼，同掷十三颗骰子；每子下盆，有五彩金色光者，便是全胜，群鬼以所蓄纸锞全行献上。迷龙高坐抽头，以致大富。群鬼赌败穷极，便到阳间作瘟疫，诈人酒食。汝等此时烧纸钱一万，可以放我生还。"家人信之，如其言，烧与之，而李竟瞑目长逝。或曰：渠又哄得赌本，可以放心大掷，故不返也。

羊骨怪

杭人李元珪，馆于沛县韩公署中，司书禀事。偶有乡亲回杭，李托带家信，命馆童调面糊封信。家童调盛碗中，李用毕，以其馀置几上。夜闻窸窣声，以为鼠来偷食也。揭帐伺之，见灯下一小羊，高二寸许，浑身白毛，食糊尽乃去。李疑眼花，次日，特作糊待之。夜间小羊又至，因留心细观其去之所在，到窗外树下而没。次日，告知主人，发掘树下，有朽羊骨一条，骨窍内浆糊犹在。取而烧之，此后怪绝。

夜叉偷酒

直隶永平府滦州河下，每年龙王造宫，有黄、白二龙从古北口拔木运来。每木百枝，一夜叉管守之。其木在水中皆直立而行，上挂一红灯为号。关外贩木商人，每年待龙发水，然后依附运行。偶失一枝，龙怒，遣夜叉寻取。风雨大作，山石皆飞。村中民造酒八缸，一夜被夜叉偷饮立尽。惧其为患，为伐一木置水中，夜始平静。此石埭令郑公首瀛为余言。郑，滦州人。

披麻煞

新安曹媪有孙登官，定婚某氏，将娶有日，先期扫除楼房，待新娘居，房与媪卧阁相去十步许。日向夕，媪独坐楼下，闻楼上履声橐橐，意是丫鬟，不之诘也。久而声渐厉，稍觉不类，疑是偷儿，疾趋而掩执之。起推楼门，门开，举首见一人，麻冠麻鞋，手扶桐杖，立梯上层。见媪至，返身退走。媪素有胆，不计其为人为鬼，奋前相捉。其人狂奔新房，有窸窣之声，如烟一缕而没。始悟为鬼。急下楼，欲以语人，念明日婚期已届，舍此，无从觅他室，隐忍不言。次夕，新妇入门，张灯设乐。散后，媪以前事在心，不能成寐。且觇新妇，则已靓妆坐床，琴瑟之好甚笃。媪意大安，易宅之念渐差。然终以前事故，常不欲新妇独登楼。

一日者，妇欲登楼。问其故，以"如厕"对。劝其秉烛，以"熟径"辞。食顷不下，媪唤之，不应；遣小鬟持灯上楼，亦不见妇；媪大惊。婢曰："是或往厨下乎？"媪谓："我坐梯次，未见他下来。"无可奈何，乃召婿，告以失妇状。举家大骇。婢忽在楼呼曰："娘在是。"众亟视之，则新妇团伏一小漆椅下，四肢如有捆扎之状。扶出，白沫满口，气息奄然。以水浆灌之，逾时甫醒。问之，云："遇一披麻人为祟。"媪乃哭曰："咎在我。"因备述前事，且告以不言之故。时夜漏将残，不能移宅，拥妇偃息在床，婿秉烛坐，双鬟立左右。至五更，侍者睡去，婿亦劳倦。稍一交睫，觉灯前有披麻人破户入，直奔床前，以指掐妇颈三五下。婿奔前救护，披麻人耸身从窗棂中去，疾于飞鸟。呼妇不应，持火视之，气已绝矣。或曰：此选日家不良于术，婚期犯披麻煞故也。

瓜棚下二鬼

海阳邑中刘氏女，夏日在瓜棚下刺绣。薄暮，家人铺蒲席招凉，女忽于座间顾影絮语。众怪其诞，呵之。乃大声曰："唉！我岂若女耶？我为某村某妇，气忿缢死多年，欲得替人，故在此。"语毕大笑，举带自勒其颈。阖室尽惊，取米豆厌胜之。不退，乃哀求曰："我女年年为他人压金线，取钱易米，家贫可怜。与汝素无冤，幸相舍。不然，天师将至，我当往诉。"鬼惧曰："吓人，吓人。虽然，我不可以虚返，当思所以送我。"众曰："供香楮何如？"不应。曰："加斗酒只鸡何如？"乃有喜色，且颔之。如其言，女果醒。未三日，家人方相庆，女衣袖忽又翩舞，惯语曰："汝等如此薄待我，回想不肯甘休，仍须讨替。"更作恶状，以带套颈。众察其音，不类前鬼。正惊疑间，俄闻瓜棚下綷縩履响仍在，女口叱曰："鬼婢！冒我姓名，来诈钱镪，辱没煞人！亟去！亟去！不然，我将讼汝于城隍神。"又劳问女家："勿怕，此无赖鬼。我在此，他不敢为厉。"言毕，其女颊晕红潮，状若羞缩者。食顷，两鬼寂然皆退。次日，其女依旧临镜。询其事，杳然如梦。

老人李某，海阳人。薄暮，自邑中还家，觉腰缠重物，解视无有，勉荷而归。时已月上，家人闻叩扉声，走相问安，老人瞪目无言；为设酒脯，亦不食；愈益怪之。既而，取布幅许，悬梁间，作缢状，曰："余缢死鬼也，今与汝翁作交代。"众惊，诘以前因。曰："余为李氏，栖泊城中。曾至某家，祟其女于瓜棚下。因其家中哀求，我亦念伊女婉弱，是以舍去，别寻替代。奔及城门，有二大人司管甚严，不敢走过。以此日日受苦，一言难尽。"众家人曰："城门大人既然拦阻，汝今日何能复来？"乃嘻嘻笑曰："此实大巧事。今早，乡人以粪桶寄门侧，大人者恶其臭也，两相谓曰：'昨宵雨歇，城头山色当佳，盍一凭眺乎？'遂约伴登山去矣。余得乘间出城。遇汝翁归，附他腰带间，蒙其负荷。急于得生，故仍欲相借重耳。"众闻其言软，似可以情动者，乃哀求曰："翁年老，墓木已拱，你不忍于弱女，宁独甘心于秃翁？如蒙哀怜，当为延名僧修法事，令你生天人境界何如？"鬼拍手喜曰："我前在瓜棚下，原欲挽彼作此功德，视其家贫，是以勿言。今众居士既能发大愿力，余又何求？虽然，世人惯作哄鬼伎俩，惟求居士勿忘此言。"众唯唯，鬼即作顶礼状。食顷，老人已起，索水浆饮矣。翌日，广延僧众，作七日道场，瓜棚下从此清净。

介溪坟

严介溪为其妻欧阳氏卜葬，召门下风水客数十人，嘱曰："吾富贵已极，尚何他望？只望诸君择地，生子孙能再如我者而甘心焉。"诸客唯唯。未一月，有客来云："某山有穴，葬之，子孙贵寿，与公相埒。"介溪命群客视之。一客独曰："若葬此，子孙虽贵，但气脉大迟，恐在六七世后耳。"俱以为然。介溪买成。开穴，中有古坟墓志，摩视之，即严氏之七世祖也。介溪大骇，急加封识。然自此严氏大衰，且籍没矣。此事严后裔名秉璇者所言。

李半仙

甘肃参将李旋，自称"李半仙"，能视人一物便知休咎。彭芸楣少詹与沈云椒翰林同往占卦。彭指一砚问之，曰："石质厚重，形有八角，此八座象也，惜是文房之需，非封疆之料。"沈将所挂手巾问之，曰："绢素清白，自是玉堂高品，惜边幅小耳。"正笑语间，云南同知某亦来占卜，取烟管问之。曰："管有三截，镶合而成，居官有三起三倒，然否？"曰："然。"曰："君此后为人亦须改过，不可再如烟管。"问："何故？"曰："烟管是最势利之物，用得着他，浑身火热；用不着他，顷刻冰冷。"其人大笑，惭沮而去。逾三年，彭学差任满回京，李亦入都引见。彭故意再取烟管问之，曰："君又放学差矣。"问："何故？"曰："烟，非吃得饱之物；学院试差，非做得富之官。且烟管终日替人呼吸，督学终年为寒士吹嘘。将必复任。"已而果然。

李香君荐卷

吾友杨潮观，字宏度，无锡人，以孝廉授河南固始县知县。乾隆壬申乡试，杨为同考官。阅卷毕，将发榜矣，搜落卷为加批焉，倦而假寐。梦有女子年三十许，淡妆，面目疏秀，短身，青绀裙，乌巾束额，如江南人仪态，揭帐低语曰："拜托使君，'桂花香'一卷，千万留心相助。"杨惊醒，告同考官，皆笑曰："此噩梦也，焉有榜将发而可以荐卷者乎？"杨亦以为然。

偶阅一落卷，表联有"杏花时节桂花香"之句，盖壬申二月表，题即《谢开科事》也。杨大惊，加意翻阅。表颇华赡，五策尤详明，真饱学者也，以时艺不甚佳，故置之孙山外。杨既感梦兆，又难直告主司，欲荐未荐，方徘徊间，适正主试钱少司农东麓先生嫌进呈策通场未得佳者，命各房搜索。杨喜，即以"桂花香"卷荐上。钱公如得至宝，取中八十三名。拆卷填榜，乃商丘老贡生侯元标，其祖侯朝宗也。方疑女子来托者，即李香君。杨自以得见香君，夸于人前，以为奇事。

道士取葫芦

秀水祝宣臣，名维浩，余戊午同年也。其尊人某，饶于财。一日，有长髯道士叩门求见，主人问："法师何为来？"曰："我有一友，现住君家，故来相访。"祝曰："此间并无道人，谁为君友？"道士曰："现在观稼书房之第三间，如不信，烦主人同往寻之。"

祝与同往，则书房挂吕纯阳像。道士指笑曰："此吾师兄也，偷我葫芦，久不见还，故我来索债。"言毕，伸手向画上作取状。吕仙亦笑，以葫芦掷还之。主人视画上，果无葫芦矣。大惊，问："取葫芦何用？"道士曰："此间一府四县，夏间将有大疫，鸡犬不留。我取葫芦炼仙丹，救此方人。能行善者，以千金买药备用，不特自活，兼可救世，立大功德。"因出囊中药数丸示主人，芬芳扑鼻，且曰："今年八月中秋月色大明时，我仍来汝家，可设瓜果待我。此间人民，恐少一半矣。"祝心动，曰："如弟子者可行功德乎？"曰："可。"乃命家僮以千金与之。道士束负腰间，如匹布然，不觉其重。留药十丸，拱手别去。祝举家敬若神明，早晚礼拜。

是年，夏间无疫，中秋无月，且风雨交加，道士亦杳不至。

火焚人不当水死

泾县叶某，与人贸易安庆。江行遇风，同船十馀人半溺死矣，独叶坠水中，见红袍人抱而起之，因以得免。自以为获神人之助，后必大贵。亡何，家居不戒于火，竟烧死。

城隍杀鬼不许为鬶

台州朱始女，已嫁矣，夫外出为业。忽一日，灯下见赤脚人，披红布袍，貌丑恶，来与亵狎，且云："娶汝为妻。"妇力不能拒，因之痴迷，日渐黄瘦。当怪未来时，言笑如常；来，则有风肃然。他人不见，惟妇见之。

妇姊夫袁承栋，素有拳勇，妇父母将女匿袁家。数日，怪不来。月馀，踪迹而至。曰："汝乃藏此处乎！累我各处寻觅。及访知汝在此处，我要来，又隔一桥。桥神持棒打我，我不能过。昨日将身坐在担粪者周四桶中，才能过来。此后汝虽藏石柜中，吾能取汝。"袁与妇商量持刀斫之，妇指怪在西则西斫，指怪在东则东斫。一日，妇喜拍手曰："斫中此怪额角矣。"果数日不至。已而布缠其额，仍来为祟。袁发鸟枪击之，怪善于闪躲，屡击不中。一日，妇又喜曰："中怪臂矣。"果数日不来。已而布缠其臂又来，入门骂曰："汝如此无情，吾将索汝性命。"殴撞此妇，满身青肿，哀号欲绝。

女父与袁连名作状焚城隍庙。是夜，女梦有青衣二人持牌唤妇听审，且索差钱曰："此场官司，我包汝必胜，可烧锡锞二千谢我。你莫嫌多，阴间只算九七银二十两。此项非我独享，将替你为铺堂之用，凭汝叔绍先一同分散，他日可见个分明。"绍先者，朱家已死之族叔也。如其言，烧与之。五更，女醒，曰："事已审明，此怪是东埠头轿夫，名马大。城隍怒其生前作恶，死尚如此，用大杖打四十，戴长枷在庙前示众。"从此，妇果康健，合家欢喜。

未三日，又痴迷如前，口称："我是轿夫之妻张氏。汝父、汝姊夫将我夫告城隍枷责，害我忍饥独宿，我今日要为夫报仇。"以手爪掐妇眼，眼几瞎。女父与承栋无奈何，再焚一牒与城隍。是夕，女又梦鬼隶召往，怪亦在焉。城隍置所焚牒于案前，瞋目厉声曰："夫妻一般凶恶，可谓'一床不出两样人'矣，非腰斩不可。"命两隶缚鬼持刀截之，分为两段，有黑气流出，不见肠胃，亦不见有血。旁二隶请曰："可准押往鸦鸣国为鬶否？"城隍不许，曰："此奴作鬼便害人，若作鬶必又害鬼。可扬灭恶气，以断其根。"两隶呼长须者二人，各持大扇扇其尸，顷刻化为黑烟，散尽不见。因其妻，械手足，充发黑云山罗刹神处充当苦差。命原差送妇还阳。女惊而醒。

从此，朱妇安然，仍回夫家，生二子一女，至今犹存。鬼所云"担粪周四"者，其邻也。问之，曰："果然可疑，我某日担空桶归，压肩甚重。"

卷 四

吕蒙涂脸

湖北秀才钟某，唐太史赤子之表戚也。将赴秋试，梦文昌神召，跪殿下。不发一言，但呼之近前，取笔向砚上蘸极浓墨涂其脸几满。大惊而醒，虑有污卷之事，意忽忽不乐。随入场，倦，在号檐中假寐。见有伟丈夫掀其号帘，长髯绿袍，乃关帝也。骂曰："吕蒙老贼！你道涂抹面孔，我便不认得你么！"言毕不见，钟方悟前生是吕蒙，心甚惶悚。是年，获隽。后十年，选山西解梁知县。到任三日，往谒武庙，一拜不起。家人视之，业已死矣。

郑细九

扬州名奴，多以细称。细九者，商人郑氏奴也。郑家主母病革，忽苏，蹷然而起，曰："事大可笑。我死何妨，不应托生于细九家为儿，以故我魂已出户，到半途得此消息，将送我者打脱而返。"言毕，道"口渴"，索青菜汤。家人煮与之。咽少许，仍仆于床，瞑目而逝。须臾，郑细九来报，家中产一儿，口含菜叶，啼声甚厉。嗣后，郑氏颇加恩养，不敢以奴产子待也。

替鬼做媒

江浦南乡有女张氏，嫁陈某，七年而寡，日食不周，改适张姓。张亦丧妻七年，作媒者以为天缘巧合。婚甫半月，张之前夫附魂妻身曰："汝太无良！竟不替我守节，转嫁庸奴！"以手自批其颊。张家人为烧纸钱，再三劝慰，作厉如故。未几，张之前妻又附魂于其夫之身，骂曰："汝太薄情！但知有新人，不知有旧人！"亦以手自击撞。举家惊惶。适其时原作媒者秦某在旁，戏曰："我从前既替活人作媒，我今日何妨替死鬼作媒。陈某既在此索妻，汝又在此索夫，何不彼此交配而适；则阴间不寂寞，而两家活夫妻亦平安矣。何必在此吵闹耶？"张面作羞缩状，曰："我亦有此意，但我貌丑，未知陈某肯要我否？我不便自言。先生既有此好意，即求先生一说，何如？"秦乃向两处通陈，俱唯唯。忽又笑曰："此事极好，但我辈虽鬼，不可野合，为群鬼所轻。必须媒人替我剪纸人作舆从，具锣鼓音乐，摆酒席，送合欢杯，使男女二人成礼而退，我辈才去。"张家如其言，从此，两人之身安然无恙。乡邻哄传某村替鬼作媒，替鬼作亲。

鬼有三技过此鬼道乃穷

蔡魏公孝廉常言："鬼有三技：一迷二遮三吓。"或问："三技云何？"曰："我表弟吕某，松江廪生，性豪放，自号豁达先生。尝过泖湖西乡，天渐黑，见妇人面施粉黛，贸贸然持绳索而奔。望见吕，走避大树下，而所持绳则遗坠地上。吕取观，乃一条草索。嗅之，有阴霾之气。心知为缢死鬼。取藏怀中，径向前行。其女出树中，往前遮拦，左行则左拦，右行则右拦。吕心知俗所称'鬼打墙'是也，直冲而行。鬼无奈何，长啸一声，变作披发流血状，伸舌尺许，向之跳跃。吕曰：'汝前之涂眉画粉，迷我也；向前阻拒，遮我也；今作此恶状，吓我也。三技毕矣，我总不怕，想无他技可施。尔亦知我素名豁达先生乎？'鬼仍复原形跪地曰：'我城中施姓女子，与夫口角，一时短见自缢。今闻泖东某家妇亦与其夫不睦，故我往取替代。不料半路被先生截住，又将我绳夺去。我实在计穷，只求先生超生。'吕问：'作何超法？'曰：'替我告知城中施家，作道场，请高僧，多念《往生咒》，我便可托生。'吕笑曰：'我即高僧也。我有《往生咒》，为汝一诵。'即高唱曰：'好大世界，无遮无碍。死去生来，有何替代？要走便走，岂不爽快！'鬼听毕，恍然大悟，伏地再拜，奔趋而去。"后土人云：此处向不平静，自豁达先生过后，永无为祟者。

鬼多变苍蝇

徽州状元戴有祺，与友夜醉，玩月出城，步回龙桥上。有蓝衣人持伞从西乡来，见戴公，欲前不前。疑为窃贼，直前擒问。曰："我差役也，奉本官拘人。"戴曰："汝太说谎。世上只有城里差人向城外拘人者，断无城外差人向城里拘人之理！"蓝衣者不得已，跪曰："我非人，乃鬼也，奉阴官命，就城里拘人是实。"问："有牌票乎？"曰："有。"取而视之，其第三名即戴之表兄某也。戴欲救表兄，心疑所言不实，乃放之行，而坚坐桥上待之。四鼓，蓝衣者果至。戴问："人可拘齐乎？"曰："齐矣。"问："何在？"曰："在我所持伞上。"戴视之，有线缚五苍蝇在焉，嘶嘶有声。戴大笑，取而放之。其人惶急，踉跄走去。天色渐明，戴入城，至表兄处探问。其家人云："家主病久，三更已死，四更复活，天明则又死矣。"

江宁刘某，年七岁，肾囊红肿，医药罔效。邻有饶氏妇，当阴司差役之事，到期，便与夫异床而寝，不饮不食，若痴迷者。刘母托往阴司一查。去三日，来报曰："无妨也。二郎前世好食田鸡，剥杀太多，故今世群鸡来啮，相与报仇。然天生田鸡，原系供人食者，虫鱼皆八蜡神所管，只须向刘猛将军处烧香求祷，便可无恙。"如其言，子疾果痊。一日者，饶氏睡两日夜方醒；醒后满身流汗，口哕喘不已。其嫂问故，曰："邻妇某氏，凶恶难捉，冥王差我拘拿。不料他临死尚强有力，与我格斗多时。幸亏我解下缠足布捆缚其手，才得牵来。"嫂曰："现在何处？"曰："在窗外梧桐树上。"嫂往视之，见无别物，只头发拴一苍蝇。嫂戏取蝇夹入针线箱中。未几，闻饶氏在床上有呼号声，良久乃苏，曰："嫂为戏太虐！阴司因我拿某妇不到，重责三十板，勒限再拿。嫂速还我苍蝇，为免再责。"嫂视其臀，果有杖痕，始大悔，取苍蝇付之。饶氏取含口中睡去，遂亦平静。自此，不肯替人间查阴司事矣。

严秉玠

严秉玠，作云南禄劝县。县署东偏有屋三间，封锁甚严。相传狐仙所居，官到必祭。严循例致祭。其妻某必欲观之，屡伺门侧，不得见。一日，见美妇人倚窗梳头。妻素悍妒，虑惑其夫，率奴婢持棒冲入乱殴。美妇化作白鹅，绕地哀鸣。秉玠取印印其背，遂现原形委地，堕胎而死，胎中两小狐也。严取朱笔点其额，两小狐亦死。取大小狐投之火中，自此署中无狐，而严氏亦无恙。又一年，其妻怀孕，生双胞，头上各有一点红，如朱笔所点。妻大惊而陨。严以痛妻故，未几，亦病亡。小儿终不育。

奉新奇事

江西奉新村民李氏妇，生产三日，胎不下，其姑率三女守之。以倦故，又请邻妇三人轮流守护。一妇姓孙，有儿尚襁褓，不能同往，乃交托外婆家而率长子名钟者同往。钟已弱冠入学，虑夜间寂寞，乃持书一卷往。次日将午，其门内绝无人声，戚里疑之，打门入，则产妇死于床，七人死于地。七人中，六人衣服面目无他异，惟气绝而已，独孙秀才身尚端坐，右手执书如故。其左臂自肩以下，全身烧毁，直至脚底，黑如煤炭。合村大噪，鸣于官。急相验，命且掩埋，亦无从申报也。此事彭芸楣少司马为余言。

智恒僧

苏州陈国鸿，彭芸楣先生丁酉乡试所取孝廉，性好古玩。家园内有种荷花缸，年久不起，陈命扛起，阅其款识。缸下又得一坛，黄碧色，花纹甚古，中有淤泥朽骨数片。陈投骨于水，携坛入室。夜梦一僧来曰："我唐时僧智恒也。汝所取磁坛，乃我埋骨坛，速还我骨而土掩焉。"陈素豪，晓告友朋，不以为意。又三日，其母梦一长眉僧挟一恶状僧至，曰："汝子无礼，贪我磁坛，抛撒我骨，我诉之不理，欺我老耳。我师兄大千闻之不平，故同来索汝子之命。"

母惊醒，命家人遍寻所弃之骨，仅存一片。问孝廉，则已迷闷，不省人事矣。未十日而病亡。

三斗汉

三斗汉者，粤之鄙人也，其饭须三斗粟乃饱，人故呼为"三斗汉"。身长一丈，围抱不周。须虬面黑，乞食于市，所得莫能果腹。一日，之惠州，戏于提督军门外，双手挈二石狮去。提督召之，则仍挈双石狮而来。提督命五牛曳横木于前，三斗汉挽其后，用鞭鞭牛，牛奋欲奔，终不能移尺寸。提督奇其力，赏食马粮，使入伍学武。乃跪求云："小人食需三斗粟，愿倍其粮。"提督许之。习武有年，驰马辄坠，箭发不中，乃改步卒。郁郁不得志而归。游于潮州，值潮之东门修湘子桥。桥梁石长三丈馀，宽厚皆尺五。众工构天架，数十人挽之，莫能上。三斗汉从旁笑曰："如许众人，颒面汗背，犹不能升一条石块耶！"众怒其妄，命试之。遂登架，独挽而上，众股栗。桥洞故有百数，辛卯年圮其三，郡丞范公捐俸倡修，见此人能独挽巨石，费省工速，遂命尽挽其馀，赏钱数十千。不一月，食尽去，莫知所之。或云饿死于澄江。

苏南村

桐邑有苏南村者，病笃昏迷，问其家人曰："李耕野、魏兆芳可曾来否？"家人莫知，漫应之。顷又问，答以："未曾来。"曰："尔等当着人唤他速来。"家人以为漫语，不应。乃长叹欲逝。家人仓皇遣健足奔市，购纸轿一乘。至，则见舆夫背有"李耕野"、"魏兆芳"字样，乃恍然悟，急焚之，而其气始绝。舆夫姓字，乃好事者戏书也，竟成为真，亦奇。

叶生妻

桐城邑西牛栏铺界叶生，笔耕糊口，父兄业农。乾隆癸卯春，佃其族人田于牌门庄，阖宅移居于是。其妻年十八，素端重寡言，忽发颠谩骂，其音不一，惟骂李某"丧绝无良，毁我辈十人冢，盖造房屋，好生受用，将我等骸骨践踏污秽"。叶生不解，询邻老，始知房主李某于康熙时平坟架屋，事实有之。乃诘其妻云："平坟做屋，实李某事，于我何干？"妻答云："当时李某气焰甚高，我等忍气不言，多出游避之。今看尔家运低，故在此泄忿。"骂音中惟此厉声者最恶，其九音偶尔相间，亦略平和。生许以拆屋培冢，答云："屋有主人，尔不能擅拆，盍往商量？"

生奔请李姓来，其妻引至堂西两正屋内指示曰："此二椁也，此四坟也，其牖旁乃二女坟，我坟在床后墙下。"李问："尔何人？"答云："我阮姓乎名，年二十二，前明正德间儒生。读书白鹤观，戏习道教，竟成羽士。偶为贪色逾墙，被辱自缢。葬此十人中，惟我受践踏污秽更苦，故我纠合伊等同来。"李云："汝骨在何处？"答曰："正中一冢掘下三尺，见棺黑色者，是我也。"李踌躇不敢掘，鬼骂不息。远近观者络绎而至，有问必答。或烧纸钱求之，其九鬼亦从旁劝解，音皆自其妻口中出。缢鬼骂曰："汝等九个赌贼！得受叶家纸钱，彼此赶老羊快活，便来劝我么？"自是九鬼无声，惟缢鬼独闹。生请羽士禳解，属塾师陈某作荐送文。鬼大笑曰："不通之极！某故事用错，某处文词鄙俗。况送我文，当求我，不应以威胁我。"塾师惭赧，唯唯而已。道士诵经略错，必加切责。

生之戚有程氏者，家素丰，方到门，鬼曰："富翁来矣，当备好茶。"章孝廉甫与生有姻，将到，鬼曰："文星至矣，求为我作墓志。"章口占一律赠之，曰："当年底事竟投缳？遗体飘零瘗此间。茅屋妄成将拆去，高封误毁已培还。从兹独乐安黄壤，还望垂怜放翠鬟。他日超升借法力，直排阊阖列仙班。"鬼谢曰："蒙奖太过。孚有风流罪过，安能排阊阖列仙班乎！惟五、六二语见教极是，吾遵命去矣。"临去，呼叶生字，告之曰："吾不受道士忏悔，受文人忏悔，亦未忘结习故也。尔盍镌诗墓石以光泉壤？"生妻瞑目无言，越一日乃醒。

七盗索命

杭州汤秀才世坤，年三十馀，馆于范家。一日晚坐，生徒四散。时冬月，畏风，书斋窗户尽闭。夜交三鼓，一灯荧然，汤方看书，窗外有无头人跳入，随其后者六人，皆无头，其头悉用带挂腰间，围汤，而各以头血滴之，溇溇冷湿，汤惊迷不能声。适馆僮持溺器来，一冲而散。汤阒地不醒，僮告主人，急来救起，灌姜汤数瓯，醒，具道所以，因乞回家。主人唤肩舆送之，天已大明。家住城隍山脚下，将近山，汤告舆夫不肯归家，愿仍至馆。云未至山脚下，望见夜中七断头鬼昂然高坐，似有相待之意。主人无奈何，仍延馆中。遂大病，身热如焚。

主人素贤，为迎其妻来侍汤药。未三日，卒。已而苏，谓妻曰："吾不活矣，所以复苏者，冥府宽恩，许来相诀故也。昨病重时，见青衣四人拉吾同行，云有人告发索命事，所到黄沙茫茫，心知阴界，因问：'吾何罪？'青衣曰：'相公请自观其容便晓矣。'吾云：'人不能自见其容，作何观法？'四青衣各赠有柄小镜，曰：'请相公照。'如其言，便觉庞然魁梧，须长七八寸，非今生清瘦面貌。前生姓吴，名锵，乃明季娄县知县。七人者，七盗也，埋四万金于某所，被获后，谋以此金贿官免死，托娄县典史许某转请于我。许匿取二万，以二万说我。我彼时明知盗罪难逭，拒之。许典史引《左氏》'杀汝，璧将焉往'之说，请掘取其金而仍杀之。我一时心贪，竟从许计，此时悔之无及。乃随四人行至一处，宫阙壮丽，中坐衮袍阴官，色颇和。吾拜伏阶下，七鬼者捧头于肩，若有所诉。诉毕，仍挂头腰间。吾哀乞阴官。官曰：'我无成见，汝自向七鬼求情。'吾因转向七鬼叩头云：'请高僧超度，多烧纸钱。'鬼俱不肯，其头摇于腰间，狞恶殊甚。开口露牙，就近来咬我颈。阴官喝曰：'盗休无礼。汝等罪应死，非某枉法。某之不良，有取尔等财耳。但起意者典史，非吴令，似可缓索渠命。'七鬼者又各以头装颈，哭曰：'我等向伊索债，非索命也。彼食朝廷俸而贪盗财，是亦一盗。许典史久已被我等咀嚼矣。因吴令初转世为美女，嫁宋尚书牧仲为姜，宋贵人有文名，某等不敢近。今又托生汤家，汤祖宗素积德，家中应有科目。今年除夕，渠之姓名将被文昌君送上天榜，一入天榜，则邪魔不敢近，我等又休矣。千载一时，寻捉非易，愿官勿行妇人之仁。'阴官听毕蹙额曰：'盗亦有道，吾无如何。汝姑回阳间，一别妻孥可也。'以此，我得暂苏。"语毕，不复开口。妻为焚烧黄白纸钱千百万，竟无言而卒。

汤氏别房讳世昌者，次年乡试及第，中进士，入词林，人皆以为填天榜者所抽换矣。

陈清恪公吹气退鬼

陈公鹏年未遇时，与乡人李孚相喜。秋夕，乘月色过李闲话。李故寒士，谓陈曰："与妇谋酒不得，子少坐，我外出沽酒，与子赏月。"陈持其诗卷坐观待之。

门外有妇人蓝衣蓬首开户入，见陈，便却去。陈疑李氏戚也，避客，故不入，乃侧坐避妇人。妇人袖物来，藏门槛下，身走入内。陈心疑何物，就槛视之，一绳也，臭，有血痕。陈悟此乃缢鬼，取其绳置靴中，坐如故。少顷，蓬首妇出，探藏处，失绳，怒，直奔陈前，呼曰："还我物！"陈曰："何物？"妇不答，但耸立张口吹陈，冷风一阵如冰，毛发噤龂，灯荧荧青色将灭。陈私念：鬼尚有气，我独无气乎？乃亦鼓气吹妇。妇当公吹处，成一空洞，始而腹穿，继而胸穿，终乃头灭。顷刻，如轻烟散尽，不复见矣。

少顷，李持酒入，大呼："妇缢于床！"陈笑曰："无伤也，鬼绳尚在我靴。"告之故，乃共入解救，灌以姜汤，苏，问："何故寻死？"其妻曰："家贫甚，夫君好客不已。头止一钗，拔去沽酒。心闷甚，客又在外，未便声张。旁忽有蓬首妇人，自称左邻，告我以夫非为客拔钗也，将赴赌钱场耳。我愈郁恨，且念夜深，夫不归，客不去，无面目辞客。蓬首妇手作圈曰：'从此入即佛国，欢喜无量。'余从此圈入，而手套不紧，圈屡散。妇人曰：'取吾佛带来，则成佛矣。'走出取带，良久不来。余方冥然若梦，而君来救我矣。"访之邻，数月前果缢死一村妇。

陈圣涛遇狐

绍兴陈圣涛者，贫士也，丧偶。游扬州，寓天宁寺侧一小庙，庙僧遇之甚薄。陈见庙有小楼扃闭，问僧何故。僧曰："楼有怪。"陈必欲登，乃开户入。见几上无丝毫尘，有镜架梳篦等物。大疑，以为僧藏妇人，不语，出。过数日，望见美妇倚楼窥，陈亦目挑之。妇腾身下，已至陈所。陈始惊以为非人。妇曰："我仙也，汝毋怖，为有夙缘故耳。"款接甚殷，竟成夫妇。

每月朔，妇告假七日，云："往泰山娘娘处听差。"陈乘妇去，启其箱，金玉烂然。陈一丝不取，代扃锁如初。妇归，陈私谓曰："我贫甚，而君颇有馀资，盍假我屯货为生业乎？"妇曰："君骨相贫，不能富，虽作商贾无益。且喜君行义甚高，开我之箱，分文不取，亦足敬也。请资君衣食。"自后，陈不起炊，中馈之事，妇主之。

居年馀，妇谓陈曰："妾所蓄金已为君捐纳飞班通判，赴京投供，即可选也。妾请先入京师置屋待君。"陈曰："娘子去，我从何处访寻？"曰："君第入都，到彰义门，妾自遣人相迎。"陈如其言，后妇人两月入都，至彰义门，果有苍头跪曰："主君到迟，娘娘相待久矣。"引至米市胡同，则崇垣大厦，奴婢数十人皆跪迎叩头如旧曾服侍者。陈亦不解其故。登堂，妇人盛服出迎，携手入房。陈问："诸奴婢何以识我？"曰："勿声张。妾假君形貌赴部投捐，又假君形貌买宅立契，诸奴婢投身时，亦假君形貌以临之，故皆认识君。"因私教陈曰："若何姓，若何名，唤遣时须如我所嘱，毋为若辈所疑。"陈喜甚，因通书于家。

明年，陈之长子来，知父已续娶后母，入房拜见。母慈恤倍至，如所生。子亦孝敬不违。妇人曰："闻儿有妇，何不偕来？明年可同至别驾任所。"长子唯唯。妇人赠舟车费，迎其妻入京同居。忽一日，门外有少年求见。陈问："何人？"少年曰："吾母在此。"陈问妇人，妇人曰："是吾儿，妾前夫所生也。"唤入，拜陈，并拜陈之长子，呼为兄。

居亡何，妇假日也，不在家；长子亦外出。妻王氏方梳妆，少年窥嫂有色，排窗入，拥抱求欢。王不可，少年强之，弛下衣，以阴示嫂，茎头无肉而有毛，尖挺如立锥。王愈畏恶，大呼乞命。少年惧，奔出。王之裙褶已毁裂矣。长子夜归被酒，见妻容色有异，问之，具道所以。长子不胜忿，拔几上刀寻少年。少年已卧，就帐中斫之。烛照，一狐断首而毙。陈知其事，惊骇。惧妇人假满归，必索其子命，乃即夜父子逃归绍兴。官不赴选，一钱不得着身，贫如故。

长鬼被缚

竹墩沈翰林厚馀，少与友张姓同学读书。数日张不至，问之，张患伤寒甚剧，因往问候。入门悄然，将升堂，见堂上先有一长人端坐，仰面视堂上题额。沈疑非人，戏解腰带，潜缚其两腿。长人惊，转面相视。沈叩以"何处来？"长人云："张某当死，余为勾差，当先来与其家堂神说明，再动手勾捉。"沈以张"寡母在堂，未娶无子，胡可以死？"恳画计缓之。长人亦有怜色，而谢以无术。沈代恳再三，长人曰："只一法耳。张明日午时当死，先期有冥使五人偕余自其门外柳树下入。冥中鬼饥渴久，得饮食即忘事。君可预设二席，置六人座，君候于门外柳树边。有旋风自上而下，即拱揖入门，延之入座，勤为劝酬。视日影逾午，则起散。张可以免。"沈允诺，即入语张家人。届期，一一如所教。张至巳刻，已昏晕；当午，惟存一息；外席散，而神气渐复。沈大喜。

归月馀，夜梦前长人作痛楚状攒眉告曰："前为君画策，张君得延一纪，入学，且当中某科副车，举二子。而余以泄冥事，为同辈所告，责四十板革役矣。余本非鬼，乃峡石镇挑脚夫刘先。今遭冥责，不复能行起。尚有三年阳数未终，须君语张君给日用费，终我馀年。"沈语张，张即持数十金偕沈买舟访之，果得其人，方以瘫疾卧床。乃拜谢床下，以所携金赠之而返。张后一如梦中所语。

西园女怪

杭郡周姓者，与友陈某游邗上，住某绅家。时初秋，尚有馀暑，所居屋颇隘。主人西园精舍数间，颇幽静，面山临池。二人移榻其中，数夜安然。

一夕，步月至二鼓，入室将寝，闻庭外步屧声，徐徐吟曰："春花成往事，秋月又今宵。回首巫山远，空将两鬓凋。"两人初疑主人出游，既而语气不类，披衣窃视，见一美女背栏干立。两人私语：未闻主人家有此人，且装束殊不似近时，得毋世所谓鬼魅者此乎？陈少年情动，曰："有此丽质，魅亦何妨？"因呼曰："美女何不入室一谈？"庭外应声曰："妾可入，君独不可出耶？"陈拉周启户出，不复见人。呼之，随呼随应，而人不可得。寻声以往，若在树间，审视之，则柳枝下倒悬一妇人首。二人骇极大呼。首坠地，跳跃而来。二人急奔避入室，首已随至。两人关门，尽力抵之；首啮门限，咋咋有声。俄闻鸡鸣，首跳跃去，至池而没。两人迨天明，急移住旧所，各病虐数十日。

雷诛营卒

乾隆三年二月间，雷震死一营卒。卒素无恶迹，人咸怪之。有同营老卒告于众曰：某顷已改行为善，二十年前披甲时曾有一事，我因同为班卒，稔知之。某将军猎皋亭山下，某立帐房于路旁。薄暮，有小尼过帐外。见前后无人，拉入行奸。尼再四抵拦，遗其裤而逃。某追半里许，尼避入一田家，某怅怅而返。尼所避之家仅一少妇，一小儿，其夫外出佣工。见尼入，拒之。尼语之故，哀求假宿。妇怜而许之，借以己裤。尼约以"三日后，当来归还"，未明即去。夫归，脱垢衣欲换。妇启箧，求之不得，而己裤故在，因悟前仓卒中误以夫裤借去。方自咎未言，而小儿在旁曰："昨夜和尚来穿去耳。"夫疑之，细叩踪迹。儿具告：和尚夜来哀求阿娘，如何留宿，如何借裤，如何带黑出门。妇力辩是尼非僧，夫不信，始以詈骂，继加捶楚。妇遍告邻佑。邻佑以事在昏夜，各推不知。妇不胜其冤，竟缢死。次早，其夫启门，见女尼持裤来还，并篮贮糕饵为谢。其子指以告父曰："此即前夜借宿之和尚也。"夫悔，痛杖其子，毙于妇柩前，己亦自缢。邻里以经官不无多累，相与殡殓，寝其事。次冬，将军又猎其地。土人有言之者，余虽心识为某卒，而事既寝息，遂不复言。曾密语某，某亦心动，自是改行为善，冀以盖愆，而不虞天诛之必不可逭也。

青龙党

杭州旧有恶少歃血结盟，刺背为小青龙，号"青龙党"，横行闾里。雍正末年，枭司范国瑄擒治之，死者十之八九，首恶董超，竟以逃免。乾隆某年冬，梦其党数十人走告曰："子为党首，虽幸逃免，明年当伏天诛。"董惶恐求计，众曰："计惟投保叔塔草庵僧为徒，力持戒行，或可幸免。"董梦觉，访之塔下，果有老僧结草棚趺坐诵经。董长跪泣涕，自陈罪戾，愿度为弟子。老僧初犹逊谢，既见其情真，乃与剪发为头陀，令日间诵经，夜沿山敲木鱼念佛号。自冬至春，修持颇力。

四月某日，从市上化斋归，小憩土地祠。朦胧睡去，见其党来促曰："速归！速归！今夕雷至矣！"董惊觉，踉跄归棚，天已昏黑，果有雷声。董以梦告僧。僧令跪己膝下，两袖蒙其顶而诵经如故。不数刻，电光绕棚，霹雳连下，或中棚左石，或中棚右树，如是者七八击，皆不得中。少顷，风雷俱止，云开见月。老僧谓难已过，掖以起曰："从此当无事矣。"董惊魂少定，拜谢老僧，出棚外。忽电光烁然，震霆一声，已毙石上。

陈州考院

河南陈州学院衙堂后有楼三间封锁，相传有鬼物。康熙中，汤西崖先生以给谏视学其地，亦以老吏言，扃其楼如故。时值盛暑，幕中人多屋少，杭州王秀才霅，中州景秀才考祥，居常以胆气自壮，欲移居高楼。汤告以所闻，不信。断锁登楼，则明窗四敞，梁无点尘，愈疑前言为妄。景榻于楼之外间，王榻于楼之内间，让中一间为起坐所。

漏下二鼓，景先睡，王从中间持烛归寝，语景曰："人言楼有祟，今数夕无事，可知前人无胆，为书吏所愚。"景未答，便闻楼梯下有履声徐徐登者。景呼王曰："楼下何响？"王笑曰："想楼下人故意来吓我耳。"少顷，其人连步上，景大窘，号呼；王亦起，持烛出。至中间，灯光收缩如萤火。二人惊，急添烧数烛。烛光稍大，而色终青绿。楼门洞开，门外立一青衣人，身长二尺，面长二尺，无目无口无鼻而有发，发直竖，亦长二尺许。二人大声唤楼下人来，此物遂倒身而下。窗外四面啾啾然作百种鬼声，房中什物皆动跃。二人几骇死，至鸡鸣始息。

次日，有老吏言：先是溧阳潘公督学时，岁试毕，明日当发案，潘已就寝。将二更，忽闻堂上击鼓声。潘遣僮问之，值堂吏云顷有披发妇人从西考棚中出，上阶求见大人。吏以深夜，不敢传答。曰："吾有冤，欲见大人陈诉。吾非人，乃鬼也。"吏惊仆，鬼因自击鼓。署中皆惶遽，不知所为。仆人张姓者，稍有胆，乃出问之。鬼曰："大人见我何碍？今既不出，即烦致语：我，某县某生家仆妇也。主人涎我色奸我，不从，则鞭挞之。我语夫，夫醉后有不逊语，渠夜率家人杀我夫喂马。次早入房，命数人抱我行奸。我肆口詈之，遂大怒，立捶死，埋后园西石槽下。沉冤数载，今特来求申。"言毕大哭。张曰："尔所告某生，今来就试否？"鬼曰："来，已取在二等第十三名矣。"张入告潘公。公拆十三名视之，果某生姓名也，因令张出慰之曰："当为尔檄府县查审。"鬼仰天长啸去。潘次日即以访闻檄县，果于石槽下得女尸，遂置生于法。此是衙门一异闻，而楼上之怪，究不知何物也。

王后举孝廉，景后官侍御。

符离楚客

康熙十二年冬，有楚客贸易山东，由徐州至符离。约二鼓，北风劲甚，见道旁酒肆灯火方盛。入饮，即假宿焉。店中人似有难色，有老者怜其仓迫，谓曰："方设馔以待远归之士，无馀酒饮君。右有耳房，可以暂宿。"引客进。

客饥渴甚，不能成寐，闻外间人马喧声，心疑之。起，从门隙窥，见店中匝地皆军士，据地饮食，谈说兵事。皆不甚晓。少顷，众相呼曰："主将来矣。"远远有呵殿声，咸趋出迎候。见纸灯数十，错落而来，一雄壮长髯者下马，入店上坐，众人伺立门外。店主人具酒食上，餔啜有声。毕，呼军士入曰："尔辈远出久矣，各且归队，吾亦少憩，俟文书至，再行未迟。"众诺而退。随呼曰："阿七，来！"有少年军士从店左门出，店中人闭门避去。阿七引长髯者入左门，门隙有灯射出。客从右耳房潜至左门隙窥之，见门内有竹床，无睡具，灯置地上。长髯者引手撼其头，头即坠下，放置床上。阿七代捉其左右臂，亦皆坠下，分置床内外。然后倒身卧于床，阿七摇其身，自腰下对裂作两段，倒于地，灯亦旋灭。客悸甚，飞趋耳房，以袖掩面卧，辗转不能寐。

遥闻鸡鸣一二次，渐觉身冷。启袖，见天色微明，身乃卧乱树中。旷野无屋，亦无坟堆。冒寒行三里许，始有店。店主人方开门，讶问客来何早？客告以所遇，并问所宿为何地。曰："此间皆旧战场也。"

徐氏疫亡

雍正壬子冬，杭城徐姓嫁女某家。杭俗：弥月行双回门礼。是日，婿饮于徐，徐为设榻厅楼下。婿就帐未寝，闻楼梯有行步声，见四人下楼立灯前：一纱帽朱衣，一方巾道服，馀二人皆暖帽皮袍，相与叹息。少顷，有女装者五人，亦来掩泣于灯前。有高年妇人指帐中曰："可托此人？"纱帽者摇手曰："无济。"且泣曰："吾当求张先生存吾门一线耳。"互相劝慰，或坐或行。婿悸极，不能出声。迨五鼓，方相扶上楼。桌下忽走出一黑面人，急上梯挽红衣者曰："独不能为我留一线耶！"红衣者唯唯。时鸡已鸣，黑面人奔桌下去。婿候窗微亮，披衣入内，叩楼上何人所居，曰："新年供祖先神像，无人住也。"婿上楼观像，衣饰状貌与所见不同，心不解所以，秘而不言。

先是，徐家三子皆受业于张有虔先生，是年，张馆松江。五月中，以母病归，乞其弟子往权馆。徐故富家，皆不欲出。张强之，主人命第三子往。有阿寿者，奴产子也，向事张谨，因命同往。主仆出门，未二十日，杭州虾蟆瘟大作。徐一家上下十二口，死者十人，惟第三子与阿寿以外出故免。闻丧，归。婿以所见语之，徐愕然曰："阿寿之父名阿黑，以面黑故也，君所见从桌下出者是矣。"

蒋文恪公说二事

余座主蒋文恪公，居李广桥赐第。自言：少时读书平台，其地与他屋隔远，每夜坐呼人，辄有应声而无人至。一夜欲溲，窗外月不甚明，又无相伴者，乃呼其所随僮名，应声答。令之入，卒不入。启户出，见一人方枕外墙门阈，以头向内而应。公初疑为某僮醉，骂之，其卧如故。公怒，行至阈边，思扑之，见所卧人长三尺，方巾皂衣，白须，如世所塑土地样。公喝之，其人冉冉没矣。

公父文肃公戒子孙不得近优人，故终文肃之世，从无演戏觞客之事。文肃殁后十年，文恪稍稍演戏，而不敢蓄养伶人。老奴顾升乘文恪燕坐，谈及梨园，怂恿曰："外间优人总不若家伶为佳，且便于传唤。家中奴产子甚众，何不延教师择数奴演之？"文恪心动，未答。忽见顾升惊怖，面色顿异，两手如受桎梏，身倒于地，以头钻入椅脚中，由一椅脚穿至第二椅脚，由第二椅脚穿至第三椅脚。自首至足，若纳于匣。呼之不应。公急召巫医，百计解救。夜半始苏，曰："怕杀，怕杀！方前言毕时，见一长人捽奴出，先老主人坐堂上，声色俱厉，曰：'尔为吾家世仆，吾之遗训，尔岂不知，何得导五郎蓄戏子？着捆打四十，活掩棺中！'奴闷绝，不知所为。最后闻远远有呼唤声，奴在棺中，欲应不能。后稍觉清快，亦不知何以得出。"验其臀，果有青黑痕。

猎户除狐

海昌元化镇，有富家，卧房三间在楼上。日间，人俱下楼理家务。一日其妇上楼取衣，楼门内闭，加楄焉。因思：家中人皆在下，谁为此者？板隙窥之，见男子坐于床，疑为偷儿，呼家人齐上。其人大声曰："我当移家此楼。我先来，家眷行且至矣。假尔床桌一用，馀物还汝。"自窗间掷其箱箧零星之物于地。少顷，闻楼上聚语声，三间房内，老幼杂沓，敲盘而唱曰："主人翁，主人翁！千里客来，酒无一钟？"其家畏之，具酒四桌置庭中，其桌即凭空取上。食毕，复从空掷下。此后，亦不甚作恶。

富家延道士为驱除，方在外定议归，楼上人又唱曰："狗道，狗道，何人敢到？"明日，道士至，方布坛，若有物撼之；踉跄奔出，一切神像法器，皆撒门外。自此，日夜不宁。乃至江西求张天师，天师命法官某来。其怪又唱曰："天师，天师，无法可施。法官，法官，来亦枉然。"俄而，法官至，若有人揪其首而掷之，面破衣裂，法官大惭，曰："此怪力量大，须请谢法官来才可。谢住长安，镇某观中。"主人迎谢来，立坛施法，怪竟不唱。富家喜甚。忽红光一道，有白须者从空中至楼，呼曰："毋畏谢道士，谢所行法，我能破之！"谢坐厅前诵经，掷钵于地，走如飞，周厅盘旋，欲飞上楼者屡矣，而终不得上。须臾，楼上摇铜铃，琅琅声响，钵遂委地，不复转动。谢惊曰："吾力竭，不能除此怪。"即取钵走，而楼上欢呼之声彻墙外。自是，作祟无所不至。如是者又半年。

冬暮大雪，有猎户十馀人来借宿，其家告以"借宿不难，恐有扰累"。猎户曰："此狐也，我辈猎狐者也，但求烧酒饮醉，当有以报君。"其家即沽酒具肴馔，彻内外燃巨烛。猎户轰饮，大醉，各出鸟枪，装火药，向空点放。烟尘障天，竟夕震动，迨天明雪止始去。其家方虑惊骇之当更作祟，乃竟夕悄然。又数日，了无所闻。上楼察之：则群毛委地，窗槅尽开，而其怪迁矣。

卷 五

城隍替人训妻

杭州望仙桥周生，业儒，妇凶悍，数忤其姑。每岁逢佳节，着麻衣拜姑于堂，诅其死也。周孝而懦，不能制妻，惟日具疏祷城隍神，愿殛妇以安母。章凡九焚，不应；乃更为忿语，责神无灵。

是夕，梦一卒来，曰："城隍召汝。"周随往，入跪庙中。城隍曰："尔妇忤逆状吾岂不知，但查汝命，只一妻，无继妻，恰有子二人。尔孝子，胡可无后，故暂宽汝妇。汝何哓哓！"周曰："妇恶如是，奈堂上何！且某与妇恩义既绝，又安得有嗣？"城隍曰："尔昔何媒？"曰："范、陈二姓。"乃命拘二人至，责曰："某女不良，而汝为媒，嫁于孝子，害皆由汝。"呼杖之。二人不服，曰："某无罪。女处闺中，其贤否某等无由知。"周亦代为祈免，曰："二人不过要好作媒，非贪媒钱作诳语者，与伊何罪？据某愚见，妇人虽悍，未有不畏鬼神念经拜佛者。但求城隍神呼妇至，示之惩警，或得改逆为孝，事未可定。"城隍曰："甚是。但尔辈皆善类，故以好面目相向，妇凶悍，非吾变相，不足以威。尔辈毋恐。"命蓝面鬼持大锁往擒其妻，而以袍袖拂面。顷刻，变成青靛色，朱发睁眼。召两旁兵卒执刀锯者，皆狰狞凶猛。油铛肉磨，置列庭下。须臾，鬼牵妇至，榖觫跪阶前。城隍厉声数其罪状，取登注册示之。命夜叉："拉下剥皮，放油锅中。"妇哀号伏罪，请后不敢。周及两媒代为之请，城隍曰："念汝夫孝，姑宥汝，再犯者有如此刑。"乃各放归。次日，夫妇证此梦皆同。妇自此善视其姑，后果生二子。

文信王

湖州同征友沈炳震，尝昼寝书堂，梦青衣者引至一院，深竹蒙密，中设木床素几，几上镜高丈许。青衣曰："公照前生。"沈自照：方巾朱履，非本朝衣冠矣。方错愕间，青衣曰："公照三生。"沈又自照：则乌纱红袍，玉带皂靴，非儒者衣冠矣。

有苍头闯然入跪叩头曰："公犹识老奴乎？奴曾从公赴大同兵备道任者也，今二百馀年矣。"言毕，泣，手文卷一册献沈。沈问故，苍头曰："公前身在明嘉靖间，姓王名秀，为大同兵备道。今日青衣召公，为地府文信王处有五百鬼诉冤，请公质问。老奴记杀此五百人，非公本意，起意者乃总兵某也。五百人，本刘七案内败卒，降后又反，故总兵杀之，以杜后患。公曾有手书劝阻，总兵不从。老奴恐公忘记此书，难以辨雪，故袖此稿奉公。"沈亦恍然记前世事，与慰劳者再。青衣请曰："公步行乎？乘轿乎？"老仆呵曰："安有监司大员而步行者！"呼一舆，二夫甚华，掖沈行数里许。

前有宫阙巍峨，中坐王者，冕旒白须；旁吏绛衣乌纱，持文簿呼："兵备道王某进。"王曰："且止，此总兵事也，先唤总兵。"有戎装金甲者从东厢入，沈视之，果某总兵，旧同官也。王与问答良久，语不可辨。随唤沈，沈至，揖王而立。王曰："杀刘七党五百人，总兵业已承认，公有书劝止之，与公无干。然明朝法，总兵亦受兵备道节制。公令之不从，则平日儒恶可知。"沈唯唯谢过。总兵争曰："此五百人，非杀不可者也。曾诈降复反，不杀，则又将反。总兵为国杀之，非为私杀也。"言未已，阶下黑气如墨，声啾啾远来，血臭不可耐。五百头拉杂如滚球，齐张口露牙，来啮总兵，兼睨沈。沈大惧，向王拜不已，且以袖中文书呈上。王拍案厉声曰："断头奴！诈降复反事有之乎？"群鬼曰："有之。"王曰："然则总兵杀汝诚当，尚何哓哓！"群鬼曰："当时诈降者，渠魁数人；复反者，亦渠魁数人；馀皆胁从者也，何可尽杀？且总兵意欲迎合嘉靖皇帝严刻之心，非真为国为民也。"王笑曰："说总兵不为民可也，说总兵不为国不可也。"因谕五百鬼曰："此事沉搁二百馀年，总为事属因公，阴官不能断。今总兵心迹未明，不能成神去；汝等怨气未散，又不能托生为人。我将以此事状上奏玉皇，听候处置。惟兵备道某所犯甚小，且有劝阻手书为据，可放还阳，他生罚作富家女子，以惩其柔懦之过。"五百鬼皆手持头叩阶，哒哒有声，曰："惟大王命。"

王命青衣者引沈出。行数里，仍至竹密书斋。老仆迎出，惊喜曰："主人案结矣。"跪送再拜。青衣人呼至镜所，曰："公视前生。"果仍巾履一前朝老诸生也。青衣人又呼曰："公视今生。"不觉惊醒，汗出如雨，仍在书堂。家人环哭道："晕去一昼夜，惟胸间微温。"文信王宫阙扁对甚多，不能记忆，只记宫门外金镂一联云："阴间律例全无，那有法重情轻之案件；天上算盘最大，只等水落石出的时辰。"

吴三复

苏州吴三复者，其父某，饶于财，晚年中落，所存只万金，而负者者众。一日，谓三复曰："我死则人望绝，汝辈犹得以所遗资生。"遂缢死。三复实未防救。其友顾心怡者，探知其事，伪设乩仙位而召三复请仙。三复往，焚香叩头，乩盘大书曰："余尔父也。尔明知父将缢死，而汝竟不防于事先，又不救于事后，汝罪重，不日伏冥诛矣。"三复大惧，跪泣求忏悔。乩盘又书曰："余舐犊情深，为汝想无他法，惟捐三千金交顾心怡立斗姥阁，一以超度我之亡魂，一以忏汝之罪孽，方可免死。"三复深信之，即以三千金与顾，立收券为凭。顾伪辞让，若不得已而后受者。少顷，饮三复酒，乘其醉，遣奴窃其券焚之。三复归家，券已遗失，遣人促顾立阁，顾曰："某未受金，何能立阁？"三复心悟其奸，然其时家尚有余，亦不与校。

又数年，三复窘甚，求贷于顾。顾以三千金营运，颇有赢余，意欲以三百金周给之。其叔某止之曰："若与三百，则三千之说遂真矣，是小不忍而乱大谋也。"心怡以为然，卒不与。三复控官，俱以无券不准。三复怨甚，作牒词诉于城隍。焚牒三日，卒。再三日，顾心怡及其叔某偕亡。其夜，顾之邻人见苏州城隍司灯笼满巷。时乾隆二十九年四月事。

影光书楼事

苏州史家巷蒋申吉，余年家子也。有子娶徐氏，年十九，琴瑟颇调。生产弥月，忽置酒唤郎君共饮，曰："此别酒也，予与君缘满将去，昨日宿冤已到，势难挽回。谚曰：'夫妻本是同林鸟，大难来时各自飞。'我死后，君亦勿复相念。"言毕大恸。蒋愕然，犹慰以好语。氏忽掷杯起立，竖眉瞋目，非复平日容颜，卧床上,向西大呼曰:"汝记万历十二年影光书楼上事乎?两人设计害我,我死何惨!"呼毕,以手批颊,血出。未几,又以剪刀自刺。察其音,山东人语也。蒋家人环跪哀求,卒不解。如是者三日。

有某和尚者,素有道行,申吉将遣人召之。徐氏厉声曰:"余汝家祖宗也,汝敢召僧驱我乎!"即作蒋氏之祖父语,口吻宛然;呼奴婢名,一一无爽;责子孙不肖事某某,亦复似是而非,有中有不中。和尚至门,徐氏啻曰:"秃奴可怖,且去,且去。"和尚甫出,则又詈曰:"汝家媳妇房中,能朝夕使和尚居乎?"和尚谓申吉曰:"此前世冤业,已二百馀年,才得寻着。积愈久者报愈深。老僧无能为。"走出,不肯复来,徐氏遂死。死时,面如裂帛,竟不知是何冤。此乾隆二十九年二月事。

波儿象

江苏布政司书吏王文宾,昼寝,闻书室有布衣綷縩声,视之,一隶卒也,见便昏迷,身随之行。至一处,殿宇清严,中坐两官:一白须年老者上坐,一壮年面麻而黑须者旁坐。阶下以金丝熏笼罩一兽,壮如猪,尖嘴绿毛。见王来,张嘴奋跃,欲前相啮。王惧,跪身向左。左一人褴褛枯瘠,状如乞丐,怒目睨王。白须官手招王跪近前,问曰:"五十三两之项,汝曾记得乎?"王愕然不解。壮年者笑曰:"长船变价案也,汝前生事耳。"王恍然悟前明海运一案。前明海运既停,海船数百只,追价充公。王前世亦为江苏书吏,专司此案。运丁追比无出,凑银贿王,图准充销,为居间者中饱,案仍不结。此褴褛者,乃追比缢死之运丁也。王悟前世事由,即侃侃实对。两官点头曰:"冤既有主,当别拘中饱者治罪,汝可回阳。"命隶卒引出。黄埃蔽天,王知为泉下,问狱卒曰:"彼乞丐睨我者,吾知为冤鬼矣。彼似猪非猪,欲啮我者,是何物耶?"隶卒曰:"此名'波儿象',非猪也。阴间畜养此兽,凡遇案件讯明,罪重之人,即付彼吞噬,如阳间'投畀豺虎'故事。"王悚然。行至大河侧,被隶卒推入水,惊醒,妻子环榻而泣,昏沉者已三日矣。

斧断狐尾

河间府丁姓者,不事生业,以狎邪为事。闻某处有狐仙迷人,丁独往,以名帖投之,愿为兄弟。是晚,狐果现形,自称愚兄吴清,年五十许。相得如平生欢。凡所求请,愚兄必为张罗。丁每夸于人,以为交人不如交狐。

一日,丁谓吴曰:"我欲往扬州观灯,能否?"狐曰:"能。河间至扬,离二千里,弟衣我衣,闭目同行便至矣。"从之,凭空而起,两耳闻风声,顷刻至扬。有商家方演戏，丁与狐在空中观，忽闻场上锣鼓声喧，关圣单刀步出，狐大惊，舍丁而奔，丁不觉坠于席上。商人以为妖，械送江都县。鞫讯再三，解回原籍。

见狐咎之。狐曰："兄素胆小，闻关帝将出，故奔；且偶忆汝嫂，故急归。"丁问："嫂何在？"曰："我狐也，焉能婚娶？不过魇迷良家妇耳。邻家李氏女，即汝嫂也。"丁心动，求见嫂。狐曰："有何不可。但汝人，身无由入人密室。我有小袄，汝着之，便能出入窗户，如履无人之境。"丁如其言，竟入李家。李女久被狐蛊，状如白痴。丁登其床，女即与交。女为狐所染，气奄奄矣，忽近人身，酣畅异常，病亦渐愈。丁告以故，女秘之不言，而渐渐有乐丁厌狐之意。

狐知之，召丁语曰："开门揖盗，兄之罪也。近日嫂竟爱弟而憎我。弟固两世人身，女子爱之诚宜。然非兄之丑，亦无由显弟之美也。"丁问故，狐曰："凡男子之阴，以头上肉肥重为贵。年十五六，即脱颖出，皮不裹棱，嗅之无秽气者，人类也。皮裹其头不净，棱下多腐渣而筋胜者，兽类也。弟不见羊马猪狗之阴，非皆皮裹头尖而以筋皮胜者乎？"出其阴示之，果细瘦而毛坚如锥。丁闻之，愈自得也。

狐妒丁夺妇宠，阴就女子之床，取小袄归。丁傍晓钻窗，窗不开矣，块然坠地。女家父母大惊，以为获怪。先喷狗血，继沃屎溺，针灸倍至，受无量苦。丁以实情告，其家不信，幸女爱之，私为解脱，曰："彼亦被狐惑耳，不如送之还家。"丁得脱归，将寻狐咎之，狐避不见。是晚，大书一纸贴丁门曰："陈平盗嫂，宜有此报。从此拆开，弟兄分灶。"

嗣后，丁与女断，狐仍往。其家设醮步罡，终不能禁。女一胎生四子，面状皆人类，而尻多一尾，落地能行，颇尽孝道，时随父出采蔬果奉母。一日，狐来向女泣曰："我与卿缘尽矣。昨泰山娘娘知我蛊惑妇人，罚砌进香御路，永不许出境。吾将携四子同行。"袖中出一小斧交其女曰："四儿子尾不断，终不得修到人身。卿人也，为我断之。"女如其言，各拜谢去。

洗紫河车

四川酆都县皂隶丁恺，持文书往夔州投递。过鬼门关，见前有石碑，上书"阴阳界"三字。丁走至碑下，摩观良久，不觉已出界外。欲返，迷路。不得已，任足而行。至一古庙，神像剥落，其旁牛头鬼蒙灰丝蛛网而立。丁怜庙中之无僧也，以袖拂去其尘网。

又行二里许，闻水声潺潺，中隔长河，一妇人临水洗菜。菜色甚紫，枝叶环结如芙蓉。谛视渐近，乃其亡妻。妻见丁大惊曰："君何至此？此非人间。"丁告之故，问妻："所居何处？所洗何菜？"妻曰："妾亡后为阎罗王隶卒牛头鬼所娶，家住河西槐树下。所洗者，即世上胞胎，俗名紫河车是也。洗十次者，儿生清秀而贵；洗两三次者，中常之人；不洗者，昏愚秽浊之人。阎王以此事分派诸牛头管领，故我代夫洗之。"丁问妻："可能使我还阳否？"妻曰："待吾夫归商之。但妾既为君妇，又为鬼妻，新夫旧夫，殊觉启齿为羞。"语毕，邀至其家，谈家常，讯亲故近状。

少顷，外有敲门者，丁惧，伏床下。妻开门，牛头鬼入，取牛头掷于几上，一假面具也。既去面具，眉目言笑，宛若平人，谓其妻曰："惫甚！今日侍阎王审大案数十，脚跟立久酸痛，须斟酒饮我。"徐惊曰："有生人气！"且嗅且寻。妻度不可隐，拉丁出，叩头告之故，代为哀求。牛头曰："是人非独为妻故将救之，是实于我有德。我在庙中蒙灰满面，此人为我拭净，是一长者。但未知阳数何如，我明日往判官处偷查其簿，便当了然。"命丁坐，三人共饮。有肴馔至，丁将举箸，牛头与妻急夺之，曰："鬼酒无妨，鬼肉不可食，食则常留此间矣。"

次日，牛头出，及暮归，欣欣然贺曰："昨查阴司簿册，汝阳数未终，且喜我有出关之差，正可送汝出界。"手持肉一块，红色臭腐，曰："以赠汝，可发大财。"丁问故，曰："此河南富人张某之背上肉也。张有恶行，阎王擒而钩其背于铁锥山。半夜肉溃，脱逃去。现在阳间患发背疮，千医不愈。汝往，以此肉研碎敷之即愈，彼必重酬汝。"丁拜谢，以纸裹而藏之，遂与同出关，牛头即不见。

丁至河南，果有张姓患背疮。医之痊，获五百金。

石门尸怪

浙江石门县里书李念先，催租下乡，夜入荒村，无旅店。遥望远处茅舍有灯，向光而行。稍近，见破篱拦门，中有呻吟声。李大呼："里书某催粮求宿，可速开门！"竟不应。李从篱外望，见遍地稻草，草中有人，枯瘠，如用灰纸糊其面者。面长五寸许，阔三寸许，奄奄然卧而宛转。李知为病重人，再三呼，始低声应曰："客自推门。"李如其言入。病人告以"染疫垂危，举家死尽"，言甚惨。强其外出买酒，辞不能。许谢钱二百，乃勉强爬起，持钱而行。

壁间灯灭，李倦甚，倒卧草中，闻草中飒然有声，如人起立者。李疑之，取火石击火，照见一蓬发人，枯瘦更甚，面亦阔三寸许，眼闭血流，形同僵尸，倚草直立。问之，不应。李惊，乃益击火石。每火光一亮，则僵尸之面一现。李思遁出，坐而倒退。退一步，则僵尸进一步。李愈骇，抉篱而奔。尸追之，践草上，簌簌有声。狂奔里许，闯入酒店，大喊而仆，尸亦仆。

酒家灌以姜汤，苏，具道其故。方知合村瘟疫，追人之尸，即病者之妻，死未棺殓，感阳气而走魄也。村人共往寻沽酒者，亦持钱倒于桥侧，离酒家尚五十馀步。

空心鬼

杭州周豹先，家住东青巷。屋之大厅上，每夜立一人，红袍乌纱，长髯方面；旁侍二人，琐小猥鄙，衣青衣，听其使唤。其胸以下至肚腹，皆空透如水晶，人视之，虽隔肚腹，犹望见厅上所挂画也。周氏郎年十四，卧病，见乌纱者呼从者谋曰："若何而害之？"从者曰："明日渠将服卢浩亭之药，我二人变作药渣伏碗中，俾渠吞入，便可抽其肺肠。"次日，卢浩亭来诊脉，毕，周氏郎不肯服药，告家人以鬼语如此。家人买一钟馗忍挂堂上，鬼笑曰："此近视眼钟先生，目昏昏然，人鬼不辨，何足惧哉！"盖画者戏为小鬼替钟馗取耳，钟馗忍痒，微合其目故也。居月馀，鬼又言曰："是家气运未衰，闹之无益，不如他去。"乌纱者曰："若如此，空过一家，将来成例，何以得血食乎？"抡其指曰："今已周年，可索一属猪者去。"未几，果一奴属猪者死，而主人愈。周氏家人至今呼为"空心鬼"。

画工画僵尸

杭州刘以贤，善写照。邻人有一子一父而居室者，其父死，子外出买棺，嘱邻人代请以贤为其父传形。以贤往，入其室，虚无人焉。意死者必居楼上，乃蹑梯登楼，就死人之床，坐而抽笔。尸忽蹶然起，以贤知为走尸，坐而不动。尸亦不动，但闭目张口，翕翕然眉撑肉皱而已。以贤念身走则尸必追，不如竟画，乃取笔申纸，依尸样描摹。每臂动指运，尸亦如之。以贤大呼，无人答应。俄而其子上楼，见父尸起，惊而仆。又一邻上楼，见尸起，亦惊滚落楼下。以贤窘甚，强忍待之。俄而，抬棺者来。以贤徐记尸走畏苕帚，乃呼曰："汝等持苕帚来！"抬棺者心知有走尸之孽，持帚上楼，拂之，倒。乃取姜汤灌醒仆者，而纳尸入棺。

莺 娇

扬州妓莺娇，年二十四，矢志从良。有柴姓者娶为妾，婚期已定。太学生朱某慕之，以十金求欢。妓受其金，绐曰："某夕来，当与郎同寝。"朱临期往，则花烛盈门，莺娇已登车矣。朱知为所诳，怅然返。逾年，莺娇病瘵卒。朱忽梦见莺娇披黑衫直入朱门，曰："我来还债。"惊而醒。明日，家产一黑牛，向朱依依，若相识者。卖之，竟得十金。狎邪之费，尚且不可苟得也如此。

旁观因果

常州马秀才士麟自言幼时从父读书北楼，窗开处，与卖菊叟王某露台相近。一日早起，倚窗望，天色微明，见王叟登台浇菊毕，将下台。有担粪者荷二桶升台，意欲助浇。叟色不悦，拒之；而担粪者必欲上，遂相挤于台坡。天雨台滑，坡仄且高，叟以手推担粪者，上下势不敌，遂失足陨台下。叟急趋扶之，未起，而双桶压其胸，两足蹶然直矣。叟大骇，噤不发声，曳担粪者足，开后门，置之河干，复举其桶置尸傍，归闭门复卧。马时年幼，念此关人命事，不可妄谈，掩窗而已。日渐高，闻外哄传河干有死人里保报官。日午，武进知县鸣锣至。仵作跪启："尸无伤，系失足跌死。"官询邻人，邻人齐称不知。乃命棺殓加封焉，出示招尸亲而去。

事隔九年，马年二十一，入学为生员。父亡，家贫，即于幼时读书所招徒授经。督学使者刘吴龙将临岁考，马早起温经，开窗，见远巷有人肩两桶冉冉来。谛视之，担粪者也。大骇，以为来报叟仇。俄而过叟门不入，别行数十步，入一李姓家。李颇富，亦近邻而居相望者也。马愈疑，起尾之，至李门。其家苍头踉跄出曰："吾家娘子分娩甚急，将往招收生婆。"问："有担桶者入乎？"曰："无。"言未毕，门内又一婢出曰："不必招收生婆，娘子已产一官人矣。"马方悟担粪者来托生，非报仇也。但窃怪李家颇富，担粪者何修得此？自此，留心访李家儿作何举止。

又七年，李氏儿渐长，不喜读书，好畜禽鸟；而王叟康健如故，年八十馀，爱菊之性，老而弥笃。一日者，马又早起倚窗，叟上台灌菊，李氏儿亦登楼放鸽。忽十馀鸽飞集叟花台栏杆上。儿惧飞去，再三呼鸽不动。儿不得已，寻取石子掷之，误中王叟。叟惊，失足陨于台下，良久不起，两足蹶然直矣。儿大骇，噤不发声，嘿嘿掩窗去。日渐高，叟之子孙咸来寻翁，知是失足跌死，哭殓而已。

此事闻于刘绳庵相公。相公曰："一担粪人，一叟，报复之巧如此，公平如此，而在局中者彼此不知，赖马姓人冷观历历。然则天下事吉凶祸福，各有来因，当无丝毫舛错，而惜乎从旁冷观者之无人也！"

徐四葬女子

摆牙喇徐四，居京城金鱼胡同，家贫，屋内外五间，兄嫂二人同居。兄外出值宿。嫂素贤，谓徐四曰："北风甚大，室惟一暖炕，吾与叔俱畏寒，而又不便同炕宿。我今夜归宿母家，以炕让叔。"叔唯唯，嫂遂归宁。

夜二鼓，月色微明，有叩门者。走入，美少年，貂帽狐裘，手挈一囊，坐炕上泣曰："君救我！我非男子，君亦不必问我所由来。但许我一宿，我以貂裘为赠。"解其囊示徐，金珠首饰，约直万金。徐年少，见其美貌怀宝，意不能无动。然终不知何家女，留之惧祸，拒之不忍，乃曰："奶奶姑坐，我与邻人商量即归。"女曰："诺。"徐自外掩门，奔往善觉寺，告方丈僧圆智。圆智者，高年有道，徐素所敬也。圆智闻之，亦大骇曰："此必大家贵妾，有故奔出。留之有祸，拒之不忍，子不如在我庵中坐以待旦，俟天明归家未迟。"徐以为然。圆智之弟子某，素无赖，闻之，乃伪作徐还家状。开门灭灯入，遽上炕抱女子卧矣。

是夜，其兄值宿苦寒，以取皮衣故，四更还家。持灯照炕下，有男子履，大怒，以为妻与叔奸，拔腰间刀，连断两头，奔告岳家。入门大呼，妻自内走出，其兄惊仆地，以为鬼也。正喧嚷间，而徐四与圆智亦来，方知误杀之。因相与报官，刑部以为杀奸，律本勿论，但悬女头招尸亲，竟无认者。徐四怜女子之送死，鬻其金珠，为收葬焉。

羊践前缘

康熙五十九年，山东巡抚李公树德生日，司道各具羊酒为寿。连日演戏，诸幕客互相娱宴，彻夜不卧。有刑名张先生酒酣，逃席入房。将就寝，闻纱帐内嗫嗫有声，若男女交媾状。怒，以为他幕客昵优童，借其床为淫所。大呼揭帐，则两白羊跪而人淫，即群官送礼之羊也。见人惊散。张笑以为奇，遍告同人。

少顷，张昏迷仆地，以手自批其颊，骂曰："老奴可恶！我与谢郎生死因缘，隔四百七十年方得一聚，谈何容易！又被汝惊散。破人婚姻，罪不可饶。"言毕，又自批颊。抚军闻之来视，笑慰之曰："谢家娘子，何必如此。吾生日本意放生行善，今将尔等数百只尽行放生，听汝配偶，以了凤缘，何如？"张听毕叩首曰："谢大人。"跃然起矣。此事梁瑶峰相公言。

鬼神欺人以应劫数

本朝定鼎后，有顾姓者妄欲纠常熟、无锡两邑民为乱。有黠者某，知其无益，而难于相禁，乃号于众曰："某村关帝庙甚灵，盍祷于帝，取周将军铁刀重百二十斤者投河以卜之：沉则败，不可起兵；浮则胜，可以起兵。"其意以为铁刀必沉之物，故试之以阻众也。先祷于神，聚众投刀。刀浮水面，如蕉叶一片。众惊喜，即日揭竿起者数万人。俄而王师至，剿绝无遗。

楚 陶

乾隆丙寅夏，江阴县民徐甲家患黑眚，火焚其突，矢盈于甑，啸嗥无宁夕，里人咸患苦之。时邑令刘君翰长，粤西名士也，祷于神，不应；延羽士赛祈，不应；乃托刘少司空星炜为文，祷于城隍。令斋沐投炉，宿神庑下听命。翌日，无所兆，但炉灰坟起，作"楚陶"二字。令谓曰："汝岂与楚人陶姓有冤乎？"甲大惊，吐实云："甲幼年访其宗人某，往武昌，路患恶疾，同行者委之于道，分转沟壑死矣。有一丐者，雄躯深目，分糗糒食之，携与同乞。月馀，病良已。丐者以力凌其曹偶，所得独赢，因省啬为甲作归计，竟得归。甲素有心计，为人佣租，得婚娶，且小阜矣。亡何，丐忽至，挟巨橐，颜色窘甚。叩之，曰："曩别后窜身绿林，浮沉湖湘间二十载。今事败捕急，请从子而庇焉。"甲唯唯，语其子。子谓："功令：匿盗者与盗同罪，不如放之使逸。"甲方嗫嚅未决，忽伍伯数人入，絷其人以去，甲大惊。有拍手笑于房者，其子妇也，曰："大恩不报，新妇知若父子不忍，故已通知捕快，召之入矣。获厚资，且得赏，何惧为？"民无可奈何，顾常大恨，不意其祟至于此也。刘令曰："盗劫人而子杀盗，盗当其罪，何厉之能为？顾汝享其利，则汝亦盗也。神人乌能庇盗？"无何，祟益甚，毁其家殆尽。子若妇先后卒，祟乃绝。

藏魂坛

云贵妖符邪术最盛。贵州臬使费元龙赴滇，家奴张姓骑马上，忽大呼坠马，左腿失矣。费知妖人所为，张示云："能补张某腿者，赏若干。"随有老人至，曰："是某所为。张在省时，倚主人势，威福太过，故与为恶戏。"张亦哀求。老人解荷包，出一腿，小若蛤蟆，呵气持咒，向张掷之，两足如初，竟领赏去。或问费公："何不威以法？"曰："无益也。在黔时，有恶棍某，案如山积。官杖杀之，投尸于河。三日还魂，五日作恶，如是者数次。诉之抚军。抚军怒，请王命斩之，身首异处。三日后又活，身首交合，颈边隐隐然红丝一条，作恶如初。后殴其母，母来控官，手一坛曰：'此逆子藏魂坛也。逆子自知罪大恶极，故居家先将魂提出，炼藏坛内。官府所刑杀者，其血肉之体，非其魂也。以久炼之魂，治新伤之体，三日即能平复。今恶贯满盈，殴及老妇，老妇不能容。求官府先毁其坛，取风轮扇扇散其魂；再加刑于其体，庶几恶子乃真死矣。'

官如其言，杖毙之。而验其尸，不浃旬已臭腐。"

老妪为妖

乾隆二十年，京师人家生儿辄患惊风，不周岁便亡。儿病时，有一黑物如鹡鸰盘旋灯下，飞愈疾，则小儿喘声愈急，待儿气绝，黑物乃去。

未几，某家儿又惊风，有侍卫鄂某者，素勇，闻之，怒，挟弓矢相待。见黑物至，射之。中弦而飞，有呼痛声，血滂滂洒地。追之，逾两重墙，至李大司马家之灶下乃灭。鄂挟矢来灶下，李府惊，争来问讯。鄂与李素有戚，道其故，大司马命往灶下觅之。见旁屋内一绿眼妪插箭于腰，血犹淋漓，形若猕猴，乃大司马官云南时带归苗女。最笃老，自云不记年岁。疑其为妖，拷问之，云："有咒语，念之便能身化异鸟，专待二更后出食小儿脑，所伤者不下数百矣。"李公大怒，捆缚置薪活焚之。嗣后，长安小儿病惊风竟断。

署雷公

婺源董某，弱冠时，暑月昼卧，忽梦奇鬼数辈审视其面，相谓曰："雷公患病，此人嘴尖，可替代也。"授以斧，纳其袖中。引至一处，壮丽如王者居。立良久，召入，冠冕旒者坐殿上谓曰："乐平某村妇朱氏，不孝于姑，合遭天殛。适雷部两将军俱为行雨过劳，现在患病，一时不得其人。功曹辈荐汝充此任，汝可领符前往。"董拜命出，自视足下云生，闪电环绕，公然一雷公矣。顷刻至乐平界，即有社公导往。董立空中，见妇方诟谇其姑，观者如堵。董取袖中斧一击毙之，声轰然，万众骇跪。

归复命，王者欲留供职。以母老辞，王亦不强。问董何业，曰："应童子试。"王顾左右取郡县册阅之，曰："汝某岁可游庠。"遂醒，急语所亲。诣乐平县验之，果然震死一妇，时日悉合。方阅籍时，董窃睨邑试一名为程隽仙，二名为王佩葵，次年皆验。

捉　鬼

婺源汪启明，迁居上河之进士第，其族汪进士波故宅也。乾隆甲午四月，一日，夜梦魇良久，寤，见一鬼逼帏立，高与屋齐。汪素勇，突起搏之。鬼急夺门走，而误触墙，状甚狼狈。汪追及之，抱其腰。忽阴风起，残灯灭，不见鬼面目，但觉手甚冷，腰粗如瓮。欲喊集家人，而声噤不能出。久之，极力大叫，家人齐应。鬼形缩小如婴儿。各持炬来照，则所握者坏丝绵一团也。窗外瓦砾乱掷如雨，家人咸怖，劝释之。汪笑曰："鬼党虚吓人耳，奚能为？倘释之，将助为祟，不如杀一鬼以惩百鬼。"因左手握鬼，右手取家人火炬烧之。

膈膊有声，鲜血迸射，臭气不可闻。迨晓，四邻惊集，闻其臭，无不掩鼻者。地上血厚寸许，腥腻如胶，竟不知何鬼也。王葑亭舍人为作《捉鬼行》纪其事。

某侍郎异梦

乾隆二十年，某侍郎督视黄河，驻扎陶庄。岁除夕矣，侍郎素勤，骑匹马，跟从者四人，持悬火巡河。行冰淖中，一望黄茅白苇，自觉凄然。见草中有支布帐而露烛光者，召问，则主簿某也。侍郎爱其勤，大加夸奖。主簿请曰："大人除夕至此，夜已三鼓，天寒风紧，回馆尚远，某有度岁酒肴，献上一醉何如？"侍郎笑而受之。饮数觞，仍归公馆，倦，解衣卧。

梦中依旧骑马看河，觉所行处便非前境，最后黄沙茫茫。行二里许，有火光出庐舍间，就之，老妪迎门，细视，即其亡母太夫人也。见侍郎惊曰："汝何至此？"侍郎告以奉命看河之故。太夫人曰："此非人间，汝既来，如何能归？"侍郎方悟太夫人已亡，己身已死。遂大哭。太夫人曰："河西有老和尚，法力甚大，吾带汝往求之。"侍郎随行。

至一庙，庄严如王者居，南面坐一老僧，闭目无言。侍郎跪阶下，再拜，僧不为礼。侍郎问："我奉天子命看河，因何至此？"僧又无言。侍郎怒曰："我为天子大臣，纵有罪当死，亦须示我，使我心服，何嘿嘿如哑羊耶？"老僧笑曰："汝杀人多矣，禄折尽矣，尚何问为？"侍郎曰："我杀人虽多，皆国法应诛之人，非我罪也。"僧曰："汝当日办案时，果只知有国法乎，抑贪图迎合固宠迁官乎？"取案上如意，直指其心。侍郎觉冷气一条直逼五脏，心趷趷然跳不止，汗如雨下，惶悚不能言。良久，曰："某知罪矣。嗣后改过何如？"僧曰："汝非改过之人，今日恰非汝寿尽之日。"顾左右沙弥云："领他出，放他归。"沙弥同行，昏黑中，开其拳，出一小珠，光照黄河工次一段，直至陶庄公馆，历历如白昼。太夫人迎来，泣曰："儿虽归，不久即来，无多时别也。"遂依原路归，及门下马而醒，日已午矣。

众河员贺节盈门，疑侍郎最勤，何以元旦不起？侍郎亦不肯明言其故。是年四月病呕血，竟以不起。此事裘文达公为余言。

奉行初次盘古成案

《北史》称"毗骞国王头长三尺，至今不死"，予尝疑其诞。康熙间，浙人方文木泛海，被风吹至一处，宫殿巍峨，上署"毗骞殿"三字，方大惊，俯伏殿外。两霞帔者引之入。有长头王上坐，冕如巨桶，珍珠四垂，须拂拂然相触有声，问文木曰："汝浙人乎？"曰："然。"王曰："离此五十万里矣。"

赐文木饭，米大如枣。

文木知王神灵，跪拜求归。王顾谓侍臣曰："取第一次盘古皇帝成案替他一查。"文木大骇，叩头曰："盘古皇帝有几个乎？"王曰："天地无始无终，有十二万年，便有一盘古。今来朝天者，已有盘古万万馀人，我安能记明数目？但元会运世之说，已被宋朝人邵尧夫说破。可惜历来开辟总奉行第一次开辟之成案，尚无人说破，故风吹汝来，亦要说破此故，以晓世人耳。"文木不解所谓。王曰："我且问汝：世间福善祸淫，何以有报有不报耶？天地鬼神，何以有灵有不灵耶？修仙学佛，何以有成有不成耶？红颜薄命，而何以不薄者亦有耶？才子命穷，可何以不穷者亦多耶？一饮一啄，何以有前定耶？日食山崩，何以有劫数耶？彼善推算者，何以能知而不能免耶？彼怨天尤天者，天胡不降之罚耶？"文木不能答。

王曰："呜呼！今世上所行，皆成案也。当第一次世界开辟十二万年之中，所有人物事宜，亦非造物者之有心造作，偶然随气化之推迁，半明半暗，忽是忽非，如泻水落地，偶成方圆；如孩童着棋，随手下子。既定之后，竟成一本板板账簿，生铁铸成矣。乾坤将毁时，天帝将此册交代与第二次开辟之天帝，命其依样奉行，丝毫不许变动，以故人意与天心往往参差不齐。世上人终日忙忙急急，正如木偶傀儡，暗中有为之牵丝者。成败巧拙，久已前定，人自不知耳。"文木恍然，曰："然则今之所谓三皇五帝，即前此之三皇五帝乎？今之二十一史中之事，即前此之二十一史中之事乎？"王曰："然。"

言未毕，侍臣捧一册至，上书"康熙三年，浙江方文木泛海至毗骞国，应将前定天机漏泄，俾世人共晓，仍送归浙江"云云。文木拜谢，临别泣下。王摇手曰："子胡然？十二万年之后，我与汝又会于此矣！何必泣为？"既而笑曰："我错，我错！此一泣，亦是十二万年中原有此两条眼泪，故照样誊录，我不必劝止也。"文木问王年寿，左右曰："王与第一次盘古同生，不与第千万次盘古同死。"文木曰："王不死，则乾坤毁时，王将安归？"王曰："我沙身也，历劫不坏。万物毁坏，变为泥沙而极矣。我先居于极坏之处，劫火不能烧，洪水不能淹，惟为恶风所吹荡。上至九天，下至九渊，殊觉劳顿。每每枯坐数万年，等盘古出世，觉日子太多，殊可厌耳。"言毕，口嘘气吹文木，文木乘空而起，仍至海船上。

月馀归浙，以此语毛西河先生。先生曰："人但知万事前定，而不知所以前定之故，今得是说，方始豁然。"

卷 六

猪道人即郑鄤

明季，华山寺中养一猪，年代甚久，毛尽脱落，能持斋，不食秽物，闻诵经声，则叩首作顶礼状，合寺僧以"道人"呼之。

一夕，老病将死，寺中住持湛一和尚者，素有道行，将往他处说法，召其徒谓曰："猪道人若死，必碎割之，分其肉啖寺邻。"众僧虽诺之，而心以为非。已而猪死，乃私埋之。湛一归，问猪死作何处分。众僧以实告，且曰："佛法戒杀，故某等已埋葬之。"湛一大惊，即往埋猪处，以杖击地哭曰："吾负汝！吾负汝！"众僧问故，曰："三十年后，某村有一清贵官无辜而受极刑者，即此猪也。猪前生系宰官，有负心事，知恶劫难逃，托生为畜，来求超度。我故立意以刀解法厌胜之，不意为汝辈庸流所误。然此亦大数，无可挽回也。"

崇祯间，某村翰林郑鄤素行端方，在东林党籍中，为其舅吴某诬其杖母事，凌迟处死，天下冤之。其时湛一业已圆寂，众方服其通因果也。

徐先生

宿松石赞臣家饶于财，兄弟数人，资各数万。宿俗：富饶之家，每日必设一家常饭置外厅堂，不拘来客，皆就食焉，号曰"燕坐"。忽有徐姓者，清瘦微须，亦来就食，指门外青山曰："君等曾见过山跳乎？"曰："未也。"徐以手指三撮，山果三跃。众人大奇之，呼为先生。

先生谓赞臣曰："君等家资虽富，能炼丹，可加十倍。"群兄弟惑其言，置炉设灶，各出银母数千以求子金。二房弟妇某氏，素黠，暗置铜于银母中，不与先生见。亡何炭炽，风雷起于屋上，劈碎瓦数片。先生骂曰："此必有假银搀杂，至干鬼神怒。"询之，果然，合家骇服。先生置铜盘于空中，呼曰："丹来。"盘中铿然，一锭坠下；连呼之，铿铿之声不已，大锭小锭齐落于盘。先生曰："炼大丹在深山中人迹不到之所，可致千万，盍随我往江西庐山乎？"石氏兄弟愈喜，即载银数万随先生往。未半途，先生上岸去矣。夜，率大盗数十明火执杖来劫取银，曰："毋怖，我虽盗魁，然颇有良心。念汝等供养我甚诚，当留下千金，俾汝等还乡。"于是，石家兄弟以全数与之，惘惘然归。

十年后，安庆按察使衙门役吏差人来召赞臣，曰："狱有大盗徐某，请君相见。"赞臣不得已往，果见先生。先生曰："我劫数已尽，死亦何辞。但念我数年交谊，为葬其遗骸。"脱手上金钏四只与赞臣为棺费，且曰："我大限在七月一日未时，汝可来送。"至期，赞臣往市曹，见先生反接待斩。忽胯下出一小儿作先生音曰："看杀我！看杀我！"须臾头落，小儿亦不见。其时臬使为祖廷圭，满洲正蓝旗人。

秦毛人

湖广郧阳房县有房山，高险幽远，四面石洞如房。多毛人，长丈馀，遍体生毛，往往出山食人鸡犬，拒之者必遭攫搏。以枪炮击之，铅子皆落地，不能伤。相传制之之法，只须以手合拍，叫曰："筑长城！筑长城！"则毛人仓皇逃去。余有世好张君名敬者，曾官其地，试之果然。土人曰："秦时筑长城，人避入山中，岁久不死，遂成此怪。见人必问：'城修完否？'以故知其所怯而吓之。"数千年后犹畏秦法，可想见始皇之威。

貘

房山有貘兽，好食铜铁而不伤人。凡民间犁锄刀斧之类，见则涎流，食之如腐。城门上所包铁皮，尽为所啖。

人 同

喀尔喀有兽，似猴非猴，中国人呼为"人同"，番人呼为"噶里"。往往窥探穷庐，乞人饮食，或乞取小刀烟具之属。被人呼喝，即弃而走。有某将军畜养之，唤使葄豆樵汲等事，颇能服役。居一年，将军任满，归。人同立马前，泪下如雨，相从十馀里，麾之不去。将军曰："汝之不能从我至中国，犹我之不能从汝居此土也。汝送我可止矣。"人同悲鸣而去，犹屡回头仰视云。

人 虾

国初，有前明逸老某欲殉难，而不肯死于刀绳水火。念乐死莫如信陵君，以醇酒妇人自戕。仿而为之，多娶姬妾，终日荒淫。如是数年，卒不得死，但督脉断矣，头弯背驼，伛偻如熟虾，匍匐而行。人戏呼之曰"人虾"。如是者二十馀年，八十四岁方死。王子坚先生言幼时犹见此翁。

鸭 孽

江西高安县僮杨贵，年十九，微有姿，性柔和。有狎之者，都无所拒。一日夏间，浴于池中，忽一雄鸭飞起，啮其臀，而以尾扑之作抽叠状，击之不去。须臾死矣，尾后拖下肉茎一缕，臊水涓涓然。合署人大笑，呼杨为"鸭孽"。

赑屃精

无锡华生，美风姿，家居水沟头，密迩圣庙。庙前有桥甚阔，多为游人憩息。夏日，生上桥纳凉，日将夕，步入学宫，见间道侧一小门，有女徘徊户下。生心动，试前乞火。女笑而与之，亦以目相注。生更欲进词，而女已阖扉，遂记门径而出。次日再往，女已在门相待。生叩姓氏，知为学中门斗女，且曰："妾舍逼隘，不避耳目；卿家咫尺，但得静僻一室，妾当夜分相就。卿明夕可待我于门。"生喜急归，诳妻以畏暑，宜独寝，洒扫外室，潜候于门。女果夜来，携手入室，生喜过望。自是每夕必至。

数月后，生渐赢弱。父母潜窥寝处，见生与女并坐嬉笑，亟排闼入，寂然无人，乃严诘生，生备道始末，父母大骇，偕生赴学宫踪迹，绝无向时门径；遍访门斗中，亦并无有女者。共知为妖，乃广延僧道，请符箓，一无所效。其父研朱砂与生曰："俟其来时，潜印女身，便可踪迹。"生俟女睡，以朱砂散置发上，而女不知。次日，父母偕人入圣庙遍寻，绝无影响。忽闻邻妇诟小儿曰："甫换新裤，又染猩红，从何处染来耶？"其父闻而异之，往视，小儿裤上尽朱砂，因究儿所自。曰："适骑学宫前负碑龟首，不觉染此。"往视赑屃之首，朱砂在焉。乃启学官，碎碎下龟首，石片片有血丝，腹中有小石如卵，坚光若镜，锤之不碎，远投太湖。自是女不复来。

阅半月，女忽直入寝所詈生曰："我何负卿，竟碎我身体？然我亦不恼也。卿父母所虑者，为卿病耳。今已乞得仙宫灵药，服之当无恙。"出草叶数茎，强生食。其味香甘，且云："前者居处相近，可朝夕往返；今稍远，便当长住此矣。"自是白昼见形，惟不饮食，家人大小咸得见之。生妻大骂，女笑而不答。每夕，生妻拥生坐床，不令女上，女亦不强。但一就枕，妻即惛惛长睡，不知所为，而女独与生寝。生服灵药后，精神顿好，绝不似曩时屡弱。父母无奈，姑听之。如是年馀。

一日，生偶行街市，有一疥道人熟视生曰："君妖气过重，不实言，死期近矣！"生以实告。疥道人邀入茶肆，取背上葫芦倾酒饮之，出黄纸二符授生曰："汝持归，一贴寝门，一贴床上，毋令女知。彼缘尚未绝，俟八月十五夜，吾当来相见。"时六月中旬也。生归，如约贴符。女至门惊却，大诟曰："何又薄情若此，然吾岂惧此哉？"词甚厉，而终不敢入。良久，大笑曰："我有要语告君，凭君自择，君且启符。"如其言，乃入，告生曰："郎君貌美，妾爱君，道人亦爱君。妾爱君，想君为夫；道人爱君，想君为龙阳耳。二者，郎君择焉。"生大悟，遂相爱如初。

至中秋望夕，生方与女并坐看月，忽闻唤名声，见一人露半身于短墙外。迫视之，疥道人也。拉生告曰："妖缘将尽，特来为汝驱除。"生意不欲。道人曰："妖以秽言谤我，我亦知之，以此愈不饶他。"书二符曰："速去擒来。"生方逡巡，适家人出，遽将符送至妻所。妻大喜，持符向女，女战栗作噤，乃缚女手，拥之以行。女泣谓生曰："早知缘尽当去，因一点痴情，淹留受祸。但数年恩爱，卿所深知，今当永诀，乞置我于墙阴，勿令月光照我，或冀须臾缓死。卿能见怜否？"生固不忍绝之也，乃拥女至墙阴，手解其缚。女奋身跃起，化一片黑云，平地飞升。道人亦长啸一声，向东南腾空追去，不知所往。

阴间中秋官不办事

罗之芳，湖北荆州府监利县举人。辛未会试，有福建浦城县李姓者来拜，曰："足下今科必中，但恐未能馆选。"罗询其故，李不肯说，云："俟验后再说。"榜发，果中进士，竟未馆选，乃往问之。据云："前得一梦，梦足下将为浦城县老父台，故来相访。"罗还家，选期尚早，乃就馆某氏，自道将来选官，必得浦城矣。不料处馆三年，一病而殁，家中亦不知李所说梦中事也。

又一年后八月十五日，家中请仙，乩盘大书："我系罗之芳，今回来了。"合家不信，乩上书："你等若不信，有螺蛳湾田契一纸，我当年因殁于馆中，未得清付家中，尚记得夹在《礼记》某篇内。尔等现在与田邻构讼，可查出呈验，则四至分明，讼事可息。"家人当即检查，果得此契，于是合家痛哭。乩上亦写数十"哭"字。问："现在何处？"乩写："做浦城县城隍。"且云："阴间比阳间公事更忙，一刻不暇，惟中秋一日，例不办事。然必月朗风清，英魂方能行远。今适逢此夕，故得闲回家一走。若平常日子，便不得暇回来了。"又吩咐家人："庭外草木不得摇动，我带回鬼吏鬼卒有十馀人，皆依草附木而栖。鬼性畏风，若无所凭借，被风一吹，便不知飘泊何处，岂不是我做城隍的反害了他们么！"乩盘书毕，又做长赋一篇乃去。

缚山魈

湖州孙叶飞先生，掌教云南，素豪于饮。中秋夕，招诸生饮于乐志堂，月色大明，忽几上有声，如大石崩压之状。正愕视间，门外有怪，头戴红纬帽，黑瘦如猴，颈下绿毛茸茸然，以一足跳跃而至。见诸客方饮，大笑去，声如裂竹。人皆指为山魈，不敢近前。伺其所往，则闯入右首厨房。厨者醉卧床上，山魈揭帐视之，又笑不止。众大呼，厨人惊醒见怪，即持木棍殴击，山魈亦伸臂作攫搏状。厨夫素勇，手抱怪腰，同滚地上。众人各持刀棍来助，斫之不入。

棍击良久，渐渐缩小，面目模糊，变一肉团；乃以绳捆于柱，拟天明将投之江。

至鸡鸣时，又复几上有极大声响，急往视之，怪已不见。地上遗纬帽一顶，乃书院生徒朱某之物。方知院中秀才往往失帽，皆此怪所窃。而此怪好戴纬帽，亦不可解。

门夹鬼腿

尹月恒住杭州艮山门外，自沙河滩归，怀菱半斤。路经钵盂潭，人稀地旷，有义冢数堆，觉怀内轻松，探所买菱，已失去矣。因转身寻至义冢，见菱肉剖碎，并聚冢尖。尹复拾至怀内，踉跄归家。食未竟而病大作，喊云："吾等不尝菱肉久矣！欲借以解宿馋。汝必尽数取回，何吝啬若是？今吾等至汝家，非饱食不去。"其家惧，即供饭为主人赎罪。

杭俗例：凡送鬼者，前人送出门，后人把门闭。其家循此例，闭门过急，尹复大声云："汝请客当恭敬。今吾等犹未走，而汝门骤闭，夹坏我腿，痛苦难禁。非再大烹请我，则吾永不出汝门矣。"因复祈禳，尹病稍安。然旋好旋发不脱体，卒以此亡。

祭雷文

黄湘舟云：渠田邻某有子，生十五岁，被雷震死，其父作文祭雷云："雷之神，谁敢侮？雷之击，谁敢阻？虽然，我有一言问雷祖。说是我儿今生孽，我儿今才十五。说是我儿前生孽，何不使他今世不出土？雷公雷公作何语？"祭毕，写其文于黄纸焚之。忽又霹雳一声，其子活矣。

王介眉侍读是习凿齿后身

吾乡孝廉王介眉，名延年，同荐博学鸿词。少尝梦至一室，秘书古器，盎然横陈。榻坐一叟，短身白须，见客不起，亦不言。又有一人颀而黑，揖介眉而言曰："余汉之陈寿也，作《三国志》，黜刘帝魏，实出无心，不料后人以为口实。"指榻上人曰："赖此彦威先生以《汉晋春秋》正之。汝乃先生之后身，闻方撰《历代编年纪事》，凤根在此，须勉而成之。"言讫，手授一卷书，俾题六绝句而寤。寤后仅记二句，曰："惭无《汉晋春秋》笔，敢道前生是彦威。"后介眉年八十馀，进呈所撰《编年纪事》，得赐翰林侍读。

周若虚

慈溪周若虚，久困场屋，在城外谢家店教读四十馀年，凡村内长幼，靡不受业。一日，晚膳后在馆独坐，有学生冯某向前作揖，邀若虚至家，有要事相恳。言毕告别，辞色之间，甚觉惨惋。若虚忆冯某已死，所见者系鬼，不觉大惊，即诣其家。

冯某之父梦兰在门外伫立，见某即挽留小饮。若虚亦不道其所以，闲话家常。不觉漏下三鼓，不能回家，梦兰留宿楼上；在中间设榻，间壁即冯某之妻王氏住房，隐隐似有哭声。若虚秉烛不寐。见楼梯上有青衣妇人，屡屡伸头窥探，始露半面，继现全身。若虚呵问："何人？"其妇厉声曰："周先生，此时应该睡矣。"若虚曰："我睡与不睡，与汝何干？"妇曰："我是何人与先生何干？"即披发沥血，持绳奔犯。若虚惊骇欲倒，忽背后有人用手扶持，曰："先生休怕，学生在此保护。"谛视之，即已故之冯生也。随亦不见。若虚喊叫，其父梦兰持烛上楼，若虚具道所见。梦兰即叫媳妇王氏开门，杳无声息；抉门入，则身已悬梁上矣。若虚协同解救，逾时始苏。

因午前王氏与小姑争闹，被翁责骂，短见轻生，恶鬼乘机而至。其夫在泉下知之，故求援于若虚。

葛道人以风洗手

葛道人者，杭州仁和人，家素小康，性好道。年五十外，分家资，半以与子，而挟其半以游。过钱塘江，将取道入天台山，路遇一叟拱手曰："子有道骨，盍学道？"葛与谈，甚悦。叟曰："某福建人也，明习天文，曾官于钦天监，辞官归二十年矣。子如不弃，明春当候子于家。"写居址与之。

葛次年如期往访，不遇，怅怅欲回。晚入旅店，又见一道士，貌伟神清，终夕不发一语。葛就而与谈，自陈为访仙故来。道士曰："子果有志，吾荐子入庐山，见吾师兄云林先生，可以为子师。"葛求荐书而往。行深山中十馀日，不见踪迹，心窃疑之。

一日，见山洞中坐一老人，以手招风作盥沐状。葛异之，因陈道人书拜于座下。老人曰："汝来太早矣！尚有人间未了缘三十年。吾且与汝经一卷，法宝一件，汝出山诵经守宝以济世人，三十年后再入山，吾传汝道可也。"葛问："以手招风何为？"曰："修神仙术成者，食不用火，沐不用水，招风所以洗手也。"因导葛出山。行未半日，已至南昌大路矣。

至家，葛道人学其术，能治鬼服妖。所谓法宝者，乃一鹅子石，有缝，颇似人眼，有光芒，能自动闪闪，如交睫然。葛亦不轻以示人也。

沈姓妻

杭州有沈姓者，住运司署前，与葛道人善。其长子旭初，妻有娠，询道人说男女。道人命："取水一碗来。"沈与水，置几上。道人为默念咒语数通，侧耳听片时，蹙额曰："奈何！奈何！"沈惊问故，曰："汝妻不久有难，恐伤性命，不暇问男女也。"沈虽素知道人灵异，然其妻甚健，疑信参半。

未几，沈妻持灯上楼，忽大声呼痛。其翁姑与其夫急走视之，已卧床颠扑，面作笑容曰："今日乃泄我恨。"其声若绍兴人。沈夫妻环叩之，答曰："我自报冤，不干汝事。"沈急命次子某往求道人。道人至，取米一碗，口作咒语，手撮米击病者。病者作畏惧状曰："我奉符命报冤，道人勿打！"道人曰："汝有何冤？"病者答曰："予，山阴人也。此女前生予邻家妇。予时四岁，偶戏其家，碎其碗。伊詈我母与私夫某往来，故生此恶儿。予诉之母，母恐我泄其事，挞予至死。是致予死者，此妇也。我仇之久矣，今始寻着。"道人告沈曰："报冤索命事，都是东岳掌管，必须诉于岳帝，允救，方可以法治；否则难救。"沈清晨赴法华山岳帝庙，默诉其事，占得上上签，归告道人。其时胎已堕，道人嫌不洁，不肯入房。沈合家哭求，道人乃诣榻前，书召彩云符一纸，问："好看否？"病妇答曰："好。"道人曰："何不出观？"应曰："诺。"道人即捏诀向空一捉，曰："得矣。"驰下楼去，病人昏迷若醒，曰："我为何遍身痛极，腹甚饥？"左右与之食。

安未半刻，又作哭声曰："汝携我孙去，我在此，亦能索汝命！"言毕，颠狂如故。口中作声甚杂，皆杭音。内有一鬼云："我辈皆张老头儿邀来，你家若肯斋荐，我等即去。"沈邀僧作道场，众声称谢不已。忽又作张老者声云："我是正客，如何反轻我？诸人馒头皆是菜心，我独豆沙多而菜心少？"沈视所设张老位前，果如所言，乃换与之。求其去，终不肯，复请道人来。道人授桃枝一束，曰："吵则打之。"沈持入，向病人作欲打势。妇哀鸣曰："勿打，我去，我去。"道人立门外，预设一瓮，向空骂曰："速入此中！"用符一纸封其口携去，沈妇从此愈矣。

半年后，有人遇道人于理安寺，见众僧扛道人行空室中，七昼夜不着土木，口吐黑汁数升，污沾衣，色如血。告人曰："我以童真之身污产妇秽气，幸众长老超度，不然，几堕落矣。"

怪弄爆竹自焚

绍兴民家有楼，终年镭闭。一日，有远客来求宿。主人曰："宅东有楼，君敢居乎？"客问故，曰："此楼素积辎重，二仆居之。夜半闻叫号声，往视之，见二仆颜色如土，战栗不能言。少顷云：'我二人甫睡，尚未灭烛，见一物长尺许，如人间石敢当状，至榻前，搴帏欲上。我等骇极，不觉大呼狂奔而下。'所见如此，自是莫敢有楼居者。"客闻笑曰："仆请身试之。"主人不能挽，为涤尘土，列几席而下榻焉。

客登楼，燃烛佩剑以待。漏三下，有声索索自室北隅起。凝睇窥之，见一怪如主人所言状，跳而登座，翻阅客之书卷。良久，复启其箧，陈物几上，一一审视。箧内有徽州炮竹数枚，怪持向灯前，把玩良久。烛花飞落药线上，轰然一声，响如霹雳，此怪唧唧滚地，遂没不见。心大异之，虞其复来，待至漏尽，竟匿迹销声矣。晨起告主人，互相惊诧。至夜，客仍宿楼上，杳无所见。此后，楼中怪绝。

喀雄

喀雄者，姓杨，父作守备，早亡。表叔周某，作副将，镇河州，怜其孤，抚养之。周有女，年相若，见雄少年聪秀，颇爱之，时与饮食。周家法甚严，卒无他事。有务子者，亦周戚也，直宿书斋。夏月，雄苦热，徘徊月下，见周女冉冉而至，遂与成欢。次日入内，见女晓妆，雄目之而笑，女亦笑迎之。自后无日不至。务子闻其房中笑语，疑而窥之，见雄与周女相狎，而心大妒，密白周公。周入宅让其夫人，夫人曰："女儿夜夜与我同床，焉有此事？"周终以为疑，借他事杖雄而遣之。雄无所依，栖身兰州古寺中。

一日者，女忽至，带来辎重甚富。雄惊且喜，问："从何来？"曰："与我叔父同来。"盖周公之弟名锘者，亦武官也，方升兰州守备。雄深信不疑，与女居半月，扬扬如富人。叔到任后，遇诸涂，喜曰："侄在此乎？"曰："然。"叔策马登其堂，侄妇出拜，乃周女也，大惊问故，雄具言之。锘曰："予来时，不闻署中失女事，岂吾兄讳之耶？"居数日，借公事回河州，备述其事。周大骇，曰："吾女宛然在室，顷且同饭，那有此事？或者其狐仙所冒托耶！"夫人曰："与其使狐狸冒托我女之名，玷我闺门，不如竟以真女妻之，看渠如何？"周兄弟二人大以为然，即招雄归成亲。

合卺之夕，西宁之女先已在房，雄茫然不知所措。女笑而谓之曰："何事张皇？儿狐也，实为报德而来。令祖作将军时，尝猎于土门关。儿贯矢被擒，令祖拔失纵之。屡欲报恩，无从下手。近知郎爱周女而不得，故来作冰人，以偿汝愿。亦因子与周女有凤缘，不然，儿亦不能为力也。今媒已成，儿去矣。"倏然不见。

常熟程生

乾隆甲子，江南乡试，常熟程生年四十许，头场已入号矣，夜忽惊叫，似得疯病者。同号生怜而问之，俯首不答。日未午，即收拾考篮，投白卷求出。

同号生不解其意，牵裾强问之，曰："我有亏心事发觉矣。我年未三十时，馆某搢绅家，弟子四人，皆主人之子侄也。有柳生者，年十九，貌美，余心慕，欲私之，不得其间，适清明节，诸生俱归家扫墓，惟柳生与余相对，余挑以诗曰：'绣被凭谁寝？相逢自有因。亭亭临玉树，可许凤栖身？'柳见之脸红，团而嚼之。余以为可动矣，遂强以酒，俟其醉而私焉。五更，柳醒，知已被污，大恸。余劝慰之，沉沉睡去。天明，则柳已缢死床上矣。家人不知其故，余不敢言，饮泣而已。不料昨进号，见柳生先坐号中，旁一皂隶，将我与柳齐牵至阴司处。有官府坐堂上，柳诉良久，余亦认罪。神判曰：'律载：鸡奸者照以秽物入人口例，决杖一百。汝为人师，而居心淫邪，应加一等治罪。汝命该两榜，且有禄籍，今尽削去。'柳生争曰：'渠应抵命，杖太轻。'阴官笑曰：'汝虽死，终非程所杀也。倘程因汝不从而竟杀汝，将何罪以抵之？且汝身为男子，上有老母，此身关系甚大，何得学妇女之见羞忿轻生？《易》称："窥观女贞，亦可丑也。"从古朝廷旌烈女不旌贞童，圣人立法之意，汝独不三思耶？'柳闻之大悔，两手自搏，泪如雨下。神笑曰：'念汝迂拘，着发往山西蒋善人家作节妇，替他谨守闺门，享受旌表。'判毕，将我杖二十放还，魂依然在号中。现在下身痛楚，不能作文；就作文，亦终不中也。不去何为？"遂呻吟颓唐而去。

怪 风

凉州大靖营有松山者，在沙碛中，古战场也。将军塔思哈因公领兵过其处，白草黄云，一望无际。忽见一山高千仞，中有火星万点，蔽日而来，声若雷霆，人马失色。哈大惊，谓是山移。俄而渐近，不及回避，乃同下马闭目据地，互相抱持。顷之，天地如墨，人人滚地，马亦翻倒，良久始定。麾下三十六人，满面皆血，石子嵌入面皮，深者半寸。回望高山，已在数十里之外。日暮，抵大靖营，告总兵马成龙。马笑曰："此风怪，非山移也。若山移，公等死矣。此等风，塞外至冬常常有之，不伤性命。但公等为沙石所击，从此尽成麻面，年貌册又须另造矣。"

孝 女

京师崇文门外花儿市居民，皆以制通草花为业。有幼女奉老父居，亦以制花生活。父久病不起，女忘啜废寝，明慰暗忧。适有邻媪纠众妇女往丫髻山进香者，女因问："进香可能疗父病否？"媪曰："诚心祈祷，灵应如响。"女曰："此间去山，道里几何？"曰："百馀里。"曰："一里几何？"媪曰："二百五十步。"女谨记之。每夜静父寝，持香一炷，自计步数里数，绕院叩头，默祝身为女子不能朝山之故。如是半月有馀。

向例：丫髻山奉祀碧霞元君，凡王公搢绅，每至四月，无不进香，以鸡鸣时即上殿拈香者为头香。头香必待大富贵家，庶人无敢僭越。时有太监张某往进头香，甫辟殿门，已有香在炉中。张怒责庙主，庙主曰："殿不曾开，不识此香何由得上。"张曰："既往不咎，明日当来上头香，汝可待我，毋许别人先入。"庙主唯唯。

次日始四更，张已至；至则炉中香已宛然，一女子方礼拜伏地，闻人声，倏不见。张曰："岂有神圣之前鬼怪敢公然出现者，此必有因。"坐二山门外，聚香客而告之，并详述所见容态服饰。一媪听良久，曰："据君所见，乃吾邻女某也。"因说其在家救父礼拜之事。张叹曰："此孝女，神感也。"进香毕，即策马至女家，厚赐之，认为义女，父病旋愈。因太监周恤故，家渐温饱。女嫁大兴张氏，为富商妻。

老妪变狼

广东崖州农民孙姓者，家有母，年七十馀。忽两臂生毛，渐至腹背，再至于掌，皆长寸馀；身渐伛偻，尻后尾生。一日，仆地化作白狼，冲门而去。家人无奈何，听其所之。每隔一月，或半月，必还家视其子孙，照常饮啖。邻里恶之，欲持刀箭杀之。其子妇乃买豚蹄，俟其再至，嘱曰："婆婆享此，以后不必再来。我辈儿孙深知婆婆思家，无恶意，彼邻居人那能知道？倘以刀箭相伤，则做儿媳者心上如何忍得？"言毕，狼哀号良久，环视各处，然后走出。自后，竟不来矣。

义犬附魂

京中常公子某，少年貌美，爱一犬，名花儿，出则相随。春日，丰台看花，归迟人散，遇三恶少方坐地轰饮。见公子美，以邪语调之。初而牵衣，继而亲嘴。公子羞沮遮拦，力不能拒。花儿咆哮，奋前咬噬。恶少怒，取巨石击之，中花儿之头，脑浆迸裂，死于树下。恶少无忌，遂解带缚公子手足，剥去下衣。两恶少踏其背，一恶少褪裤，按其臀，将淫之。忽有癫狗从树林中突出，背后咬其肾囊，两子齐落，血流满地。两恶少大骇，拥伤者归。随后有行人过，解公子缚，以下衣与之，始得归家。

心感花儿之义，次日往收其骨，为之立冢。夜梦花儿来，作人语曰："犬受主人恩，正欲图报，而被凶人打死，一灵不昧，附魂于豆腐店癫狗身上，终杀此贼。犬虽死，犬心安矣。"言毕，哀号而去。公子明日访至卖豆腐家，果有癞狗。店主云："此狗奄奄，既病且老，从不咬人，昨日归家，满口是血，不解何故。"遣人访之，恶少到家死矣。

白虹精

浙江塘西镇丁水桥篙工马南箴，撑小舟夜行，有老妇携女呼渡，舟中客拒之，篙工曰："黑夜妇女无归，渡之亦阴德事。"老妇携女应声上，坐舱中，嘿无言。时当孟秋，斗柄西指，老妇指而顾其女笑曰："猪郎又手指西方矣，好趋风气若是乎！"女曰："非也，七郎君有所不得已也。若不随时为转移，虑世间人不识春秋耳。"舟客怪其语，瞠愕相顾。妇与女夷然，绝不介意。舟近北关门，天已明，老妇出囊中黄豆升许谢篙工，并解麻布一方与之包豆，曰："我姓白，住西天门，汝他日欲见我，但以足踏麻布上，便升天而行至我家矣。"言讫不见。篙工以为妖，撒豆于野。

归至家，卷其袖，犹存数豆，皆黄金也。悔曰："得毋仙乎！"急奔至弃豆处迹之，豆不见而麻布犹存。以足蹑之，冉冉云生，便觉轻举，见人民村郭，历历从脚下经过。至一处，琼宫绛宇，小青衣侍户外曰："郎果至矣。"入，扶老妇人出，曰："吾与汝有宿缘，小女欲侍君子。"篙工谦让非耦。妇人曰："耦亦何常之有？缘之所在即耦也。我呼渡时，缘从我生；汝肯渡时，缘从汝起。"言未毕，笙歌酒肴，婚礼已备。篙工居月馀，虽恩好甚隆，而未免思家。谋之女，女教仍以足蹑布，可乘云归。篙工如其言，竟归丁水桥。乡里聚观，不信其从天而下也。

嗣后屡往屡还，俱以一布为车马。篙工之父母恶之，私焚其布，异香累月不散，然往来从此绝矣。或曰姓白者，白虹精也。

冷秋江

乾隆十年，镇江程姓者，抱布为业，夜从象山归。过山脚，荒冢累累，有小儿从草中出，牵其衣。程知为鬼，呵之，不去。未几，又一小儿出，执其手。前小儿牵其西，西皆墙也，墙上簇簇然黑影成群，以泥撒之；后小儿牵往东，东亦墙也，墙上啾啾然鬼声成群，以沙撒之。程无可奈何，听其牵曳。东鬼西鬼始而嘲笑，既而喧争，程不胜其苦，仆于泥中，自分必死。忽群鬼呼曰："冷相公至矣！此人读书，迂腐可憎，须避之。"果见一丈夫，雉肩昂背，高步阔视，持大扇击手作拍板，口唱"大江东"，于于然来，群鬼尽散。其人俯视程，笑曰："汝为邪鬼弄耶！吾救汝。汝可随吾而行。"程起从之，其人高唱不绝。行数里，天渐明，谓程曰："近汝家矣，吾去矣。"程叩谢问姓名，曰："吾冷秋江也，住东门十字街。"

程还家，口鼻窍青泥俱满。家人为薰沐毕，即往东门谢冷姓者，杳无其人。至十字街问左右邻，曰："冷姓有祠堂，其中供一木主，名嵋，乃顺治初年秀才。秋江者，其号也。"

钉鬼脱逃

句容捕者殷乾，捕贼有名，每夜伺人于阴僻处。将往一村，有持绳索者贸贸然急奔，冲突其背，殷私忆此必盗也，尾之。至一家，则逾垣入矣。殷又私忆捕之不如伺之。捕之不过献官，未必获赏；伺其出而劫之，必得重利。俄闻隐隐然有妇女哭声，殷疑之，亦逾垣入。见一妇梳妆对镜，梁上有蓬头者以绳钩之，殷知此乃缢死鬼求代耳，大呼破窗入。邻右惊集，殷具道所以，果见妇悬于梁，乃救起之。妇之公姑咸来致谢，具酒为款。

散后，从原路归，天犹未明。背簌簌有声，回顾，则持绳鬼也。骂曰："我自取妇，干汝何事，而破我法？"以双手搏之。殷胆素壮，与之对搏，拳所着处冷且腥。天渐明，持绳者力渐惫，殷愈奋勇，抱持不释。路有过者见殷抱一朽木，口喃喃大骂，上前谛视，殷恍如梦醒，而朽木亦坠地矣。殷怒曰："鬼附此木，我不赦木！"取钉钉之庭柱，每夜闻哀泣声，不胜痛楚。

过数夕，有来共语者、慰唁者、代乞恩者，啾啾然声如小儿，殷皆不理。中有一鬼曰："幸主人以钉钉汝，若以绳缚汝，则汝愈苦矣。"群鬼噪曰："勿言，勿言，恐泄漏机关，被殷学乖。"次日，殷以绳易钉如其法。至夕，不闻鬼泣声。明旦视朽木，竟遁去。

樱桃鬼

熊太史本，僦居京师之半截胡同，与庄编修令舆居相邻，每夜置酒，互相过从。

八月十二日夜，庄具酒饮熊，宾主共坐。忽桐城相公遣人来招庄去，熊知其即归，独酌待之。自斟一杯置几上，未及饮，杯已空矣。初犹疑己之忘之也，又斟一杯伺之。见有巨手蓝色从几下伸出探杯，熊起立，蓝手者亦起立，其人头、目、面、发，无一不蓝。熊大呼，两家奴悉至，烛照，无一物。庄归闻之，戏熊曰："君敢宿此乎？"熊年少气豪，即命童奴取被枕置榻上而麾童出，独持一剑坐。剑者，大将军年羹尧所赠，平青海血人无算者也。时秋风怒号，斜月冷照，榻施绿纱帐，空明澄澈。街鼓鸣三更，心怯此怪，终不能寐。忽几上铿然掷一酒杯，再铿然掷一酒杯。熊笑曰："偷酒者来矣。"俄而一腿自东窗进，一目、一耳、一手、半鼻、半口；一腿自西窗进，一目、一耳、一手、半鼻、半口，似将人身当中分锯作两半者，皆作蓝色。俄合为一，眈眈然怒睨帐中，冷气渐逼，帐忽自开。熊起拔剑砍之，中鬼臂，如着敝絮，了无声响。奔窗逃去，熊追至樱桃树下而灭。

次早，主人起，见窗外有血痕，急来询问，熊告所以。乃斩樱桃树焚之，尚带酒气。窗外有司阍奴，老矣，既聋且瞽，所卧窗榻乃鬼出入经过处，杳无闻见，鼾声如雷。

熊后年登八旬，长子巡抚浙江，次子监司湖南，常笑谓人曰："余以胆气、福气胜妖，终不如司阍奴之聋且瞽尤胜妖也。"

鼠啮林西仲

福建耿藩之变，厦门司马林西仲不降，被缚入狱。西仲平素画一小像，忽被鼠啮断其头，环颈一线如刀截者。家人号哭，以为不祥。未几，王师破耿，出西仲于狱，复其官，加迁三级。西仲还家，家人置酒庆再生。是夕，闻群鼠声啾啾甚忙，扛一物置几上去。视之，所衔去小像之头，共持来还西仲也。

卷 七

尹文端公说二事

乾隆十五年，尹文端公总督陕西。苏州顾某者，为绥德州知州，貌素丰。是年九月，顾赴西安求见，则尪羸已甚。尹公疑其病，问之。顾跪而请曰："某生平读书，从不信鬼神事，况敢妄言于大人前耶！今旦暮将死，不敢不告为身后计。本年五月初七日，清晨起坐书斋，见一人青衣皂帽持帖入曰：'某官请公会讯，备骑在门。'视其帖，同寅汤栻也。某即上马出城。北行三十里，至公廨，有古衣冠者迎揖曰：'所以屈公至者，为欲造姓名册送上帝，须与公会办。'某未答，旁一吏跪启：'册草创未就，须八月二十四日方可誊清。'古衣冠者目皂衣人送某还，约至期勿爽。某复上马，行三十里，入署，见己身僵卧床上，妻子号泣于旁。皂衣者推某身自其口入，格格然如不可复合，四肢筋骨五脏之间，酸楚莫状。苏醒后始进米饮，自此部署公私。至八月二十四日，晨起即具衣冠，诀别幕友妻子，泣嘱曰：'尸勿寒，且缓殓。'至午昏晕，类中风者。果皂衣人来，引至前处。古衣冠者坐堂上，列两几于前，如世间会审状，吏逐名点唱，无相识者。至第三名，即本州之皂隶某也；第八十五名，本州之东房吏某也；其馀人，眼中虽甚熟悉，而不知姓名。呼二人到案前问之，亦云：'不知何以到此。'古衣冠者笑曰：'公何问耶？公永当在此共事，自然具晓一切。'问：'来当何时？'曰：'今年十月初七日，公趁此时速归部署家事可也。'复拱手别，苏醒如故，身之狼狈，尤甚于前。未几，此县大疫，一吏一役俱染疫亡。今已九月，死期不远，故来诀别大人。"尹公慰之再三，泣拜去。

明年正月，尹公巡边，过绥德州，内幕许孝章者，素知其事，方留心访顾，而顾仍无恙，来谒于辕，体充实如故。公戏之曰："鬼言何以灵于吏役而不灵于汝耶？"顾叩头谢恩，亦不解其何故。

公督陕时，按华阴县某禀启云："为触犯妖神陈情禀死事：卑职三厅前有古槐一株，遮房甚黑，意欲伐之。而邑中吏役佥曰：'是树有神，伐之不可。'某不信，伐之，并掘其根。根尽，见鲜肉一方；肉下有画一幅，画赤身女子横卧。卑职心恶之，焚其画，以肉饲犬。是夜，觉神魂不宁，无病而憔悴日甚，恶声汹汹，目无见而耳有闻，自知不久人世，乞大人别委署篆者来。"尹公得禀，袖之与幕客传观曰："此等禀帖，作何批发？"言未毕，华阴县报病故文书至矣。

霹雳脯

海州朱先生，康熙间人，貌三四十岁，或出或隐，不知寒暑。常曰："海州气象好，惜读书者少耳！"出游数年，归语人曰："吾家竹垞子殊博雅，可与谈；山阳阎百诗亦后来之秀，惜其俱未闻道耳！"居亡何，又语人曰："我何罪于天而今日有雷击我？我不得不相抗。但恐惊诸君，诸君须避之。"至期，云雨海冥，见大蜘蛛脚自空中下，雷乍响而哑矣，旷野有血肉一团，大如车轮。朱指示人曰："此斗败霹雳脯也。"以酒烹之，独坐而啖。又一日，雷雨复集，朱张口空中，吐白丝数百丈，盘密如网。有火龙腾空而至，奋鬣舒爪于网外，终不能入。良久，人云去。朱叹曰："海滨多怪物，不可久居，吾将逝矣。"竟去，不知所终。人疑为蜘蛛精也。

瘟 鬼

乾隆丙子，湖州徐翼伸之叔岳刘民牧作长洲主簿，居前宗伯孙公岳颁赐第。翼伸归湖之便访焉。天暑，浴于书斋，月色微明，觉窗外有气喷入，如晓行臭雾中，几上鸡毛帚盘旋不已。徐拍床喝之，见床上所挂浴布与茶杯飞出窗棂外。窗外有黄杨树，杯触树碎，声铿然。徐大骇，唤家奴出视，见黑影一团，绕瓦有声，良久始息。徐坐床上，片时，帚又动。徐起，以手握帚，非平时故物，湿软如妇人乱发，恶臭不可近，冷气自手贯臂，直达于肩。徐强忍持之。墙角有声，如出瓮中者，初似鹦鹉学语，继似小儿啼音，称："我姓吴，名中，从洪泽湖来，被雷惊，故匿于此，求恩人放归。"徐问："现在吴门大瘟，汝得非瘟鬼否？"曰："是也。"徐曰："是瘟鬼，则我愈不放汝，以免汝去害人。"鬼曰："避瘟有方，敢献方以乞恩。"徐令数药名而手录之，录毕，不胜其臭，且臂冷不可耐。欲放之，又惧为祟。家奴在旁，各持坛罐，请纳帚而封焉。徐从之，封投太湖。

所载方：雷丸四两，飞金三十张，朱砂三钱，明矾一两，大黄四两，水法为丸，每服三钱。苏州太守赵文山求其方以济人，无不活者。

千年仙鹤

湖州菱湖镇王静岩，家饶于财，房室高敞。有九思堂，广可五六亩，宴客日暮，必闻厅柱下有声，如敲竹片。静岩恶之，对柱祝曰："汝鬼耶，则三响。"乃应四声。曰："若仙耶，则四响。"乃应五声。曰："若妖耶，则五响。"乃乱应无数。有道士某来设坛，用雷签插入柱下。忽家中婢头坟起，痛不可忍。道士撤签，婢痛止。间一日，婢忽狂呼，如伤寒发狂者。召医视之，按脉未毕，举足踢医，伤面血流。男子有力者四五人抱持不能禁。王之女初笄，闻婢病，来视之。初入门，大惊仆地，曰："非婢也。其面方如墙，白色，无眼、鼻、口、耳；吐舌，赤如丹砂，长三四尺，向人嚼张。"女惊不已，遂亡。女死而婢愈。

王百计驱妖，有请乩仙者来，言"仙人草衣翁甚灵，可以镇邪"。王如其言，设香案置盘。乩笔剨然有声，穿窗而出，于窗纸上大书曰："何苦何苦，土地受过。"主人问乩，乩言："草衣翁因地邪未去，遽请仙驾将当方土地神发城隍笞二十矣。"自后此妖寂然。

草衣翁与人酬酢甚和，所言多验。或请姓名，曰："我千年仙鹤也，偶乘白云过鄱阳湖，见大黑鱼吞人。予怒而啄之，鱼伤脑死。所吞人以姓名假我，以状貌付我，我今姓陈，名芝田，草衣者，吾别字也。"或请见之，曰："可。"请期，曰："在某夜月明时。"至期，见一道士立空中，面白微须，冠角巾，披晋唐服饰，良久，如烟散也。

夏太史三事

高邮夏醴谷先生督学湖南，舟过洞庭，值大风浪，诸船数千，泊岸未发。

夏性急，欲赶到任日期，命舵工逆风而行，诸船随之扬帆。至湖心，风愈大，天地昏冥，白浪如山，见水面二短人，长尺许，面目微黑，掠舟指橹似巡逻者。诸船中人俱见之。风定日出，渐隐去矣。

公居督学衙门，家丁子弟白日见怪，见者必病。公夫人扃闭子弟，午后不许至园；嘱公致祭，公不信。是夜，阅卷灯下，闻哭声自西来，殷殷田田，群响杂沓；飞沙打窗，如雨而下。公厉声曰："吾已悉尔意，明日祭汝可也！"其声渐远而灭。公诘朝寻其声来之处，有破屋一间，木主数十，皆前任学臣阅卷幕友卒于署者，因为文具牲牢祭之，此后怪绝。

公门生朱士琇从福建入都，至山东茌平道中，日暮投宿，风雨交至，遣家人先行觅店，停车于三叉路口待之。夜二更，天地昏黑，见远树中火光忽上忽下，疑为家人持火至矣。少顷，火光渐近，大如车轮，错落数十，高者至苍天，低者及马足。大骇，以为必非人灯。近视之，火光中有三人掠车而过，其中行者当额闪闪有眼，朱衣博带，须眉伟然；旁侍儿锦衣玉貌，扶之而行；最前一白须老翁，伛偻先驱，背有穴孔如碗大，火光从此孔出，如灶突泄烟者然，见人了无惊异，徐步入远村而没。少顷，家人与店家至，云共见之，相与诧骇而已。

石崇老奴才

康熙间，任雨林进士有诗名，宰河南巩县。昼卧书室，见簪花女郎持名纸称石大夫招饮。舆夫盈门，俱来迎接，任不觉身随之行。良久，至一府，闱闳巍然，主人戴晋巾，锦襜褕，叉手出迎，谈论风发。坐定，席设水陆奇珍，皆目所未睹，女乐二人，舞傪傪然。

酒酣，主人起，握任手行至后园，极亭台花木之胜。园后有井，水绿色，主人手黄金勺，呼左右酌水，为任公解醒。任初沾唇，觉有辛恶之味，唇为之焦，因辞谢不举其勺。主人强之，众美人伏地劝请，任不得已为尽之。俄而，腹痛欲裂，呼号求归。主人拱手曰："客果醉矣，且暂别再会。"任仓皇登车，痛愈甚，从原路归。过城隍庙，城隍神趋出迎，嗒曰："石季伦老奴才又毒人乎！昨作主饮君者，晋石崇也。崇生时取精多，用物宏，诛死时受孙秀屠割，血肉狼籍；强魂不散，为罗刹尊神，誓杀名士三千，以泄生平好名之忿。吾第十九人，君第二十九人也。吾以生平正直，诉冤上帝。帝不能救，封为城隍神，赐药二丸，曰：'有真名士被害者，以此救之。'君有文行，故在此相救。"言毕，取药塞任口中，任痛遽止。顷刻，汗出而寤。其原卧之处，家人环泣，已迷懵二日矣。

后修巩县故城，掘地得碑，镌"金谷"两大字，类索幼安笔法，始知石氏金谷不在今洛阳也。

鬼差贪酒

杭州袁观澜，年四十，未婚。邻人女有色，袁慕之，两情属矣。女之父嫌袁贫，拒之。女思慕成瘵卒。袁愈悲悼，月夜无以自解，持酒尊独酌。见墙角有蓬首人手持绳，若有所牵，睨而微笑。袁疑为邻之差役，招曰："公欲饮乎？"其人点头，斟一杯与之，嗅而不饮。曰："嫌寒乎？"其人再点头。热一杯奉之，亦嗅而不饮。然屡嗅则面渐赤，口大张不能复合。袁以酒浇入其口，每酒一滴，则面一缩，尽一壶，而身面俱小，若婴儿然，痴迷不动。牵其绳所缚者，邻氏女也。袁大喜，具酒罂取蓬首人投而封之，画八卦镇压之，解女子缚，与入室为夫妇。夜有形交接，昼则闻声而已。

逾年，女子喜告曰："吾可以生矣！且为君作美妻矣。明日某村女气数已尽，吾借其尸可活，君以为功，兼可得资财作食费。"袁翌日往访某村，果有女气绝方殓，父母号哭。袁呼曰："许为吾妻，吾有药能使还魂！"其家大喜，许之。袁附女耳低语片时，女即跃起，合村惊以为神，遂为合卺。女所记忆，皆非本家之事。逾年，渐能晓悉，貌较美于前女。

李 倬

李倬者，福建人，乾隆庚午贡生，赴京乡试，路过仪征。有并舟行者，自称姓王名经，河南洛阳县人，赴试京师，资费不足，求李挈带。李许之。同舟言笑甚欢，出所作制艺，亦颇清雅，惟篇幅稍短耳。与共食，必撒饭于地，每举碗，但嗅其气，无一粒纳喉者。李疑而憎之。王似解意，谢曰："某染膈症，致有此累，幸毋相恶。"既至京师，将赁寓所。王长跪请曰："公毋畏，我非人也。乃河南洛阳生员，有才学，当拔贡，为督学某受赃黜落，愤激而亡，今将报仇于京师，非公不能带往。入京城时，恐城门神阻我，需公低声三呼我名，方能入。"其所称督学某，即李之座师。李大骇，拒之。鬼曰："公党师拒我，我行且祟公。"李无奈何，如其言。舍馆定，既往谒座主。其家方环泣，声达户外。座主出曰："老夫有爱子，生十九年矣，聪明美貌，为吾宗之秀。前夜忽得疯疾，疾尤奇，持刀不杀他人，专杀老夫，医者莫名其病，奈何？"李心知其故，请曰："待门生入视郎君。"言未毕，其子在内笑曰："吾恩人至矣，吾当谢之，然亦不能解我事也。"李入室，握郎君手，语移时。旁人不解，更骇愕，都来问李，李告之故。于是举家跪李前，求为关说。李谓其子曰："君过矣。君以被黜之故，气忿身死，毕竟非吾师杀君也。今若杀其郎君，绝其血食，殊非以直报怨之道。况吾与君有香火情，独不为我地乎？"其子语塞，瞋目曰："公语诚是，然汝师当日得赃三千，岂能安享？吾败之而去足矣。"手指曰："某室有玉瓶，价值若干，为我取来。"至则掷而碎之，又手指曰："某箱内有貂裘数领，价值若干，为我取来。"至则举火焚之。事毕，大笑曰："吾无恨矣，为汝赦老奴。"拱手作去状，其子霍然病已。

李是年登第，行至德州，见王君复至，则前驱巍峨，冠带尊严，曰："上帝以我报仇甚直，命我为德州城隍，尚有求于吾子者。德州城隍为妖所凭，篡位血食垂二十年，我到任时，彼必抗拒，吾已选神兵三千，与妖决战。公今夜闻刀剑声，切勿谛视，恐有所伤。邪不胜正，彼自败去，但非公作一碑记晓谕居民，恐四方未必崇奉我也。公将来爵禄亦自非凡，与公诀矣。"言毕拜谢，垂泪而去。

是夜，闻城内外兵马喧然，至五鼓始息。李诘朝往城隍庙焚香作记，道士已磨墨相待，云："昨夜大王到任，托梦贫道，教相迎也。"李为镌石立碑，今犹存德州大东门外。

王将军妾

苏州慕崇士，宰河南汲县。未遇时，馆京师任姓家，寓半截胡同。晚间独宿，灯下见物黑而毛，攫其书簏。慕手剑逐之，无所得。次晚，月下如厕，有女子冉冉来。慕疑主人婢妾，蹲不敢起。女竟不去，而冷风凄然。慕始惊惧，投以瓦，了不复见。慕踉跄归至书斋，则女子在床矣，军妆持刀，容貌甚丽；呼之不应，驱之不去；召他人观之，皆不能见。慕遂病，呓语曰："我明朝王将军妾也，久不得祭，故遣儿辈取食，汝以剑伤之；我亲来谢过，汝又蹲厕辱我。我故来索命。"同寓宾客俱为哀祈，女曰："能以衣服车马送我归故乡，姑贷汝。"众如其言，慕苏醒。食粥未半响，女又复来曰："吾为汝辈所绐，衣服领袖并未裁缝，吾何以为衣耶？可速选缝人善治之。"众客愈骇，视所陈之衣，果未开摺也。整治再拜，慕竟病除。

三年，慕登进士，选河南汲县知县，路过开封，宿客店。店之西偏，扃室甚固，慕疑之。窥窗隙，见朱棺一口，横于中堂，凝尘数寸，棺之前和题曰："王将军亡妾张氏。"慕大惊且悔，心郁郁不乐。薄暮，女果至，妆束如前，曰："昔妾逼君，妾之罪也；今君窥妾，妾之缘也。妾在此数十年，非取人见代，不能自拔于幽冥，故今夜来伴君。"慕大惧，连夜呼驺入城，告开封同寅，将求道士驱之。开封守令留饮达旦，翌早与共至店中，一书僮自缢于床。守令怒，剖其棺，尸装束鲜浓，僵而不腐。焚之，竟无他怪。

仙鹤扛车

方绮亭明府作令江西，其同僚郭姓者，四川人，言少时曾上峨嵋山，意欲弃世学道，见老翁长髯秀貌，戴羽巾，飘飘然导之前行。至一处，宫殿巍峨，似王者居，翁指示曰："汝欲学道，非王命不可。王外出未归，汝少待。"俄而仙乐嘹嘈，异香触鼻，两仙鹤扛水精车，车中坐王者，状如世上所画香孩儿，红衣文葆，洁白如玉，口嬉嬉微笑，长不满尺许，诸神俯伏迎入宫。老翁奏曰："有真心学道人郭某求见。"王命传入，注视良久，曰："非仙才，速送回人间。"老翁掖郭下。郭问曰："王何以年少？"老翁笑曰："为仙为圣为佛，及其成功，皆婴儿也。汝不闻孔子亦儒童菩萨，孟子云'大人者，不失其赤子之心'乎？吾王已五万岁矣！"郭无奈何，仍自山下归家，犹记其殿门外朱书二对，云："胎生卵生湿生化生，生生不已；天道地道人道鬼道，道道无穷。"

红花洞

溧水知县曹江初官蜀时，夏日昼寝，见二隶卒牵马来邀，与俱行，约二十馀里，复有一人乘骏马，约束如军官，持令箭呼曰："奉上帝命，烦君点放洞犯，幸勿辞劳。"曹愕然，莫知其故。再行二三里，至深山，有穴，榜曰"红花洞"。石门一双，封钥甚固。洞口胥吏七八人，具公案文册，跪迎道左。军官以令箭付曹，嘱云："照册点放。"言毕，乘马去。曹登座，一吏禀请启洞，向洞大呼"开门"者三，有阴气随呼而出，冷逼毛发。须臾，女鬼数千，蓬首垢面，纷然杂至，哀号困苦之声，不可言状。吏按册唱名，开锁具，驱向南行。诸鬼逡巡，若不得已而往者。最后三女鬼向曹哀求免放，曹辞以"奉帝命，不能为力"，三鬼愤惋骂曰："二十年后，会当相报！"放既毕，军官复来嘱隶曰："曹公劳矣，须好送还家。"隶卒仍以马送。至中途，经大河，马渡水，忽失前足而堕，惊寤，见家人环哭，方知已死一日，心秘其事，不敢言于人。

后二十年，长男妇病产卒，未期年，次媳当产亦病，忽作呓语呼姑至前曰："红花洞事发矣。我房舍已定，当与李氏为邻。"笑指其小叔曰："继我者当在此君。可恨翁当时令箭在手，乐得作人情，何故不肯乎？"言毕，张目大呼，血流破面，腹溃肠出，死。姑与小叔奔告于曹，曹大骇，自忆此梦实未尝语人，不知乃媳何从知也。殓后，寄其柩于古寺，寺中旧有朱棺一口，询之，果为某家妻李氏棺也。曹后第三子妻妇，亦以产卒。三妇年岁虽各有大小，计其始生，皆与梦时相上下。后侧室生儿，皆无恙。

大毛人攫女

西北妇女小便，多不用溺器。陕西咸宁县乡间有赵氏妇，年二十馀，洁白有姿，盛夏月夜，裸而野溺，久不返。其夫闻墙瓦飒拉声，疑而出视，见妇赤身爬据墙上，两脚在墙外，两手悬墙内，急而持之。妇不能声，启其口，出泥数块，始能言，曰："我出户溺，方解裤，见墙外有一大毛人，目光闪闪，以手招我。我急走，毛人自墙外伸巨手提我髻至墙头，以泥塞我口，将拖出墙。我两手据墙挣住，今力竭矣，幸速相救。"赵探头外视，果有大毛人，似猴非猴，蹲墙下，双手持妇脚不放。赵抱妇身与之夺，力不胜，及大呼村邻。邻远，无应者。急入室取刀，拟断毛人手救妇。刀至，而妇已被毛人拉出墙矣。赵开户追之，众邻齐至。毛人挟妇去，走如风，妇呼救声尤惨。追二十馀里，卒不能及。

明早，随巨迹而往，见妇死大树间：四肢皆巨藤穿缚，唇吻有巨齿啮痕，阴处溃裂，骨皆见。血裹白精，渍地斗馀。合村大痛，鸣于官。官亦泪下，厚为殡殓，召猎户擒毛人，卒不得。

吴生不归

会稽县东四十里，地名长溇，有吴生者，年十八，美丰仪，读书家中，忽失所在。越三日归，自言："某日坐书室，见美妇人降自屋上，招与偕行。随行大第中，陈设华美，往来者无一男子。室内更有一美，倚窗斜睨，具酒食共饮。饮毕，两美迭就为饮。叩以姓名，俱笑不答，但云：此间乐，我二人惟郎是从，郎但安居可也。居数日，我偶动乡思，一女曰：郎思家矣，当送归，无苦郎心。遂送至里门，我才得归。"自此神思恍惚。当午，家人为具膳，则云："此味恶，不似彼食美也。"当夕，为拭床帐，则云："此床恶，不如彼物华也。"未几，又失去，数日复归，所言如前。但颜色渐焦，举体有腥气。家人延僧醮祝，都无所济。俄而数月不返。

生有弟某，行经白塔，见山洞口有遗带，认系兄物。持归，率人秉火入洞，见兄裸卧于泥间，作行房状。扶至家，灌以药饵，苏，张目怒曰："我云雨未毕，卧锦衾中，何夺我至此。"于是亲族皆来守护，以铁索锢之，厌以符箓。生稍知惧，不敢寐。夜间，众方环坐，忽闻响声琅然，有光若电，绕室数匝，失生所在。铁索斩然中断，门窗仍闭，竟不知何自出也。

次晨，再寻白塔山洞，茫然无得矣。于是远近传播洞中有妖，聚观者日以千计。县令李公惧生事，亲来搜看，亦无所得，乃以石封洞，观者止，而生竟不归。

狐仙冒充观音三年

杭州周生，从张天师过保定旅店，见美妇人跪阶下，若有所祈。生问天师，天师曰："此狐也，向我求人间香火耳。"生曰："盍许之？"天师曰："彼修炼有年，颇得灵气，若与香火，恐恣威福，为人间祟。"生爱其美，代为祈请。天师曰："难却君情，但令受香火三年，毋得过期可也。"命法官批黄纸付之去。

三年后，生下第出都，过苏州，闻上方山某庵观音极著灵异，将往祷焉。至山下，同祷者教以步行，曰："此山观音甚灵，凡肩舆上山者，中道必仆。"生不信，肩舆上山。未数十武，扛果折，生坠地，幸无所伤，遂下舆步行。入庙，见香烛极盛，所谓观音者坐锦幔中，勿许人见。生问僧，僧曰："塑像太美，恐见者辄生邪念故也。"生必欲启视。果极妖冶，不类他处观音。谛视之，颇似曾相识者。良久恍然，是旅店中妇人。生大怒，指而数之曰："汝昔求我说情，故得此香火。汝乃不感我恩而坏我舆，何太没良心也？且天师只许汝受香火三年，今已过期，恋此不去，岂竟忘前约乎？"语未毕，像忽扑地碎，僧大骇，亦无可奈何。俟生去，为之纠金重塑，而灵响从此寂然。

陈姓父幼子壮

扬州陈山农，世业骡马行，年五十馀，病卧。见少年骑马自外入，掌其颈，遂昏迷。被少年提至马上，疾驰出门。陈号呼，莫有救者。至郊外，少年掷之于地，曰："速来！吾先行候汝。"复以掌击其股，乃驰去。陈心迟疑，而两足不觉前进，其行如飞，亦不甚倦。惟所穿履觉易败，败则道旁有织履者为易之，易毕即行。了不通问，问亦不答。腹馁甚，见市中肴馔，试取食之，亦无禁。约行三昼夜，见道旁去思碑题名，知已入陕西咸阳城矣。及郭门，少年在焉，叱曰："来何迟，累人三日痛楚！"即导入城，止一家门外。少年入复出，曳其裾至户内。见妇人辗转床上，若甚痛迫者。少年挈其领足，投妇人身。陈昏昏若入深岩中，腥秽满鼻，目不见天光，心窘甚。逾时见小隙微明，并力踊跃，豁然而堕，闻耳边多作贺声，曰："得一佳儿。"陈更骇异，亟欲言而口已噤，因大呼。男妇满前，都无所闻。徐自审其声，若甚小者，更摩视其耳目四肢，无不小矣，悟曰："吾其投胎复生乎？"乃张目四顾，有老妪曰："是儿目光焰焰，岂妖耶？再视当杀之！"陈惧，即瞑其目。自是沉沉若愚，胸中一切哀愁愤懑之心，叫呼啼哭，旁人便抱乳之，全不解其意。渐久习惯，亦不复作前世想矣。

至六岁，稍稍能言。其父行贾江南归，以绢绐其母曰："此物不易得，在江南值数十金。"母珍之，置枕函间。陈偶取玩视，母以父言禁之。陈笑曰："父妄耳。此濮院绸，不数金可得。"父大惊，固问之。陈垂涕，具道所以，且曰："吾来时，生儿方十数岁，今当成人，名某，家住某里。父至江南可访也。"父颔之。明年至扬州，果得其子，语以故。子亦以贸易故，欣然偕来。相见之下，略不相识。子鬖鬖有须，而父犹孩也。道家事如平生，且言某某欠债未还，某处有积金三百，存为汝婚，宜归取之。言讫唏嘘。子不胜悲，归访之，其言皆验。

后十馀年，陈年壮，继父业，来江南访其故居。前生子已死，家事凋落，皤然老妻，抚孤孙独存。陈不胜感慨，留三百金为前生妻治后事，具杯酒浇其前世墓而去。

吴生手软

乾隆二十四年五月，丰县宰卢世昌修邑志，聘苏州吴生为誊录，与同事者同住一楼。忽具衣冠揖同事友曰："吾死矣，以后事累公。"友问故，吴愀然云："我初赴丰时，至沛县，道上遇一妇人，求与共载，我以车小不许。妇随车行二十里，心窃讶之。问舆夫，皆不见，始知为鬼。晚投旅店，人静后，妇来坐榻上语我曰：'君与我年俱廿九，合为夫妇。'我大骇，以枕投之，随响而没。自此不复见形，时闻耳边嚅嚅作语，求作夫妇，呼我为'写字人'，噪聒不已。问：'如何酬汝汝方去？'曰：'与我钱二百，置楼板上，我即去。'如其言。既而钱仍在，妇来缠扰如初，奈何奈何？"友人咸相解慰，令二僮守之。

越数日，楼上大呼，众奔上楼，吴倒地，腹右刀戳一洞，肠半溃出，喉下食嗓已断。扶起之，绝无痛楚。卢公往视，吴手招之近前，作一"冤"字。卢曰："是何冤？"曰："欢喜冤家也。今早妇人来逼我死，以便作夫妻。我问：'作何死法？'妇指案上刀曰：'此物佳。'余取刺右腹，痛不可忍，妇人亟以手按摩之，曰：'此无济也。'所摩处遂不觉痛。我问：'然则如何？'妇人自摩其颈作刎势曰：'如此方可。'我复以刀断左喉，妇人跌足叹曰：'此亦无济，徒多痛苦耳。'又以手按摩之，亦不觉痛。指右喉下曰：'此处佳。'余曰：'我手软矣无能为也，卿来刺之。'妇遂披发摇首，持刀直前，而楼下诸公已走上矣。彼闻人来，掷刀奔去。"卢公诧异，为延医纳其肠。吴始不能饮食，用药敷治，亦遂平复。妇人不复再至。吴生至今尚存。

狐祖师

盐城村戴家有女为妖所凭，厌以符咒，终莫能止；诉于村北圣帝祠，怪遂绝。已而有金甲神托梦于其家曰："吾圣帝某部下邹将军也。前日汝家妖是狐精，吾已斩之，其党约明日来报仇，尔等于庙中击金鼓助我。"翌日，戴家集邻众往。闻空中甲马声，乃奋击金钲铙鼓，果有黑气坠于庭，村前后落狐狸头甚夥。越数日，其家又梦邹将军来曰："我以灭狐太多，获罪于狐祖师。狐祖师诉于大帝。某日，大帝来庙按其事，诸父老盍为我祈之。"众如期往，伏于廊下。

至夜半，仙乐嘹嘈，有冕服乘辇者冉冉来，侍卫甚众；后随一道人，庞眉皓齿，两金字牌署曰"狐祖师"。圣帝迎谒甚恭。狐祖师曰："小狐扰世，罪当死，但部将歼我族类太酷，罪不可逭。"圣帝唯唯。村人自廊下出，跪而请命。有周秀才者骂曰："老狐狸！须白如此，纵子孙淫人妇女，反来向圣帝说情，何物'狐祖师'，罪当万斩！"祖师笑不怒，从容问："人间和奸何罪？"周曰："杖也。"祖师曰："可知奸非死罪矣。我子孙以非类奸人，罪当加等，要不过充军流配耳，何致被斩？况邹将军斩我一子，并斩我子孙数十匹耶？"周未及答，闻庙内传呼云："大帝有命：邹将军嫉恶太严，杀戮太重，念其事属因公，为民除害，可罚俸一年，调管海州地方。"村人欢呼合掌，向空念佛而散。

纣之值殿将军

天台僧智果好游，山行迷路，至大石洞。坐一道者，萝衣薜裳。僧跪而请曰："某幸遇仙人，愿受教。"道者曰："予人也，非仙也，子来胡为？"僧曰："某入山已数日，腹枵甚，敢有云浆之请。"道者曰："子姑待，吾往后山觅之。"去有顷，携一物来，状轮囷而色鲜白。道者破之，自吸其浆，以其馀授僧，曰："此千年茯苓也。"因令僧坐，问："岳飞将军安否？秦桧死否？"僧曰："此宋朝事也，今易代数百年为大清矣。"因告以《宋史》所载岳事颠末。道者惨然曰："岳将军终不免乎！"遂大哭，曰："吾姓周，名通，岳将军麾下小将也。当秦桧以金牌召岳时，我知有难，遂逃于此，食灵草得不死。我师教勿出洞，出洞即死。汝宜速出，迟恐无及。"

僧惧，拜辞而行。路甚纡曲，备历险阻。忽望崖上坐一巨人，长丈馀，遍体绿毛如翠锦，骇而奔还告道者。道者曰："此予师商高，纣王之值殿将军也，为飞廉、恶来所谮，避居此山。性好食野兽，故其状与人异。子往拜祈，兼可问商代事。"僧故蠢野，无所记忆。见巨人礼拜毕，便问纣宠妲己事。巨人曰："汝误矣，妲者，南宫女官之称；己戊者，女官之行次。女官非止一人也，汝所问何妃？"僧不能答，又问文王受命事。曰："吾不知文王为何人，或是西方诸侯姬昌耶？其人事纣甚恭，并无称王之事。"因问："汝所问者，何人告汝？"曰："书上云云。"巨人问："何物为书？"僧手作书状示之。巨人笑曰："我当时尚无此物。"言毕，以一臂搂僧行如飞，置之平地，拱手而别，已在天台郊外矣。

疟　鬼

上元令陈齐东，少时与张某寓太平府关帝庙中。张病疟，陈与同房，因午倦，对卧床上。见户外一童子，面白皙，衣帽鞋袜皆深青色，探头视张。陈初意为庙中人，不之问。俄而张疟作，童子去，张疟亦止。又一日寝，忽闻张狂叫，痰如涌泉。陈惊寤，见童子立张榻前，舞手蹈足，欢笑顾盼，若甚得意者。陈知为疟鬼，直前扑之，着手冷不可耐。童走出，飒飒有声，追至中庭而没。张疾愈，而陈手有黑气，如烟熏色，数日始除。

误学武松

杭州马观澜家，每四时必祭其门。予问："古礼：门为五祀之一，今此礼久不行，君家独行之，何也？"马曰："余家奴陈公祚好酒，每晚必醉敲门归。一日，闻户外喧呶声，往视之，奴仆地曰：'奴归，见门外一男一妇，俱无头，头持在手。妇呼曰："吾汝嫂也。吾淫属实，吾夫杀我可也。汝为小叔，不当杀我。夫杀我时，心软手噤龁不下，汝夺刀代杀，此事岂汝所宜与耶？吾每来相寻，为汝主人家门神呵禁，今故伺汝于门外。"因大骂唾奴面。其男鬼掷头撞奴，奴倒地，闻人声，二鬼才散。'马氏众家人扶至床，自言少年曾有此事，当时看小说，慕武松之为人，不意遭此冤孽。或告之曰：'小说都无实事，何得妄学？且武松杀嫂，为嫂杀兄故也。若寻常犯奸，王法只杖决耳，汝何得代兄杀嫂？'言未终，奴张目作女声曰：'公道自在人心，何如何如。'向言者三叩头而死。"马氏以鬼言故祭门神甚敬，世其家。

孛星女身

山东有施道士者，善祈晴雨。乾隆十二年，东省大旱，抚军准泰祈雨不得，锁道士而逼之。道士曰："雨非不可得也，但须某日孛星下降，公捐锦被一条，白金百两，某捐阳寿十年，方可得雨。"抚军如其言。

至期，道士登坛，呼一童子近前，令其伸手，画三符于掌中，嘱曰："至某处田中，见白衣妇人便掷此符，彼必追汝，汝以次符掷之；彼再追，汝以第三符掷之；速归上坛避匿可也。"童子往，果见白衣妇，如其言，掷一符。妇人怒，弃裙追童。童掷次符，妇人益怒，解上衣露两乳奔前。童掷三符，忽霹雳一声，妇人亵衣全解，赤身狂追。童急趋至坛，而妇人亦至。道人敲令牌喝曰："雨！雨！雨！"妇人仰卧坛下，云气自其阴中出，弥漫蔽天，雨五日不止。道士覆以锦被。妇渐苏，大恚耻，曰："我某家妇，何为赤身卧此？"抚军备衣服令着，遣老妪送归，以百金酬其家。

事后问道士，道士曰："孛星女身而性淫，能为云雨，居天上亦赤体，惟朝北斗之期始着衣裳。是日下降田间，吾以符摄入某妇之身，使替代而来；又激怒之，使雷雨齐下。然用法太恶，必遭阴谴矣。"不数年，道士暴亡。

九夫坟

句容南门外有九夫坟。相传昔有妇人甚美，夫死，止一幼子，家资甚厚，乃招一夫。生一子，夫又死，即葬于前夫之侧；而又赘一夫，复死如前。凡嫁九夫，生九子，环列九坟。妇人死，葬于九坟之中。每日落时，其地即起阴风，夜有呼啸争斗之声，若相媚而夺此妇者。行路不敢过，邻村为之不安，相率诉于邑令赵天爵。随至其地，排衙呼皂隶，于各坟头持大杖重责三十，自此寂然。

土地奶奶索诈

虎踞关名医涂徹儒，与余交好，其子妇吴氏，孝廉讳镇者之妹也。乾隆丙申六月，吴氏夜梦街坊总甲李某持簿化缘，口称"虎踞关将有火灾，纠费演戏以禳之"。簿上姓名，皆里中相识者。正徘徊间，有老妇人黄衫绛裙从门外入，谓吴曰："今年此处火灾是九月初三日，君家首被其祸，数不可逃。须烧纸钱、买牲牢还愿，庶不至烧伤人命。"吴氏梦醒，方悟总甲李某久已物故，乃往各邻家告以故，并问："此间可有衣黄衫妇人否？"皆曰："无之。"吴有戒心，往祷土地庙，见所塑土地奶奶，宛然梦中所见，惊惧异常。诸邻闻之，亦大骇。彼此演戏祭祷，费数百金。将至九月，涂氏一门衣箱器具尽搬移戚里家，自初一日起，不复举炊矣。至期，四邻寂然，竟无焚如之患。涂氏至今安好。

卷 八

鬼闻鸡鸣则缩

予门生司马骧，馆溧水林姓家，其所住地名横山乡，僻处也。天盛暑，以其西厅宏敞，乃与群弟子洒扫，为晚间乘凉之处。挈书籍行李，移床就焉，秉烛而卧。至三鼓，门外啾啾有声，户枢拔矣，烛光渐小，阴风吹来，有矮鬼先入，脸似笑非笑，似哭非哭，绕地而趋。随后一纱帽红袍人，白须飘飘，摇摆而进，徐行数步，坐椅上，观司马所作诗文，屡点头，若领解者。俄顷起立，手携鬼步至床前；司马亦起坐，与彼对视。忽鸡叫一声，两鬼缩短一尺，灯光为之一亮。鸡三四声，鬼三四缩，愈缩愈短，渐渐纱帽两翅擦地而没。

次日，问之土人，云："此屋是前明林御史父子同葬所也。"主人掘地，朱棺宛然，乃为文祭之，起棺迁葬。

蜈蚣吐丹

余舅氏章升扶，过温州雁荡山，日方午，独行涧中。忽东北有腥风扑鼻而至，一蟒蛇长数丈，腾空奔迅，其行如箭，若有所避者，后有五六尺长紫金色一蜈蚣逐之。蛇跃入溪中，蜈蚣不能入水，乃舞掉其群脚，飒飒作声，以须钳掉水。良久，口吐一红丸如血色，落水中。少顷，水如沸汤，热气上冲。蛇在水中颠扑不已，未几死矣，横浮水面。蜈蚣乃飞上蛇头，啄其脑，仍向水吸取红丸，纳口中，腾空去。

雷部三爷

杭州施姓者，家居忠清里，六月雷雨后，小便树下。甫解裤，见有鸡爪尖面者蹲焉，大怖而返。夜即暴病，狂呼："触犯雷神。"家人环跪求赦。病者曰："沽酒饮我，杀羊食我，我贷其命。"如其言，三日而愈。适有天师法官过杭，施姓与有旧，以其事告之。法官笑曰："此雷部奴中奴也，小名阿三，惯倚势诈人酒食。如果雷神，其技俩宁止此耶？"今长随中有称"三爷"、"四爷"者是矣。

鬼乖乖

金陵葛某，嗜酒而豪，逢人必狎侮之。清明，与友四五人游雨花台。台旁有败棺，露见红裙，同人戏曰："汝逢人必狎，敢狎此棺中物乎？"葛笑曰："何妨。"往棺前以手招曰："乖乖吃酒。"如是者再。群客服其胆，大笑而散。

葛暮归家，背有黑影尾之，声啾啾曰："乖乖来吃酒。"葛知为鬼，虑避之则气先馁，乃向后招呼曰："鬼乖乖，随我来。"径往酒店，上楼置一酒壶两杯，向黑影酬劝。旁人无所见，疑有痴疾，听其所为。共饮良久，乃脱帽置几上，谓黑影曰："我下楼小便，即来奉陪。"黑影者首肯之。葛急趋出归家。酒保见客去遗帽，遂窃取之。是夕，为鬼缠绕，口喃喃不绝，天明自缢。店主人笑曰："认帽不认貌，乖乖不乖。"

凤凰山崩

同年沈永之任云南驿道时，奉制府璋公之命，开凤凰山八十里，通摆夷苗路。山径险峭，自汉、唐来人迹未到处也。每斫一树，有白气自其根出，如匹练升天。虾蟆大如车轮，见人辄瞪目怒视，当之者登时仆地。土人醉烧酒，以雄黄塞鼻，持巨斧斫杀之，烹食可疗三日饥。忽一日，有美女艳装从山洞奔出，役夫数千人，皆出洞追而观之，老成者不动心，操作如故。俄而山崩，不出洞者压死矣。沈公为余述其事，且戏曰："人之不可不好色也，有如是夫。"

董金瓯

董金瓯者，湖州勇士，能负重，走京师，十日可到。尝为人腰千金入都，过山东开成庙，有盗尾后，将取其金。董知之，挂金树上，下马与搏。盗抵敌不胜，问："足下拳法，何人所授？"曰："僧耳。"盗曰："破僧耳拳，须我妹来，汝敢在此相待否？"董笑曰："避女子非夫也。"坐以待之。少顷，一美女来，年十八九，貌甚和，相见即格斗，良久曰："汝拳法非僧耳授也，当别有人。"董以实告，曰："我初学于僧耳，后学于僧耳之师王征南。"女子曰："若然，须至我家，彼此一饭再斗方决，汝敢往乎？"董恃其勇，径随女子行。

到其家，则其兄已先在家，张灯挂红，率妻欢迎，曰："妹夫来矣。"以红巾蒙其妹头，强之交拜。董骇然问故，曰："吾父某亦为人保镖，路逢僧耳，与角斗不胜而死。我与妹立志报仇，同习拳法，必须胜僧耳者然后可以杀之。访得僧耳之师为王征南，苦相寻无路。汝是其弟子，则可以引见征南，再学拳法报此仇矣。"董遂赘其家，别遣人赍腰间金赴京师。日后不知所终。

蒋　厨

常州蒋用庵御史家厨李贵，取水灶下，忽中恶仆地。召巫视之，曰："此人夜行冲犯城隍仪仗，故被鬼卒擒去。须用三牲纸钱祷求城隍庙中西廊之黑面皂隶，便可释放。"如其言，李果苏。家人问之，曰："我方汲水，忽被两个武进县黑面皂头来拿去，说我冲犯他老爷仪仗，缚我衙门外树上，听候发落。我实不知原委，今日听他二人私地说：'李某业已尽孝敬之礼，可以放他回去，不必禀官。'将我解去索子，推入水中，我便惊醒。"御史公闻之笑曰："看此光景，拿时城隍不知，放时城隍不知，都是黑面皂隶诈钱作祟耳。谁谓阴间官清于阳间官乎！"

见曹操称晚生

江南副榜王苨，梦古衣冠人召往一处：宫阙巍峨，兵卫甚严。有赤帻者从军门出曰："汉丞相曹公奉屈。"王遂入，见一人皮弁上坐，须眉苍白。苨心知为操，一时心悸，无以自名，乃长揖称："晚生王某奉谒。"操命旁坐，谓曰："闻汝好学书，可知楷书先乎，草书先乎？"曰："楷书先。"操摇首曰："不然，先有草书，后有楷书。所以召汝者，正为将此义告知，以便转语世人也。"语毕，仍遣赤帻人送出。甫及门，闻内有呼号声，赤帻者曰："相王又用五色棒棰人矣。"苨惊而醒。

武后谢嵇先生

无锡嵇侍读受之，余授业弟子也。辛丑冬，过随园，余止而觞之。席间论史事，余极言《通鉴》载杨妃洗儿事之诬。嵇云："门生在史局时，派修唐鉴，立论颇合先生之意，将《旧唐书》所载武后淫秽事大半删除，同局以为不然。亡何，夜卧书舍，有小黄门来，称：'则天皇太后请嵇先生。'因随之行。望前面宫殿外有四金柱插空，高数十丈，上书'天枢'二字。一宫女云鬟霞佩出，引向殿西角，云：'先生少坐，待我奏闻。'语毕便去。殿上门槛甚高，跨殊费力。绣帘中坐冕旒者，相离远，仰视不甚分明。异香从殿上吹来，仿佛莲花气息。旁有虎皮交椅，坐白须人，手执牙笏，口奏事，琅琅数千言，亦不可辨。冕旒者似与驳诘良久，已而大笑，其齿皓然呈露，洁白如玉，面为旒珠所遮，终未见也。少顷，前宫女出谓曰：'今天已暮，太后不及相见，请先生且回。所以奉屈者，谢先生驳删《唐书》之功，先生当自知之。'语毕，袖中出一玉秤，曰：'此我在长安以此称量天下才者，先生将往长安，敢以奉赠。'门生心知是上官婉儿，逡巡揖谢而醒。其年果有督学陕西之差。"

冒失鬼

相法：瞳神青者，能见妖；白者，能见鬼。杭州三元坊石牌楼旁居老妪沈氏，素能见鬼，常言十年前见一蓬头鬼，匿牌楼上石绣球中，手执纸钱为镖，长丈余，累累若贯珠。伺人过牌楼下，暗掷镖打其头。人辄作寒噤，毛孔森然，归家即病，必向空中祈祷，或设野祭方愈。蓬头鬼借此伎俩，往往醉饱。一日，有长大男子，气昂昂然，背负钱镪而过，蓬头鬼掷以镖。男子头上忽发火焰，冲烧其镖，线层层裂断，蓬头鬼自牌楼上颠仆，滚绣球而下，喷嚏不止，化为黑烟散去。负钱之男子全不知也。自此，三元坊石牌楼无复作祟矣。吾友方子云闻之笑曰："作鬼害人，亦须看风色。若蓬头鬼者，其即世所称之'冒失鬼'乎？"

史宫詹改命

溧阳宫詹史胄斯未遇时，赴省乡试，通南门外汤道士谈命甚精，因以年庚求为推算。道士曰："照丑时算，你终身只一诸生，寿可八十三岁。若照寅时算，便可官登三品，今科便中。汝丑时乎？寅时乎？"曰："丑时也。"曰："若然，则今科不中矣。"史怆然不乐。道士曰："命可改也，但阴司寿算最重，君如肯减寿三十年，当为君改作寅时。"史公欣然愿改。道士曰："果情愿者，明日早来。"

次夜，史五鼓熏沐到寺，道士已启户待，曰："子诚信人，但日后官尊寿短，毋自悔也。"史唯唯，具香烛，对天自陈。道士披发仗剑，口中喃喃诵咒，良久，另书一庚帖与之。史公持，归置箧中。果于是年乡会联捷，官至宫詹。

五十二岁，希图降级永年，而任内总无过失。商之吏部，笑而不信。至次年春，精神甚健。五月，偶染微疾。上命太医往视，为药所误，竟不起矣。此事公孙抑堂司马言。司马，余亲家也。

高相国种须

高文端公自言年二十五作山东泗水县令时，吕道士为之相面，曰："君当贵极人臣，然须不生，官不迁。"相国自摩其颐，曰："根且未有，何况于须？"吕曰："我能种之。"是夕伺公睡熟，以笔蘸墨画颐下如星点。三日而须出矣。然笔所画，缕缕百十茎，终身不能多也。是年迁邠州牧，擢迁至总督而入相。

说官话鬼

河东运使吴云从作刑部郎中，公馆外偶有社会，家人妇抱小公子出看，溺尿路旁。公子忽哭不止，家人抱归，不知何故。至夜，公子作北语云："怎么小孩子这般无礼，溺在我头上！我与你不得开交！"吵闹一夜。吴公怒，次晨作牒焚与本处城隍，云："我南方人也，无故小儿撞着说官话鬼，猖獗可恨，托为拿究。"是夜平定。

至第三日晚，公子又病，仍作北语云："你不过是个官儿罢了，竟这样糟挞我们的老四！咱们兄弟今日来替他报仇，要些烧酒喝喝。"夫人不得已，曰：

"与你喝，不要闹。"于是，一鬼喝毕，一鬼又要喝，兼讨前门外杨家血贯肠做下酒物，呶呶之声，又复达旦。吴公上前批其颊骂曰："狗奴！强转舌根，学说官话，再说便打。"然打者自打，说者自说。吴又牒城隍云："说官话鬼又来了，求神惩治。"是夕，宅中闻鞭挞声。鬼云："你不要打，咱们去就是了。"公子病随愈。

偷雷锥

杭州孩儿巷有万姓甚富，高房大厦。一日，雷击怪，过产妇房，受污不能上天，蹲于园中高树之顶，鸡爪尖嘴，手持一锥。人初见，不知为何物；久而不去，知是雷公。万戏谕家人曰："有能偷得雷公手中锥者，赏银十两。"众奴嘿然，俱称不敢，一瓦匠某应声去。先取高梯置墙侧，日西落，乘黑而上。雷公方睡，匠竟取其锥下。主人视之：非铁非石，光可照人，重五两，长七寸，锋棱甚利，刺石如泥。苦无所用，乃唤铁工至，命改一刀，以便佩带。方下火，化一阵青烟，杳然去矣。俗云："天火得人火而化。"信然。

土地受饿

杭州钱塘邑生张望龄，病疟。热重时，见已故同学顾某者踉跄而来，曰："兄寿算已绝，幸幼年曾救一女，益寿一纪。前兄所救之女知兄病重，特来奉探，为地方鬼棍所诈，诬以平素有黯昧事。弟大加呵饬，方遣之去，特诣府奉贺。"张见故人为己事而来，衣裳蓝缕，面有菜色，因谢以金。顾辞不受，曰："我现为本处土地神，因官职小，地方清苦，我又素讲操守，不肯擅受鬼词，滥作威福，故终年无香火，虽作土地，往往受饿。然非分之财，虽故人见赠，我终不受。"张大笑。

次日，具牲牢祭之，又梦顾来谢曰："人得一饱，可耐三日；鬼得一饱，可耐一年。我受君恩，可挨到阴司大计，望荐卓异矣。"张问："汝如此清官，何以不即升城隍？"曰："解应酬者，可望格外超升；做清官者，只好大计卓荐。"

批僵尸颊

桐城钱姓者，往仪凤门外。一夕回家，时已二鼓，同事劝以明日早行。钱不肯，提灯上马，乘醉而行。到扫家湾地方，荒坟丛密，见树林内有人跳跃而来，披发跣足，面如粉墙。马惊不前，灯色渐绿。钱倚醉胆壮，手批其颊。其头随批随转，少顷又回，如牵丝于木偶中，阴风袭人；幸后面人至，其物退走，仍至树林而灭。次日，钱手黑如墨。三四年后，黑始退尽。询之土人，曰："此初做僵尸，未成材料者也。"

簸箕龟

乾隆辛卯春，山阴刘际云舟过镇江，见风覆客船，漂没货物甚多。江边有素谙水性人，俗名"水鬼"，专以打捞货物为生。是日，客舟有覆者，群水鬼皆至，言定价钱，一齐入水。及上岸，忽少一人，众疑其在水藏匿金银，复入水，遍寻不得。但见一龟：赤色，大过浴盆，形扁如簸箕，无头无尾无足。水鬼被其咬住，拉之不开，乃以大铁钩拽龟上岸。通体有小穴数百，皆其口也，人血已经吸尽，而口犹紧咬不放。刺以利刃，龟若不知。不得已，并人与龟烈火焚之，臭闻数里。或曰："此即锅盖鱼之极大者，严州江中尤多。"

命该薄棺

台州富户张姓家有老仆某，六十无子，自备一棺，嫌材料太薄，访有贫家治丧仓卒不能办棺者，借与用之，还时但索加厚一寸，以为利息。如是数年，居然棺厚九寸矣，藏主人厢房内。一夕，邻家火起，合室仓皇。看火者见张氏宅上立一黑衣人，手执红旗，逆风而挥，挥到处火头便转。张氏正宅无恙，惟厢房烧毁。老仆急入扛取棺，业已焚及，忙投水塘中。俟扑灭馀火后拖起刨之，依然可用，但尺寸之薄，亦依然如前矣。

向狐仙学道

云南监生俞寿宁，习仙家符箓之学，仗一古剑替人驱妖，颇有灵应。一日，其友张某下田收租，遇大风雨，过其门，将借宿焉。俞不可，张忿然而行，必欲探其所以见拒之故，仍往其门，穴墙窥焉。见俞张设酒肴有两席，宾客欢呼，男女杂沓。张愈怒，斧碎其门，排闼入，则酒席具存而群宾不见。俞惊出，蹠足曰："君误我！君误我！我好学仙，难得真师传道，不得已，广请狐仙指示。半年以来，所遇男女狐仙甚多，有相约为兄弟者，为夫妇者，为兄妹者，不一而足。今日众仙会议，将授长生要诀，故隆其礼文，备馔相延。尚未谈及玄关要旨，而被汝撞破，泄漏天机，致诸仙散去，岂非天哉！前数日紫文真人原说今日是破日，必被凡人冲破，须改日作会；而瑶仙三妹以明日将嫁某郎，故权择今日。果然不利，亦数也。我明日行矣，将别择一洁净之所聚会群仙，不使人知。"此后俞云游于外，不知所往。

五通神因人而施

江宁陈瑶芬之子某，素不良。游普济寺，见寺供五通神坐关帝之上，怒其无礼，呼僧责之，命移五通于关帝之下。游人观者俱以为是，陈傲然自得。夕归，见五通神当门而立，遂仆地，狂叫曰："我五通大王也，享人间血食久矣，偶然运气不好，撞着江苏巡抚老汤，两江总督小尹，将我诛逐。他两个都是贵人，又是正人，我无可奈何，只得甘受。汝乃市井小人，敢作威福，我不能饶汝矣！"其家环拜，具三牲纸课，延僧祷祀，竟不能救而死。

张奇神

湖南张奇神者，能以术摄人魂，崇奉甚众。江陵书生吴某独不信，于众辱之，知其夜必为祟，持《易经》坐灯下。闻瓦上飒飒作声，有金甲神排门入，持枪来刺。生以《易经》掷之，金甲神倒地。视之，一纸人耳，拾置书卷内夹之。有顷，有青面二鬼持斧齐来，亦以《易经》掷之，倒如初，又夹于书卷内。

夜半，其妇号泣叩门曰："妾夫张某昨日遣两子作祟，不料俱为先生所擒，未知有何神术，乞放归性命。"吴曰："来者三纸人，并非汝子。"妇曰："妾夫及两儿皆附纸人来，此刻现有三尸在家，过鸡鸣则不能复生矣。"哀告再三。吴曰："汝害人不少，当有此报。今吾怜汝，还汝一子可也。"妇持一纸人泣而去。明日访之，奇神及长子皆死，惟少子存。

青阳江丫

青阳人江丫，处乡馆，教村童五人，长者不过十二三岁，幼者八九岁。一日，字课甫毕，江忽持木棍将五生排头打死；己亦触墙流血，昏晕倒地。各家父母闻之，奔赴喊哭，叩其故。据江云：午间安坐，突见窗外奇鬼六七辈，绀发蓝面，着五色衣，前来搏噬诸生。我惶急，驱之不去，随取木棍将鬼击打无踪，自幸诸生得免于难。亡何谛观，始知所打死者非鬼，即弟子五人。横尸于地，痛摧心肝，因自寻死，故触墙脑裂。官验取供，以鬼语难成信谳，质之各家父母。皆云：与江丫平日绝无仇隙，渠作先生，爱惜诸童颇好，亦无疯症，此举不知何故，想系前生冤孽。江脑破垂毙，现在收禁，俟医治痊时再行审抵云云。此乾隆二十一年五月间青阳知县申详总督尹公文书也，余亲见之。半月后，报江丫死于狱。

梁武帝第四子

杭州汪慎仪家，园亭极佳，园在小粉墙北街，主人将有掘池之举，夜梦美少年：玉冠珠履，仪貌详华；自领以下，悉翠丝环襦，袍衫上绣万枝梅花。自称："我梁武皇帝第四子南康王萧绩也，都督江州病薨，葬此千馀年。闻主人将有池塘之掘，幸勿伤我窀穸。"言毕而逝。主人次日命锹锸试之，未丈许，得梁天监八年所造方砖数十块，遂止掘。今砖藏严侍读冬友家。

吕城无关庙

吕城五十里内无关庙。相传城为吕蒙所筑，至今蒙为土地。一造关庙，每夜必有兵戈角斗声，以故相戒勿立关庙也。有以卜卦行道者借宿土神庙中，夜间雷雨作闹，屋瓦皆飞及旦。不解其故。里人来观：则卜者所肩一布旗上画帝君像也。乃逐之，不许其再宿吕侯庙中。

姚剑仙

边桂岩为山盱通判，构屋洪泽堤畔，集宾客觞咏其中。一夕，觥筹正开，有客闯然入，冠履垢敝，鬖发毿毿然披拂于耳，叉手揖坐诸客上，饮啖无怍。诸客问名姓，曰："姓姚，号穆云，浙之萧山人。"问何能，笑曰："能戏剑。"口吐铅子一丸，滚掌中成剑，长寸许，火光自剑端出，熠熠如蛇吐舌。诸客悚息，莫敢声。主人虑惊客，再三请收。客谓主人曰："剑不出则已，既出，则杀气甚盛，必斩一生物而后能敛。"通判曰："除人外皆可。"姚顾阶下桃树，手指之。白光飞树下，环绕一匝，树仆地无声。口中复吐一丸如前状，与桃树下白光相击，双虹攫拿，直上青天，满堂灯烛尽灭。姚且弄丸且视诸客，客愈惊惧，有长跪者。姚微笑起曰："毕矣。"以手招两光奔掌内，仍作双丸吞口中，了无他物，引满大嚼。群客请受业为弟子，姚曰："太平之世，用此何为？吾有剑术无点金术，故来。"通判赠以百金。居三日去。

黑煞神

桐城农民汪廷佐，耕双冈圩，发一古墓，得古鼎、铜镜等物。携归家，置镜几上，彻夜通明，以为宝也，与其妻加爱护焉。

亡何，汪入街市，路见狰狞黑面者，长丈馀，拳殴之曰："我黑煞神也，汝盗陆小姐墓，当死。小姐乃元祐元年安徽太守陆公女。陆作官有善政，小姐夭亡，上帝怜之，嘱我营护其坟，命小姐往徽州司一路痘疫事。汝敢乘我与小姐外出，而盗其所有耶！"言毕，仆地昏迷，路人舁之至家，疽发于背。小姐亦附其妻身大骂。举家哀求，欲延高僧为设斋醮。小姐曰："不必，汝村农无知。既自知罪，但速将鼎、镜等物送归原所，别买棺安葬我骨，可以恕汝。但我已为冥司痘神，应享香火，此段公案，须立一碑，晓示村民，永昭灵应。城中贡士姚先生塑佐，人品端方，人所敬信，须往求其作记，方免汝死。"汪叩头曰："前发墓时，但见鼎、镜等物，实不见有骸骨。此时虽买新棺，将从何处捡小姐骨耶？"小姐曰："我年少女子，骨脆，岁又久远，故已化矣。然我骨所化之土，坚洁不污，有金色光。汝往坑中取土，映日视之，便有识别，可以改葬。"汪如其言，试之果然，即为礼葬。往告姚贡生，姚亦夜有所梦，乃作记立碑，而汪疽愈。此事江宁太守章公攀桂所言。章，桐城人也。

吴子云

康熙初，桐城秀才吴子云春夜玩月，闻空中有人声曰："今年乡试，吴子云当中四十九名。"诵其文琅琅然，题是"君子之于天下也"一章。吴虽不甚记忆，而觉其文甚佳，因预作此题文以备试。未几入场，果此题，大喜，因书宿构，放榜果中，如其数。

旋登进士，官翰林，督学湖南，满载而归。宿旅店中，夜取溺器，忽有人以手奉之，十指纤纤然。吴惊问，曰："我狐仙也，与公有前缘，故来相伺。"起烛之，嫣然美女，遂偕伉俪。嘱曰："妾有雷劫，曾匿君车中以免，故来报君。今君亦有大祸，不可不防。"吴问故，曰："前途君必宿吕姓店，吕有爱女年九岁，君召而爱之抱之，继为干女，重赐珍宝，则免矣。"吴至吕家，果有此女，遂如其言。至三更时，店主拉吴手笑曰："我响马盗魁也，君出署时，辎重颇富，诸偻偗儿相涎已久。今知君真长者，我不忍害君。"取壁上铃鞭撞壁者三，诸盗齐入，曰："吴学院，我干亲家也，诸君不得无礼，急为我护送到家。"

后吴无子，族人争以子来求继。吴私问狐："应继何人？"曰："牧牛儿好。"次日，果有牧童过，亦本家也，吴拉入嗣为己子，族人皆笑之。吴亡后，儿颇恂谨，能守其业，家日以富，至今人呼为"吴牛"。尝索对联于方处士贞观，方戏书云："对窗常玩月，独坐自弹琴。"吴甚喜，竟不知暗用牛事嘲之也。

秃尾龙

山东文登县毕氏妇，三月间沤衣池上，见树上有李，大如鸡卵，心异之，以为暮春时不应有李，采而食焉，甘美异常。自此腹中拳然，遂有孕。十四月，产一小龙，长二尺许，坠地即飞去；到清晨，必来饮其母之乳。父恶而持刀逐之，断其尾，小龙从此不来。

后数年，其母死，殡于村中。一夕，雷电风雨，晦冥中若有物蟠旋者。次日视之，棺已葬矣，隆然成一大坟。又数年，其父死，邻人为合葬焉。其夕雷电又作。次日，见其父棺从穴中掀出，若不容其合葬者。嗣后村人呼为"秃尾龙母坟"，祈晴祷雨无不应。

此事陶悔轩方伯为余言之，且云："偶阅《群芳谱》云：'天罚乖龙，必割其耳，耳坠于地，辄化为李。'毕妇所食之李，乃龙耳也，故感气化而生小龙。"

石灰窑雷

湘潭县西二十里，地名石灰窑。某翁家颇小康，无子，有二女，赘婿相依。翁贩谷粤西，买妾归，腹有娠矣。其次女夫妇私议："若得男，吾辈岂能分翁家财？"乃阳与妾厚，而阴设计害之。及分娩，得男，落地死。翁大恨，以为命不宜子，不知乃其次女贿稳婆扼吭绝之也。翁痛不已，解衣裹死儿瘗之后圃。次女与稳婆心犹未安，往启视之。忽霹雳一声，女毙而死，儿苏矣；稳婆亦焦烂，犹未死。众问得其故。翌日，稳婆亦亡，若天故迟死之，取有供状以戒世者。某乃葬女逐婿，分给钱粟使归。舟抵中流，怪风起，婿亦溺死，前后乃数日。

徐巨源

南晶徐巨源，字世溥，崇祯进士，以善书名。某戚邹某，延之入馆。途遇怪风，摄入云中，见袍笏官吏迎曰："冥府造宫殿，请君题榜书联。"徐随至一听，如王者居，其匾对皆有成句，但未书耳。扁云："一切惟心造。"对云："作事未经成死案，入门犹可望生还。"徐书毕，冥王筹所以谢者，世溥请为母延寿一纪，王许之。徐见判官执簿，因求查己算。判官曰："此正命簿也。汝非正命死者，不在此簿。"乃别检一"火"字簿，上书云："某月某日，徐巨源被烧死。"徐大惧，白冥王祈改。冥王曰："此天定也，姑徇子请，但须记明时日，毋近火可耳。"徐辞谢而还，急至邹家。主人惊曰："先生期年何往？舆丁以失脱先生故被控于官，久以疑案系县狱矣！"世溥具言其故，并为白于官，事得释。

时同郡熊文纪号雪堂，以少宰家居，招徐饮酒，未阑，熊忽辞入曰："某以痞发，故不获陪侍。"徐戏曰："古有太宰噽，今又有少宰痞耶！"熊不怿。徐临去书唐人绝句"千山鸟飞绝"一首于壁，将四句逆书之，乃"雪翁灭绝"四字也，熊怀恨于心。徐忆冥府言，惧火，故不近木器，作石室于西山，裹粮避灾。时劫盗横行，熊遣人流言："徐进士窟重金于西山。"群盗往劫，竟不得金，乃烙铁遍烧其体而死。

九天玄女

周少司空青原未遇时，梦人召至一处：长松夹道，朱门径丈，金字榜云"九天玄女之府"。周入拜见。玄女霞帔珠冠，南面坐，以手平扶之，曰："无他相属，因小女有小影，求先生题诗。"命侍者出一卷子，汉、魏名人笔墨俱在焉。淮南王刘安隶书最工，自曹子建以下，稍近钟、王风格。周素敏捷，挥笔疾书，得五律四章。玄女喜，命女出拜，年甫及笄，神光照耀，周不敢仰视。女曰："周先生富贵中人，何以身带暗疾？我无以报，愿为君除此疾作润笔之费。"解裙带，授药一丸，命吞之。周幼时误食铁针着肠胃间，时作隐痛，自此霍然。醒后诗不能记，惟记一联云："冰雪消无质，星辰系满头。"

项王显灵

无锡张宏九者，贩布芜湖，路过乌江，天起暴风，舟冲石上破矣，水灌舟中，舟人泣呼项王求救。忽有银光如一匹布，斜塞船底，水竟停涌，而人得登岸。次早视之，舱底已穿，有大白鱼以身横塞其穿处，故水竟不得入。舟人举船摇橹，则洋洋然去矣。自此，项王香火倍盛于往时。此乾隆四十年事。

医肺痈用白术

蒋秀君精医理，宿粤东古庙中。庙多停枢，蒋胆壮，即在枢前看书。夜，灯忽绿，枢之前和橐然落地，一红袍者出立蒋前，曰："君是名医，敢问肺痈可治乎，不可治乎？"曰："可治。"曰："治用何药？"曰："白术。"红袍人大哭曰："然则我当初误死也。"伸手胸前，探出一肺，如斗大，脓血淋漓。蒋大惊，持手扇击之。家僮齐来，鬼不见，而枢亦如故。

朱十二

杭州望仙桥许姓住楼，相传有缢死鬼。屠户朱十二者恃其勇，取杀猪刀登楼，秉烛卧。三鼓后，烛光青色，果一老妪披发持绳而止。朱斫以刀，妪套以绳。刀斫绳，绳断复续；绳绕刀，刀亦如烟。格斗良久，老妪力渐衰，骂曰："朱十二，我非怕你，你福分内尚有十五千铜钱未得，故我且饶你。待你得后，试我金老娘手段！"言毕拖绳走。朱下楼告知众人，视其刀，有紫血且臭。年馀，朱卖屋得价钱十五千，是夕果卒。

鬼攀日线才能托生

乩仙娄子春，自言宋末进士，文丞相友也，修炼形之术，在九幽使者家处馆四百年。主人司人间生死事，降王爵一等。子春言人间祸福事，甚验。有问轮回之说者，子春云："轮回非一言可尽，凡死法有数种，生法亦有数种。德大者，成神佛；有来因而无业谪者，仍归原位；虽无德无来因而气未散者，随投人身；其馀散尽者，生即死，死更死矣！然微魂小魄，如风炉炊烟，一时未能消化，往往团为一气，在氤氲鼓荡之中。有时被风吹至阴山下，寒冷异常，惟冬至日有阳光一线，流照阴山，群鬼蠕蠕然，僵而复动，攀日线而行，得至中国，复投人身。投做一人之身，常合群鬼而来，非止一人之魂也。

其堕落于线外者，仍归阴山，再待来岁冬至矣。"

或问："有初世为人者乎？"曰："此类甚多，譬如草木，其无旧根而生者，即是初世为草之草；犹之非投胎而来者，即是初世为人之人。"问："鬼有化物者乎？"曰："有。大凡娼优化虫蝶，恶人化蛇虎。"问："雷击之鬼何化？"曰："化蚯蚓。"谭子《化书》言："凡被雷击死者，捣蚯蚓汁覆其脐可活。"斯言盖有所本。

死夫卖活妻

杭州陶氏，家道小康。老主人绍元，曾为某州刺史，死已久矣。有仆人李福，夫妻同役其家，福病死逾年。忽一日，福妻陈氏中风发狂，召集其家大呼："我老太爷也。李福在阴间将妻陈氏卖与我为妾，汝等如何不放他来？"家人大骇，延医视之。陈氏手批医颊，医不敢近。亡何竟死。陈氏恰一粗婢耳，毫无姿色。

恶鬼吓诈不遂

仁和秀才陈郿渠，性颇严正，生一女，幼而好道，日持斋诵经。闻人为议婚，便涕泣不食，郿渠厌苦之，父女不相见。

年三十馀，忽病重呓语，口称："我江西布客张四。汝前世为船户，我雇汝船往四川，汝谋财杀我，并抉我目，剥我皮，沉我江中，故我来索命。"陈心念谋财之盗，容或有之；剥皮之事，盗未必为。问："是何年事？"曰："雍正十一年。"陈大笑曰："雍正十一年，我女已三岁矣，焉有尚为船户之事？"女忽自批其颊曰："陈先生好利害！是我错寻你女儿了。与我钱三千，我即去。"陈怒曰："恶鬼妄诈人，我方取桃枝打汝，焉得与汝钱？"女又自批其颊曰："陈先生好利害！汝既说我是恶鬼，我将肆恶鬼手段，索汝女命去，毋悔。"陈曰："此女不孝，我甚厌之；汝同他去，我甚喜。但汝并非冤家，敢如此吓诈，想吾女阳数已绝矣。汝能立索其命，方信汝手段；若三日后死，则是吾女之大数使然，非汝手段也。"言毕，女蹶然起，不复作鬼语。后两月馀，女才死。

道士作祟自毙

杭州赵清尧好弈，闻落子声，必与对枰。偶游二圣庵，见道人貌陋，与客方弈，而棋甚劣，自称"炼师"。赵意薄之，不与交言，随即辞出。

是夕，上床就寝，有鬼火二团绕其帐上，赵不为动。俄有青面锯齿鬼持刀揭帐，赵厉声呵之，旋即消灭。次夕，满床作啾啾声，如童子学语，初不甚分明，细听之，乃云："我棋劣自称炼师，与汝何干，而敢轻我？"赵方知道是道士为祟，愈益无恐。旋又闻低声云："汝大胆，刀剑不畏，我将以勾魂法取汝性命。"遂咒云:"天灵灵,地灵灵,当门顶心下一针。"赵闻之,觉满身肉蠢蠢然如欲颤者,乃强制其心,总不一动,兼以手自塞其耳,然临卧则咒声出于枕中。

赵坚忍月馀,忽见道士涕泣跪于床前曰:"我以一念之嗔,来行法怖汝,要汝央求,好取些财帛。不料汝总不动心,我悔之无及。我法不行于人者,反殃其身,故我昨日已死;魂无所归,愿来服役,作君家樟柳神,以赎前愆。"赵卒不答。明日,遣人往二圣庵观之,道士果自到。嗣后,赵君一日前之事必知之,或云道士为服役也。

卷　九

木箍颈

庄恰园在关东见猎户有以木板箍其颈者,怪而问之,曰:"我兄弟二人,方驰马出猎,行大野间,忽见一人长三尺许,白须幅巾,揖于马前。兄问:'何人?'摇头不语,但以口吹其马,马惊不行。兄怒,抽箭射之。其人奔窜,兄逐之,久而不返。我往寻兄,至一大树下,兄仆于地,颈长数尺,呼之不醒。我方惊惶,幅巾人从树中出,又张口吹我。我觉颈痒难耐,搔之,随手而长,蠕蠕然若变作蛇颈者,急抱颈驰马逃归,始免于死。然颈已痿废不能振起,故以木板箍之而加铁焉。"

或曰:此三尺许人,乃水木之精,游光、毕方类也,能呼其名,则不为害。见《抱朴子》。

掘冢奇报

杭州朱某,以发冢起家,聚其徒六七人,每深夜昏黑,便持锄四出。嫌所掘者多枯骨,少金银,乃设乩盘,预卜其藏。一日,岳王降坛曰:"汝发冢取死人财,罪浮于盗贼,再不悛改,吾将斩汝。"朱大骇,自此歇业。

年馀,其党无所归,乃诱其再祷于乩神以试之。如其言,又一神降曰:"我西湖水仙也。保俶塔下有石井,井西有富人坟,可掘得千金。"朱大喜,与其徒持锄往。遍觅石井不得,正徘徊间,若有耳语者曰:"塔西柳树下非井耶?"视之,已填枯井也。掘三四尺,得大石椁,长阔异常,与其党六七人共扛之,莫能起。相传净寺僧有能持飞杵咒者,诵咒百声,棺椁自开,乃共迎僧,许以得财朋分。僧亦妖匪，闻言踊跃而往。诵咒百馀，石椁豁然开。中伸一青臂出，长丈许，攫僧入椁，裂而食之，血肉狼藉，骨坠地琤琤有声。朱与群党惊奔四散。次日往视井，井不见。然净寺竟失一僧，皆知为朱唤去。徒众控官，朱以讼事破家，自缢于狱。

朱尝言所见棺中僵尸不一：有紫僵、白僵、绿僵、毛僵之类。最奇者在六和塔西边掘坟，有圈门石户，广数丈，中有铁索，悬金饰朱棺，斧之，乃犀皮所为，非木也。中一尸冕旒如王者，白须伟貌，见风悉化为灰。侍卫甲裳似层层茧纸所为，非丝非绢。又一陵中朱棺甚大，非绋索所悬，有四铜人如宦官状，跪而以首承棺，双手捧之，土花青绿，不知何代陵寝。

一目五先生

浙中有五奇鬼，四鬼尽瞽，惟一鬼有一眼，群鬼恃以看物，号"一目五先生"。遇瘟疫之年，五鬼联袂而行，伺人熟睡，以鼻嗅之。一鬼嗅则其人病，五鬼共嗅则其人死。四鬼伈伈然斜行踉蹡，不敢作主，惟听一目五先生之号令。

有钱某宿旅店中，群客皆寐，己独未眠，灯忽缩小，见五鬼排跳而至。四鬼将嗅一客，先生曰："此大善人也，不可。"又将嗅一客，先生曰："此大有福人也，不可。"又将嗅一客，先生曰："此大恶人也，更不可。"四鬼曰："然则先生将何餐？"先生指二客曰："此辈不善不恶、无福无禄，不啖何待？"四鬼即群嗅之，二客鼻声渐微，五鬼腹渐膨亨矣。

梦乞儿煮狗

陈秀才清波，处馆绍兴。夜间梦游土地庙，庙后有数乞儿，状貌狞恶，拥土炉剥黄狗而烹之。狗似新受棍伤者，血犹淋漓，陈心恶之。忽门外有衣冠人来骂曰："我家狗被汝偷食，我将告官。"语未毕，群丐起而殴之，衣冠者倒地死，陈惊醒。

越三日，梦青衣皂隶持城隍牌票示之曰："狗主人被恶丐打死，其鬼已控城隍。牒内写君作证，故来相招。"陈视票，果有己名，且有听审日期，觉而恶之，然自念此事与己无干，不过暂往阴司作证，因辞馆归，以二梦语其亲徐某，且托曰："我死当复生，诚恐阴阳隔路，一时灵魂迷失，乞君购白雄鸡书我姓名，临期到城隍庙招呼，免我迷路。"徐以为梦幻难凭，笑允之，恰终不信也。

至某月日，陈果无疾而逝。家人泣报于徐，徐急买白鸡书陈姓名而往，适城隍庙搭台演戏，众人蜂拥，至日仄方能到神座下，大呼招魂。及归家，六月盛暑，尸已腐矣。

一棺藏十八人

乾隆四年，山西蒲州修城，掘河滩土，得一棺，方扁如箱。启之，中有九槅，一槅藏两人，各长尺许，老幼男妇如生，不知何怪。

真龙图变假龙图

嘉兴宋某，为仙游令，平素峭洁，以"包老"自命。某村有王监生者，奸佃户之妻，两情相得，嫌其本夫在家，乃贿算命者告其夫以"在家流年不利，必远游他方，才免于难"，本夫信之。告王监生，王遂借本钱，令贸易四川。三年不归，村人相传：某佃户被王监生谋死矣。宋素闻此事，欲雪其冤。一日，过某村，有旋风起于轿前。迹之，风从井中出。差人撩井，得男子腐尸，信为某佃，遂拘王监生与佃妻，严刑拷讯。俱自认谋害本夫，置之于法。邑人称为"宋龙图"，演成戏本，沿村弹唱。

又一年，其夫从四川归。甫入城，见戏台上演王监生事，就观之，方知己妻业已冤死。登时大恸，号控于省城。臬司某为之申理，宋令以故勘平人致死抵罪。仙游人为之歌曰："瞎说奸夫害本夫，真龙图变假龙图。寄言人世司民者，莫恃官清胆气粗。"

莆田冤狱

福建莆田王监生，素豪横，见田邻张妪田五亩，欲取成方，造伪契，贿县令某，断为己有。张妪无奈何，以田与之，然中心忿然，日骂其门。王不能堪，买嘱邻人殴杀妪，而召其子视之；即缚之，诬为子杀其母，擒以鸣官。众证确凿，子不胜毒刑，遂诬伏。将请王命，登时凌迟矣。

总督苏昌闻而疑之，以为子纵不孝，殴母当在其家，不当在田野间众人属目之地。且遍体鳞伤，子殴母，必不至此。乃檄福、泉二知府，会鞫于省中城隍庙。两知府各有成见，仍照前拟定罪。其子受绑将出庙门，大呼曰："城隍，城隍！我一家奇冤极枉，而神全无灵响，何以享人间血食哉？"语毕，庙之西厢突然倾倒。当事者犹以庙柱素朽，不甚介意。甫牵出庙，则两泥皂隶忽移而前，以两梃夹叉之，人不能过。于是观者大噪，两府亦悚然重鞫，始白其子冤，而置王监生于法。从此，城隍庙之香火亦较盛焉。

水鬼畏嚣字

赵衣吉云："鬼有气息：水死之鬼羊臊气，岸死之鬼纸灰气。凡人闻此二气，皆须避之。"又云："河水鬼最畏'嚣'字，如人在舟中闻羊臊气，则急写一'嚣'字，可以远害。"

狐仙知科举

钱方伯琦、蔡观察应彪未第时，有友吴某招饮。其家素奉狐仙。二人与群客至其家，候至日晚，腹已枵矣，不见酒肴，心以为疑。少顷，主出，有愧色，曰："今日饮诸公，肴已全备，忽为狐仙摄去，奈何？"众客疑吴惜费，以狐为推。蔡公曰："主人若果治具，必有水浆痕迹，盍往厨房视之？"往验，则馀火未熄，盘碗姜豉之物尚在，始知吴非诳言。众客欲散，独蔡公大叫曰："果狐仙在此，我有一言奉问：今年乙卯秋闱，我辈皆下场人，如有一个中者，狐仙还我酒肴；如无一人中者，狐仙竟全啖之。我等亦没兴在此饮酒。"言毕出。未久，主人大笑来曰："恭喜诸公，酒肴都全还在案矣，今年必有中者。"于是群客欢饮而罢。是年，钱公登第，蔡迟一科。

鬼争替身人因得脱

会稽王二，以缝衣为业，手挈女裙衫数件，夜过吼山，见水中跳出二人，裸身黑面，牵之入河。王不能自主，随行数步。忽山顶松树间飞下一人，垂眉吐舌，手持大绳，套其腰，曳之上山，与黑面鬼彼此争夺。黑面鬼曰："王二是我替身，汝何得夺之？"持绳鬼曰："王二是成衣师父，汝等河水鬼赤屁股在水中，并无衣服要做，何所用之？不如让我。"王亦昏迷，听其互拉；然心中略有微明，私念倘遗失女裙衫，则力不能赔，因挂之树上。适其叔自他路归，月下望见树有红绿女衣，疑而近前视之，三鬼遂散。王二口耳中全是青泥填塞，扶之归，竟脱于死。

城隍神酗酒

杭州沈丰玉，就幕武康。适上宪有公文饬捕江洋大盗，盗名沈玉丰，幕中同事袁某，与沈戏，以朱笔倒标"沈丰玉"三字，曰："现在各处拿你。"沈怒，夺而焚之。

是夜，沈方就枕，梦鬼役突入，锁至城隍庙中。城隍神高坐喝曰："汝杀人大盗，可恶！"呼左右行刑。沈急辨是杭州秀才，非盗也。神大怒曰："阴司大例：凡阳间公文到来，所拿之人，我阴司协同缉拿。今武康县文书现在，指汝姓名为盗，而汝妄想强赖耶？"沈具道同事袁某恶谑之故，神不听，命加大杖，沈号痛呼冤。左右鬼卒私谓沈曰："城隍神与夫人饮酒醉矣，汝只好到别衙门申冤。"沈望见城隍神面红眼眯，知已沉醉，不得已，忍痛受杖。杖毕，令鬼差押往某处收狱。

路经关圣庙，沈高声叫屈。帝君唤入，面讯原委。帝君取黄纸朱笔判曰：

"看尔吐属，实系秀才，城隍神何得酗酒妄刑？应提参治罪。袁某久在幕中，以人命为儿戏，宜夺其寿。某知县失察，亦有应得之罪，念其因公他出，罚俸三月。沈秀才受阴杖，五脏已伤，势不能复活，可送往山西某家为子，年二十登进士，以偿今世之冤。"判毕，鬼役惶恐叩头而散。

沈梦醒，觉腹内痛不可忍，呼同事告以故，三日后卒。袁闻之，急辞馆归，不久吐血而亡。城隍庙塑像无故自仆。知县因滥应驿马事，罚俸三月。

地藏王接客

裘南湖者，吾乡沧晓先生之从子也，性狂傲，三中副车不第，发怒，焚黄于伍相国祠，自诉不平。越三日病，病三日死。魂出杭州清波门，行水草上，沙沙有声。天淡黄色，不见日光。前有短红墙，宛然庐舍。就之，乃老妪数人，拥大锅烹物。启之，皆小儿头足，曰："此皆人间坠落僧也，功行未满，偷得人身，故煮之，使在阳世不得长成即夭亡耳。"裘惊曰："然则妪是鬼耶！"妪笑曰："汝自视以为尚是人耶！若人也，何能到此？"裘大哭，妪笑曰："汝焚黄求死，何哭之为？须知伍相国，吴之忠臣，血食吴越，不管人间禄命事。今来唤汝者，伍公将汝状转牒地藏王，故王来唤汝。"裘曰："地藏王可得见乎？"曰："汝可自书名纸往西角佛殿投递，见不见未可定。"指前街曰："此卖纸帖所也。"裘往买帖，见街上喧嚷扰扰，如人间唱台戏初散光景。有冠履者，有科头者，有老者、幼者、男者、女者，亦有生时相识者。招之，绝不相顾，约略皆亡过之人，心愈悲。向前，果有纸店，坐一翁，白衫葛巾，以纸付裘。裘乞笔砚，翁与之。裘书"儒士裘某拜"。翁笑曰："儒字难居，汝当书某科副榜，转不惹地藏王呵责。"裘不以为然。睨壁上有诗笺，题"郑鸿撰书"，兼挂纸钱甚多。裘素轻郑，乃谓翁曰："郑君素无诗名，胡为挂彼诗笺？且此地已在冥间矣，要纸钱何用？"翁曰："郑虽举人，将来名位必显。阴司最势利，故吾挂之，以为光荣。纸钱正是阴间所需，汝当多备，贿地藏王侍卫之人，才肯通报。"裘又不以为然。径至西角佛殿，果有牛头夜叉辈，约数百人，胸前绣"勇"字补服，向裘狰狞呵詈。裘正窘急间，有抚其肩者，葛巾翁也。曰："此刻可信我言否？阳间有门包，阴间独无门包乎？我已为汝带来。"即代裘将数千贯纳之。"勇"字军人方持帖进。闻东角门闶然开矣，唤裘入。跪阶下，高堂峨峨，望不见王，纱窗内有人声曰："狂生裘某，汝焚牒伍公庙，自称能文，不过作烂八股时文，看高头讲章，全不知古往今来多少事业学问，而自以为能文，何无耻之甚也！帖上自称'儒士'，汝现有祖母年八十馀，受冻忍饥，致盲其目，不孝已甚，儒当若是耶？"裘曰："时文之外，别有学问某实不知。若祖母受苦，实某妻不贤，非某之罪。"王曰："夫为妻纲，人间一切妇人罪过，阴司判者总先坐夫男，然后再罪妇人。汝既为儒士，如何卸责于妻？汝三中副车，以汝祖父阴德荫庇，并非仗汝之文才也。"言未毕，忽闻殿外有鸣锣呵殿声甚远，内亦撞钟伐鼓应之。一"勇"字军人虎皮冠者报"朱大人到"。王下阁出迎。裘跟跄下殿，伏东厢窃视，乃刑部郎中朱履忠，亦裘戚也。裘愈不平，骂曰："果然阴间势利！我虽读烂时文，毕竟是副榜；朱乃入粟得官，亦不过郎中，何至地藏王亲出迎接哉！""勇"字军人大怒，以杖击其口，一痛而苏。见妻女环哭于前，方知死已二日，因胸中馀气未绝，故不入殓。

此后南湖自知命薄，不复下场，又三年卒。

治鬼二妙

娄真人劝人遇鬼勿惧，总以气吹之，以无形敌无形。鬼最畏气，转胜刀棍也。张岂石先生云："见鬼勿惧，但与之斗，斗胜固佳，斗败我不过同他一样。"

狐读时文

四川临邛县李生，年少家贫。偶闲坐，一老叟至，揖而言曰："小女与君有缘，知君未娶，愿偕秦晋之婚。"李曰："我贫，无以为娶。"叟曰："郎但许我，娶妻之费，郎勿忧。"生方疑且惊，俄而香车拥一美人至，年十七八，妆奁甚华，几案辉璀之物，无不携来。叟具花烛，呼婿及女行交拜撒帐之礼，曰："婚事毕，吾去矣。"

生挽女解衣就床，女不可，曰："我家无白衣女婿。须汝得科名，吾才与汝成婚。"生曰："考期尚远，卿何能待？"曰："非也。只须看君所作文章，可以决科，便可成婚，不必俟异日。"李大喜，尽出其平时所作四书付女。女翻视良久曰："郎君平日读袁太史稿乎？"曰："然。"女曰："袁太史文雄奇，原利科名，宜读。然其人天分高，非郎所能学也。"因取笔为改数句曰："如我所作，像太史乎？"曰："然。"曰："汝此后为文，先向我问作意，再落笔，勿草草也。"李从此文思日进，壬午举于乡。

此女在其家，事姑孝，理家务当，至今犹存，人亦忘其为狐矣。此事临邛知州杨潮观为予言。

何翁倾家

通州何翁，生三子，皆庸俗。长子尤陋。娶妇王氏美，内薄其夫，郁郁不得志死。死后鬼常凭次妇史氏为厉，何翁苦之，具牒城隍庙。

越数日，忽一鬼凭次妇言曰："请亲翁答语。"何错愕，问："为谁？"曰："我史某，尔次妇之父也。死后为郡神掌案吏，不复留心家事。昨见翁牒，方知我女为王氏鬼所苦。我恳本官，已将王氏发配云南，嗣后可无患。惟是我女适翁家时，我已去世，家业萧条，愧无妆奁，至今耿耿。兹在冥司积白金五百两，当送女室。翁可于本月十六日子时备香烛锞帛，同次子祭厨房之西南隅，焚帛锄土即得矣。"并戒："是夕备素筵一席，我将邀二三同辈来庆翁也。"翁如其言，及期锄土，竟得空坛，父子怏怏。至夕，鬼又凭曰："翁运可谓蹇矣！我多年蓄积，一旦为犬子夺去，奈何？"先是，何翁有姊适徐氏，生一儿，名犬子。姊夫及姊亡，犬子零丁，挈千金依舅氏，舅待之薄。未几，犬子亦亡，其资竟为何有。犬子怨之，故先期来夺取五百金，盖鬼事鬼知也。

越半载，次妇归宁，暮回家进门，忽倒地大哭，极口骂何翁不绝，举家惊。听其言，乃王氏自配所逃回。方谋舁入内室，而三媳房中婢奔出告曰："三娘子在房晚妆，忽将妆台打碎，扑桌大呼，势甚凶猛，不解何故？"何翁夫妇入视，则又有鬼凭焉，乃王氏之解差鬼，骂曰："何老奴才，太没良心！自家儿媳，全不顾恤，忍心控害，押赴远方。且倚仗尔亲翁史某作掌案吏势，叫我走此万里苦差，分文不给，如何得至云南？今王氏感我一路恩情，将身配我。我与伊回不得家乡，进不得衙门，只好借尔家做洞房花烛。快温酒来，与我解寒！"何氏次、三两媳本对房居，此后王凭次妇，则差凭三媳；王凭三媳，则差凭次妇，终日不安。翁奔告神庙，神不复灵。翁大费资财，遍求方士，如此者二年。

江西道士兰方九，应招而来。先作符十数张，遍贴其宅之前后门。再入室仗剑步罡。两妇先于房作笑骂状，次作惊审状，后作哀恳状。忽屋角响声如雷，两妇伏地。兰持小瓶曰："鬼入，鬼入！"旋封其口，而两妇醒。兰命起王氏墓，斧其棺，面目如生，尸僵出血，乃焚灰与小瓶合埋，用石镇之，其祟永绝。而何翁从此倾家。

江轶林

江轶林，通州士人也，世居通之吕泗场，娶妻彭氏，情好甚笃。彭归江三年，轶林甫弱冠，未游庠。一夕，夫妇同梦轶林于其年某月日游庠，彭氏即于是日亡。学使临通州，吕泗场距通州百里，轶林以梦故，疑不欲往。彭促之曰："功名事重，梦不足凭。"轶林强行。及试，果获售，案出，即梦中月日也。轶林大不怿。越二日，果闻彭讣。试毕急回家，彭死已二七矣。

通俗:人死二七,夜设死者衣衾于枢侧,举家躲避,言魂来赴尸,名曰"回煞"。轶林痛彭之死,即于回煞夜舁床枢旁,潜处其中,以冀一遇。守至三更,闻屋角微响,彭自房檐冉冉下,步至枢前,向灯稽首,灯即灭。灭后,室中自明如昼。轶林惟恐惊彭,不敢声。彭自灵前循枢走至床,揭帐低声呼曰:"郎君归未?"轶林跃出,抱持大哭。哭罢,各诉离情,解衣就寝,欢好无异生前。轶林从容问曰:"闻说人死有鬼卒拘束,回煞有煞神与偕,尔何得独返?"彭曰:"煞神即管束之鬼卒也,有罪则羁绁而从。冥司念妾无罪,且与君前缘未断,故纵令独回。"轶林曰:"尔无罪,何故早死?"曰:"修短数也,不论有罪无罪。"轶林曰:"卿与我前缘未断,今此之来,莫非将尽于此夕乎?"答曰:"尚早。前缘了后,犹有后缘。"言未毕,闻户外风起,彭大惧,以手持轶林曰:"紧抱我!护持我!凡作鬼最怕风,风倘着体,即来去不能自主,一失足被他吹到远处去矣。"鸡鸣言别,轶林依依不舍。彭曰:"无庸,夜当再会。"言讫而去。由此每夜必来,来检阅生时食物,为轶林补缀衣服。

两月馀,忽欷歔泣曰:"前缘了矣!此后当别十七年,始与君续后缘。"言讫去。轶林美少年,家丰于财,里中愿续婚者众,轶林概不允。待至十七年,以彭氏貌物色求婚,历通、泰、仪、扬俱不得,仍归吕泗。

吕泗故边海,有海舶自山东回者,载老翁夫妇来,言"本士族,止生一女,依叔为活。其叔欲以其女结婚豪族,翁颇不愿,故来避地。女亦欲嫁一江南人"。人为翁言轶林,翁甚欲之;言诸轶林,轶林必欲一见其女乃可。翁许之,见则宛然一彭也。问其年,曰:"十七矣。"其生时月日,即彭死之两月后也。轶林欣然订娶,欢好倍常。性情喜好,仿佛彭之生前。或叩以前生事,笑而不言。轶林字曰"蓬莱仙子",隐喻彭仙再来也。子曰彭儿,女曰彭媳,欢聚者十七载,夫妇得疾先后卒。

裹足作俑之报

杭州陆梯霞先生,德行粹然,终身不二色。人或以戏旦、妓女劝酒,先生无喜无愠,随意应酬。有犯小罪求关说者,先生唯唯。当事者重先生,所言无不听。或訾先生自贬风骨,先生笑曰:"儿米饭落地,拾置几上心才安,何必定自家吃耶?凡人有心立风骨,便是私心。吾尝奉教于汤潜庵中丞矣。中丞抚苏时,苏州多娼妓,中丞但有劝戒,从无禁捉。语属吏曰:'世间之有娼优,犹世间之有僧尼也。僧尼欺人以求食,娼妓媚人以求食,皆非先王法。然而欧公《本论》一篇既不能行,则饥寒怨旷之民作何安置?今之虐娼优者,犹北魏之灭沙门毁佛像也，徒为胥吏生财。不揣其本而齐其末，吾不为也。'"

一日者，先生梦皂隶持帖相请，上书"年家眷弟杨继盛拜"。先生笑曰："吾正想见椒山公。"遂行至一所，宫殿巍然，椒山公乌纱红袍，下阶迎曰："继盛蒙玉帝旨，任满将升，此坐需公。"先生辞曰："我在世间不屑为阳官，故隐居不仕，今安能为阴间官乎？"椒山笑曰："先生真高人，薄城隍而不为。"语未毕，有判官向椒山耳语。椒山曰："此案难判，须奏玉帝再定。"先生问："何案？"曰："南唐李后主裹足案也。后主前世本嵩山净明和尚，转身为江南国主。宫中行乐，以帛裹其妃窈娘足为新月之形，不过一时偶戏。不料相沿成风，世上争为弓鞋小脚，将父母遗体矫揉穿凿，以致量大校小，婆怒其媳，夫憎其妇，男女相赇，恣为淫亵。不但小女儿受无量苦，且有妇人为此事悬梁服卤者。上帝恶后主作俑，故令其生前受宋太宗牵机药之毒，足欲前，头欲后，比女子缠足更苦，苦尽方薨。近已七百年，忏悔满，将还嵩山修道矣。不料又有数十万无足妇人奔走天门喊冤，云：'张献忠破四川时，截我等足堆为一山，以足之小者为山尖，虽我等劫运该死，然何以出乖露丑一至于此！岂非李王裹足作俑之罪？求上帝严罚李王，我辈目才瞑。'上帝恻然，传谕四海都城隍议罪。文到我处，我判：'孽由献忠，李后主不能预知，难引重典。请罚李王在冥中织履一百万，偿诸无足妇人，数满才许还嵩山。'奏草虽定，尚未与诸城隍会稿，先生以为何如？"先生曰："习俗难医，愚民有焚其父母尸以为孝者，便有痛其女子之足以为慈者，事同一例也。"椒山公大笑。先生辞出，醒竟安然。

嗣后，椒山公不复来请，寿八十馀，卒。常笑谓夫人曰："毋为吾女儿裹足，恐害李后主在阴司又多织一双履也。"

判官答问

谢鹏飞，以仁和廪生为阴间判官，昼如平人，夜则赴冥司勾当公事。友朋多托查寿数，不肯。人疑其惧泄天机，曰："非也。阳间有司衙门惟犯罪涉讼者才有文簿可查，否则百姓林林总总，谁有工夫为造保甲册？官府听其自来自去耳，阴间亦然。君辈不涉讼，不犯冥拘，气数来则生，气数尽则死，我实无册可查。"问："瘟疫死者可查乎？"曰："引阳九百六阴阳小劫，应死者如府县考试，有点名簿，恰可以查。然皆庸庸小民，方入此册；若有来历之人，便不在小劫数中来去，犹之阳间有官荫者不考童生也。"问："疫外尚有大劫数乎？"曰："水火刀兵是大劫数，此则贵显者难逃矣。"问："冥司神孰尊？"曰："既曰冥司，何尊之有？尊者，上界仙官耳。若城隍、土地之职，如人间府县俗吏，风尘奔走甚劳苦，贤者不屑为。昔白石仙人终朝煮白石，不肯上天，人问故，曰：'王宇清严，符箓麻起，仙官司事者甚劳苦，故愿逍遥于山巅水涯，永为散仙。'亦此意也。"

蒋太史

蒋太史士铨官中书时，居京师贾家胡同。十一月十五日，儿子病，与其妻张夫人在一室中分床卧，梦隶人持帖来请，不觉身随之行。至一神庙，入门小憩。见门内所塑泥马，手抚之，马竟动，扬其鬣。隶扶蒋骑上，腾空而行，下视田亩，如棋盘纵横。俄而，雨濛濛然，心忧湿衣，仰见红油伞，有一隶擎而覆之。

未几，马落一大殿阶下，宏敞如王者居。殿外二井，左扁曰"天堂"，右扁曰"地狱"。蒋望天堂上轩轩大明，地狱则黑深不可测。所随隶亦不复见。殿旁小屋有老妪拥镬炊火，问："何所煮？"曰："煮恶人。"开锅盖视之，果皆人头。地狱井边有人，衣蓝缕，自往投入。妪曰："此王爷将囚寄狱也。"蒋问："此非人间乎？"曰："何必问，见此光景，亦可知矣。"蒋问："我欲一见王爷可乎？"曰："王请君来，自然接见，何必性急？君欲先窥之亦可。"因取一高足几登蒋。蒋从殿隙窥王：王年三十馀，清瘦微须，冕旒盛服，执笏北向。妪曰："此上玉帝表也。"

王焚香俯伏叩首毕，随闻正门豁然开，召蒋入。蒋趋进，见王服饰尽变：着本朝衣冠，白布缠头，以两束布从两耳拖下，若《三礼图》所画古人冕服状。坐定曰："冥司事繁，我任满当去，此坐乞公见代。"音似常州武进人。蒋曰："我母老子幼，事未了，不能来。"王有愠色，曰："公有才子之名，何不达乃尔！令堂太夫人自有太夫人之寿命，与公何干？尊郎君自有尊郎君之寿命，与公何干？世上事要了就了，要不了便不了。我已将公姓名奏明上帝，无可挽回。"言毕，自掀其椅，背蒋坐，若不屑相眤者。蒋亦怒发，取其几上木界尺扑几厉声曰："不近人情，何动蛮也！"大喝而醒，觉一灯荧然，身在床上，四肢如冰，汗涔涔透重衾矣。喘息良久，始能起坐，呼夫人告之。夫人大哭。蒋曰："且住，勿惊太夫人。"因凭几坐，夫人伺焉。

漏下四鼓，沉沉睡去，不觉又到冥间。殿宇恰非前处，殿上设五座位，案积如山，四座有人，专空第五座。一吏指告曰："此公座也。"蒋随行至第三座视之，本房老师冯静山先生也，急前拱揖。冯披羊皮袍，卸眼镜欣然曰："足下来好，好。此间簿书忙极，非足下助我不可。"蒋曰："老师亦为此言乎？门生母老子幼，他人不知，老师深知，如何能来？"冯惨然曰："听足下言，触起我生前心事矣。我虽无父母，而妻少子幼，亦非可来之人。现在阳间妻子，不知作何光景？"言且泣涕如雨下。少顷，取巾拭泪曰："事已如此，不必多言。保奏汝者，常州老刘也，本属可笑，汝速归料理身后事。今日已十五，到二十日是汝上任日也。"拱手作别而醒，窗外鸡已鸣，太夫人亦已闻知，抱持哭矣。

蒋素与藩司王公兴吾交好，乃往诀别，且托以身后。王一见惊曰："汝满面涂锅煤，昨夜大病耶，何鬼气之袭人也？"蒋告以梦。王曰："勿怖，惟礼斗诵《大悲咒》可以禳之。汝归家如我言，或可免也。"蒋太夫人平时奉斗颇虔，乃重建坛，合家持斋祈祷，兼诵咒语。至期，是冬至节日，诸亲友来贺，环而守之。至三更，蒋见空中飞下轿一乘，旗数竿，舆夫数人，若来迎者，乃诵《大悲咒》逼之。渐近渐薄，若烟气之消释焉。逾三年，始中进士，入翰林。

李敏达公扶乩

李敏达公卫，未遇时，遇乩仙，自称零阳子，为判终身云："气概文饶似，勋名卫国同。欣然还一笑，掷笔在秋红。"旁小注曰："秋红，草名。"当其时，无人解者。后公为保定总督，劾总河朱藻而薨。后人方悟：朱者，红也；藻者，草也。

吕道人驱龙

河南归德府吕道人，年百馀岁，鼻息雷鸣。或十馀日不食，或一日食鸡子五百，吹气人身，如火炙痛。或戏以生饼覆其背，须臾焦熟可食矣。冬夏一布袄，日行三百里。

雍正间，王朝恩为北总河，筑张家口石坝不成，糜帑数万，忧懑不食。适吕至曰："此下有毒龙为祟。"王问："汝能驱之否？"曰："此龙修炼二千年，魄力甚大。梁武帝筑浮山堰崩，伤生灵数万，此龙孽也。公欲坝成，须贫道亲下河与斗，庶几逐龙去而坝可成。然贫道福命薄，虑为所伤，必须仗圣天子威灵、大人福力护持之。"曰："若何而可？"曰："请王命牌，油纸裹缚贫道背上。用河道总督印钤封，大人手书姓名加封之，乃可。"如其言，道士遂杖剑入水。

顷刻黑风起，雷电大作，波浪掀天。至明日夜半，道士来署，提血剑，腥涎满身，背伛偻，曰："贫道胁骨为龙尾击断矣。然贫道亦斩龙一臂，臂坠水，仅留一爪献公。龙受伤奔东海去，明日坝可成也。"王大喜，呼酒劳之，欲延蒙古医为之接骨。曰："不必。贫道运真气养之，半年后可平复也。"次日，王公上工下扫，石坝果成。所藏龙爪，大如水牛角，嗅作龙诞香，悬之蚊蝇远避。

吕自言与李自成交好，曾为系草鞋带，又与贾士芳同受业于王先生某。先生常言："汝愿，故道可成；贾好利，又自作聪明，必不善终，然亦须名动天子。"嵇文敏公为总河入都陛见，家人不得家信，问吕，吕曰："汝家大人，已被大木撑入眼矣。"举家惊，恐有目疾。已而授东阁大学士，方知"目"旁"木"乃"相"字耳。

乾隆四年，吕入都，诸王公延之治疾，脱手愈。徐文穆公第六子虚阳不闭，吕一见曰："公子面上血不华色，不过梦遗耳。"今闭目卧地袒胸，手一铁针，长尺馀，直刺其心，拔之，血随针出，如一条红丝。取口唾拭其创处，旁人骇绝，而公子不知，是夕病痊。王太守孟亭患腰痛，求道人。道人曰："俟天晴日来治。"至期，手撮日光揉之，热透五脏而愈。问导引之术，不肯言，乃引其僮私问之。曰："无他异也，每早至旷野，红日始出，见道人向日作虎跳状，手招日光纳口中，且吸且咽，如是者再。"

盘古以前天

相传阴沉木为开辟以前之树，沉沙浪中，过天地翻覆劫数，重出世上，以故再入土中，万年不坏。其色深绿，纹如织锦。置一片于地，百步以外，蝇蚋不飞。康熙三十年，天台山崩，沙中涌出一棺，形制诡异：头尖而尾阔，高六尺馀。识者曰："此阴沉木棺也，必有异。"启其前和，中有人，眉目口鼻与木同色，臂腿与木同纹理，恰不腐坏。忽开眼仰视空中，问曰："此青青者何物耶？"众曰："天也。"惊曰："我当初在世时，天不若是高也。"语毕，目仍瞑。人争扶起之，合邑男女群来看盘古以前人。忽然风起，变为石人。棺为邑宰某所得，转献制府。予疑此人是前古天地将混沌时人也。纬书云："万年之后，天可倚杵。"此人言天不若今之高，信矣。

卷　十

禹王碑吞蛇

屠赤文任陕西两当县尉，有厨人张某者，善啖多力，身体修伟，面无左耳。询其故，自言四川人，三世业猎，家传异书，能抓风嗅鼻，即知所来者为何兽，某幼亦业此。曾猎于邛崃山。其地号"阴阳界"，阳界尚平敞，阴界尤险峻，人迹罕至。一日，往猎阳界，无所得，遂裹粮入阴界。行五十里许，天已暮，远望十里外高山上有火光烧来，烛林谷如赤日，怪风吹而至。某不知何物，抓风再嗅，书所未载，心大惶恐，急登高树顶上觇之。俄而火光渐近，乃一大石碑，碑首凿猛虎形，光如万炬，燃照数里。碑能踽踽自行，至树下见有人，忽跃起三四丈，似欲吞啮者，几及我身。某屏息不敢动，碑亦缓缓向西南去。某方幸脱险，俟其去远，将下树矣。忽望见巨蛇千万条，大者身如车轮，小者亦粗如斗，蔽空而来。某自念此身必死于蛇腹，惊惶更甚，不料诸蛇皆腾空冲云而行，离树甚远，我蹲树上，竟无所损。惟一小蛇行少低，向我耳旁擦过，觉痛不可忍，摸之，耳已去矣，血涔涔流下。但见碑尚在前，蹲立火光中不动，凡蛇从碑旁过者，空中辄有脱壳堕下，乱落如万条白练，但闻呼吸喯然有声。少顷，蛇尽不见，碑亦行远。

某待至次日，方敢下树，急觅归路，迷不可得。途遇一老人，自称："此山民也。子所见者为禹王碑。当年禹王治水，至邛崃山，毒蛇阻道，禹王大怒，命庚辰杀蛇，立二碑镇压，誓曰：'汝他日成神，世世杀蛇，为民除害。'今四千年矣，碑果成神。碑有一大一小，君幸遇其小者，得不死；其大者出，则火燃五里，林木皆灰。二碑俱以蛇为粮，所到处辄以随行，故蛇俯首待食，不暇伤人。子耳际已中蛇毒，出阳界见日则死。"因于衣襟下出药治之，示以归路而别。

黑　柱

绍兴严姓，为王氏赘婿。严归家，岳翁遣人走报其妻急病，严奔视之。天已昏黑，秉烛行路，见黑气如庭柱一条，时遮其烛。烛东则黑柱亦东，烛西则黑柱亦西，拦截其路，不容前往。严大骇，乃到相识家借一奴添二烛而行，黑柱渐隐不见。到妻家，岳翁迎出曰："婿来已久，何以又从外入？"严曰："婿实未来。"举家大惊，奔入妻房，见一人坐床上与其妻执手，若将同行者。严急向前握妻手，而其人始去，妻亦气绝。

猴　怪

杭州周云衢孝廉，有女嫁盐商吴某之子。吴以住屋颇窄，使居园中书舍。婚三月矣，忽周女患奇疾：始而心痛，继而腹背痛，继而耳目口鼻无不痛者，哀号跳掷，人不忍见。遍召医士，莫名其病，但见白、黑气二条缠女身，如绳带捆缚之状。云衢与吴翁斋醮无效，不得已，自为牒文投城隍神及关神处。半月未见灵应，又投文催之。果一日云衢与其女及婿俱白昼偃卧，若死去者，两日而苏。家人问之。据云衢云，城隍神得我牒文，即拘此妖。妖抗不得，直至催牒再至关神处，神批："发温元帅擒讯。"讯得为祟者乃一雌猴，其白黑二气，则黑白二蛇也。

元至正七年，猴与其雄偷果于达鲁花赤余氏之园，其时女为余家小婢，撞见以石掷之。雄走出，适遇猎户张信，以箭毙之。雌猴惊逸，修道于括苍山中。今猎户张托生为吴翁之子，婢托生为周氏之女，故来报仇。元帅问："汝既有仇，何以不早报而必待至四百年后耶？"猴云："此女七世托生为文学侍从之官，或为方伯中丞，故我不能相害。因其前世居官无状，仍罚为女身，适值所嫁之人又即猎户，故我两仇齐发。"问："黑、白二气何来？"供称："吴园中物，被猴牵帅而至者。"元帅怒曰："周女前生作婢，掷石驱猴，是其职分所当为；吴某前生为猎户，射杀一猴，亦人间常事。汝又不仇吴而仇其妻，甚为悖乱，且与园中两蛇何与，而助纣为虐耶？"掷剑喝曰："先斩妖党！"随见皂衣人取二蛇头呈验。

元帅谓猴曰："汝罪亦宜斩，但念尔修炼多年，颇有神通，将成正果，斩汝可惜。速改过悔罪，治好周女之病，我便赦汝。"一面详复关帝。猴狰狞不服，两目如电，奋爪向前，似欲扑犯元帅者。俄闻空中大声曰："伏魔大学有令，妖猴不服，即斩妖猴。"言毕，瓦上琅琅有刀环声响，猴始惧，叩头服罪。元帅呼周女到案下，令猴治病。猴抉其眼耳口鼻中，所出横刺、铁针、竹簪十馀条，女痛稍苏，惟心病未解。猴不肯治，元帅又欲斩猴。猴云："女心易治，但我有所求，须吴翁许我，我才替治。"问："何求？"曰："我爱吴园清洁，欲打扫西首云楼三间，使我居住。"吴翁许之。猴伸手女口，直到胸前，探出小铜镜一方，犹带血丝缕缕，女病旋愈。元帅命吴氏父子领女回家，遂各苏醒。此乾隆四十四年七月间事也。

据吴翁云，温元帅幞巾纱帽，如唐人服饰，貌温然儒者，白面微须，非若世间所画青面瞪目状也。猴在神前装束甚华，自称"小仙"。

鞭　尸

桐城张、徐二友，贸易江西。行至广信，徐卒于店楼，张入市买棺为殓。棺店主人索价二千文，交易成矣。柜旁坐一老人遮拦之，必须四千。张忿然归。

是夜，张上楼，尸起相扑，张大骇，急避下楼。次日清晨，又往买棺，加钱千文。棺主人并无一言，而作梗之老人先在柜上骂曰："我虽不是主人，然此地我号'坐山虎'，非送我二千钱，与主人一样，棺不可得。"张素贫，力有不能，无可奈何，彷徨于野，又一白须翁，着蓝色袍，笑而迎曰："汝买棺人耶？"曰："然。"曰："汝受坐山虎气耶？"曰："是也。"白须翁手一鞭曰："此伍子胥鞭楚平王尸鞭也。今晚尸起相扑，汝持此鞭之，则棺得而大难解矣。"言毕不见。张归，上楼，尸又跃起。如其言，应鞭而倒。

次日，赴店买棺，店主人曰："昨夜坐山虎死矣，我一方之害除矣，汝仍以二千文原价来抬棺可也。"问其故，主人曰："此老姓洪，有妖法，能役使鬼魅，惯遣死尸扑人。人死买棺，彼又在我店居奇，强分半价。如是多年，受累者众。昨夜暴死，未知何病。"张乃告以白须翁赠鞭之事，二人急往视之，老人尸上果有鞭痕。或曰白须而着蓝袍者，此方土地神也。

梁朝古冢

淮徐道署，在宿迁城中。宿，故百战地，是处皆兵燹之馀，署中多怪。康熙中，有某道升浙江臬司，临去留一朱姓幕友在署，俟后官交代。衙署旷荡，每夕，人语哗然。又一夕，月下闻语者聚中庭槐树下。朱于窗隙窥之，见庭中人甚多，面目不甚了了，大率衣冠奇古。一少年乌巾白衣倚柱凝思，不共诸人酬答。诸人呼曰："陆郎，如此风月，何独惆怅？"少年答曰："暴骸之事近矣，不能无愁。"语毕，诸人皆为咨嗟。有长髯高冠者出曰："郎勿虑，此厄我先当之，赖有平生故人在此，自能相庇。"朗吟云："寂寞千馀岁，高槐西复东。春风寒白骨，高义望朱公。"少年举手谢曰："当年受德至深，不图枯朽之馀，犹叨仁庇。"因复共谈，似皆北魏、齐、梁时事。既而邻鸡远唱，诸人倏然散矣。朱胆壮，安寝如故。

阅数日，新官孙某来受交代。朱生匆匆出署，将觅船赴浙。忽差役寄东君札来止之曰："某到金陵见督院后，接楚中讣音，已丁外艰，不赴浙西新任，竟归矣。先生行止，自定可也。"朱遂稍停。闻新任淮徐道孙公署中一友得急疾殂，乃托宿迁令某荐扬。一说而就。随携行李入署。时将署中旧住之屋改作客座，另置诸友于他所。幕中公务甚繁，朱不复忆前事。

孙公新来，大修衙署，一日，与朱闲坐，家人走报云："适开前池，得一石碑，不知何代物？"孙公拉朱同往观之，见碑上书"梁散骑侍郎张公之墓"，正当两槐之间。朱恍忆前月下事，力为劝止，并述所见，云："当更有一墓。"言未终，而荷锸者云："又得骸骨一具。"孙始信其说非妄，命工人仍加土掩平如旧，池不改作矣。盖前碑乃长髯高冠之墓，而后所得，乌巾少年之骨也。

狮子大王

贵州人尹廷洽，八月望日早起，行礼土地神前。上香讫，将启门，见二青衣排闼入，以手推尹仆地，套绳于颈而行。尹方惶遽间，见所祀土地神出而问故。青衣展牌示之，上有"尹廷洽"字样。土神笑不语，但尾尹而行里许。道旁有酒饭店，土神呼青衣入饮，得间语尹曰："是行有误，我当卫君前行。倘遇神佛，君可大声叫冤，我当为君脱祸。"君颔之，仍随青衣前去。

约行大半日，至一所，风波浩渺，一望无际。青衣曰："此银海也。须深夜乃可渡，当少憩片时。"俄而，土神亦曳杖来，青衣怪之。土神曰："我与渠相处久，情不能已于一送，前路当分手耳。"正谈说间，忽天际有彩云旌旗，侍从纷然，土神附耳曰："此朝天诸神回也。汝遇便可叫冤。"尹望见车中有神，貌狞狞然，目有金光，面阔二尺许，即大声喊冤。神召之前，并饬行者少停，问何冤。尹诉为青衣所摄。神问："有牌否？"曰："有。""有尔名乎？"曰："有。"神曰："既有牌，又有尔名，此应摄者，何冤为？"厉声叱之，尹词屈不知所云。土神趋而前跪奏："此中有疑，是小神令其伸冤。"神问："何疑？"曰："某为渠家中雷，每一人始生，即准东岳文书知会，其人应是何等人，应是何年月日死，共计在阳世几岁，历历不爽。尹廷洽初生时，东岳牒文中开'应得年七十二岁'。今未满五十，又未接到折算文书，何以忽尔勾到？故恐有冤。"神听说，亦迟疑久之，谓土神曰："此事非我职司，但人命至重，尔小神尚肯如此用心，我何可漠视。惜此间至东岳府往还辽远，当从天府行文至彼方速。"乃唤一吏作牒，口授云："文书上只须问民魂尹廷洽有勾取可疑之处，乞飞天符下东岳到银海查办，急急勿迟。"尹从旁见吏取纸作书，封印不殊人世，但皆用黄纸封讫，付一金甲神持投天门。又呼召银海神，有绣袍者趋进。命："看守尹某生魂，俟岳神查办，毋误。"绣袍者叩头领尹退，而神已倏忽入云雾中矣。此时尹憩一大柳树下，二青衣不知所往，尹问土神："面阔二尺者是何神耶？"曰："此西天狮子大王也。"

少顷，绣衣者谓土神曰："尔可令尹某往暗处少坐，弗令夜风吹之；我往前途迎引天神，闻呼可即出答应。"尹随土神沿岸行约半里许，有破舟侧卧滩上，乃伏其中。闻人号马嘶及鼓吹之音，络绎不绝，良久始静。土神曰："可以出矣。"尹出，见绣衣人偕前持牒金甲人引至岸上空阔处，云："立此少待，岳司即到。"

须臾，海上数十骑如飞而来，土神挟尹伏地上。数十骑皆下马，有衣团花袍、戴纱帽者上坐，馀四人着吏服，又十馀人武士装束，馀悉狞狞如庙中鬼面，环立而侍。上坐官呼海神，海神趋前，问答数语，趋而下，扶尹上。尹未及跪，土神上前叩头，一一对答如前。上坐官貌颇温良，闻土神语即怒，瞋目竖眉，厉声索二青衣。土神答："久不知所往。"上坐者曰："妖行一周，不过千里；鬼行一周，不过五百里。四察神可即查拿。"有四鬼卒应声腾起，怀中各出一小镜，分照四方，随飞往东去。

少顷，挟二青衣掷地上云："在三百里外枯槐树中拿得。"上坐官诘问误勾缘由，二青衣出牌呈上，诉云："牌自上行，役不过照牌行事。倘有舛误，须问官吏，与役无干。"上坐官诘云："非尔舞弊，尔何故远飏？"青衣叩首云："昨见狮子大王驾到，一行人众皆是佛光；土神虽微员，尚有阳气；尹某虽死，未过阴界，尚系生魂，可以近得佛光。鬼役阴暗之气，如何近得佛光，所以远伏。及狮王过后，鬼役方一路追寻，又值朝天神圣接连行过，以故不敢走出，并未知牌中何弊。"上坐官曰："如此，必亲赴森罗一决矣。"令力士先挟尹过海，即呼车骑排衙而行。尹怖甚，闭目不敢开视，但觉风雷击荡，心魂震骇。

少顷，声渐远，力士行亦少徐。尹开目即已坠地。见官府衙署，有冕服者出迎，前官入，分两案对坐。堂上先闻密语声，次闻传呼声，青衣与土神皆趋入。土神叩见毕，立阶下；青衣问话毕，亦起出。有鬼卒从庑下缚一吏入，堂上厉声喝问，吏叩头辩，若有所待者然。又有数鬼从庑下擒一吏，抱文卷入，尹遥视之，颇似其族叔尹信。既入殿，冕服者取册查核。许久，即掷下一册，命前吏持示后吏，后吏惟叩首哀求而已。殿内神喝："杖！"数鬼将前吏曳阶下，杖四十；又见数鬼领朱单下，剥去后吏巾服，锁押牵出。过尹旁，的是其族叔，呼之不应。叩何往，鬼卒云："发往烈火地狱去受罪矣。"尹正疑惧间，随呼尹入殿。前花袍官云："尔此案已明。本司所勾系尹廷治，该吏未尝作弊。同房吏有尹姓者，系廷治亲叔，欲救其侄，知同族有尔名适相似，可以朦混，俟本司吏不在时，将牌添改'治'字作'洽'字，又将房册换易，以致出牌错误。今已按律治罪，尔可生还矣。"回头顾土神云："尔此举极好，但只须赴本司详查，不合向狮子大王路诉，以致我辈均受失察处分。今本司一面造符申覆，一面差勾本犯，尔速引尹廷治还阳。"土神与尹叩谢出，遇前金甲者于门迎贺曰："尔等可喜，我辈尚须候回文，才得回去。"

尹随土神出走，并非前来之路，城市一如人间。饥欲食，渴欲饮，土神力禁不许。城外行数里，上一高山，俯视其下：有一人僵卧，数人守其旁而哭。因叩土神："此何处？"土神喝曰："尚不省耶！"以杖击之，一跌而寤，已死两昼夜矣。棺椁具陈，特心头微暖，故未殡耳。遂坐起稍进茶水，急唤其子赵廷治家视之。归云："其人病已愈二日，顷复死矣。"

绿毛怪

乾隆六年，湖州董畅庵就幕山西芮城县。县有庙，供关、张、刘三神像。庙门历年用铁锁锁之，逢春秋祭祀，一启钥焉。传言中有怪物，供香火之僧亦不敢居。

一日，有陕客贩羊千头，日暮无托足所，求宿庙中，居民启锁纳之，且告以故。贩羊者恃有膂力，曰："无妨。"乃开门入，散群羊于廊下，而己持羊鞭秉烛寝；心不能无恐，三鼓，眼未合。闻神座下窣然有声，一物跃出。贩羊者于烛光中视之：其物长七八尺，头面具人形，两眼深黑有光，若胡桃大，颈以下绿毛覆体，茸茸如蓑衣；向贩羊者睨且嗅，两手有尖爪，直前来攫。贩羊者击以鞭，竟若不知，夺鞭而口啮之，断如裂帛。贩羊者大惧，奔出庙外，怪追之。贩羊人缘古树而上，伏其梢之最高者。怪张眼望之，不能上。

良久，东方明，路有行者，贩羊人树下觅怪，怪亦不见。乃告众人，共寻神座，了无他异，惟石缝一角，腾腾有黑气。众人不敢启，具牒告官。芮城令佟公命移神座掘之。深丈许，得朽棺，中有尸，衣服悉毁，遍体生绿毛，如贩羊人所见。乃积薪焚之，啧啧有声，血涌骨鸣，自此怪绝。

张大帝

安溪相公坟在闽之某山。有道士季姓者利其风水，其女病瘵将危，道士谓曰："汝为我所生，而病已无全理，今将取汝身一物，以利吾门。"女愕然曰："惟翁命。"曰："我欲占李氏风水久矣，必得亲生儿女之骨埋之，方能有应。但死者不甚灵，生者不忍杀，惟汝将死未死之人，才有用耳。"女未及答，道士即以刀划取其指骨，置羊角中，私埋李氏坟旁。自后，李氏门中死一科甲，则道士族中增一科甲；李氏田中减收十斛，则道士田中增收十斛。人疑之，亦不解其故。

值清明节，村人迎张大帝像，为赛神会，彩旗导从甚盛。行至李家坟，神像忽止，数十人舁之不可动，中一男子大呼曰："速归庙，速归庙！"众从之，舁至庙中，男子上坐曰："我大帝神也，李家坟有妖，须往擒治之。"命其徒某执锹，某执锄，某执绳索。部署定，又大呼曰："速至李家坟，速至李家坟！"众如其言，神像疾趋如风。至坟所，命执锹、锄者搜坟旁。良久，得一羊角，金色，中有小赤蛇，蜿蜿奋动。其角旁有字，皆道人合族姓名也。

乃命持绳索者往缚道士，鸣之官，讯得其情，置之法。李氏自此大盛，而奉张大帝甚虔。

紫姑神

尤琛者，长沙人，少年韶秀。偶过湘溪野，庙塑紫姑神甚美，爱之，手摩其面而题壁云："藐姑仙子落烟沙，玉作阑干冰作车。若畏夜深风露冷，槿篱茅舍是郎家。"是夜三鼓，闻有叩门者，启之，曰："紫姑神也。妾本上清仙女，偶谪人间，司云雨之事。蒙郎见爱，故来相就。若不以鬼物见疑，愿荐枕席。"尤狂喜，携手入室，成伉俪焉。嗣后每夜必至，旁人不能见也。手一物与尤曰："此名'紫丝囊'，吾朝玉帝时织女所赐，佩之能助人文思。"生自佩后即入泮，举于乡，成进士，选四川成都知县。女与同行，助其为政，发奸摘伏，有神明之称。

忽一日谓尤曰："今日置酒，与郎为别，妾将行矣。妾虽被谪谴，限满原可仍归仙籍。以私奔故，无颜重上天曹；地府又以妾本上界仙人，不敢收之鬼箓。自念此身飘荡，终非了计，虽托足君门，尚无形质，不能为君生育男女。昨将此情苦求泰山神君，神君许将妾名收置册上，照例托生。十五年后，可以重续爱缘，永为夫妇，未知君能勿娶，专相待否？"尤唯唯，不觉涕下。女亦凄然，大恸而去。

自此，尤作官不如前时之明，因挂误革职。人有求婚者，毅然拒之，年四旬，犹只身也。如是者十五年。房师某学士，愍其鳏居，为议婚。生又坚拒，并道所以。学士大骇，曰："若果然，则吾堂兄女是矣。吾堂兄女生十五年，不能言，但能举笔作字。每闻人议婚，必书'待尤郎'三字，得毋即汝乎？"拉尤至兄家，请其女出见。女隔帘书："紫丝囊在否？"尤解囊呈验，女点首者三，遂择日成婚。合卺之夕，女仰天一笑，即便能言。然从此绝不记前生原委，如寻常夫妇。

魏象山

余窗友魏梦龙，字象山，后余四科进士，由部郎迁御史。己卯典试云南，殁于途，归柩于西湖昭庆寺。其年十月，沈辛田观察亦厝其先人之柩于此寺，见前屋厝柩旁列"云南大主考"金字牌，知为魏君。魏故辛田所善也。俄而吊客来，孝子当扶杖行礼。辛田弟清藻忽不见，觅之，昏昏然卧魏柩前，神色惨沮。扶归，则寒热大作，病势沉重。医者下药，方开"人参三钱"。辛田心狐疑，未敢用参。至床前视弟，弟跃起坐如平时，拱手笑曰："沈五哥，别久矣，佳否？"辛田怪而呵之。旁有二女眷视疾，清藻又手挥之曰："两嫂请回避。愿假纸笔，我有所言。"与之纸，熟视笑曰："纸小，不足书也。"为磨墨而以长幅与之，乃凭几楷书曰："梦龙白：梦龙奉命典试云南，从豫章行至樊城，感冒暑热。奴子吴升，不察病原，误投人参三钱，遂至不起。甚矣，人参之不可轻服也！樊城令某，经理丧事颇尽心力，使灵柩得还家，而诸弟啧有烦言，诬其侵蚀衣箱银两，殊不识好歹。家中所存，只破书几卷，诸弟尚忍言分析乎？覆巢完卵，还望诸弟照应之。"书毕，掷管而卧。须臾又起，提笔将"人参不可轻服"数字旁加密圈。辛田大惊，不敢为弟下人参。请魏家人来，以所书示之，皆骇叹，汗泪交下。

寻弟病愈。问其索纸作书状，全不省记，但云："病重时，见短身材多须而衣葛者入房，便昏然不晓事矣。"沈年幼，不及见魏君，所云者果魏君貌也。沈后中辛卯探花，卒不永年而死。

王莽时蛇冤

临平沈昌谷，余戊午同年举人，年少英俊。忽路间遇僧授药三丸曰："汝将有大难，服此或可少瘳，临期吾再来视汝。"言毕去。沈素不信因果事，以药掷书厨上，勿服也。亡何，病大重，忽作四川人语曰："我峨嵋山蟒蛇，寻汝二千年，今方得汝。"自以手扼其吭，气将尽，家人忆路间僧语，即速觅书厨上药，只存一丸，以水吞下，恍然记历代前生事。

沈在王莽时，姓张名敬，避莽乱，隐峨嵋山学仙，有同志人严昌为耦耕之友。刘歆谋起兵应汉事败，裨将王均亦逃奔峨嵋，事二人为弟子。山洞有蟒，大如车轮，每出游，必有风雷，禾稼多伤。张欲除其害，命王削竹刺插地，以毒药傅之。蛇果出，为竹所刺，死。蛇修炼有年，将成龙者，其出穴自挟风雷而行，非有心害人，为王杀后，思报主谋者之冤。而王均闻莽死后随出山佐光武中兴，拜骁骑将军，遣人迎张敬入洛，亦拜征房将军，蛇不能报。再世为北魏高僧；三世为元将某，有战功，蛇又不能报；惟今世仅作孝廉，故蛇来，将甘心焉。其原委历历，口皆自言。家人问路僧为谁。曰："即严昌先生也。先生辞光武之聘，早登仙道，与吾有香火缘，故来相救。"言终，沐浴整衣冠卒。

开吊日，前僧果来，泣拜毕，语其家人曰："毋苦，毋苦。了此一重公案，行当仍归仙道耳。"语毕，忽不见。

牙 鬼

杭州朱亮工妻张氏，患伤寒甚剧。忽作山西人语，咆哮索命，击毁盘碗，且云:"恩自恩,仇自仇,不能作抵。"亮工在家,索命者不至,出则瞀乱如前。亮工乃具牒诉本郡城隍神。张氏沉沉熟睡,如赴鞫者。

良久,苏曰:"冤雪矣,冤去矣。"手摩其臀曰:"被神杖,甚痛。前生予与亮工俱山西贩布男子,官牙刘某吞布价而花销。予告官比追,刘不胜其苦,当予前作赴水状,欲予怜而救之。予怒曰:'汝虽死,吾仍索欠不饶。'刘赧于转身,竟溺水死。亮工前生姓俞名容,闻之,劝予曰:'牙人死固当,然棺殓之费,我二人当分给之。'予怒未息,竟不肯;俞乃捐囊中金三两,为棺殓焉。今此牙鬼来报予仇,而不料俞之为吾今生夫也,故不敢见之。昨蒙城隍神讯得刘牙侵蚀人银,自己寻死,本无冤抑,乃敢作闹于朱氏恩人之舍,责三十板,锁解酆都道。予前生以索债故,见死不救,见尸不殓,居心太忍,亦责十五板,然病势渐除矣。"亡何,其押解之鬼差附病者身,嗔喵曰:"为汝家事作八百里远行,须以纸钱酒饭享我。"家人惧,为大设斋醮,方始寂然。

妖梦三则

柘城李少司空季子继迁成进士。司空及太夫人殁后,继迁患危疾,梦太夫人教服参,因以告医。医曰:"参与病相忌,不可服。"是夜,复梦太夫人云:"医言不可听,汝求生非参不可。我有参几许,在某处,可用。"探之果得,服之,夜半发狂死。

陆射山征君,梦尊人孝廉公云:"吾窀穸内为水所浸,甚苦。皋亭山顶有地一区,系某姓,求售,曷往买而移葬,吾神所依也。"访之果合,因以重价得之。及改葬,旧穴了无水,且暖气如蒸,悔已无及。迁葬后,征君日就困踬,子孙流离。

江宁报恩寺僧房,每科场年,凭为举子寓所。六合张生员者,住某僧房有年,其寺主老僧悟西已死。张以不第心灰,数科不至。忽一岁,悟西托梦其徒曰:"速买舟过江,延张相公来应试,张相公今岁登科。"其徒告张,张喜,渡江应试。发榜后,仍不第,张愠甚,因设祭诟之。夜梦悟西来云:"今年科场粥饭,冥司派老僧给散。一名不到,老僧无处开销。相公命中尚应吃三场十一碗冷粥饭,故令愚徒相延,以免我遣,非敢诳也。"

凯明府

全椒令凯公音布,能诗倜傥,与余交好。庚寅分校南闱,疽发背卒。公母怀孕时，将至期，祖某为内务府总管，晚见庭下有巨人，长过屋脊，叱之，渐缩小。每叱一声，辄短数尺。拔剑追之，化作短人，奔树下而灭。取火烛之：乃一土偶人，长尺许，面扁阔，耸右肩，左手少一小指。因拾置几上，而婢报某娘子房生一男矣。三日后抱视之：左手少一小指，状貌酷肖土偶。举家大惊，乃取土偶供祖庙中，礼事甚虔。

及凯卒后，送神主入庙，见土偶为屋漏故雨滴其背，穿成三孔，仆于座下。凯死时，背疮三孔皆穿。家人悔奉祀不虔，已无及矣。

羞　疾

湖州沈秀才，少年入泮，才思颇美。年三十馀，忽得羞疾：每食，必举手搔其面曰："羞羞。"如厕，必举手搔其臀曰："羞羞。"见客亦然。家人以为癫，不甚经意。后渐尪羸，医治无效。有时清楚，问其故，曰："疾发时，有黑衣女子捉我手如此，迟则鞭扑交下，故不得不然。"家人以为妖，适张真人过杭州，乃具牒焉。张批："仰归安县城隍查报。"后十馀日，天师遣法官来曰："昨据城隍详称：沈秀才前世为双林镇叶生妻，黑衣女子者，其小姑也。叶饶于财，小姑许配李氏，家贫，叶生爱妹，延李郎在家读书，须李入泮，方议婚期。一日者，小姑步月，见李郎方夜读，私遣婢送茶与郎。婢以告嫂，嫂次日向人前手戏小姑面曰：'羞羞。'小姑忿，遂自缢，诉城隍神，求报仇索命。神批其牒云：闺门处女，步月送茶，本涉嫌疑，何得以戏谑微词索人性命？不准。小姑不肯已，又诉东岳。东岳批云：城隍批词甚明，汝须自省。但沈某前身既为长嫂，理宜含容，况姑娘小过，亦可暗中规戒，何得人前恶谑？今若勾取对质，势必伤其性命，罪不至此。姑准汝自行报仇，俾他烦恼可也。所查沈某冤业事，须至牒者。"天师曰："此业尚小，可延高僧替小姑超度，俾其早投人身，便可了案。"如其言，沈病遂痊。

卖浆者儿

杭州汪成瑞家，延钱塘贡生方丹成为西席，数日不至馆。问之，云："替人作状告东岳。"问："何事？"云其邻张姓者妻病祈神，有卖浆叟往观。归，其子忽高坐呼其名索水吃。叟怒责之，子曰："我非汝子，我是城隍司之勾神，今日与伙伴数人至张家勾取张氏妇魂。因其家延请五圣在堂，未便进内，久立檐下。渴甚，是以附魂汝子，向汝求水。"叟与之水。其子年仅十四五，所饮水不下石馀。少顷，闻音乐声，曰："张氏送神，吾去矣。叟赐我火炬数枝。"叟曰："夜静难觅。"曰："吾之火炬，即纸索耳，非世上火炬也。"焚与之，乃起谢曰：“受叟惠，无以报，吾有一事相告：令郎自今日后无使近水，否则将犯水厄。”语毕，其子即昏睡，而邻家张氏哭声举矣。叟虽异其事，尚秘之不宣。

次日下午，其子忽狂叫云：“甚热！我往浴于河。”叟不许，其子竟去。叟急拉回家，而狂躁愈甚，指地上石云：“如此好水，何不令我浴？”叟见其光景甚怪，惧不能提防，遍告诸邻，相同看视。西邻唐姓者，向信鬼神之事，里中祀东岳帝，唐主其事，或代亲友以祈禳，屡屡应验。闻浆叟言，又见其子之狂态，因告曰：“汝子为鬼所凭，何不求东岳神耶？”问：“作何求法？”曰：“帝君圣诞日，各执事俱齐，汝具牒呈焚香炉内，我鸣钟鼓相助。令有力者抱令郎在堂下，听候审讯发落，或可驱除恶鬼。”浆叟以为然。

三月二十八日清晨，叟斋戒往抱其子从辕门外匍匐喊冤；唐在殿上令会中执事者取其词状，大呼：“着速报司查拿。”浆叟抱儿上殿，众环拥之。甫及门，儿已昏迷，满口流涎，众惶恐。少顷苏醒，叟挟之归，至夜始能言，云：“我在街戏，见一人甚蓝缕，相约往浴。日日相随不离，至东岳庙时，尚随在后。忽见殿前速报司神奔下擒他，方惧而逃，恰已为其所获，并将我带上殿。见帝君持呈状细阅，向一戴纱帽者语缕缕，不甚明。惟闻说我父母无罪，何得捉伊儿作替代。将跟我之鬼锁押枷责，放我还阳。”嗣后，浆叟子竟无恙。

谢经历

广州经历谢坤，绍兴人，甥陆某，选广东巡检，携母、妻及子至粤，甥舅相聚甚欢。赴任后，作书与舅氏，挽其转求上官，调一美缺。谢为转请于大府，得调澳门。其地虽所入胜昔，而逼近海隅，不无烟瘴。甥又作书与舅，复请再调。谢憎其贪妄，不答。

不两月，又接札云：“甥病矣，乞舅速救之，迟则性命不保。”谢虽恶甥之渎，而念姊已年迈，或有不测，势将如何；又惮长官见恶，难以进言。正踌躇间，当午假寐，见甥忽至前曰：“舅误我。我嘱舅至再，舅不一报。今甥受瘴死矣，母、妻及子已在城外水次，舅速迎之。”言毕而号。谢惊寤，即见人踉跄入门云：“陆甥于数日前已死，家眷扶柩至矣。”谢始悟梦见者即甥魂也，迎其眷至署，厝甥柩于僧寺，为作佛事。僧人宣疏，请斋主拈香，忽见朝衣冠者自屏后走出行礼，僧不知何人。其子拜佛，见其父在上，乃奔前相呼，随即杳然灭去，僧众皆惊。谢书室中素心兰开，外孙戏折一支，谢挞之，忽见甥来怒曰：“舅奈何以一花责我儿，我当尽坏之！”片刻间，将兰叶均分为二。

居月馀，谢归其丧。解缆时，同里人附一枢于船尾，谢家人不知也。出粤界后，舟子欺其孤孀，与家人争殴。忽见陆甥跳舱中出，后随一少年，助陆将舟子五六人痛打，舟子哀求方已。家人惊疑，问舟子，云："吾主人素所识，其少者不知何来。"舟子惶愧曰："船头内附装一小枢，前恐府上人不许，是以匿之。今助殴者，想即此鬼耶。"从此一路，舟人倍小心矣。舟抵家，家人为开丧设主，从此寂然。

赵文华在阴司说情

杭人赵京，祖籍慈溪。有弟某，性方严。婚后，妇家婢颇慧，未尝假以颜色，京私与狎，弟妻不知。无何，婢孕，妇翁疑婿，婢亦驾词诬婿，婿不能自明，恚投缳死。

越二年，京父寿辰，宾朋宴集，京与婢忽仆地呓语，经宿始苏，云："摄至冥府，与婢械系大门外。俄闻发鼓升堂，鬼役捽其首掷阶下，有冤旒者上坐，引弟质讯。京与婢皆伏罪，不敢置辩。将定谳矣，忽报：'赵尚书至。'红柬上书'年家眷弟赵文华顿首拜'。冥官肃衣冠出迎，命：'带人犯械系故处。'举头见柱上一联云：'人鬼只一关，关节一丝不漏；阴阳无二理，理数二字难逃。'后署'会稽陶望龄题'。正熟视间，报：'赵尚书出矣。'冥官唤京与婢谕云：'本案应照因奸致死罪减三等判，以赵尚书说情，姑放回阳。且赵某身为男子，通婢事有何承认不起？而竟至轻生，亦殊可鄙。故且宽汝，放回阳间。'"

举家不知赵文华何故庇京。一日，询诸宗老，始知文华其七世祖也，因谄严相，子孙丑之，故皆讳言，无知者。

毁陈友谅庙

赵公锡礼，浙之兰溪人，初选竹山令，调繁监利。下车之日，例应谒文庙及城隍神。吏启："有某庙者，当拈香。"公往视：庙有神像三人，雁行坐，俱王者衣冠，状貌颇庄严。问："何神？"竟无知者。公欲毁其庙，吏不可，曰："神素号显赫，历任官参谒颇肃，毁之恐触神怒，祸且不测。"公归，搜志乘祀典，不载此神，乃择日朝吏民于庙，手铁锁系神颈曳之。神像瑰伟，非掊击不能去。公曳之，应手而倒，三像碎于庭中。新其屋宇，改奉关帝。久之，竟无他异。公心终不释，乃行文天师府查之。得报牒云："神系元末伪汉王陈友谅弟兄三人，兵败，死鄱阳湖，部曲散去，为立庙荆州。建于元至正某年，毁于国朝雍正某年赵大夫之手，合享血食四百年。"

卷十一

通判妾

徽州府署之东，前半为司马署，后半为通判署，中间有土地祠，乃通判署之衙神也。乾隆四十年春，司马署后墙倒，遂与祠通。其夕，署中老妪忽倒地，若中风状。救之苏，呼饥；与之饭，啖量倍于常。左足微跛，语作北音，云："我哈什氏也，为前通判某妾，颇有宠，为大妻所苦，自缢桃树下。缢时希图为厉鬼报仇，不料死后方知命当缢死，即生前受苦，亦皆数定，无可为报。阴司例：凡死官署者，为衙神所拘，非墙屋倾颓，魂不得出。我向栖后楼中，昨日袁通判到任来，驱我入祠，此后饥馁尤甚；今又墙倾，伤我左腿，困顿不可耐。特凭汝身求食，不害汝也。"自是妪昼眠夜食，亦无所苦，往往言人已往事，颇验。

先是司马有爱女卒于家，赴任时置女灵位某寺中，岁时遣祭，皆妪所不知。司马见其能言冥事，问："尔知我女何在？"答曰："尔女不在此，应俟我访明再告。"翌日，语司马云："尔女在某寺中甚乐，所得钱钞，大有赢馀，不愿更生人间，惟今春所得衣裳太窄小，不堪穿着。"司马大骇，推问衣窄之故。因遣家人往祭时，所制衣途中为雨毁，家人潜买市上纸衣代之故也。

未几，新通判莅任，方修衙署，动板筑，妪曰："屋成，我当复归原处，但一入，又不知何年得出，敢向诸公多求冥钱，夜焚墙角下，我得之赂衙神，便可逍遥宇内。"司马如其言，焚之。次日，妪有喜色曰："主人甚贤，无以为别，我善琵琶，且能歌，能饮酒，当歌一曲谢主人。"司马为设醴置琵琶，妪弹且歌云："三更风雨五更鸦，落尽夭桃一树花。月下望乡台上立，断魂何处不天涯。"音调凄惋，歌毕，掷琵琶瞑目坐。众再叩之，蹶然起，语言笑貌，依然蠢老妪，足亦不跛矣。

内幕崔先生常与问答。其言饥时，崔云："此与府厨近，何不赴厨求食？"答云："府署神尤严，不敢入。"其言袁通判见驱时，崔云："袁通判上任大病，尔何必避？"答云："他虽病，未至死，将来还要升官，我敢不避？"袁通判者，余弟香亭也。

刘贵孙凤

阜阳王尹，遣家人刘贵偕役孙凤至江宁公干。凤素强悍，好管世上不平事。

正月二日，贵邀凤晨饮淮清桥，凤于稠人中戟手骂曰："新岁非索债之时，酒店非肆殴之地，渠可欺，我不可欺！"为扯拽卫护之状。同伴不解其故，方欲问之，凤忽瞑目云："彼负我债，我迟至数十年，踪迹七千馀里，今才获之。干汝何事，乃为放去？汝既放彼，汝当代偿。"语毕，自批其颊，众共持之。俄而口涎目瞪，颓然倒地，众舁之旋寓。

少顷苏云："我入店见市中一人，额有血痕，状类乞丐，手捽一儒生讨债，捶吐交下。儒生不胜痛，遍向市人求救，无一应者。我心不平，忿然大骂。其人惊释手，儒生趋避我右。其人来夺，我拳挥之。格斗间，儒生遂走，不知所往。不料索债人遂为我祟，然彼时不备，故为所欺。今若再来，当痛捶之。"因以马鞭自卫。众见其无恙，稍稍散去，惟贵与同处。

抵暮。凤语贵曰："其人至门外矣。"方执鞭欲起，而手足皆若被缚，批颊詈骂如前。贵窘揖凤而言曰："汝为何人？渠负汝何债，我当代偿。"凤曰："我名王保定，儒生名朱祥，前世负我身债，非钱债也。本与凤无干，凤不合强预他人事，故我怒而凌之。承汝代偿，果丰，足我勾当，我即去；否则，并将及汝。"贵大恐，广集同伴，买冥镪数万。烧毕，乃向贵拱手作谢状曰："十年后再获儒生，还须拉凤作证。"于是凤苏起，而神色散瘁，无复从前矫健矣。

狐　诗

汝宁府察院多狐，每岁修葺，则狐四出为闾阎害，工竣即息。学使至，多所为扰。卢公明楷到任，祭之乃安，从此成例。学使至，皆祭署后小阁，相传狐所居。后学使至，有二仆不知，榻其上。晨起，人闻呼号声，往视，则二仆裸缚阁下，臂上各写诗二句。其一臂云："主人祭我汝安床，汝试思量妥不妥。"一臂云："前日享侬空酒果，今朝借尔代猪羊。"

大小绿人

乾隆辛卯，香亭与同年邵一联入都。四月二十一日，至栾城东关，各店车马填集，惟一新开店无客，遂投宿焉。邵宿外间，香亭宿内间。

漏初下，各就榻燃灯，隔壁遥相语。忽见长丈许人，绿面绿须，袍靴尽绿，自门入，其冠擦顶榈纸，捽捽有声。后又一小人，高不满三尺，头甚大，亦绿面绿衣冠，共至榻前，举袖上下作舞状。香亭欲呼而口噤，耳中闻邵语言，竟不能答。正惶惑间，见榻旁几上又倚一人，麻面长髯，头戴纱帽，腰束大带，指长人曰："此非鬼也。"指大头者曰："此鬼也。"又向二人挥手作语。二人点头，各向香亭拱手。每一拱手，则倒退一步，三拱三退出，纱帽者亦拱手而没。

香亭遽起，方欲出户，邵亦狂呼突起奔而入，口称"怪事"不绝。香亭谓邵："亦见大小绿人耶？"邵摇手曰："否，否。方就枕时，觉床侧小屋内阴风习习，冷侵毛发，不能成寐，因与公相语。继呼公不答，见屋内有大小人面若盂若盘者数十，来去无定。初疑眼花，不之怪。忽大小人面层叠堆门限中，上下皆满，又一巨面大如磨盘，加于众面之上，皆视我而笑，乃投枕起，不知所谓绿人也。"香亭亦告以所见，遂彼此不秣马而行。

及明，闻二仆夫啧啧私语云："昨宵所宿鬼店也，投宿者多死，否则病疯佯狂。县官疲于相验，禁闭已十馀年。昨一宿无恙，岂怪绝耶，抑二客当贵耶？"

红衣娘

刘介石太守，少事乩仙，自言任泰州分司时，每日祈请，来者或称仙女，或称司花女，或称海外瑶姬，或称瑶台侍者。吟诗鄙俚，不成章句；说休咎，一无所应。

署后藕花洲上有楼，相传为秦少游故迹。一夕，登楼书符，乩忽判"红衣娘"三字。问以事，不答，但书云："眼如鱼目彻宵悬，心似酒旗终日挂。月光照破十三楼，独自上来独自下。"太守见诗，觉异，请退。次夕复请，又书："红衣娘来也。"太守问："仙属何籍？诗似有怨。且十三楼非此地有也，何以见咏？"又书曰："十三楼爱十三时，楼非此那得知。寄语藕花洲上客，今宵灯下是佳期。"书毕，觇动不止。太守惧，弃盘奔就寐榻，见二婢持绿纱灯，引红衣娘冉冉至矣。拔剑挥之，随手而灭。自是每夕必至，不能安寝。数月后迁居始绝。

秀民册

丹阳荆某，应童子试。梦至一庙，上坐王者，阶前诸吏捧册立，仪状甚伟。荆指册询吏："何物？"答曰："科甲册。"荆欣然曰："为我一查。"吏曰："可。"荆生平以鼎元自负，首请《鼎甲册》，遍阅无名；复查《进士孝廉册》，皆无名。不觉变色。一吏云："或在《明经秀才册》乎？"遍查亦无。荆大笑曰："此妄耳。以某文学，可魁天下，何患不得一秀才！"欲碎其册，吏曰："勿怒，尚有《秀民册》可查。秀民者，皆有文而无禄者也。人间以鼎甲为第一，天上以秀民为第一。此册为宣明王所掌，君可向王请之。"如其言，王于案上出一册，黄金丝穿白玉牒，启第一页，第一名即"丹阳荆某"。荆大哭，王笑曰："汝何痴也！汝试数从古有几个名状元、名主试乎？韩文公孙衮中状元，人但知韩文公，不知有衮；罗隐终身不第，至今人知有罗隐。汝当归而求之实学可耳。"荆问："科第中皆无实学乎？"王曰："即有文才，又有文福，一代不过数人，如韩、白、欧、苏是也。此其姓名，别在紫琼宫上，与汝尤无分也。"荆未对，王拂衣起，高吟曰："一第区区何足羡，贵人传者古无多。"荆惊醒怏怏，卒不第以终。

妓 仙

苏州西碛山后有雪隘峰，相传其上多仙迹，能舍身而上，不死即得仙。有王生者，屡试不第，乃抗志与家人别，裹粮登焉。更上，得平原，广百亩许，云树翁郁中，隐隐见悬崖上有一女子，衣装如世人，徘徊树下。心异之，趋而前，女亦出林相望。追视，乃六七年前所狎苏州名妓谢琼娘也。彼此素相识，女亦喜甚，携生至茅庵。

庵无门，地铺松针，厚数尺，履之绵软可爱。女云："自与君别后，为太守汪公访拿，褫衣受杖，臀肉尽脱。自念花玉之姿，一朝至此，何颜再生人间？因决计舍身，辞别鸨母，以进香为词，至悬崖奋身掷下，为萝蔓纠缠，得不死。有白发老姬食我以松花，教我以服气，遂不知饥寒。初犹苦风日，一岁后，霜露风雨，都觉无怖。老母居前山，时相过从。昨老母来云，今日汝当与故人相会。以故出林闲步，不意获见君子。"因问："汪太守死否？"生曰："我不知。卿仙家，亦报怨乎？"女曰："我非汪公一激，何能至此！当感不当报。但老母向我云：'偶游天庭，见杖汝之汪太守，被神笞背数其罪。故疑其死。"生曰："妓不当杖乎？"女曰："惜玉怜香而心不动者，圣也；惜玉怜香而心动者，人也；不知玉不知香者，禽兽也。且天最诛人之心，汪公当日为抚军徐士林有理学名，故意杀风景以逢迎之，此意为天所恶。且他罪多，不止杖妾一事。"生曰："我闻仙流清洁，卿落平康久矣，能成道乎？"女曰："淫媟虽非礼，然男女相爱，不过天地生物之心。放下屠刀，立地成佛，不比人间他罪难忏悔也。"

生具道来寻仙本意，且求宿庵中。女曰："君宿何妨，但恐仙未能成也。"因为生解衣置枕，情爱如昔，而语不及私。生摸视其臀，白腻如初，女亦不拒。然心稍动，则女色益庄，门外猿啼虎啸，或探首于窦，或进爪于门，若相窥者。生不觉息邪心，抱女端卧而已。夜半，闻门外呵咤声，舆马骈从，贵官显者往来不绝。生怪之，女曰："此各山神灵酬酢，每夕多有，慎勿触犯。"

及天明，女谓生曰："君诸亲友已在山下访寻，宜速返。"生不肯行，女曰："仙缘有待，君再来未晚。"送至崖，一推而堕。生回望，见女立云雾中，情殊依依，逾时影才灭。生踉跄奔归，见其兄与家人持楮锭，哭奠于山下，谓生死已二十七日矣，故来祭奠。访汪太守，果以中风亡。

李百年

无锡张塘桥华协权者，与好事数人设乩盘于家。其降鸾者曰仲山王问。仲山，胡明进士，锡之闻人也。众因与酬答，出语塞涩，诗亦不甚韵，每召辄至。时华方构一楼，请仙题其扁。仙曰："无锡秦园有扁曰'聊逍遥兮容与'，此可用乎？"众疑此语出屈子，而必曰秦园，不似仲山语也。

一日者，与众答问方欢，忽书："吾欲去矣。"问："何之？"曰："钱汝霖家见招赴席。"乩遂寂然。钱汝霖者，亦里中人，所居去张塘桥不二三里，众因怪而侦之，则是日以病故祷神也。

明日，仙复至，华因问："昨饮钱家乎？"曰："然。""盛馔乎？"曰："颇佳。"众嘲之曰："钱乃祷神，非请仙也，所请者城隍土地之属，岂有高人王仲山而往赴席乎？"仙语塞，乃曰："吾非王仲山，乃山东李百年耳。"问："百年何人？"曰："吾于康熙年间在此贩棉花，死不得归，魂附张塘桥庵。庵有无主魂，与我共十三人，皆无罪孽，无羁束。里中之祷者，皆吾辈享之。"华曰："所祷城隍诸神，俱有主名，若既无名，何得参与其间？"曰："城隍诸神岂轻向人家饮食？所祷者都是虚设。故吾辈得而享焉。"华曰："无名冒食，天帝知之恐加罪，奈何？"曰："天上岂知有祷乎，是皆愚民习俗之所为。即鬼祟索食，间或有之，究无关于生死也。况我非索之，而彼自设之，而我享之，何忤于天帝？即君家茶酒，亦非我索之也。"曰："既如此，子何必托名于王仲山耶？"曰："君家檐头神执符来请，彼不敢上请真仙，所请者皆我辈也。十三人中，惟我稍识几字，故聊以应命。使直书姓名曰'李百年'，君等肯尊奉我乎？我见此处人家扁额多仲山王问书，知为名人，故托其名来耳。"问："'聊逍遥兮容与'六字何出？"曰："吾但于秦家园见之，不知所出。道听途说，见笑大方矣。"

华曰："子既无羁束，何不归山东？"曰："关津桥梁，是处有神，非钱不得辄过。"华曰："吾今以一陌纸钱送汝归，何如？"曰："唯唯，谢谢。既见惠，须更以一陌酬于桥神，不然，仍不获拜赐也。"时华之侄某在旁曰："吾早暮过桥上，汝得无祟我乎？"曰："顷吾言之矣，鬼安能为祟？"于是焚楮锭送之，而毁其乩焉。

医 妒

轩辕孝廉，常州人，年三十无子，妻张氏奇妒，孝廉畏如虎，不敢置妾。其座主马学士某怜之，赠以一姬。张氏怒，以为干我家事，我亦设计扰其家。会学士丧偶，张访得某村女世以悍闻，乃贿媒妪说马娶为夫人。马知其意，欣然往聘。

　　婚之日，妆奁中有五色棒一条，上书"三世传家捣稿砧"者也。合卺毕，群姬拜见。夫人问："若辈何人？"曰："妾也。"夫人叱曰："安有堂堂学士家而有礼当置妾者乎？"即棒群姬。马命群姬夺其棒，齐殴之。夫人力不胜，逃入房，骂且哭。群姬各击锣鼓乱其声，如无闻焉者。夫人不得已，扬言将自尽，则侍者备一刀一绳，曰："老爷久知夫人将有此举，故备此不堪之物奉赠。"已而群姬各敲木鱼诵枉生咒，愿夫人早升仙界，声嘈嘈然。夫人寻死之说，又如无闻焉者。夫人故女豪，自分虚疑恫喝，计已尽施，无益，乃转嗔作喜，请学士入，正色曰："君真丈夫也，我服矣。我所行诸策，亦祖奶奶家传，吓世间妄庸男子，非所以待君。嗣后请改事君，君亦宜待我以礼。"学士曰："能如是乎，夫复何言！"即重行交拜礼，命群姬谢罪叩头，并取田房账簿，一切金币珠翠，尽交夫人主裁。一月之间，马氏家政肃雍，内外无闲言。

　　张氏于学士成亲日，即使人往探，召而问之，闻见群妾矣。曰："何不棒之？"曰："斗败矣。"曰："何不骂且哭？"曰："锣鼓声喧无所闻。"曰："何不寻死？"曰："早备刀绳，且诵枉生咒送行矣。""然则夫人如何？"曰："已服礼投降。"张大怒，骂曰："天下有如此不中用妇人乎？殊误乃娘事！"

　　初，学士赠姬时，群门生具羊酒往贺轩辕生，有平素酗酒者与焉。饮方酣，张氏自屏后骂客。客皆隐忍，酗酒者直前握张氏发，批其颊曰："汝敬轩辕兄，是我嫂也；汝不敬轩辕兄，是我仇也。门生无子，老师赠妾，为汝家祖宗三代计耳！我今为汝家祖宗代治汝，敢多一言者，死我拳下。"群客争前攘劝，始得脱，然裙裂衣损，几露其私焉。张素号母夜叉，一旦凶威大损，愈恨马学士，计惟毒苦其所赠姬以抒愤。而姬阴受学士教，一味顺从，虽进门，不与轩辕生交一言，以故张虽笞詈屡加，未忍致之于死。

　　居亡何，学士手百金赠轩辕生曰："明春将会试，生宜持此盘费早入都。"生以为然，归辞张氏。张氏虑其居家狎妾，喜而许之。生甫登舟，马遣人迎至家，扃后园中读书，而阴遣媒妪说张氏："趁轩辕生外出，盍卖其妾？"张曰："此吾心也。然卖必远方，方无后患。"妪曰："易，易。"俄而，有陕西卖布客丑且胡，背负三百金来，呼姬出见，喝采不已，即成交易。张氏馀怒未消，褫其衫履，一簪不得着身。姬乘竹轿过北桥，大呼："我不远出。"跳身河中，学士早备小舟，迎至园，与轩辕生同室矣。张氏闻姬投河死，方惊疑，而陕客已踢门入曰："我买人非买鬼。汝家卖妾，未曾说明，何得逼良为贱，欺我异方人？速还我银。"

怒且骂。张氏无以答,畀原银三百两去。

越一日,有白发蓝缕男妇两老人号哭来曰:"马学士将我女赠汝家为妾,女今安在? 生还我人,死还我尸。"张氏无以答,则撞头拚命,打碗掷盘,满屋无完物矣。张苦求邻佑,赠以财帛,劝解去。又一日,武进县捕役四五人,狺狺然持朱字牌来,曰:"事关人命,请犯妇张氏作速上堂。"投铁链几上,镪然有声。张问故,初犹不言,以银贿之,方曰:"某姬之父母在县告身死不明事也。"张愈恐,私念:我丈夫在家,则一切事让他抵当,何至累我一妇人出乖露丑,堂上受讯耶? 方深悔从前待夫之薄,御妾之暴,行事之误,女身之无用。自怨自恨间,忽有戴白帽踉跄奔呼而至者曰:"轩辕相公到芦沟桥,暴病死矣。我驺夫也,故来报信。"张氏大恸,不能言。诸捕役曰:"他家有丧事,我辈且去。"张氏成服治丧。未数日,捕役又至。张氏乃招讼师谋缓其狱,典妆奁、卖屋,贿书差捺搁此案。讼事小停,家已荡然,日食不周矣。

前媒妪又来曰:"夫人一苦至此,又无公子可守,奈何? "张心动,取生年月日命瞎姑算之。瞎姑曰:"命犯重夫,穿金戴珠。"张氏语媒妪曰:"改嫁命也,我敢违命乎? 但我自行主婚,必须我先一见所嫁者而后可。"妪引一美少年盛饰与观,曰:"此某公子也,候选员外郎。"张大喜,摒挡衣饰,未满七七,即嫁少年。

方合卺,忽房内一丑妇持大棒出,骂曰:"我正妻大奶奶也。汝何处贱婢,敢来我家为妾? 我断不容! "直前痛殴之。张悔被媒绐,又私念:"此是我当日待妾光景,何乃一旦身受此惨,报复之巧,殆天意耶? "饮泣不能声。诸宾朋上前劝丑妇去:"且让郎君今日成亲,有话明日再说。"于是诸少年秉花烛引张氏入卧室。

甫揭帘,见轩辕生高坐床上,大惊,以为前夫显魂,晕绝于地,哭诉曰:"非我负君,实不得已也。"轩辕生笑摇手曰:"勿怕,勿怕,两嫁还是一嫁。"抱上床,告以自始至终中马老师之计。张初犹不信,继而大悟,且恨且惭。于是修德改行,卒与某村妇同为贤妻。

风水客

袁文荣公父清崖先生,贫士也。家有高、曾未葬,诸叔伯兄弟无任其事者。先生积馆谷金买地营葬,叔伯兄弟又以地不佳,时日不合,将不利某房为辞,咸捏搦之。先生发愤,集房族百馀人祭家庙,毕,持香祷于天曰:"苟葬高、曾有不利于子孙者,惟我一人是承,与诸房无碍。"众乃不敢言,听其葬。葬三年，而生文荣公。公面纯黑，颈以下白如雪，相传乌龙转世，官至大学士。

文荣公薨，子陛升将葬公，惑于风水之说。常州有黄某者，阴阳名家也，一时公卿大夫奉之如神。黄性迂怪，又故意狂傲，自高其价，非千金不肯至相府。既至，则掷碗碎盘，以为不屑食也；折屋裂帐，以为不屑居也。陛升贪其术之神，不得已，曲意事之。

慈溪某侍郎，坟在西山之阳，子孙衰弱，黄说袁买其明堂为葬地。立券勘度毕，从西山归，已二鼓矣。入相府，见堂上烛光大明，上坐文荣公，乌帽绛袍，旁有二僮侍，如平生时，陛升等大骇，皆俯伏。文荣公骂曰："某侍郎我翰林前辈。汝听黄奴指使，欲夺其地。昔汝祖葬高、曾，是何等存心？汝今葬我，是何等存心？"某不敢答。公又怒睨黄，叱曰："贼奴！以富贵利达之说诱人财，坏人心术，比娼优媚人取财更为下流。"令左右唾其面，二人皆惕息不能声。文荣公立身起，满堂灯烛尽灭，了无所见。

次日，陛升面色如土，焚所立券，还地于某侍郎家。黄受唾处，满身白蚁，缘领啮襟，拂之不去，久乃悉变为虱。终黄之世，坐卧处虱皆成把。

吕兆鬣

吕公兆鬣，绍兴人，以进士为陕西韩城令。严冬友侍读与交好，闲话间问："公名兆鬣，义实何取？"吕曰："我前生乃北通州陈氏家马也，花白色，鬣长三尺馀，陈氏畜我有恩。一日者，我在厩中闻陈氏妻生产，三日胎不得下，其戚某曰：'此难产之胎，必得某稳婆方能下之；可惜住某村，隔此三十里，一时难致，奈何？'又一戚曰：'遣奴骑长鬣马去，立请可来。'言毕，果一苍头奴来骑我。我自念平日食主人刍豆，今主母有急，是我报恩时，即奋鬣行。遇一涧绝险，两崖相隔丈许，纡其途，原可缓到，而一时救主心切，遂腾身跃起，跌入深崖中，骨折而死。苍头以抱我背故，不触峰崖，转得不死。我死后，登时见白须翁引我至一衙门，见乌纱神上坐，曰：'此马有良心，在人且难得，而况畜乎！'差役书一牒，若古篆文，缚置我蹄上，曰：'押送他一好处。'遂冉冉而升，不觉已入轮回，为绍兴吕氏家儿。周岁后，头上发犹分两处，如马鬣鬈鬈然，故名兆鬣也。"

张又华

安庆生员陈庶宁，就馆于淮宁。重九登高，出南门，过一墓，若有青烟起者。谛视之，觉冷风吹来，毛骨作噤。归馆中。夜梦至僧舍，明窗净几，竹木萧然。东壁上松江笺一小幅，上有诗，题是《牡丹》，首句云"东风吹出一枝红"，意不以为佳,视纸尾,署"张又华"三字。正把玩间,有推门入者:瞪眼而红鼻,身甚矮,年四十馀,曰:"我即张又华也。汝在此读我诗,何以有轻我之意?"陈曰:"不敢。"解释良久。红鼻者自指其面曰:"汝道我人耶,鬼耶?"陈曰:"君来有冷气,殆鬼也。"曰:"汝以为我为善鬼耶,恶鬼耶?"陈曰:"能咏诗,当是善鬼。"红鼻者曰:"不然,我恶鬼也。"即前攫之,冷气愈甚,如一团冰沁入心坎中。陈避竹榻旁,鬼抱持之,以手掐其外肾,痛不可忍,大惊而醒,肾囊已肿如斗大矣。从此寒热往来,医不能治,遂卒馆中。

淮宁令为之殡殓,义甚笃,然心终疑是何冤谴,偶问邑中老吏:"汝知此间有张又华乎?"曰:"此安庆府承发科吏书也,死已二年。平生罪恶多端,而好作歪诗,某曾认识之,赤红鼻,短身材,死葬在南门外。"即陈所吹冷风处也。

官 癖

相传南阳府有明季太守某殁于署中,自后其灵不散,每至黎明发点时,即乌纱束带上堂南向坐,有吏役叩头,犹能颔之作受拜状。日光大明,始不复见。雍正间,太守乔公到任,闻其事,笑曰:"此有官癖者也,身虽死,不自知其死故耳。我当有以晓之。"乃未黎明即朝衣冠,先上堂南向坐。至发点时,乌纱者远远来,见堂上已有人占坐,不觉越趄不前,长吁一声而逝。自此怪绝。

铸文局

句容杨琼芳,康熙某科解元也。场中题是"譬如为山"一节,出场后,觉通篇得意,而中二股有数语未惬。夜梦至文昌殿中,帝君上坐,旁列炉灶甚多,火光赫然。杨问:"何为?"旁判官长须者笑曰:"向例:场屋文章,必在此用丹炉鼓铸。或不甚佳者,必加炭火锻炼之,使其完美,方进呈上帝。"杨急向炉中取观,则己所作场屋文也,所不惬意处业已改铸好矣,字字皆有金光,乃苦记之。一惊而醒,意转不乐,以为此心切故耳,安得场中文如梦中文耶!

未几,贡院中火起,烧试卷二十七本,监临官按官号命举子入场重录原文。杨入场,照依梦中火炉上改铸文录之,遂中第一。

染坊椎

华亭民陈某,有一妻一妾,妻无子而妾生子,妻妒之,伺妾出外,暗投其子于河。邻有开染坊妇在河中椎衣,见小儿泛泛然随流来,哀而救之。抱儿入室,哺以乳粥,忘其敲衣之椎尚在河也。陈妻虽沉儿,犹恐儿不死,复往河边察视,不见儿,但见椎浮在水,笑曰:"吾洗衣正少此物。"遂取归,悬之床侧。

亡何,有偷儿入室,攫其被,陈妻惊喊。偷儿急取床边椎击之,正中脑门，浆溃而死。陈氏旦报官，取验凶器，乃天生号染坊椎也。拘染坊人讯之，其妻备述抱儿弃椎之原委，官乃取其儿还陈氏，而另缉正凶。

血见愁

吴文学耀延，少游京师，寓徽州会馆。馆中前厅三楹最宏敞；旁有东、西厢，亦颇洁净；最后数椽，多栽树木。有李守备者，先占前厅，吴因所带人少，住东厢中。守备悬刀柱间，刀突然出鞘，吴惊起视刀。守备曰："我曾挂此刀出征西藏，血人甚多，颇有神灵。每出鞘，必有事，今宜祭之。"呼其仆杀鸡取血买烧酒，洒刀而祭。

日正午，吴望见后屋有蓝色衣者逾墙入，心疑白撞贼，往搜无人。吴惭眼花，笑曰："我年未四十，而视茫茫耶？"须臾，有乡试客范某携行李及其奴从大门入，曰："我亦徽州人，到此觅栖息所。"吴引至后房，曰："此处甚佳，但墙低，外即市街，虑有贼匪，夜宜慎之。"范视守备刀笑曰："借公刀防贼。"守备解与之。秉烛而寝。

未二鼓，范见墙外一蓝衣人开窗入。范呼奴起，奴所见同，遂拔刀斫之，似有格斗者。奴尽力挥刀，良久，觉背后有抱其腰而摇手者曰："是我也，勿斫！勿斫！"声似主人。奴急放刀回顾，烛光中，范已浑身血流，奄然仆地矣。吴与守备闻呼号声，往视之，得其故，大骇，曰："奴杀主人，律应凌迟。范奴以救主之故，而为鬼所弄，奈何？盍趁其主人之未死，取亲笔为信，以宽奴罪。"急取纸笔与范。范忍痛书"奴误伤"，三字未毕，而血流不止。吴之苍头某唶曰："墙下有草名'血见愁'，何不采傅之？"如其言，范血渐止，竟得不死。吴与守备念同乡之情，共捐费助其还乡。

未半月，吴苍头溲于墙下，有大掌批其颊曰："我自报冤，与汝何干，而卖弄'血见愁'耶！"视之。即蓝衣人也。

龙阵风

乾隆辛酉秋，海风拔木，海滨人见龙斗空中。广陵城内外风过处，民间窗槅帘箔及所晒衣物吹上半天。有宴客者，八盘十六碟随风而去，少顷，落于数十里外李姓家，肴果摆设，丝毫不动。尤奇者，南街上清白流芳牌楼之左，一妇人沐浴后簪花傅粉，抱一孩移竹榻坐于门外，被风吹起，冉冉而升，万目观望，如虎丘泥偶一座，少顷，没入云中。明日，妇人至自邵伯镇。镇去城四十馀里，安然无恙。云："初上时，耳听风响甚怕。愈上愈凉爽。俯视城市，但见云雾，不知高低。落地时，亦徐徐而坠，稳如乘舆。但心中茫然耳。"

彭杨记异

彭兆麟，掖县人，同邑增广生杨继庵，其姑丈也。兆麟业儒，年二十馀，病卒。越数年，杨亦卒。

后有高密人胡邦翰者，与彭、杨素未谋面，因其仲兄久客于辽，泛海往寻，游学至兆麟馆，留与同居，凡两月馀。治装欲归，谓兆麟曰："今归将赴郡应试，可为君作寄邮耶。"兆麟曰："昨已将家书付便羽矣，如至掖县，第代传一口信可也。"及将行，又曰："去此百馀里，余姑丈杨继庵在彼设帐授徒，烦便道代为致候。"胡因往，又一见继庵焉。

比赴郡试至彭家，言其与兆麟及继庵相见颠末，其家人因二人死已二十年，以胡为妄。胡曰："彼曾为予言，巷口关帝庙壁有手迹遗书，试往庙中。"发壁阅之，与辽馆所书笔迹不殊。复忆别时曾告以其妻及二女乳名。兆麟妻贾氏年已四十馀，二女已嫁，非亲党无知者，乃与胡言一一相符，其家方信，而胡亦始知其所遇之皆鬼也。胡是年入泮，未几亦亡。

后数年，又有自辽东来者，兆麟寄一马并其死时所服衣来，其家愈惊，绝之不受。先是兆麟疾革，谓其家曰："我死勿殓，可得复活。"既死，家人以为乱命，置不论，竟殓焉。葬三日，家人见其墓穿一孔，如有物自内出者。其年高密某姓不知兆麟之已死，延兆麟于家，教其幼子。历八九载，从不言归。后某子将赴郡应试，强与之俱。抵郡城马邑地方，谓某子曰："此处有葭莩亲，予就便往视之。汝先行，至郭外候我。"某子至所约处，久待不至，日渐暮，投宿他所。旦至师家，口称弟子某。其家犹谓其生时曾拜门墙者。询之，方知事在死后，相与骇怪，莫知所以。其徒涕零而别。岂兆麟之客辽东，即从此而去耶！

此乾隆二十八年事，贵池令林君梦鲤所言。林，掖人也。

冤鬼戏台告状

乾隆年间，广东三水县前搭台演戏。一日，演《包孝肃断乌盆》。净方扮孝肃上台坐，见有披发带伤人跪台间作申冤状，净惊起避之，台下人相与哗然，其声达于县署。县令某着役查问，净以所见对。县令传净至，嘱净："仍如前装上台，如再有所见，可引至县堂。"

净领命行事，其鬼果又现。净云："我系伪作龙图，不若我带汝赴县堂，求官申冤。"鬼首肯。净起，鬼随之至堂。令询净："鬼何在？"净答："鬼已跪墀下。"令大声唤之，毫无见闻。令怒，欲责净。净见鬼起立外走，以手作招势。

净禀令，令即着净同皂役二名尾之，视往何处灭，即志其处。净随鬼野行数里，见入一冢中：冢乃邑中富室王监生葬母处。净与皂将竹枝插地志之，回县覆令。令乘舆往观，传王监生严讯。监生不认，请开墓以明己冤。令从之。至墓，开未二三尺，即见一尸，颜色如生。令大喜，问监生。监生呼冤，云："其时送葬人数百，共观下土，并无此尸。即有此尸，必不能尽掩众口，数年来何默默无闻，必待此净方白耶？"令龃其言，复问："汝视封土毕归家否？"监生曰："视母棺下土后即返家，以后事皆土工为之。"令笑曰："得之矣。速唤众土工来！"见其状貌凶恶，喝曰："汝等杀人事发觉矣，毋庸再隐！"众土工大骇，叩头曰："王监生归家后，某等皆歇茅蓬下，有孤客负囊来乞火，一伙伴觉其囊中有银，与众共谋杀而瓜分之，即举铁锄碎其首，埋王母棺上，加土填之，竟夜而成冢。王监生喜其速成，复厚赏之，并无知者。"令乃尽致之法。

相传众工埋尸时自夸云："此事难明白，如要得申冤，除非龙图再世。"鬼闻此言，故借净扮龙图时，便来申冤云。

奇鬼眼生背上

费密，字此度，四川布衣，有"大江流汉水，孤艇接残春"之句，为阮亭尚书所称，荐与杨将军名展者。从征四川，过成都，寓察院楼中。人相传此楼有怪，杨与李副将俱不听，拉费同宿。费不能无疑，张灯按剑，端坐帐中。

三鼓后，楼下橐橐有声，一怪蹑梯而上。灯下视之：有头面无眉目，如枯柴一段，直立帐前。费拔剑斫之，怪退缩数步，转身而走，有一眼竖生背上，长尺许，金光射人。渐行至杨将军卧所，揭其帐，转背放光射之。忽见将军两鼻孔中，亦有白气二条，与怪所吐之光相为抵拒。白气愈大，则金光愈小，旋滚至楼下而灭。杨将军终不知也。未几，又闻梯响，怪仍上楼，趋李副将所。副将方熟睡，鼾声如雷。费以为彼更勇猛，尤可无虞，忽闻大叫一声，视之，七窍流血死矣。

卷十二

挂周仓刀上

绍兴钱二相公，学神仙炼气之术，能顶门出元神遍历十洲三岛。所遇诸魔，不一而足：或恶状狰狞，或妖娆艳冶。钱俱不为动，如是者十年。一日，诸魔聚而谋曰："再迟一月逢甲子日，钱某大道成矣，我辈作速下手。"众以为然，趁其打坐时，牵抱手足，放大瓮中，压之云门山脚下。是夕，钱家失去二相公，遍寻无踪，以为真仙去矣。

半年后，月明中见二相公坐花园高树上大呼求救，乃取梯扶下。问其故，自言："为魔所窘，幸平生服气有术，故不致冻馁而死。"问："何以得归？"曰："某月日，我在瓮中，有红云一道，伏魔大帝从西南来。我大声呼冤，且诉诸魔恶状。帝君曰：'作祟诸魔，诚属可恶，然汝不顺天地阴阳自生自灭之理，妄想矫揉造作，希图不死，是逆天而行，亦有不合。'顾谓一将曰：'周仓，汝送他还家。'周将军唯唯。周长丈馀，所持刀亦长丈馀，取红绳缚我刀上，挂此树顶而去。我亦不料即我家园树也。"

二相公自后随行逐队，饮酒御内，不敢复学神仙术矣。

驱云使者

宣化把总张仁，奉缉私盐，过一古庙，将投宿焉。僧不可，曰："此中有怪。"张恃其勇，竟往设帐，吹烛卧。至二鼓，满室尽明。张起怒喝，灯光外移；追之，见神灯万盏，投松下而灭。明早，往探松下，有大石洞。张命里人持锄掘之，得大锦被，中裹一尸：口吐白烟，三目四臂，似僵非僵。张知为怪，聚薪焚之。

后三日，白昼坐，有美少年盛服而至，曰："我天上驱云使者，以行雨太多，违上帝令，谪下凡间，藏形石洞中，待限满后，依旧上天。偶于某夜出游，略露神怪，是我不知韬晦，原有不是。然汝烧我原身，亦太狠矣。我现在栖神无所，不得已，借王子晋侍者形躯来与汝絮吵。汝作速召某道士持诵《灵飞经》四十九日，我之原身犹可从火中完聚。汝本命应做提督一品官，以此事不良，上帝削籍，只可终于把总矣。"张唯唯听命，少年腾空而去。后张果以把总终。

吾头岂白斫者

蒋心馀太史修《南昌府志》，夜梦段将军来拜，见一伟丈夫，兜鍪戎服，叉手不揖，披其颈骂曰："吾头岂白斫者！"蒋惊醒，知有冤抑。查新志，并无其人；查旧志，有段将军，乃史阁部麾下副将，死于扬州者。急为补入《忠义传》中。

石 言

吕著，建宁人，读书武夷山北麓古寺中。方昼阴晦，见阶砌上石尽人立。寒风一过，窗纸树叶飞脱着石，粘挂不下，檐瓦亦飞着石上。石皆旋转化为人，窗纸树叶化为衣服，瓦化冠帻，顾然丈夫十馀人，坐踞佛殿间，清谈雅论，娓娓可听。吕怖骇，掩窗而睡。

明日起视，毫无踪迹。午后，石又立如昨。数日以后，竟成泛常，了不为害，吕遂出与接谈。问其姓氏，多复姓，自言皆汉、魏人，有二老者则秦时人也。所谈事，与汉、魏史书所载颇有异同。吕甚以为乐，午食后，静待其来。询以托物幻形之故，不答；问何以不常住寺中，亦不答；但答语曰："吕君雅士，今夕月明，我共来角武，以广君所未见。"是夜，各携刀剑来，有古兵器，不似戈戟，而不能强加名者。就月起舞，或只或双，飘瞥神妙，吕再拜而谢。

又一日，告吕曰："我辈与君周旋日久，情不忍别，今夕我辈皆托生海外，完生前未了之事，当与君别矣。"吕送出户，从此阒寂，吕凄然如丧良友。取所谈古事，笔之于书，号曰《石言》，欲梓以传世，贫不能办，至今犹藏其子大延处。

鬼借官衔嫁女

新建张雅成秀才，儿时戏以金箔纸制盔甲鸾笙等物，藏小楼上，独制独玩，不以示人。忽有女子年三十馀，登楼求制钗钏步摇数十件，许以厚谢。秀才允之，问："安用此？"曰："嫁女奁中所需。"张以其戏，不之异也。明日，女来告张曰："我姓唐，东邻唐某为某官，我欲倩郎君求其门上官衔封条一纸，借同姓以光蓬荜。"张戏写一纸与之。次夕，钗钏数足，女携饼饵数十、钱数百来谢。及旦视之，饼皆土块，钱皆纸钱，方知女子是鬼。

数日后半夜，山中烛光灿烂，鼓乐喧天，村人皆启户遥望，以为人家来卜葬者。近视之，人尽披红插花，是吉礼也。山间万冢，素无居人，好事者欲追视之，相去渐远，惟见灯笼题唐姓某官衔字样，方知鬼亦如人间爱体面而崇势利，异哉！

雷　祖

昔有陈姓猎户，畜一犬，有九耳。其犬一耳动则得一兽，两耳动则得两兽，不动则无所得，日以为验。一日，犬九耳齐动，陈喜必大获，急入山。自晨至午，不得一兽。方怅怅间，犬至山凹中大叫，将足爬地，颠其头若招引状。陈疑掘之，得一卵，大如斗，取归置几上。次早，雷雨大作，电光绕室。陈疑此卵有异，置之庭中。霹雳一声，卵豁然而开，中有一小儿，面目如画。陈大喜，抱归室中，抚之为子。长登进士第，即为本州太守，才干明敏，有善政。至五十七岁，忽肘下生翅，腾空仙去。至今雷州祀曰"雷祖"。

镇江某仲

某仲,镇江人,兄弟三人。伯无子,仲有子,七岁看上元灯,失去,不知所往。仲闷甚,携资贸易山西,并冀访子耗。去数载未归,飞语谓仲已死。仲妻不之信,乞叔往寻。

伯利仲妻年少可鬻,诡称仲凶耗已真,旅榇将归,劝仲妻改适,仲妻不可,蒙麻素于髻,为夫持服。伯知其志难夺,潜与江西贾人谋,得价百价金,令买仲妻去,戒曰:"个娘子要强取。黑夜命舆来,见素髻者挽之去,速飞棹行也。"归语其妻,意甚自得。伯故避去,仲妻见伯状,知有变,甫黑即自经于梁,悬梁作声,伯妻闻之奔救,恐虚所卖金也。抱持间,仲妻素髻坠地,伯妻髻亦坠。适贾人轿至,伯妻急走出迎,摸地取髻,误戴素者。贾人见素髻妇,不待分辨,径抢以行。伯归,悔无及,嗫不能声。

仲自晋归,途如厕,见布袱裹五百金在地,心计此必先登厕者所遗,去应不远,盍俟诸。未几,遗金者果至,遂与之。其人感德,分以金,不受;乃邀仲偕行。数日,抵其家,具鸡黍,命一子一女出拜。仲视其子,宛然己子也,问之良是。盖仲子失去时,为人所卖,遗金者无子,买为己子,十馀年矣。仲持之泣下,遗金者曰:"若携子去,我女即许汝子为媳妇。"

仲归,将渡江,见一人落于水,呼救,无应者,群攫其资。仲恻然,亟呼曰:"孰肯救者,我募以金!"救起视之,是季弟也。季承嫂命寻仲,伯并利其死;囊之落水,有挤之者,伯所使也。仲知其情,携弟与子归。入门,伯见之亡去。

银隔世走归原主

夏镇属滕县,有蒋翁者,勤俭成家,生一子,失教,长而游荡,家渐落,蒋翁以为忧。有关帝庙陈道士,河南固始人,素与蒋翁善,乃私携五百金嘱道士云:"吾子不肖,谅不能守业,后日必为饿殍。今以此金付汝,我死后,俟其改悔,以此济之。倘终不悛,汝即以此金修庙。"道士应允,藏金瓦罐,上覆破磬,埋殿后,无有知者。

后数月,翁死,子益无忌,家业尽废,妻归外家,至无栖身之地,交游绝迹,始萌悔念。道士时周恤之,蒋亦渐习操作。道士见其改过,乃告以其父遗金,将掘出畀之。乃携镢至藏金处,遍觅,已失所在,相与大骇。蒋归告其匪类,因共哗然,嗾控于官。官讯之,道士不讳,官断赔偿。道士罄其蓄,犹不满十分之二,里人多不直道士,道士遂舍庙去。

云游数年,过直隶莲池禅寺,挂单将行,值寺僧为某观察公诵《寿生经》

作佛事。有老仆抱公子戏于山门，公子遽牵道士衣，投怀不舍。家人不能解，因命道士抱送公子归。观察厚赠道士遣去，而公子啼哭追之。不得已，留道士于后园小庵，饮食之。一日，道士欲诵经为观察公子祈福，需木鱼钟磬，家人以破磬付之，道士惊云："此我之磬也。"家人白其主。诘之，道士云："磬覆瓦罐，内贮五百金。"问："安所得金？"乃具述蒋翁遗金之事。观察恍然，知其子为蒋翁转世，此金即翁所藏而走归原主者也。告以生此子三日，掘地埋胞衣，因得此金。以无所用，付之布肆中，取息已五年矣。怜道士之无辜受赔，且与其儿有宿缘，因以此金子母赠道士，并遣使送归夏镇，致书于滕邑令，将此事镌石以纪之。

人　熊

浙商某，贩洋为生，同伴二十馀人，被风吹至一海岛，因结伴上岛闲步。走里许，遇一人熊，长丈馀，以两手围其伴，愈围愈逼。至一大树下，熊取长藤将人耳逐个穿通，缚树上，乃跳去。诸人俟其去远，各解所佩小刀割断其藤，趋奔回船。俄见四熊抬一大石板，板上又坐一熊，比前熊更大。前熊仍跳跃而来，状若甚乐者。至树侧，见空藤委地，怅然如有所失。石板上熊大怒，叱四熊群起殴之，立毙而去。众在舟中望之，各惊喜，以为再生。山阴吴某耳孔有一洞，沈君萍如戚也，问其故，历历言之如此。

绳拉云

山东济宁州有役王廷贞，术能求雨。常醉酒高坐本官案桌上，自称天师。刺史怒之，笞二十板。未几州大旱，祷雨不下。合州绅士都言其神，刺史不得已召而谢之。良久许诺，令闭城南门，开城北门，选属龙者童子八名待差使，搓绳索五十二丈待用。已乃与童子斋戒三日，登坛持咒。自辰至午，云果从东起，重叠如铺绵。王以绳掷空中，似上有持之者，竟不坠落。待绳掷尽，呼八童子曰："速拉，速拉！"八童子竭力拉之，若有千钧之重。云在西则拉之来东，云在南则拉之来北，使绳如使风然。已而大雨滂沱，水深一尺，乃牵绳而下。每雷击其首，辄以羽扇撝拦，雷亦远去。

嗣后邻县苦旱，必来相延。王但索饮，不受币，且曰："一丝之受，法便不灵。"每求雨一次，则家中亲丁必有损伤，故亦不乐为也。刺史即蓝芷林亲家，芷林为余言。

烧狼筋

蓝府有狼筋一条，凡家中失物，烧之，则偷者手足皆颤。有女公子失金钗一只，不知谁偷，乃齐奴婢姅姆数十人，取筋烧之。数十人神气平善，了无他异，但见房门布帘闪颤不已。揭视之，钗挂其上，盖女公子走过时，钗为帘所勾留耳。

王老三

江西陶悔庵行五，妻某氏，偶与姑口角，忽腾身而坐屋瓦上，大笑不止。再三招之，始下，口作北京男子音曰："我天津卫王老三，谁人不知？年一百三十岁矣！从北迁南，住此已七十年。此屋是翰林蒋士铨故居，我犹见其初生时也。"家人闻之大骇，问："汝鬼耶，狐耶？"曰："我非鬼非狐，乃半仙也。我所住处被汝家五爷拆毁，使我无安身之所。我权立瓦檐七日，既冻且饿，不得不借寓你家娘子身上，速买面来疗饥。"与之面，一啖五斤。五爷者，悔庵也，问："五爷并未拆房，何得云尔？"曰："所拆者东厢庭柱下是也。"先是悔庵得古钱千文，欲其生青绿，故掘柱下埋之，不知即此怪所居。问："既恼五爷，何以不附五爷身上？"曰："彼手内有印，我畏之，故不敢。"悔庵因而自视其手，有纹正方，平素亦不自知也。

陶太夫人责之曰："汝既自称半仙，便当知男女有别，何以缠扰我家娘子？"某氏即作男子揖状曰："我自知非礼，但不附你家娘子身上，恐所求不遂。因知男女有别，故我夜间不许他睡，教他张着眼，所以避嫌疑也。且我高年修道，岂复再有邪念耶？"问："何求？"曰："送我迁居。"问："作何送法？"曰："请五爷用印之手，用红纸写王三先生之神位，贴向东湖水边松树上，则我去矣。"如其言。又曰："我尚需衣冠才去。"乃向纸店买纸衣冠焚之。又大笑曰："我布衣也，并未入学，又未捐官，何必用此金顶帽哉？速换，速换！"视店中纸冠，果有金顶，乃去之。悔庵亲持纸牌送贴东湖松树上，闻空中呼谢者再，从此家中平安。

问其妻，曰："我与姑口角时，忽见空中有短而髯者，以手提我至瓦上，此后我不知矣。"怪在作闹时，人问休咎，有中有不中，问多则不答，曰："我答何难，但你辈亦须哀怜娘子，省费些中气。"闲亦作诗数句，文理粗俗，末落款但云"王三先生高兴"六字而已。

择风水贾祸

湖南孝感县张息村明府，葬先人于九嶷山。事毕，别买隙地五亩许，将造宗祠。工人动土竖柱，得一朱棺，盖已朽坏，中露一尸，骷髅甚大，体骨长过中人，胸贯三铁钉，长五六寸，腰有铁索环绕数匝。工人不敢动，告知明府。一时宾客尽劝掩埋，另择竖柱之所。张不可，曰："我用价买地，本非强占，且风水所关，尺寸不可移。此古墓也，可以迁葬。"乃自作祭文，具牲牢祭之。祭毕，仍令迁棺。

工人锹方下，遽仆地喷血，骂曰："我唐朝节度使崔珙也，以用法过严，军人作乱，缚我钉死。国家衰乱，不能为我泄忿诛凶，葬此八百馀年。张某何人，敢擅迁我墓，必不能相恕也！"言毕，工人起而张明府病矣。诸宾客群为祈请，病竟不减，舁归数日而卒。

飞　僵

颍州蒋太守在直隶安州遇一老翁，两手时时颤动作摇铃状，叩其故，曰：余家住某村，村居仅数十户。山中出一僵尸，能飞行空中，食人小儿。每日未落，群相戒闭户匿儿，犹往往被攫。村人探其穴，深不可测，无敢犯者。闻城中某道士有法术，因纠积金帛，往求捉怪。道士许诺，择日至村中设立法坛，谓众人曰："我法能布天罗地网，使不得飞去，亦须尔辈持兵械相助，尤需一胆大人入其穴。"众人莫敢对，余应声而出，问："何差遣？"法师曰："凡僵尸最怕铃铛声，尔到夜间伺其飞出，即入穴中持两大铃摇之，手不可住。若稍歇，则尸入穴，尔受伤矣。"漏将下，法师登坛作法，余因握双铃。候尸飞出，尽力乱摇，手如雨点，不敢小住。尸到穴门，果狰狞怒视，闻铃声琅琅，逡巡不敢入。前面被人围住，又无逃处，乃奋手张臂与村人格斗。至天将明，仆地而倒，众举火焚之。余时在穴中，未知也，犹摇铃不敢停如故。至日中，众大呼，余始出，而两手动摇不止，遂至今成疾云。"

两僵尸野合

有壮士某，客于湖广，独居古寺。一夕，月色甚佳，散步门外，见树林中隐隐有戴唐巾者飘然来者，疑其为鬼。旋至松林最密中，入一古墓，心知为僵尸。素闻僵尸失棺上盖便不能作祟。

次夜，先匿于树林中，伺尸出，将窃取其盖。二更后，尸果出，似有所往。尾之，至一大宅门外，其上楼窗中先有红衣妇人掷下白练一条牵引之。尸攀援而上，作絮语声，不甚了了。壮士先回，窃其棺盖藏之，仍伏于松深处。夜将阑，尸匆匆还，见棺失盖，窘甚，遍觅良久，仍从原路踉跄奔去。再尾之，至楼下且跃且鸣，喑喑有声；楼上妇亦相对喑喑，以手摇拒，似讶其不应再至者。鸡忽鸣，尸倒于路侧。

明早，行人尽至，各大骇。同往楼下访之，乃周姓祠堂。楼停一柩，有女僵尸，亦卧于棺外。众人知为僵尸野合之怪，乃合尸于一处而焚之。

鬼幕宾

毗陵王生，年四十馀，游幕关中。时虚庵庄公知盩厔县事，延至幕中。是年秋，与署中友暨庄逵吉诸人同至城隍庙看菊，苦无佳者。王生偶拾一枝，遣仆送归。逵吉阻之，以为神前之物，不可轻动。王戏曰："某一生直道，神明必不见怪。如欲加谴责，我为之代办公事一二件何如？"

明年三月三日，王生无疾而终，各以为骇。更馀，忽醒曰："予独坐，见一使者持一名柬至邀余，即同步出门外登舆。行里许，至城隍庙。神降阶迎，行宾主礼，曰：'先生折我菊花，许我办案，兹有某县积案，迟延日久，尚未审结，恭邀先生一商。'少顷，吏捧积年案卷至，主人退出。余阅诸情节，皆属易办，惟有误勾某罪人一案，余批云：'骨肉未寒，犹可还阳。否则东岳行查檄至，城隍将受处分矣。'神出视大喜，云：'先生所见，甚合我意。'茶罢，仍送至丹墀，曰：'尚有一事奉托，如晤包少府，渠承办工程木料，日内可到矣。'余唯唯别出，登舆而归，取床头青蚨三百，犒其从者而醒。"

越三日，仙游大水，木料皆出黑口镇矣。包少府者，醴泉同知包某也。至今人呼王生为"鬼幕宾。"

雷震蟆妖

严陵宋淡山于乾隆丁亥夏见遂安县民家雷震其屋，须臾天霁，一无所损，惟室中恒有臭气。旬日后，诸亲友以樗蒲之戏环聚于庭，天花板内忽有血水下滴。启板视之，见一死虾蟆，长三尺许，头戴综缨帽，脚穿乌缎靴，身着玄纱褙褚，宛如人形。方知雷击者，即此虾蟆也。

梦中破案

曹州刘姓，以典当为业。虞城张某，为经理其事已二载矣，少有蓄积。岁暮欲归，主人留至元旦，乘一青骡去，相订上元日返曹州。至期不至，刘因遣人促之来。至其家，则云："未尝归也。"两家致讼，控至抚按，勒限饬县捕拿。延至六月矣，公差惶遽无措。

一夕，访于城南，见有老人偕一年少相谓曰："月色甚佳，何不向凉亭一行？"曹州南城十数里，旧有凉亭，公差私议："二人于此时往，倘城门闭，何由而入？"心异之，遂先至彼相伺。未几，二人果至。听所言，皆邻里间琐事。有顷，少年忽云："城内刘姓事至今未明，余心窃计，乃西门外卖饼孙姓利其财物，因而害之也。"翁问故，少年云："饼店在此已数载，今春倏闭，是以疑之。"

翁叱云："此事大有干系，何得妄语？"意甚拂然。旋云："夜深，可归矣。"

公差尾其后，行甚速，至南城，门已闭，见二人从门隙入。差亟呼司阍启钥入城，则两人尚在前行。至小弄，少年与翁别，入门，门亦未启也。复随翁行二十馀家，亦未启扉而入。差大惊，叩其户。半晌翁出，持纸捻，披衣，极困惫之状。差曰："适间与少年凉亭看月，何遽睡耶？"翁神色迟疑曰："看月有之，乃梦中事也。"差复胁之往诣少年，少年出，亦如翁状，乃拘入县署，述梦中语。次早，遣二人至某村迹孙姓所居，则青骡宛系门首也，因锁拿到县，一讯而服，遂起赃问抵偿焉。

此乙巳夏间事。曹州守吴忠诰向为绥德州牧，与严道甫善，告道甫也。

马变鱼园地变鹅

雍正初年，伍相国为盛京将军送马五百匹诣黑龙江。将至不数里，忽一马振鬣长嘶，众马随之。至江口，尽跃入水，化而为鱼。

严道甫馆德州卢氏时，卢有戚罗姓，偶以二百钱买一鹅，带至济南应试。到时，鹅价甚贵，有以五百文售之者。罗忽动牟利之念，忆家有园地十五亩，若质钱买鹅，可获三倍之利。试毕回家，售地得价，四出买鹅，得三百馀只，复驱以往。行二日，至齐河，过城外长桥，有头鹅带铃者引颈长鸣，振翼而飞，众鹅相率以上。观者数十人，群相拍手。须臾之间，望之如白云一片，随风而灭。

罗惭悔交集，无可奈何。搜索囊中，尚馀前次买鹅钱数百文，作盘费以归。自叹祖遗园地，化鹅而去矣。

聋 鬼

乾隆四十九年，杭州半山陆家牌楼河中淌一浮尸来，村民霍茂祥，素行善事，为敛钱买棺殡诸市上。夜梦蓝衣人来曰："我临平人张某，教馆为业，不幸失足落水。蒙君殡我，无以为报。我能预知休咎，替人禳解。倘有灵应，须以牲牢谢我，君可得香火钱。"霍醒，告之里人，果有求必应。不数日，香火如云。霍夜又梦张来曰："我左耳聋，有来通诚者，须向右耳告我。"于是，次日人来祈祷者，听霍之言，多向棺右致祭，叫呼似有应声答者。村民奉之若狂，呼为"灵棺材"。霍家取香火钱，因以致富。未几，仁和令杨公路过，见烧香者汹汹蚁集。杨怒其惑众，命焚其棺，鬼遂绝。

棺 床

陆秀才遐龄，赴闽中幕馆。路过江山县，天大雨，赶店不及，日已夕矣。望前村树木浓密，瓦屋数间，奔往叩门，求借一宿。主人出迎，颇清雅，自言沈姓，亦系江山秀才，家无馀屋延宾。陆再三求，沈不得已，指东厢一间曰：
"此可草榻也。"持烛送入。陆见左停一棺，意颇恶之，又自念平素胆壮，且
舍此亦无他宿处，乃唯唯作谢。其房中原有木榻，即将行李铺上，辞主人出，
而心不能无悸，取所带《易经》一部灯下观。至二鼓，不敢熄烛，和衣而寝。
少顷，闻棺中窸窣有声，注目视之，棺前盖已掀起矣，有翁白须朱履，伸两
腿而出。陆大骇，紧扣其帐，而于帐缝窥之。翁至陆坐处，翻其《易经》，了
无惧色，袖出烟袋，就烛上吃烟。陆更惊，以为鬼不畏《易经》，又能吃烟，
真恶鬼矣。恐其走至榻前，愈益谛视，浑身冷颤，榻为之动。白须翁视榻微笑，
竟不至前，仍袖烟袋入棺，自覆其盖。陆终夜不眠。

迨早，主人出问："客昨夜安否？"强应曰："安，但不知屋左所停棺内何
人？"曰："家父也。"陆曰："既系尊公，何以久不安葬？"主人曰："家君现存，
壮健无恙，并未死也。家君平日一切达观，以为自古皆有死，何不先为演习，
故庆七十后即作寿棺，厚糊其里，置被褥焉，每晚必卧其中，当作床帐。"言
毕，拉赴棺前，请老翁起，行宾主之礼，果灯下所见翁，笑曰："客受惊耶！"
三人拍手大剧。视其棺：四围沙木，中空，其盖用黑漆绵纱为之，故能透气，
且甚轻。

炮打蝗虫

崇祯甲申，河南飞蝗食民间小儿。每一阵来，如猛雨毒箭，环抱人而蚕
食之，顷刻皮肉俱尽，方知《北史》载灵太后时蚕蛾食人无算，真有其事也。
开封府城门被蝗塞断，人不能出入。祥符令不得已，发火炮击之，冲开一洞，
行人得通。未饭顷，又填塞矣。

僵尸手执元宝

雍正九年冬，西北地震，山西介休县某村地陷里许。有未成坑者，居民
掘视之：一家仇姓者全家俱在，尸僵不腐，一切什物器皿完好如初；主人方持
天平兑银，右手犹执一元宝，把握甚牢。

张飞棺

萧松浦从四川归云：保宁府巴州旧刺史之厅东有张飞墓石穴，至今未闭。
一朱棺悬空，长九尺，叩之，声铿铿然。

乾隆三十年，有陈秀才某，梦金甲神自称："我汉朝将军张翼德也，今世
俗驿递公文，避家兄长云长之讳，而反犯我之讳，何太不公道耶？"彼此大
笑而寤。盖近日公文改"羽递"为"飞递"故也。

误尝粪

常州蒋用庵御史，与四友同饮于徐兆潢家。徐精饮馔，烹河豚尤佳。因置酒请六客同食河豚。六客虽贪河豚味美，各举箸大啖，而心不能无疑。忽一客张姓者斗然倒地，口吐白沫，嗫不能声。主人与群客皆以为中河豚毒矣，速购粪清灌之。张犹未醒。五人大惧，皆曰："宁可服药于毒未发之前。"乃各饮粪清一杯。良久，张竟苏醒，群客告以解救之事。张曰："小弟向有羊儿疯之疾，不时举发，非中河豚毒也。"于是五人深悔无故而尝粪，且嗽且呕，狂笑不止。

借尸延嗣

萧公文登，宰阳湖。伊邻施妪，其夫早卒，抚其遗腹子某，长大娶妻李氏，姑媳甚欢。年馀，媳忽病亡。妪家贫，痛媳亡不能再娶以延夫祀，呼天吁地。次日将殓，媳忽从炕上跃起呼姑曰："我来做汝家媳妇，不要再哭。"妪方庆媳再生，喜不自胜。其子私语母曰："何声音之不似吾妻也？眼光又直视，恐非真李氏再生，得毋野鬼凭之为祟乎？"邻里皆惊，遂环守之。

三四日中，闭目仰卧，给汤粥，饮啜如常，惟姑呼之则应，夫与之语则避而不答。至七日后方起，梳洗毕，敛衽告姑曰："我宁海州某村方氏女也，行二，年十九岁，待聘未字。因病死，至冥府，适汝家李氏媳妇在焉。随有矮鬼无数、长鬼一个环跪阎君乞诉，求放李氏还阳。阎君怒叱，将众矮鬼逐出，长鬼责二十板。长鬼受责后，仍再四哀求云：'小人父祖以来，皆守本分，不敢为恶，罪不至于绝嗣。妻辛苦万状，方得娶一媳妇，今又病亡，何能有力续娶？岂不令一家绝嗣乎！乞放媳还阳，得生子以延一脉。'阎君怒稍霁，命判官检簿，细阅毕，问长鬼曰：'尔媳李氏阳寿已绝，不能放还，姑念尔世无过恶，尔妻又能守节抚孤，若令之嗣，无以劝善。方氏女虽年命该尽，生前亦颇好善，可令借李尸复活，则尔无媳而得媳矣。'长鬼拜谢。阎君指长鬼告予曰：'此尔翁也。着他领尔借尸还魂，生子延祀。'予逐随翁到此。翁指示予曰：'此尔姑也。'将我推跌在地。开眼不见翁，只见婆婆立我身旁，我故只认得婆婆一人，馀皆不识也。我家父母俱存，有一个兄弟，年十六岁，望遣人告知，以免父母啼哭。"

姑遣子探访，果如所云。告以故，其父与弟同至妪家。方氏见即相抱而哭，父反退缩，不敢向前，曰："声音举止虽与吾女相像，而面貌不同，何也？"女对父泣曰："我假李氏体以生，非我本来面目，喜得再见生身之父与同胞之弟。

母亲忍心不来看我，父与弟又疑而不肯相认，生不如死矣。"悲痛间，其母遣邻妪来探问，女儿即呼某妈妈："汝从何处来，我母亦来看我乎？"父方抚而慰之，叩以往事，丝毫不爽，始真信其再生也。姑遂款留其父与弟在家。至晚，令子与媳同室而处。媳辞曰："我处女也，虽冥数已定，乞俟吾母来，择吉日成夫妇礼，不可苟合。"亲邻群称善。父亦喜甚，遣其子归迎母来，始合卺焉。

三年后，举一子。子生百日，亲朋来贺，忽向姑曰："已为汝家传后有人，我寿算久尽，要去矣。"瞑目而逝。人相传冥官破例办事，犹阳官之因公挪移云。

卷十三

关神下乩

明季，关神下乩坛批某士人终身云："官至都堂，寿止六十。"后士人登第，官果至中丞。国朝定鼎后，其人乞降，官不加迁，而寿已八十矣。偶至坛所，适关帝复降。其人自以为必有阴德，故能延寿，跽而请曰："弟子官爵验矣，今寿乃过之，岂修寿在人，虽神明亦有所不知耶？"关帝大书曰："某平生以忠厚待人，甲申之变，汝自不死，与我何与？"屈指计之，崇祯殉难时，正此公年六十时也。

遇太岁煞神祸福各异

徐坛长侍讲未遇时，赴都会试，如厕，见大肉块，遍身有眼，知为太岁。侍讲记某书云"鞭太岁者脱祸"，因取大棍，与家丁次第笞击。每击一处，则遍身之眼愈加闪烁。是年成进士。蒋文肃公家中开井，得肉一块，方如桌面，刀刺不入，火灼不焦，蜿蜒而动，徐化为水。是年，文肃公卒。任香谷宗伯未遇时，走田埂上，遇一人口含一刀，两手持两刀，披发赤面，伛身而过。宗伯行未半里，见赤面人人丧者之家，知是煞神。宗伯后登第。苏州唐姓者，立孝子坊，忽于衣帽中得白纸帖书一"煞"字，如胡桃大。是年，其家死者七人。

归安鱼怪

俗传：张天师不过归安县。云前朝归安知县某，到任半年，与妻同宿，夜半闻撞门声，知县起视之。少顷，登床谓妻曰："风扫门耳，无他异也。"其妻认为己夫，仍与同卧，而时觉其体有腥气，疑而未言。然自此归安大治，狱讼之事，判若神明。

数年后，张天师过归安，知县不敢迎谒。天师曰："此县有妖气。"令人召知县妻，问曰："尔记某年月日夜有撞门之事乎？"曰："有之。"曰："现在之夫，非尔夫也，乃黑鱼精也。尔之前夫已于撞门时为所食矣。"妻大骇，即求天师报仇。天师登坛作法，得大黑鱼，长数丈，俯伏坛下。天师曰："尔罪当斩，姑念作令时颇有善政，特免汝死。"乃取大瓮囚鱼，符封其口，埋之大堂，以土筑公案镇之。鱼乞哀，天师曰："待我再过此则释汝。"天师自此不复过归安云。

张忆娘

苏州名妓张忆娘，色艺冠时，与蒋姓者素交好。蒋故巨室，花朝月夕，与忆娘游观音、灵岩等山，辄并辔而行。忆娘素明慧，欲托身于蒋，而蒋姬媵绝多，不甚属意，因与徽州陈通判者有终身之托。陈娶过门，蒋不得再通，大恚，百计离间之，诬控以奸拐。忆娘不得已，度为比丘，衣食犹资于陈。蒋更使人要而绝之，忆娘贫窘，自缢而亡。

居亡何，蒋早起进粥，忽头晕气绝，至一官衙，二弓丁掖之前，旁有人呼曰："蒋某，汝事须六年后始讯，何遽至此？"呼者之面貌，乃蒋平日门下奔走士也，曾遣以问忆娘者，死三年矣。蒋惊醒，自此精气恍惚，饮食少进。

有玄妙观道士张某，精法律，为筑坛持咒作禳解法。三日后，道士曰："冤魄已到，我不审其姓氏，试取大镜泼以明水，当有一女子现形。"召家人视之，宛然忆娘也。道士曰："吾所能力制者，妖孽狐狸之类。今男女冤谴，非吾所能驱除。"竟拂衣去。蒋为忆娘作七昼夜道场，意欲超度之，卒不能遣。延苏州名医叶天士，赠以千金。药未至口，便见纤纤白手按覆之，或无故自泼于地。蒋病益增，六年而没。

蒋氏从孙漪园，犹藏忆娘小照：戴乌纱髻，着天青罗裙，眉目秀媚，以左手簪花而笑，为当时杨子鹤笔也。

飞星入南斗

苏松道韩青岩，通天文，尝为予言："宰宝山时，六月捕蝗，至野田中。四鼓起，坐胡床，督率书役，见客星飞入南斗，私记占验书：'见此灾者，一月之内当暴亡。法宜剪发寸许，东西禹步三匝，便可移祸他人。'尔时我即麾去书役，依法行之。居亡何，署中司书记者李某无故以小刀剖腹而死，我竟无恙。李乃我荐卷门生，年少能文，不料为我替灾，心为怅然。"余戏谓韩曰："公言占验之术固神矣，然如我辈全不知天文，往往夜坐见飞星来往甚多。倘有入南斗者，竟不知厌胜法，为之奈何？"曰："君辈不知天文者，虽见飞星入南斗，亦无害。"余曰："然则公又何苦知天文，多此一事，而自祸祸人耶？"韩大笑，不能答。

杨妃见梦

康熙间，苏州汪山樵先生讳俊选陕西兴平县，宿马嵬驿中。梦一女子，容貌绝世，明珰翠羽，投牒而言曰："妾有墓地为人所侵，幸明府哀而察之。"汪惊醒，询土人，曰："此间惟有杨娘娘墓道，唐时改葬后，墓址原有数十亩宽，自宋明以来，为樵牧所侵，渐无馀地。"汪为清理，果有旧碑记存墓侧土中，题"大唐贵妃杨氏墓"。乃为别置界石，兼买树百株植其上，春秋设二祭焉。

曹能始记前生

明季曹能始先生，登进士后，过仙霞岭，山光水色，恍如前世所游。暮宿旅店，闻邻家有妇哭甚哀，问之，曰："为其亡夫作三十周年耳。"询其死年月日，即先生之生年月日也。遂入其家，历举某屋某径，毫发不爽。其家环惊，共来审视。曹亦凄然涕下，曰："某书屋内有南向竹树数十株，我尚有文稿未终篇者，未知犹存否？"其家曰："自主人捐馆后，恐夫人见书室而神伤，故至今犹关锁也。"曹命开之，则尘凝数寸，遗稿乱书，宛然具在，惟前妻已白发盈头，不可复认矣。曹以家财分半与之，俾终馀年。

余按《文苑英华》白敏中书滑州太守崔彦武事：崔记前生为杜明福妻，骑马直抵杜家，而明福老矣。乃说旧事，取所藏金钗于垣中，施宅为寺，号明福寺。与此相类。

江南客寓

涤斋先生为诸生时，在京师贾家胡同。有店号"江南客寓"，厅屋三间，中一间甚洁，住者绝少；先生居之，了无他异。一日外出，托所亲某管其衣物。夜睡至三鼓，忽室内尽明，时并无灯烛，所亲骇，揭帐视之，见一长人黑色，手提其头，血淋漓，对面直立不动，呼曰："尔何得居此？"所亲狂奔，出告店主。主人曰："此屋素不安静，尔乃必欲居之，奈何？"

次日，先生归，告之故。先生曰："此必有鬼欲申冤耳，我在此，何不现形耶？"大书一状，向空焚之，以为尔果有冤，当于今晚赴诉。是夕，先生复睡，未一更，所见果如所说，但持一血头，跪而不立。先生问："何人何冤？"持头者以手指口，竟无一语。次日，亦不复见。先生又常于园中月下见黑物一团，大如浴盆，追奔树下，以脚蹋之，随脚而灭。次日，视其靴袜，黑如烟煤，并足皆黑。

荆波宛在

本朝佟国相巡抚甘肃，按站行至伏羌县，梦神呼云："速走，速走！"佟不以为意。次晚，梦如初，且云："欲报我恩，但记'荆波宛在'可耳。"佟惊起。亟走三日，而伏羌县沉为湖，卒不解救者为何神。后出巡至建昌野渡，有关公庙上书"荆波宛在"四字，佟入拜谒，大为修葺，今焕然犹存。

冯侍御

冯侍御静山，居京师永光寺西街。改造书屋，掘地得黑漆棺，为改迁之。夜梦人投牒诉冤，冯时巡西城，梦中取牒阅之。告势宦掘棺事，即己之姓名也，惊醒得疾。疾革时，夫人闻房中笑语声，以为病有起色，往视之，见黑衣人素不相识者坐床上，一闪而灭。侍御谓夫人曰："此人吾邻也，曾作运粮守备。运饷至京师卒，棺厝于永光寺前街僧寺中，迫近吾家而吾不知。今闻我亦有行期，故来相约耳，可烧纸钱助其冥资。"夫人遣人至前街踪迹，棺识宛然，知先生之终不起也。

药师父

昆山徐大司寇之子徐冠卿，幼时号"药师父"，以其曾焐死一业师也。业师周姓，号云核，受司寇聘前一日，梦巨蟒以口吐红丸逼令咽之，肠痛而醒。就聘于徐，督冠卿严。冠卿素佻达，笞责尤甚。冠卿与仆谋，置焐于饭，食之而卒。

后冠卿为翰林，不得志，诗文多怨诽，为人所构，就鞫刑部。见左司杨景震，大惊曰："吾死矣，吾初见时，俨然周先生也。"次日复讯，各官俱以司寇之子，稍加怜恤；杨独怒鞫，批其颊数十下，齿左右坠，定以斩决。狱上即刑，杨为监斩官，其家访之，杨景震之生年月日，即周先生之死年月日也。或告之杨，杨大笑曰："岂有是哉，使吾早知此语，转当屈法以救之矣。"此与《太平广记》载王武俊事同。

庄秀才

通州庄孝廉成，戊午举人，少年貌美。其佃户有女悦之，竟以成疾。临卒谓其父曰："吾为庄秀才死也，吾思嫁庄秀才，自念门户寒贱，事必不成，故郁郁成病。今虽死，此意当为致之秀才，则目瞑矣。"其父急告庄，庄往视，而气已绝。

庄赴秋闱，遇女子于淮新桥，宛然如生。入闱，一切炊饭烹茶之事，见女子身为执役，是年登第。每有远行，则女子必至。庄怖之，为置神主祭于家，书"亡妾某氏",见女子来拜谢,自此绝矣。

蔼蔼幽人

通州李臬司,讳玉铉,丙戌进士。少时好炼笔录,忽一日,笔于空中书曰:"敬我,我助汝功名。"李再拜,祀以牲牢。嗣后文社之事,题下,则听笔之所为。尤能作擘窠大字,求者辄与。李敬奉甚至,家事外事,咨之而行,靡不如意。社中能文者每读李作,叹其笔意大类钱吉士。钱吉士者,前朝翰林钱熹也。李私问笔神,笑曰:"是也。"自后里中人来扶乩者,多以"钱先生"呼之。笔神遇题跋落款,不书姓名,但书"蔼蔼幽人"四字。李举孝廉,成进士,笔神之力居多。后官臬司,神助之决狱,郡中以为神。李公乞归,神与俱。李他出,其子弟事神不敬,神怒,投书作别而去。

余与李公之子方膺同官交好,绝不向余道只字。方膺卒后,臬司同年熊涤斋太史为余言之,并云方膺深讳其事,盖怍神者,即方膺也。

僵尸求食

武林钱塘门内有更楼,雇更夫击柝,表里巡逻。大众敛资为之,由来旧矣。康熙五十六年夏,更夫任三者巡巷外,路过小庙,每至二更,闻柝声,则有一人从庙中出,踉跄捷走;漏五下,则先柝声入庙,如是者屡矣。任三疑庙中僧有邪约,将伺之为诈酒肉计。

次夕,月明如昼,见其人面枯黑如腊,目眶深陷,两肩挂银锭而行,窸窣有声,出入如前。任三知为僵尸,因山门之内停有旧椁,积尘寸许。询诸僧人,云:"其师祖时不知谁何氏所寄厝者也。"与侪辈语及之,其中黠者曰:"吾闻鬼畏赤豆、铁屑及米子,备此三物升许,伺其破棺出,潜取以绕棺之四周,则彼不能入矣。"任如其言,购买三物。

待夜二更,尸复出。伺其去远,携灯入视,见棺后方板一块,俗语所谓"和头"者,已掀在地,中空空无所有,乃取三物绕棺而密洒之。事毕,径归卧更楼上。至五更,有厉声呼"任三爷"者。任问为谁,曰:"我山门内之长眠者,无子孙,久不得血食,故出外营求以救腹馁。今为尔所魇,不能入棺,吾其死矣。可急起将赤豆、铁屑拂去之。"任惧不敢答。又呼曰:"我与尔何仇,何苦为此虐耶?"任念与彼解围之后,彼杀我而后入,何以御之。终不答。鸡初鸣,鬼哀恳,继以詈骂,久之寂然。

明日,过楼下者见有尸僵卧,乃告众鸣官,以尸还诸棺而火焚之,一方得宁。

僵尸贪财受累

绍兴王生某，食饩有年，村中富家延之为师。因屋宇湫隘，适相距里许有新室求售者，遂买使居，且曰："家中摒挡未尽，学徒暨馆童辈明晨进馆，先生一夜独眠，能无惧乎？"王自负胆壮，且新室也，何畏之有，乃命童携茗具引至书斋。

王周视室内毕，复至门前徙倚。时已夜矣，月色大明，见山下爝火荧荧。趋往视之，光出一白木棺中。王念：此鬼磷耶？色宜碧。而焰带微赤，得无为金银气乎？忆《智囊》所载：有胡人数辈凶服舆椟而藁葬城外者，捕人迹之，椟中皆黄白也。此棺毋乃类是？幸无人，可攫而取也。遂取石块击去其钉，从棺后推卸其盖，则赫然一尸，面青紫而腹膨亨，麻冠草履。越俗：凡父母在堂而子先亡者，例以此殓。王愕然退缩，每一缩则尸一跃，再缩而尸蹶然起。王尽力狂奔，尸自后追之。王入户登楼，闭门下键。喘息甫定，疑尸已去，开窗视之。窗启而尸昂首大喜，从外跃入。连叩门，不得入。忽大声悲呼，三呼而诸门洞开，若有启之者，遂登楼。王无奈何，持木棍待之。尸甫上，即击以棍，中其肩，所挂银锭散落于地，尸俯而拾取。王趁其伛偻时，尽力推之，尸滚楼下。旋闻鸡啼，从此寂无声响矣。

明日视之，尸跌伤腿骨，横卧于地，遂召众人扛而焚之。王叹曰："我以贪故，招尸上楼；尸以贪故，被火烧毁。鬼尚不可贪，而况于人乎！"

宋荔裳受恶土地之累

宋荔裳为山东臬使，族子某，素不肖，与总兵于七饮博为奸。于七者，前明末年山东土寇降本朝者也，虽为总戎，怙恶不悛。人以族子事告公，公怒曰："如此必为家门之祸！俟其归，当缚至祠堂杖杀之。"某闻之，逃至德州。夜宿土地庙中，梦土地神谓曰："汝毋怖，大富贵至矣！现在于七谋反，汝可速往京师，赴提督处出首。"且曰："某地中埋有百金，可取为路费。"族子掘地，果得金，大喜，以怨其叔故，遂赴提督处，并诬其叔与于七通谋，以故荔裳被逮入狱。

未十日，于七果反，族子以首报之功受赏，荔裳牵累入狱，旋亦昭雪。

陆夫人

某方伯夫人陆氏，尚书裘文达公之干女也。文达公薨后，夫人病，梦有大轿在屋瓦上行来，前立青衣者呼曰："裘大人命来相请。"夫人登轿，冉冉在云中行。至一大庙，正殿巍峨，旁有小屋甚洁，文达公科头衣茧绸袍，二童侍，几上卷案甚多，谓夫人曰："知汝病之所由来耶？此前生孽也。"夫人跽而请曰："干爷有力能为女儿解免否？"文达公曰："此处西厢房有一妇人，现卧床上，汝往扶之。能扶起，则病可治，否则，我亦不能救汝。"命小童引夫人往西厢房，果有描金床施大红绫帐，被褥甚华，中卧赤身女尸，两目瞪视，无一言。夫人扶之，手力尽矣，卒不起。归告文达公，公曰："汝孽难消，可还家托张天师打醮以解禳之。但天师近日心粗，禄亦将尽，某月日替苏州顾懋德家作斋文，错字甚多，上帝颇怒，奈何？"夫人惊醒，适天师在京，遂以此言告之。天师检顾家斋表，稿中果有误字，法官所写也，心为惊悸。未几，夫人亡，天师亦亡。天师名存义。顾懋德者，辛未进士，官礼部郎中。

牛头大王

溧阳村民庄光裕，梦一怪，头上生角，敲门而进，谓曰："我牛头大王也，上帝命血食此方。汝塑像祀我，必有福应。"庄醒，告知村农。村方病疫，皆曰："宁可信其有。"纠钱数十千，起三间草屋，塑牛头而人身者坐焉。嗣后疫病尽痊，求子者颇效，香火大盛。如是数年。

村民周蛮子儿出痘，到庙，先具牲牢祀神，再掷卦，大吉。周喜，许演戏为谢。未数日，儿竟死。周怒曰："我靠儿子耕田养我，儿死不如我死。"率其妻持锄钯撞牛头，碎其身，毁其庙。合村大惊，以为必有奇祸。自此寂然，牛头神亦不知何往。

水定庵牡丹

江宁二尹汪公易堂，访友古北口，路憩水定庵。庵中牡丹盛开，花大如斗。汪近前赏玩。庵僧戒："勿折花，花有妖，能为祸。"汪素刚，笑曰："我本不折花，既云有妖，当折而试之。"以手摘之，花左右旋转，坚如牛筋，竟不能断。取所佩刀截之，花未断而拇指伤，血涔涔下。汪惭且怒，以袍袖裹血，忍痛不言，乃左手捽花头，而右手以刀截其根，竟断一枝。归畜瓶中，夸于人曰："我今日获花妖矣。"将购药医手创，细视之，并无刀痕，袍袖上亦无血迹。

乌　台

粤东肇庆府，即古端州，包孝肃旧治也。大堂暖阁后有黑井，覆对铁板，为出入所必经，相传包公纳妖于井。俗有"包收卢放马成湖"之谣，谓太守遇卢姓则妖出，遇马姓则井溢也。然千百年来，亦从无此二姓为守者。署东有高楼，号曰"乌台"，俗谓包公听断妖鬼皆坐此台。四面砖石封固，启则为祟。凡太守履任，必祀以少牢，无敢启视者。

前任安守有管厨人某,酒醉登楼巅,揭瓦窥之,见台中有三土堆,品字排列,如小坟状,中间小树一株,枝青叶绿,此外一无他物。方瞪视间,有黑气冲起,厨人自楼巅滚跌于地,颤汗交作,仅能言所见。至夕,狂叫而死。越日,安公暴染疯狂,鞭扑其妻,竟至身死;又手刃其爱妾,以此落职获谴。

越两任后,家弟香亭出守是郡,家信来为言若此。余闻而大怒,寄信云:"此说荒唐可也,若真有其事,则楼神不法甚矣,断非包公旧迹!弟何不拆而焚之?"

见娘堡

顺治乙酉,王师破建昌,明益王遁去。长史刘某,吴下人也,逃山中,不知所往。其子蓼萧,从吴门赴考归,有志寻亲。时藩府荒圮,莫可踪迹,乃祷于盱江张令公祠,梦神书"石澩"二字与之,醒而彷徨不知何地。遇一尼告曰:"石澩在闽广之交,阻兵难行。幸有曲径,七日可达。"

如其言,历尽危险,竟至其地。父母依村农姚氏居焉,母子相持而泣。父已死矣,乃持丧奉母而归。所居村名"见娘堡",名已奇矣。尤奇者,长史避难时,携家谱一册自随,戊子岁,其母闻窸窣声出自箧中,以为鼠也,启视无有,闭则复然。一日,见绯衣人数辈冉冉从箧中走出,益大惊,逾时而孝子至。

此事载姜西溟文集中,韩尚书菼为之表墓。

鬼糊涂

乾隆三十九年,京师有无赖子韩六殴伤其父,刑部审明,下狱拟斩。侍郎某以所殴非致命处,意欲减等发落。大司寇秦公奏:"名分所关,理宜正法。"奉旨依议,遣刑部司狱司李怀中监斩。后三日,鬼附李身,口称:"诸大人业已宽我,而汝来斩我。我死不甘,故来索命。"闻者骇然,以为此鬼糊涂,然而李竟不起。

鬼势利

张八郎有所欢婢,婚后弃之。婢幽怨成疾,临死曰:"我不饶八郎!"语毕气绝。忽又张目曰:"八郎运甚旺,不能报仇,我捉八奶奶也是一样。"未二年,八郎夫人竟以产亡。

鬼相思

岳州张某,号"鬼三爷",以其行三,为鬼所生故也。父某府学廪生,妻陈氏有色,忽凭妖,自称郧阳小神,白昼现形,与之交接。张虽同床,无故自离，若有梏其手足者。其家遍请符箓，毫无效验。三月后，陈氏受胎生子，空中群鬼啾啾争来作贺，掷下纸钱无数。张忿甚，将到龙虎山求救于天师。

忽一日，小神跟跄来，汗如雨下，语其妻曰："吾儿闯祸！昨夜入汝邻毛家偷其金盆，被他家所挂钟馗拔剑相逐，我惧，为所伤，不得已急走，将金盆掷在巷西池塘中，脱逃来此。汝速具酒，替我压惊。"

次日，妻告张，张往毛府刺探，果失金盆，合家喧吵，将控官捉贼。张止之曰："我有法替汝取来，作何谢我？"毛氏大喜，曰："果得金盆，凭君取索。"张诡作念咒状，良久，唤毛氏家人径往塘所，命善泅者入水取之，果得金盆。毛延张上座，问："以何物作谢？"张笑曰："我读书人，不受财帛，只须君家收藏书画与我一二件足矣。"其家尽出所藏，张选取文徵明芙蓉一幅。其家觉谢礼太薄，心抱不安。张乃指壁上所挂钟馗像曰："赐此画，凑成两件何如？"毛氏唯唯。张取归，悬空中，小神从此永不再来，但闻园中树上鬼哀哭三日。人称"鬼相思"云。

关神世法

康熙癸卯举人江闿，选某县令，丁忧归。将起复时，梦有甲士来，自称周仓，服饰如今庙中所塑而少年无须，手持名帖，上写"治年家弟关某顿首拜"。惊醒大笑，以为关帝行此世法。未几，选山西解梁知县。往谒武庙，旁塑周仓，果少年无须者也，面貌恍如梦中。乃捐俸重修神庙，后竟卒于任所。江公即于九太守之叔，太守为余言。

乡试弥封

皖江程叔才，名思恭，学问博雅，注陈检讨四六得名。以平时好古，不喜时文，其师唐赤子太史责之曰："科名进身，非此不可。今岁入场之年，汝宜留意。"因强之诵读金、陈诸大家文，程唯唯，终非所好，《四书体注》等书，临场并不翻阅。

康熙戊戌科，江南首题《举贤才焉知贤才而举之》，次题《大哉圣人之道》。程三场毕，自言首篇颇得意，唐太史读之喜曰："颇可望魁。"程急取案头《中庸》一看，愕然丧气喑曰："不中用了。我只道'大哉圣人之道'在'礼仪三百、威仪三千'之下，故领题、出题俱承接此二句，今方知是开首第一句，则通身犯下矣，其不中尚复何言。"唐亦为之悼叹。

已而榜发，竟中第五名。唐不解所以得售之故，往见主试，将探问之。主试某，故唐公同年，一见笑曰："今年科场中有笑语，兄知否？"唐问故，曰：

"皇上有密旨，谓诸生关节都放在破承、领题、出题三处，今岁将此三处尽行弥封，故有程某文字领题、出题全行犯下，竟中五魁，将来磨勘，定受参罚，奈何？"唐笑而不言。后叔才先生果被吏部磨勘，罚停一科。

两汪士铉

顺治间，徽州汪日衡先生元旦梦行天榜：会元汪士铉。先生乃改名应之，竟终身不第。直至康熙某科，汪退谷先生中会元，榜名士铉。相隔四十馀年，日衡先生死久矣，孙某记乃祖之言，相与叹造化弄人，亦觉无谓。

雷击土地

康熙间，石埭令汪以炘素与其友林某交好。后林死，为石埭土地神，每夜间，阴阳虽隔，而两人来往如平生欢。土地私谓汪曰："君家有难，我不敢不告，第告君后，恐我难逃天谴。"汪再三问，曰："尊堂太夫人分当雷击。"汪大惊，号泣求救。土地曰："此是前生恶劫，我官卑职小，如何能救？"汪泣请不已，神曰："只有一法可救，汝速尽孝养之道，凡太夫人平日一饮一馔、一帐一衣，务使十倍其数，浪费而暴餐之，庶几禄尽则亡，可以善终，雷虽来无益也。"汪如其言，其母果不数年而卒。

又三年，天雨，雷果至，绕棺照耀，满房硫磺气，卒不下，破屋而出，飞击土地庙塑像成泥。

张光熊

直隶张光熊，幼而聪俊，年十八，居西楼读书。家豪富，多婢姜，而父母范之甚严。七月七日，感牛郎织女事，望星而坐，妄想此夕可有家婢来窥读书者否？心乍动，见帘外一美女侧身立，唤之不应。少顷，冉冉至前。视之，非家中婢也。问："何姓？"曰："姓王。"问："居何处？"曰："君之西邻。晨夕见郎出入，爱郎姿貌，故来相就。"张喜，即与同榻。此后每夕必至。

有家僮伴宿，女谓张曰："小奴不宜在此，可麾令远宿，听唤再至。"张遣奴，奴不肯，曰："每夜闻郎君枕席间妮妮软语，疑有别故。老主人命奴调护郎君，不敢远离。"张无奈何，以其言告女。女曰："无庸，将自困。"是夕，奴未睡熟，被一物攫去，绳缚之，挂西园树上，奴哀号求郎主救命。女笑曰："伊果知罪，远避即赦之。如敢漏泄，被老主人知者，将倍令受苦。"奴唯唯。即时绳解，奴已在地矣。

居年馀，张渐羸瘦，其父问奴，奴称郎处无他故，而意色惭沮。父愈疑，自至张斋前伺察。闻帐中有妇女声，蹑窗直入，揭帐无人，惟枕角有金簪一枝、山查花一朵。父念此地从无山查花，此必妖魅所致，怒将笞张。张不得已，以实告。父为迎名僧法官设坛禁咒。女夜间来哭谓张曰："天机已泄，请从此辞。"张亦哀恸，临别问曰："尚有相会期乎？"曰："二十年后华州相见。"从此遂绝。

张随娶陈氏，登进士第，授吴江知县。推升华州知州，而陈氏卒。其父在家为续娶王某之女，送至华州官署。成婚却扇之夕，新人容貌，宛如书斋伴宿之人，问其年，刚二十岁。或曰："此狐仙感情欲而托生也。"语从前事，恰不记忆。

赵氏再婚成怨偶

雍正间，布政司郑禅宝妻赵氏有容德，与郑恩好甚隆，以瘵疾亡。临诀誓曰："愿生生世世为夫妇。"卒之日，旗下刘某家生一女，生而能言，曰："我郑家妻也。"刘父母大惊，以为怪，嗣后遂不复语。

八岁过亲戚家，路遇郑家奴骑马冲其车，怒曰："汝郑四也，自幼卖身我家，何敢见我不下马？"郑奴愕然，因访至刘家，见女父母，具道生时之异。女归见郑四，因问："汝主安否？"并询一切妯娌上下奴婢田宅事，历历如绘，有奴所不知而女悉知者。奴归，白之郑。郑亦至刘家，女谛视涕泣，絮语良久。时鄂西林相公以为两世婚姻，亦太平瑞事，劝郑续娶刘女。十四岁即行合卺之礼。时郑年六旬，白发飘萧，兼有继室。女嫁年馀，郁郁不乐，竟缢死。

袁子曰：情极而缘生，缘满而情又绝，异哉！

童其澜

绍兴童其澜，乾隆元年进士，官户部员外。一日，值宿衙门，与同官数人夜饮，忽仰天咤曰："天使到矣。"披朝衣再拜俯伏。同官问："何天使？"童笑曰："人无二天，何问之有？天有敕书一卷，如中书阁诰封，云中金甲人捧头上而来，命我作东便门外花儿闸河神。将与诸公别矣。"言毕泣下，同官以为得狂易之疾，不甚介意。

次早，大司农海望到户部，童具冠带长揖辞官，具白所以。海曰："君读书君子，办事明敏，如有病，不妨乞假，何必以神怪惑人？"童亦不辨，驾车归家，不饮不食，将家事料理。三日，端坐而逝。

东便门外居民闻连夜呼驺声，以为有贵官过，就视无有。花儿闸河神庙中道士叶某梦新河神到任，白皙微须，长不逾中人，果童公貌也。

镜山寺僧

钱塘王孝廉鼎实，余戊午同年。少聪颖，年十六举于乡。三试春官不第，有至戚官都下，留之邸中。偶感微疾，即屏去饮食，日啜凉水数杯，语其戚曰："予前世镜山寺僧某也，修持数十年，几成大道。惟平生见少年登科者，辄心艳之；又华富之慕未能尽绝，以此尚须两世堕落，今其一世也。不数日当托生华富家，即顺治门外姚姓是也。君之留我不出都，想亦是定数耶！"其戚劝慰之，王曰："去来有定，难以久留，惟父母生我之恩不能遽割。"乃索纸作别父书，大略云："儿不幸客死数千里外，又年寿短促，遗少妻弱息，为堂上累。然儿非父母真子，有弟某乃父母之真子也。吾父曾忆某年在茶肆与镜山寺某僧饮茶事耶？儿即僧也。时与父谈甚洽，心念父忠诚谨厚，何造物者乃不与之后耶？一念之动，遂来为儿。儿妇亦是幼年时小有善缘。镜花水月，都是幻聚，何能久处？父幸勿以真儿视儿，速断爱牵，庶免儿之罪戾。"其戚问："生姚家当以何日？"王曰："予此生无罪过，此灭则彼生，不须轮回。"

越三日巳刻，索水盥漱毕，趺坐胡床，召其戚，欢笑如平时，问："日午未？"曰："正午。"曰："是其时也。"拱手作别而逝。其戚访之姚家，果于是日生一子，家业骡马行，有数万金。

江秀才寄话

婺源江秀才号慎修，名永，能制奇器。取猪尿脬置黄豆，以气吹满，而缚其口，豆浮正中。益信"地如鸡子黄"之说。有愿为弟子者，便令先对此脬坐视七日，不厌不倦，方可教也。家中耕田，悉用木牛。行城外，骑一木驴，不食不鸣。人以为妖，笑曰："此武侯成法，不过中用机关耳，非妖也。"置一竹筒，中用玻璃为盖，有钥开之。开则向筒说数千言，言毕即闭。传千里内，人开筒侧耳，其音宛在，如面谈也；过千里，则音渐渐散不全矣。

忽一日自投于水，乡人惊救之，半溺而起，大恨曰："吾今而知数之难逃也。吾二子外游于楚，今日未时三刻，理应同溺洞庭。吾欲以老身代之。今诸公救我，必无人救二子矣。"不半月，凶问果至。此其弟子戴震为余言。

卷十四

勾魂卒

苏州余姓者，好斗蟋蟀，每秋暮，携盆往葑门外搜取，薄夜方归。

一日归晚，城门已闭，余惊骇无计，徘徊路侧。见二青衣远来，履囊囊有声，向余笑曰："君此时将安归乎？我家离此不远，盍宿我家？"余喜从之。至则双扉大启，室中置旧书数部，磁瓶铜炉各一。余手持蟋蟀十数盆，腹饿甚，映灯而坐。二青衣各持酒脯来，相与对啖。隐隐闻病者呻吟乃众人喧杂声，余问故，二人曰："此邻家患病者势甚迫故也。"

未几，漏下五鼓，二人相与耳语曰："事宜办矣。"出靴中文书一通，谓余曰："请君呵气纸上。"余不解其故，笑而从之。呵毕，二青衣喜，以脚跨屋上而舞，长丈馀，皆鸡爪也。余大惊，正欲问之，二人不见，壁外哭声大作。余方知所遇非人，是勾魂鬼也。

天明，启户欲出，则门外扃锁甚固，不得出，乃大呼。丧家人惊，开锁入，以为贼也，争殴之。余具道所以，且指蟋蟀盆为证曰："岂有行窃而携此累坠物者乎？"丧家人亦有相识者，始得免。所餐酒脯盘盒，俱丧家物也，竟不知从何处携入，己身亦不解从何而进。

赵西席

山东按察司白映棠，家延一西席，姓赵名康友，康熙丁卯孝廉，宾主师弟俱各相得。元宵张灯，彼此宴饮散，孝廉就寝书斋。次日薄午不起，有小僮户外窥之，见孝廉头上插纸花双枝，两手反接，口微笑而目斜瞪，赤身僵立。僮大惊，唤主人踢户入，则已死矣。当胸一圆洞，通于背，大如碗，中无心肝，不知被何物探去。插花反缚剥衣者，像牲牢之形，以戏之也。

杨四佐领

杨四佐领者，性直而和，年四十馀，忽谓家人曰："昨夜梦金甲人呼我姓名，云：'第七殿阎罗王缺无人补，南岳神已将汝奏上帝，不日随班引见，汝速作朝衣朝冠候召。'予再三辞，金甲神曰：'已经保奏，无可挽回，但喜所保者连汝共四人，或引见时上帝不用，则阳寿尚未绝。'言毕去。梦兆如此，决非偶然，家中可速制朝衣冠以待。"家人闻之，在疑信之间，犹未唤缝人为制衣也。是夕，金甲神又来唶曰："命汝制新衣而缓懈，何耶？昨玉旨已降，点汝作阎罗，不必引见矣。"杨惊醒，急语家人毕，昏晕而逝。

俗例有接煞之说，至期，家人从俗行事。有百户胡姓者，晚来临奠，过杨所居巷口，见高灯旗纛中有蟒袍而盛服者，疑为巡城察院，侍立路侧。方谛视间，杨在车中大呼曰："胡某毋恐，我阴间到任，少一判官，将仗君助我。"胡惊惧，自道："亲老，不可即死。"杨曰："我已奏上帝，事无可商。汝亲老，吾亦知之，当令我妹夫张某代汝养母。"言毕不见。

胡奔至家，深悔临奠之行，与其母相对悒悒。有叩门者持银一封曰："我杨四佐领之妹夫张某也。昨梦阎罗王召去，命以五十金助汝家养膳之费。阎罗所命，不敢有违，故来奉赠，且速驾也。"胡自知将死，出外辞亲友，越三日卒。

蓝顶妖人

扬州商人汪春山，家畜梨园。有苏人朱二官者，色伎俱佳，汪使居徐宁门外花园。一日，邻家失火，火及园，朱逃出巷。巷西有二美人倚门立，以手招之，朱遂入。二美自称亦姓汪，春山族妹也。语方浓，一豹裘而蓝顶者来，云是二美之父，年五十许，强朱为婿。朱虽心贪女美，而自诉家贫，无以为聘。蓝顶者云："无妨，一切费用，我尽任之。"朱欲回苏告父母，蓝顶者云："汝归苏可也，但吾女贪汝貌而为婚，自知非偶，切勿通知吾侄春山为嘱。"

朱买舟，同抵阊门。语其父。父故木匠，亦以娶媳无力为辞。蓝顶者助钱二千为婚费，钱皆康熙通宝，朱丝穿。二官携归，路遇捕役尾之，曰："此朱绳穿钱乃某绅官家压箱钱，汝为盗验矣。"将擒送官。二官告以故。一市之人聚观，以为怪。且曰："必见蓝顶者才释汝。"二官云："吾岳翁以钱与我，原约今日为婚，少顷新人花轿至矣，君等伺之。"众以为然。果远远闻鼓乐声，四人皆红半臂异花轿至。众人哄而往，揭帘，一青面獠牙者坐焉。众大骇，并役亦奔散。二官得脱于祸，急归家，则蓝顶者高坐堂中骂曰："吾戒汝勿泄，而汝竟告众人，且聚而捕我，何昧良若是？"呼杖杖之，二女为哀求免。成婚匝月，偕还扬州。

又岁馀，二女置酒谓二官曰："缘尽矣，请郎还乡。"二官不肯，泣，二女亦泣。如是者数日，蓝顶者忽来驱逼其女，二官攀衣不放。蓝顶者怒，以手撮二官向空中掷之，冥然坠地，及醒，已在虎丘后山。

蒙化太守

无锡曹五辑为云南蒙化太守，其子某，庚午举人，江苏巡抚庄滋圃之门生。乾隆二十一年，无锡大疫，华剑光之子某素好行善，出古画数幅，托孝廉售之，嘱曰："得八百金，为本邑埋葬死人之费。"曹带往苏州，以画呈庄公。庄念曹本义举，画亦佳，竟与八百金。曹归，以八十金付华曰："价只此。"华无奈何，勉力补凑，得数棺，为瘗其暴骨者，馀棺犹有待也。

未几，孝廉病卒。太守哀悼不已，焚牒于东岳神，自称："居官清正，子无罪，不宜得此报。"归而假寐，见青衣人持东岳神帖请往。至大殿外，神迎于阶下曰："公见责良是,但尔子近为不肖之行,屯人之膏,令千百人骨暴原野。公不信,可归至尔子书斋启笥视之。"言毕,命人拥一囚至,枷锁锒铛,即其子也,太守抱之哭。惊醒,急往其子书斋启笥,尚馀七百馀金。询其仆,方知鬻画匿价之事,其子媳亦未知也。太守自此哀子之思为之少衰。

店主还债

甘泉县役邹姓者,月夜过西门大街。夜已三鼓,路无行人,邹见槐树下小屋门开,一女倚门立。邹伪吃烟取火者就之,女勿避。邹喜,携女入屋,坐凳上密谈,约以次日复往。明早伺之,槐树下并无居人,一厝棺小屋也。从窗外窥,条凳宛然,凳上灰痕有两人并坐形迹,心知鬼迷,意忽忽不乐。

一日早起,谓其妻曰:"有人欠我银七两二钱,我将往索。"已而不反。次日,闻街前轰轰云:"某茶馆有人饮茶暴卒,馆主人报官,验无他故,饬店主买棺殓之,招尸亲识认。"妻闻往视,果其夫也。问主人棺价,适符七两二钱之数。

许氏女报奶娘仇

杭州许某,业盐,家生女才四十日,忽遍身红肿而死。五日后,附魂于小婢,口称:"我为你家女儿,命不该死。实因奶娘不好,自家贪睡,将我放在大厅阶檐下,全不照管,被左邻开丧人家煞神走过,触犯而死。我今要向奶娘讨命。"许氏爷娘闻之悲泣,告以"奶娘乃海宁人,自汝死后,彼已去矣,从何处往报耶?"女云:"取身契看,便知住处。"如其言,乃注视良久曰:"勿劳爷娘,我自会往报,但烧纸船一只与我。"许家烧与之,婢蹶然起矣。嗣后奶娘存亡,许亦不复往问。

蛊

云南人家家畜蛊,蛊能粪金银,以获利。每晚即放蛊出,火光如电,东西散流。聚众噪之,可令堕地,或蛇,或虾蟆,类亦不一。人家争藏小儿,虑为所食。养蛊者别为密室,命妇人喂之,一见男子便败,盖纯阴所聚也。食男子者粪金,食女子者粪银。此云南总兵华封为予言之。

鸩人取香火

杭州道士廖明,募钱立圣帝庙塑像。开光之日,乡城男妇蜂集拈香。忽一无赖来,昂然坐圣帝旁,指像侮慢之。众人苦禁,道士曰:"不必,听其所为,当必有报。"须臾,无赖仆地,呼腹痛,盘滚不已,遂死,七窍血流。众大骇,以为圣帝威灵,香火大盛,道士以之致富。

逾年，其党分财不匀出首："去年无赖之慢神，乃道士贿之，教其如此。其死，乃道士先以毒酒饮之，而无赖不知也。"有司掘验其骨，果青黑色，遂诛道士，而圣帝香火亦衰。

科场二则

江西周学士力堂，癸卯乡试，题是"学而优则仕"一节，文思幽奥，房考张某不能句读，怒而批抹之，置孙山外。晚间，各房考归寝，张忽呓语不止，自披其颊曰："如此佳文，而汝不知，尚忝然作房考乎！"自骂自击不止。家人以为中风，急请众房考来。检视之，得所抹周卷，读之，俱不甚解，乃曰："试荐之何如？"大主考为礼部侍郎任公兰枝，阅而惊曰："此奇文，通场所无，可以冠多士也！"会副主考德公阅文倦，假寐几上，伺其醒，告之。德公问："何字号？"曰："男字第三号。"德曰："不必阅文，竟定解元可也。"任问故，曰："我寝方酣，忽见金甲神向我贺曰：'汝第三儿子中解元矣。'今得'男字三号'之卷，岂非其验耶！"言毕阅文，亦大加叹赏，遂定此科第一。榜填后，众问周本房某梦中呓语之故，茫然不知。周后为福建巡抚，总督南河。

雍正丙午，江南乡试，其时聘各近省甲科司分校事，皆少年英俊。有张垒者，科分既久，自居前辈，性尤迂滞，每晚必焚香祝天曰："垒年衰学荒，虑不称阅文之任，恐试卷中有佳文及其祖宗有阴德者，求神明暗中提撕。"众房考笑其痴，相与戏弄之：折一细竿，伺其灯下阅卷有所弃掷，则于窗纸外穿入挑其冠。如是者三。张大惊，以为鬼神果相诏也，即具衣冠向空拜，又祝曰："某卷文实不佳，而神明提我，想必有阴德之故。如果然者，求神明再如前指示我。"众房考愈笑之，俟其将弃此卷，复挑以竿。张不复再阅，直捧此卷上堂，而两主司已就寝矣，乃扣门求见，告以深夜神明提醒之故。大主考沈公近思阅其卷曰："此文甚佳，取中有馀，君何必神道设教耶？"众房考嗫口不敢言。及榜发，见此卷已在榜中，各哗然，笑告张曰："我辈弄君。"张正色曰："此非我为君等所弄，乃君等为鬼神所弄耳。"众亦折服。

狸称表兄

六合老梅庵多狸，夜出迷人，在窗外必呼人字，称曰表兄。人相戒不答，则彼自去。有夏姓少年读书庵中，月夜闻呼，疑为人也，开窗答之。见一妇人招手，而貌颇粗恶，意欲相拒。竟被拥抱入室，扯脱下衣，大吸其势，精尽乃去。据云其力甚大，不能自主，且毛孔腥臊，所经之处，皆有馀臭，经月始散。

陆大司马坟

杭州陆大司马家方卜葬时，其子某听形家言，以千金买清波门外地。初下窆时，启得一棺，形制甚伟。众戚友咸劝毋动旧棺，别穿一穴。陆不可，曰："我以重价买地，彼何人敢占我耶？"掘而弃之。

是夕，陆得病，自批其颊，口称葛老太太，云："汝夺我安宅，以而父为尚书耶？我儿子亦前明侍郎也。"问："为谁？"曰："葛寅亮。于谊为乡亲，于科名为前辈。葬汝父，抛我骨，汝父安乎？"陆大司马夫人率全家泣请延僧斋醮，烧纸钱十万，葛老太太似有允意。忽又作侍郎公语曰："伤我母坟，不可逭也。"少顷，又作族祖梯霞先生口吻，从中说情。侍郎终不允，卒索其命去。

当鬼祟时，陆有戚舒十九者，新馆选翰林归，在旁劝曰："陆某以价买坟，何名为夺？"鬼在陆口骂曰："后生小子，新得一官，敢来谗言，恐自身难保耳。"陆亡后月馀，舒亦亡。

鬼受禁

上虞令邢某，与妻素不睦，因口角批其颊，妻怒自缢。三日后，见形为祟，伺邢与妾卧，便吹冷风揭帐，或灭其灯。邢怒，请道士持咒作法，摄鬼于东厢，而以符封之，加官印焉，鬼竟不至。

亡何，邢调知钱塘，后任上虞者来开厢房，鬼得出，遂附一小婢身作祟如故。后任官呼鬼语曰："夫人与邢公有仇，与小婢无涉，何故害之？"鬼曰："非敢害丫鬟，我借附他身以便求公。"问："何求？"曰："送我到钱塘邢某处。"曰："夫人何不自行？"曰："我枉死之鬼，沿路有河神拦截，非公用印文关递不可，并求签两差押送。"问："差何人？"曰："陈贵、滕盛。"二人者，皆已故役也。后任官如其言，焚批文解送之。

邢公方在寝室晚膳，其妾忽倒于地大呼曰："汝太无良，汝逼我死，乃禁我于东厢受饥饿耶？我今已归来，不与汝干休。"自此，钱塘署中日夜不宁。邢不得已，再请道士作法，加符用印，封移钱塘狱中。鬼临去呼曰："汝太丧心，前封我于东厢，犹是房舍；今我何罪，而置我于狱乎？我有以报汝矣。"

未逾月，狱有重犯自缢死，邢因此被劾罢官。大惧，誓将削发为僧，云游天下。同寅官有捐资助其衣钵者，未及行而病卒。

狐鬼入腹

李鹤峰侍郎之子鹩，字医山，辛巳翰林，能诗文，兼好宋儒理学。灯下读书，忽两女子绝美，来与戏狎，李不为动。少顷，李晚膳毕，忽腹中呼曰：

"我附魂茄子上，汝啖茄即啖我也，我已居汝腹中，汝复何逃？"即灯下女子声。李自此两目瞠然，若迷若痴，或以手自批其颊；或大雨，首顶一石跪雨中，衣裳淋漓，不敢入内；或对人膜拜，拉之不起。面色黄瘦，日渐不支。

鬼常借李君手作字与人酬答。其同年蒋君士铨往视之，问："汝貌甚佳，何不来诱我而必从李君耶？"李手书二字曰："无缘。"蒋又问："汝绝世佳人，何为居腹中污秽之地？"李手书二字骂曰："下足。"

时江西巡抚吴公与侍郎善，乃招李往，为延张天师，设坛于滕王阁。斋三日，诵咒三日，其法官悬牌曰："三月十五日拿妖。"临期，观者如堵，天师上坐，法官旁坐，令李跪，张其口向法师。法师伸两指入其口，撮而掷之，一小狐如猫从口中出，呼曰："我为姊探信，不料被擒，姊慎毋出。"腹中应声曰："唯。"方知腹中尚有一妖。

天师封符于坛，投之大江。李微觉神清，而腹中叹息之声大作，曰："我与汝有宿世冤。因寻汝不着，故拉仙姑同来，不料反为彼祸，使我心转不安。我愈不饶汝矣。"言毕，腹痛不止。天师问法官："李翰林可救乎？"法官取镜照其腹曰："此是翰林前生冤鬼，非妖也。法箓不能治。"天师以告中丞，中丞亦无奈何，仍送李还家养病，遂卒。

怪诈人父

李玉双孝廉家有婢，名春云，颇有姿，年十五，李欲纳为姜，与其妻有成说矣。春云白日见瓦上一男子下，拥其髻而嗅之曰："汝发甚香，当大贵，宜从我，勿从主人。主人处馆穷儒，虽中举，不过一教官终耳。你向主人言，命其让我，且供我酒馔，我便赘汝家。"玉双闻之大怒，然亦无如何。是夜，怪竟来与婢配合。婢求主人具酒馔，如其言，则日夜安宁；否则，飞砖掷瓦之祸毕作。玉双不得已，与人谋将此屋招人承买。

玉双馆于望仙桥施氏，不常在家。一日者，商人孙耕文来看屋，敲门，有苍须老翁衣灰鼠袍出迎，摇手曰："此屋是我祖遗，并未出卖，勿听小儿玉双妄语，私相授受，将来要受讼累。"孙大骇，走告玉双，责以"父在，子不得自专"。玉双曰："先君亡已十馀年，家中并无此翁。"乃知为怪所揶揄，冒认为父，彼此大笑。

自后，人知屋有怪，屡卖不成。玉双乃命婢父母领女还家，勿索身价。婢髡面剪发，誓不肯归。其母虑为怪所害，以绳缚之，捆载还家，另嫁一士人。怪竟不来。

皂荚下二鬼

丹阳南门外吕姓者，有皂荚园，取利甚大。每结实时，吕氏父子守之，防有偷者。一夕月下，其父坐石上看树，树下有蓬发鬖鬖然从土中出，惧而不视，呼其子往曳之。有红衣女子訇然起，父惊仆地，其子狂奔入室。女追之，至大门，忽僵立不动，一足在门外，一足在门内。子大呼，家人持刀杖齐集，畏其冷气射人，俱不敢近。女子从容起行，伛身入床下，遂不见。其子持姜汤灌醒其父，扶以归，招邻人共掘床下，果一朱棺中有红衣女尸，如夜所见。嗣后，父子不敢看园守树矣。

逾三日，皂荚树下又有仆于地者，吕氏子亦灌醒之，问其由来，曰："我西邻也，见君家皂荚甚多，无人看守，故来偷窃。不意见树下有无头人以手招我，我故骇而仆地。"其子又集人掘之，得黑棺，埋一无头尸，皆僵不腐。聚而焚之，其怪遂绝。

中山王

江宁布政司署，为徐中山王故府，中有宁安殿，供奉中山王像。一几一椅，灰高数寸，例不敢拭，拭者有灾。帐幕桌帏，俱以黄绫为之。乾隆四十年，方伯某上任之日，即往行香，心念中山王爵虽贵，亦人臣也，帷幔黄色，似乎太僭，命以红绫易之。是夕，火光照耀。急往视之，则一帐一帏，俱已焚尽，而几案丝毫无伤。细查并无引火之物，于是悚然怖惧，仍以黄色绫易之。

状元不能拔贡

状元黄轩自言：作秀才时，屡试高等。乙酉年，上江学使梁瑶峰爱其才，以拔贡许之。临试之日，头晕目眩，握笔一字不能下。梁不得已，以休宁县生员吴鹤龄代之，及榜出后，病乃霍然。从此灰心于功名，自望得一县佐州判官心足矣。后三年，竟连捷，以至廷试第一。而吴鹤龄远馆溧水，以伤寒病终，终于贡生。

谨权量

方敏悫公署直隶按察使时，饶阳民妇侯萧氏拒奸被杀，有周秋者迹可疑，而狡诈不肯吐实，悬案二载。公阅案牍尽三鼓，坐而假寐，梦一人持素纸，下宽上窄，缺左角，中有方孔，孔下有"谨权量"三字。寤后细思："周"字下宽左缺，而"谨权量"三字皆"土"字在下，移土之文于方孔之上，则成"周"字，且月令"谨权量"三字乃秋政也，凶人为周秋无疑矣。一讯而服。此事载公行状中。

拘　忌

有侍郎某，性多拘忌，每遇人谈有"死丧"二字，必作喷嚏以啐散之；路逢殡柩，则急往亲友家，解下衣帽，扑散数次，以为将晦气撒在人家，与己无与矣。又薛生白常往李侍郎家看病，清晨往，待至日午始出。侍郎以面向内，以背向外，两公子扶之而行；坐定诊脉，口答病源，终不回顾。薛大骇，疑其面有恶疾，故不向客。问其家人，家人云："主人貌甚丰满，并无恶疾，所以然者，以某日喜神方在东，故不肯背之而出。又是日辰巳有冲，故必正午方出耳。"

奇　术

康熙间，成其范善风角。三藩之变，成为中书，凡千里外用兵之事，日有所奏，皆奇验，以此官至理藩院侍郎。常赴席东华门张参领家，已坐定矣，忽脱冠带置几上，谓主人曰："我腹痛，将如厕。"出门呼其舆夫，飞奔而归。舆夫问故，摇手曰："我与汝三人皆此日劫中人，我不敢不到，故留衣冠以厌之。"言未毕，东华门火药局火发，延烧数十家，张参领家已为灰烬。

又有计小堂者，以妖言惑众，充发黑龙江。至旅店中，饭桌仄小，解差三人不能同坐，小堂以手扯之，顷刻桌长三尺。差役曰："汝以此得罪，尚不悛改，而作此狡狯乎！"小堂怒而起，拉其所乘马送入墙内，仅留一尾在外摇摆。差哀求，乃拔其尾而出之。至配所，与某将军交善。一日，忽来泣曰："缘尽矣，不知何时再见。"挥手作别。将军留之不可，但见小堂冉冉升空而去。将军速到彼帐中访之，则已死矣。

狐仙自缢

金陵评事街张姓屋西书楼三间，相传有缢死鬼，人不敢居，封锁甚密。一日，有少年书生盛衣冠而来，求寓其家。张辞以家无空屋，书生愠曰："汝不借我，我自来居，日后冒犯无悔！"张闻其言，知为狐仙，诡云："西边书房三间，可以奉借。"因此房有鬼，私心欲狐仙居为之驱除，然口不言其故。书生喜，揖谢而去。次日，闻楼中有笑语声，连日不断。张知狐仙已来，日具鸡酒供之。未半月，楼上寂然无声，张疑狐仙已去，将重封锁其门。上楼视之，有黄色狐自缢于梁上。

高白云

四川高白云先生，名辰，辛未翰林，长于天文占验之学，尝就馆于岳大将军家。宰娄县，观星象，知山东氛恶，已而果有王伦之事。

未遇时，请乩仙问终身，仙赠诗云："少时志业蛟潜蛰，老去功名凤峙冈。"先生不解。后由祠部主事升凤阳府同知，未到任，卒。其子扶榇来江宁，厝于仪凤门外，方悟乩仙第二句之应。

梁观察梦应

广东梁兆榜观察，其族某素奉佛，妻有娠，梦观音大士谓曰："汝生子，可名兆榜，将来是三甲第八名进士。"惊醒，果生一男，夫妇甚喜，以兆榜名之，即为捐监，以待入场。及年长，顽蠢异常，不能识字，留监照无用，乃以与族侄使下场，即观察也。果庚午、辛未连捷，会试，出侍郎双公门。将殿试时，双公欲为送表联于读卷官，观察辞曰："门生先有梦兆，已定为三甲第八名进士。殿试前列，似难以人谋也。"双公笑而不信。殿试榜发，竟得二甲六十八名，双公愈笑其诞，观察亦疑梦之不足凭矣。是科进呈十卷，第一名为某相国之子，上改拔杭州吴鸿为状元，嫌二甲八十名太多，命分二十卷，置三甲，于是梁公仍为三甲第八名进士。双公叹曰："《易》称'圣人先天而天不违'，斯言信矣。"

大胞人

壬辰二月间，余过江宁县前，见道旁爬一男子，年四十馀，有须，身面缩小，背负一肉山，高过于顶，黄胀膨亨，不知何物。细视之，有小窍，而阴毛围之，方知是肾囊也。囊高大，两倍于其身，而拖曳以行，竟不死。乞食于途。

钱文敏公梦辛稼轩而生

钱文敏公维城，初名辛来，以其尊人梦辛稼轩而生公故也。改名后乃字稼轩，以存梦谶。乙丑科前四月，梦行天榜：状元李某，已为探花，榜眼不著姓名。后榜发，公为状元，而李某竟在二甲，以知县用，亦不可解。

鬼入人腹

焦孝廉妻金氏，门有算命瞽者过，召而试之。瞽者为言往事甚验，乃赠以钱米而去。是夜，金氏腹中有人语曰："我师父去矣，我借娘子腹中且住几日。"金家疑是樟柳神，问："是灵哥儿否？"曰："我非灵哥，乃灵姐也。师父命我居汝腹中为祟，吓取财帛。"言毕，即捻其肠肺，痛不可忍。

焦乃百计寻觅前瞽者，数日后遇诸途，拥而至室，许除患后谢以百金，瞽者允诺，呼曰："二姑速出！"如是者再。内应曰："二姑不出矣。二姑前生姓张，为某家妾，被其妻某凌虐死。某转生为金氏。我之所以投身师父作樟柳神者，正为报此仇故也。今既入其腹中，不取其命不出。"瞽者大惊曰："既是宿孽，我不能救。"遂逃去。焦悬符拜斗，终于无益。每一医至，腹中人曰："此庸医也，药亦无益。"且听入喉。或曰："此良医也，药恐治我。"便扼其喉，药吐而后已。又曰："汝等软求我尚可，若用法律治我，我先啮其心肺。"嗣后，每闻招僧延道，金氏便如万刃刺心，滚地哀号，且曰："汝受我如此煎熬，而不自寻一死，何看性命太重耶？"

焦故彭芸楣侍郎门生，彭闻之，欲入奏诛瞽者。焦不欲声扬，求寝其事。金氏奄奄垂毙。此乾隆四十六年夏间事。

牛僵尸

江宁铜井村人畜一牝牛，十馀年生犊凡二十八口，主人颇得其利。牛老，不能耕，宰牛者咸请买之。主人不忍，遣童喂养，俟其自毙，乃掩埋土中。是夜，闻门外有击撞声，如是者连夕，初不意即此牛。月馀，为祟更甚，闻吼声蹄响。于是一村之人皆疑此牛作怪，掘验之：牛尸不坏，两目闪闪如生，四蹄爪皆有稻芒，似夜间破土而出者。主人大怒，取刀断其四蹄，并剖其腹，以粪秽沃潴之。嗣后寂然，再启土视之，牛朽腐矣。

袁州府署大树

江西袁州府署后园，有大树高十馀丈，每夜有两红灯悬其巅。或近视之，必有泥沙抛掷，春夏则蜈蚣蛇蝎下焉，人以故不敢狎亵。乾隆年间，有敏姓者来为太守，恶其为妖，召匠数人持刀斧伐树。宾僚妻子，无不谏者，太守不为动，自坐胡床，督匠伐树。树上飞下白纸一张，上有字数行，坠太守怀中。太守视之，色变而起，趣挥匠散。至今大树犹存，然终不知纸上作何语，太守亦终不为人言。

燧人钻火树

四川苗洞中人迹不到处，古木万株，有首尾阔数十围、高千丈者。邛州杨某，为采贡木故，亲诣其地，相度群树。有极大楠木一株，枝叶结成龙凤之形。将施斧锯，忽风雷大作，冰雹齐下，匠人惧而停工。

其夜刺史梦一古衣冠人来，拱手语曰："我燧人皇帝钻火树也。当天地开辟后，三皇递兴，一万馀年，天下只有水，并无火，五行不全。我怜君民生食，故舍身度世，教燧人皇帝钻木出火，以作大烹。先从我根上起钻，至今灼痕犹可验也。有此大功，君其忍锯我乎？"刺史曰："神言甚是，但神有功亦有过。"神问："何也？"曰："凡食生物者，肠胃周无烟火气，故疾病不生，且有长年之寿。自水火既济之后，小则疮痔，大则痰壅，皆火气蒸熏而成，然后神农黄帝尝百草、施医药以相救。可见燧人皇帝以前，民皆无病可治，自火食后，从此生民年寿短矣。且下官奉文采办，不得大木，不能消差，奈何？"神曰："君言亦有理。我与天地同生，让我与天地同尽。我有曾孙树三株，大蔽十牛，尽可合用消差。但两株性恭顺，祭之便可运斤；其一株性倔强，须我谕之，才肯受伐。"次日，如其言设祭施锯，果都平顺。及运至川河，忽风浪大作，一木沉水中。万夫曳之，卒不起。

鬼怕冷淡

扬州罗两峰自言能见鬼，每日落，则满路皆鬼，富贵家尤多。大概比人短数尺，面目不甚可辨，但见黑气数段，旁行斜立，呢呢絮语。喜气暖，人旺处则聚而居，如逐水草者然。扬子云曰："高明之家，鬼瞰其室。"言殊有理。鬼逢墙壁窗板，皆直穿而过，不觉有碍。与人两不相关，亦全无所妨。一见面目，则是报冤作祟者矣。贫苦寥落之家，鬼往来者甚少，以其气衰地寒，鬼亦不能甘此冷淡故也。谚云"穷得鬼不上门"，信矣。

鬼避人如人避烟

两峰云：鬼避人如人之避烟，以其气可厌而避之，并不知其为人而避之也。然往往被急走之人横冲而过，则散为数段，须团凑一热茶时，方能完全一鬼，其光景似颇吃力。

卖蒜叟

南阳县有杨二相公者，精于拳勇，能以两肩负粮船而起。旗丁数百以篙刺之，篙所触处，寸寸折裂，以此名重一时。率其徒行教常州，每至演武场传授枪棒，观者如堵。

忽一日，有卖蒜叟龙钟伛偻，咳嗽不绝声，旁睨而揶揄之，众大骇，走告杨。杨大怒，招叟至前，以拳打砖墙，陷入尺许，傲之曰："叟能如是乎！"叟曰："君能打墙，不能打人。"杨愈怒，骂曰："老奴能受我打乎？打死勿怨。"叟笑曰："老人垂死之年，能以一死成君之名，死亦何怨。"乃广约众人，写立券誓，令杨养息三日。

老人自缚于树，解衣露腹，杨故取势于十步外奋拳击之。老人寂然无声，但见杨双膝跪地叩头曰："晚生知罪了。"拔其拳，已夹入老人腹中，坚不可出。哀求良久，老人鼓腹纵之，已跌出一石桥外矣。老人徐徐负蒜而归，卒不肯告人姓氏。

借棺为车

绍兴张元公，在阊门开布行。聘伙计孙某者，陕人也，性诚谨而勤，所经算无不利市三倍，以故宾主相得。三五年中，为张致家资十万。屡乞归家，张坚留不许，孙怒曰："假如我死，亦不放我归乎？"张笑曰："果死，必亲送君归，三四千里，我不辞劳。"

又一年，孙果病笃，张至床前问身后事，曰："我家在陕西长安县钟楼之旁，有二子在家。如念我前情，可将我灵柩寄归付之。"随即气绝。张大哭，深悔从前苦留之虐。又自念十万家资皆出渠帮助之力，何可食言不送？乃具赙仪千金，亲送棺至长安。

叩其门开，长子出见。告以尊翁病故原委，为之泣下，而其子夷然，但唤家人云："爷柩既归，可安置厅旁。"既无哀容，亦不易服，张骇绝无言。少顷，次子出见，向张致谢数语，亦阳阳如平常。张以为此二子殆非人类，岂以孙某如此好人，而生禽兽之二子乎！正惊叹间，闻其母在内呼曰："行主远来，得毋饥乎？我酒馔已备，惜无人陪，奈何？"两子曰："行主张先生，父执也，卑幼不敢陪侍。"其母曰："然则非汝死父不可。"命二子肆筵设席，而己持大斧出，劈棺骂曰："业已到家，何必装痴作态！"死者大笑，掀棺而起，向张拜谢曰："君真古人也，送我归，死不食言。"张问："何作此狡狯？"曰："我不死，君肯放我归乎？且车马劳顿，不如卧棺中之安逸耳。"张曰："君病既愈，盍再同往苏州？"曰："君命中财止十万，我虽再来，不能有所增益。"留张宿三日而别，终不知孙为何许人也。

孙伊仲

常州孙文介公玄孙伊仲，赴江阴应试，舟泊于野。天将夕矣，路见古衣冠者问："何去？"曰："应试。"其人咤曰："功名富贵，可袭取乎？水源木本，可终绝乎？此之不知，应试何为？"言毕不见。伊仲恍惚如梦，归至舟中。欲不应试，同人劝行，不得已，仍至江阴。患疟甚剧，莽热时，见古衣冠者又来曰："尔无父，我无子，风雨霜露，哀哉伤心。"伊仲悚然，即买舟南归。以此言告本族，方知文介公本无子，嗣其宗人为子，后其家子孙皆嗣子所出，而嗣子之墓久不可考矣。赵恭毅公孙刑部郎中某代访得消息，墓为沈氏所占，乃为助钱议赎还之。此乾隆四十三年事。

卷十五

姚端恪公遇剑仙

国初桐城姚端恪公为司寇时，有山西某以谋杀案将定罪。某以十万金赂公弟文燕求宽，文燕允之，而惮公方正，不敢向公言，希冀得宽，将私取之。一夕者，公于灯下判案，忽梁上男子持匕首下，公问："汝刺客耶，来何为？"曰："为山西某来。"公曰："某法不当宽。如欲宽某，则国法大坏，我无颜立于朝矣，不如死。"指其颈曰："取。"客曰："公不可，何为公弟受金？"曰："我不知。"曰："某亦料公之不知也。"腾身而出，但闻屋瓦上如风扫叶之声。

时文燕方出京赴知州任。公急遣人告之。到德州，已丧首于车中矣。据家人云："主人在店早饭毕，上车行数里，忽大呼'好冷风！'我辈急送绵衣往视，头不见，但血淋漓而已。"端恪题刑部白云亭云："常觉胸中生意满，须知世上苦人多。"

吴 髯

扬州吴髯行九，盐贾子也，年二十，将往广东某藩司署中赘婿。舟至滕王阁下，白昼见一女与公差来舟中，云："寻君三世，今日得见面矣。"吴髯茫然不知所来。家人知为冤鬼，日以苕帚打其见处，无益也。从此吴髯言语与平时迥异。由江西以及广东，二鬼皆不去。

入赘之日，女鬼忽入洞房，索其座位，与新人争上下，惟新人与吴髯闻其声，云"我本汉阳孀妇，与吴狎昵，遂订婚姻，以所蓄万金与至苏州买屋开张布字号，订明月日来汉阳迎娶。不意吴挟金去，五年竟无消息。我因自经死，到黄泉哭诉，汉阳城隍移查苏州城隍，回批云：'此人已生湖南。'寻至湖南诉城隍，又查明已生扬州，及至扬州，而吴又来广东。追至江西，始得相逢。今日婚姻之事，我不能阻，但须同享荣华"等语。新人大骇，白之藩台。不得已，竟虚其位待之，始得安然。鬼差口索杯箸求食，乃另设席相待。

阅一月，吴髯告归，买舟回扬，鬼亦索舆甚迫，欲随其舆以登舟。扬州士人早知此事而不信，于吴髯抵扬之日，填街塞巷，以待其归。见其四舆入城，前果二空舆，肩舆者亦觉其若有人坐。一时好事者作《再生缘》传奇。

阅半月，吴髯妻与女鬼约修道场七日，焚冥镪于琼花观中，劝之去，女鬼欣然诺之。其时鬼差已去，道场中设女魂牌于殿之西侧，每日吴髯妻设席亲祭。至第七日，大雨，遣家人往供。家人失足跌于路，即供以泥污之馔。鬼大嚷不止。吴髯责其家人，而髯妻又约以九日道场。圆满之。故女鬼向髯妻称谢，谓吴髯曰："后十年来，再索汝命，我且暂去。"髯惧，舍身为城隍役，至期则白日睡去。至今扬之人皆知吴九胡子为活勾差。

麻 林

长随麻林与李二交好，李以贫死，而林家资颇厚。一夕，梦李登其床责之曰："我与汝平日两弟兄颇莫逆，今我死，无子孙，汝不以一豚蹄见祭我坟，何忍心也？"林唯唯许诺。李起身出户，而林犹觉胸腹上有物相压者，疑李魂未散。急起视之，乃一小猪压被上，尿矢淋漓，方知李魂附猪而来也，心大省悟。即缚小猪卖之，得二千文，为备酒肉，亲至其坟祭之。

鹤静先生

厉樊榭未第时，与周穆门诸人好请乩仙。一日，有仙人降盘书曰："我鹤静先生也，平生好吟，故来结吟社之欢。诸君小事问我，我有知必告；大事不必问我，虽知亦不敢告。"嗣后，凡杭城祈晴祷雨、止疟断痢等事问之，必书日期，开药方皆验；其他休咎，则笔卧不动。每日祈请，但书"鹤静先生"四字。向空焚之，仙辄下降，有所唱和。诗尤清丽，和"雁"字至六十首。

如是一年。樊榭、穆门请与相见，拒而不许，诸人再四恳求，曰："明日下午在孤山放鹤亭相候。"诸公临期放舟伺之，至日昃，无所见，疑其相诳，各欲起行。忽空中长啸一声，阴风四起，见伟丈夫须长数尺，纱帽红袍，以长帛自挂于石牌楼上，一闪而逝，疑是前朝忠臣殉节者也。自此乩盘再请亦不至矣。惜未问其姓名。

门户无故自开

孙叶飞先生掌教云南五华书院，正月十三夜，院门无故自开，枢限皆脱，以为大奇。次日，城中轰传家家门户昨晚皆无故自开，不知是何妖异。伺之月馀，大小平安，了无他故。

黄陵玄鹤

陕西黄帝陵向有两玄鹤，相传为上古之鸟，朔望飞鸣，居人可望不可即。乾隆初年，又有二小鹤同飞，羽色亦黑。一日，忽空中飞下大雕，以翅扑小鹤，几为所伤。老鹤知之，双来啄雕，格斗良久，云雷交至。雕死崖石上，其大可覆数亩。土人取其翅当作屋瓦，荫庇数百家。

土地迎举人

休宁吴衡,浙江商籍生员。乾隆乙酉乡试,榜发前一日,其家老仆夜卧忽醒,喜曰:"相公中矣!"问:"何以知之?"曰:"老仆夜梦过土地祠,见土地神驾车将出,自锁其门,告我曰:'向例省中有中式者,土地例当迎接。我现充此差,故将启行。汝主人,即我所迎也。'"吴闻之,心虽喜,终不信。已而榜发,果中第十六名。

孙烈妇

歙县绍村张长寿妻孙氏,父某,工武艺。孙自幼从父学年及笄,归长寿。长寿家贫,娶妇弥月即客浙西。有贼数人窥妇年少,夜往撬其门,将行不良。妇左手执烛,右手持梃与贼斗,贼被创仆地而逃。

又一年,长寿病死,妇从容执丧事。既葬,闭户自缢。邻人以妇强死,惧其为祟,集僧作佛事超度之。夜将半,僧方诵经,见妇坐堂上叱曰:"我死于正命,并非不当死而死者,何须汝辈秃奴来此多事!"僧皆惊散。

后村有妇某与人有私,将谋弑夫者,忽病狂呼曰:"孙烈妇在此责我,不敢,不敢!"嗣后合村奉孙如神。

小 芙

黔北王氏妇梦美女子认己为男子而与之合,曰:"我番禺陈家婢小芙也。子前生为仆,与我有约而事露,我忧郁死,爱缘未尽,故来续欢。"妇醒即病颠,屏夫独居,时自言笑,皆男子亵语,忘己之为女身也。久之,小芙白昼现形,家人百计驱之,莫能遣。会邻舍不戒于火,小芙呼告王氏,得免于难。王家德之,听其安居年馀。一夕谓妇曰:"我缘已尽,且得转生矣。"抱妇大哭,称"与哥哥永诀",妇颠病即已,后竟无他。

鬼宝塔

杭人有邱老者,贩布营生。一日取帐回,投宿店家,店中人满。前路荒凉,更无止所,与店主商量。主人云:"老客胆大否?某后墙外有骰子房数间,日久无人歇宿,恐藏邪祟,未敢相邀。"邱老曰:"吾计半生所行,不下数万里,何惧鬼为?"于是主人执烛,偕邱老穿室内行至后墙外,视之空地一方,约可四五亩,贴墙矮屋数间,颇洁净。邱老进内,见桌椅床帐俱全,甚喜。主人辞出,邱老以天热,坐户外算账。

是夕淡月朦胧,恍惚间似前面有人影闪过,邱疑贼至,注目视之,忽又一影闪过,须臾,连见十二影,往来无定,如蝴蝶穿花,不可捉摸。定睛熟视,皆美妇也。邱老曰:"人之所以畏鬼者,鬼有恶状故也。今艳冶如斯,吾即以美人视鬼可矣。"遂端坐看其作何景状。

未几,二鬼踞其足下,一鬼登其肩,九鬼接踵以登,而一鬼飘然据其顶,若戏场所谓"搭宝塔"者然。又未几,各执大圈齐套颈上,头发俱披,舌长尺馀。邱老笑曰:"美则过于美,恶则过于恶,情形反覆,极像目下人情世态,看汝辈到底作何归结耳!"言毕,群鬼大笑,各还原形而散。

棺盖飞

钱塘李甲,素勇,夕赴友人宴,酒酣,座客云:"离此间半里,有屋求售,价甚廉,闻藏厉鬼,故至今尚无售主。"李云:"惜我无钱,说也徒然。"客云:"君有胆能在此中独饮一宵,仆当货此室奉君。"众客云:"我等作保。"即以明晚为订。

次午,作队进室,安放酒肴,李带剑升堂,众人阖户反锁去,借邻家聚谈候信。李环顾厅屋,其傍别开小门,转身入,有狭弄,荒草蒙茸;后有环洞门,半掩半开。李心计云:我不必进弄,且在外俟其动静。乃烧烛饮酒。

至三更,闻脚步声,见一鬼高径尺,脸白如灰,两眼漆黑,披发,自小门出,直奔筵前。李怒挺剑起,其鬼转身进弄,李逐至环洞门内。顷刻狂风陡作,空中棺盖一方似风车儿飞来,向李头上盘旋。李取剑乱斫,无奈头上愈重,身子渐缩,有泰山压卵之危,不得已大叫。其友伴在邻家闻之,率众入,见李将被棺盖压倒,乃并力抢出,背负而逃。后面棺盖追来,李愈喊愈追,鸡叫一声,盖忽不见。于是救醒李甲,连夜抬归。

次日,共询房主,方知后园矮室停棺,时时作祟,专飞盖压人,死者甚众。于是鸣于官,焚以烈火,其怪乃灭。李病月馀始愈。常告人曰:"人声不如鸡声,岂鬼不怕人,反怕鸡耶?"

油瓶烹鬼

钱塘周轶韩孝廉,性豪迈。某年暑甚,偕七八人暮夜泛湖。行至丁家山下,一友曰:"吾闻净慈寺长桥左侧多鬼,曷往寻之?或得见其真面,可供一笑。"众相怂恿上岸,同行桥边,见扳夜网者挈鱼而走。孝廉熟视,是其管坟人也,乃云:"此网借我一用,明早奉还。"管坟人允之,遂付仆从肩驮此网而行。众友询故,孝廉云:"余将把南屏山下鬼一网打尽。"各大笑,遂拣山僻小路步去。

是夜月明如昼,见前林中有一妇,红衫白裙,举头看月。众友云:"此时夜深,必无女娘在外,是鬼无疑。谁敢作先锋者?"孝廉愿往,大步前进。相去半箭许,冷风吹来,妇人回身,满面血流,两眼倒挂。孝廉战栗,僵立不行,连声呼："网来！网来！"众人向前，一网打去，不见形迹，网中仅得枯木尺许。携归，敲管坟家门，借利锯寸寸锯开，有鲜血淋漓。乃买主人点灯油一瓶，携上船尾，燃火烹油，将锯断枯木送入瓶中，一时飞起青烟，竟成焦炭。

众人达旦入城告亲友云："昨夜油瓶烹鬼，大是奇事。"

无门国

吕恒者，常州人，贩洋货为业。乾隆四十年，为海风所吹，舟中人尽没，惟吕抱一木板，随波掀腾，飘入一国。人民皆楼居，楼有三层者、五层者；祖居第三层，父居第二层，子居第一层，其最高者则曾高祖居之。有出入之户，无遮拦之门。国人甚富，无盗窃事。

吕初到时，言语不通，以手指画。久之，亦渐领解。闻是中华人，颇知礼敬。其俗分一日为两日，鸡鸣而起，贸易往来；至日午则举国安寝，日斜时起，照常行事，至戌时又睡矣。问其年，称十岁者，中国之五岁也；称二十者，中国之十岁也。吕所居处，离国王尚有千里，无由得见。官员甚少，有仪从者，呼为"巴罗"，亦不知是何职司。男女相悦为婚，好丑老少，各以类从，无揽越勉强致嗟怨者。刑法尤奇，断人足者亦断其足，伤人面者亦伤其面，分寸部位，丝毫不爽。奸人子女者，使人亦奸其子女。如犯人无子女，则削木作男子势状，椓其臀窍。

吕居其国十有三月，因南风之便，附船还中国。据老洋客云："此岛号'无门国'，从古来未有通中国者。"

宋 生

苏州宋观察宗元之族弟某，幼孤依叔，叔待之严。七岁时，赴塾师处读书，偷往戏场看戏，被人告知其叔，惧不敢归，逃于木渎乡作乞丐。有李姓者，怜而收留之，俾在钱铺佣工，颇勤慎，遂以婢郑氏配之。

如是者九年，宋生颇积资财。到城内烧香，遇其叔于途，势不能瞒，遂以实告。叔知其有蓄，劝令还家，别为择配。生初意不肯，且告叔云："婢已生女矣。"叔怒曰："我家大族，岂可以婢为妻？"逼令离婚。李家闻之，情愿认婢为女，另备妆奁陪嫁。叔不许，命写离书寄郑，而别为娶于金氏。郑得书大哭，抱其女自沉于河。

越三年，金氏亦生一女。其叔坐轿过王府基，忽旋风刮帘而起，家人视之，痰涌气绝，颈有爪痕。是夜，金氏梦一女子披发沥血诉曰："我郑氏婢也。汝夫不良，听从恶叔之言，将我离异。我义不再嫁，投河死。今我先报其叔，当即来报汝夫。与汝无干，汝毋怖也。但汝所生之女我不能饶，以女易女，亦是公道报法。"妻醒，告宋生。生大骇，谋之友。友曰："玄妙观有施道士，能作符驱鬼，俾其作法牒之酆都可也。"乃以重币赂施。施取女之生年月日写黄纸上，加天师符，押解酆都，其家果平静。

三年后，生方坐书窗，白日见此婢来骂曰："我先拿汝叔迟拿汝者，为恶意非从汝起，且犹恋从前夫妻之情故也。今汝反先下手，牒我酆都，何不良至此？今我牒限已满，将冤诉与城隍神。神嘉我贞烈，许我报仇，汝复何逃？"宋生从此痴迷，不省人事。家中器具，无故自碎；门撑棍棒，空中乱飞。举家大惧，延僧超度，终于无益。十日内宋生死，十日外其女死，金氏无恙。

尸香二则

杭州孙秀姑，年十六，为李氏养媳。李翁挈其子远出，家只一姑，年老矣。邻匪严虎窥秀姑有色，借乞火为名，将语挑之。秀姑不从。乃遣所嬖某作饵，搔头弄姿，为蛊惑计。秀姑告其姑，姑骂斥之。严虎大怒詈曰："女奴不承抬举，我不淫汝不止！"朝夕飞砖撬门。李家素贫，板壁单薄，绝少亲友，严又无赖，邻人无敢撄其锋，于是婆媳相持而哭。

一日者，秀姑晨起梳头，严与其嬖登屋上，各解裤挺其阳以示之。秀姑不胜忿，遂密缝内外衣重重牢固，而私服盐卤死。其姑哀号，欲告官，无为具呈者。忽有异香从秀姑所卧处起，直达街巷，行路者皆愕眙相视。严虎知之，取死猫死狗诸秽物罗置李门外，以乱其气，而其香愈盛。适有总捕厅某路过，闻其香怪之，查问街邻，得其冤，乃告知府县，置严虎于法，而旌秀姑于朝。至今西湖上牌坊犹存。

荆州府范某乡居，家甚富，而早卒，子六岁，倚其姊以居。姊年十九，知书解算，料理家务甚有法。族匪范同欺其弟幼，屡来借贷，姊初应之；继为无厌之求，姊不能应。范同大怒，与其党谋去其姊，为吞噬计，乃俟城隍赛会时，沉其姊于河。又缚沉一钱店少年，以两带束其尸，报官相验，云："平素有奸，惧人知觉，故相约同死。"县官信之，命棺殓掩埋而已。范氏家产尽为族匪所占。

逾年，荆州太守周钟宣到任，过范女坟，有异香从其坟起。问书役，中有知其冤者，为白其事，乃掘男女两坟验之。尸各如生，手足颈项皆有捆缚伤痕。于是拘讯范同，则数日前已为厉鬼祟死矣。太守具酒食香纸躬祭女坟，

表一碣曰："贞女范氏之墓。"冤白后，两尸俱腐化。

储梅夫府丞是云麾使者

储梅夫宗丞能养生，七十而有婴儿之色。乾隆庚辰正月，奉使祭告岳渎，宿搜敦邮亭。是夕，旅店灯花散彩，倏忽变现，如莲花，如如意，如芝兰，喷烟高二三尺，有风雾回旋。急呼家童观之，共为诧异，相戒勿动。是夕，梦见群仙五六人招至一所，上书"赤云冈"三字，呼储为云麾使者。诸仙列坐松阴联句，有称海上神翁者首唱曰："莲炬今宵献瑞芝。"次至五松丈人续曰："群仙佳会飘吟髭。"又次至东方青童曰："春风欲换杨柳枝。"旁一女仙笑曰："此云麾使者过凌河句也，汝何故窃之？"相与一笑。忽灯花作爆竹声，惊醒。

唐配沧

武昌司马唐配沧，杭人也，素有孝行，卒于官。后五年其长子在亭远馆四川，长媳郭氏在杭病剧，忽作司马公语云："冥司念我居官清正，敕为武昌府城隍。念尔等新作人家，我既无遗物与汝辈，斯妇颇勤俭，特来救护。但须至狮子桥觅刘老娘来，托他禳解。"

伊次子字开武者往觅得，邀至家中，即杭俗所称"活无常"也。问："此病汝能救否？"答云："我奉冥司勾捉，何敢私纵？今尔家太爷去向阎罗王说情，或得生亦未可定。"因问："你见太爷何在？"答云："此刻现在向灶神说话。"少顷曰："太爷出门，想至冥府去了。"病者静卧不言，逾时曰："太爷来。"病者即大声曰："汝已得生，无虑也。"是时，视病者有亲友在座，郭氏作司马语，各道款洽，宛如生前。

其次子因跪请云："父既为神，应预知休咎，儿辈将来究作何结局？"司马厉声曰："做好人，行好事，自有好日，何得预问？"又云："我今日为家私事勤劳庙中夫役，速焚纸钱，并给酒饭酬之。"语毕，病者仍复原音，病亦自愈。此乾隆二十四年五月事，至今郭氏尚存。

裴文达公为水神

裴文达公临卒语家人曰："我是燕子矶水神，今将复位。死后，汝等送灵柩还江西，必过此矶，有关帝庙，可往求签。如系上上第三签者，我仍为水神。否则，或有谴谪，不能复位矣。"言终卒。家人闻之，疑信参半，苍头某信之独坚，曰："公为王太夫人所生。太夫人本籍江宁，渡江时，曾求子于燕子矶水神庙。夜梦袍笏者来曰：'与汝儿，并与汝一好儿。'果逾年生公。"公妻熊夫人挈柩归，至燕子矶，如其言，卜于关帝庙，果得第三签，遂举家大哭，烧纸钱蔽江，立木主于庙旁。旁有尹文端公诗碣。

予往苏州，阻风于此，乃揖其主而题壁曰："燕子矶边泊，黄公垆下过。摩挲旧碑碣，惆怅此山阿。短鬟旛旛雪，长江渺渺波。江神如识我，应送好风多。"次日果大顺风。

庄　生

叶祥榴孝廉云：其友陈姓家，延西席庄生。八月间日暮，诸生课毕，陈姓弟兄弈于书斋，庄旁观之，倦，起身归家。

庄家离陈姓里许，须过一轿。庄生上桥失足跌地，急起趋家，叩门不应，仍返陈氏斋。陈弟兄弈局未终，乃闲步庭院。见轩后小门内有园亭，巨蕉无数，心叹主人有此雅室不作书斋。再数步，见小亭中孕妇临褥，色颇美，心觉动。既而曰："此东人内室，见此不退，非礼也。"趋出，仍至斋中小坐。见主人棋为乃弟暗攻，主人他顾，若不觉者，代为通知。主人张皇似惊，仍复不睬。庄复大声呼曰："不依我，全盘输了！"且以手到局上指告。陈氏兄弟惊惶趋内，灯为之熄。庄不得已，仍回家。至桥，复又一跌，起，赴家叩门，阍者纳焉。庄以前次叩门不应之事罪其家人，家人曰："前未闻也。"

庄次日赴馆，见灯盏在地，棋局尚存，恍然若梦。少顷，主人出曰："昨夜先生去后，鬼声大作，甚至灭火，真怪事。"庄骇然，告以曾来教棋。东人曰："吾弟兄并未见先生复至。"庄曰："且有一证：我到尊府花园，见有临褥妇人。"陈笑曰："我家并无花园，何有此妇？"庄曰："在轩后。"庄即拉陈同至轩后，有小土门，内仅菜园半亩，西角有一猪圈，育小猪六口，五生一毙，庄悚然大悟：盖过桥一跌，其魂已出；后一跌，则魂仍附体。倘不戒于淫，则堕入畜生道矣。

褐道人

国初，德侍郎某与褐道人善。道人精相术，言公某年升官，某年得红顶，某年当遭雷击，德公疑信参半。后升官一如其言，乃大惧，恳道人避雷击之法。道人故作难色。再四求之，始言："只有一法。公于是日约朝中一二品官十馀位，环坐前厅大炕上，公坐当中，过午时则免。"德公如其言。

至是日，天气清朗，将午，起黑云，风雨毕至，雷声轰轰，欲下复止。忽家人飞报："老太太被雷摄至院中。"德公大惊，与各官急趋往扶，则霹雳一声，将炕击碎。视其中有一大蝎，长二尺许，太夫人故无恙也。寻褐道人已不见矣。始知道人即蝎精也，以术愚人，实以自卫，智亦巧矣。非雷更巧，则德公竟不知为其所用也。

佟觭角

京师傅九者，出正阳门，过一巷，路狭人众，挨肩而行。一人劈面来，急走如飞，势甚猛。傅不及避，两胸相撞，竟与己身合而为一，顿觉身如水淋，寒噤不止，急投一缎店坐定。忽大言曰："你拦我去路，可恶已极。"于是自批其颊，自捋其须。家人迎归，彻夜吵闹。或言："有活无常佟觭角者能治之。"正将延请，而傅九已知之，骂曰："我不怕铜觭角、铁觭角也。"

未几佟至，瞋目视曰："汝何处鬼，来此害人？速供来，不实供，叉汝下油锅！"傅瞪目不言，但切齿咋咋有声。其时男女观者如堵。佟倾油一锅，烧柴煎之，手持一铜叉，向傅脸上旋绕作欲刺状。傅果战惧，自供："我李四也，凤阳人。迫于饥寒，盗发人坟，被人捉着。一时仓猝，用铁锹拒捕，连伤二人。坐法当斩，今日绑赴菜市。我极力挣脱逃来，不料为此人拦住，心实忿忿，故与较论。"佟曰："然则速去勿迟。"乃倚叉而坐。傅大哭曰："小人在狱中两脚冻烂，不能行走，求赐草鞋一双。且求秘密，不教官府知道，再来捉拿。"傅家人即烧草鞋与之。乃伏地叩头，伸脚作穿状。观者皆笑。佟问："何往？"曰："逃祸须远，将奔云南。"佟曰："云南万里，岂旦夕可至？半路必为差役所拿。不如跟我服役，可得一吃饭处也。"傅叩头情愿。佟出囊中黄纸小符焚之，傅仆地不动，良久苏醒，问之茫然。是日刑部秋审，访之，果有发墓之犯，已枭示矣，盖恶鬼犹不自知其已死也。

佟年五十馀，寡言爱睡，往往睡三四日不起。至其家者，重门以内，无寸芥纤埃。云其平日所服役者，皆鬼也。

淘　气

永州守恩公之奴，年少狡黠，取名淘气。服事书房，见檐前流萤一点，光大如鸡卵，心异之。时天暑，赤卧床上，觉阴处蠕蠕有物动。摸视之，即萤火也。笑曰："幺麽小虫，亦爱此物耶！"引被覆身而睡。夜半，有人伸手被中，扪其阴，且捋其棱角，按其马眼。其时身欲转折，竟不能动，似有人来交接者，良久精遗矣。

次日，身颇倦惫，然冥想其趣，欲其再至，不以告人。日暮浴身，裸以俟之。二更许，萤火先来，光愈大，照见一女甚美，冉冉而至。奴大喜，抱持之，遂与绸缪。叩其姓氏，曰："妾姓姚，父某，为明季知府，曾居此衙。妾年十八，以所慕不遂，成瘵而死。生时酷爱梨花，断气时属老母即葬此园梨树下。爱卿年少，故来相就。"奴方知其为鬼，举枕投之，大呼而出，径叩宅门。宅中妇女疑为火起，争起开门，见其赤身，俱不敢前。主人自出，叱而问之，奴以实告，乃命服以朱砂，且为着裤。

次日，掘梨树下，果得一朱棺，剖而视之，女色如生，乃焚而葬之。奴自此恂恂，不复狡黠。伙伴笑曰："人不可不遇鬼，淘气遇鬼，不复淘气矣。"

白莲教

京山富人许翁，世居桑湖畔。娶新妇某，妆奁颇厚。有偷儿杨三者，羡之年馀。闻翁送其子入京，新妇有孕，相伴惟二婢，乃夜入其室，伏暗处伺之。至三更后，灯光下见有一人，深目虬须，负黄布囊，爬窗而入。杨念：吾道中无此人。屏息窥之。其人袖出香一枝，烧之于灯，置二婢所，随向妇寝处喃喃诵咒。妇忽跃起，向其人赤身长跪。其人开囊，出一小刀，剖腹取胎，放小磁罐中，背负而出，妇尸仆于床下。杨大惊，出户尾之。至村口一旅店，抱持之，大呼曰："主人速来，吾捉得一妖贼！"众邻齐至，视其布囊，小儿胎血犹涔涔也。众大怒，持锹锄击之。其人大笑，了无所伤；乃沃以粪，始不能动。

及旦，送官刑讯，曰："我白莲教也，伙伴甚多。"方知汉、湘一带胎妇身死者，皆受此害。狱成，凌迟其人，赏偷儿银五十两。

服桂子长生

吕琪从其兄官岭南司马，署有古井，夏夜纳凉，见井中有声琤琤然，升起数红丸，大如弹棋，疑有宝。次早，遣人缒下探焉，得隔年桂子数十粒，鲜赤可爱。琪戏以井水服焉，日七枚，七日而尽。顿觉精神强健，如服参者然，年九十馀。

伊 五

披甲人伊五者，身矮而貌陋，不悦于军官。贫不能自活，独走出城，将自缢。忽见有老人飘然而来，问："何故轻生？"伊以实告。老人笑曰："子神气不凡，可以学道。予有一书授子，够一生衣食矣。"伊乃随行数里，过一大溪，披芦苇而入，路甚曲折，进一矮屋，止息其中，从老人受学。七日而术成，老人与屋皆不见。伊自此小康。

其同辈群思咀嚼之，伊无难色，同登酒楼，五六人恣情大饮，计费七千二百文。众方愁其难偿，忽见一黑脸汉登楼拱立曰："知伊五爷在此款客，主人遣奉酒金。"解腰缠出钱而去。数之，七千二百也，众大骇。

与同步市中，见一人乘白马急驰而过。伊纵马追之，叱曰："汝身上囊可急与我。"其人惶恐下马，怀中出一皮袋，形如半胀猪脬，授伊竟走。众不测何物，伊曰："此中所贮小儿魂也。彼乘马者，乃过往游神，偷攫人魂无算。倘不遇我，又死一小儿矣。"俄入一胡同，有向西人家门内哭声嗷嗷，伊取小囊向门隙张之，出浓烟一缕，射此家门中，随闻其家人云："儿苏矣。"转涕为笑。众由是神之。

适某贵公有女为邪所凭，闻伊名，厚礼招致。女在室已知伊来，形象惨沮。伊入室，女匿屋隅，提熨斗自卫。伊周视上下，出曰："此器物之妖也，今夕为公除之。"漏三下，伊囊中出一小剑，锋芒如雪，被发跣足，仗之而入，众家人伺于院外。寻闻室中叱咤声，击扑声，与物腾掷声，诟詈喧闹声，良久寂然，但闻女叩首哀恳，不甚了了。伊呼灯甚急，众率仆妇秉烛入。伊指地上一物相示曰："此即为祟者。"视之，一藤夹膝也。聚薪焚之，流血满地。

诸廷槐

嘉定诸廷槐家有再醮仆妇李姓者，忽鬼扼其喉，口称："是汝前夫。我病时，呼茶索药，汝多不睬，以至气忿而亡。冥王以我阳数未尽，受糟蹋死，与枉死者一般，不肯收留。游魂飘荡，受尽饥寒。汝在此饱食暖衣，我心不服，故扼汝喉，使汝陪我忍饥。"廷槐知为鬼所凭，上前手批其颊，鬼呼痛逃去。廷槐视其掌，黑如锅煤。

少顷，鬼又作闹，廷槐再打，妇无惧色，手亦不黑矣。骂曰："你家主人初次打我，出我不意，故被他打痛。今我已躲入汝背脊骨窍中，虽用掌心雷打我，亦不怕也。"于是众家人代为请曰："汝妻不过妇道有亏，事汝不周，并非有心杀汝，无大仇可报。况汝所生子女，赖渠改嫁后夫替你抚养，也算有良心。汝何不略放手松，俾其少进饮食。"鬼唯唯。妇觉咽喉一清，登时吃饭三碗。众人知其可动，乃曰："主人替你超度何如？"鬼又唯唯。遂设醮延僧，诵《往生咒》。鬼去而复至曰："和尚不付度牒，我仍不能托生也。"乃速焚之，鬼竟去而妇安矣。

当作闹时，最畏主人之少子，曰："此小相公头有红光，将来必贵，我不愿见之。"或问："可是诸府祖宗功德修来乎？"曰："非也，是他家阴宅风水所荫。"问："何由知？"曰："我与鬼朋友数人常在坟间乞人祭扫之馀，独不敢上诸府坟，因陇上有热气一条，如火冲出故也。"

王都司

山东王某，作济宁都司。忽一日，梦南门外关帝庙周仓来曰："汝肯修帝庙，可获五千金。"王不信。次夜，又梦关平将军来曰："我家周仓最诚实，非诳人者，所许五千金，现在帝君香案脚下。汝须黑夜秉烛来，五千金可得。"王喜且惊，心疑香案下地有藏金，分应我得者，乃率其子持皮口袋往，以便装载。

及至庙中，天已黎明，见香案下睡一狐，黑而毛，两目金光闪闪。王悟曰："得毋关神命我驱除此妖耶？"即与其子持绳索捆缚之，装放口袋中，负之归家。口袋中作人语曰："我狐仙也，昨日偶醉，呕唾圣帝庙中，触渎神明，故托梦于君，教来收拾我。我原有罪，但念我修炼千年，此罪尚小，君不如放我出袋，彼此有益。"王戏问："何以见谢？"曰："以五千金为寿。"王心记周仓、关平两将军之言验矣，即释放之。

顷刻，变成一白须翁，唐巾飘带，言词温雅，蔼然可亲。王乃置酒设席，与谈过去未来事，且问："都司穷官，如何能得五千金？"狐曰："济宁富户甚多，俱非行仁义者，我择其尤不肖者，竟往彼家抛砖打瓦，使他头疼发热，心惊胆战。自然彼必寻求符箓，延请道士。君往说'我能驱邪'，但书花押一个，向空焚之，我即心照而去，又闹别家。如此一月，则君之五千金得矣。但君官爵止于都司，财量亦止五千金。过此以往，不必妄求。吾报君后，亦从此逝矣。"

未几，济宁城内外疫疠大作，鸡犬不宁，但王都司一到，便即安宁，遂得五千金。舍二百金修圣庙，祭奠周关两将军。乞病归里，至今小康。

卷十六

杭大宗为寄灵童子

万近蓬奉斗甚严，每秋七月，为盂兰之会，与施柳南刺史同设道场。施能见鬼，凡来受祭者，俱能指为何人，且与言语。方立坛时，先书列死者姓名，向坛焚化。万，故杭大宗先生弟子，忘书先生名。施见是夕诸公俱集，有人短白须，披夹纱袍，不冠而至，骂曰："近蓬我弟子，今日设会，独不请我何也？"施素不识杭，不觉目瞪。旁一人曰："此杭大宗先生也。"施向前揖问："先生何来？"曰："我前生是法华会上点香者，名寄灵童子，因侍香时见烧香女美，偶动一念，谪生人间。在人间心直口快，有善无恶，原可仍归原位。惟以我好讥贬人，党同伐异，又贪财，为观音所薄，不许即归原位。"因自指其手与口曰："此二物累我。"问："先生在阴间乐乎？"曰："我在此无甚苦乐，颇散荡，游行自如。"问："先生何不仍投人身？"杭以手作拍势，笑曰："我七十七年人身，倏忽过去，回头想来，有何趣味？"曰："先生何不仍求观音收留？"曰："我坠落亦因小过，容易超度。可告知近蓬，替我念《秽迹金刚咒》二万遍，便可归原位。"问："陈星斋先生何以不来？"曰："我不及彼，彼已仍归桂宫矣。"语毕，上座大唉，笑曰："施柳南一日不出仕，我辈田允兄大有吃处。""田允"兄者，俗言鬼字也。

西江水怪

徐汉甫在江西见有咒取鱼鳖者。日至水滨，禹步持咒，波即腾沸，鱼鳖阵至，任择取以归。其法不可多取，约日需若干，仅给其值而已。

一日，偶至大泽，方作法，忽水面涌一物，大如猕猴，金眼玉爪，露牙口外，势欲相攫。其人急以裈蒙首走。物奔来，跃上肩，抓其额，人即仆地，流血晕绝。众咸奔救。物见众至，作声如鸦鸣，跃高丈许遁去。人不敢捕，伤者亦苏。其人云："此水怪也，以鱼鳖为子孙。吾食其子孙，故来复仇耳。其爪铦利，遇物破脑，非蒙首而得众力，则毙其爪下矣。"

仲 能

唐再适先生观察川西时，有火夫陈某，粗悍嗜饮。一夕方醉卧，觉有物据其腹，视之，乃一老翁，髯发皆白，貌亦奇古，朦胧间不甚了了。陈以同伴戏己，不甚惊怖。时初秋，适覆单衾，因举以裹之，且挟以卧。晓曳衾，内有一白鼠，长三尺馀，已压毙矣。始悟据腹老人即此怪。按此即《玉策记》所云"仲能"，善相卜者，能生得之，可以预知休咎。

雀报恩

周之庠好放生，尤爱雀，居恒置黍谷于檐下饲之。中年丧明，饲雀如故。忽病气绝，惟心头温，家人守之四昼夜。苏云：初出门，独行旷野，日色昏暗，寂不逢人。心惧，疾弛数十里，见城外寥寥无烟火。俄有老人杖策来，视之，乃亡父也，跪而哀泣。父曰："孰唤汝来？"答曰："迷路至此。"父曰："无伤。"导之入城。至一衙署前，又有老人纶巾道服自内出，乃亡祖也。相见大惊，责其父曰："尔亦糊涂，何导儿至此！"叱父退，手挽之庠行。有二隶卒貌丑恶，大呼曰："既来此，安得便去？"与其祖相争夺。忽雀亿万自西来，啄二隶，隶骇走。祖父翼之出，群雀随之，争以翅覆之庠。约行数十里，祖以杖击其背曰："到家矣。"遂如梦觉，双目复明。至今无恙。

全 姑

荡山茶肆全姑，生而洁白婀娜，年十九。其邻陈生美少年，私与通，为匪人所捉。陈故富家，以百金贿匪。县役知之，思分其赃，相与率扭到县。县令某自负理学名，将陈决杖四十。女哀号涕泣，伏陈生臀上愿代。令以为无耻，愈怒，将女亦决杖四十。两隶拉女下，私相怜，以为此女通体娇柔如无骨者，又受陈生金，故杖轻扑地而已。令怒未息，剪其发，脱其弓鞋，置案上传观之，以为合邑戒，且贮库焉，将女发官卖。

案结矣，陈思女不已，贿他人买之，而己仍娶之。未一月，县役纷来索贿，道路喧嚷。令访闻大怒，重擒二人至案。女知不免，私以败絮草纸置裤中护其臀。令望见曰："是下身累累者，何物耶？"乃下堂扯去裤中物，亲自监临，裸而杖之。陈生抵拦，掌嘴数百后，乃再决满杖。归家月馀死，女卖为某公子妾。

有刘孝廉者，侠士也，直入署责令曰："我昨到县，闻公呼大杖，以为治强盗积贼，故至阶下观之。不料一美女剥紫绫裤受杖，两臀隆然，如一团白雪，日炙之犹虑其消，而君以满杖加之，一板下，便成烂桃子色。所犯风流小过，何必如是？"令曰："全姑美，不加杖，人道我好色；陈某富，不加杖，人道我得钱。"刘曰："为父母官，以他人皮肉，博自己声名，可乎？行当有报矣。"奋衣出，与令绝交。

未十年，令迁守松江，坐公馆，方午餐，其仆见一少年从窗外入，以手拍其背者三，遂呼背痛不食。已而背肿尺许，中有界沟，如两臀然。召医视之，医曰："不救矣，成烂桃子色矣。"令闻，心恶之，未十日卒。

奇　勇

国初有二巴图鲁：一溺地，地陷一尺，能自抓其发拔起身在空中高尺许，两足离地，移时不下。一在关外，被敌劫营，黑暗中已为敌断其首矣，刀过处，急以右手捺住头，左手挥刀，犹杀数十人而后死。

红毛国人吐妓

红毛国多妓，嫖客置酒召妓，剥其下衣，环聚而吐口沫于其阴，不与交媾也。吐毕放赏，号"众兜钱"。

西贾认父

钱塘铨部主事吴名一骐者，初举孝廉，入都会试，僦居旅次。有西贾王某来，云其父临终言，往生浙地某处为吴氏子。其终年即铨部生年也。又云昨晚其母又复示梦云："汝父已至都中，现寓某处，汝何不往？"以故到此访问，乞一睹颜色。铨部因事属怪异，不肯出见。王贾痛哭遥拜而去。王贾甚富，并无所希冀而来者，以故人笑吴公之迂。吴作吏部主事数年死，死年二十八。

徐步蟾宫

扬州吴竹屏臬使，丁卯秋闱在金陵扶乩问："中否？"乩批"徐步蟾宫"四字。吴大喜，以为馆选之征。及榜发，不中。是年解元，乃徐步蟾也。

歪嘴先生

湖州潘淑聘妻未娶，以瘵疾亡。临终请岳翁李某来，要其未嫁之女守志，翁许之。潘卒后，翁忘前言，女竟改适。将婚之夕，鬼附女身作祟。有教读张先生者闻之，意不能平，竟上女楼，引古礼折之，以为女虽已嫁，而未庙见，尚归葬于女氏之党。况未嫁之女，有何守志之说。鬼不能答，但走至张前张口呵之，一条冷气如冰，臭不可耐。从此女病愈而张嘴歪矣，李德之，延请在家。合村呼"歪嘴先生"。

鬼衣有补褂痕

常州蒋某，在甘肃作县丞。乾隆四十五年，甘肃回回作乱，蒋为所害，三年音耗断矣。其侄某开参店于东城。忽一日午后，蒋竟直入，布裹其头，所穿衣有钉补褂旧痕，告其侄曰："我于某月日为乱兵所害，尸在居延城下，汝可遣人至其处棺殓载归。"指其仆曰："此小儿亦是劫数中人，我现在阴间雇用之，每年给工食银三两。"其侄大惊，唯唯听命。鬼命小僮取火吃烟，旋即不见。侄即遣人载其棺归，启视之，头骨斫作数块，身着红青缎褂，隐隐有补褂一方痕迹。

孙方伯

孙涵中方伯为部郎时，居京师之樱桃斜街，房宇甚洁。忽有臭气一道从窗外达于中庭，嗅而迹之，乃从后苑井中出。夜三鼓，众人睡尽，有连呼其老仆姓名者。听之，隐隐然亦出自井中。孙公怒而填之，怪亦竟绝。

卖冬瓜人

杭州草桥门外有卖冬瓜人某，能在头顶上出元神。每闭目坐床上，而出神在外酬应。一日，出神买鲞数片，托邻人带归交其妻。妻接之，笑曰："汝又作狡狯耶！"将鲞搭其头。少顷，卖瓜者神归，以顶为鲞所污，彷徨床侧，神不能入，大哭去，尸亦渐僵。

柳如是为厉

苏州昭文县署，为前明钱尚书故宅。东厢三间，因柳如是缢死此处，历任封闭不开。

乾隆庚子，直隶王公某莅任，家口多，内屋少，开此房居姜某氏，二婢作伴；又居一妾于西厢，老姬作伴。未三鼓，闻西厢老姬喊救命声，王公奔往，妾已不在床上。寻至床后，其人眼伤额碎，赤身流血，觳觫而立，云："我卧不吹灯，方就枕，便一阵阴风吹开帐幔，遍体作噤。有梳高髻披大红袄者揭帐招我，随挽我发，强我起。我大惧，急逃至帐后，眼目为衣架触伤。老驱闻我喊声，随即奔至，鬼才放我，走窗外去。"合署大骇，虑东厢之妾新娶胆小，亦不往告。次日至午，东厢竟不开门。启入，则一姬二婢俱用一条长带相连缢死矣。于是王公仍命封锁此房，后无他异。

或谓：柳氏为尚书殉节，死于正命，不应为厉。按《金史·蒲察琦传》：琦为御史，将死崔立之难，到家别母。母方昼寝，忽惊而醒。琦问："阿母何为？"母曰："适梦三人潜伏梁间，故惊醒。"琦跪曰："梁上人乃鬼也。儿欲殉节，意在悬梁，故彼鬼在上相候。母所见者，即是也。"旋即缢死。可见忠义之鬼用引路替代，亦所不免。

捧头司马

如皋高公岩，为陕西高陵令，其友某往探之。去城十里许，日已薄暮，恐不能达，见道旁废寺：正室封扃，西偏屋二楹，内有小门通正室，门亦封扃。某以屋尚整洁，遂借宿焉。沽酒少饮，解衣就寝。其仆出与守寺道人同宿东边之耳房。

时当既望，月明如昼，某久不成寐。忽闻正室履声橐橐，小门霍然顿开，见有补褂朝珠而无头者就窗下坐，作玩月状。某方惊，其人转身向内，若有见于某者，旋即走还正室中。某急起开门遁，而门外锁已为其仆倒扣去。某大呼，暗不能声，其仆弗应。某无措，遂夺窗出。窗外有墙缭之，又不克越，近窗高树一株，乃缘之而上。俯视窗下，则其人已捧头而出，仍就前坐，以头置膝，徐伸两指拭其眉目，还以手捧之安置顶上，双眸炯炯，寒光射人。是时某已魂飞，不复省人事矣。

次晨仆入，不见主人，遍寻之，得于树上。急拨其腕，交抱树柯，坚不可解。久之始苏，犹谓鬼之来攫己也。问之道人，云："二十年前，宁夏用兵，有楚人为同知者，解粮误期，为大帅所戮。柩行至此，资斧告绝，遂寄寺中。今或思归，见形于客乎！"某白高，高因捐俸为赍柩资，并寓书于楚，令其子领归。

驱鲎

吴兴卞山有白鲎洞，每春夏间即见，状如匹练，起空中游漾无定。所过之下，蚕茧一空，故养蚕时尤忌之。性独畏锣鼓声。明太常卿韩绍曾命有司挟毒矢逐之，有《驱鲎文》载郡志，近年来作患尤甚。

乾隆癸卯四月，有范姓者具控于城隍。是夜，梦有老人来曰："汝所控已准，某夜当命玄衣真人逐鲎。但鲎鱼司露有功，被害者亦有数，彼以贪故，当示之罚。尔等备硫磺烟草在某山洞口相候可也。"

范至期集数十人往。夜二鼓，月色微明，空中风作，见前山有大蝙蝠丈许飞至洞前，瞬息，诸小蝠群集者不下数十。每一蝙蝠至，必有灯一点，如引导状。范悟曰："是得非所谓玄衣真人乎！"即引火纵烧烟草。俄而洞中声起，如潮涌风发，有匹练飞出，蝙蝠围环若布阵然，彼此搏击良久，乡民亦群打锣鼓，放爆竹助之。约一时许，匹练飘散如絮，有青气一道向东北而去，蝙蝠亦散。次早往视：林莽间绵絮千馀片，或青或白，触手腥秽，不可近。自是鲎患竟息。

海中毛人张口生风

雍正间，有海船飘至台湾之彰化界。船止二十馀人，资货颇多，因家焉。逾年，有同伙之子广东人投词于官，据云：某等泛海开船，后遇飓风，迷失海道，顺流而东。行数昼夜，舟得泊岸，回视水如山立，舟不可行，因遂登岸，地上破船、坏板、白骨不可胜计，自分必死矣。不逾年，舟中人渐次病死，某等亦粮尽。馀豆数斛，植之，竟得生豆，赖以充腹。一日者，有毛人长数丈，自东方徐步来，指海水而笑。某等向彼号呼叩首。长人以手指海，若挥之速去者。某等始不解，既而有悟，急驾帆试之。长人张口吹气，蓬蓬然东风大作，昼夜不息，因望见鹿仔港口，遂收泊焉。彰化县官案验得实，移咨广省，以所有资物按二十馀家均分之，遂定案焉。

后有土人云：此名海闸，乃东海之极下处，船无回理，惟一百二十年方有东风屈曲可上。此二十馀人恰好值之，亦奇矣。第不知毛而长者又为何神也。

卞山地陷

乾隆乙巳，湖州大旱，西门外下塘地陷数丈，民居屋脊与地相平，屋中人破瓦而出，什物一无损坏。河中忽亘起土埂，升出白光一道，望龙溪而去，怪风随之。溪中渔舟数十，俱为白光所迷。俄顷风定，舟俱聚一处，而白光亦不见矣。

时有方老人者，年九十馀，自云少年时见渔舟捕得白鳝一条，重五六斤，不敢匿，献之乌程令某。适令前一夕梦见一白衣女子来告云："某苕上水神也，为陈皇后守宫门，明日有厄求救。"次日见鳝而悟，仍命放入河中。今土中白光，得毋即此物欤！考西门外与迎禧门相连，南朝陈武帝之后为其父母营葬于卞山，起民夫开地道而出，葬后仍行封闭。然则地之陷亦有由矣。

鬼逐鬼

桐城左秀才某，与其妻张氏伉俪甚笃。张病卒，左不忍相离，终日伴棺而寝。

七月十五日，其家作盂兰之会，家人俱在外礼佛设醮，秀才独伴妻棺看书。忽阴风一阵，有缢死鬼披发流血拖绳而至，直犯秀才。秀才惶急，拍棺呼曰："妹妹救我！"其妻竟勃然掀棺而起，骂曰："恶鬼，敢无礼犯我郎君耶！"挥臂打鬼，鬼踉跄逃出。妻谓秀才："汝痴矣，夫妇钟情一至于是耶！缘汝福薄，故恶鬼敢于相犯，盍同我归去投人身，再作偕老计耶？"秀才唯唯，妻仍入棺卧矣。秀才呼家人视之，棺钉数重皆断，妻之裙犹夹半幅于棺缝中也。不逾年，秀才亦卒。

柳树精

杭州周起昆作龙泉县学教谕，每夜，明伦堂上鼓无故自鸣。遣人伺之，见一人长丈馀，以手击鼓。门斗俞龙素有胆，暗张弓射之，长人狂奔而去。次夜寂然。后两月，学门外起大风，拔巨柳一株。周命锯之为薪，中有箭横贯树腹，方知击鼓者此怪也。龙泉素无科目，是年中一陈姓者。

折叠仙

浒市关有陈一元者，弃家学道。购一精舍，独坐其间，内加锁钥。初辟粥饭，继辟果蔬，但饮石湖之水。命其子每一月饷水一壶，次月往视，则壶仍置门外而水已干，乃再实其壶以进焉。

孙敬斋秀才闻而慕之，书一纸条贴壶盖上问可见否，并请许见日期，心惴惴，恐不许也。次月往探，壶上批纸尾云："二月初七日，可来相见。"孙大喜，临期，与其子偕往，见一元年仅四十许，而其子则已老矣。孙问："修道从何下手？"曰："汝且静坐片时，自数其心所思想处。"孙坐良久，一元问："汝可起几许念头？"曰："起过七十二念。"一元笑曰："心无所寄，求静反动，理之常也。汝一个时辰起七十二念，不可谓多，根气可以学道。"遂教以饮水之法曰："人生本自虚空而来，因食物过多，致身体坚重，腹中秽虫丛起，易生痰滞。学道者先清其口，再清其肠。饿死诸虫以荡涤之，水为先天第一真气。天地开辟时，未有五行先有水，故饮水为修仙要诀。但城市水浑，有累灵府，必取山中至清之水，徐徐而吞，使喉中喀喀有响，然后甘味才出。一勺水，可度一昼夜。如是一百二十年，身渐轻清，并水可辟，便服气御风而行矣。"孙问一元："何师？"曰："余三十年前往太山烧香，遇一少年，貌甚灵俊，能预知阴晴，因与一路偕行。少年背负一锦匣，每至下店，必向匣絮语片时，然后安寝。心大惊疑，凿壁窥之：见少年放匣几上，整冠再拜，一老人从匣中笑坐而起，双眸炯炯，白须飘然。两人相与密语，听不可解，但闻'有窃道者、有道窃者'八字而已。夜三更，少年请曰：'先生可安寝乎？'老人颔之，遂将老人折叠如纸绢人一般，装入匣中矣。次日，少年知余窥见，故告我来历，许我为弟子而传以道也。"孙抱一元试之，连所坐椅，仅三十斤。孙以两女未嫁故，乞假而归，假满再往。

余见之于震泽张明府署中，具道如此。时戊申二月初十日也。

仙人顶门无发

癸巳秋，张明府在毗陵遇杨道人者，童颜鹤发，惟顶门方寸一毛不生。怪而问之，笑曰："汝不见街道上两边生草，而当中人所践踏之地不生草乎？"初不解所谓，既而思之，知囟门地方故是元神出入处，故不生发也。道人夜坐僧寺门外，僧招之内宿，决意不可。次早视之，见太阳东升，道人坐墙上吸日光。其顶门上有一小儿，圆满清秀，亦向日光舞蹈而吞吸之。

香　虹

吴江姜某，一子一女，其子娶新妇刘氏。刘性柔婉，不能操。有婢香虹者，素诡谲，因与其女日夜媒蘖其短，刘恨不能伸。来时嫁资颇丰，为其姑逼索且尽。未期年，染病床褥。姑谓其痨也，不许其子与见。刘抑郁死。

忽一日，其女登床自批其颊，历数其生平之恶，且云："姑使我不与郎见，亦是姻缘数尽，然尔辈用心何太酷耶？"如是数日。为设醮，亦不应。姜与其妻婉求之，乃曰："翁待吾厚，姑亦老悖，此特香虹之过，我不饶他。"香虹在侧忽瞪目大呼，两手架空而行，若有人提之者，坠下则已毙矣。其女依然无恙。此乾隆五十三年正月事。

阎王升殿先吞铁丸

杭州闵玉苍先生，一生清正，任刑部郎中时，每夜署理阴间阎王之职。至二更时，有仪从轿马相迎。其殿有五，先生所莅，第五殿也。每升殿，判官先进铁弹一丸，状如雀卵，重两许，教吞入腹中，然后理事，曰："此上帝所铸，虑阎罗王阳官署事有所瞻徇，故命吞铁丸以镇其心，此数千年老例也。"先生照例吞丸。审案毕，便吐出之。三涤三视，交与判官收管。所办事晨起辄忘，即记得者，亦不肯向人说，但劝人勿食牛肉，多诵《大悲咒》而已。

到任三月，忽一日晨起召诸亲友而告曰："吾今而知小善之不足为也。昨晚吾表弟李某死，生魂解到，判官将其生平作官恶迹，请寄地狱审定拟罪，再详酌东岳。余心恻然，将狱牌安放几上，再三目李。李自诉平生不食牛肉，作官时禁私宰尤严，似可以此功德抵销他罪。余未作声，判官驳云：'此之谓恩足以及禽兽，而功不至于百姓也。子不食牛肉，何以独食人肉？'李云：'某并未食人肉。'判官曰：'民脂民膏，即人肉也。汝作贪官，食千万人之膏血，而不食一牛之肉，细想小善可抵得大罪否？'李不能答。余知李素诵《大悲咒》，为阴司所最重，因手书'大悲咒'三字在掌上以示之。李竟茫然，不能诵一字。余为代诵数句，满堂判官胥役一齐跪听，西方赫然似有红云飞至者。然而铁丸已涌起于胸中，左冲右撞，肠痛欲裂矣。余不得已急取狱牌加朱，放李狱中，肠内铁丸始定，方理别案而归。"

诸亲友因问："到底牛肉可食乎？"先生曰："在可食不可食之间。"人问故，曰："此事与敬惜字纸相同，圣所未戒，然不过推重农重文之心，充类至义之尽，故禁食之者，慈也。然'天地不仁，以万物为刍狗'，此语久被老子说破。试想春蚕作丝，衣被天子，以至于庶人。其功比牛更大，其性命比牛更多，而何以烹之煮之，抽其腹肠而炙食之，竟无一人为之鸣冤立禁者，何耶？盖天地之性人为贵，贵人贱畜，理所当然，故食牛肉者，达也。"

万佛崖

康熙五十年，肃州合黎山顶忽有人呼曰："开不开？开不开？"如是数日，无人敢答。一日，有牧童过，戏应声曰："开。"顷刻奤然，风雷怒号，山石大开，中现一崖，有天生菩萨像数千，须眉宛然。至今人呼为万佛崖。章淮树观察过其地，亲见之。

大力河

孙某作打箭炉千总，其所辖地，阴雨两月。忽一日雨止，仰天见日光，孙喜，出舍视之。顷刻，烟沙蔽天，风声怒号，孙立不牢，仆地乱滚，似有人提其辫发而颠掷之者，腿脸俱伤。孙心知是地动，忍而待之。食顷动止，起视人民与自家房屋，全已倾圮。有一弟逃出未死，彼此惶急。

孙老于居边者，谓弟曰："地动必有回潮，不止一次，我与汝须死在一处。"乃各以绳缚其身，两相拥抱。言未毕，而怪风又起，两人卧地，颠播如初。幸沙不眯眼，见地裂数丈：有冒出黑风者，有冒出火光如带紫绿二色者，有涌黑水臭而腥者，有现出人头大如车轮、目睒睒斜视四方者，有裂而仍合者，有永远成坑者。兄弟二人竟得无恙，乃埋葬全家，掘出货物，各自谋生。

先三月前，有疯僧持缘簿一册，上写"募化人口一万"。孙恶其妖言，将擒之送县，僧已立一杨柳小枝上，曰："你勿送我到县，送我塞大力河水口可也。"言毕不见。是年地动日，四川大力河水冲决，溺死万馀人。

卷十七

白骨精

处州地多山，丽水县在仙都峰之南，土人耕种，多有开垦到半山者。山中多怪，人皆早作早休，不敢夜出。时值秋深，有田主李某到乡刈稻，独住庄房。土人恐其胆怯，不敢以实告，但戒昏夜勿出。

一夕，月色甚佳，主人闲步前山，忽见一白物蹩踊而来，棱嶒有声，状甚怪。因急回寓，其物已追踪而至。幸庄房门有半截栅栏可推而进，怪不能越。主人进栅胆壮，月色甚明，从栅缝中细看，乃是一髑髅咬撞栅门，腥臭不可当。少顷鸡鸣，见其物倒地，只白骨一堆。天明，亦不复见。

问之土人，曰："幸足下遇白骨精，故得无恙。若遇白发老妇，假开店面，必请足下吃烟。凡吃其烟者，从无生理。月白风清之夜，常出作祟，惟用苕帚可以击倒之。亦终不知何怪。"

鼋壳亭

乾隆二十年，川东道白公以千金买一妾，挂帆回任，宠爱异常。舟过镇江，月夜泊舟，妾推窗取水，为巨鼋所吞。主人悲恨，誓必得鼋而后已，传谕各渔船协力搜拿，有能得巨鼋者赏百金。船户争以猪肚羊肝套五须钩为饵，上系空酒坛，浮于水面，昼夜不寐。

两日后，果钓得大鼋，数十人拽之不能起，乃以船缆系巨石磨盘，用四水牛拖之，跃然上岸，头如车轮。群以利斧斫之，滚地成坑，喳磕有声，良久乃死。破其腹，妾腕间金镯尚在。于是碎其身，焚以火，臭闻数里。一壳大数丈，坚过于铁，苦无所用，乃构一亭，以鼋壳作顶，亮如明瓦窗。至今在镇江朝阳门外大路旁。

怪怕讲理

苏州富翁黄老人者，年过八十，独处一楼。忽见女子倚门而望，老人壮年曾有爱女卒于此楼，疑是女魂，置之不问。次晚又见，则多一男子矣。至第三日，一男一女，跨身梁间，两目下注。老人故作不见，俯首看书。其男子乃下，直立老人旁。老人笑问曰："足下是鬼耶，此来甚差！我年已八十馀，死乃旦夕事，不久与君为同类，何必先蒙过访？若是仙耶，何不请坐一谈？"

怪不答，但长啸，四面楼窗齐开，阴风袭人。老人唤家人上楼，怪亦不见。

后数月，二媳一孙皆死，仅存一小婢。老人恐此女身后无依，乃赠与西席华君为妾，生三子。现在浙江临海县华公署中。此事华秋槎明府为余言。

娄真人错捉妖

松江御史张忠震，甲辰进士。书房卧炕中，每夜鼠斗，作闹不止。主人厌其烦，烧爆竹逐之，不去；打以火枪，亦若不知。张疑炕中有物，毁之毫无所见。

书室后为使女卧房，夜见方巾黑袍者来与求欢。女不允，旋即昏迷，不省人事。主人知之，以张真人玉印符放入被套覆其胸。是夕鬼不至，次日又来作闹，剥女下衣，污秽其符。张公怒，延娄真人设坛作法。三日后，擒一物如狸，封入瓮中，合家皆以为可安。是夜，其怪大笑而来曰："我兄弟们不知进退，竟被道士哄去，可恨，谅不敢来拿我。"淫纵愈甚。主人再谋之娄，娄曰："我法只可行一次，第二次便不灵。"张无奈何，每晚将此女送入城隍庙中，怪乃去。一回家，则又至矣。

越半年，主人深夜与客弈棋，天大雪，偶推窗漱口，见窗外一物，大如驴，脸黑眼黄，蹲伏阶下。张吐水正浇其背，急跳出窗外逐之，怪忽不见。次早，女告主人曰："昨夜怪来，自言被主人看见，天机已露，请从今日去矣。"自此怪果绝。

陈姓妇啖石子

天台县西乡赛会迎神，神袍微皱，有妇人陈姓者为扶熨之。晚归，见金甲神自称将军拥众至，仪卫甚盛，云："汝替我整衣，有情于我，今娶汝为妻。"带点心与啖，皆河子石也。妇人啖时，甚觉软美。小者从大便出，大者仍从口内吐出，吐出则坚硬如常石子矣。父兄俟其来时，使有勇者与格斗。良久，妇人曰："伤其锤柄矣。"次日至野庙中，有五通神所执金锤有伤，乃毁其庙，神亦寂然。

天台县缸

天台县署中，到任官空三堂而不居，让与一缸居之，相传为前朝故物。缸有神灵，能知人祸福。凡县尹到任，必行三跪九叩礼祭之，否则作祟。官当升迁，则缸先凭空而起，若有系之者；当降革，则缸先下陷，渐入土中。平时缸离地寸许，从不着土。余心疑焉。

壬寅春，游天台山，地主钟公醴泉邀饮署内，酒后言曰："署中二古物，盍往一观？”书室西有老桂参天，旁悬一匾，乃明天启四年邑宰陈命众题额。转过三堂，则缸神所居，其大如鼓，一黄沙粗缸耳，中有小穴。吏云："此神口也，牲血淬淬，皆历年来所享鸡豕。"余以扇击之，声铿然；以竹片试其底，毫不能入，并非离地者。钟公骇然，余笑曰："我击之，我试之，缸当祸我，不祸君也。"已而寂然。此缸载《天台县志》中。

木姑娘坟

京师宝和班，演剧甚有名。一日者，有人骑马来相订云："海岱门外木府要唱戏，登时须去。"是日班中无事，遂随行。至城外，天色已晚。过数里荒野之处，果见前面大房屋，宾客甚多，灯火荧荧然微带绿色，内有婢传呼云："姑娘吩咐，只要唱生旦戏，不许大花面上堂，用大锣大鼓，扰乱取厌。"管班者如其言。自二更唱起，至漏尽不许休息，又无酒饭犒劳。帘内妇女，堂上宾客，语嘶嘶不可辨，于是班中人人惊疑。大花面顾姓者不耐烦，竟自涂脸扮《关公借荆州》一出，单刀直上，锣鼓大作。顷刻，堂上灯烛灭尽，宾客全无。取火照之，是一荒冢，乃急卷箱而归。

明早询土人，曰："某府木姑娘坟也。"

雷诛王三

常州王三，积恶讼棍也。太守董怡曾到任，首名访拿，王三躲避。其弟名仔者，武进生员，正在娶亲，新人入门，而差役拘王三不得，遂拘其弟往，管押班房。王三知家属已去，则官事稍松，乃夜入弟室，冒充新郎，与弟妇成亲。

次日，差役带其弟上堂。太守见是柔弱书生，愍其无辜，且知其正值新婚，作速遣还。宽限一月访拿王三。其弟入室慰劳其妻，妻方知此是新郎，昨所共寝者非也，羞忿缢死。其岳家要来吵闹，而赧于发扬，且明知非新郎之罪，乃曰："我家所赔赠衣饰，须尽入棺中，我才罢休。"新郎舅姑哀痛不已，一一从命。

王三闻之，又动欲念，伺其攒殡之处，往发掘之。开棺，妇色如生，乃剥其下衣，又与淫污。污毕，取其珠翠首饰藏裹满怀，将奔上路。忽空中霹雳一声，王三震死，其妇活矣。

次早，管坟人送信于其弟家，迎归完娶。太守闻之，命斫王三骨而扬其灰。

铁匣壁虎

云南昆明池旁农民掘地得铁匣，匣上符篆不可识，旁有楷书云"至正元年杨真人封"。农民不知何物，椎碎其匣，中有壁虎寸许，蠕蠕然似死非死。

童子以水沃之，顷刻，寸许者渐伸渐长，鳞甲怒生，腾空而去。暴风烈雨，天地昏黑，见一角黑蛟与两黄龙空中攫斗，冰雹齐下，所损田禾民屋无算。

图公为神

乾隆己丑，两淮盐院图公思阿到任，清操卓然，每日用三百文。遇商人和平坦易，慈爱谆谆，人以为百馀年来无此好盐政也。年七十三殁。前三日，遍召幕客戚友曰："吾将归去，君等助我摒挡蹉务，以便交代后人。"众咸疑之，以为谰语。公笑曰："吾岂欺人者哉！"临期，自草遗本毕，沐浴冠带，趺坐而逝。

三七之期，群商往哭，其妾某夫人遣人问曰："诸位老爷可知道天下有思州府否？"曰："有，此州在广西省，未知夫人何故问之？"曰："妾昨夜梦老爷托梦云：'我将往思州府作城隍，上帝所命。'"于是众商哗然，知图公果为神，又不知何缘宦此远方也。

随园琐记

余姨母王氏得疾将死，忽转身向里卧，笑吃吃不止。其女问之，曰："我闻袁家甥将补廪，故喜。"时余犹附生也。姨卒之次年，竟以岁试第三补廪。

先君子亡时，侍者朱氏亦病，呼曰："我去，我去！太爷在屋瓦上唤我。"时先君虽卒，而朱氏病危，家人虑其哀伤，并未告知，俄而亦死。方信古人升屋复魂之说，非无因也。

阍人朱明死矣，复苏，张目伸手索纸钱曰："我有应酬之用。"为烧之，自始瞑。

甲戌秋，余病危，见白面小僮戴缨帽跪床下，持一单幅，上书"家政条条，人口寥寥"八字。余念此鬼戏我也，我亦戏之。是午饮胡椒汤，胸次稍宽，乃口号续云："可怜小鬼，只怕胡椒。"僮一笑去矣。当热重时，觉床中有六七人纵横杂卧，或我不欲呻吟而彼教之，或我欲静卧而彼摇之。热减，则人渐少，热减尽，仍然一我而已。方信三魂六魄之说，亦属有之。

至于梦兆，有不可解者。余祖旦釜公好道术，梦至一山顶，有八人饮酒，如俗所画八仙状貌。余祖至，群仙不起。余祖戏曰："八个仙人，十五只脚。"李跛大怒，持杖将击。群仙呼曰："速谢罪！"拉余祖跪谢，而杖已至腰，曰："与汝三年。"惊醒后，腰上凸起如鸡卵，群医罔效，溃裂三年，竟卒。余戏谓："跛奴与我家不共戴天。"每见跛像，必痛詈之，亦复不能作祟。

姊夫王贡南祈梦于少保坟，梦一僧，状狰恶，持棍追击。贡南狂奔，见前面群僧数十，围坐草上。贡南求救，众僧拉贡南入草中，而四围膜手向外。

追僧至，索贡南不得，喝曰："无情种子，留他作甚？大众闪开，领吾一棍。"贡南惊醒，至今无验。

余幼时，梦束数百万笔为大桴，身坐其上浮于江，亦至今无验。又立春日，梦关帝绿袍长须立空中，以左手擒我，右手持雷，从脐击入，如烈火钻灼。痛醒，腹犹热也。或以为关帝戊午生，余亦戊午得科之故，终属强解。

壬子乡试，将赴科考，是日五更，梦遇门斗李念先于路，摇手曰："勿去，勿去。相公科考不取，遗才不取，须大收方取耳。"是时科考，遗才最宽，余自问必不至此，后一如其言。因念补廪录科，事甚小而机先动，及后登进士，入词林，改县令，杳无预兆，何也？

广西鬼师

广西信奉鬼师，有陈、赖二姓，能捉生替死，病家多延之。至则先取杯水覆以纸，倒悬病者床上，翌日来视，其水周时不滴者，云可救。或取雄鸡一只，贯白刃七八寸入鸡喉，提向病人身，运气诵咒。咒毕，鸡口不滴血者，亦云可救。拔刃掷地，鸡飞如故。若滴下点水及鸡血者，辞去勿救。其可救者，设一坛，挂神鬼像数十幅，鬼师作妇人妆，步罡持咒，锣鼓齐作。至夜，染油纸作灯，至野外呼魂，其声幽渺。邻人有熟睡者，魂即应声来。鬼师递火与之，接去后，鬼师向病家称贺，则病者愈，而来接火之人死矣。解之之术，但夜闻锣鼓声，以两脚踏土上，便无所妨。陈、赖二家以此致富，其堂宇层层阴黑，供鬼神像甚多。

余婶母患病，呼赖鬼师视之。赖持剑捕鬼，房中有物，如大蝙蝠，投入床下。赖用掌心雷击之，火倒出烧赖须。赖大怒，令煎一锅桐油，书符烧之。以手搅锅中油，闻床下鬼啾啾求饶，久之而绝，婶病果愈。

一日者，陈鬼师为某家呼魂，见蓝衣女冉冉来。逼视之，即其所生女来接火。陈大惊，掷火于地，以掌击其背。急归视女，女方睡惊觉，云："梦中闻爷呼，故来。"所衣蓝布衫上，手掌油迹宛然。

桂林魏太守女病危，夫人延陈鬼师视之，陈索百金为谢。太守素方严，拘而杖之，将置之狱。鬼师笑曰："杖我毋后悔。"方杖鬼师，女忽于床上呼曰："陈鬼师命二鬼杖我臀，拉我入狱！"夫人大恐，力劝放之，许以重谢，陈曰："业为祟鬼所惊，吾力不能。"女竟死。

马家坟

伊都拉，年二十一，入直羽林。假日，猎芦沟桥之西，见群雀飞入林际，因驰马纵鹰攫之。雀惊散，少年将往收鹰，见深林内有人臂鹰而立，以右手刷其羽毛。谛视之，自手至足，皆枯骨也。骇而奔告诸仆从，弹以鸟枪，枯骨人不见。

伊收鹰。行里许，望见高楼大厦，以为贵人庄院，各下马。见老妇人冉冉来，戴大髻，衣杏黄袍，锦靴素袜，婢数人，向伊呼曰："汝非某家郎乎？余为汝中表姑。既至此，何不过我？"伊趋前问起居曰："某以当差内府，不识大人居址，请往候安。"老妇先行，招诸仆从曰："汝辈俱来少息。"入第，堂宇深邃，老妇趺坐榻上，与语近事，甚悉。呼其女出见，曰："汝妹也，年十八矣。"伊见其貌美，心为之动。老妇曰："郎君远猎，得毋渴乎？"食以瓜，大倍于常，并赐诸从者，皆叩头谢出。侍者引至左旁，与女子坐语良久。

俄而，一华服丈夫冠珊瑚顶孔雀翎昂然自外入，少年起，执手问讯。坐定，丈夫曰："顷于树林内得鹰绝佳，甚爱之，忽有何人放火枪，几为所中，鹰逸去，可惜！"伊闻之，始悟为鬼，默不敢语。因诡请如厕，出门上马而驰，仆从六七人，各色若死灰。行数十步，回望之，松楸宿草而已。询之土人，曰："此马家坟也。昔有马将军者，以阵亡，暨其夫人并一女同葬于此。"

天厨星

曹能始先生饮馔极精，厨人董桃媚尤善烹调。曹宴客，非董侍则满座为之不欢。曹同年某督学蜀中，乏作馔者，乞董偕行。曹许之，遣董。董不往，曹怒逐之。董跪而言曰："桃媚，天厨星也，因公本仙官，故来奉侍。督学凡人，岂能享天厨之福乎？尔来公禄将尽，某亦行矣。"言毕，升空向西去，良久影逝。不逾年，曹竟不禄。

梦中联句

曹少时过太平书坊，得《椒山集》归。夜阅之，倦，掩卷卧。闻叩门声，启视，则同学迟友山也。携手登台，仰见明月，友山赋诗云："冉冉乘风一望迷。"曹云："中天烟雨夕阳低。来时衣服多成雪。"迟云："去后皮毛尽属泥。但见白云侵月冷。"曹云："何曾黄鸟隔花啼。"迟云："行行不是人间象。"曹云："手挽蛟龙作杖藜。"吟罢，友山别去。学士归语其妻，妻不答；转呼仆，仆亦不应。复坐北窗，取《椒山集》掀数页，回顾己身卧竹床上，大惊，始知梦也。惊醒，起视《椒山集》，宛然掀数页，而次日友山讣至。

碧眼见鬼

河南巡抚胡公宝瑔，眼碧色，自幼能见鬼物。九岁犹不言，尚记前生事。

能言后，不复记矣。自言人间街衢堂屋，在在有鬼，惟朝廷午门内无之，菜市口刑人处，鬼尤丛集。遇人气盛，避之而行；衰弱，则摩肩而过。或有所揶揄者，其人必病。午前犹不甚出，午后道路纷纷。然其举止，率皆卑琐龌龊，无昂伟正大者。

公一生不肯入庙，神佛见之，往往起立。尝述所经历者：尊莫尊于东岳大帝，卤簿繁盛；奇莫奇于金将军，遍体金色，毛孔闪闪，生万道金光；丑莫丑于狭面神，身长三尺，面长四尺，阔止五六寸，令人对之欲呕。他如如来、仙子、关公、蒋侯，皆未之见也。幼时过土地祠，旁塑牛头鬼，公践其角。鬼随归家，以角抵公卧床，震撼不已。随患疟，牛压其胸，太夫人祭之方去。人问："胡公官贵，何神佛见之尚起立，而牛头贱鬼乃敢揶揄之耶？"余答之曰："惟是神是佛，正直聪明，故知其为贵人正人而敬之。牛则无知也，何敬之有？"

公抚河南时，朔日行香，未至庙，忽低头持扇遮面。司道迎接打恭，岸然不答。公素谦，一旦改常，司道大疑。越一日，乘间问曰："公某日行香如有意拒绝我等者，得毋有所开罪乎？"公曰："非也。前日见庙前有天蓬神两位被河神锁系，求我说情。我若允许，则彼原有罪；如不允，则天蓬神缠扰不清，故佯为不见而过之耳。"

龙　母

常熟李氏妇，孕十四月，产一肉团，盘曲九折，莹若水晶。惧，弃之河，化为小龙，擘空而去。逾年，李妇卒，方殓，雷雨晦冥，龙来哀号，声若牛吼。里人奇之，为立庙虞山，号"龙母庙"。乾隆壬午夏，大旱，牲玉既馨，卒无灵，桂林中丞以为大戚，其门下士薛一瓢曰："何不登堂拜母乎？"中丞遣官以牲牢祷龙母庙，翌日雨降。

清凉老人

五台山僧，号清凉老人，以禅理受知鄂相国。雍正四年，老人卒。

西藏产一儿，八岁不言。一日剃发，呼曰："我清凉老人也，速为我通知鄂相国。"乃召小儿入。所应对，皆老人前世事，无舛。指侍者仆御，能呼其名，相识如旧。鄂公故欲试之，赐以老人念珠，小儿手握珠叩头曰："不敢，此僧奴前世所献相国物也。"鄂公异之，命往五台山坐方丈。将至河间，书一纸与河间人袁某，道别绪甚款。袁故老人所善，大惊，即骑老人所赠黑马来迎。小儿中道望见，下车直前抱袁腰曰："别八年矣，犹相识否？"又摩马鬣笑曰："汝亦无恙乎！"马为悲嘶不止。是时，道旁观者万人，皆呼生佛，罗拜小儿渐长大，纤妍如美女。过琉璃厂，见画店鬻男女交媾状者，大喜，谛玩不已。归过柏乡，召妓与狎。到五台山，遍召山下淫妪与少年貌美阴巨者终日淫媟，亲临观之，犹以为不足；更取香火钱往苏州聘伶人歌舞，被人劾奏。疏章未上，老人已知，叹曰：“无曲躬树而生色界天，误矣！”即端坐趺跏而逝，年二十四。

徐崖客

湖州徐崖客者，孽子也，其父惑继母言，欲置之死。崖客逃，云游四方，凡名山大川，深岩绝洞，必攀援而上，以为本当死之人，无所畏。登雁荡山，不得上，晚无投宿处，旁一僧目之曰：“子好游乎？”崖客曰：“然。”僧曰：“吾少时亦有此癖，遇异人授一皮囊，夜寝其中，风雨虎豹蛇虺俱不能害。又与缠足布一匹，长五丈，或山过高，投以布，便攀援而上。即或倾跌，但手不释布，紧握之，坠亦无伤。以此游遍海内。今老矣，倦鸟知还，请以二物赠公。”徐拜谢别去。嗣后，登高临深，颇得如意。

入滇南，出青蛉河外千馀里，迷道，砂砾渺茫，投囊野宿。月下闻有人溲于皮囊上者，声如潮涌。偷目之，则大毛人，方目钩鼻，两牙出颐外数尺，长倍数人。又闻沙上兽蹄杂沓，如万群獐兔被逐狂奔者。俄而大风自西南起，腥不可耐，乃蟒蛇从空中过，驱群兽而行，长数十丈，头若车轮。徐惕息噤声而伏，天明出囊，见蛇过处两旁草木皆焦，己独无恙。饥无乞食处，望前村有若烟起者，奔往，见二毛人并坐，旁置镬，爇芋甚香。徐疑即月下遗溲者，跪而再拜，毛人不知；哀乞救饥，亦不知；然色态甚和，睨徐而笑。徐乃以手指口，又指其腹，毛人笑愈甚，哑哑有声，响震林谷，若解意者，赐以二芋。徐得果腹，留半芋，归视诸人，乃白石也。

徐游遍四海，仍归湖州。尝告人曰：“天地之性，人为贵。凡荒莽幽绝之所，人不到者，鬼神怪物亦不到。有鬼神怪物处，便有人矣。”

虎衔文昌头

陕西兴安州民某六月娶妻，天大暑，路远，新妇以红巾裹首，不胜闷热，暴死车中。其父母悲甚，买棺殓之，不便仍舁至家，乃厝之城外古庙后。棺不甚坚厚，会大雨，凉气浸入棺中，女复活，哼哼有声。庙中僧师徒二人闻而视之，启其棺，嫣然美妇也。扶起，以汤药灌苏，抱女入寺。其徒思独占此女，嘱师买酒，饮半醉，持斧斫杀之，即以女棺盛其师尸置庙后，而负女逃居别村文昌祠，蓄发为火居道士。

逾年，夜忽有虎跳入祠中，将所塑文昌帝君头衔去，而遗下乳虎三只。村邻喧传，争来看虎，女之父母亦至。突见其女，以为鬼也，抱哭良久。女不能隐，具陈始末，且告以占妻杀僧事。其父母控官，讯鞫得实，掘验僧尸，置其徒于法，女交父母领归。此事严侍读冬友从陕西归亲为予言。

采战之报

京师人杨某，习采战之术，能以铅条入阴窍而呼吸进退之，号曰"运剑"。一鼓气，则铅条触壁，铿然有声；或吸烧酒至半斤。妓妾受其毒淫者众矣。

忽自悔非长生之道，乃广求丹灶良师。相传阜城门外白云观，元时为丘真人所建，每年正月十九日，必有真仙下降，烧香者毕集。杨往伺焉，见一美尼偕众烧香，衣褶能逆风而行，风吹不动，意必仙也，向前跪求。尼曰："汝非杨某学道者乎？"曰："然。"曰："我道须择人而传，不能传汝俗子。"杨愈惊，再拜不已。尼引至无人之所，与丹粒二丸，曰："二月望日，候我于某所。此二丹与汝，可先吞一丸，临期再吞一丸，便可传道。"杨如其言，归吞一粒，觉毛孔中作热，不复知寒，而淫欲之念，百倍平时，愈益求偶。坊妓避之，无敢与交者。

至期，吞丹而往，尼果先在一静室，弛其下衣曰："盗道无私，有翅不飞。汝亦知古人语乎？求传道者，先与我交。"杨大喜，且自恃采战之术，耸身而上。须臾，精溃不止，委顿于地。尼喝曰："传道传道，恶报恶报。"大笑而去。五更苏醒，乃身卧破屋内，闻门外有卖浆者，匍匐告以故。舁至家中，三日死矣。

木皂隶

京师宝泉局有土地祠，旁塑木皂隶四人，炉头铜匠，咸往祀焉。每夜，众匠宿局中，年少者梦中辄被人鸡奸，如魇寐然，心恶之而手足若有所缚，不能动，亦不能叫呼。且起摸谷道中，皆有青泥。如是月馀，群相揶揄，终不知何怪。后祀土地，见一隶貌如夜间来淫人者，乃诉之官，取铁钉钉其足，嗣后怪绝。

王清本

湖北巡抚陈公葬其父文肃公于祖茔，卜有日矣，其弟绳祖梦有持帖来拜者，上书"王清本"三字。入门，则十三人也，坐无一语。俄而，十二人辞去，独留一人告公曰："此十二人皆河神也。"公惊醒。次日，到坟伐其树之碍路者，树文有"王清本"三字，数之，十二枝也，大骇，遂命停斧。其木今尚存于家。此事严侍读为余言，并云："偶阅《五色线》说部，果载河神名王清本。"

女化男

耒阳薛姓女名雪妹，许字黄姓子，嫁有日矣。忽病危，昏聩中有白须老人拊其身，至下体，女羞涩支拒，白须翁迫以物纳之而去。女大啼，父母惊视之，已转为男身矣，病亦霍然。邹令张锡组署耒阳篆，陶悔轩方伯以会审来，唤验之，果然，面貌声音，犹作女态，但肾囊微隙，宛然阴沟也。薛本二子，得此为三，改雪妹名为雪徕。

井泉童子

苏州缪孝廉涣，余年家子也。其儿喜官，年十二，性顽劣，与群儿戏溲于井中。是夜得疾，呼为井泉童子所控，府城隍批责二十板。旦起视之，两臀青矣，疾小痊。越三日，复剧，又呼曰："井泉童子嫌城隍神徇同乡情面罪大罚小，故又控于司路神，神云：'此儿污人食井，罪与蛊毒同科，应取其命。'"是夕遂卒。问："城隍何人？"曰："周公范莲，庚戌翰林，苏州人，为河南某郡太守，正直慈祥。每杖人，不忍看，必以扇掩其面。"

射天箭

苏州陶夔典之弟某，年十六，好仰空发矢，号曰"天箭"。忽一日射毕投弓大叫曰："我太湖水神，朝天过此，被汝射伤我臀，罪当万死！"举家跪求，卒不能救，病一日而死。夔典为余曰："弟诚顽劣，然以鬼神之灵而不能避儿童之箭，亦不可解。"

神秤

张玉奇，武进县户房书吏也。解钱粮至苏州，过横林地方，白日仆地。越一日苏，自言被金甲人擒去，至大院落呼曰："大师父，恶人来矣。"上坐青面獠牙者，云："既是恶人，着即拘禁。"金甲人跪请曰："玉奇有朝廷公事在身，未便羁留，且放还阳，候其事毕，再行审讯未迟。"青面者许之，张遂活。

解粮至苏，掣批归，仍过横林，宿旅店中，梦金甲人又来，将玉奇引见大师父，即青面者。大师父判曰："取玉奇生平功过簿来，称其轻重，再行治罪。"左右取一秤至，金星照耀，其权以紫金石为之。凡善事用红标签，恶事用黑标签，分投秤盘中。顷刻间，红轻黑重矣，张战栗不已。俄而，有人取红签文书一卷投之，则秤盘中诸黑尽为所压，红签重不可量。青面者曰："有此大功德，可放还阳，增寿一纪。"

玉奇惊醒，以此语人。人问："可认得是何文书？"曰："我所承办，岂有不认！此常州刘藩司名某者抄家案也。"刘被抄时，所籍田产，佃户陈欠甚多，县令某欲按数比追。玉奇阳承奉其言,而夜中故意不戒于火,尽焚之,以此被杖,其事遂已。想压秤者,是此事也。"玉奇至今尚存。

庄明府

庄明府炘,未官时,馆广西横州刺史署中。昼卧书室,梦青衣人持帖云:"城隍神奉请。"庄随行至一衙署,城隍神降阶迎,叙寒温毕,道:"为某案事,君作中证,故屈来质对,无干碍也。"庄唯唯,即告以当年作中原委。城隍笑颔之,呼僮置酒,神南向,庄西向,曰:"敝署有幕友四人,可许作陪否?"庄首肯,左右即请四先生来,皆非素相识者,彼此相揖,不交一言。四先生依城隍而坐,离庄甚远,阶下红灯四盏,光荧荧然。

宴毕,庄知为阴府,因问:"终身之事,可预知否?"城隍神亦无难色,命左右取四簿至,上贴红签,有"横死、夭死、老寿、四柱"名目。庄本身注在老寿簿上,有妻某、子某、姜某云云。庄其时尚无子无姜也。庄辞别,城隍神命青衣者依原路送还。

出衙,见街上搭台演戏,观者加堵,庄问:"何班?"青衣者曰:"郭三班也。"中有白须老人冯某,是庄旧邻,死久矣,一见便来握手,且托云:"我葬某地,棺为地风所吹,现在倾仄。君归告我儿孙,改葬为安。"

庄自粤归,如其言,告知冯家。启坟视之,棺果斜朽。十馀年来,庄之遭际,历历如梦。惟所云为某中证事,不肯向人言。

净香童子

桂林相国陈文恭公幼时扶乩,仙判牒云:"人原多道气,吏本是仙才。"后文恭历任封疆,位至宰相,似乩仙语未满其量。

公卒后数年,苏州薛生白之子妇病,医治不效,乃扶乩求方,乩判云:"薛中立,可怜有陈气汤而不知用,尚得为名医之子乎?"服之果愈。问:"乩仙何人?"曰:"我叶天士也。"盖天士与生白在生时各以医争名,而中立者,生白之子,故谑之。从此,苏人求方者毕集。乩所判药,应手而痊。

一夕告别,大书云:"我为大公祖净香童子所召,不得不往。"众骇然问:"净香童子何以有公祖之称?"曰:"陈文恭公已复净香童子之位矣。"陈,故苏州巡抚也。

棺尸求祭

常州御史吴龙见,文端公之曾孙也。其弟某,馆于李氏,厅宇甚宽,旁有古棺,穗帷尘满,吴亦习见,不以为怪。一夕月明时,棺中橐然有声,则前和开矣，中伸一首出，纱帽白髯，手指其腹，自称饥渴求祭。吴许之，白髯者向棺中取淡黄色袍服相界，曰："此明朝万历皇帝所赐也，今以为谢。"吴不敢受。夜渐阑，棺合缝如故。吴次日告主人，为建斋醮。据云：此棺乃李氏高祖，名杰，前明侍郎。以子孙甚多，惑于风水，故未葬耳。

沈椒园为东岳部司

嘉兴盛百二，丙子孝廉，受业于沈椒园先生。沈殁数年，盛梦游一处，见椒园乘八轿，仪从甚盛。盛趋前拱揖，沈摇手止之，随入一衙门。盛往投帖求见，阍者传谕："此东岳府也，主人在此作部曹，未便进见。"盛知公为神，乃踉跄出。见柳阴下有人彷徨独立，谛视之，椒园表弟查某也，问："何以在此。"曰："椒园表兄招我入幕，我故来，及到此，又不相见，未知何故。我有大女明姑，冬月将出嫁，我要过此期才能来，而此意无由自达，奈何？"盛曰："若如此，我当再叩先生之门，如得见，则并达尊意何如？"查曰："幸甚。"盛仍诣辕门，向阍者述所以又来求见之故，阍为传入。顷之，阍者出曰："主人公事忙，万不能见。可代致意查相公，速来速来，不能待至冬月。即查大姑娘，亦随后要来，不待婚嫁也。"盛以此语复查，相与欷歔而醒。

是时春二月也。急往视查，彼此述梦皆合，查怃然不乐。其时查甚健，无恙。至八月间，查以疟亡；九月间，查女亦以疟亡。椒园，余社友，同举鸿词科。

卷十八

陕西茶客

陕西茶客某，贩茶江南，归宿阕乡旅店。其东厢先有居者，山东二布客也。彼此晚膳毕，闭门睡矣。客梦有怪物，披发，赤短须凹面，撞门入，手持铁索，取东厢二布客锁之。随锁茶客，三人共索如鱼贯然，缚门外柳树上，怪又撞入他店去。二布客铁链甚紧，不能动；茶客链稍松，苦挣得脱。惊醒，以为梦也。告店主，亦不甚怖。次日五更，店主大喊，东厢二客死矣。半里外饭店中，亦死一骡夫。

山娘娘

临平孙姓者新妇为魅所凭，自称"山娘娘"，喜敷粉着艳衣，白日抱其夫作交媾秽语。其夫患之，请吴山施道士作法。方设坛，其妻笑曰："施道士薄薄有名，敢来治我？我将使之作王道士斩妖矣！"王道士斩妖者，俗演戏笑道士之无法者也。即以手按其妇腹下，秽血喷之，法果不灵。道士曰："我有辟秽符在枕中。"命其徒取而张之，再坐坛作法。妻有惧色，亦坐几上，挥帚作法，彼此斗良久。其夫见三目神擒一白猴，大五尺许，投阶前，猴俯伏。道士取而掷之，屡掷屡小，缩如初生小猫。乃取入瓦坛中，封以符印，旋有黑气从坛中出。次日投江中，妇病遂愈。

瓜州公子

杭州大方伯地方，有胡姓姑嫂二人，同居一楼。清明日，嫂见瓦上有搭柳为桥者，疑是儿戏，用竿挑去之。晚间，有羽衣男子突至卧床前，曰："我瓜州公子也，与汝姑嫂有缘，故折柳做鹊桥，从瓦上度来，以应清明佳节，汝何得拆去？"言毕，住房中，凭二女为祟。其家请道士念《玉皇经》解禳之。道士方至，怪以溺器掷之，经卷淋漓。道士逃去。胡翁遣老妪五人守夜调护，则五妪发皆成辫，丝丝相接，非拖曳不能行。如是者月馀。

其女久有婿家，遂择日嫁之，怪曰："某家无缘，我不能往，在此徒挟一美，亦觉萧索，请从此辞。"因谓胡翁曰："我在此闹汝久，甚愧无以为报。我有妹甚美，愿赠汝为妾，未知汝肯纳否？"胡请见，怪许之，命中堂垂帘观之，果望见绝色女子。胡不觉心动，急请婚期。怪曰："我愿以汝为妹夫，而妹嫌汝老丑，心颇不肯。汝能将颐下须尽去之，则姻事成矣。"胡年五十馀，肥而多髯，惑其言，一旦尽剃之，怪在空中大笑去，妹竟不来。

王白斋尚书为潮鸣寺僧

余同年王白斋，少年美秀。初入学时，年才十七。偶游潮鸣寺，见影堂老僧像，不觉毛发渐沥，还家遂病。嗣后过寺不敢入。及探花及第时，梦老僧以线香五十四枝与之，曰："我有三弟子：一梦麟，一钱维城，一汝也。汝将来司刑名时，当超度某案，再来归依原位。"白斋秘而不言。后果为大司寇，寿五十四而终，卒不知所超度者何案也。

白天德

湖州东门外有周姓者，其妻踏青入城，染邪归。其家请道士孙敬书诵《天篷咒》，用拷鬼棒击之，妖附其妻供云："我白天德也。为祟者，我弟维德，与我无干。"孙书符唤维德至，问："汝与周家妇何仇？"曰："无仇。我路遇，爱其美，故与结缘。方爱之，岂肯害之！"问："汝向住何处？"曰："附东门玄帝庙侧，偷享香火已数百年。"孙曰："东门庙是玄帝太子之宫。当时创立，原为镇压合郡火灾，故立庙离宫东首。汝何得妄云玄帝庙耶？"妖云："治火灾当治其母，不当治其子，犹之伐木者当克其本，不克其枝。汝作道士而五行生克之理茫然不知，尚要行法来驱我耶？"拍其肩大笑去。周氏妻亦竟无恙。

髑髅乞恩

杭州陈以夔，善五鬼搬运法，替人圆光，颇有神效。其友孙姓者宿其家，夜半，床下走出一白发翁，跪而言曰："乞致意陈先生，还我髑髅，使我全尸。"孙大骇，急起，以灯照床下，则骷髅一具存焉，方知陈驱役鬼物，皆向败棺中取其天灵盖来施符用咒故也。孙初劝之，陈犹隐讳；取床下骨示之，陈乃无言，即送还原处。未几，陈为群鬼所击，遍身青肿死。

锡锞一锭阴间准三分用

杭州龚薇垣生员，原任甘泉令龚明水之从子也。病中梦游阴府，街巷店铺，与阳间无异，惟黄沙迷漫，不见日月。见店铺中有司柜者，故所识也，趋往问路。司柜者笑曰："此间无路。汝至此，尚欲何往？"再问不答。薇垣不得已，彷徨道中。

有乘四轿呵殿而来者，近视之，己之岳翁某也，趋而问焉。翁惨然曰："此非人间，汝何至此？"薇垣方知其身已死，因自述病中原委，并问其父母寿算。岳翁曰："此事非我所司，汝叔父明水先生现在王府教书，汝可往问。但王府尊严，侍卫甚众，非重用门包不能通报。"薇垣问："门包何物？"曰："亦不过阳世通用之锡锞耳。凡阳世烧锡锞一锭，阴间准作三分用。或有破损湿烂者，仅准一二分用。"薇垣闻言，急走往王府，忘其身未带锡锞。

至一宫门，侍卫者如林，见薇垣，果伸手索贿，而薇垣无以应也，但口称"家叔明水在此教书，烦为通报"。侍卫者怒，骂曰："一老腐头巾在府，已甚可厌，怎禁得又添一小腐头巾来！"挥杖击之，一惊而醒，家人已环泣于旁。后数月，薇垣忽无故缢死。

鸡卵担粪

杭州清泰门外有观音堂徐姓者，其妻为五通神所据，每朔望，至其家饮啖，有事必预为通知。妻故穷苦，佐其夫粪田。神怜之，代为担粪。以两空壳鸡卵为桶，盛粪石许，细竹管挑之，较多于木桶盛者，而所灌田尤肥。

狐 丹

常州武进县有吕姓者，妇为狐所凭。化作美男子，戴唐巾，为人言休咎，有验有不验。来问卜者，狐或外出，则命书一笺焚之，存其灰于坛中。狐来，口吐物，红色，如小镜然，大不过寸许，持向坛中照灰，便能朗诵所焚之语，丝毫无误。照毕，仍吞入腹中。或云：此狐丹也。狐有批答，辄令妇口授之，虑其遗忘，则以手掐妇手指之中节，便能记忆。虽长篇韵语，俱能成诵，过此则依然不识字也。

有某秀才，为妇中表亲，欲与狐唱酬，嘱转致狐。狐曰："有一对，秀才能属对，即与酬答可也：'红白桃花映纸窗，花无二色。'"妇以告，秀才不能对，惭而退。此狐至今犹存其家。钱竹初明府为予言。

处州溺妇奇狱

处州乡民陈瑞送妻还其母家，路过半塘桥，妇溲于厕，久而不返。陈往寻不得，望前村攒屋中红裙外露，急往视之，果其妻裙也。似被人曳入棺中，露半幅于外。心疑僵尸作祟，将斧出之以救其妻。访问棺主，有张某云："此我家姑母棺也。姑母死时，年三十馀，其子又亡，无力营葬，久攒于此。"陈请开棺，初不许，陈哀求至再，始许之。劈开，则一白须男子，手持某妻之裙，而不见其妻之身。于是，陈以失生妻控官，张以失死姑控官，官不能断，至今悬为疑狱。

道家有全骨法

杭州龙井初开时，商人叶姓者司其事。有倪某者，为叶择开工日期。后十年，叶身故，倪忽暴病，有群鬼附其身，语音不一，曰："还我骨，还我骨！"声啾啾然，楚、越、吴、鲁音皆杂有也，最后有自称陈朝傅将军者曰："我助萧摩诃南征北讨，葬此千年，汝何得与叶某擅伤我骨？"家人环求曰："此官府所命，主人力不能抗，将军何不相谅耶？"将军曰："此虽公事不可违，然汝与叶某理宜将掘骨暴棺事告知官府。官府不从，便与汝无罪。今汝等并不告官，而擅将我等数十人骨混行抛掷，以致男装女头，老接少脚，至今丛残缺散，鬼如何安？"家人请用佛法解禳，将军曰："佛无能为，惟道家有全骨法，汝往求之。"

于是，叶家人访有礼斗人施柳南、万近蓬等，往而拜求，遂设坛于龙井。作法七日，见西湖神灯赫然，散满水上，或叠高为塔，或横排为雁字，或团聚如大车轮，或散作流萤万点。须臾，斗母下降，霞佩璎珞，严妆不可逼视。牵二囚来，即叶某与倪姓也，皆跪阶前。鬼数十争来笞击，斗母喝曰："此亦汝等劫数，毋庸仇怨。我命九幽使者尽提残骨，为汝等补还可也。"少顷，髑髅数十具皆有白气萦绕，旋滚成团，其缺处皆圆满矣。将军长丈馀，披金甲，率群鬼拜谢斗母。叶亦解锁，合掌膜拜而去，倪病遂愈。此事近蓬为余言。

批地藏王颊

两江总督于成龙未遇时，梦至一宫殿，上书"地藏王府"四字，殿上老僧伽跌闭目。于心念地藏王主人间生死事，家有老仆某，愿而勤，久病不起，因长揖告诉，求为延寿。再三言，僧嘿然不应。于怒，直前手批其颊。老僧开眼笑，屈一指示之。醒而告人，皆云："地藏王一指，当是延寿一纪。"已而老仆病愈，果又生人间十二年。

儒佛两不收

杭州杨生兆南，业儒，兼通禅学。殁后一年，托梦于其妻曰："人死必有所归。我故儒士，司魂者送我于文昌所，帝君出题试我，我不能作，帝君不收；司魂者再送我佛菩萨处，佛出经问我，我不能解，佛又不收。彷徨阴间，无歇足之地。不得已，将以某月日投生张某家。自念我一生好佛，汝须往告张家，勿以荤乳我，免再堕落。"张故兆南友也。临期视之，其家果生一男，盘膝而生。哭三年不止，张氏喂以荤，哭遽止，而儿遂犯惊痫之疾。此乾隆四十三年事。

鸟门山事

绍兴东关有张姓者，妻病延医，行过鸟门山，遇白须叟相随而行。时天已晚，觉此叟足不贴地，映夕阳无影，心疑为鬼。问其踪迹，叟亦不讳，曰："我非人，乃鬼也，然有求于君，非害君者。我有骸骨葬鸟门山之西，被凿石者终日钻斫，山石就倾，我坟中朽棺亦已半露，不久将坠入河中。幸君哀我，为改葬之。君前去到新桥地方，有五个溺水鬼坐而待君，我为君先往驱除之。"出怀中朱家糕与张食曰："明日请到朱家，以朱家包糕纸为证。"张与偕行至新桥，果有黑气五团踞桥坐。叟先往折柳枝打之，声啾啾然，尽落于水。张到医家，叟再拜别去。

次日，张往朱家买糕，出其纸，果朱店中招贴也，告以原委，店主人悄然曰："君所见叟，姓莫名全章，故余戚也。渠改葬之事，何不托我而托君？想与君有缘。君命中不应死于五水鬼，故神灵命此叟为君驱除耶？"引张往鸟门山，视其墓棺，离水仅尺许，乃别择地改葬焉。

杨　二

杭州杨二，素以拳棒为事。夏夜，坐后园假山上乘凉，见石罅中出一小头，先露其发，再露其面。杨大骇，持棍击之，头不见。次日宿楼中，闻楼下有着屐声往来历落，疑为贼，然心念偷儿无着屐之事。有顷，屐声缘梯而上，则一白衣人带甬长帽，手持四方灯笼，嘻嘻然向杨而笑。杨击以铁尺，白衣人坠于楼下，作怒声曰："好打好打！待我唤伙计来，好好收拾你！"

次日，杨召其徒告之，诸无赖噪曰："彼有伙计，我等亦有伙计，请护持老兄登楼打鬼。"于是治肴痛饮，各持器械登楼，鬼竟不至。鸡鸣时，诸无赖各倦卧。平明起，寻杨二不见。觅之，已死于楼下竹榻上。

吴秉中

吴秉中，居葵巷，故予旧宅邻也，延汪名天先生训其子侄。月夜至馆中闲谈，见墙上有一老翁，长尺许，白发锐头，坐而效其所为。吴吃烟，叟亦吃烟；吴拱手，叟亦拱手。以为大奇，呼汪先生观之，先生所见无异。其侄锡九往观，无所见。是年秋，秉中与汪俱死，而锡九至今独存。

土窟异兽

闽商陈某，与诸客泛海，遇飓风，飘至一山脚下，见山崖平坦可步，相率樵采。初进，路甚仄，行一二里，即觉开旷。时天色将晚，闻海风萧飒，林鸟啾啁，不敢深入，乃归。

次日，风更甚，舟不行，舟中人悔昨未穷其境，约再往，拉陈与偕。迹前径行八九里，有一溪，水色澄绿，旁有土山，不甚高，穴中似有物喘息。众惧审走，陈恃胆力，上大树隐身觇之。

食顷，其物出穴外，大倍水牛而形似象，顶生一角，晶莹犀利，盘踞石上长啸，声裂竹木。陈惊惧几坠，但见虎豹猿鹿各以其属至，俯伏其下，不止千计。其物择肥者践之，用舌舐其腹，吸其血，百兽皆股栗不敢动。食三四兽，复曳尾入穴。客乃下，寻旧径归，与众言所见，终未知山与兽何名也。

鸡脚人

闽商杨某，世以洋贩为业，言其祖于康熙中偕客出洋，遇旋风吹入海汊。其水面四高，惟中港独低，又在海水之下。杨舟盘涡而下，人船惧无恙。

至港底，见山川草木，田畴蔬谷，一如人世，惟无庐舍。岸侧有船依泊，内有数十人，亦中州来者，见杨等，欢如骨肉。因言此水惟闰年月有一日独高与海水平，舟始可归，然只一食顷耳，稍迟则又不得上矣。其人先被飓风吹至时，亦曾有人居此港，后遇闰水得归。彼迟不及，留此六年，皆屡遇闰而失其时，故未得去。杨同舟客有四十人，带有谷菜诸种，咸分土耕种。其地颇沃而收倍，且不须人灌溉，终日与前舟人款接往来，几忘身在世外也。惜无黄历考日时，每食讫，咸登舟待水满而已。

一日，杨与客闲步野外，望隔溪有人行近溪口，皆长丈馀，无衣，身有毛，脚如鸡爪，胫如牛膝。见杨，啾唧作对语状，音不可晓。归与彼舟人言之，亦言来时曾于溪口见之，缘溪满不得渡。倘其来此，吾辈宁有孑遗耶？

后六年八月，遇风水满，与前舟人同归。杨家有老仆曾随行者，今已八十馀，尚在，能道其详。按台湾有鸡爪番，常栖宿树上，此岂其苗裔欤？

海和尚

潘某老于渔，业颇饶。一日，偕同辈撒网海滨，曳之，觉倍重于常，数人并力舁之。出网，中并无鱼，惟有六七小人跌坐，见人辄合掌作顶礼状，遍身毛如猕猴，髡其顶而无发，语言不可晓。开网纵之，皆于海面行数十步而没。土人云："此号'海和尚'，得而腊之，可忍饥一年。"

一足蛇

谢大痴言：其友某在黔日，往一村，见民家多悬一物，鳞甲莹然，已腊而干之矣。言此去五里有山，为樵采地。山脚为往来路径，旁有枯树一株，极大。树内藏一蛇，人首驴耳，耳能扇动有声，鳞如松皮，只一足，如龙爪，吐舌甚长，跃行迅疾。近人辄以口喷毒气，令人迷仆，然后以舌入人鼻，吸血饮之。村人募丐者，予以金，除其患，无有应者。

逾年，有二丐应命，索重酬，众为酿金如其数。其人取唾涎厚涂其身，裸而诱之。蛇果至，则急趋道旁田内。蛇追及之，陷于泥中，不能动。然后二丐跃起，以长竿扎刀尽力斫之，断其首，乃死。村民家有被其害者，争分其肉。

方 蚌

有人在闽出海口樵采，至一山，见山涧内悉卧方蚌：大者丈许，小者亦长数尺，礳砢重叠，以千百计。其人惊，方欲去，忽一蚌开口，其壳内有蓝面人，如夜叉状，卧其中。见人，手足皆动，作攫拿势，欲起而不得脱，盖其躯生壳上，即借蚌壳为背，故不能脱壳而出。少顷，众蚌悉张口，皆有夜叉如前状，其人仓皇急窜，闻背后剥剥有声，众蚌皆旋滚随之。及舟，舟中人斫以巨斧，获其一，并壳俱碎，夜叉亦死。带归示人，俱无知者。

山和尚

有李姓者客中州，遇大水，登山避之。水势骤涨，其人更上山顶。时已暮，见矮草屋，乃山民耕地夜巡者所居，内悉藉以草，旁置一竹梆，其人宿焉。中夜，闻踏水声，视之，见一黑短胖和尚游水面将至。其人大呼，此怪稍却，少顷又前。其人窘急，取梆大击。山民都集，怪遂去，终夜不复至。次日水退，询山人，云："山和尚也，斯人孤弱，便食人脑。"

赠纸灰

杭州捕快某，偕其子缉贼，每过夜子不归。其父心疑，遣徒伺之。见其子在荒草中谈笑，少顷，走至攒屋内，解下衣，抱一朽棺作交媾状。其徒大呼，其子惊起，不得已，系裤带随其徒归，然精犹淋漓不止。抚其阴，冷如冰雪，直至小腹。其母问之，曰："儿某夜乞火小屋，见美妇人挑我，与我有终身之计，以故成婚月馀，且赠我白银五十两。"母骂曰："鬼安得有银？"少年取怀中包掷几上，铿然有声，视之，纸灰也。访诸邻人，云："攒屋中乃一新死孀妇。"

汤翰林

钱塘汤翰林其五，未遇时，应试贡院，僦屋而居，苦其狭小。见旁有大宅，封锁甚固，杳无人居。访之邻人，云："此杭州太守柴公屋也，有恶鬼作祟，以故无人承买。"汤素有胆，曰："借居可乎？"邻人笑其狂，亦无阻者。汤遂开锁启门入，见楼上有二桌四椅，楼西有竹箱。虽久无人居，而尘埃不积。汤心喜，即挈行李登楼，手一壶一棍，秉烛读书。

至三鼓，阴风起于窗外，灯焰缩小，有披发女子赤身喷血而进。汤挥以棍，女惘然曰："贵人在此，妾误矣。"仍从窗出。汤喜鬼已出，将解衣安寝。忽楼西厢内簌簌有声，视之，则此女从西厢出，手持裙袄艳色衣并梳篦等物，若将膏沐者。汤愈无恐，且饮且读书。

有顷，女子梳妆毕，着艳衣。冉冉至前跪诉曰："妾负奇冤，非公不能为我白者。妾姓朱，名笔花，杭州柴太守妾也。正妻妒而狡，知太守爱妾，不敢加害。值妾产子时，赂收生婆于落胎后将生桐油涂我产宫，溃烂而亡。妾儿名某，正妻取以为子，至今虽长成，并不知为妾之子。十年后，君为湖北主考，子当出公门下，公须以妾冤告之。妾尸犹埋此楼之东墙井边，有八角砖为记，可命其来此改葬生母。"并指竹箱曰："此皆妾藏首饰食具处也。妾亡时，太守哀痛之至，临去吩咐家人，勿持我箱还家，恐触目心伤故也。后有来窃取者，妾以阴风喝退之，今此中尚存三百金，可以奉赠。"汤为惨然，唯唯而已。

后一如其言。楼上怪从此绝，而屋亦转售。

黑苗洞

湖南房县，在万山之中。西北八百里，皆丛山怪岭，苗洞以千数，无人敢入。有采樵者误入洞内，迷路不能出，见数黑人浑身生毛，语兜离似鸟，以草结巢，栖于树巅。见樵人，喜，以藤缚其手足，挂于树梢。樵者自分死矣。

俄而，一老妪从他巢中来，白发高颡，略似人形，言语犹作楚声，谓樵者曰：

"汝何误入此洞耶？我亦房县城中人。康熙某年年荒，乞食迷入此洞。诸黑苗初欲食我，后摸我下体，知为女，遂留居巢中为妻。"指二黑毛人曰："此我儿也，尚听我说话，我当救汝。"樵人跪谢。老妪腾身上树，亲解其缚，袖中出栗枣数枚曰："为汝疗饥。"随向二黑毛人耳语良久，语呶呶莫辨，手树枝一条，缚布巾于上曰："有尔等同类欲害我乡邻者，以此示之，俾知我意。"

二毛人送樵人，行三日许，才得原路归。路上人皆曰："此黑苗洞也，迷入者都被其啖，从无归者。"

空中扯辫

芜湖江口巡司衙门弓兵赵信，年三十馀，尚未娶妻。忽一日往野庙中，留连笑语，不肯归家。人问之，则曰："吾赘于某氏矣。"极夸其妻之美、家之富。次日又往，嬉笑如常。人与同行，毫无所见，知为鬼所弄，乃嘱其父母苦禁之，闭门而通饮食焉。赵在房呼曰："我来我来，勿扯我辫！"家人在窗眼中密窥之，见其头上辫发直竖空中，似有人提之者，于是防范愈严。三日后，声响寂然。开户视之，竟以辫发自缢床栏干上。

蓬头鬼

泾县于道士能白日视鬼。常往城中赵氏家饮酒，密语主人曰："君家西楼内夹墙有鬼蓬头走出，东窥西探，状如窃贼，必是冤谴有所擒捉，但未知应在府中何人？"主人曰："何以验之？"道士曰："我明日早来，看鬼藏何处，即便告君。君可唤家人一一走过，看鬼作何形状，便见分晓。"主人以为然。

次日，道士来曰："鬼在西厅案桌脚下。"主人召集家丁往来桌前，鬼皆不理；其女六姑娘过，鬼向之大笑。道士曰："此其是矣，然且勿通知令爱，虑其惊怖也。"主人问："可禳解否？"曰："此生前孽，无可禳也。"自后闻抛砖掷瓦之声，月馀不绝。俄而六姑娘以产亡，家果平静。

借丝绵入殓

芜湖赵明府必恭，宰湖南衡阳，伤寒病剧，气已绝矣。家人棺殓，绵絮无一不周，因其心口尚温，故尔未殓。

赵梦行黄沙中，茫茫然不见天日，过一小河，天渐开朗，有庙题曰"准提观音庵"。走入，见老僧趺坐煮素面甚香，觉腹中饥，向僧乞食。僧喝曰："汝何必在此乞食？可作速还家，家中有面等汝。"

赵踉跄走出，遇乡邻吴某拱手谢曰："蒙君见惠，使我体暖。"赵不解所云，惊而醒，果闻素面如庵中之香，盖家人守尸，镇日不饭，故煮面充饥。赵即索食，家人曰:"老爷病月馀,汤水不沾,何能吃面耶?"赵必欲取食,家人无如何,与一瓯,竟饮啖如常,而病亦愈。心中想吴某谢暖之说,乱梦无征,绝不向家人言及。

后二年,赵眷属还芜,将昔年作殓之绵装箱带归。适吴某死,当盛夏,无处买绵,其家殓时来借丝绵,乃即与之。

又三年,赵罢官归,偶与家人谈及前事,方知千里之外,两年之前,此绵应归吴用,生魂早来谢矣。

洞庭君留船

凡洞庭湖载货之船,卸货后,每年必有一整齐精洁之船,千夫拉曳不动。舟人皆知之,曰:"此洞庭君所留也。"便听其所之,不复装货。舵工水手,俱往别船生活。至夜,则神灯炫赫,出入波浪中;清晨,仍归原泊之处。年年船只轮换当差,从无专累一家者,亦从无撞折损伤者。

缆将军失势

鄱阳湖客舟遇风,常有黑缆如龙扑舟而来,舟必损伤,号"缆将军",年年致祭。雍正十年,大旱,湖水干处,有杇缆横卧沙上。农人斫而烧之,涎尽血出。从此,缆将军不复作祟,而舵工亦不复致祭矣。

吴二姑娘

全椒金棕亭进士,寓扬州马氏玲珑山馆。孙某,年十七,文学颇佳,相随读书,祖孙隔房而寝。夜间慒呼声,以为魇也,起视唤之,孙即醒悟。棕亭还卧己房。未几又魇,棕亭再往,其孙业已起坐床上,对棕亭,以两手向上,曰:"请屈一指。"则一指弯。曰:"请屈五指。"则五指弯。自后或叉手,或拱手,作态万状。棕亭呵之,泣求还家见母,乃呼轿送归。

病者自取衣冠靴带着之,请祖父母上坐,拜别曰:"儿即登仙去矣。"举家惶惑,莫知所为。日午,神气稍定,私拉乃祖耳语曰:"无他,一小狐狸闹我耳。"语毕,瞀乱如初。自称:"吴二姑娘与我前世有缘。"或云:"妹子吴三姑娘也来了。姐妹二人要同嫁我。"随作淫秽语,令人难闻。拉棕亭向前,呵气一口,其冷如冰,从鼻管直到丹田,毛发皆慄。

镇江蒋春农中翰赠天师符一张,方欲张挂,而病者遽来抢夺,幸系绫本,爪掐不伤。棕亭张符向之,又被吹冷气一口,符飞窗外,绫竟碎裂。棕亭不得已,求祷城隍庙、关帝庙。数日,忽病者呼:"接驾接驾,伏魔大帝至矣。"

棕亭悚然,率家人齐跪。病者呼棕亭名骂曰:"金兆燕,汝身为进士,而脱帽露顶，不穿公服迎我，有是理乎？"棕亭叩头谢罪。少顷，复呼："接驾，接驾，孔圣人至矣。"棕亭又叩头迎接。文、武二圣，相与共语，嗫嗫不可辨，皆在病者口中作山东、山西两处人口吻，如是者自午及申。举家长跪哀求，不敢起立，腿脚皆肿。病者厉声曰："妖魔已斩，封尔孙为上真诸侯，吾当去也。"棕亭叩送毕，进病者粥。病者向空招手曰："吃粥，吃粥！"狂言如故。棕亭大悟，文、武二圣，皆妖冒充。责病者曰："我年逾六十，从未受人欺哄，今乃为汝揶揄耶？"病者缩首内向掩口而笑，作得意状，颠狂月馀。

有林道士者来，言拜斗可以禳遣。棕亭于是设坛斋醮，终日诵经。如是七日，病者神气渐清，乃急为完姻，入赘岳家，妖果不至。此乾隆四十七年三月间事，棕亭先生亲为余言。

石狮求救命

广东潮州府东门外，每行人过，闻唤救命声。察之，四面无人，声从地下出。疑是死人更活，持锄掘之。下土三尺许，有石狮子被蟒围其颈，众大骇，即击杀蟒，而扛石狮于庙中。土人有所祈祷，灵验异常。或不敬信，登时降祸。自此香火大盛。

太守方公闻之，以为妖异，将毁其庙，民众哓哓，几激成变。太守不得已，诡言迎石狮入城，将别为立庙，众方应允。舁至演武场，锤碎石狮，投之河中，了无他异。太守方公名应元，湖南巴陵人。

余按晋元康中，吴郡怀瑶家地下闻吠声，掘之，得二犬。长老云："此名犀犬，得者其家富昌。"事载《异苑》。

旱魃

乾隆二十六年，京师大旱。有健步张贵为某都统递公文至良乡，漏下出城，行至无人处，忽黑风卷起，吹灭其烛，因避雨邮亭。有女子持灯来，年可十七八，貌殊美，招至其家，饮以茶，为缚其马于柱，愿与同宿。健步喜出望外，绸缪达旦。鸡鸣时，女披衣起，留之不可，健步体疲，乃复醋寝。梦中觉露寒其鼻，草刺其口。天色微明，方知身卧荒冢间，大惊牵马，马缚在树上，所投文书，已误期限五十刻。

官司行查至本都统，虑有捺搁情弊，都统命佐领严讯，健步具道所以。都统命访其坟，知为张姓女子，未嫁与人通奸，事发，羞忿自缢，往往魇祟路人。或曰："此旱魃也。猱形披发一足行者，为兽魃；缢死尸僵出迷人者，为鬼魃。获而焚之，足以致雨。"乃奏明启棺，果一僵女尸，貌如生，遍体生白毛。焚之,次日大雨。

蝎怪

佟明府宰芮城,有乡民夏间袒背坐石上,持面一碗,食未毕,忽大呼仆地而绝。众人视之,背正中有洞,深数寸,黑血泉涌,不知何疾也。具呈报官,疑为卖面人所毒。佟公往验,见所坐石旁有罅,黑血流入罅中,其下若有呼嗫声,乃命掘石。下三尺许,石穴中有蝎,如鹅大,方仰首饮血,尾弯环作金色。乡民争持犁锄击之,蝎死而尾不损。以验死者之背,伤痕宛然,乃以蝎尾贮库,至今犹存。

蛇王

楚地有蛇王者,状类帝江,无耳目爪鼻,但有口;其形方如肉柜,浑浑而行,所过处草木尽枯;以口作吸吞状,则巨蟒恶蛇尽为舌底之水,而肉柜愈觉膨然大矣。

有常州叶某者,兄弟二人,游巴陵道上,见群蛇如风而趋,若有所避。已而腥风愈甚,二人怖,避树上。少顷,见肉柜正方,如猬而无刺,身不甚大,从东方来。其弟挟矢射之,正中柜面,柜如不知,负矢而行。射者下树,将近此物之身,欲再射之。拔其矢,而身已仆矣,良久不起。乃兄下树视之,尸化为黑水。

洞庭有老渔者曰:“我能擒蛇王。”众大骇,问之,曰:“作百馀个面馒头,用长竿铁叉叉之送当其口。彼略吸,则去之而易新者,如是数十次。其初馒头霉烂如泥,已而黑,已而黄,已而微赪。伺馒头之色白如故,而后众人围而杀之,如豚犬耳,不能噬人。”众试之,果如其言。

颜渊为先师判狱

杭州张纮秀才,夏月痢死,家贫无棺,从其叔乞助。叔居海宁,往返五日而纮苏,言至天帝所听谳,已入死案。既而曰:“诸生也。”遣一官押至学宫。请二先师出曰:“是人已有成案,然必得二师决之。”一师曰:“罪轻而情重,当死。”一师曰:“虽然,事尚可矜,渠非首谋,姑与减等,五年后改行则已。其父官岭南,有功德于民,姑押令见渠父。”命原押官押至岭南名宦祠见其父。父大呼曰:“非吾子也!”拒而不见。母夫人从室旁出泣曰:“父不汝子矣!汝当速归改过。但汝死久,恐尸坏,可归则归,否则仍返帝所,自有处分。万勿借他人尸也!”遣鬼仆同至家,觇家人肯认否。及至家,见尸尚横卧未坏,旁有一灯一饭,押者推纮仆尸上,尸遽动,妻子哭而惊视之,其仆呼曰:“认矣,可以报主母矣!"遂去。

纮已活,人争问纮隐事,纮不言。后未五年,纮竟死。其从兄名纲者,毛西河友也,告西河曰:"大清兵下杭州,潞王北去,其宫眷留匿塘西孟氏家。吾弟为王某所诱,谋出首取赏,既而悔之,不列名。后同王某出首者五人,皆暴死。吾弟死而复苏,然狡性不改,与朱道士争一鹤,乃私窜道士名于海寇案中,竟致之死。负先师之训,违慈母之教,宜其终不永年也。"问:"学宫先师姓名,纮曾言何人?"曰:"其一颜渊,其一子服景伯。"

豆腐架箸

四川茂州富户张姓者,老年生一儿,甚爱之。每出游,必盛为妆饰。年八岁,出观赛会,竟不返。遍寻至某溪中,已被杀矣,裸身卧水,衣饰尽剥去。张鸣于官,凶手不得,刺史叶公身宿城隍庙求梦。夜梦城隍神开门迎叶,置酒宴之,几上豆腐一碗,架竹箸其上,旁无馀物,终席无一言。叶醒后解之,不得其故。后捕快见人持金锁入典铺者,获而讯之,赃证悉合。其人姓符,方知竹架腐上,成一"符"字。

蒋金娥

通州兴仁镇钱氏女,年及笄,适农民顾氏为妇。病卒,忽苏,呼曰:"此何地?我缘何到此?我乃常熟蒋抚台小姐,小字金娥。"细述蒋府中事,啼哭不止,拒其夫曰:"尔何人?敢近我?须遣人送我回常熟。"取镜自照,大恸曰:"此人非我,我非此人!"掷镜不复再照。

钱遣人密访蒋府,果有小姐名金娥,病卒年月相符,遂买舟送至常熟。蒋府不信,遣家人至舟中看视。妇乍见,能呼某某名姓。一时观者如堵。蒋府恐事涉怪诞,赠路费促令回通。妇素不识字,病后忽识字,能吟咏,举止娴雅,非复向时村妇样矣。

有何义门先生之侄号权之者,向曾聘蒋府女,未娶女卒。因事来通,妇往见何,称为姑父。与谈旧事,一切皆能记忆,遂呼何为义父。何劝妇仍与原夫为婚,妇不肯,欲为尼,不果。此事在乾隆三十二年。

还我血

刑部狱卒杨七者,与山东偷参囚某相善。因事发,临刑,以人参赂杨,又与三十金,嘱其缝头棺殓。杨竟负约,又记人血蘸馒头可医瘰疾,遂如法取血,归奉其戚某。甫抵家,忽以两手自扼其喉大叫:"还我血,还我银!"其父母妻子烧纸钱延僧护救之,卒喉断而死。

卷十九

周世福

山西石楼县周世福、周世禄兄弟相斗，刀戳兄腹，肠出二寸许。日久，肚上创平复如口，能翕张，肠拖于外，以锡碗覆之，束以带，大小便皆从此处流出。如此三载馀方死。死之日，有鬼附家人身詈其弟云："汝杀我，乃前生数定也，但早了数年，使我受多少污秽。"

韩宗琦

余甥韩宗琦，幼聪敏，五岁能读《离骚》诸书，十三岁举秀才。十四岁，杨制军观风拔取超等，送入敷文书院，掌教少宗伯齐召南见而异之，曰："此子风格非常，虑不永年耳。"

己卯八月初一日清晨，忽谓其母曰："儿昨得梦甚奇，仰见天上数百人奔波于云雾之中，有翻书簿者，有授纸笔者，状亦不一。既而闻唱名声，至三十七名，即儿名也，惊应一声而醒。所呼名字，一一分明，醒时犹能记忆，及晓披衣起，俱忘之矣。"自以为天榜有名，此科当中。

及至乡试，三场毕，中秋，月明如昼，将欲缴卷，闻有人呼曰："韩宗琦，好归去也！"如是者三，其声渐厉，若责其迟滞者。甥应曰："诺。"及缴卷时，四顾无人，踉跄归。次日，问诸同考友，皆曰："无之。倘我辈即欲同归，必另有称呼，岂敢竟呼兄名？"揭榜后，名落孙山，甥怅怅不乐。旋感病，遂不起。临终苦吟"举头望明月，低头思故乡"二句，张目谓母曰："儿顿悟前生事矣。儿本玉帝前献花童子。因玉帝寿诞，儿献花时偷眼观下界花灯，诸仙嫌儿不敬，即罚是日降生人间，今限满促归，母无苦也。"卒年十五，盖俗传正月初九为玉帝生日云。

徐俞氏

邓州牧徐廷璐，与妻俞氏伉俪甚笃。俞卒，徐恸甚，凡其粉泽衣香，一一位置若平时，取其半臂覆枕上。至一七，营奠于庭，有小婢惊呼："夫人活矣！"徐趋视，见夫人着半臂端坐床上，子女家人奔集，咸见之。徐走前欲抱，其影奄然渐灭，而半臂犹僵立，良久始仆。

一夕，徐设席，若与夫人对饮者，执杯泣曰："素劳卿戒饮，今谁戒我耶！"

语未毕，手中杯忽失所在，侍立奴仆遍寻不得。少顷，杯覆席间，酒已无馀。

有妾语人曰："此后夫人不能诟我矣。"至夕，见夫人直登卧榻批其颊，颊上有青指痕，三日始灭。自是，举宅畏敬，甚于在生时。

琵琶坟

董太史潮，青年科第，以书画文辞冠绝时辈，性磊落，而有国风之好。常与诸名士集陶然亭散步吟诗，独至城堙下，忽闻琵琶声。踪迹之，声出数椽败屋，乃十七八美女子，着淡红衣，据窗理弦索。见董，略无羞避，挥弦如故。董徘徊不能去。同人怪董久不至，相率寻之，见董方倚破牖痴立，呼之不应。群啐之，董惊寤，而女子形声俱寂。始道其故，众入室搜索，败瓦颓垣，绝无人迹，有蓬颗一区，俗所称"琵琶坟"也。乃掖董归。未几，以疾归常州，卒于家。

曹阿狗

归安程三郎，妻少艾而贤，里党称三娘子。方夏日晓妆，忽举动失常，三郎疑为遇祟，以左手批其颊。三娘子呼曰："勿打我，我邻人曹阿狗也。闻家中设食，同人来赴。既至，独无我席，我惭且馁，知三娘子贤，特凭之求食耳，勿怖。"其邻曹姓，大族也，于前夕果延僧人诵《焰口经》。阿狗者，乃曹氏无赖，少年未婚而卒者也。以阿狗无后，实未为之设食，闻此言亦骇，同以酒浆楮锭至三娘子前致祝。三娘子曰："今夕当专为我设食，送我于河，此后祭祀，必有阿狗名乃可。"曹氏惧，如其言送之，三娘子遂愈。

钱仲玉

钱生仲玉，少年落魄，游兰溪署中。值上元夕，同人咸出观灯，仲玉中怀郁郁，独不往，步月庭除，叹曰："安得五百金，使我骨肉团聚乎！"语毕，闻阶下应声曰："有，有。"仲玉疑友人揶揄之，遍视，不见人，乃还斋坐。闻窗外谡谡声，一美女搴帏入曰："郎勿惊，妾非人，亦非为祸者也。佳节异乡，共此岑寂。适闻郎语，笑郎以七尺男子，何难得五百金哉？"仲玉曰："然则顷云'有有'者即卿耶？"曰："然。"仲玉曰："在何处？"女笑曰："勿急，勿急。"即拉仲玉手同坐曰："妾汪六姑也，葬此，为污泥所侵，求君改葬高处，必当如君言以报。"问："何病亡？"女以手遮面曰："羞不可言。"固问之，曰："妾幼解风情，而生长小家，所居楼临街，偶倚窗，见一美少年方溺，出其阴，红鲜如玉，妾心慕之，以为天下男子皆然。已而嫁卖菜佣周某，貌既不佳，体尤琐碎，绝不类所见少年，以此怨思成疾，口不能言，遂卒。"仲玉闻之，心大动，弛下衣，拉女手使摸。而人声忽至，女遽拂衣起曰：“缘未到。”仲玉送至墙下，女除一银臂钏与之曰：“幸勿忘。”言毕而没。仲玉恍然如梦，视银钏，竟在手中，乃秘之。

次夕人静，独步墙阴，遍视不复见，乃语主人，并出臂钏以证。主人异之，起土三尺许，得女尸，衣饰尽朽，肌色如生，与仲玉所见无异，右臂一钏犹存。仲玉解衣覆之，为备棺衾，移葬高阜。其夕，梦女来谢曰：“感郎信义，告郎金所，郎卧榻向左三尺，旧有人埋五百金，明当取之。”如其言，果得金如数。

虾蟆蛊

朱生依仁，工书，广西庆远府陈太守希芳延为记室。方盛暑，太守招僚友饮。就席，各去冠，众见朱生顶上蹲一大虾蟆，拂之落地，忽失所在。饮至夜分，虾蟆又登朱顶而朱不知，同人又为拂落，席间肴核，尽为所毁，复不见。朱生归寝，觉顶间作痒。次日，顶上发尽脱，当顶坟起如瘤，作红色。皮忽迸裂，一蟆自内伸头瞪目而望，前二足踞顶，自腰以下在头皮内，针刺不死。引出之，痛不可耐，医不能治。有老门役曰：“此蛊也，以金簪刺之当死。”试之果验，乃出其蟆。而朱生无他恙，惟顶骨下陷，若仰盂然。

礅　怪

高睿功，世家子也，其居厅前有怪。每夜人行，辄见白衣人长丈馀蹑后，以手掩人目，其冷如冰。遂闭前门，别开门出入。白衣人渐乃昼见，人咸避之。睿功偶被酒坐厅上，见白衣人登阶倚柱立，手捻其须，仰天微睇，似未见睿功在座者。睿功潜至其后，挥拳奋击，误中柱上，挫指血出，白衣人已立丹墀中。睿功大呼趋击，时方阴雨，为苔滑扑地。白衣人见而大笑，举手来击，腰不能俯；似欲以足蹴，而腿又长不能举；乃大怒，环阶而走。睿功知其无能为，直前抱持其足而力掀之，白衣人倒地而没。睿功呼家人就其初起处掘，深三尺，得白瓷旧坐礅一个，礅上鲜血犹存，盖睿功指血所染也。击而碎之，其怪遂绝。

六郎神斗

广西南宁乡里，祀六郎神。人或语言触犯，则为祟。尤善媚女子，美者多为所凭。凡受其害者，以纸镪一束，饭一盂，用两三乐人，午夜祀之，送至旷野，即去而之他。其俗无夕不送六郎也。

有杨三姑者，年十七，美姿容。日将夕，方与父母共坐，忽嫣然睨笑。久之，趋入房，施朱傅粉，娇羞百态。父母往问，砖石自空掷下，房门遂闭，惟闻两人笑语声。知为六郎，亟呼乐人送之。六郎不肯去。及晨，女出如常，云：

"六郎美少年，头戴将巾，身披软甲，年可二十七八，与我甚恩爱，不必送他去。"父母无如何。

越数夕，忽仓皇奔出曰："又一六郎来！大胡子，貌甚狞恶，与前六郎争我相殴。前六郎非其敌也，行当去矣。"俄闻室中斗声甚剧，似无物不损者，父母乃召乐人双送之。两人俱去，三姑亦无恙。

返魂香

余家婢女招姐之祖母周氏，年七十馀，奉佛甚虔。一夕寝矣，见室中有老妪立焉。初见甚短，目之渐长，手纸片堆其几上，衣蓝布裙，色甚鲜。周私忆，同一蓝色，何彼独鲜？问："阿婆蓝布从何处染？"不答。周怒骂曰："我问不答，岂是鬼乎？"妪曰："是也。"曰："既是鬼，来捉我乎？"曰："是也。"周愈怒，骂曰："我偏不受捉！"手批其颊，不觉魂出，已到门外，而老妪不见矣。

周行黄沙中，足不履地。四面无人。望见屋舍，皆白粉垣，甚宏敞，遂入焉。案有香一枝，五色，如秤杆长，上面一火星红，下面彩绒披覆层叠，如世间婴孩所戴刘海搭状。有老妪拜香下，貌甚慈，问周何来，曰："迷路到此。"曰："思归乎？"曰："欲归不得。"妪曰："嗅香即归矣。"周嗅之，觉异香贯脑，一惊而苏，家中僵卧已三日矣。或曰："此即聚窟山之返魂香也。"

观音作别

方姬奉一檀香观音像，长四寸。余性通脱，不加礼，亦不禁也。有张妈者，奉之尤虔，每早必往佛前，焚香稽首毕，方供扫除之役。余一日早晨，呼盥面汤其急，而张方拜佛不已，余怒，取观音像掷地，足蹋之。姬闻泣曰："昨夜梦观音来别我，云：'明日有小劫，我将他适矣。'今果被君作蹋，岂非数也！"乃送入准提庵。余想：佛法全空，焉得作如此狡狯，必有鬼物凭焉。嗣后，乃不许家人奉佛。

兔儿神

国初，御史某年少科第，巡按福建。有胡天保者爱其貌美，每升舆坐堂，必伺而睨之。巡按心以为疑，卒不解其故，胥吏亦不敢言。居亡何，巡按巡他邑，胡竟偕往，阴伏厕所窥其臀。巡按愈疑，召问之。初犹不言，加以三木，乃云："实见大人美貌，心不能忘，明知天上桂，岂为凡鸟所集，然神魂飘荡，不觉无礼至此。"巡按大怒，毙其命于枯木之下。

逾月，胡托梦于其里人曰："我以非礼之心干犯贵人，死固当，然毕竟是一片爱心，一时痴想，与寻常害人者不同。冥间官吏俱笑我、揶揄我，无怒我者。今阴官封我为兔儿神，专司人间男悦男之事，可为我立庙招香火。"闽俗原有聘男子为契弟之说，闻里人述梦中语，争醵钱立庙。果灵验如响。凡偷期密约，有所求而不得者，咸往祷焉。

程鱼门曰："此巡按未读《晏子春秋》劝勿诛羽人事，故下手太重。若狄伟人先生颇不然。相传先生为编修时，年少貌美。有车夫某，亦少年，投身入府，为先生推车，甚勤谨，与雇直钱，不受，先生亦爱之。未几病危，诸医不效，将断气矣，请主人至，曰：'奴既死，不得不言。奴之所以病至死者，为爱爷貌美故也。'先生大笑，拍其肩曰：'痴奴子！果有此心，何不早说矣？'厚葬之。"

玉 梅

香亭家婢玉梅，年十馀岁，素勤。忽懒，终日昏睡，笞之亦不改。每夜喃喃，如与人私语。问之，不肯说，褫下衣验其阴，已非处子，且溃烂矣。拷讯乃云："夜有怪，状如黑羊，能作人语。阳具如毛锥，痛不可当。戒我勿告人，如告人，当拉我去，置之死地。"众骇然。

伺婢卧，夜窃听焉。初作猫饮水声，继而呻吟，香亭率众持棍入，烛照无人，问："怪何在？"婢指床下曰："此绿眼者是也。"果见眼光两道，闪耀处，帐色皆绿。棍击之，跳起冲窗去，满房帐钩箱锁之类，锵锵有声。

次日失婢所在，遍觅不得。薄暮，灶下人见风飘红布裙一条在柴房西角处，往寻得婢，痴迷不醒。灌以姜汁，苏曰："怪昨夜来云：'事为汝主所知，不得不抱汝去。'遂藏我于柴房中，约今夜仍来。"问："听得猫饮水声，何耶？"曰："怪每淫我，先舔后交，口舐差乐也。"香亭即日呼媒者，将玉梅转售他家，怪竟不往。

卢 彪

余幼时同馆卢彪，一日至馆，神色沮丧，问之，曰："我昨日往西湖扫墓，归迟，城门闭矣，宿某店家。夜月甚明，鸡鸣即起，踏月进城。至清波门外，小憩石上。见远远一女子来，向余伏拜。余疑其非人，口诵《大悲咒》拒之。女如畏闻而不敢近者，我逼而诵之。我愈近女，女愈远我，我惊，乃狂奔数里。将入瓮城，见东方渐白，卖鱼人挑担往来，以为此时尚复何惧，何不重至旧处一探踪迹？行至前路，不料此女高坐石上，如有所待。望见我便大笑，奔前相扑，冷风如箭，毛发尽颤。我惶急，再诵《大悲咒》拒之。女大怒，将手向上一伸，两条枯骨侧侧有声，面上非青非黄，七窍血流。我不觉狂叫仆地，枯骨从而压之，我从此昏昏无知矣。后有行路者过，扶起，以姜汁灌我，才得苏醒还家。"余急与诸窗友置酒为卢压惊，视之耳鼻两窍及辫发中尚有青泥填塞，星星如小豆。或云："皆卢所自塞也，故两手亦皆泥污。"

孔林古墓

雍正间，陈文勤公世倌修孔林。离圣墓西十馀步，地陷一穴，探之：中空，广阔丈馀，有石榻；榻上朱棺已朽，白骨一具甚伟，旁置铜剑，长丈馀，晶莹绿色，竹简数十页，若有蝌蚪文者，取视成灭。鼎俎尊彝之属，亦多破缺漫漶。文勤公以为此墓尚在孔子之先，不宜惊动，谨加砖石封砌之，为设少牢之奠焉。

史阁部降乩

扬州谢启昆太守扶乩，灰盘书《正气歌》数句，太守疑为文山先生，整冠肃拜。问神姓名，曰："亡国庸臣史可法。"时太守正修葺史公祠墓，环植梅松，因问："为公修祠墓，公知之乎？"曰："知之。此守土者之责也，然亦非俗吏所能为。"问自己官阶，批曰："不患无位，患所以立。"谢无子，问："将来得有子否？"批曰："与其有子而名灭，不如无子而名存。太守勉旃。"问："先生近已成神乎？"曰："成神。"问："何神？"曰："天曹稽察大使。"书毕，索长纸一幅，问："何用？"曰："吾欲自题对联。"与之纸，题曰："一代兴亡归气数，千秋庙貌傍江山。"笔力苍劲，谢公为双勾之，悬于庙中。

悬头竿子

某令宰宝山时，有行商来告抢夺者，被抢处系一坍港泊舟所也。令往视其地，见水路可通城中，而乘舟者例在此处雇夫起行，心疑之，众莫言其故。一把总来见曰："此地原可通舟，所以客来必起拨者，港口穷民借挑驮之力为糊口计故也。"令问抢夺事，曰："不敢言，须宽把总罪，才敢言。"令曰："律有自首免罪之条，汝告我，即为自首矣，何妨？"曰："诸抢夺者，皆把持垄断人也，把总儿子亦在其中。前月某商到此，见水路可通，不肯起拨，因而打吵，事实有之。"乾隆三十年新例：拿获强盗者，破格超迁。令定案时，心想迁官，竟以获盗具详；把总知情，照窝家例立决。一时斩者六人，令超迁安庆知府。

后六年，署松太道。巡海至宝山抢夺处，见六竿子挂髑髅尚存。问跟役曰："前累累者何物耶？"役曰："此六盗也，大人以此升官而忘之耶？"令不觉悚然，怒曰："死奴！谁教汝引我至此？速归，速归！"异至衙，骂司阍者曰："此内室也，汝何敢放某把总擅入！"言毕而背疮发，一疮六头，如相啮者。家人知为不祥，烧纸钱、请高僧忏悔，卒以不起。

陈紫山

余乡会同年陈紫山,名大畮,溧阳人也。入学时,年才十九。偶病剧,梦紫衣僧,自称"元圭大师",握其手曰:"汝背我到人间,盍归来乎?"陈未答,僧笑曰:"且住,且住。汝尚有琼林一杯酒,瀛台一碗羹,吃了再来未迟。"屈其指曰:"此别又十七年了。"言毕去。陈惊醒,一汗而痊。己未中进士,入翰林,升侍读学士。

三十八岁,秋痢不休,因忆前梦十七年之期,自知不起。常对家人笑曰:"大师未来,或又改期,亦未可知。"忽一日早起,焚香沐浴,索朝衣冠着之,曰:"吾师已来,吾去矣。"同年金质夫编修素好佛者,在旁喝曰:"既牵他来,又拖他去。一去一来,是何缘故?"陈目且瞑,强起张目答曰:"来原无碍,去亦何妨。人间天上,一个坛场。"言毕,趺跌而逝。

忌火日

曹来殷太史在京师昼寝,梦伟丈夫来拜,自称"黄昆圃先生"。拉至一处,宫阙巍然,中有尊神,面正方,着本朝衣冠,请曹入见,曰:"吾三人皆翰林衙门官,只行前后辈礼,不行僚属礼。"坐定目曹曰:"卿十一岁时曾行一大好事,上帝知之,故特召卿到此受职,卿可即来。"曹茫然不记幼所行何事,再三辞,力陈"家寒子幼,故不愿来"。尊神甚不悦,旁顾昆圃先生曰:"再向彼劝掖之。"语毕,不顾而入。先生拉曹笑曰:"我深知翰林衙门亦甚清苦,卿何恋恋不肯来耶?"曹复哀求。先生曰:"我且为卿说情,似亦可免,但卿此后逢火日不可出门,慎无忘也。"曹问:"尊神何人?"曰:"张京江相公。"问:"何地?"曰:"天曹都察院。"曹惊醒。后每出门,必检视黄历,遇火日,虽庆吊事,皆不行。数年后,不甚记忆。

乾隆三十三年腊月二十三日,严冬友舍人邀曹至程鱼门家作诗会,俗以此日祀灶,遂以为题。席间酒数巡,曹怅然如睡去者,目瞑身仆。群客大惊,疑诗中有侮灶神之语,故神为祟,乃群向灶礼拜祈请。至三更时,曹始苏,自言"见黑袍人送我回来"。次日,取黄历视之,二十三日,火日也。

朱法师

同馆翰林朱沄之父朴庵先生,陕西人也,少时课徒为业。偶至一村,村人传呼曰:"朱法师来矣!"具酒馔求书姓名,以为镇压。朱笑曰:"我乃蒙童之师,非法师也。且素无法术,不能镇怪。汝辈何为?"众人曰:"此村有狐仙为民患者三年。昨日空中语曰:'明日朱法师来,我当避。'今日先生来,果姓朱，故疑为法师。"朱写姓名与之，某村果安。未几。朱别过一村，其村人之欢迎者如前，且曰："狐仙有语，二十年后，与朱法师相见于太学之崇志堂。"朱其时尚未乡举也。后中壬子科举人，选国子监助教。监中祭器久被狐窃取，司祭者皇皇然，索而弗获，方议赔偿，朱记前语，为文祭之。一夕，俎豆之属，尽横陈于崇志堂，丝毫无损。屈指算之，距到某村已二十年。

城门面孔

广西府差常宁，五鼓有急务出城。抵门，犹未启钥，以手扪之，软腻如人肌肤。差大骇，乘残月一线，定睛视之，则一人面塞满城门，五官毕具，双眼如箕，惊而返走。天明逐队出城，亦无他异。

竹叶鬼

丰溪吴奉珹，作宦闽峤，谢病归里。舟过豫章，天暑热，假空馆于百花洲，屋宇宽敞，颇觉适意。屋内外常有声如鬼啸，家人独行，往往见黑影不一。一夕，吴设榻乘凉于阑干侧，闻墙角芭蕉丛中窸窣有声，走出无数人，长者、短者、肥者、瘠者，皆不过尺许。最后一人稍大，荷大笠帽，不见其面。旋绕垣中，若数十个不倒翁。吴急呼人至，倏忽不见，化作满地流萤。吴捉之，一萤才入手，戛然有声，馀萤悉灭。取火烛之，一竹叶而已。

驴大爷

某贵官长子，性凶暴，左右稍不如意，即扑责致死，侍女下体，椓以非刑。未几病死，见梦于平昔亲信之家奴云："阴司以我残暴，罚我为畜，明晨当入驴腹中。汝速往某胡同驴肉铺中，将牝驴买归，以救我命。稍迟，则无及矣。"言甚哀。奴惊寤，心犹疑之，乃复睡去。又梦告之曰："以我与尔有恩，俾尔救援，尔宁忘平日眷顾耶？"奴亟赴某胡同，见一牝驴将次屠宰。买归园中，果生一驹，见人如相识者。人呼"大爷"，则跃而至。有画士邹某，居其园侧，一日闻驴鸣，其家人云："此我家大爷声也。"

熊太太

康熙间，内城伍公某者，三等侍卫也。从上打围木兰，以逐取猎犬故，坠深涧中，自分死矣。饿三日，有人熊过涧，乃抱以上，自分以为将啖己也，愈惊。熊抱入山洞，采果喂之，或负羊豕与食。伍见而攒眉，熊为采树叶。烧熟以食之。久之，渐无怖意。每小便，熊必视其阴而笑，方知熊故雌也，遂与成夫妇。生三子，勇力绝人。

伍欲出山，熊不许；其子求还家，熊许之。长子名诺布，官蓝翎侍卫，乃以巨车迎父母还家，家人号曰"熊太太"。人求见者，熊不能言，能叉手答礼。就养其家十馀年，先伍公卒。学士春台亲见之，为余言。

冤鬼错认

杭城艮山门外俞家桥杨元龙，在湖墅米行中管理帐目。湖墅距俞家桥五里，元龙朝往夕返，日以为常。偶一日，因米行生理热闹，迟至更馀方归。至得胜坝桥，遇素识李孝先偕二人急奔。元龙呼之，李答云："不知二人何事，要紧拉我往苏州去？"杨询二人，皆笑而不答。元龙拱手别李，李嘱云："汝过潮王庙里许小石桥边，有问汝姓名者，须告以他姓，不可言姓杨；若言姓杨，须并以名告之。切记，切记！"元龙欲问故，孝先匆匆行矣。

元龙前行至桥，果有二人坐草中问其姓名。元龙方答姓杨，二人即直前扭结云："久候多时，今日不能放你了。"元龙以手拒之，奈彼伙渐众，为其扯入水中；始悟为鬼，并记前语，即大呼曰："我杨元龙并未与各位有仇！"中有一鬼曰："误矣，放还可也。"方叫唤间，适有卖汤圆者过桥，闻人叫声，持灯来照，见元龙在水中，急救之。元龙起视，即邻人张老，告以故，张老送元龙归家。

次早，元龙往视孝先，见孝先方殓。询之，其家云："昨晚中风死矣。"盖遇李时，即李死时也，但不知往苏州何事。

代州猎户

代州猎户李崇南，郊外驰射，见鸽成群，发火枪击之，正中其背，负铅子而飞。李大惊，追逐至一山洞，鸽入不见。李穿洞而进，则石室甚宽，有石人数十，雕镂极工，头皆斫去，各以手自提之；最后一人，枕头而卧，怒目视李，睛闪闪如欲动者。李大怖，方欲退出，而带铅子之鸽率鸽数万争来咬扑。李持空枪且击且走，不觉坠入池内，水红热如血，其气甚腥。鸽似甚渴者，争饮于池，李方得脱逃。出洞，衣上所染红水，鲜明无比，夜间映射灯月之下，有火光照灼。终不知此山此鸽究属何怪。

金刚作闹

严州司寇某，有戚徐姓者，能持《金刚经》。司寇卒后，徐作功德，为诵经，日八百遍。一夕病重，梦鬼役召至阎罗殿，上坐王者谓曰："某司寇办事太刻，奉上帝檄，发交我处。应讯事甚多，忽然金刚神闯门入，大吵大闹，不许我审，硬向我要某司寇去。我系地下冥司，金刚乃天上神将，我不敢与抗，只好交其带去。金刚竟将他释放。我因人犯脱逃，不能奏复上帝，只得行查到地藏王处，方知是汝在阳间多事，替他念《金刚经》所致。地藏王晓得公事公办，无可挽回，故替我拦住金刚神，不许再来作闹，仍将某公解回听审。所以召汝者，将此情节告知，不许再为诵经。姑念汝也是一片好意，无大罪过，故仍放汝还阳。然妄召尊神，终有小谴，已罚减阳寿一纪矣。"徐大惊而醒。未十年竟卒。

吴西林曰："金刚乃佛家木强之神，党同伐异，闻呼必来，有求必应，全不顾其理之是非曲直也，故佛氏坐之门外，为壮观御武之用。诵此经者，宜慎重焉。"

烧头香

凡世俗神前烧香者，以侵早第一枝为头香，至第二枝，便为不敬。有山阴沈姓者，必欲到城隍庙烧头香，屡起早往，则已有人先烧矣，闷闷不乐。其弟某知之，预先通知庙祝：毋纳他人，俟其先到，再开门纳客。庙祝如其言。沈清晨往，见烧香者未至，大喜，点香下拜，则扑地不起矣。

扶舁归家，大呼曰："我沈某妻也。我虽有妒行，然罪无死法。我夫不良，趁我生产时，属稳婆将二铁针置产门中，以此陨命。一家之人，竟无知者。我诉城隍神，神说我夫阳寿未终，不准审理。前月关帝过此，我往喊冤，城隍说我冲突仪仗，又缚我放香案脚下。幸天网恢恢，我夫来烧头香，被我捉住，特来索命。"

沈家人毕集拜求，请焚纸钱百万，或请召名僧超度。沈仍作妻语曰："汝等痴矣！我死甚惨，想往叩天阍，将城隍纵恶、沈某行恶之事，一齐申诉，岂区区纸钱超度所能饶免者乎？"言毕，沈自床上投地，七窍流血死。

树 怪

费此度从征西蜀，到三峡涧，有树孑立，存枯枝而无花叶，兵过其下辄死，死者三人。费怒，自往视之，其树枝如鸟爪，见有人过，便来攫拿。费以利剑斫之，株落血流。此后行人无恙。

广信狐仙

徐芷亭方伯初守广信府，有西厢房锁闭多年，云中有狐。徐夫人不信，亲往观之。闻鼾呼声，启户无人，声从一榻中出。夫人以棍敲之，空中有人语云："夫人莫打。我吴刚子也，居此百馀年，颇有去意。屡欲移居，而门神拦我。夫人可为我祭之，且代为乞情，则我让出朝廷公廨矣。"

夫人大骇，具酒肴向竹床陈设，兼祭门神，告以原委。又闻空中语曰："我受夫人恩，愧无以报，谨来贺喜。府上老爷即日升官。奉嘱者，七月七日，切勿抱官官到红梅园嬉戏，其日恐有恶鬼在园作祟。"言毕寂然。

到期，方伯表兄某过园，见树上有两红衣儿以手招人。就视之，并无形影，但闻崩颓之声，则假山石倒矣，几为所压。九月间，徐公升赣南道。此事徐公子秉鉴为我言。

白石精

天长林司坊名师者，家设乩坛，有怪物占为坛主，自名"白石真人"，人问休咎颇验。常教林君修仙，须面上开一眼，便可见上帝宫室、云中神仙。林从此痴迷，时以小刀向鼻间刻划。人夺其刀，便怒骂。

忽一日，乩盘书云："我土地神也。现在缠汝者是西山白石之精，神通绝大，我受其驱使。渠不能作字，凡乩上，皆强我代书。今日渠往西天参佛，故我特来通知，速拆乩盘，具呈于本县城隍，庶免此难。但切不可告知此怪是土地神来泄漏也。"适蒋太史苕生自金陵来，知其故，立毁其盘，并以三十金买天师符一张，悬林室中，怪果不至。

后十年，林君亡矣，符尚挂中堂，有线香倒下，烧其符上朱砂，字画尽，而衬纸不坏。其时蒋在京师，未得林讣，适天师来朝，告蒋曰："贵亲家林君死矣。"问："何以知之？"曰："某月日，我所遣符上神将，已来归位故也。"后得之林家烧符之信，方觉骇然。

当扶乩时，蒋在座，则盘中不动。蒋去后，人问乩，书云："此老有文光射人，我不喜见之。"据土地云："白石精在林家作祟者，要摄取林之魂，供其役使故耳。"

鬼 圈

蒋少司马时庵公子某，与数友在京师游愍忠寺。时届清明，踏青荒地，见精舍数间，中有琵琶声。趋往，则一女背面坐，手弹弦索。逼视之，女回头，变青面狰狞者，直来相扑，阴风袭人，各惊走归。时尚下午，彼此以为眼花，且恃有四人之众，各持木棍再往，则有四黑人坐而相待，手持铜圈套人。受其套者，无不倾跌，棍无所施。正仓皇间，有放马者数人驱马冲来，怪始不见。四人归，各病十馀日。

东医宝鉴有法治狐

萧山李选民，少年倜傥。烧香佛庙，见美女在焉，四顾无人，遂与通语。女自言姓吴，幼无父母，依舅而居。舅母凌虐，故在此礼佛，愿得佳偶。李以言挑之，女唯唯，遂与归家，情好甚笃。久之，李体日羸。觉交接时吸取其精，与寻常夫妇不同。且十里以内之事，必先知之。心知为狐，驱之无法。

一日，拉其友杨孝廉至三十里外，以情告之。杨曰："我记《东医宝鉴》

中有治狐术一条，何不试之？"遂偕往琉璃厂，觅得是书，求东洋人译而行之，女果涕泣去。

此事余在西江谢蕴山太史家亲见，杨孝廉为余言之，惜未问其《东医宝鉴》中是何卷页。

乩 言

抚州太守陈太晖，未第时，在浙乡试，向乩神问题，批云："具体而微。"后中副车，方知所告者，非题也。有求对联者，书"努力加餐饭，小心事友生"十字。问："次句何出？"曰："秀才读时文，不读杜诗，可怜可笑。"陈方与友游鉴湖观莲，乩问："昨日鉴湖之游乐乎？"有咏红莲者，以诗求和，乩上题云："红衣落尽小姑忙，从此朝来叶亦香。莫恼韶光太匆迫，花开三日即为长。"

云门山氓有被鬼作闹者，诣乩盘求救，乩书："我不能救，请某村余二太爷来救。"如其言，请余二太爷至，余向其家东北角厉声曰："你们要往四川也，该速去了！"空中应曰："极是。"从此怪竟寂然。余二太爷者，某村之学究也，问其所以驱鬼者是何言语，笑而不答。问乩，乩亦无言。

卷二十

移观音像

山西泽州北门外有庙供观音，时时有黄蜂从其座下石缝中出，纷纷数万，白日为晦。土人移观音像，掘蜂穴，以火熏之。见一朱棺，有底无面，中有妇人突然而起，将红袖一挥，颈拖双带而走。众瞪视，听其所往。其裙上满绣蝴蝶，飘飘然竟入市中李姓家而灭。李方娶妇，众人告以故。李以为妄，大骂众人荒诞。未三日，其家新妇缢死。

山阴风灾

己丑年，蒋太史心馀掌教山阴。有扶乩者徐姓盘上大书"关神下降"。蒋拜问其母太夫人年寿，神批云："尔母系再来人，来去自有一定，未便先漏天机。"复书云："屏去家僮，有要语告君。"如其言。乃云："君负清才，故尔相告。今年七月二十四日，山阴有大灾，尔宜奉母避去。"蒋云："弟子现在寄居，绝少亲戚，无处可避。且果系劫数中人，避亦无益。"乩盘批"达哉"二字，灵风肃然，神亦去矣。

临七月之期，蒋亦忘神所言，二十四日晨起，天气清和，了无变态。过午二刻，忽大风西来，黑云如墨，人对面不能相见，两龙斗于空中，飞沙走石；石如碗大者，打入窗中以千百计；古树十馀丈者，折如寸草；所居戴山书院石柱尽摇，至申刻始定。墙倾处压死两奴，独一七岁小儿存米桶中呻吟不死。问之，曰："当墙倒时，见一黑人长丈馀，擒我纳桶内。"其母则已死桶外矣。是年，临海居民死者数万人。

谢檀霞

连昉者，昭州人，好洁耽吟。友人某邀与同贾楚中，友入肆会计，昉独守舟次。泊湘源数日，爱江水净碧，凡衣裳襟带，都促奴子再三浣濯，而自吟不辍。夜梦身立水上，有好女子蹴波与语，自称："谢檀霞，元时人，年十八夭死。父母怜我癖爱此间山水，遂葬于此。今冢没水噬，遗骨久付泥沙。生时好洁耽吟，与君同癖，宜寿而夭，故得全其神气，不复轮回，生死介在仙鬼之间。君明日当死于风涛中，妾怜其癖之同也，敢以预告，君可速附他舟回家。"昉惊醒，即治装，觅下水船抵家。归后足不出户，旅闻湘源陷风涛，死数千人，惴惴无已。

年馀，忽梦吏数人突至其家，责以免脱之罪，谓"冥王赫怒，将重按其事"。昉惶遽甚，许焚冥钱若干，方允缓期。数夕后，鬼使复至，索钱加倍，昉亦允许。

正当焚送之期，方昼寝，忽见檀霞自外入，笑曰："我来贺君脱难，寻君居址不得，广为问讯。不图野水之劫，人数太多，容易蒙混。又喜各府判官新旧交代，我已遣人将君姓名注销，自今以后，杳无死期。我是数百年英魂，飘泊无偶，愿共晨夕。授子服气之法，不必交媾，如人世之夫妇也。"且曰："鬼差索诈，不必理他，有我在此。"后遂白日降形其家，周旋如妻妾，不饮不食。

久之，昉亦能辟谷，每言祸福辄应，闾里以此敬而奉之。檀霞嫌人世无味，仍偕昉重游湘中，不知所终。

引鬼报冤

浙江盐运司快役马继先，积千金，为其子焕章营买吏缺。焕章吏才更胜乃翁，陡发家资巨万。继先暮年娶妾马氏，颇相得。继先私蓄千金指示妾云："汝小心服侍，终我天年，我即将此物相赠，去留听汝。"越五六年，继先病，复语其子云："此女事我甚谨，我死后，所蓄可俱付之。"

继先死，焕章顿起不良，即与其姑丈吴某曾为泉州太守者商曰："不意我翁私蓄尚多，命与此女，殊为可惜。"吴云："此事易为。乃翁死后，我来助汝逐之。"过数日，焕章诱此妾出屋伴灵，私与其妻硬取箱箧，搬入内室，将乃翁卧房封锁，此妾在外，尚不知也。继先回煞后，此妾欲归内室，吴突自外入，厉声曰："姨娘无往！我看汝年轻，决不能守节，不若即今日收拾回娘家，另择良配。我叫汝小主赠汝银两可也。"随呼焕章："兑银五十两来。"焕章趋出曰："已备。"妾欲进内，焕章止之，曰："既是姑爷吩咐，想必不错。汝之箱箧行李，我已代汝收拾停妥，毋烦再入。"妾素愿，惧吴之威，含泪登舆去。焕章深谢吴之劳。

又数月，节届中元。妾带去之资及衣饰已为父母弟兄荡尽，欲趁此节哭奠主人，仍归马氏守节。七月十二日，备香帛祭器至马家哭奠，焕章之妻骂曰："无耻贱人，去而复返！"不容入内，命其"坐外厅之侧轩暂过一夜，祭毕即去，如再逗留，我决不容"！妾彻夜哭，五鼓方绝声。次早往视，已悬躯于梁矣。焕章买棺收敛，其母家惧吴声势，亦无异言。焕章因屋有缢死鬼，将屋转售章姓，别构华室自居。

章翁自小奉佛诵经，夜见此女作悬梁哭泣状。翁久知此事，心为不平，且恶焕章之嫁祸，乃祝曰："马姨娘，我家买屋用价不少，并非强占。姨娘与马焕章、吴某有仇，与我家无干。明晚二更，我亲送汝至焕章家何如？"鬼嫣然一笑而没。次晚，为此女设位持香，送至焕章门，低声曰："姨娘傍立，待我叩门。"即叩门问司阍："汝主人归否？"对曰："尚未。"乃又私祝曰："姨娘请自入，仇可复矣。"司阍者不解章之喃喃何语，笑其痴。章归家，终夜不寐。天未明，即趋马家听信，见司阍者已立门外，章曰："汝起何早？"司阍者曰："昨夜主人归，方至门，即疾作，刻下危甚。"章惊而返。下午复探，马已死矣。过数日，吴太守亦亡。焕章无子，其资均为他人所有；吴殁后，家亦不振。

灵鬼两救兄弟

武昌太守汪献琛之弟名延生者，暑月暴亡。后乾隆二十八年秋日，其堂兄希官亦得危疾，数夜不寐。医者开方，以补剂治之。其母方煎药，病者忽发声曰："大婶娘毋再误也！我昔误于庸医，今希哥又遭此难，我不忍坐视其死。"言毕，即将药碗掷地。希母问曰："汝何人凭我儿？"曰："我即延生也，死未一年，婶娘不能辨我音声耶？"希母曰："汝死后作何事？"曰："阴司神念我性直，且系屈死，命我为常州城隍司案吏。因本官移文浙省城隍，会议总督到任差务要事，命我赍文来此，我故得来一探希哥，不意渠已卧病，几为庸医所杀。此刻我往城隍衙门，将公事了结再来。"语毕，即闭目卧，竟夜安眠。

次早醒，问之，茫然无知。至晚，忽作延生声曰："惫矣，速具水浆来解渴。"希母与之。又云："可呼八兄来，我有话说。"八兄者，即其胞兄也。既至，慰问若生时，且云："八兄，汝何贪戏若此？前在祖宗祠堂池内自荡小舟，几为石柱碰毙。其时幸我在旁，使柱旁倒，不然难逃此厄。柱下有古冢一丘，因我父浚池不察，使他枯骨日浸水中，故欲来报怨。我再三求之，彼方允诺。八兄须为迁葬。"又呼其妹三人至前曰："大妹二妹，有福不妨，小妹禄甚薄，不若随我去，交与母亲照管，何苦在此常受庶母之气？"大笑拱手作别状，曰："再会，再会。"言毕，希忽仰卧如初。越数日，病愈，不半年，其幼妹果亡。

二十九年冬，希哥梦延生至曰："兄今愈矣。弟办完此差，小有功绩，可望受职。从此别矣，后会难期。"语竟而去，希哥悲呼而醒。

木　画

永城尉陆敬轩，浙之萧山人，修署截木。署旧有柳树一株，锯之，板中现天然画一幅。如淡墨写成：左危峰右悬崖，崖上松一株，山树一株，枝叶倒垂，松上缠藤累累；中有一叟扶杖立，高冠长袖，须眉如活，左手纳袖中着胸前，右脚前行露舄，左舄隐衣下，回顾若听泉状。尉宝之，携归其家。时乾隆辛丑十月十三日事。

滚经台

贵州平越府署内有石台，高七尺，藏佛经十六幅，全书梵字，读之不可解。相传太守讯狱，有事关重大而犯人不伏者，则取经铺地，令犯人在经上滚过。理直者了然无害，理屈者登时目瞪身僵。数百年来，官恃以断狱，而狱囚亦无敢轻滚经台者。张文和公第五子景宗，性素愎，抵任后以为妖，拆台焚经。是年两子死，次年公亡。

菜花三娘子

阳湖某秀才，美丰姿，春夜独坐书房中，闻叩门声。启视之，有女自称"菜花三娘子，特来相伴"。随后有四姊妹，如腠从然。生惊其美，遂留宿焉。日久身病，遣之不能去，其父具牒诉于本县之张王庙。是夜梦张王拘犯听审，责三娘子蛊惑良人，各杖十五，押逐出衙。五妇行未数步，皂肃持杖追至，向三娘子索钱，曰："非我用情轻打，则汝等娇嫩之臀伤矣，焉能行路？"各女皆于裙带中出钱谢之。

越三日，三娘子复来曰："我与汝缘法未尽，不能舍汝。汝再告张王，王亦无奈我何。汝同学有王先生某者，其人迂腐可憎。汝不许往告，亦不许其入门。"生父母恶之，重具牒诉于张王庙，神果不灵，乃速招王生。生处馆远方，越数日方到。到时，生已死矣。王先生，亦邑中廪生，年未三十。

神和病

赵云菘探花年十六时，戚人张某患神和病，有女鬼相缠，形神鹄立，奄奄欲毙。其母遍祷诸神，卒无效验，惟赵坐其榻，鬼不敢至。赵去，鬼笑曰："汝能使赵探花常坐此乎？"母苦求赵公，赵不得已往，秉烛相伴。至第三夜，不胜其倦，略闭目，病人精已遗矣，越数日而卒。

鼠食牛

句容村民养一牡牛，忽有七鼠从牛后窍入，食其心肺，牛竟死。村民逐鼠，得其一，遍体白毛，重十斤。烹食之，肥过鸡豚。

代神判斩

萧十洲参戎，致政归养，舟泊巫峡。是夜梦有若差官状者持令箭骑马沿江问："孰是萧大老爷船？"跃入船头，喘犹未定，怀中取出公文一角，面书"金龙四大王封"六字，随押七犯跪旁，请判"斩"字。萧骇曰："此地方官之事，余武职，且退归林下之员，不敢越俎。"差官答曰："公文上有公衔名，请照例办。"顷刻间，灯烛辉煌，传呼升堂。开门，阶下仪仗吏卒排立，俨然坐公堂上，非舟中也。差官先唱"绞犯六名"，毕，后唱"斩犯一名"，乃六七岁童子。萧问曰："渠尚未成丁，何罪遽斩？"吏摇手曰："罪名已定，毋烦置议，请速判之。"随送标条。判讫，遂押众犯而去。公梦觉，心恶之。

次晨，大雾弥江，公戒勿解缆。已刻，向其母太夫人闲话间述前梦未竟，忽有一只上水货船触石撞沉，呼救甚惨，乃急命舟子捞救。仅救起三客，业僵死矣，如法灌救，良久方活，其舵工七名皆已淹毙。后复捞获无头童男一尸，认其衣服，即舵工之子也。

余按此事与无锡华师道梦中相同：华梦阴官差役请华到衙门判"斩"字。华以未审罪名，不肯落笔。有被发妇再四哀求云："公若不肯下判，则此案又拖累三年矣。"华终不肯，云："我不知其所以应斩之罪，如何忍心落笔？"遂喝拒而醒。隔三年，师道卒。师道字半江，精篆隶之学，在淮上程莼江家处馆，与余交好。

鬼门关

朱梁江，名衣，太仓州诸生也。戊子科赴江宁乡试，寓中患热症，甚危，亲友买舟送归。行次丹徒闸，卧舱中，忽尔晕绝。见二青衣人导之登岸，其路直而窄，黑暗无光，两足甚轻飘。行约十数里，忽有一物来，紧傍身左；走十数里，又一物来，紧傍身右。再走数十里，到一城，巍巍然双门谨闭，城额横书"鬼门关"三字。二青衣叩门不应，再叩之，旁边突出一鬼，貌甚狰狞，与二青衣互相争斗。遥见红灯一对，四轿中坐一官长，传呼而来。近视之，似太仓州城隍神。神问："你是何姓名？"对："系下场太仓州学生员。"神曰："你来尚早，此处不可久停。"命撤所导之灯送归，见城门洞启，轿甫入而门仍闭矣。持灯者云："速随我向东走。"觉非前来之路。行二三里，至大江边，白浪滚滚。持灯者将渠推入江心，大呼救命而苏。时舟已抵太仓城外，盖死去已三日矣。因心窝尚温，故从者促舟子日夜趱行，至家病愈。此事萧松浦所言。

萧客珠崖时，曾过儋耳，四面叠嶂崒嵂，中通一道，壁上镌"鬼门关"三字，旁刻唐李德裕诗，贬崖州司户经此所题。诗云："一去一万里，十来九不还。家乡在何处，生渡鬼门关。"字径五尺大，笔力遒劲。过此则毒雾恶草，异鸟怪蛇，冷日愁云，如入鬼域，真非人境矣。

冤魂索命

乾隆戊寅，萧松浦与沈毅庵同客番禺幕中，分办刑名。时茭塘有刃伤事主盗案，获犯七名，赃证确凿。萧照律拟斩，解府司勘转。臬使某疑七犯皆问大辟，得毋过刻，驳审减轻。萧亦不愿办此重案，借此推辞。案归毅庵办矣。毅庵居处，与萧仅隔一板壁。夜间披阅案牍，闻毅庵斋中若嘶嘶有声甚微，起而瞰之，见毅庵俯首案上，笔不停书；其旁立有三四鬼，手捧其头。又见无数矮鬼环跪于地。萧急呼毅庵视之，忽血腥扑鼻，灯烛俱灭，身亦晕跌窗外，童仆急扶归卧。

次日，毅庵及同人叩其故，萧告以所见。毅庵曰："吾知之矣。昨宵所办，茭塘盗案也。原拟情真罪当，七犯皆无可生之法。因奉驳审，不得不从中减轻二名。内谢阿挺、沈阿痴两犯，本在外接赃，并未入内。因护赃格斗，刃伤事主，且有别案，君故皆拟斩。予欲改轻其罪，以迎合臬司。君所见跪地无数矮鬼，殆二犯之祖宗也；其环侍之无头鬼，非二犯已伏法诛之伙盗，即被杀害之怨鬼来索命也。予不敢枉法以活人，使死鬼含冤于地下，请仍照原拟顶详可也。"其案遂定。

扫螺蛳

徐公浩观察山西，有老狐化作道士，时入其署与语。某县令太仓王姓者，中飞语，观察信之，将褫其官。老狐缓颊，谓其人祖宗功德不可量也。后观察廉得其诬，事遂已。令来谒观察，问："君祖宗作何好事？"对以五世祖耕海滨，海潮至，青螺随潮入岸；潮退，螺不能归原处，被人捉卖。祖夫妻各持帚扫青螺入海，自三更至黎明为度，如是者六十年。狐所谓功德，或指此耶！

观察有小婢曰彩云，狐见之曰："不可使为婢，此女有根基，将来是观音大士作媒，嫁与洞庭君者。"迟数日，彩云持其父所书扇倚柱看，观察见文理粗通，问知其父为诸生，祖翰林，且感老狐之言，命作第三孙女，远近皆知有三姑娘。阅半载，有巨公以札寄观察，并赠一画轴，云："闻公三姑娘未字人，可许与申太守大年之子。奉赠大士像甚灵，悬斋头祷求，当有验也。"申，湖北人，悟洞庭君之说。大士像又与媒札同至，乃为成其婚。狐之前知如此。

周太史驱妖

周用修，江西瑞昌县楼下村人，年五十馀，早丧妻，有子有媳，生计颇自给。一日，有妪年五十许，入其家，登楼呼其长子妇至曰："吾尔姑也，尔毋惧。"妇诧甚，于归时并未见有姑也。用修闻之，欲相见，不许；其子欲见，亦不许。然饮啖寝兴，无异常人，举家亦安之。无何，有谇语飞入其耳，怒亡去，用修家遂困。所存布菽，贮之柜，扃锁甚固，启视一空，邑人但时见老妪在用修门首日市布菽。如是三年，家困甚，请于官，召巫治之，皆不验。

宗人厚辕以庶吉士在假，至其家，先一夕怪去，至期又去。用修异之，乞厚辕为驱除。厚辕朱书黄纸檄其土地神及社神曰："阴与阳同一理，无阴司则已，若果有，则以一区区楼下村有二神在此，而听此妖祟人，竟莫之问乎？限三日驱之。不能，则五日。七日，若再不能，是无神也，焉用血食为？当令焚尔庙，毁尔像矣。"檄焚后，厚辕即渡江访友。

阅半月，仍过楼下村，在肩舆小睡，似见漫山塞谷皆老少男妇，人上立人者，几千万辈，拥道来观。二老人须长二尺，立舆旁，默无语。厚辕惊觉，催肩舆入城。诸族人贺曰："君焚檄后三日，怪去，竟不复来。"言未已，用修至，搏颡于地，求为草善后文，再焚于二神祠，怪遂绝。

良 猪

江南宿州睢溪口民被杀，投尸于井，官验无凶手。忽一猪奔至马前，啼甚惨，从役驱之不去。官曰："畜有所诉乎？"猪跪前蹄若叩首状，官命随之行。猪起前导，至一室，排户入，猪奔卧榻前，以嘴啮地，出刀，血迹尚新。执其人讯之，果杀人者。乡人义之，各出费养猪于佛舍，号曰"良猪"。十馀年死，寺僧为龛埋焉。

雷打扒手

乌程彭某，妻病子幼，卖丝度日。一日负一捆丝赴行求售，因估价不合，置之柜上。时出入卖丝者甚众，行家以其货少，他顾生理。彭转瞬，丝即失去，因牵行主鸣官。行主云："我数万金开行，肯骗此数千文丝乎？"官以为有理，不究。卖丝者闷闷回家。适其子嬉戏门外，见父卖丝归，以为必带果饵，迎上索取。彭正失丝怀忿，任脚踢之，儿登时死。彭悔，急自投河亦死，其妻不知也。邻人见其子卧于门，扶之，方知气已绝，连呼病妇，告以儿亡。妇痛子情急，登时坠楼死。官验后，嘱邻人为之埋葬。

越三日，雷雨大作，震死三人于卖丝者之门。少顷，一剃头者复苏，据云："前扒手孙某在某行扒出一捆丝，对门谢姓见之，欲与分价，方免出首。丝在我店卖出，派分我得钱三百，彼二人各得二千。旋闻卖丝者投河，官验后无事矣。不料今日同遭雷击，彼等均已击死，我则打伤一腿。"验之果然。

北门货

绍兴王某与徐姓者，明季在河南避张、李之乱，所过处尸横遍野。一夕遇李兵，二人自度必死，避城内乱尸中。夜半，灯烛辉煌，自城头而下，疑贼兵巡城。渐近，乃城隍灯笼。愈惊惧，不敢作声。少顷，闻从者曰："有生人气。"又一吏呼曰："一个北门货，一个不在数。"神渐远去。次早，贼兵出城，二人起走，紧记夜所闻，认南路而行。傍晚，又抵一城，恰是北门。突遇贼捕兵，徐被杀，王遁归家，后子孙甚众。

泥刘海仙行走

如皋北门内湖南常德太守徐文度家，买一泥塑刘海仙，长六寸许，置于堂前神龛内有年矣。一日，文度欲睡，忽闻堂前有剥啄声，命婢携灯照视。其婢惊奔入告曰："龛内泥刘海忽然下地行走！"公初不信，视婢惊怖之状，乃出堂谛视，而泥刘海果跌跌而行。咸以为妖，欲毁弃之。公语众曰："汝等且勿惧，此像既能行走，或有灵应之征，不可毁弃。"仍令供奉龛内。迄今二十馀载，绝无他故。其子湘浦，现任两浙副使。

驴雪奇冤

乾隆四十三年春，保定清苑县民李氏女嫁与西乡张家庄张氏子为室，相距百馀里。李女归宁月馀，新郎跨驴来迎，令妻骑驴而己步行于后。路经某村，离家仅二十里，缘此村居民素与新郎熟识，必多调笑，且驴亦熟识归路，张乃令妻先行。至六七里许，有三叉歧路，过西为张家庄大路，过东则任丘县界。有一少年控车自西道辘辘而来，系任丘豪富刘某，将张妻驴冲向任丘道上，相逼而行。天渐晚。张妻心慌，问少年曰："此地离张家庄几何？"少年答曰："娘子误矣。张家庄须向西而去。此是任丘大路，相距数十里。天晚难行，当为娘子择庄借宿，天明即遣人送往，何如？"张妻无奈，勉强允从。

至前庄，系刘之佃户孔某家，备房安歇。其时适孔佃之女亦新婚归宁，孔谓女曰："今晚业主借宿，不能违命。汝当暂回夫家，候业主去后，再来迎汝。"女从而归，其房为刘张共宿之所，刘之车夫宿于房外，张之骑驴系于檐下。

次日将午，不见启户，孔佃窥于窗隙，见两尸在坑，头俱在地，檐下系驴亦失。孔佃与车夫颤栗莫制。佃乃密语车夫曰："汝家河南，离此甚远，何不载彼衣物速行窜归？一经到官，则尔我身命难保矣！"车夫从之。是晚，即野瘗两尸，御车载物而去。

刘母见子久出不归，杳无音耗，即在任丘县控追车夫；张郎追妻不见，疑有别故，复又赶至清苑控告其岳父母。县官疑有冤，饬捕密访。其时有嗜赌无赖之郭三鬻驴于市，恰与张供毛色相符。向郭盘诘，始知郭三向与孔佃之女有私，孔女归宁，郭从后窗潜入，见有二人共寝，一时气忿，杀此二人，并盗此驴。县令复唤孔佃，根诘尸首所在，亲往起尸。开土三尺，赫然一死人，乃秃头老和尚也。复又深掘，得所杀两尸。张冤既雪，刘死有踪，而和尚之尸又属疑案。正怀疑间，天忽阴雨，乃避雨古庙，寂无人迹。询诸邻保，云："此庵向有师徒二僧，后以师出云游，徒亦他往矣。"即同邻保往视僧尸，咸云："此即云游之僧也。"遂缉拿其徒。访至河南归德地界，已蓄发娶妻，开张豆腐店。究其师死之由，缘僧徒所娶之妇，向与其师有奸。后徒渐长，复与此妇私通。其师每有不平。故共谋杀其师，弃庙远窜，遂成夫妇。乃置之法。

张大令

嘉兴张大令者，辛巳进士，海宁查太守虞昌之业师，素行正直。忽一日，平明而起，索冠带甚急，道有当事贵人要来相会。遂着蟒衣补褂，迎至大门外。升中堂，作揖逊坐，口喃喃对语，旁人听者，语不可解。初若欣喜，继而悲叹，又继而辞让。取茶两杯，一自饮，一置空中，杯亦不脱落。作态良久，乃送至大门外，再揖始归。家人问："何客？"曰："嘉兴府城隍也。彼升任去，举我代其职，故先来见访。且告我此地一二年内，有两贵人横死，遭劫者不少。我不便泄天机也。"言毕端坐，不饮不食，三日遂亡。俄而巡抚王、陈两公事发。

镜 水

湘潭有镜水，照人三生。有骆秀才往照，非人形，乃一猛虎也。有老篙工往照，现作美女，云鬟霞珮，池开莲花，瓣瓣皆作青色。

蔡掌官

虎丘蔡掌官，以古董为业，年少貌美。饮倪康民家，倪遣小奴持灯送归。于无人之处，见掌官与人作揖，口喃喃细语。奴问："与何人说话？"曰："好友李三哥唤我，我便同他去，你不必跟我。"语未毕，跳入河中。奴急救起之，拉归家，告知蔡之父母。亲友咸大惊，都来问蔡。蔡如醉可痴，口无所言，但见刀即摩其喉，见绳则试其颈，若以为天下至乐之境，无如横死者。家人锁闭之，虽小衣衫裤，皆不缝带，但穴一洞通饮食而已。

清明日，全家上坟，蔡从窗外逸出，两日不归。家人知其必死，四处寻觅，至白莲桥空野，忽见掌官倚桑树大呼曰："我在此，不必再寻矣！"家人喜，奔趋视之，则已缢死树上。呼者，乃其魂也。缢带系偷染坊店地上所晒布为之。

沈文崧

高邮沈公文崧，宰山左沾化时，有相好同官某，亲老无子，将奉差西藏，公慨然代往，闻者无不惊其高义。跋涉三年馀，始回内地。途中冰雪苦寒，往往月馀无人烟。有仆二人，名夏祥者，侍公最忠。每至住营帐时辄不见，少顷，必手捧粟至，炊熟奉公，不知其粟何自来也。

一日晦雾，行至险阪，下临深涧万丈，二仆俱堕涧中。公马足已陷。忽见云雾中有大士像，手持青莲，向公指导。俄顷，身已过涧至平地，痛失二仆，逡巡不前。久之曛黑，闻人语声，急呼之，则夏祥至矣。问："何来？"称："堕涧后，有绿毛人长丈馀，自涧中负出。"主仆相抱大哭。

公归后，将此事语高文良公，高为动色，绘大士图，书年月以纪之。后三十馀年，沈之孙名均安者，知江西赣县；高之孙名士镶者，官赣县司马。初不相识，既而询及世系，彼此爽然，始知大士图犹在高处，传为至宝，至此乃以归沈。

蓝姑娘

王中丞丁忧后，居杭州羊市公馆。灶下婢忽仆地，良久苏醒，瞪目作旗人语曰："我镶红旗某都统家蓝姑娘也，口渴腹肌，可致意大人，作速供养我。"王亲临问曰："尔既系旗人，何故到我汉人家来？"鬼曰："我与群姊妹清明日出门看会，不料布政使国大老爷路过，仪从甚盛，将我姊妹一冲而散，我避不及，只得避到大人家来。"中丞曰："汝避国大人不避我，独不知国大人尚是我之属员乎？他冲汝，汝何不到他家作祟？"鬼曰："我畏之。"中丞曰："然则汝辈作鬼者亦势利，只怕现任官，不怕去任官耶？"曰："不然。去任者果做好官，我亦怕他。"中丞大不喜，不得已，且供饭焚纸钱与之，婢病旋愈。未一年，中丞及于难。

鼠胆两头

山东桂未谷广文，精篆隶之学，藏碑板文字甚多。每夜被鼠咬破，心恶之，设法擒鼠。以为鼠胆汁可以治聋，乃生剥之。果得一胆，如蚕大，两处有头，蠕蠕行动。鼠死半日，胆尚活也。卒不解其故，惧而弃之沟中，亦无他异。或云："首鼠两端，此之谓也。"然擒他鼠验之，并胆俱无。

西海祠神

嘉兴钱汝器，太傅文端公第七子也，选陕西武功令。抵任后，不数月，以疾卒。卒之前一日，旦起告家人具汤沐，朝服北向九拜，复东向九拜。家人问故，曰："北向所以谢主恩也。东向者，余出都时，过蒲州，宿西门外禹庙，梦禹王召我为水神，居西海祠。余固辞不获，定于明日当去。"次早，果端坐而逝，时壬寅九月十七日也。

先是有郭生者，鳌屋人，明慧善歌，为钱所眷，孙君渊如亦善之，旋以他事逸去。后孙在朝邑令庄虚庵所，接郭生书云："九月过解州，梦钱七公子来，仪卫甚盛，告余云：'将赴任西海祠，如申旦之约，无间幽明，当访我于蒲州南郭外，言讫而寤。若梦中言果真，公子当不在人间矣。"

时孙正访生消息不得，接此信，即日诣车渡河，至蒲州相访。果有西海祠，建于至元十二年，现在重修落成。方徘徊间，忽郭生自廊庑出，相与叙述前事，共相悲喜。因酾酒洁羞，为文祭云："昔者巨卿死友，厥有素车之驰；子文酒徒，无损成神之骨。恭闻故实，不谓逢君。"阳湖洪孝廉亮吉亦吊以诗云："少年有愿须先偿，既入神籍何能狂？"

猢狲酒

曹学士洛禋为予言：康熙甲申春，与友人潘锡畴游黄山，至文殊院，与僧雪庄对食，忽不见席中人，仅各露一顶，僧曰："此云过也。"

次日，入云峰洞，见一老人，身长九尺，美须髯，衲衣草履坐石床。曹向之索茶，老人笑曰："此间安得茶？"曹带炒米，献老人。老人曰："六十余年未尝此味矣！"曹叩其姓氏，曰："余姓周，名执，官总兵，明末隐此，百三十年。此猿洞也，为虎所据，诸猿患之，招余杀虎，殪其类，因得居此。"床置二剑，光如沃雪，台上供河洛二图、六十四卦，地堆虎皮数十张。笑谓曹曰："明日诸猿来寿我，颇可观。"言未已，有数小猿至洞前，见有人，惊跳去。老人曰："自虎害除，猿感我恩，每日轮班来供使令。"因呼曰："我将请客，可拾薪煨芋。"猿跃去，少顷，捧薪至，煮芋与曹共啖。曹私忆此间得酒更佳，老人已知，引至一崖，有石覆小凹，澄碧而香，曰："此猢狲酒也。"酌而共饮。老人醉，取双剑舞，走电飞沙，天风皆起。舞毕还洞，枕虎皮卧，语曹云："汝饥，可随手取松子橡栗食之。"食后，体觉轻健。先是，曹常病寒，至是病减八九。最后引至一崖，有长髯白猿以松枝结屋而坐，手素书一卷，诵之琅琅，不解作何语，其下千猿拜舞。

曹大喜，急走归告雪庄。拉之同往，洞中止存石床，不见老人。

张秀才

杭州张秀才某，馆京师某都统家。书舍在花园中，离正宅百步。张素小胆，唤馆僮作伴，灯上即眠，已年馀矣。

八月中秋，月色大明，馆僮在外饮酒，园门未关。张立假山石上玩月，见一妇人披发赤身，远远而至。谛视之，肤体甚白，而自脸至身，皆有泥污垢瘢。张大惊，以为此必僵尸破土而出者也。双睛炯然，与月光相射，尤觉可畏。急取杙撑房门，而已登床窃窥之。未几，砉然有声，门撑推断，而此妇昂然进矣。坐张所坐椅上，将案头书帖尽撕毁之，飒飒有声。张已骇绝。更取其界尺大敲桌上，仰天长叹。张神魂飞越，从此不省人事矣。昏迷中，觉有摩其下体者，骂曰："南蛮子，不堪，不堪！"遂摇步而去。

次早，张僵卧不起，呼之不应，馆僮及学生急请都统来视，灌以姜汁始苏，具道昨宵情形。都统笑曰："先生毋骇，此非鬼也。吾家有仆妇丧偶，积思成疯，已锁禁二年矣。昨偶然锁断，故逸出作闹，致惊先生。"张不信。都统亲拉至锁妇处窥观，果昨所见也。病乃霍然。

张颇以"不堪"二字自惭，馆僮闻而笑曰："幸而相公此物不堪，家中人有中疯妇意者，都被其索闹无休，有咬伤掐痛其阴几至断者。"

周将军墓二事

山西宁武有周将军遇吉之墓，百馀年来，河水啮其旁，坟渐倾泻。土人张某哀之，具牲牢致祭，默祷曰："将军威灵，当思所以护墓之法。"次夕，天大雷雨，百里内闻有兵马腾踔之声。次日，将军墓旁忽涌出一山，高十丈馀，拦截冲水处，至墓前便绕道曲流矣。人咸异之。

乾隆四十五年，其地山水暴至。有周某者，将军之族孙也，负母而奔，黑夜踉跄，全不认路。其母在伊背上骂曰："汝有妻有子，妻可以生儿，可以传代，汝俱弃之，而独负我龙钟之母，不太愚乎！"其子不顾，牢负其母狂奔而已。次早天明，始知身与母俱立将军墓上，土高丈许，水不能淹。虽行一夜，并无三里之远也。归家视妻子，皆无恙，云："水来时，似有人扶我上屋者，故得生全。"其旁邻人，已无孑遗矣。

卷二十一

娄罗二道人

娄真人者，松江之枫乡人。幼孤，从中表某养大。与其婢私，中表怒逐之。娄盗其橐金五百，逃入江西龙虎山。方过桥，有道人白发曳杖立，笑曰："汝来乎？汝想作天师法官乎？须知法官例有使费，非千金不可，五百金何济？"娄大骇曰："吾实带此数，金少奈何？"道人曰："吾已为汝豫备矣。"命侍者担囊示之，果五百金。娄跪谢称仙。道人曰："吾非仙，乃天师府法官也，姓陈名章，缘尽当去，为待子故未行。有三锦囊，汝佩之，他日有急难大事，可开视之。"言毕，趺坐桥下而化。娄入府见天师，天师曰："陈法官望汝久矣，汝来陈法官死，岂非数耶！"

故事：天师入京朝贺，法官从行。雍正十年，天师入朝，他法官同往，娄不能与。夜梦陈法官踉跄而来，涕泣请曰："道教将灭，非娄某不能救。须与偕入京师，万不可误！"天师愈奇娄，乃与之俱。时京师久旱，诸道士祈请无效，世宗召天师谕曰："十日不雨，汝道教可废矣。"天师惶恐伏地，窃念陈法官梦中语，遽奏请娄某升坛。娄开锦囊，如法作咒，身未上而黑云起，须臾雨霈足。世宗悦，命留京师。

十一年，诛妖人贾士芳。贾在民间为祟，召娄使治。娄以五雷正法治之，拜北斗四十九日，妖灭。是年地震，娄先期奏明。皆锦囊所载三事也。今娄尚存，锦囊空而术亦尽矣。娄所服丸药，号"一二三"。当归一两，熟地二两，枸杞三两。

又有罗真人者，冬夏一衲，佯狂于市。儿童随之而行，取生米麦求其吹，吹之即熟。晚间店家燃烛无火，亦求罗吹，吹之即炽。京师九门，一日九见其形。忽遁去无迹，疑死矣。

京师富家多烧暖坑，坑深丈许，过三年必扫煤灰。有年姓者扫坑，坑中闻鼾声，大惊，召众观之，罗真人也。崛然起曰："借汝家坑熟卧三年，竟为尔辈扫出。"众请送入庙，曰："吾不入庙。"请供奏之，曰："吾不受供。""然则何归？"曰："可送我至前门外蜜蜂窝。"即舁往蜂窝。窝洞甚狭，在土山之凹，蜂数百万，嘈嘈飞鸣。罗解上下衣赤身入，群蜂围之，穿眼入口，出入于七窍中，罗怡然不动。

人馈之食，或食或不食，每食，必罄其所馈。或与斗米饭、鸡卵三百，一啖而尽，亦无饱色。语呶呶如缺枭，不甚可解。某贵人馈生姜四十斤，啖之，片时俱尽。居窝数年，一日脱去，不知所往。

蛇含草消木化金

张文敏公有族侄，寓洞庭之西碛山庄，藏两鸡卵于厨舍，每夜为蛇所窃。伺之，见一白蛇吞卵而去，颈中膨亨，不能遽消，乃行至一树上，以颈摩之，须臾，鸡卵化矣。张恶其贪，戏削木柿，装入鸡卵壳中，仍放原处。蛇果来吞，颈胀如故。再至前树摩擦，竟不能消。蛇有窘状，遍历园中诸树，睨而不顾，忽往亭西深草中，择其叶绿色而三叉者摩擦如前，木卵消矣。

张次日认明此草，取以摩停食病，略一拂试，无不立愈。其邻有患发背者，张思食物尚消，毒亦可消，乃将此草一两煮汤饮之。须臾间，背疮果愈，而身渐缩小，久之，并骨俱化作水。病家大怒，将张捆缚鸣官。张哀求，以实情自白，病家不肯休。往厨间吃饭，入内，视锅上有异光照耀。就观，则铁锅已化黄金矣，乃舍之，且谢之。究亦不知何草也。

蔡京后身（删）

天镇县碑

天镇县隶云中，其地有玄帝庙。庙有古碑，其上炮铳铅铁大小丸甚多，皆陷入石内。邑人云：前明时，闯兵来，邑人拒战不胜。俄见此碑自庙飞出，盘旋军阵。凡敌所放火炮，咸着于上，我军无失衄，而敌赖以退。今谓之"天成碑"，现存于庙。

抬轿郎君

杭州世家子汪生，幼而聪俊，能读《汉书》。年十八九，忽远出不归，家人寻觅不得。月馀，其父遇于荐桥大街，则替人抬轿而行。父大惊，牵拉还家，痛加鞭棰。问其故，不答，乃闭锁书舍中。未几逃出，又为人抬轿矣。如是者再三。祖、父无如何，置之不问，戚友中无肯与婚。然《汉书》成诵者，终身不忘。遇街道清净处，郎诵《高祖本纪》，琅琅然一字不差。杭州士大夫亦乐召役之，胜自己开卷也。自言两肩负重则筋骨灵通，眠食俱善，否则闷闷不乐。此外亦无他好。

杨笠湖救难

杨笠湖为河南令，上宪委往商水县赈灾。秋暑甚虐，午刻事毕，纳凉城隍庙。坐未定，一人飞奔而来，口称："小民张相求救"。问："何事？"曰："不知。"左右疑有疯疾，群起逐之。其人长号不出，曰："我昨夜得一梦，见此处城隍神、已故县主王太爷同坐。城隍向我云：'汝有急难，可求救于汝之父母官。'我即向王太爷叩头。王曰：'我已来此，无能着力，汝须去求邻封官杨太爷救，过明午则无害矣。'故今日黎明即起，闻大爷姓杨，又在此庙，故来求救。"言毕，叩头不肯去。杨无奈何，笑曰："我已面准，汝有难即来可也。"问其姓名，命家人记之。

数日后，散赈过其地，讯其邻人，曰："张某是日得梦入城后，彼卧室两间无故坍倒，毁伤什物甚多，唯本人以入城故免。"

冯侍御身轻

冯侍御养梧先生自言初生时，身如小猫，称之，重不满二斤，家人以为必难长成。后过十岁，形渐魁梧，登进士，入词林，转御史。生二子，一为布政使，一为翰林。先生为儿时，能蹈空而行十馀步，方知李邺侯幼时能飞，母恐其去以葱蒜压之，其事竟有。

江都某令

江都某令，以公事将往苏州。临行，往甘泉李公处作别，面托云："如本县有尸伤相验事，望代为办理。"李唯唯。已而闻其三鼓后仍搬行李回署，李不解何事，探之，乃有报相尸者。商家汪姓两奴口角，一奴自缢。汪有富名，某以为奇货，命停尸于大厅，故不往验，待其臭秽，讲贯三千两，始行往验。验时又语侵主人，以为喝令，重诈银四千两，方肯结案。

李公见而尤之，以为太过。某曰："我非得已，我欲为小儿捐一知县故耳。现在汪银七千两，已差人送入京师，我并不存家中。"未几，其子果选甘肃某县，升河州知州。乾隆四十七年，为冒赈事发觉，斩立决，孙二人尽行充发，家产籍没入官。某惊悸，疽发背死。

执虎耳

云南大理县南乡民李士桂，家世业农，家畜水牛二只，至夜，一牛不归，士桂往寻。昏黑中，月色初上，见田中有兽卧焉，齁声雷鸣，以为己牛，骂曰："畜生，如何此刻不回家！"随即骑上。将攀其角，角不见，但耸毛耳两只，遍身狸色斑然，方知是虎，急不敢下。

虎被人骑，惊醒，腾身起，咆哮叫跳。士桂私念下背必为所啖，于是竭生平之力，紧握其耳，至于穿破耳轮，手愈牢固，抵死不放。虎性猛烈，腾山跃水，为棘刺所伤，次日晨刻，力尽而毙；士桂亦僵仆虎背，气息奄然。家人寻得，抱持归家，竟获重生。两脚上为虎爪所攫，肉尽骨见。医逾年，才得平复。

十八滩头

湖南巡抚某，平时敬奉关帝。每元旦，先赴关庙行香求签，问本年休咎，无不应验。乾隆三十二年正月一日，诣庙行礼毕，求得签有"十八滩头说与君"之句，因有戒心。是年，虽浅水平路，必舍舟坐轿。秋间为侯七一案，天使按临。从某湖过某地，行舟则近而速，起早则远而迟。使者欲舟行，公不可，乃以关神签语诵而告之，使者勉从而心不喜。

未几，贵州铅厂事发，有公受赃事。公不承认，而司阍之李奴必欲扳公，说："此银实送主人，非奴所撞骗。"时李已受刑，两足委顿，奴主争辨不休。使者厉声谓公曰："十八滩头之神签验矣！李字，'十八'也；委顿于地，'瘫'也，说此银送与主人，是送与君也。关圣帝君早知有此劫数，公何辨之有？"公悚然，遂认受赃而案定。

三姑娘

钱侍御琦巡视南城，有梁守备年老，能超距腾空，所擒获大盗以百计。公奇之，问以平素擒贼立功事状。梁跪而言曰：擒盗未足奇也，某至今心悸且叹绝者，擒妓女三姑娘耳，请为公言之。

雍正三年某月日，九门提督某召我入，面谕曰："汝知金鱼胡同有妓三姑娘，势力绝大乎？"曰："知。""汝能擒以来乎？"曰："能。""需役若干？"曰："三十。"提督与如数，曰："不擒来，抬棺见我。"三姑娘者，深堂广厦，不易篡取者也。梁命三十人环门外伏，己缘墙而上。时已暮，秋暑小凉，高篷荫屋。梁伏篷上伺之。

漏初下，见二女鬟从屋西持朱灯引一少年入，跪东窗低语曰："郎君至矣。"少年中堂坐良久，上茶者三，四女鬟持朱灯拥丽人出，交拜昵语，肤色目光，如明珠射人，不可逼视。少顷，两席横陈，六女鬟行酒，奇服炫妆，纷趋左右。三爵后，绕梁之音与笙箫间作。女目少年曰："郎倦乎？"引身起，牵其裾从东窗入，满堂灯烛尽灭，惟楼西风竿上，纱灯双红。

梁窃意此是探虎穴时也，自篷下，足踹寝户入。女惊起，赤体跃床下，趋前抱梁腰，低声辟咡曰："何衙门使来？"曰："九门提督。"女曰："孽矣，安有提督拘人而能免者乎？虽然，裸妇女见贵人，非礼也，请着衣，谢明珠双。"梁许之，掷与一裤、一裙、一衫、一领袄。女开箱取明珠四双，掷某手中。

女衣毕，乃从容问："公带若干人来？"曰："三十。"曰："在何处？"曰："环门伏。"曰："速呼之进，夜深矣，为妾故累，若饥渴，妾心不安。"顾左右治具，诸婢烹羊炮兔，咄嗟立办。三十人席地大嚼，欢声如雷。梁私念床中客未获，将往揭帐。女摇手曰："公胡然？彼某大臣公子也，国体有关，且非其罪，妾已教从地道出矣。提督讯时，必不怒公；如怒公，妾愿一身当之。"

天黎明，女坐红帷车与梁偕行，离公署未半里，提督飞马朱书谕梁曰："本衙门所拿三姑娘，访闻不确，作速释放，毋累良民，致干重谴。"梁惕息下车，持珠还女，女笑而不受。前婢十二人骑马来迎，拥护驰去。明日侦之，室已空矣。

搜河都尉

予亲家张开士，牧宿州，奉旨开河掘地得鼋，大如车轮，项系金牌，镌"正德二年皇帝敕封搜河都尉"十二字。鼋两眼深碧色，背壳绿毛寸许。民间聚观，告之官，官念前代老物，命放之。是夜，风雨飒至，河不掘而成者三十余丈。

科场事五条

乾隆元年正月元日，大学士张文和公梦其父桐城公讳英者独坐室中，手持一卷。文和公问："爷看何书？"曰："《新科状元录》。""状元何名？"公举左手示文和公曰："汝来此，吾告汝。"文和公至左，曰："汝已知之矣，何必多言？"公惊醒，卒不解。后丙辰状元，乃金德瑛。移"玉"字至"英"字之左，此其验也。公得子迟，祈梦于京师之前门关帝庙。梦帝以竹竿与之，旁无枝叶，心颇不喜。有解者贺曰："公得二子矣。"问："何故？"曰："孤竹君之二子，此传记也。破'竹'字为两'个'字，此字法也。"已而果然。

王士俊为少司寇，读殿试卷，梦文昌神抱一短须道士与之。后胪唱时，金状元德瑛如道士貌，出其门。

刘大櫆丙午下场，请乩，乩仙批云："壬子两榜。"刘不解，以为壬子非会试年，或者有恩科耶？后丙午中副榜，至壬子又中副榜。

缪焕，苏州人，年十六入泮，遇乩仙，问科名，批云："六十登科。"缪大恚，嫌其迟。后年未三十竟登科，题乃"六十而耳顺"也。

有三人祈梦于于肃愍庙，两人无梦，一人梦肃愍谓曰："汝往观庙外，照墙则知之。"其人醒，告二人。二人妒其有梦，伪溲焉者，即于夜间取笔向墙上书"不中"二字。天尚未明，写"不"字不甚连接。次早，三人同往视之，乃"一个中"三字，果得梦者中矣。

百四十村

阁学周公煌，四川人，自言其祖樵也，孤身居峨嵋山，年九十九未婚。每日入山打薪，卖与山下吴姓鬻豆腐翁。吴夫妻二人，一女，每日买周薪为炊，交易甚欢。吴年六旬，告周曰："明日是吾生辰，叟早来饮酒。"周诺之，已而不至，吴之妻曰："周叟颇喜饮，今不来卖薪，又不来称祝，毋乃病乎，盍往视之？"吴翌日往访，见周颜色甚和，问："昨何不来？"叟笑曰："我昨入山，将伐薪作寿礼，不意过一深溪，见黄白物累累，得无世所称金银者乎？余竭力运之，现堆床下。若下山，则谁为守者？"吴视之，果金银，因代为谋曰："叟不可居此矣。叟孤身住空山而挟此重物，保无盗贼虑耶？"周曰："微君言，吾亦知之，盍为我入城寻一屋在人烟稠密处？"吴如其言，且助之迁居。

未几，周又至，面赧然有惭色，手百金赠吴，揖曰："吾有求于公。吾明年百岁矣，从未婚娶，自道将死，遑有他想？不料获此重资，一老身守之，复何所用？意欲求公作媒，代聘一妇。"吴睨其妻，相与笑吃吃不休，嫌其不知老也。周曰："非但此也。我聘妻，非处子不可。若再醮二婚，非老人郑重结发之意。倘嫌我老者，请万金为聘，以三千金谢媒。"吴虽知其难，而心贪重谢，强应曰："诺。"老人再拜去。

月馀，无人肯与老人婚。老人又来催促，吴支吾无计。时吴女才十九岁，忽跪请曰："女愿婚周叟。"吴夫妇愕然。女曰："父母之意，不过嫌周老，怜女少耳。女闻人各有命。儿如薄命，虽嫁年相若者，未必不作孀妇；儿如命好，或此叟尚有馀年，幸获子嗣，足支门户，亦未可定。且父母无子，只生一女，女恨不能作男儿孝养报恩。如彼以万金来此，而又以三千金作谢，是生女愈于生男，而女心亦慰。女想此叟如许年纪，获此横财，恐天意未必遽从此终也。"吴夫妇以女言告叟，叟跪地连叩头呼岳父母者再。嫁，生一子，读书补廪，孙即阁学公也。

老人年一百四十岁，吴女先卒，年已五十九矣。老人殡葬制服，哭泣甚哀。又四年，老人方卒。所居村，人题曰"百四十村"。

人畜改常

《搜神记》有"鸡不三年，犬不六载"之说，言禽兽之不可久畜也。余家人孙会中，畜一黄狗，甚驯。常喂饭，狗摇尾乞怜，出入必相迎送，孙甚爱之。一日，手持肉与食，狗嚼其手，掌心皆穿，痛绝于地，乃棒狗杀之。

扬州赵九善养虎，槛虎而行。路人观者先与十钱，便开槛出之，故意将头向虎口摩擦，虎涎满面，了无所伤，以为笑乐。如是者二年有馀。一日，在平山常下索钱，又将头擦虎口，虎口张，一啮而颈断。众人报官，官召猎户以枪击虎杀之。

人皆曰："鸟兽不可与同群。"余曰：不然，人亦有之。乾隆丙寅，余宰江宁，有报杀死一家三人者。余往相验，凶手乃尸亲之妻弟刘某。平日郎舅姊弟甚和，并无嫌隙。其姊生子，年甫五岁。每舅氏来，代为哺抱，以为惯常。是年五月十三日，刘又来抱甥，姐便交与。刘乃掷甥水缸中，以石压杀之；姐惊走视，便持割麦刀斫姐，断其头；姐夫来救，又持刀刺其腹，出肠尺馀，尚未气绝。余问有何冤仇，伤者极言平日无冤，言终气绝。问刘，刘不言，两目斜视，向天大笑。余以此案难详，立时杖毙之，至今不解何故。

又有寡妇某，守节二十馀年，内外无间言。忽年过五十，私通一奴，至于产难而亡。其改常之奇，皆虎狗类矣。

梦葫芦

尹秀才廷一，未第时，每逢下场，必梦神授一葫芦，放榜不中。自后遇入闱心恶，而每次必梦葫芦，然屡梦则葫芦愈大。雍正甲辰科，入闱之前夕，尹恐又梦，乃坐而待旦，欲避梦也。其小奴方睡，大呼"梦见一个葫芦，与相公长等身"。尹懊恨不祥，亦无可奈何。已而榜发，尹竟中三十二名。其三十名姓胡，其三十一名姓卢，皆甚少年，方悟初梦之小葫芦，盖二公尚未长成故也。

乩仙示题

康熙戊辰会试，举子求乩仙示题，乩仙书"不知"二字。举子再拜求曰："岂有神仙而不知之理？"乩仙乃大书曰："不知不知又不知。"众人大笑，以仙为无知也。是科题乃"不知命，无以为君子也"三节。

又甲午乡试前，秀才求乩仙示题，仙书"不可语"三字。众秀才苦求不已，乃书曰："正在'不可语'上。"众愈不解，再求仙明示之，仙书一"署"字，再叩之，则不应矣。已而题是"知之者，不如好之者"一章。

神签预兆

秦状元大士将散馆，求关圣签，得"静来好把此心扪"之句，意郁郁不乐，以为神嗤其有亏心事也。已而试《松柏有心赋》，限"心"字为韵，终篇忘点"心"字，阅卷者仍以高等上。上阅之，问："'心'字韵何以不明押？"秦俯首谢罪，而阅卷者亦俱拜谢。上笑曰："状元有无心之赋，主司无有眼之人。"

奇　骗

骗术之巧者，愈出愈奇。金陵有老翁持数金至北门桥钱店易钱，故意较论银色，哓哓不休。一少年从外入，礼貌甚恭，呼翁为老伯，曰："令郎贸易常州，与侄同事，有银信一封托侄寄老伯。将往尊府，不意侄之路遇也。"将银信交毕，一揖而去。

老翁拆信谓钱店主人曰："我眼昏，不能看家信，求君诵之。"店主人如其言，皆家常琐屑语，末云："外纹银十两，为爷薪水需。"翁喜动颜色，曰："还我前银，不必较论银色矣。儿所寄纹银，纸上书明十两，即以此兑钱何如？"主人接其银称之，十一两零三钱，疑其子发信时匆匆未检，故信上只言十两；老人又不能自称，可将错就错，获此馀利，遽以九千钱与之。时价纹银十两，例兑钱九千。翁负钱去。

少顷，一客笑于旁曰："店主人得无受欺乎？此老翁者积年骗棍用假银者也。我见其来换钱，已为主人忧，因此老在店，故未敢明言。"店主惊，剪其银，果铅胎，懊恼无已。再四谢客，且询此翁居址。曰："翁住某所，离此十里馀，君追之犹能及之。但我翁邻也，使翁知我破其法，将仇我，请告君以彼门向，而君自往追之。"店主人必欲与俱，曰："君但偕行至彼地，君告我以彼门向，君即脱去，则老人不知是君所道，何仇之有？"客犹不肯，乃酬以三金，客若为不得已而强行者。

同至汉西门外，远望见老人摊钱柜上，与数人饮酒，客指曰："是也，汝速往擒，我行矣。"店主喜，直入酒肆，捽老翁殴之曰："汝积骗也，以十两铅胎银换我九千钱！"众人皆起问故，老翁夷然曰："我以儿银十两换钱，并非铅胎。店主既云我用假银，我之原银可得见乎？"店主以剪破原银示众。翁笑曰："此非我银。我止十两，故得钱九千。今此假银似不止十两者，非我原银，乃店主来骗我耳。"酒肆人为持戥称之，果十一两零三钱。众大怒，责店主，店主不能对。群起殴之。店主一念之贪，中老翁计，懊恨而归。

骗术巧报

骗术有巧报者。常州华客，挟三百金，将买货淮海间。舟过丹阳，见岸上客负行囊，呼搭船甚急。华怜之，命停船相待。船户摇手，虑匪人为累。华固命之，船户不得已，迎客入，宿于后舱船尾。将抵丹徒，客负行囊出曰："余为访戚来。今已至戚处，可以行矣。"谢华上岸去。顷之，华开箱取衣，箱中三百金尽变瓦石，知为客偷换，懊恨无已。

俄而天雨，且寒风又逆，舟行不上，华私念：金已被窃，无买货资，不如归里摒挡，再赴淮海。乃呼篙工拖舟返，许其直如到淮之数。舟人从之，顺风张帆而归。过奔牛镇，又见有人冒雨负行李淋漓立，招呼搭船。舵工睨之，即窃银客也，急伏舱内，而伪令水手迎之。天晚雨大，其人不料此船仍回，急不及待，持行李先付水手，身跃入舱。见华在焉，大骇，狂奔而走。发其行囊，原银三百宛然尚存，外有珍珠数十粒，价可千金。华从此大富。

香亭记梦

香亭于乾隆壬辰冬赴都谒选，绕道东昌。十二月五日，宿冠城县东关客店。夜梦至一园亭，竹石萧疏，迥非人境。几上横书一卷，字作蝇头小楷。阅之，载一事，云："新野之渠有巨鱼，化为丽姝，名曰乔如。有李氏子惑焉，至三百六十日，而李氏子以弱死。宋氏子又惑焉，历三十六日，而宋氏子亦死。有杨氏子知其为怪也，故纳之，而特嬖之，绝其水饮，而乔如无所施术。三年，生三子，悉化为鱼。六年，杨氏子遍体生鳞甲，而乔如益冶艳。一夕暴风雨，乔如抱持杨氏子，两身合为一身，各自一首，鼓鬐同飞，投洞庭湖。日出时，杨饮水；日入时，乔如饮水。杨氏子犹知与乔如交欢，不知为鱼在水也，而竟得不死寿。此之谓物其物，化其化。"自此以下，字模糊不可辨。钟鸣梦醒，枕上默诵，不遗一字。

敦　伦

李刚主讲正心诚意之学，有日记一部，将所行事，必据实书之。每与其妻交媾，必楷书"某月某日，与老妻敦伦一次。"

一字千金一咳万金

商丘宰某，申详一案，有"卑职勘得，毫无疑义"八字。臬使某怒其专擅，驳饬不已，并提经承宅门，将行枷责。杨急改为"似无疑义"四字，再行申详，乃批允核转。然往返盘费、司房打点已至千金。汝上令某，见巡抚某。偶患寒疾，失声一咳。某怒其不敬，必欲提参。央中间人私献万金方免。人相传为"一字千金，一咳万金"。

菩萨答拜

余祖母柴太夫人常为余言，其外祖母杨氏老而无子，依其女洪夫人以终，年九十七而卒。居一楼奉佛诵经，三十年足不履地。性慈善，闻楼下笞奴婢声，便彷徨不能食。或奴婢有上楼者，必分己所食与食。九十以后拜佛，佛像起立答拜，太夫人大怖，时余祖母年尚幼，必拉之作伴，曰："汝在此，佛不答我也。"卒前三日，索盆濯足。婢以向所用木盆进，曰："不可，我此去将踏莲花，须将浴面之铜盆来。"俄而旃檀之气自空缭绕，端坐跏趺而逝。逝后，香三昼夜始散。

暹罗妻驴

暹罗俗最淫。男子年十四五时，其父母为娶一牝驴，使与交接。夜睡缚驴，以其势置驴阴中养之，则壮盛异常。如此三年，始娶正妻，迎此驴养之终身，当作侧室。不娶驴者，亦无女子肯嫁之也。

倭人以下窍服药

倭人病不饮药。有老倭人能医者，熬药一桶，令病者覆身卧，以竹筒插入谷道中，将药水乘热灌入，用大气力吹之。少顷，腹中汩汩有声。拔出竹筒，一泻而病愈矣。

狮子击蛇

戈侍御涛云：某太翁名锦，为某邑令。适西洋贡狮子经过其邑。狮子于路有病，与解员在馆驿暂驻。狮子蹲伏大树下，少顷，昂首四顾，金光射人，伸爪击树，树根中断，鲜血迸流，内有大蛇决折而毙。先是，驿中马多患病，往往致死，自此患除。厚待贡使。至京，献于阙廷，象见之不跪。狮子震怒，长吼一声，象皆俯伏。奉旨放归本国，后数日，陕抚奏至，云："京中放狮，本日午时已过潼关。"

贾士芳

贾士芳，河南人，少似痴愚。有兄某读书，命士芳耕作。时时心念，欲往游天上。一日，有道人问曰："尔欲上天耶？"曰："然。"道士曰："尔可闭目从我。"遂凌虚而起，耳畔但闻风涛声。少顷，命开目，见宫室壮丽，谓士芳曰："尔少待，我入即至。"良久出谓曰："尔腹馁耶？"授酒一杯。贾饮半而止，道人弗强，曰："此非尔久留处。"仍令闭目，行如前风涛声。

少顷开目，仍在原处。步至伊兄馆中，兄惊曰："尔人耶？鬼耶？"曰："我人耳，何以为鬼？"曰："尔数年不归，曩在何处？"曰："我同人至天上，往返不过半日，何云数年？"其兄以为痴，不之顾，与徒讲解《周易》。士芳坐于旁，闻之起摇手曰："兄误矣！是卦䷊词九五阳刚与六二相应，阴阳合德，得位乘时，水火相济，变为正月之卦。过此以往，刚者渐升，柔者渐降。至上九，数不可极，极则有悔，悔则潜藏，以待剥复之机矣。"其兄大惊，曰："汝未读书，何得剖析《易》理如此精奥！"信其果遇异人。远近趋慕，叩以祸福，无不响应。田中丞奏闻，蒙召见，卒以不法伏诛。

或云：贾所遇道人，姓王名紫珍，尤有神通，尝烹茶，招贾观之，指曰："初烹时，茶叶乱浮，清浊不分，此混沌象也。少顷，水在上，叶在下，便是开辟象矣。十二万年，不过如此一霎耳。"

稽文敏公总督河道时，贾常在署中，人多崇奉之。有不相敬者，贾必拉至无人之处，将其生平阴事妻子所不知者一一语之，其人愧服乃已。又常问人："可畏鬼否？"曰畏鬼便已，如云不畏，则是夜必有奇形恶状者入房作闹。

石　男

"石妇"二字，见《太玄经》，其来久矣。至于半男半女之身，佛书亦屡言之，近复有所谓石男者。扬州严二官，貌甚美，而无人与狎。其谷道细如绿豆，下秽如线香。昼食粥一盂，酒数杯，蔬菜些须而已，多则腹中暴胀，大便时痛苦异常。

须长一丈

黄龙眉，震泽县人，官热河四旗厅巡检，须长一丈有奇，绕腰两匝，馀垂至地。

禁魇婆

粤东崖州居民，半属黎人，有生黎、熟黎之分。生黎居五指山中，不服王化；熟黎尊官长，来见则膝行而入。

黎女有禁魇婆，能禁咒人致死。其术取所咒之人，或须发，或吐馀槟榔，纳竹筒中，夜间赤身仰卧山顶，对星月施符诵咒。至七日，某人必死，遍体无伤，而其软如绵。但能魇黎人，不能害汉人。受其害者擒之鸣官，必先用长竹筒穿索扣其颈项下，曳之而行，否则近其身必为所禁魇矣。据婆云：不禁魇人，则过期己身必死。

婆中有年少者，不及笄便能作法，盖祖传也。其咒语甚秘，虽杖杀之，不肯告人。有禁魇婆，无禁魇公，其术传女不传男。

割竹签

黎民买卖田土，无文契票约，但用竹签一片。售价若干，用刀划数目于签上，对劈为二，买者卖者各执其半以为信。日久转卖，则取原主之半签合而验之。其税签如税契，请官用印于纸，封其竹签之尾，春秋纳粮，较内地加丰焉。

黎人进舍

黎民婚嫁，不用舆马，吉日，新郎以红布一匹往岳家裹新妇，负背上而归。其俗，未成亲之先，婿私至翁家与其妻苟合，谓之"进舍"。若能生子而后负妇者，则群以为荣。邻里交贺，各以白纸封番钱几元，至其门首，抛竹筐中，其主人以大瓮贮酒陈于门前，瓮内插细竹筒数条。贺客至，各伏筒瓮而饮。饮毕，又无迎送拜跪之礼。

余在肇庆府署中，厓州刺史陈桂轩为余言。

海异

海中水上咸下淡，鱼生咸水者，入淡水中即死；生淡水中者，入咸水中即死。咸水煮饭，水干而米不熟，必用淡水煮才熟。水清者，下望可见二十馀丈，青红黑黄，其色不一。人小便，则水光变作火光，乱星喷起。鱼常高飞如鸟雀，有变虎者，变鹿者。

喝呼草筷子竹

惠州山中有草，喝之则叶卷，号"喝呼草"。罗浮山有"筷子竹"，竹形小而质劲，截之可以为箸。不许人作声，若作声呼之，便遁入土中，觅不可得。

蚺蛇藤

琼、雷两州，蚺蛇大如车轮，所过处，腥毒异常，遇者辄死。性淫而畏藤，土人多以妇人裤并藤条置腰间，闻腥气知蛇至，先以妇裤掷去，蛇举头入裤吮嗅不已；然后以藤抛击，蛇便缩伏，凭人捆缚。缚归，钉之树上，用刀剖腹，蛇似不知；将至胆处，乃作爱护之状。胆畏人取，逃上逃下，未易捉取，直至蛇死腹裂，胆落地上，犹跃起丈馀，渐渐力尽势低。取挂檐间，其胆衣内汁犹终日奔腾上下，无一隙停留。俟晾干后，才可入药。

网 虎

江西鄱阳湖渔人收网，疑其太重，解而视之，斑然虎也，惜已死矣。

福建解元

裴文达公典试福建，心奇解元之文，榜发后，亟欲一见。昼坐公廨，闻门外喧嚷声，问之，则解元与公家人为门包角口。公心薄之，而疑其贫，禁止家人索诈，立刻传见。其人面目语言，皆粗鄙无可取。心闷闷，因告方伯某，悔取士之失。方伯云："公不言，某不敢说。放榜前一日，某梦文昌、关帝与孔夫子同坐，朱衣者持《福建题名录》来，关帝蹙额云：'此第一人平生作恶武断，何以作解头？'文昌云：'渠官阶甚大，因无行，已削尽矣。然渠也勇喜斗，一闻母喝即止，念此尚属孝心，姑予一解，不久当令归土矣。'关帝尚怒，而孔子无言，此亦奇事。"未几某亡。

顾四嫁妻重合

永城吕明府家佃人顾四，乾隆丙子岁荒，鬻其妻某氏嫁江南虹县孙某，生一女。次年岁丰，顾又娶后妻，生子成。成幼远出，为人佣工，流转至虹县地方，赘孙姓家。两年，妻父殁，成无所依，遂携其妻并妻母回永城。顾四出见，儿之岳母，已之故妻也。时顾后妻先一月殁，遂为夫妇如初。

千里客

万历年间，绍兴商家宰起第，卜云："千里客来居此宅。"当时讶之。至国初，王侍御兰膏先生任盐政归，买此宅居之。王别号"千里"，即江宁王检校大德父也。

赵子昂降乩

邓宗洛秀才云：伯祖开禹公少时赘海宁陈大司空家，众人请仙，公亦问终身，乩判云"予赵子昂也"五字，宛然赵书。公在旁微笑云："两朝人物。"乩随判诗一首云："莫笑吾身事两朝，姓名久已著丹霄。书生不用多饶舌，胜尔寒毡叹寂寥。"后公年八十，由岁贡任来安训导，十年而终。

神仙不解考据

乾隆丙午，严道甫客中州。有仙降乩巩县刘氏，自称雁门田颖，诗文字画皆可观，并能代请古时名人如韩、柳、欧、苏来降。刘氏云，有坛设其家已数载矣。中州仕宦者，咸敬信之。颖本唐开、宝间人，曾撰张希古墓志，石在西安碑林，毕中丞近移置吴中灵岩山馆。

一日，降乩节署，甫至，即以此语谢其护持之功。此事无知者，因共称其神奇。时严道甫在座，因云："记墓志中云：'左卫马邑郡尚德府折冲都尉张君。'考唐府兵皆隶诸卫，左右卫领六十府。志云尚德府为左卫所领，固也，但《唐书·地理志》马邑郡所属无尚德府，未知墓志何据？"仙停乩半晌，云："当日下笔时，仅据行状开载，至唐《地理志》，为欧九所修，当俟晤时问明，再奉复耳。"然自是节署相请，乩不复降。即他所相请，有道甫在，乩亦不复降。

产　公

广西太平府僚妇生子，经三日，便澡身于溪河，其夫乃拥衾抱子坐于寝榻，卧起饮食，皆须其妇扶持之，稍不卫护，生疾一如孕妇，名曰"产公"，而妻反无所苦。查中丞俭堂云。

乌鲁木齐城隍

乌鲁木齐于乾隆四十一年筑城，得至德年残碑，中有"金蒲"字，知其地唐时为金蒲城，今《唐书》作"金满城"，误也。并建有城隍庙，兴工三日，都统明公亮梦有人儒冠而来云："姓纪，名永宁，陕西人。昨奉天山之神奏为皮地城隍，故尔来谒。"公心异之。时毕公秋帆抚陕，因以札来询。毕公饬州县查，现在纪姓中，未有名永宁者。适严道甫修《华州志》，有纪姓以家谱来求登载其远祖。检之，则名永宁者居然在焉。乃明中叶生员。生平亦无他善，惟嘉靖三十一年地震时，曾捐资掩埋瘗伤死者中四十馀人而已。因以复明公。书至，适于是日庙方落成也。

黑　霜

四海本一海也，南方见之为南海，北方见之为北海，证之经传皆然。严道甫向客秦中，晤诚毅伯伍公，云：

雍正间，奉使鄂勒，素闻有海在北界，欲往视，国人难之。固请，乃派西洋人二十名，持罗盘火器，以重毡裹车，从者皆乘橐驼随往。北行六七日，见有冰山如城郭，其高入天，光气不可逼视。下有洞穴，从人以火照罗盘，蜿蟺而入。行三日乃出，出则天色黯淡如玳瑁，间有黑烟吹来，着人如砂砾。洋人云："此黑霜也。"每行数里，得岩穴则避入，以硝磺发火，盖其地不生草木，无煤炭也。逾时复行。如是又五六日，有二铜人对峙，高数十丈，一乘龟，一握蛇，前有铜柱，虫篆不可辨。洋人云："此唐尧皇帝所立，相传柱上乃'寒门'二字。"因请回车，云："前去到海，约三百里不见星日，寒气切肌，中之即死。海水黑色如漆，时复开裂，则有夜叉怪兽起来攫人。至是水亦不流，火亦不热。"公因以火着貂裘上试之，果不然，因太息而回。入城，检点从者，五十人冻死者二十有一。公面黑如漆，半载始复故，随从人有终身不再白者。

中印度

后藏西南四千馀里，有务鲁木者，即佛经所云中印度也，世尊居之。金银宫阙，与佛书所云无异。宫门外有池，方广百里，白莲如斗，香气着衣，经月不散，云即阿暂池也。天时寒暖，皆如三四月，粳稻再熟。无金银，皆以货物交易。达赉喇嘛五岁一往觐。闻雍正初年，鄂啰索发兵万馀，驱猛象数百来斗，欲夺其地。世尊持禁咒，遣毒蟒数千往御。鄂啰索惧，请受约束，蟒蛇瞬息不见。世尊云："此嗔心所致也，不嗔则无有矣。"因谕以此地人少，每十年当以童男女五百来献，令其自相配偶，至今犹然。诚毅伯伍公云。

来文端公前身是伯乐

来文端公自言伯乐转世，眸子炯炯有光，相马独具神解。兼管兵部及上驷院时，每值挑马，百十为群，瞥眼一过，其毛病纤悉，无不一一指出，贩马者惊以为神。年七十后，常闭目静摄。每有马过，静听蹄声，不但知其良否，即毛色疾病，皆能知之。上所乘马，皆先命公选视。

有内侍卫数人，精选三马，百试无差，将献上。公时已老，眼皮下垂，以两指撑眼视之，曰："其一可用，其二不可用。"再试之，果蹶矣。

一日坐内阁，史文靖公乘马至阁门外下，偶言所乘枣骝马甚佳，公曰："佳则佳矣，但公所乘乃黄骠马也，何得相诳？"文靖云："适所言诚误，但公何以知之？"公笑而不言。

又一日，梁文庄公入阁少迟，自言所乘马伤水，艰于行步。公曰："非伤水，乃误吞水蛭耳。"文庄乃请兽医针治，果下水蛭数升而愈。

公常语侍读严道甫云："二十时，荷校于长安门外三十馀日，玩索《易》象乾坤二卦，得相马之道。其神解所到，未能以口授人也。"

福建试院树神

纪太史晓岚视学闽省，试院西斋有柏一株，干霄蔽日，幕中友人于深夜常见有人来往其下，章服一如本朝制度，惟袍是大红。纪意树神为祟，乃扫室立主以祀，并作对句悬于楹间云："参天黛色常如此，点首朱衣或是公。"自是怪遂绝。

于云石

金坛于云石官翰林时，迎其父就养入都。一日，行至中途，天色已晚，四无人烟，寻一旅店，遂往投宿。店主以人满辞，于以前路无店，固求留宿。

店主踌躇久之，曰："店后只有空屋数椽，小儿幼年曾读书其处，不幸夭亡，我不忍往观，故封闭之。客如不嫌，请暂住一夜如何？"

于从之，即开门入，见四壁尘蒙，蟏蛸满户，案有残书数卷。偶得时文稿一本，翻阅之，与其子云石所作文无异，入后数篇与乡、会试中式之卷亦相同意，甚讶然。忽寓外有光射入，见对面石壁上恍惚有"于云石"字迹，即秉烛出观，乃"干霄石"三字也。转身进内，硼然有声，石壁遂倒，字亦随灭。一夜惊疑不寐。

晓行抵都，与子备述其事。云石闻言，不觉失色，须臾仆地。急唤家人救治，不苏而绝。

卷二十二

王昊庐宗伯是莲花长老

王昊庐宗伯未第时，自黄冈赴京应试。路过庐山，宿于莲花宫内，因次日仍欲启行，未晚便睡。梦身坐大殿之上，面供斋果，下有袈裟百辈环拜诵佛，因随手取面前枣子，偶啖数枚，遂醒。醒时，口中有馀味。正惊讶间，忽见住房外灯烛辉煌，几筵肆设，众僧方膜拜，宛然梦中光景。启户问之，是日乃此庵已故净月上人忌辰，众方祭祀。宗伯大异，起视所供盘中之枣，其顶微缺，如少二三枚者，恍悟自己前身乃此庵长老也。故终身奉佛甚虔。

先是，宗伯父用馀公崇祯翰林。殉节庐山，故自号"昊庐"，取"昊天罔极"之义，讳泽宏。

鬼买儿

洞庭贡生葛文林，在庠有文名。其嫡母周氏亡后，父荆州续娶李氏，即文林生母也。于归三日后，理周氏衣箱，有绣九枝莲红袄一件，爱而着之。食次即昏迷，自批其颊曰："余前妻周氏也。箱内衣裳是我嫁时带来。我平日爱惜，不忍上身。今汝初来，公然偷着，我心不甘，来索汝命。"家人环跪，替李求情，且云："娘子业已身故，要此华衣何用？"曰："速烧与我，我等要着。我自知气量小，从前妆奁，一丝不能与李氏，皆速烧与我，我才肯去。"家人不得已，如其言，尽焚之。鬼拍手笑曰："吾可以去矣。"李即霍然病愈。家人甚喜。

次日李方晨妆，忽打一呵欠，鬼又附其身曰："请相公来。"其夫奔至，乃执其手曰："新妇年轻，不能理家事，我每早来代为料理。"嗣后，午前必附魂于李身，查问薪米，呵责奴婢，井井有条。如是者半年，家人习而安之，不复为怪。

忽一日谓其夫曰："我要去矣。我柩停在此，汝辈在旁行走，震动灵床，我在棺中骨节俱痛，可速出殡，以安我魂。"其夫曰："尚无葬地，奈何？"曰："西邻卖炮竹人张姓者有地在某山，我昨往看，有松有竹，颇合我意。渠口索六十金，其心想三十六金，可买也。"葛往观，果有地有主，丝毫不爽，遂立契交易。鬼请出殡日期，葛曰："地虽已有，然启期告亲友，尚无孝子出名，殊属缺典。"鬼曰："此说甚是。汝新妇现有身矣，但雌雄未卜，与我纸钱三千，我替君买一儿来。"言毕去。

至期，李氏果生文林。三日后，鬼又附妇身如平时，其姑陈氏责之曰："李氏新产，身子孱弱，汝又来纠缠，何太不留情耶？"曰："非也。此儿系我买来，嗣我血食，我不能忘情。新妇年轻贪睡，倘被渠压死奈何？我有一言嘱婆婆：俟其母乳毕后，婆婆即带儿同睡，我才放心。"其姑首肯之，李妇打一呵欠，鬼又去矣。

择日出丧，葛怜儿甫满月，不胜粗麻，易细麻与着。鬼来骂曰："此系齐缞，孙丧祖之服。我嫡母也，非斩衰不可。"不得已，易而送之。临葬，鬼附妇身大哭曰："我体魄已安，从此永不至矣。"嗣后果断。

先是，周未嫁时，与邻女结拜三姊妹，誓同生死，其二妹先亡。周病时曰："两妹来，现在床后唤我。"葛怒，拔剑斫之。周顿足曰："汝不软求，而斫伤其臂，愈难挽回矣。"言毕而亡，年甫二十三。

鬼抢馒头

文林言：洞庭山多饿鬼。其家蒸馒头一笼，甫熟揭盖，见馒头唧唧自动，逐渐皱缩，如碗大者，顷刻变小如胡桃。食之，味如面筋，精华尽去。初不解其故，有老人云："此饿鬼所抢也，起笼时以朱笔点之，便不能抢。"如其言，点者自点，缩者仍缩。盖一人之点，不能胜群鬼之抢也。

荷花儿

余姚章大立，康熙三年举人。家居授徒，忽有二冤鬼，一女一男，白日现形。初扼其喉，继推之地，以两手高撑，梏而不开，若空中有绳系之者。先作女声曰："我荷花儿也。"继作男声曰："我王奎也。"皆北京口气。

家人问："何冤？"曰："章大立前身姓翁，亦名大立，前朝隆庆时为刑部侍郎。其时我主人周世臣，官锦衣指挥，家贫无妻，只荷花儿与王奎一婢一奴相伴。有盗入室杀世臣去，我二人报官。官遣张把总入室捕盗，疑我二人因奸弑主。刑部严刑拷讯，我二人不胜楚毒，遂自诬服。刑部郎中潘志伊疑之，狱久不决。及大立为侍郎，忽发大怒，别委郎中王三锡、徐一忠再讯，二人迎合，竟照前议定罪。志伊苦争不能得，遂剐我二人于市。越二年，别获真盗，都人方知我二人之冤。传入宫中，天子怒，仅夺大立官职，而调一忠、三锡于外。请问凌迟重情，可是夺职所能蔽辜否？我故来此索命。"

家人问："何以不报王、徐之冤？"曰："彼二人恶迹更多。一已变猪，一囚酆都狱中。我不必再报。惟大立前身颇有清官之号，又居显职，故尔迟迟。今渠已投第三次人身矣，禄位有限，方能报复。且明季朝纲不整，气数将绝，阴司鬼神亦多昏聩。我等屡诉不准，不许出京，岂若当今大清之世，冥司阴官，亦洗心革面耶！"

家人跪求说："召名僧为汝超度何如？"曰："我果有罪，方要名僧超度。我二人丝毫无罪，何用名僧超度？况超度者，不过要我早投人身耳。我想就投人身，遇着大立，也要报仇，渠必死我二人之手。然而旁观者不解来历，即我与大立既已隔世，虽报其人，两边都不晓来历，无以垂戒作官之人。故我二人每闻冥司唤令轮回，坚辞不肯。今冤报后，可以轮回矣。"言毕，取几上小刀自割其肉，片片坠下。作女声问曰："可像剐耶？"作男声问曰："可知痛耶？"血流满席而死。

欧阳澈

宋浙西有陈东、欧阳澈庙，当时士民怜其忠，故私立而祠之也。后王伦从金国来，见而恶之，命有司拆毁。明季有富而好义者李士贵，又立庙于艮山门外，乡民祈求颇灵。

一日，李梦神人布袍革履叩门求见，曰："我欧阳澈也，当日位卑而言高，获罪系我自取，幸上帝怜我忠诚，命我司杭州水旱之事。杭城地方甚大，我一人难以办理。我有友二人，一樊安邦，一傅国璋，皆布衣有气节。可塑二人像于我侧，助我安辑地方。"李允许，既而笑问曰："陈东先生安在，何不相助为理？"曰："李伯纪相公现司南岳，聘陈先生作记室去矣。"士贵于次日即增两像于旁。

浮　尼

戊戌年，黄河水决。河官督治者每筑堤成，见水面有绿毛鹅一群翱翔水面，其夜堤必崩。用鸟枪击之，随散随聚，逾月始平。虽老河员不知鹅为何物。

后阅《桂海稗编》载前明黄萧养之乱，黄江有绿鹅为祟，识者曰：此名浮尼，水怪也，以黑犬祭之，以五色粽投之，则自然去矣。如其言，果验。

雷火救忠臣

全椒金光辰，以御史直谏触崇祯皇帝之怒，召对平台，将重惩之。忽迅雷震御座，乃免之。嘉靖怒刘魁、杨爵、周怡直谏，杖置狱中。有神降乩言三人冤，乃赦之。后因熊浃言乩仙不足信，重捕入狱。亡何，高元殿火起，帝祷于灵台，火光中有呼三人姓名称忠臣者，乃急传诏释之，且复其官。

滑 伯

河南滑邑署中有滑伯墓甚大，邑令到任，必先祭奠，朔望行香。滑伯之神时时出现，圭璋衮冕而出者，官必升迁；深衣便服而出者，官多不详。余门生吕炳星宰滑州，忽一日见滑伯衣甲胄立于墓上，是年升香河同知。墓前古木甚多，木叶落时，风吹四散，从未有落墓上者，亦奇。

盘古脚迹

西洋锡兰山，高出云汉，其颠有巨人脚迹，入石深二尺，长八尺，云是盘古皇帝开天落地之脚迹。其国人多裸形，有穿衣者，皮肉必烂。

珠重七两

《明史》：永乐十五年，苏禄国贡大珠，重七两有零。

采胆入酒

占城国取生人胆入酒，与家人饮，且以浴身，曰："通身是胆。"每伺人于道，出其不意杀之，取胆以去。若其人惊觉，则胆先裂，不足用矣。置众胆于器，必以中华人胆居上。

王在位三十年，则避位入深山，以兄弟子侄代，而己持斋受戒告于天曰："我为君无道，愿虎狼食我，或病死。"居一年无恙，则复位如初。

胆长三寸

福王之败，有起义兵者吴汉超，宣城生员也。兵溃，逃出城，念其母在，乃入见大帅曰："首事者我也。"杀之，剖其腹，胆长三寸。

湖神守尸

明季大学士贺逢圣，在武昌为张献忠所逼，投墩子湖死。自夏至秋，有神托梦于湖之居民某云："我奉上帝命，守贺相尸殊苦，汝可捞而视之，有黑子在其左手者是也。"某觉而异之，俟于湖，赫然尸出，乃殓而葬之。尸在水中百有七十日，面如生。

僵尸抱韦驮

宿州李九者，贩布为生。路过霍山，天晚，店客满矣，不得已，宿佛庙中。漏下二鼓，睡已熟，梦韦驮神抚其背曰："急起，急起，大难至矣！躲我身后，可以救你。"李惊醒，踉跄而起。见床后厝棺崒然有声，走出一尸，遍身白毛，如反穿银鼠套者，面上皆满，两眼深黑，中有绿睛，光闪闪然，直来扑李。李奔上佛柜，躲韦驮神背后。僵尸伸两臂抱韦驮神而口咬之，嗒嗒有声。李大呼，群僧皆起，持棍点火把来。僵尸逃入棺中，棺合如故。

次日，见韦驮神被僵尸损坏，所持杵折为三段，方知僵尸力猛如此。群僧报官，焚其棺。李感韦驮之恩，为塑像妆金焉。

穷鬼祟人富鬼不祟人

西湖德生庵后门外厝棺千馀，堆积如山。余往作寓，问庵僧："此地尝有鬼祟否？"僧曰："此间皆富鬼，终年平静。"余曰："城中那得有如此许多富人，焉能有如此许多富鬼？且久攒不葬，不富可知。"僧曰："所谓富者，非指其生前而言也，凡死后有酒食祭祀、纸钱烧化者，便谓之富鬼。此千馀棺虽久攒不葬，僧于每年四节必募缘作道场，设盂兰会烧纸钱千万，鬼皆醉饱，邪心不生。公不见世上人抢劫诈骗之事，皆起于饥寒。凡病人口中所说，目中所见，可有衣冠华美、相貌丰腴之鬼乎？凡作祟求祭者，大率皆蓬头历齿，蓝缕穷酸之鬼耳。"余甚是其言，果住月馀，虽家僮婢子，当阴霾之夜，无闻鬼啸者。

雷神火剑

乾隆戊申八月，河库道司马公遣两仆还家，一名祝升，年三十；一名寿子，年十六。二人雇船行至宝应刘家堡地方，天渐阴晦，寿子忽喜曰："前面搭台唱戏，有金盔金甲神在场上，甚热闹。"旁人皆不见，笑曰："前面河水滔滔，绝无戏台。汝孩子气，一心想看戏耶？"祝升同一篙工争曰："果然有戏，诸君何独不见？"言未毕，有恶风吹折桅杆，满船昏黑，震雷一声，击杀寿子、祝升于船头，并杀篙工于船尾。雷雨小定，舱中人大惊，泊船报县，请官相尸。

俄而祝升苏曰："我与寿子正在船看戏，忽见前面万道金光，不见河路，地上俱铺雪白银砖。台上宫殿巍峨，中坐冕旒神，方面白须，旁立金盔甲者数十。一金甲神向冕旒者鞠躬白事，语不可辨，但见冕旒神点首，金甲者遂趋出，上船擒我与寿子、篙工三人去跪殿上。抽腰下挂剑，红光照耀，将寿子颈上横穿过去，又将篙工胸上横穿过去。我看光景不好，侧身要逃，被别个金甲神扯住，用金瓜锤当头一打，我遂昏绝，以后便不知人事了。"

县官万公来验，即取此段口供，申详立案。验寿子、篙工两尸，果有细眼穿喉胸二处，买棺殓埋。因祝尚活，在船中不便医治，乃撑船至大王庙停泊，扛祝升入庙。祝望见大王，惊曰："刚才上坐者，即此神也。"又旁睨曰："诸位神道都在殿上，何不救救我耶？"言毕，食粥一碗，仍气绝矣。

是年冬，余同刘霞裳游沐阳，过刘家堡，泊船大王庙。往看诸神，皆寻常金装木偶，无他灵异。刘向神问："寿子年幼，有何恶而犯天诛？"神不答。余笑曰："痴秀才，此所谓民可使由之，不可使知之耳。幽明一理，何必对神饶舌耶？"

水精孝廉

广东纪孝廉，童时误入蛇腹。黑无所见，但闻腥气。扪其壁，滑沓不可近。幸身边有小刀，因挖其壁。渐见微明，就明钻出，困卧于地。邻人见之，携归其家。是日，村郊三十里外有大蛇死焉。孝廉为毒气所伤，通身皮脱如水精，肠胃皆见，从幼至壮不改。乡举后，同年皆见之，呼为"水精孝廉"。

水鬼移家

王某居杭城之东园，地多鱼池，东西相接，中隔一埂。季夏日正午，立埂上乘凉，见东池忽有一道浮沤，阔尺许，似潮涌而来浩浩有声。及近埂岸，有尺半长一段黑气从东池飞入西池而寂，鼻中作羊膻气。问之邻人，云："是乃水鬼移家也。"

负妻之报

杭城仙林桥徐松年，开铜店。年三十二，骤得瘵疾。越数月，疾渐剧，其妻泣谓曰："我有两儿俱幼，君或不讳，我不能抚，我愿祷于神，以寿借君。君当抚儿，待其长娶媳，可以成家，君不必再娶矣。"夫许之，妇投词于城隍，再祷于家神，妇疾渐作，夫疾渐瘳，浃岁而卒。

松年竟违其言，续娶曹氏。合卺之夕，床褥间夹一冷人，不许新郎交接，新妇惊起，盖前妻附魂于从婢以闹之也。口中痛责其夫，共寝五六月，斋祷不灵，松年仍以瘵殁。

四小龟扛一大龟而行

杭城横塘镇有孤静庵，一老僧焚修其后殿。见有四小龟共扛一大龟，径尺许，循墙依槛，团团而走，回环不止。老僧唪经毕，清磬一声，龟方敛迹。数年后，老僧圆寂，龟亦不复再见。雍正年事。

鬼送汤圆

杭州王生绳玉，课蒙于横塘钟氏。钟第三子字有条，年已二十，自瞒其年，称十六，问："弟子此时尚可读书否？"王答以："果能志坚，书何不可读耶？"有条大喜，讽诵不辍。其父俗贾也，不以为然，迫之赴吴门贸易。有条郁郁而往，日赴市廛，夜仍阖户，隐身帷帐中，私自钻研。满房贴"岁不我与"四字。越四月，疾亟而归。时近重九，抵家遂卒。柩停于家。

次年七夕前一日，王睡梦中，闻内屋启门声，步至书舍排闼入。见有条左手秉烛，右手执碗，碗内腾腾热气，至王床前，启帐笑曰："先生肚饥耶？特送点心来。"王坐起接其碗，见内浮汤圆四个，兼有铜铫。遂忘其为鬼，竟挑食之。及三而饱，尚留其一，随手交还有条，有条复为下帐闭门而去。王忽大悟，惊曰："有条殁已周岁，今夕胡为而来？"方举念间，体中寒热顿作，自夜及明，循环三次。惫甚，不能起，乃呼舆归家。家中拦门鬼以百十计，男女大小他乡本郡之鬼无所不有，大约鸠形鹄面、披衣曳履之穷鬼为最多，恰无怪状奇形之可怖者。王有妹嫁翟家，来视兄疾，鬼在病人口中云："汝是郑家桥翟家娘子，亦来此耶！"王弟访之，果翟邻家修发之妻新缢死者也。王父为延医投药，掖起病人命服，众鬼挤肩搪背，持其手使不得服，如是者再四，王心厌焉，竟违父命，终不饮药。次晨，另延一医诊视，问："曾投药否？"父语以故，医索方视之，惊曰："幸而未饮，否则今日不能出声矣！"另立一方，鬼不复来夺。

从此众鬼阗门塞屋，日掩天光，夜蔽灯光，或坐或立，或言或笑，聚集十馀日。家中持经放焰口，毫无效验。一女鬼呼曰："汝家该延老僧宏道来，我辈便去。"如其言，往请宏道。甫到门，众鬼轰然散矣。病亦渐安。

袁子曰：同是念经放焰口，而有验有不验，此之谓有治人，无治法也。不知鬼食之不宜人食，而以奉其先生，此之谓愚忠愚孝也。

忠恕二字一笔写

黄燡照，歙县人，原任福山同知，罢官后主讲韶州书院。尝书"忠恕"二大字，勒石讲堂，款落"新安后学某敬书"。

忽一日，梦黑衣者二人执灯至曰："奉命召汝。"黄即随往。至一处，历阶而升，闻呼曰："止。"黄即立定，黑衣人分左右立，中隔一层白云。闻有人曰：

"汝为大清官员，何以生今反古，书'忠恕'二字，款落'新安'？宜速改正。"
黄惊醒，急将前所刻"新安"二字改写"歙县"。

越数日，又梦前黑衣人引至原处，仍闻云中人语曰："汝改书勒石固善，
但亦知'忠恕'二字之义是一气读否？汝可于古帖中求之。"黄醒，检阅十七帖，
见"忠恕"二字行书乃是"中心如一"四字，恍然大悟。复将壁间石刻毁去，
仿帖中行书，另写勒石。今现存韶州书院。

土 雨

乾隆十四年，李元叔秀才自京就馆沈阳，越明年夏四月回京师，渡辽水。
是日住北台子，站路过远，昏黑不得抵宿。时乘四套车投一深林中，闻树叶
上簌簌作雨声，沾洒衣上，视之皆土也。未几，四马攒蹄，退后不敢前。骡
脚夫呼曰："有鬼蹲踞当道，车拉不动！"乃取开路铁锄，抓土撒之，口中作
咒语，车始得行。不数步，见一火，茶杯大，傍车而行，其光上下远近不定，
照里许而灭。土人云："凡鬼物出，皆先有土雨。"

降 庙

粤西有降庙之说。每村中有总管庙，所塑之庙美丑少壮不同。有学降庙
法者，法将成，则至庙中卜卦降神。初至，插一剑于庙门之中，神降则拔剑而回，
神不降则用脚踢倒之。能随足而起则生，如不起，则为神诛矣。

其法将一碗盛水，写一"井"字圈绕之，地上亦写一"井"字圈绕之，
八仙桌中间亦写一"井"字圈绕之，召童子四人，手上各写一"走"字圈绕之，
将桌面反对碗口之上，四童以指抬桌，其人口念咒云："天也转，地也转，左
叫左转，右叫右转，太上老君急急如令转。若还不转，铜叉叉转，铁叉叉转。
若再不转，土地、城隍代转。"唱毕，桌子便转，然后请药方，无不验者。

陇西城隍神是美少年

康熙间，陇西城隍塑黑面而髯者，貌颇威严，忽于乾隆间改塑像为美少年。
或问庵僧，僧曰："闻之长老云，雍正七年，有谢某者，年甫二十，从其师在
庙读书。夜间先生出外，谢步月吟诗。见一人来祷，乃隐于神后伺之，闻其
祝云：'今夜若偷物有获，必具三牲来献。'方知是贼也。心疑神乃聪明正直
之人，岂可以牲牢动乎？次日，贼竟来还愿，生大不平，作文责之。神夜托
梦于其师，将降生祸。师醒后问生，生抵赖。师怒，搜其箧，竟有责神之稿，
怒而焚之。是夜，神踉跄而至曰：'我来告你弟子不敬神明，将降以祸，原不
过吓吓他。你竟将他文稿烧化，被行路神上奏东岳，登时将我革职拿问。一

面将此城隍之位奏明上帝，即将汝弟子补缺矣。'欷歔而退。未三日，少年卒。庙中人闻呼驺声，云是新城隍到任。嗣后，塑像者易黑胡之貌为美少年。"

城隍赤身求衣

张观察挺修湖州城隍庙，以檀香雕三丈法身，绣衮为袍衣之，供奉三日矣。忽夜梦一巨人，头带平天冠，而身无衣服，赤两股直立帐前。公惊醒心动，急欲赴庙查看，而庙中道士已来报神衣被窃矣。乃为另制，且命拿贼云。

水怪吹气

杭州程志章由潮州过黄岗，渡海汉。半渡，天大风，有黑气冲起，中有一人浑身漆黑，惟两眼眶及嘴唇其白如粉，坐船头上以气吹舟中人。舟人共十三人，顷刻貌尽变黑，与之相似，其不变者三人而已。少顷，黑气散，怪亦不见。开船，风浪大作，舟覆水中，死者十人，皆变色者也，其不变色之三人独免。

坛　响

杭州北门外三清院林道士能擒妖，在兴化收妖坛中，放三清神座下。逾年，钱生袖海与友孔传经钱行，上南京乡试，醉后向坛云："我友中则坛响。"果响一声。客散，生夜看书，见白衣人坐槛上与之拱手。生用界尺打之，抚掌大笑而退。是年孔君果中。

贞女诉冤

陆补梅作浔州太守，有和奸自尽一案，县详到府，文卷在案上，将批"如详核转"矣。其晚，幕友房中起大风，宛然一女子，立而不言，五更始去。幕友告太守，适太守奉调上省，谓其子曰："汝胆大，今晚可至幕友房伺之。"

晚间，公子遵父命，宿幕友书房。果如前风起，幕友又见此女，即告公子，而公子无见也，因大声问曰："汝何为者？"女曰："吾即几上案中人也，因拒奸致死。父母受贿，证成和奸，污我名节。曩诉之县，县亦受贿，不为申理，所以来此诉冤。"公子唯唯，即以其言写家信驰告太守。

太守从省归，适经是县，因札致幕友，将原案发回本县。未几，县令来迎。太守不宿公馆，先往城隍庙行香，谓令曰："吾访闻前奸案事有冤，信乎？"县据其父母口供，抗词请质。太守无奈何，即宿城隍庙中，传犯人及邻证人等于大殿后陪宿，阴伏人于殿后察之。至三更馀，邻证等各自言语，有骂其父母之无良，怜其女之贞烈者，听者取笔书之。至天明，先盘诘邻证，取夜间所书示之，俱服。遂以强奸致死定案。旌其女入节孝祠。

杨成龙成神

处州太守杨成龙，性正直，作官五十年，颇有政声。壬寅春，余游天台，招余饮酒，历叙办山东数大案，有古循吏风，余许作传，以表章之。不料别后告老，就养于伊子深州署中，无疾而卒。

先是，太守宰历城时，买沙板一副，置张秋僧舍。身亡后，其子浚文必欲遣人取归，然后入殓，以慰乃父之心。忽其幼孙某头晕扑地，旋起坐，厉声曰："浚文，汝太糊涂！当此六月天，我尸在床，待从张秋取棺来，则吾尸坏矣。深州木材尽可用，何必远取？现在处州人来迎我作彼处城隍，我俟汝丧事小定，即往到任。我无他语，大凡人在世上，肯做好官，必有好报，汝紧记之。明年三月十四日，二孙所生之子，将来可以绍我之志，取名绍志可也。若葬我，当在唐务山中做癸丁山向。"幼孙言毕，沉沉睡去，俄而嬉戏如初。浚文悚然，一遵父命。

次年，果生绍志，月日无爽。

周仓赤脚

相传东台白驹场关庙周仓赤脚，因当日关公在襄阳放水淹庞德时，周仓亲下江挖坑故也。戊申冬，余过东台，与刘霞裳入庙观之，果然赤脚，又见神座后有一木匣，长三尺许。相传不许人开，有某太守祭而开之，风雷立至。

张飞治河

大学士嵇文敏公总督南河，将筑堤东岸。梦有兜牟而短须者直入一揖，随即上坐曰："某堤须筑某所，才保无虞。若在此，不能成功。"嵇颔之。已而思其人状貌乃一武夫，言复椎鲁，何以公然与宰相抗礼，意颇不怿，叱叱而醒。次日上工次，过张桓侯庙，小住啜茶，上塑神像，宛然梦中人，乃命停工。

神佑不必贵人

章观察家奴陈霞彩，居上元义直巷中，与其外妇同宿。夜闻风雨声，似震雷击物。初不介意，天明揭帐，则卧榻后山墙夜崩，榻之前后左右，皆砖堆数尺，唯留一榻不打坏。青衣青楼，亦得神佑如此。

成神不必贤人

李海仲秀才，秋试京师，在苏州雇鸭嘴船。行至淮上，见舱前来王某求附舟，旧时邻也，因与同行。泊晚，王笑问："君胆大否？"秀才愕然，漫应曰："大。"王曰："惧君生畏，故以胆问。君既胆大，我不得不以实告。我非人，乃鬼也。

我别君六年矣，前年岁荒，为饥寒所迫，掘坟盗财，被捕拿获，罪已斩决。今作鬼依旧饥寒，故往京中索逋，仗君乞带。"李问："往索何人之债？"曰："汪某。渠作刑部司官，许拟斩文书到部时为驳减等，故馈以五百金。不料渠全无照应，终不能保全性命，故往祟之。"汪某者，李戚也。李大骇，晓之曰："汝罪宜诛，部议不枉，汪舍亲不应骗汝财物，我带汝往，说明原委，令渠还汝，以解此仇可也。但汝已死，要银何用？"王曰："我虽无用，尚有妻子在家，居与君邻。我索得后，可代我付之。"李唯唯。

又数日，将到京师，王请先行，曰："我且到令亲处作祟，令渠求救无方，君再往说之，方肯听君。否则渠系贪财之人，君虽有言，渠不听也。"言毕不见。李入都觅寓，迟三日，往汪家，汪果得风狂之病，举家求神问卜，毫无效验。李方至门，病人口语曰："汝家救星到矣！"家人争迎问李，李告以原委。汪妻初意要烧纸钱数万为偿，病人大笑曰："以假钱还真钱，天下无此便宜之事！速兑五百金交李老爷，我便饶你。"其家如其言，汪病果愈。

又数日，来李处催与同归，李不肯曰："我未下场。"鬼曰："君不中，不必下场也。"李不听。毕三场后，鬼又催归。李曰："我要等榜。"鬼曰："君不中，不必等榜也。"榜发无名，鬼来笑曰："君此时可以归乎？"李惭沮，即日起身。鬼与同船，一切饮食，嗅而不吞，热物被嗅，登时冷矣。

行至宿迁，鬼曰："某村唱戏，盍往观乎？"李同至戏台下。看数出，鬼忽不见，但闻飞沙走石之声，李回船待之。天将黑，鬼盛服而来曰："我不归矣，我在此做关帝矣。"李大骇曰："妆何敢做关帝？"曰："世上观音、关帝，皆鬼冒充。前日村中之戏，还关神愿也。所还愿之关神，比我更无赖，我故大怒，与决战而逐之。君独不闻沙石之声乎？"言毕拜谢而去。李替带五百金付其妻子。

中一目人

康熙甲戌科，丹徒裴公之仙偕数友人入都会试。都中有善召乩者，延之问中否。仙至，判一"贵"字。众不解，再叩之，则曰："皆判明矣。"榜发后，惟裴公中会元，馀皆落第。裴公眇一目，始悟向所判"贵"字，乃"中一目人"也。

女鬼告状

镇江包某，年少美丰姿，娶室王氏。包世业贾，常与同事者往来间巷。乾隆庚子秋日，偕数友为狎邪之游，日暮乃返。王氏方同一老妪入厨下治晚餐，闻叩门声，命老妪往启，见一少妇盛妆而入，直赴内室，问之不答。妪疑为姻戚，往告王氏。王急趋至室，则包在焉，因大笑老妪目昏，误认主人为妇人也。

包忽作女态敛衽而前，与王氏寒暄，且言："包郎在某娼家饮酒时，我在门后专守，俟其出，方得同回。"王见其声音举动不类包郎，恐其疯狂，急召僮仆及邻里姻戚共来看视。包皆一一与见，礼仪周到，称谓无误，宛然一大家女也。或男子稍与相狎，鬼即怒曰："我贞女也，谁近我，我即取其命！"众问："你与包有何仇？"鬼曰："妾与包实因恩爱成仇，曾控告于城隍神，前后共十九状，俱未见准。今又告于东岳帝君，始蒙批准，不日与包同往矣。"询其姓名，鬼曰："我好人家儿女，姓名不可闻也。""告包者何词？"鬼即连诵十九词，其词甚急，不能悉晓，大概控包负心，令彼无归之意。或又问："汝即托包身而言，包今何在？"鬼微笑曰："渠被我缚在城隍庙侧小屋中矣。"王氏泣拜，求放其夫，鬼不答。

至夜分，众姻戚私语曰："彼鬼曾言告城隍状不准，今缚包于城隍庙侧，何不往告于神，求其伸理？"于是共觅香烛楮镪，若将往者。鬼忽言曰："今诸人既同来相求，且放彼归，自有东岳审断。"言毕倒地。少顷包苏，极称困顿，众环问所见，包曰："初出某娼门，即见此妇相随。初尚或左或右，至教场，妇遽前扯我往城隍庙左侧小屋内，黑暗中以绳缚我手足，置之地，旁似有相守之人。适闻妇来曰：'今且放汝归。'推我出户，一跌而醒，身已在家。此事明日东岳当传审矣。"再询其细，包惟酣睡而已。

次日午后起曰："差人至矣，速具酒食。"自出厅向空座拱揖，语多不解。酒既设，复归卧床上，更许死矣，惟心头微热。王氏与诸人泣守之，见包面色时青时红时黄，变幻不测。三更后，胸前及喉颊间见红斑爪痕数处。次夜二鼓，发辫忽散乱。至晓始苏，索茶饭尽十数器，吞咽迅速，观者骇然。少定，呼"取酒食款差役"，王氏如前设之；又命取纸钱六千，须去其破缺者，以四千焚于厅前，二千焚于门侧巷内。复自起至大门作拜送状，返室熟睡两日乃能起。悉言所见：

自女鬼解缚放回后，次日下午，有二差役来传，其一不识，其一陈姓，亦贾人子，儿时与包为同窗友。陈家贫，娶妇时，包曾助以钱数千文，今已殁三载。谓包曰："此事已发速报司审办，尔我同窗好友，在生又承高谊，自当用情照应，不必上刑具。"同行至中途，见又二役锁前女鬼，鬼大恚，以首触包，手抓伤包面颊，此包身所以有红斑爪痕之现也。女鬼詈二差卖法，差不得已，为包亦上锁同行。路愈远愈黑，阴风惨烈，辫发俱散。至一处，仿佛见衙署，差令坐地守候。旋见二红灯由内出，二差去包锁，带入跪于灯止处。见有公案文卷，一官上坐，红袍乌纱，以手捋须，问曰："汝包某耶？"包应曰："诺。"官即提女鬼至，讯答语颇多。女与包并跪阶下，相云尺许，绝不闻其一字。见官震怒，令批女鬼颊十五，即上枷锁，二役牵之，痛哭而去。包初跪案前，觉泪洳泥泞，阴风吹发，面上丝丝如刀刺，寒栗难当。迨批女颊时，陈役从旁悄言曰："老兄官司已赢矣，吾为兄辨起发来。"包再举首，灯与官俱不复见。二役乃送之回，言明差钱四千文，其二千，则陈役所私得也。

人问包："曾识此女否？"包力言不识。揣其情，女鬼因慕包之色而亡，又欲招包以偕阴偶，逞私妄控，故为阴司所责谴。

丁大哥

康熙间，扬州乡人俞二耕种为生。入城取麦价，铺户留饮，回时已迟，途径昏黑。行至红桥，有小人数十扯拽之。俞素知此地多鬼，然胆气甚壮，又值酒酣，奋拳殴击，散而复聚者数次。闻鬼语曰："此人凶勇，非我辈所能制，必请丁大哥来，方能制他。"遂哄然去。俞心揣丁大哥不知是何恶鬼，但已至此，惟有前进。方过桥，见一鬼长丈许，黑影中仿佛见其面色青紫，狰狞可畏。俞念动手迟则失势难脱，不若乘其未至迎击之。解腰间布裹钱二千文迎面打去，其鬼随手倒地，触街石上，铿然有声。俞以足踏之，渐缩渐小，其质甚重，牢握归家。灯下照视，乃古棺上一大铁钉也，其长二尺，粗如巨指。入火熔之，血涔涔出。俞召诸友笑曰："丁大哥之力量不如俞二哥也。"

汪二姑娘

绍兴吴某行三，在赵州刺史署中主刑名。后又延一管书禀者，亦吴姓行三，苏州人。署有老吴师爷、小吴师爷之称。其馆舍对房而居，甚相亲洽。刺史有姜七八人，侍婢甚夥，亦皆妖艳，常出入于馆舍左右。二吴每评论某某当吾意，某某当君意，以为戏谑。

一日，公事毕时，已三鼓，各回房就寝。小吴方坐床上吸烟，燃烛于帐外，命仆反掩门而去。少顷，举署皆寂，忽有人推门。小吴问为谁，不答。见一女子年可二十，容色甚美，急趋而进，至床前瞪目视。小吴惊问："尔何人，何为至此？"女曰："我汪二姑娘也，来寻绍兴吴三。误矣，误矣！"吴意其为东家侍婢，与老吴有约，因笑指曰："绍兴吴三在对房，我苏州吴三也。"女瞥然竟去。

明日，向老吴戏言曰："昨夜大快活。"老吴不解。屡言之，老吴究问所以，小吴笑曰："吾所目击，尚抵赖乎？"老吴益疑，再三问，小吴告以衣服形状，并汪二姑娘来寻绍兴吴三之语。老吴爽然失色曰："彼何至此耶？"少定，告小吴曰："此吾至亲也，亡去已十数年，不识何故寻我？"小吴惊异，见其颜色沮丧，不复再问。

至晚，老吴默默无语，而畏惧之容愈甚，拉小吴至房同居。小吴力辞，老吴不得已，命二仆夹床而卧。小吴彻夜潜听，毫无声息。至晓，其二仆起，视老吴，则已死矣。

谢铜头

镇江西门，旧在唐颓山，国初迁于北城外阳彭山，有佛寺，殿宇廊庑修洁，即丽春台古迹也。地近孔道，缙绅当道迎送饮饯，皆在此处。自城门迁后，路既隔远，此寺遂废，惟存大铜佛三尊，相传五代时所铸，约数万斤，露处山内。

有谢某者，素贩铜为业，潜勾通书役销熔而朋分之，议定工费皆谢出，谢取其半，诸人分其半。销毁之日，四体皆化，惟佛头不坏。众皆疑惧。谢曰："此易事耳。"登炉溺之，佛头竟毁。谢年四十馀，尚无子。是时方欢笑间，佣工者至前，贺家中已生子矣。谢大喜，以为此佛劫数，当为我毁，遂名其子为"谢铜头"。家由此少裕，日以私铸制钱为事。

数年后，其党以私铸见获，词连谢某。谢自以热灰揉瞎双目，到案时，言目瞽已久，仇扳显然，竟得漏网。及铜头长成，仍事私铸，复为人所控。乾隆某年，父子对缚，斩于阳彭山下。

乌头太子

吴某，世以丹徒江上洲田为业。乾隆十八年冬初，至洲收租，以所收稻晒于场上。有乌鸦群集食稻，吴取土块逐之，随手中一乌，哑然坠地，复奋起飞去。

吴归庄房，晚餐后，忽闻风雨声，启户仰视，天色深黑，大雨如注，急入室，衣色全白，皆鸦粪矣。吴因忆人言禽粪着身者不吉，我今被污，殆将死乎？自此遂病雀爪风，手足抽掣，不便起卧，又不能持物饮食，需人扶喂，不堪其苦。然心甚明晰。因自念鸦食我稻，我逐之，有何过？乃敢祟我，将控之于神。屡动此念，实未能写状也。

一日昼寝，梦以黄纸自写一状，将投于城隍庙。忽空中有黑云二片飞下，至地化青衣人向吴曰："君前所击者，非鸦也，乃乌头太子也。君因得罪于彼，故患此恙。若再往告彼，罪益重矣！不如具酒食请罪于太子，可保全也。"吴不听，且怒曰："彼食我稻，又妄祟我，我必告之！"须臾，空中又下黑云二片，化作少年，玄色冠巾，一人持黑伞随其后，向吴拱手曰："君欲控乌头太子耶？控词何似？"吴持与观之。少年曰："君前击中太子，故有此疾，今知其误也，某为君缓颊于太子，可保君如旧，何须控告耶？"因取控词怀之飞去。吴遽前往夺，忽然惊醒。自此所患渐愈，两月后平复如常。

吴生两入阴间

吴某，丹徒旧家子也，其祖、父俱在庠序。祖为人端直，乡间推重，殁十数年，某始娶妇，琴瑟甚笃。乾隆丙子，其妇暴卒，吴追思不已。

有朱长班者，合城皆知其走阴差，因吴治丧，彼朝夕来供役，吴因私问阴司事。朱言阴司与人世无异，无罪者安闲自适，有罪者始入各狱。吴遂恳其携往阴司，一与妻见。朱云："阴阳道隔，生人尤不宜滥入。老相公待我甚好，我岂肯作此狡狯？"吴嬲之不已，朱云："此事我不为，相公果坚意欲往，可往城里太平桥侧寻丹阳常妈，许以重资，或可同往。"吴欣然。

次日，寻得常妈，初亦不允；许钱数千，始允之，且曰："相公某日可择一静屋独宿，我即来相约，但衣履一切，不可使人稍为移动。稍移动，即不能还阳矣。"谆嘱再四而归。

吴自妻殁后，即独宿于一厢屋内。至某日，吴私嘱其婶母曰："侄今病甚，须早卧，望婶母为我锁房，切不可令人擅入动我衣履，此侄生死关头也。"婶母甚骇，问其故，不告，乃阴为检点之。吴既入房，燃一灯于床前，心有此事，展转不寝，私念曰："彼原未嘱我熟睡，但彼从何来招我耶？抑妄言耶？"二鼓后，见有黑烟一线自窗隙间入，袅袅然如蛇之吐舌也，吴心甚惧。少顷，其烟变成一黑团，大如斗，直扑吴面，遂昏晕。有人在耳边悄言曰："吴相公同去。"声即常妪也。以手扶起，同由门隙而出，所过窗户皆无碍。见其婶母房门有火光数丛，盖与诸弟同宿于内。甫出大门，则另一天地，黄沙漫漫，不辨南北。途中所见街市衙署，与人世仿佛。行至一处，见一大池水，红色，妇女在内哀号。常指曰："此即佛家所谓'血污池'也，娘子想在其内。"吴左右顾，见其妻在东角，吴痛哭相呼，妻亦近至岸边，垂泪与语，并以手来拉吴入池。吴欲奔赴，常妪大惊，力挽吴，告之曰："池水涓滴着人，即不能返。入此池者，皆由生平毒虐婢妾之故。凡殴婢妾见血不止者，即入此池，以婢妾身上流血之多寡为入池之浅深。"吴曰："我娘子并无殴婢妾，何由至此？"妪曰："此前生事也。"吴又问："娘子并未生产，何入此池？"妪言："我前已言明，此池非为生产故也，生产是人间常事，有何罪过？"言毕，牵吴从原路归。吴昏睡过午始起，面色黄白若久病者，数日方复。

月馀，吴思妻转甚，走至常妪家，告以欲再往看之意，常甚难之。许以数倍之资，始为首肯。如前嘱婶母锁门，常妪复来相约。出门行里许，常妪忽撇吴奔去。吴不解其故，错愕间，见前有一老翁肩舆而至，觌面乃其祖也。吴惶遽欲避，祖喝曰："汝何为至此？"吴无奈何，告以故。其祖大怒曰："各人生死有命，汝乃不达若此！"手批其颊骂曰："汝若再来，我必告知阴官，立斩常妪。"遣舆夫送至河畔，舆夫从后推吴入河，大叫而醒。左颊青肿，痛不可忍，托病卧房中，十数日始愈。

时吴有姻戚某翁病笃，吴谓其婶母曰："某翁某日方死。"婶惊问之，吴告以两次所见，并言于一衙署前，见所挂牌上姓名月日，故知之也。自后吴神气委靡，两目蓝色，下午后即常见鬼，至今犹存。吴婶母，法嘉荪中表，法故悉其颠末，而为予言。

狐道学

法君祖母孙氏外家有孙某者，巨富也，国初，海寇之乱，移家金坛。一日，有胡姓携其子孙奴仆数十人，行李甚富，过其门，云是山西人，遇兵不能行，愿假尊屋暂住。孙接其言貌，知非常人，分一宅居之。暇日过与闲话，见其室中有琴剑书籍，所读者皆《黄庭》《道德》等经，所谈者皆"心性"、《语录》中语，遇其子孙奴仆甚严，言笑不苟。孙家人皆以"狐道学"称之。

孙氏小婢有姿。一日，遇翁之幼孙于巷，遽抱之，婢不从，白于胡翁。翁慰之曰："汝勿怒，吾将杖之。"明日日将午，胡翁之门不启，累叩不应。遣人逾墙开门阅之，宅内一无所有，惟书室中有白金三十两置几上，书"租资"二字。再寻之，阶下有一掐死小狐。

法子曰："此狐乃真理学也。世有口谈理学而身作巧宦者，其愧狐远矣。"

卷二十三

太白山神

秦中太白山神最灵。山顶有三池，曰大太白、中太白、三太白。木叶草泥偶落池中，则群鸟衔去，土人号曰"净池鸟"。

有木匠某坠池中，见黄衣人引至一殿，殿中有王者，科头朱履，须发苍然，顾匠者笑曰："知尔艺巧，相烦作一亭，故召汝来。"匠遂居水府。三年功成，王赏三千金，许其归。匠者嫌金重难带，辞之而出，见府中多小犬，毛作金丝色，向王乞取。王不许，匠者偷抱一犬于怀辞出。路上开怀视之，一小金龙腾空飞去，爪伤匠者之手，终身废弃。归家后，忽一日雷雨下冰雹皆化为金，称之，得三千两。

太平闲吏

王员外中斋，予告后卜居江宁，题一斋额曰：太平闲吏。后十年，员外卒，屋之东偏，售于太平守王克端；屋之西偏，售于太平守李敏第。

楚雄奇树

楚雄府碥嘉州者，卜夷地方，有冬青树，根蟠大十里，远望如开数十座木行，其中桌椅床榻厨柜俱全，可住十馀户。惜树叶稀，不能遮风雨耳。其根拔地而出，枝枝有脚。

泗州怪碑

泗州虹县有井，是禹王锁巫支祈处，铁索犹存。旁有石碑，头不可动。一挪移其头，则碑孔内便流黄水如金色。

雁荡动静石

南雁荡有两石相压，大可屋二间，下为静石，上为动石。欲推动之，须一人卧静石上撑以双脚，石轰然作声，移开尺许。如立而手推之，虽千万人，不能动石一步。其理卒不可解。

瓦屑庙石人无头

太湖旁有瓦屑庙，庙不甚大，中坐石人二十馀，头皆斫落在地，亦有以手握之者。相传张士诚被围，夜有石将军率部伍拒战甚勇。城破后，庙中石人头俱坠地矣。一云明末，石人夜为民祟，故村民以铁锄击去其头。

十三猫同日殉节

江宁王御史父某有老妾，年七十馀，畜十三猫，爱如儿子，各有乳名，呼之即至。乾隆己酉，老奶奶亡，十三猫绕棺哀鸣。喂以鱼飧，流泪不食，饿三日，竟同死。

鬼吹头弯

林千总者，江西武举。解饷入都，路过山东，宿古庙中。僧言："此楼有怪，宜小心。"林恃勇，夜张灯烛，坐以待之。半夜后橐橐有声，一红衣女踏梯上，先向佛前膜拜，行礼毕，望林而笑。林不为意，女被发瞋目，向前扑林。林取几掷之，女侧身避几，而以手来牵。林握其手，冷硬如铁。女被握，不能动。乃以口吹林，臭气难耐。林不得已，回头避之。格斗良久，至鸡鸣时，女身倒地，乃僵尸也。明日报官焚之，此怪遂绝。然林自此头颈弯如茄瓢，不复能正矣。

虾蟆教书蚁排阵

余幼住葵巷，见乞儿索钱者，身佩一布袋、两竹筒。袋贮虾蟆九个，筒贮红白两种蚁约千许，到店市柜上演其法毕，索钱三文即去。

一名"虾蟆教书"。其法设一小木椅，大者自袋跃出坐其上，八小者亦跃出环伺之，寂然无声。乞人喝曰："教书！"大者应声曰："阁阁。"群皆应曰"阁阁"，自此连曰"阁阁"，几聒人耳。乞人曰："止。"当即绝声。

一名"蚂蚁摆阵"。其法张红白二旗，各长尺许。乞人倾其筒，红白蚁乱走柜上。乞人扇以红旗曰："归队！"红蚁排作一行；乞人扇以白旗曰："归队！"白蚁排之作一行。乞人又以两旗互扇喝曰："穿阵走！"红白蚁遂穿杂而行，左旋右转，行不乱步。行数匝，以筒接之，仍蠕蠕然各入筒矣。

虾蟆蝼蚁，至微至蠢之虫，不知作何教法。

木犬能吠

叶公文麟言在京师到某比部家，甫叩门，有狮毛恶犬咆哮而出，状若噬人者，叶大怖。主人随出喝之，犬卧不动。主人视客，笑吃吃不止。问："何故？"曰："此木犬也，外覆以狮毛，中设关键，遂能吠走。"叶不信，主人更出一鸡，黄羽绛冠，申颈报晓。披毛视之，亦木所为。

铜人演西厢

乾隆二十九年，西洋贡铜伶十八人，能演《西厢》一部。人长尺许，身躯耳目手足，悉铜铸成；其心腹肾肠，皆用关键凑接，如自鸣钟法。每出插匙开锁，有一定准程，误开则坐卧行止乱矣。张生、莺莺、红娘、惠明、法聪诸人，能自行开箱着衣服。身段交接，揖让进退，俨然如生，惟不能歌耳。一出演毕，自脱衣卧倒箱中。临值场时，自行起立，仍上戏毯。西洋人巧，一至于此。

双花庙

雍正间，桂林蔡秀才，年少美风姿。春日戏场观戏，觉旁有摩其臀者，大怒，将骂而殴之。回面，则其人亦少年，貌更美于己，意乃释然，转以手摸其阴。其人喜出望外，重整衣冠向前揖道姓名，亦桂林富家子，读书而未入泮者也。

两人遂携手行赴杏花村馆,燕饮盟誓。此后出必同车,坐必同席,彼此熏香剃面,小袖窄襟,不知乌之雌雄也。

城中恶棍王秃儿伺于无人之处,将强奸焉。二人不可,遂杀之,横尸城角之阴。两家父母报官相验。捕役见秃儿衣上有血,擒而讯之,吐情伏法。两少年者平时恂恂,文理通顺,邑人怜之,为立庙,每祀必供杏花一枝,号"双花庙"。偶有祈祷,无不立应,因之香火颇盛。

数年后,邑令刘大胡子过其地,问双花庙原委,得其详,怒曰:"此淫祠也,两恶少年,何祀之为?"命里保毁之。是夜,刘梦见两人一捽其胡,一唾其面,骂曰:"汝何由知我为恶少年乎?汝父母官,非吾奴婢,能知我二人枕被间事乎?当日三国时,周瑜、孙策俱以美少年交好同寝宿,彼盖世英雄,汝亦以为恶少年乎?汝作令以来,某事受枉法赃若干,某年枉杀周贡生某,独非恶人,而谓我恶乎?吾本欲立索汝命,因王法将加,死期已近,姑且饶汝!"袖中出一棍,长三尺许,系刘辫发上曰:"汝他日自知。"

刘惊醒,与家人言,将复建庙祀之,而赧于发言。未几,以赃事被参,竟伏绞罪,方知一棍之征也。

假 女

贵阳县美男子洪某假为针线娘教女子刺绣,行其伎于楚、黔两省。长沙李秀才聘请刺绣,欲私之,乃以实告。李笑曰:"汝果男耶,则更佳矣!吾尝恨北魏时魏主入宫朝太后,见二美尼,召而昵之,皆男子也,遂置之法。蠢哉魏主!何不封以龙阳而畜为侍从?如此不独已得幸臣,且不伤母后之心。"洪欣然就之。李甚宠爱。

数年后,又至江夏,有杜某欲私之。洪欲以媚李者媚杜,而其人非解事者,遂控于官。解回贵阳,臬使亲验之:其声娇细,颈无结喉,发垂委地,肌肤玉映,腰围仅一尺三寸,而私处棱肥肉厚如大鲜菌。自言幼无父母,邻有媪母抚养之。长与有私,遂不剃发,且与缠足,诡言女也。邻母死,乃为绣师教人。十七岁出门,今二十七岁。十年中所遇女子无算。"问其姓氏,曰:"抵我罪足矣,何必伤人闺阃?"讯以三木,始供吐某某。抚军欲拟长流,臬使争以为妖人,非斩不可,乃置极刑。死前一日,谓狱吏曰:"我享人间未有之乐,死亦何憾!然某臬使亦将不免。我罪止和奸,蓄发诱人,亦不过刁奸耳,于律无死法。且诸女子与通奸,毕暗昧不明之事,尽可覆盖,何必逼我供招!宣诸章奏,各拟重杖,使数十郡县富贵人家女子玉雪肌肤困于朱木乎?"

次日，赴市受戮，指其跪处曰："后三年，讯我者在此矣。"已而臬使果以事诛，众咸异焉。

余谓此事与《明史》所载嘉靖年间妖人桑翀相同，桑不报仇而洪乃报仇，何耶？

预知科名

族弟袁楠，作秀才时，癸酉乡试，因有家难，场前奔走倦矣。入闱，进洪字三号。天已晚，即铺板熟睡。二鼓后，闻有人问："何号是袁相公？"不觉惊起。其人乃同考秀才，素不相识者，问："君姓袁，可名楠乎？"曰："然。"其人拱手作贺曰："君已中矣。"问："何以知之？"曰："我临安人，姓谢，与君同号。顷睡梦间，闻外喊取题目纸声甚急。及取之，只一纸，首题是'邦有道，危言危行'二句。其时同号中有六七十人，嘈嘈争问：'题目何止一纸？'外答曰：'此号只中洪字第三号袁某，应得一纸耳。'君既坐此号，名姓皆符，故来相报。"袁谢而颔之。

黎明，题纸出，果如其言，乃大喜，自命必中，纵笔疾书，文如宿构，榜发，竟登第。

胡鹏南

胡公鹏南，巡视中城。一日，闻姊病，往视之。姊已昏迷，闻胡至，谡然而起曰："弟来视我甚善，然弟宜速归。"胡不肯，姊起用手推之，家人子弟不解其故。胡既去，姊语家人曰："我方死去，押差将送我至城隍府，路遇旌旗皂役曰：'旧城隍升去，新城隍到任，汝且将女犯押回。'问：'新城隍何人？'曰：'吏科给事中胡鹏南也。'我惊醒，不意鹏南即坐我床上，故我劝令还家，汝等可速往视之。"如其言，胡已沐浴朝服无疾而逝矣。胡乃春圃座师。

龙护高家堰

乾隆二十七年，学使李公因培科考淮安。清晨，风雨怒号，生徒惊顾，不能唱名。正踌躇间，地大震，辕外旗竿，被龙攫入云中，不知所往，河水暴涨，与高家堰相齐。河督高公及各厅官面如土色，皆云西风一大，则淮扬休矣。方恐怖间，忽转东风，天低若盖，将压人头，见黑龙在云中拖尾取水，数卷后，顷刻之间，洪泽湖水低三丈，人心大安。龙之鳞甲金光四射，惟头角则不可见。此石埭县教官沈公雨潭所目击。

雷公被污

沈公又云：是年淮安有雷轰轰然将击孤贫院中一老妇。妇方解裤溲，心急甚，即以马桶泼之，随见金甲者绕屋而下。少顷，有雷神蹲老妇之旁，大嘴黑身，长二尺许，腰下有黑皮如裙遮掩下体，瞪目无言，两翅闪闪摇动不止。居民报知山阳县官，官遣道士来画符建醮，以清水沃其头，至十馀石，次日复雨，才能飞去。

李文贞公梦兆

李相公光地未贵时，祈梦于九龙滩庙。神赠诗一联云："富贵无心想，功名两不成。"李意颇恶之。后中戊戌科进士，为宰相，方知"戊戌"两字皆似"成"字而非"成"字，"想"字去"心"恰成"相"字。

鬼求路引

德龄安孝廉，知太仓州事。内幕某，浙人也，偶染时症。一夕，大呼曰："归欤，归欤，胡不归？"察其音，陕人也。问："何以不归？"曰："无路引。"问："何以死于此。"曰："我宁夏人，姓莫，名容非，前太仓刺史赵西远亲也。万里赍粮而来，为投赵故。赵刺史反拒不纳，且一文不赠，故穷馁怨死于此。"问："何以不缠赵，幕友与汝宁有冤乎？"曰："赵已他迁，鬼无路引不能出境，缠他人无益，故来缠幕友，庶几惊动主人，哀怜幕友，必与我路引。"德公闻而许之，召吏房作文书，咨明一路河神关吏，放莫容非魂归故乡。幕友病不医而愈。

石揆谛晖

石揆、谛晖二僧，皆南能教也。石揆参禅，谛晖持戒，两人各不相下。谛晖住杭州灵隐寺，香火极盛。石揆谋夺之。会天竺祈雨，石揆持咒召黑龙行雨，人共见之，以为神。谛晖闻知，即避去，隐云栖最僻处，石揆为灵隐长老，垂三十年。身本万历孝廉，口若悬河，灵隐兰若之会，震动一时。

有沈氏儿丧父母，为人佣工，随施主入寺。石揆见之大惊，愿乞此儿为弟子，施主许之。儿方七岁，即为延师教读。儿欲肉食，即与之肉，儿欲衣绣，即衣之绣。不削发也。儿亦聪颖，通举子业。年将冠矣，督学某考杭州，令儿应考，取名近思，遂取中府学第三名。

月馀，石揆传集合寺诸僧曰："近思，余小沙弥也，何得瞒我入学为生员耶？"命跪佛前剃其发，披以袈裟，改名"逃佛"。同学诸生闻之大怒，连名数百人上控巡抚学院，道"奸僧敢剃生员发，援儒入墨，不法已甚！"有项霜泉者，仁和学霸也，率家僮数十篡取近思，为假辫以饰之，即以己妹配之，置酒作乐，聚三学弟子员赋《催妆诗》作贺。诸大府虽与石揆交，而众怒难犯，不得已，准诸生所控，许近思蓄发为儒。诸生犹不服，各汹汹然，欲焚灵隐寺殴石揆。大府不得已，取石揆两侍者，各笞十五，群忿始息。

后一月，石揆命侍者撞钟鼓召集合寺僧，各持香一炷礼佛毕，泣曰："此予负谛晖之报也。灵隐本谛晖所住地，而予以一念争胜之心夺之，此念延绵不已，念己身灭度后，非有大福分人，不能掌持此地。沈氏儿风骨严整，在人间为一品官，在佛家为罗汉身，故余见而倾心，欲以此坐与之。又一念争胜，欲使佛法胜于孔子，故先使入学，以继我孝廉出身之衣钵，此皆贪嗔未灭之客气也。今侍儿受杖，为辱已甚，尚何面目坐方丈乎？夫儒家之改过，即佛家之忏悔也，自今以往，吾将赴释梵天王处忏悔百年，才能得道。诸弟子速持我禅杖一枝，白玉钵盂一个，紫衣袈裟一袭往迎谛晖，为我补过。"群僧合掌跪泣曰："谛晖逃出已三十年，音耗寂然，从何地迎接？"曰："现在云栖第几山第几寺，户外有松一株、井一口，汝第记此去访可也。"言毕，趺坐而逝，鼻垂玉柱二尺许。群僧如其言，果得谛晖。

沈后中进士，官左都御史，立朝有声，谥清恪。虽贵，每言石揆养育之恩，未尝不泣下也。

谛晖有老友恽某，常州武进人，逃难外出披甲，有儿年七岁，卖杭州驻防都统家，谛晖欲救出之。会杭州二月十九日观音生日，满汉士女，咸往天竺进香，过灵隐必拜方丈大和尚。谛晖道行高，贵官男女膜手来拜者以万数，从无答礼。

都统夫人某，从苍头婢仆数十人来拜谛晖，谛晖探知瘦而纤者恽氏儿也，蘧然起，跪儿前，膜拜不止，曰："罪过，罪过！"夫人大惊问故，曰："此地藏王菩萨也，托生人间，访人善恶。夫人奴畜之，无礼已甚，闻又鞭扑之，从此罪孽深重，祸不旋踵矣！"夫人皇急求救，曰："无可救。"夫人愈恐，告都统。都统亲来长跪不起，必求开一线佛门之路。谛晖曰："非特公有罪，僧亦有罪，地藏王来寺而僧不知迎，罪亦大矣。请以香花清水供养地藏王入寺，缓缓为公夫妇忏悔，并为自己忏悔。"都统大喜，布施百万，以儿与谛晖。谛晖教之读书学画，取名寿平，后即纵之还家，曰："吾不学石揆痴也。"后寿平画名日噪，诗文清妙。

人或问恽、沈二人优劣，谛晖曰："沈近思学儒不能脱周、程、张、朱窠臼，恽寿平学画，能出文、沈、唐、仇范围，以吾观之，恽为优也。"言未已，以戒尺自击其颈曰："又与石揆争胜矣，不可，不可！"谛晖寿一百零四岁。

天上四花园

嘉兴祝孝廉维诰为中书舍人，好扶乩，言休咎往往有应者。将死前一月，乩仙自称："我天上看园叟也，特来奉迎。"祝问："天上安得有园？"叟云："天上花园甚多，不能言其数，但我所管领者，四园三主人耳。"问："主人为谁？"曰："冒辟疆、张广泗，其一则足下也。"祝问："冒与张绝不相伦，何以共在一处？"曰："君等三人皆隶仙籍，冒降生为公子，享福太多，现今未许复位，园尚荒芜。张福力最大，以作经略时杀降太多，上帝怒之，将置冥狱，幸而生前已罹国法，故犹许住园。君在世无过无功，今阳数将终，可来复位。"言毕，乩盘不动。是年，祝病亡。

碌碡作怪

常州武生某，素有力。往金陵乡试，路过龙潭，见一妇坐门首，因口渴，向其索茶。妇以生不分男女，大骂闭门进去。生思不与茶则已，何至詈骂，气甚不平。见其田中卧碌碡一条，即用力擎起，架于树上而去。明日，妇开门见之，询邻人，皆曰："此物非数人不能动，莫非树神所为乎！"因朝夕敬礼，有求必应。或侮慢之，即有不利。如是者月馀。

生试毕归家，仍过其地。见所置碌碡尚在树间，其下香火罗列，禳祷者纷纷，心知为己所误，笑而不言。是晚，宿店中，思此事终是惑众，必转去说明方好。忽朦胧睡去，见有人告曰："我某处鬼也，游魂到此，假托树神，以图血食。君新科贵人，故不敢隐瞒。若肯见容不说破，感恩非浅。"言毕不见。生遂不转去，径回常州。是科榜发，果中举人。

风流具

长安蒋生，户部员外某第三子也，风流自喜。偶步海岱门，见车上妇美，初窥之，妇不介意；乃随其车而尾之，妇有愠色，蒋尾不已，妇转嗔为笑，以手招蒋。蒋喜出意外，愈往追车，妇亦回头顾盼若有情者。蒋神魂迷荡，不知两足之蹒跚也。

行七八里，至一大宅，车中妇入。蒋痴立门外，不敢近，又不忍去。徘徊间，有小婢出手招蒋，且指示宅旁小门。蒋依婢往，乃溷圊所也。婢低语："少待。"蒋忍臭秽，屏息良久。日渐落，小婢出，引入，历厨灶数重，到厅院，甚唐皇，上垂朱帘，两僮倚帘立。蒋窃喜，以为入洞天仙子府矣，重整冠，拂拭眉目，径上厅。厅南大炕上坐一丈夫，麻黑大胡，箕踞，两腿毛如刺猬，倚隐囊，怒喝曰："尔何人，来此何为？"蒋惊骇身战，不觉屈膝。

未及对，闻环佩声，车中妇出于室，胡者抱坐膝上，指谓生曰："此吾爱姬，名珠团，果然美也。汝爱之原有眼力，第物各有主，汝竟想吃天龙肉耶？何痴妄乃尔！"言毕，故意将妇人交唇摩乳以夸示之。生窘急，叩头求去。胡者曰："有兴而来，不可败兴而去。"问："何姓？父何官？"生以实告。胡者笑曰："而愈妄矣，而翁，吾同部友也，为人子侄而欲污其伯父之妾，可乎？"顾左右取大杖，"吾将为吾友训子。"一僮持枣木棍长丈馀，一僮直前按其项仆地，裤剥下，双臀呈矣，生哀号甚惨。妇人走下榻跽而请曰："奴乞爷开恩。奴见渠臀比奴臀更柔白，以杖击之，渠不能当；以龙阳待之，渠尚能受。"胡者叱曰："渠，我同寅儿也，不可无礼！"妇又请曰："凡人上庙买物，必挟买物之具，渠挟何具以来，请验之。"胡者喝验，两僮手摩其阴报曰："细如小蚕，皮未脱棱。"胡者搔其面曰："羞！羞！挟此恶具，而欲唐突人妇，尤可恶。"掷小刀与两僮曰："渠爱风流，为修整其风流之具。"僮持小刀握生阴，将削其皮。生愈惶急，涕雨下。

妇两颊亦发赤，又下榻请曰："爷太恶谑，使奴大惭。奴想吃饽饽，有五斗麦未磨，毛驴又病，不如着渠代驴磨面赎罪。"胡者问："愿否？"生连声应诺，妇人拥胡者高卧。俩僮负麦及磨石至，命生于窗外磨麦，两僮以鞭驱之。

东方大白，炕上呼云："昨蒋郎苦矣，赐饽饽一个，开狗洞放归。"生出，大病一月。

骗人参

京师张广号人参铺甚大。一日，有骑马少年负银一囊到店，先取百两与作样，而徐取参数包阅之，曰："我主人性琐碎，买参不如其意，必加呵责，我又不善择参，可否存此样银于店，命老成伙计多带上等参同往主人处，凭其自择何如？"店家以为然，即收银遣店中叟负参数斤偕往，临行嘱曰："谨持参，勿落他人手也。"

进东华门，至一大府第，少年同登楼，楼上主人美须眉，披貂裘，戴蓝宝石顶，病奄然，倚枕踞床，目负参者曰："所携参果辽东顶上者耶？"店叟唯唯。旁两僮捧参上，逐包开检，所批驳皆洞中行情。

阅未毕，忽门外车马声甚喧，一客入。主人惶遽，命侍者下楼，辞以病不能会客，低语负参者曰："此向我借债客也，断不可使上楼。彼上楼见我力能买参，则难以无钱相复矣。"客在楼下呼曰："汝主病诈也，必是抱优童、娶小奶奶，故不许我登楼。我偏欲上楼一看！"两侍者固拒之，争吵不已。

主人愈惶急，又低语负参者曰："速藏参！速藏参！毋为恶客所见！床下竹箱可以安放。"以铜锁钥匙付之曰："汝坐箱上护守参，我自下楼见彼，或能止其上楼，亦未可定。"踉跄下楼，与客始而寒暄，继而戏骂。客必欲上楼，主人又固拒之。客大怒曰："汝不过防我借银耳！虑我见汝楼上有银故也。如此薄待我，我即去，永不再来！"主人阳为谢罪，送客出，僮仆亦随之出，许久寂然。

负参者端坐箱上以待，良久不至，始有疑意。开锁取参，参不见。藏参之箱，一活底箱也，箱底板即楼板。方戏骂时，从楼下脱板取参，守参者不知也。

偷　画

有白日入人家偷画者，方卷出门，主人自外归。贼窘，持画而跪曰："此小人家祖宗像也，穷极无奈，愿以易米数斗。"主人大笑，嗤其愚妄，挥叱之去，竟不取视。登堂，则所悬赵子昂画失矣。

偷　靴

或着新靴行市上，一人向之长揖，握手寒暄，着靴者茫然曰："素不相识。"其人怒，笑曰："汝着新靴便忘故人！"掀其帽掷瓦上去。着靴者疑此人醉，故酗酒。方彷徨间，又一人来笑曰："前客何恶戏耶！尊头暴烈日中，何不上瓦取帽？"着靴者曰："无梯奈何？"其人曰："我惯作好事，以肩当梯，与汝踏上瓦何如？"着靴者感谢。乃蹲地上，耸其肩。着靴者将上，则又怒曰："汝太性急矣！汝帽宜惜，我衫亦宜惜。汝靴虽新，靴底泥土不少，忍污我肩上衫乎？"着靴者愧谢，脱靴交彼，以袜踏肩而上，其人持靴径奔，取帽者高居瓦上，势不能下。市人以为两人交好，故相戏也，无过问者。失靴人哀告街邻，寻觅得梯才下，持靴者不知何处去矣。

偷　墙

京中富人欲买砖造墙。某甲来曰："某王府门外墙现欲拆旧砖换新砖，公何不买其旧者？"富人疑之曰："王爷未必卖砖。"某甲曰："微公言，某亦疑之，然某在王爷门下久，不妄言。公既不信，请遣人同至王府，候王出，某跪请，看王爷点头，再拆未迟。"富人以为然，遣家奴持弓尺偕往。故事：买旧砖者，以弓尺量若干长，可折二分算也。适王下朝，某甲拦王马头跪，作满洲语喃喃然。王果点头，以手指门前墙曰："凭渠量。"甲即持弓尺率同往，奴量墙纵横算得十七丈七尺，该价百金，归告富人，富人喜，即予半价。

择吉日，遣家奴率人往拆墙，王府司阍者大怒，擒问之，奴曰："王爷所命也。"司阍者启王，王大笑曰："某日跪马头白事者，自称某贝子家奴，主人要筑府外照墙，爱我墙式样，故来求丈量，以便如式砌筑。我以为此细事，有何不可，故手指墙命丈。事原有之，非云卖也。"富人谢罪求释，所费不资，而某甲已逃。

鬼妒二则

常德张太守之女，许周氏子，年十七以瘵疾亡。周别聘王氏女，年亦十七，甫缔姻，尚无婚期，王女忽中恶，以手批颊曰："我张四小姐也。汝何人，敢夺我郎君？"周氏子闻之，告太守。太守夫人治家素严，闻之大怒，悬亡女画像骂曰："汝与周郎连姻，尚未成亲，汝死，周郎再娶，亦礼之常，何以往害王家女，无耻若是！"骂毕，折桃枝击之。未数下，门外周郎奔来求饶，问："何故？"曰："王女口称，张四小姐呼痛去矣，并求替他母亲说情，故婿特来。"王氏女竟愈。

杭州马坡巷谢叟，卖鱼为业，生二女，俱有姿，有武生李某，见而悦焉。李貌亦美，先有表妹王氏慕之，托人说婚，李却王氏，就婚于谢，王氏以瘵亡。谢嫁未逾月，忽披发佯狂，口称："我王氏也，汝一个卖鱼婆，何得夺我秀才？"取几上剪刀自刺其心曰："取汝蜜罗柑。"谢叟夫妻往秀才家烧纸钱作斋醮跪求，卒不能救。问："蜜罗柑何物？"曰："你女儿之心肝也。"未几，女竟死。秀才又来求聘其妹，谢叟有戒心，不许，妹悦其貌，曰："我不畏鬼，如其来，我将挥刀杀之，为姊报仇。"谢不得已，仍嫁与之。婚后，鬼竟寂然，为秀才生一子而寡居。

人面豆

山东于七之乱，人死者多。平定后，田中黄豆生形如人面，老少男妇好丑不一，而耳目口鼻俱全，自颈以下皆有血影，土人呼为"人面豆"。

粉楂

杭州范某，娶再婚妇，年五十馀，齿半落矣。奁具内橐橐有声，启视，则匣装两胡桃，不知其所用，以为偶遗落耳。次早，老妇临镜敷粉，两颊内陷，以齿落故，粉不能匀，呼婢曰："取我粉楂来。"婢以胡桃进，妇取含两颊中，扑粉遂匀。杭人从此戏呼胡桃为"粉楂"。

口琴

崖州人能含细竹，装弦其上，以手拉之，上下如弹胡琴状，其声幽咽，号曰"口琴"。

芜湖朱生

芜湖监生朱某，家富而啬，待奴仆尤苛。捐州牧入都，路出茌平，以一二文之微，痛笞其奴。奴怀恨，夜伺其睡，持所用锡溺壶击其顶门，脑裂而死。店主告官，置奴于法。

后十年，芜湖赵孝廉会试，误投此店，灯下见赤身披血而立者曰："我朱某也，欲有所求。"赵曰："汝奴凌迟，汝冤已雪，汝复何求？"曰："穷极求救。"曰："汝身虽亡，汝家大富，汝虽为鬼，不合苦穷。"曰："我死后方知，生前所有银钱，一丝不能带到阴间。奈阴间需用更甚于阳间，我客死于此，两手空空，为群鬼所不齿。公念故人之谊，烧些纸钱与我，以便与群鬼争雄。"问："何不归？"曰："凡人某处生，某处死，天曹都有定簿，非有大福力超度者，不能来往自如。横死者，阴司设阑干神严束之，故不能还故乡。"问："纸钱，纸也，阴司何所用之？"曰："公此问误矣！阳间真钱亦铜也，饥不可食，寒不可衣，亦无所用，不过习俗所尚，人鬼自趋之耳。"言毕不见。赵哀之，为焚纸镪五千而行。

白日鬼

有偷儿戚姓，技最工，攫取渐多，恐觇之者众，因僦义冢旁败屋居焉。有数鬼见梦曰："若宜祀我，会且致富。"戚于梦中诺之，觉以为妄。亡何，鬼复见梦曰："三日内祀我，出三日，则若于夜间所偷，予能白日取之。"戚倔强，觉而不祭。

三日后，果大病，命其妻检视诸物，征鬼言验否。时日亭午，诸物忽自移动，若隐隐有运之者。欲起夺之，手足如缚，物尽而缚解，戚病亦瘥。乃大悟，笑曰："我烧闷香迷人，今乃为鬼所迷，世俗所称'白日鬼'，其斯之谓欤？"自此改行为善。

饶州府幕友

慈溪袁如浩游幕西江，与宁都州程牧交好。乾隆三十一年，程公委署饶州府篆，邀如浩偕往。时郡署新遭回禄，前太守某被焚身死，程公到任，修葺尚未告成。

夜间，如浩持灯往厕中，遇一人年三十许，衣月白衫，举头望月，若有所思，惟下体所着鞋袜，模糊莫辨。见如浩至，拱手问讯。审其音，杭人也，自言周姓，字澹庵。如浩因署内并无是人，诘所自来，乃欷歔告曰："我非人，乃鬼也，我系前任司钱谷幕友。上年饶郡被灾，太守某侵蚀赈粮，郡民聂某率领三十馀人赴部告准，蒙发本省大宪审问，吊核赈册。不料太守已早捏造印簿，升斗出入，皆有可凭。大宪为其所欺，遂将数人问成诬告，即行正法。此辈怨魂上诉都城隍，牒阎罗审讯，我系幕友，故被株连，又值公事甚忙，正在查办饶郡灾民册子，候至月馀，始得审明，太守某冒赈是实，又冤杀数人，即遣鬼隶擒缚放入火中，以故在署烧死。我非同谋，罪虽获免，而皮囊已腐，不能还魂，只得羁留在此。因停厝处被瓦木匠溲溺，终日秽杂，坐卧不安，先生肯为我移至郊外，含恩不浅。"言讫不见。

如浩次日寻至署后，果见黑漆棺一具停在墙边，诸工作人在傍喧嚷，遂告知主人，舁至城外，择地掩埋，作文祭之。

雷诛不孝

湖南凤凰厅张二，赋性凶恶。父死，依母而居。母年七十馀，视若老婢，少不如意，辄加呵叱。邻里忿极，欲鸣之官，母溺爱隐忍，反为调护。

乾隆庚寅六月七日，值其生辰，留群不逞饮酒食面。家故贫，未娶，厨中仅母一人司炊。某酒酣索面，母云："柴湿火不旺，姑少待。"某怒，赴内呵责，母急捧一碗战兢而至，因惶遽，忘下葱姜。某益怒，接碗劈面打母，母倒地仰天大哭。忽天光昼晦，云气如墨，雷声隐隐而起，某自知干天之怒，即扶母起，跪地谢罪。母亦代为跪求。某伏母后，抱持母足不放，雷电绕屋不去。母起立焚香，忽火光如流星飞入中堂，将某摄去，击死于街。邻里聚观，同声称快。

朱孝廉名锦者，适主敬修书院讲席，闻而趋视，见其面目焦黑，左太阳一孔如针大，作硫黄气。其身局缩如僵蚕，提起即长，放手即缩，盖骨节已震碎矣。釜底有字，似篆非篆，不能识。

桂花相公

江西丰城县署后有桂花相公祠。相公之里居姓氏弗可考，相传为明时人，作幕丰城令。有盗案株连数人，相公廉其冤，欲释之，令不从，遂大怒，触桂树而死。后人肖其像，为之立祠，称为"桂花相公"。相公甚灵异，宰斯土者，必先行香。凡有命案，发觉前一日，相公必脱帽几上，自露其顶。始而异之，积久如是，亦弗之怪。

落漈

海水至澎湖渐低，近琉球则谓之"落漈"。落漈者，水落下而不回也。有闽人过台湾，被风吹落漈中，以为万无生理。忽闻大震一声，人人跌倒，船遂不动。徐视之，方知抵一荒岛，岸上砂石尽是赤金，有怪鸟见人不飞，人饥则捕食之。夜闻鬼声啾啾不一。

居半年，渐通鬼语。鬼言："我辈皆中国人，当年落漈，流尸到此，不知去中国几万里矣！久栖于此，颇知海性，大抵阅三十年落漈一平，生人未死者可以望归。今正当漈水将平时，君等修补船只，可望生还。"如其言，群鬼哭而送之，竞取岸上金沙为赠，嘱曰："幸致声乡里，好作佛事，替我等超度。"众感鬼之情，还家后，各出资建大醮以祝谢焉。

铁公鸡

济南富翁某，性悭吝，绰号"铁公鸡"，言一毛不拔也。忽呼媒纳妾，价欲至廉，貌欲至美，媒笑而允之。未几，携一女来，不索价，但取衣食充足而已。翁大喜过望，女又甚美，颇嬖之。

一日，女置酒劝翁曰："君年已老，需此多钱无用，何不散之贫人，使感德耶？"翁大怒拒之，嗣后且防之，虑其花费。如是者半年，启其所藏，已空矣。翁知女所窃，拔刀问之，女笑曰："君以我为人乎？我狐也。君家从前有后楼七间，是我一家所居，君之祖父每月以鸡酒相饷，已数十年。自君掌家，以多费故罢之，转租取息，俾我一家无住宿处。怀恨在心，故来相报耳。"言讫不见。

夜星子

京师小儿夜啼谓之"夜星子"，有巫能以桑弧桃矢捉之。某侍郎家，其曾祖留一妾，年九十馀，举家呼为老姨，日坐炕上，不言不笑，健饭无病，爱畜一猫，相守不离。

侍郎有幼子尚襁褓，夜啼不止，乃命捉夜星子巫来治之。巫手小弓箭，箭竿缚素丝数丈，以第四指环之。坐至半夜，月色上窗，隐隐见窗纸有影，倏进倏却，仿佛一妇人，长七八尺，手执长矛，骑马而行。巫推手低语曰："夜星子来矣。"弯弓射之，唧唧有声，弃矛反奔。巫破窗引线，率众逐之。比至后房，其丝竟入门隙。众呼老姨不应，乃烧烛入觅。一婢呼曰："老姨中箭矣！"环视之，果见小箭钉老姨肩上，呻吟流血。所畜猫犹在胯下，所持矛乃小竹签也。举家扑杀其猫，而绝老姨之饮食。未几死，儿不复啼。

疡 医

大兴霍筤、霍筦、霍管，皆疡医子，筦独秀逸出群，不屑本业，而喜读书。父以其梗家教，怒而责之，赖有邻翁姚学究者时来劝勉，因得肆力于举子业。

不数年父死，筤、管各行其术，颇能自赡，独筦谋生计拙，日就穷困。

时值试期，筠步行之通州，一老仆相随。因起身晚，行二十馀里，日已西下，苦无宿店。忽见林际灯光自远而近，一妪奔走气喘。老仆遮问曰："此处有人家借宿否？"妪应曰："正有急事去请外科，不得代借宿家。"筠急呼曰："我晓外科，何不见请？"妪问："先生如此少年，可曾娶妻否？"曰："未也。"妪大喜，就请同行，筠心疑其所问非所答。

俄至一庄，门庭壮丽，妪请少待，容先入白老夫人。少顷，妪率婢妇数十趋出曰："老夫人奉请。"筠与老仆随妪行数十馀间屋，始到上房。夫人已相待于中堂，年约三十馀，珠环玉佩，光艳夺目，与筠行宾主礼，问姓字年齿及未婚原委。筠以实对，夫人之颜色甚怡，屏去侍婢谓筠曰："身姓符，本籍河南，寄居于此。孀居无子，只生一女名宜春，年已十七，待字于家。忽患疮疾在私处，不便令人医治。尝与小女商量，必访得医生貌美年少者，乃请疗病，病愈即以小女相配。如先生者正是合式，但未知手段何如？"筠初念不过欲求一宿，及闻此语，喜不自胜。夫人命唤蕊儿传语，亲携筠手而行，历曲室数重，始至闺阃。启帘入，见丽人拥锦衾而卧。夫人谓女曰："郎君乃良医也，儿意可否？"女睨筠低语曰："娘以为可便可耳。"夫人曰："先生请看病，娘且暂去。"女羞涩不胜，蕊儿屡促之，乃斜卧向内，举袖障面。筠坐床侧，款款启衾，则双臀玉映，谷道茧细而霞深，惟私处蔽以红罗，疮大如钱。筠视毕，覆衾下床，夫人迎于窗外，延至书斋，陈设精雅。筠麾诸婢出，碎扇上所系紫金锭，调以砚水，携入见夫人曰："此药忌阴人手，须亲敷乃可。"夫人曰："但得病愈，任郎所为。"筠复启衾，摩挲其臀，温存敷药，女但微笑，不作一语。越数日，疮愈。夫人举酒嘱筠曰："郎君之于小女，天使来也。"乃部署新室，涓吉合卺。

新婚弥月，筠欲归家，夫人曰："此间荒野，不足栖迟。京师阜城门外有故宅一所，郎往居之。"筠遂同行，辎重甚富。既至宅，皆画栋雕墙也。居数年，生子女二人。

一夕，宜春忽泣向筠曰："凤缘已尽，明日将别矣，四十年后当复相见。"天明，携手出门，彼此大恸。前已驻一犊车，望之甚小，夫人与宜春、蕊儿率女婢十数人乘之，车亦不觉隘，瞬息不见，宜春哭声尤恍然在耳也。

筠后举孝廉，出为某县尹，究不知四十年后再见之说果何如耳。

产麒麟

芜湖张姓者，卖腐为业，其妻孕十四月，生一麒麟，圆手方足，背青腹黄，通身翠毛如绣，左右臂有鳞甲，金光闪闪。坠地能走，喂饭能食，好事者以为祥瑞，方欲报官，而是晚死矣，距生时只七日。

生夜叉

绍兴郑时若秀才妻卫氏生一夜叉，通体蓝色，口豁向上，环眼缩鼻，尖嘴红发，鸡距骆蹄，落胎即咬，咬伤收生婆手指。秀才大惧，持刀杀之。夜叉作格斗状。良久乃毙，血色皆青。其母亦惊死。

石膏因果

嘉定张某，有名医之号，偶下药用石膏，误杀一人。过后自知，深以为悔，然亦不便语人，虽家中妻子，无人知者。一年后，张亦患病，延徐某来诊，定一方而去。临煮药时，张自提笔加"石膏一两"，子弟谏，不听。清晨服后，取方视之，惊曰："此'石膏一两'，谁人加耶？"其子曰："爷亲笔所加，爷忘之乎？"张叹曰："吾知之矣！汝速备后事可也。"作偈语曰："石膏石膏，两命一刀。庸医杀人，因果难逃。"过午而卒。

刘伯温后辈

绍兴上虞县署后园有古墓，相传新令到任拜城隍神后，必往祭之，由来旧矣。乾隆间，有冉姓者宰其地，礼房吏以旧例请。冉问："从前县令到任时，可有不祭者乎？"曰："惟张某倔强，竟不行此礼，今现任湖北布政司。"冉曰："我有志效张公。"竟不祭。

一日，至厅审事，见有古衣冠客乘舆至，径上堂，冉竟不知为鬼，叱传事吏何以不报。语未毕，其人下舆拉冉入书室，语晓晓不可辨，但闻冉若与人争辩者，亡何气绝，作鬼语曰："我姓苏，名松，元末进士，为上虞县令，死乱葬此，刘伯温犹是我后辈也，汝大胆不祭！"或引张方伯故事折之，鬼云："张某禄位盛时，我不能报。今其运尽，我将挖其眼矣。"冉家人环跪求恩，愿多备牲牢祭奠。良久苏醒。冉惧，遂朝服祭之，寻果无恙。未几，张方伯竟以事诖误，遂至丧明。此事钱少詹辛楣先生为余言。

小那爷

参领明公与小那爷交好。明奉差他出，三年还都。行至南小街市，见那立市中，仲夏衣棉衣，戴暖帽。明心异之，下马执手，各道寒暄毕，那曰："自与公别后，每为人欺，蒙公所赠骡，为某骑去不还，新居树木被畜牧伤扰，家人不理。幸公归，替我图之。"语毕，明公上马，那亦登车去。

明公归语其事。家人云："那死一年矣。"明公大骇，至那家问之，殓时衣服与途中所见同。问所赠骡,其子云:"在某家,据云先人所赠,故不敢索。"公呼某吓之,道破其诈,乃追骡还其子。视其墓,果被牧畜践损,为修葺封树而还。其夕梦那来谢云:"愧无以报,明午屠市中有一病骡,公买之,必获大利。"明公如其言,果得骡。医痊后,日行五百里。

水鬼坛

武林门外西湖坝人家,有老仆日暮取水,远见水面一酒坛随流而泛,因思探取亦可贮物。俄而坛已至前,用手取之。不意腕入坛口,口渐缩小,拖拽入水。急呼人救,获免。

鬼 市

汪太守仆人李五,由潞河赴京,畏暑,至晚步行,计天晓进城。夜半,见途中街市甚盛,肆中食物正熟,面饭蒸食,其气上腾。腹且馁,入肆中啖之,酬值而出。

及晓,遥望见京城,猛忆潞河至京四十里,其间不过花园打尖草舍一二家,何以昨夕有街市如此盛耶?顿觉胸次不快。俯而呕之,蠕蠕然在地跳跃。谛视之,乃虾蟆也。蚯蚓蟠结甚多,心甚恶之,然亦无他患。又数岁乃卒。

金娥墩

金娥墩在无锡县城东南六十里,故南唐李煜妃墓也。娥能工词翰,进忠言,煜甚爱之。越数年,煜发兵晋陵,挈娥同行,遇吴越王兵,不得进,娥适死,因葬于此。

乾隆初年,居民耕地得砖,上篆四字云:"唐王宝印。"至今墓间尚多。更可异者,每当风雨之夕,常有女鬼见形,且泣且歌,曰:"日侵削兮三尺土,山川已改兮众余侮。"

翻洗酒坛

广信府徐姓,少年无赖,斗酒殴死邻人,畏罪逃去。官司无处查拿,家人以为死矣。五年后,其叔某偶见江上浮尸,即其侄也,取而葬之。又五年,徐忽归家,家人皆以为鬼。徐曰:"我以杀人故逃,不料入庐山中,遇仙人授我炼形分身之法,业已得道,恐家中念我,特浮一尸,以相安慰。今我尚有未了心事,故还家一走。"徐故未娶,其嫂半信半疑,且留住焉。

一日,溲于酒坛,嫂大怒骂之。徐曰:"洗之何妨?"嫂曰:"秽在坛里,如何可洗?"徐伸手入坛,拉其里出之,如布袋然,仰天大笑,蹑云而去。至今翻底坛尚存徐家。

所殴死邻家，且起在案上得千金。或云："徐来作报，所云了心事者，即此之谓。"

雷诛吉翂

湖州女子徐氏，生吃胎素，三岁后，即好念佛。长至十四岁，忽被雷诛。乡人哗然，谓雷无灵。及殡时，见有篆文在背，识者以为"唐吉翂"三字。

狐仙亲嘴

隐仙庵有狐祟人，庵中老仆王某恶而骂之。夜卧于床，灯下见一女子冉冉来，抱之亲嘴，王不甚拒；乃变为短黑胡子，胡尖如针，王不胜痛，大喊，狐笑而去。次日，仆满嘴生细眼，若猬刺者然。

喇　嘛

西藏谟勒孤喇嘛王死，其徒卜其降生于维西某所。乾隆八年，众喇嘛乃持其旧器访之。至某所，有么些头人子，名达机，已七岁矣，忽指鸡雏问母曰："雏终将依母乎？"其母曰："雏终将离母也。"达机曰："儿其雏乎？"有顷，谓其父母曰："西藏有人至此迎小活佛，曷款留之。"父母以为妄，不听。达机力言之；其父出视，果有喇嘛数十辈，不待延请，竟造其室。达机见之，跏趺于地，为咒语良久。众喇嘛举所用钵、数珠、手书《心经》一册，各以相似者付之，令达机审辨，得其旧器服珠持钵，展经大笑。众喇嘛免冠罗拜。达机释钵执经起，遍摩众喇嘛顶，于是一喇嘛取僧衣帽进，达机自服之。群喇嘛以所携锦茵数十层置中庭，拥达机坐。

其父不知所为，众奉以白金五百，锦缯罽各数十端，为其父寿，曰："此吾寺主活佛也，将迎归西藏。"其父以止此独子，不许。达机曰："毋忧，明年某月日，父母将生一子承宗祧。我乃佛转世，不能留也。"其父母不得已许之，亦合掌拜焉。

众喇嘛拥达机于达摩洞佛寺，远近么些千百成群顶香皈拜，布施无算。留三日，去之西藏。明年，其父母果如期生一子。

梦中事只灵一半

泾县胡讳承璘，方为诸生时，夜梦至一公府，若王侯之居。值其叔父在焉，其叔父惊曰："此地府也，汝何以至？"承璘询其叔父："有何职任？"叔父曰："为吏尔。"承璘请查其禄命，叔父阅其籍曰："一穷诸生耳。"承璘再三哀恳，求为之地。其叔父不得已，乃以他人禄命与之相易，曰："此大弊也，若破，罪在不赦，可若何？"因以其所易籍示之：庚子科举人，雍正元年恩科进士，任长垣县知县，某年月日终。且谓之曰："尔乡试，须记用卦名。"因以手推之，一跌而寐。

承璘庚子科首题"岁寒"一节，因用《屯》《蒙》《剥》《复》等十卦成文，果得高魁。癸卯恩科成进士，又数年，授长垣县知县，一一不爽。无何届死期矣，因豫办交盘，且置酒与亲友作别，沐浴易衣，静坐而待。至黄昏后，忽呕血数升，以为必死矣。徐徐平复，竟不死，复活十馀年。至乾隆六年，寿终于云南粮道。梦寐之事，忽灵忽不灵如此。

卷二十四

长乐奇冤

福建长乐县民妇李氏，年二十五，生一子，越六月而夫亡，矢志抚孤。家只一婢、一苍头，此外虽亲族罕相见者，里党咸钦之。子年十五，就学外傅。

一日，氏早纺绩，忽见白衣男子立床前，骇而叱之，男子趋床后没，氏惧，呼婢入房相伴。及午，子自外归，同母午餐，举头又见白衣男子在床前，骇而呼，男子复趋床下没。母语子曰："闻白衣者财神也，此屋自祖居，至今百年馀，得毋先人所遗金乎？"与婢共起床下地板，有青石大如方桌，上置红缎银包一个，内白银五铤。母喜，欲启其石，而力有未逮，乃计曰："凡掘藏，宜先祀财神，儿曷入市买牲礼祭，而后起之。"儿即持银袱趋市买猪首。既成交，乃忆未经携钱，因出银袱与屠者曰："请以五铤为质。"更以布袋囊猪首归。

道经县署前，有捕役尾之，问："小哥袋内盛何物？"曰："猪头。"役盘诘再三，儿怒掷袋于地曰："非猪头，岂人头耶？"倾囊出，果一人头，鲜血满地。儿大恐啼泣。役捉到官，儿以买自某屠告。拘屠者至，所言合，并以银袱呈上。经胥吏辗转捧上，皆红缎袱，及至案前开视，则缎袱乃一血染白布，中包人手指五枚。令大骇，重讯儿，儿以实对。令亲至其家启石坑，内一无头男子，衣履尽白，右五指缺焉。以头与指合之相符。遍究从来，莫能得其影响。因系屠与儿于狱，案悬莫结。此乾隆二十八年事。

烧 包

粤人于七月半，多以纸钱封而焚之，名曰"烧包"，各以祀其先祖。张戚者，素无赖而有胆。其仆三儿，卧病月馀，至七月十六日，忽自床蹶起，趋而出。

戚追之出城，至大河侧，三儿痴立点首吃语，若与人争状。戚掌其颊，三儿云："为差人拘来，替人挑送包钱。"戚问："差何在？"以手指曰："前立浅渚间者是也。"戚果见一人，高帽青衣，若今之军牢皂隶状，手执鞭指挥。戚大呼擒之，一击而没。问："包在何处？"三儿云："在家堂板阁上，我因过重不肯担，乃拘我来。"戚归启家堂，果有纸灰十包。

金银洞

高峰崖在广西思恩府城南百里，两峰壁立，崖上大书十三字云："金七里，银七里，金银只在七七里。"字画遒劲，不知何年镌凿。

崖下有土地祠，望气者咸称其地有金银气。百十年间，土人多方搜求，一无所得。星士某至土地祠内，徘徊数日，攫神像去。土人追及，询知像乃范金所为，然亦不知"七七里"为何义。

崖中旁峰数十丈，上有银洞。洞中白银累累，大者重数十斤。土人架木而登拾之，即百计不能出。或向外掷之，着地即失。或牵犬入，将银缚犬身向外牵之，犬即狂吠，比出，而身亦无银也。

猫 怪

靖江张氏，住城之南偏，屋角有沟，久弗疏瀹，淫雨不止，水溢于堂。张以竹竿通之，入丈许，竿不可出，数人曳之不动，疑为泥所滞。天晴复举之，竿脱然出，黑气如蛇，随竿而上，顷刻天地晦冥，有绿眼人乘黑戏其婢。每交合，其阴如刺，痛不可忍。

张广求符术，道士某登坛治之。黑气自坛而上，如有物舐之者，所舐处舌如刀割，皮肉尽烂，道士狂奔去。道士素受法于天师，不得已，买舟渡江。张使人随之，将求救于天师。至江心，见天上黑云四起，道士喜拜贺曰："此妖已为雷诛矣！"张归家视之，屋角震死一猫，大如驴。

梦马言

乾隆十八年，山东高蔚辰宰河南延津县。昼寝书室，梦一马冲其庭立而人言，高射之，正中其心，马吼而奔。高惊醒，适外报某村妇卢罗氏夜被杀，以杵椓其阴，并杀二孩。高往验尸，伤如所报，而凶犯无以根究。因忆所梦，乃顺庄点名，冀有马姓者。点毕无有，问："外庄有姓马者乎？"曰："无。"高将庄册翻阅，沉思良久，见有姓许名忠者，忽心计曰："马属午，马立而言，则言午也；正中其心，当是许忠矣！"呼许曰："杀此妇者汝也。"许惊愕叩首曰："实是也。以奸不从，故杀之；两指被妇咬伤，故怒而椓其阴，并杀其子。

但未识公何以知之？”高笑不答。视其手，血犹涔涔也。置于法，合郡以为神。

蒋静存

麟昌蒋君，字静存，余同馆翰林也，诗好李昌谷，有“惊沙不定乱萤飞，羊灯无焰三更碧”之句。生时，其祖梦异僧担《十三经》掷其门，俄而长孙生，故小字僧寿。及长，名寿昌，以避国讳故，特改名。又自梦僧画麒麟一幅与之，遂名麟昌。十七岁举孝廉，十九岁入词林，二十五岁卒。性傲兀不羁，过目成诵，常曰：“文章之事，吾畏袁子才，而爱裴叔度，他名宿如沈归愚，易与耳。”卒后三日，其遗孤三岁，披帐号叫曰：“阿爷僧衣僧冠坐帐中。”家人争来，遂不见。

呜呼！静存终以僧为鸿爪之露，其为戒律轮回似矣。然吾与之谈，辄痛诋佛法而深恶和尚，何耶？

天妃神

乾隆丁巳，翰林周锽奉命册立琉球国王。行至海中，飓风起，飘至黑套中，水色正黑，日月晦冥。相传入黑洋从无生还者，舟子主人正共悲泣，忽见水面红灯万点，舟人狂喜，俯伏于舱呼曰：“生矣，娘娘至矣！”果有高髻而金环者，甚美丽，指挥空中。随即风住，似有人曳舟而行，声隆隆然。俄顷，遂出黑洋。

周归后，奏请建天妃神庙。天子嘉其效顺之灵，遂允所请。事见乾隆二十二年邸报。

宿迁官署鬼

淮徐道姚公廷栋，驻札宿迁。封翁寿期，演剧于堂。堂旁墙极高，见墙外有人头数千，眼睒睒然，俱来观剧。初疑是皂隶辈，叱之不去，近之无有。明旦视之，墙外皆湖，无立人处。

其幕友潘禹九遣奴往厨取酒，久而不至，迹之，已仆于地，口眼皆青泥，盘中酒菜之类，变作蚯蚓树叶。潘素不信鬼神，乃挺身至奴所行处，验其有无。署中二客诈为鬼状，私往吓之。潘笼一小灯，行未半道，两客见黑气一条绕灯而入，灯色绿如萤火，潘勿觉。二客悚然，噤不发声。潘将如厕，有大黑手遮其面，踉跄急归。二客迎之，共相骇异。手持灯渐重，火亦渐灭。家奴各持火来照，灯笼内有死野鸭一只，鸭大笼小，竟不知从何处窜入也。

广东官署鬼

康熙壬戌武探花沈崇美为广东守备，署后花园有井，担水者率以为常。

偶一夜，有女子呼水，担夫如其言与之，乃捽其头入桶中。担夫疑署中婢与戏，詈群婢。群婢曰："无之。"担夫引婢至取水处，有海棠一枝，白鸡成群，入树下不见。群婢笑曰："非鬼也，藏神也，掘之必得金银。"遂令担夫具畚锸开土。未五六尺，得一棺，惧而止。忽一婢发狂大呼曰："请主人，请主人！"

沈公偕其妻往视，婢呼曰："我嘉靖十七年巡按某公之第四妾也，遭主妇毒虐，缢死埋此。公家群婢犯我，我应索其命。第土浅地湿，棺中多水，主人肯改葬我，则掘者不为无功，将免其罚。大堂西偏，我生前埋金镯一只，宝珠数颗，可掘取为改葬费，亦不累主人金也。"言毕，婢子如常无病矣。

主人为启其棺，水溠溠欲流；发堂之西偏，封镯宛然。为改葬高处。镯重三两六钱，形如蒜苗。

为儿索价

葛礼部讳，亮者为予言：其邻程某，拥重资，无子。晚年生儿，性聪慧，眉目莹秀，程爱如掌中珍。十二岁即多病，所费医药不资。稍长，不事生业，好斗鸡走狗，产为之空，程忿甚。一旦，悬祖宗神像，将笞之。子忽作山东人语曰："俺吴某也，前生为尔负债万金，今来索取，将尽。汝以我为子耶？大误，大误！我昨揭帐，尚欠八十馀金，今亦不能相让。"奋衣前取其母髻上珠，踏碎之，然后死。程卒大穷而嗣绝。

鬼魂觅棺告主人

姜静敷寓京师悯忠寺，寺旁为书室，室中有空棺，俗所称寿器是也，寺邻某为其父老故置焉。姜月夜读书，窗户轰然大开，棺盖低昂不已。姜大骇，持烛视之，如有人指痕出没于棺上者，响良久乃已。次早，邻人叩门云："某翁死，来取棺。"方悟初死之魂，夜间先来就棺也。

苏州唐道原年七十卒，其子为买棺于海红坊寿器店。主人云："昨夜有白须人坐某一棺上，烛之不见。"问其状貌，酷似道原，店主人素不相识也，乃即买其所坐者归。

金陵戴敬咸进士与梅式庵饮于吴朱明孝廉家，忽狂癫，握梅手呼曰："要朱红，要加漆！"梅愕然不解。已而气绝，方知所托者，藏身物也。

程原衡家管事李姓者夜醉堕楼死，举家未知。原衡睡醒，觉左耳阴冷异常，疑而回顾，灯光青荧，有黑人吹气入耳，似有所诉。惊起，呼家丁四照，见楼下尸，方知李魂来告主人求棺殓也。

匾怪

杭州孙秀才，夏夜读书斋中，觉顶额间蠕蠕有物。拂之，见白须万茎出屋梁匾上，有人面大如七石缸，眉目宛然，视下而笑。秀才素有胆，以手捋其须，随捋随缩，但存大面端居匾上。秀才加杌于几视之，了无一物。复就读书，须又拖下如初。如是数夕，大面忽下几案间，布长须遮秀才眼，书不可读。击以砚，响若木鱼，去。又数夕，秀才方寝，大面来枕旁，以须搔其体。秀才不能睡，持枕掷之。大面绕地滚，须飒飒有声，复上匾而没。合家大怒，急为去匾，投之火，怪遂绝，秀才亦登第。

徐支手

咸阳徐某，家巨富。初生一子，颇聪慧，六岁病痞死。旋生三子，貌皆相似，病亦如之。徐年已迈矣，至第三子死时，抚尸恸甚，用刀剖儿腹，出其痞，复断其左臂，骂曰："毋再来诱我。"其痞形如三角菱，有口，能呼吸，悬之树间，风日吹干，每触油腥，口犹能动。未期年，徐又得子，貌如前，痞虽不作，而左手竟废，至今尚存，人呼为"徐支手"。

鱼怪

会稽曹峚山入市得大鱼归，剖食之，馀半置纱厨内。至晚，厨中忽有光，举室皆亮。迫视，则所馀之鱼鳞甲通明，火光射目。曹大骇，盛以盘送于河，其光散入水中，随波摇荡，婉转间，成鱼而去。曹归家，屋中火发，东灭西起，衣物床帐烧毁都尽，而不及栋宇，凡三昼夜始息。食鱼之人，竟亦无恙。

盗鬼供状

先君子在湖广臬司迟公维台署中，同事大兴人朱扬湖司钱谷。忽一日狂呼，趋视之，面如死灰，伏地昏迷。饮以姜汁，良久曰："吾坐此校文案，日方正午，见地下砖响，有物蠕蠕然顶砖起。疑为鼠，以脚践之，砖亦平复。稍坐定，砖响如初，掀视之，有黑毛一团，类人头发，自土中起，阴风袭人，渐起渐大。先露两眼，瞠睛怒视，再露口颐腰腹。其黑如漆，颈下血淋漓，跃然而上，举手抱我足曰：'汝在此乎，汝在此乎！吾前世山东盗也，法当死，汝作郯城知县，受我赃七千两，许为开脱。定案时，仍拟大辟，死不瞑目。今汝虽再世，而吾仇必报。'言毕，即牵我入地。我大呼，彼见众客至，舍我走。"众视砖迹，犹宛然开。

嗣后，其鬼无日不至，有人共坐则不至。尤畏臬司迟公，闻迟公将至，便抱头远窜。公大书几上曰："问恶鬼，汝作盗应死，敢与法吏仇乎？汝欲报仇，应仇于前生，敢仇于今世乎？速具供状来。"鬼夜墨书其侧，字迹歪斜，曰："某不敢仇法吏，敢仇赃吏。某以盗故杀人，多受冥司炮烙，数十年，面目已成焦炭。每受刑必呼曰：'某当死，有许我不死者在也，郯城县某老爷受赃七千两，独不应加罪乎！'呼六十馀年，初不准理，今以苦海渐满，许我弛桎梏报冤，所具供状是实。"迟公无如何，不能朝夕伴朱，命多人守护之。

居月馀，迟公生日演戏，诸客饮酒，强朱出观，朱曰："吾待死之人，有何心情看戏？诸公爱我，可多命家人伴我。"如其言。席散往视，朱已缢于床。迟公及诸友俱责家人何以不管，金云："灯下吹来黑气一团，奴辈便各睡去。"或云诸奴贪看戏，亦未必伴朱也。

时文鬼

淮安程风衣，好道术，四方术士咸集其门。有萧道士琬，号韶阳，年九十馀，能游神地府。

雍正三年，风衣宴客于晚甘园，萧在席间醉睡去，少顷醒，唶曰："吕晚村死久矣乃有祸，大奇。"人惊问，曰："吾适游地府间，见夜叉牵一老书生过，铁锁锒铛，标曰：'时文鬼吕留良，圣学不明，谤佛大过。'异哉！"时坐间诸客皆诵时文，习《四书》讲义，素服吕者，闻之不信，且有不平之色。未几，曾静事发，吕果剖棺戮尸。

今萧犹存，严冬友秀才与同寓转运卢雅雨署中，亲见其醉后伸一手指，令有力者以利刃割之，了无所伤。

鬼弄人二则

杭州沈济之，训蒙为业。一夕，梦金冠而髯者谓曰："汝后园有埋金一瓮，可往掘之。"沈曰："未知何外？"曰："有草绳作结，上穿康熙通宝钱一文，此其验也。"明早往园视之，果有草绳，且缚钱焉。沈大喜，持锄掘丈馀，卒无有，竟一怒而得狂易之疾。

乾隆甲子，冯香山秀才梦神告曰："今岁江南乡试题《乐则韶舞》。"冯次日即作此题文，熟诵之。入闱，果是此题，以为必售，榜发无名。就馆广东，夜间独步，闻二鬼呻唔声。聆之，其闱中所作文也。一鬼诵之，一鬼抚掌曰："佳哉，解元之文！"沈惊疑，以为是科解元必割截卷面偷其文字，辞馆入都，以状具控礼部。礼部为奏闻行查，江南解元薛观光，文虽不佳，并非冯稿也，获诬告之罪，谪配黑龙江。

汉江冤狱

曹震亭知汉江县，晚衙夜坐，见无头人手提一头，啾啾有声，语不甚了。曹大骇，遂病，病三日，死矣。家人欲殓，胸前尚温，过夜而苏，曰被隶人引至阴府，见峨冠南面者，衣本朝服色，辕外人传呼："汉江县知县曹学诗进。"曹行阳间属吏礼，向上三揖。神赐坐，问："有人诉公，公知否？"曰："不知。"神取几上牒词示曹。曹阅之，本县案卷也，起立曰："此案本属有冤，为前令所定，已经达部，我申详三次，请再加审讯，为院司所驳，驳牌现存。"神曰："然则公固无罪也。"传呼冤鬼某进，阴风飒然，不见面目手足，但见血块一团叫跳呼号，滚风而至。神告以曹为申救之故，且曰："汝冤终当昭雪，须另觅仇人。"鬼伏地不肯去。神拱手向曹作送状，手挥隶人云："速送，速送。"

曹猛然梦醒，不觉汗之沾衣也。自此辞官归家，长斋奉佛梦终其身。

控鹤监秘记二则（删）

牛乞命

天台县令钟公醴泉为余言：其尊人守贵州大定府，设局办铅。日正午，忽有牛突入铅厂。数十人鞭之，不肯去。醴泉往观，牛伏地作叩头状，因问牵牛者曰："此耕牛乎，宰牛乎？"曰："宰牛。"问："价若干？"曰："七千。"钟曰："以牛与我，以价与汝，何如？"牵牛者谢领钱去，牛蹶然起矣。

猪乞命

奉天锦州府之南有天桥厂，海泊交易处，屠人缚一猪，将杀以入市。其猪乘间啮断绳索，奔至海客前，屈双足伏地。屠人执绳追至。海客询其市价，如数付与，以此猪舍于海会寺之龙神庙。人呼猪道人，则应。曰何得无礼，辄屈前双足，向人作叩首状。牙长数寸，脚爪环裹如螺，其大倍于常猪。

张世荦

张世荦字遇春，杭州府诸生。每入试场，仿佛有人持其卷者，迨晓，则墨污被黜，积愤殊甚。

乾隆甲子科入闱，加意防范。试卷誊真，至晚，另贮他所，坐号中留心伺察。睹一女子舒手探卷，急执之，厉声问曰："予与汝何仇，七试而污我卷？"曰："今岁君应中解元，我亦难违帝命，但君当为我剖雪前言，择地瘗我，以释冤谴。我即君对门钱店女也。当日邻人戏谓君与我有私，君实无之，乃不为辨明，且风情自命，假无为有，以资嘲谑。既嫁，而夫信浮言，不与我同处。我无以自明，气忿投缳。君污我名，我污君卷，迟君七科宜也。"言毕不见。张毛骨俱栗。

甫出场，即访其家，告以故，而捐资助葬之，且为延僧超荐。是科揭晓，果中第一名。

洗心池

洗心池在茅山乾元观西，石壁上有"洗心池"三字，笔法遒劲，隐而不见。欲见，则以池水沃之，虽大旱不涸。相传钱妙真独居燕洞宫修炼，或谤之，乃于此剖腹洗心以相示，故名。

活死人墓

道人江文谷于洗心池旁培小阜，叠石塞牖，趺坐于中，嘱其徒云："每日向牖呼我，应则已，不应则入收遗蜕。"呼之三年皆应，忽一日应曰："可厌，吾去矣！"嗣后不应，启石视之，尸果僵，故称活死人墓。

屋倾有数

总宪金公德瑛视学江西，考吉安府童生。五鼓点名毕，灯下见红衣妇人从考棚趋出，冉冉腾空而去。问之仆隶，皆有所见。公心恶之，即以《中庸》"必有妖孽"四字命题。日正午，诸生方握笔，忽考棚倾倒，压死三十六人。金公据实奏闻，上怜之，俱钦赐生员。

余亲家史少司马抑堂任福建臬使时，与粮道王介祉等四人同坐花厅议事，闻梁上屋角沙沙有声。客欲起避，史公不可。已而声渐大，有鼠呼曰"出出"者再。史亦心动，急与四客齐出，则花厅倒矣，几案皆碎。是日，省中府县俱来请安，史公笑谓曰："设使四大员一时并命，则司、道之印，诸公委署，不皆有分乎？"

沔布十三匹

杭州胡某，程九峰中丞之表侄也。中丞巡抚湖北，胡往求馆，荐与荆州刺史某署中司书记事。

半年后，胡妻在家病疟，忽为鬼所附，声如男子。听之，乃其夫也。口称："到湖北后，蒙中丞公荐往荆州，宾主相得。不料未二月患病身死，有衣箱行李，新买沔阳布十三匹，现在署中，须着人往取。我客死饥寒，可供木主祭我，并广招名僧超度我。"家人闻之环泣，当即成服立主。以死无日月，未便报讣。亡何，妻病痊。家故贫，欲差人往楚迎丧，以无盘费，屡屡迁延。

亡何，胡竟归里，举家骇然，以为鬼也。坐定谈说，方悟前所凭者，乃邪鬼借名索食求超度故耳。顷之，衣箱到门，开之，果有布十三匹，的系胡过沔阳时所买。

牛卑山守岁

广西柳州有牛卑山，形如女阴，粤人呼阴为卑，因号牛卑山。每除夕，必男妇十人守之待旦，或懈于防范，被人戏以竹木梢抵之，则是年邑中妇无不淫奔。有邑令某恶之，命里保将土块填塞。是年，其邑妇女小便梗塞，不能前后溲，致有伤命者。

广东沙面上妓船如云，河泊大使专司船政。有总督某严禁之，随即海水溢漫，城不没者三板。地方绅贾俱以为言，乃收回禁约以试之，果令收而水退。至今妓船愈多。

鬼拜风

钱塘孙学田，开盐店温州城中，与友钱晓苍往来甚狎。钱有楼三间，封锁颇密，相传有鬼，人不敢居。孙素有胆，与同人赌胜，铺床楼上，烧巨烛二枝，竟往居焉。夜二鼓，闻推门声，有艳装女子冉冉来。见烛光，意若畏之，敛衽再拜。每一俯首，则阴风从其袖生，一烛灭矣。孙掷以剑，鬼走下楼去。孙知将复来，所恃惟烛，乃以所灭烛重加点明，以身拥烛而坐。鬼果再至，又作拜状，见孙上坐，欲却欲前。孙以剑掷，鬼变恶状，上前格斗，彼此相持不已。忽闻楼外鸡鸣，遂化黑气一团滚楼而下。温州人为之语曰："人拜曲躬，鬼拜生风。但逢孙老，比鬼还凶。"

僵尸夜肥昼瘦

俞苍石先生云：凡僵尸夜出攫人者，貌多丰腴，与生人无异。昼开其棺，则枯瘦如人腊矣。焚之，有啾啾作声者。

黑云劫

王师征缅甸，有昆明县皂隶叶某，死三日复苏，言被鬼卒勾赴冥司，有大殿朱门如王者居，门外坐官吏甚多，皆手一簿，判记甚忙。判毕则黑气一团，覆于簿上，有椎腰蹙额自称劳苦者。叶阳寿未尽，以不在应死之数，故仍放还。

路间私问鬼卒："彼官吏所执何簿？"曰："人簿三，兽簿五。"问："何为有簿？"曰："从古人间征战之事，皆天上劫数先定，无可挽回。一切应死者，皆先写入黑云劫簿中，虽一骡一马，皆无错误。终竟兽多人少，故其簿有'人三兽五'之说。"问："应此劫者，省城中可有某官乎？"曰："第一名即你家总督也。"其时督滇南者刘公藻，丙辰鸿词翰林，后自刎。

金秀才

苏州金秀才晋生，才貌清雅，苏春厓进士爱之，招为婿，婚有日矣。

金夜梦红衣小鬟引至一处，房舍精雅，最后有圆洞门，指曰："此月宫也，小姐奉候久矣。"俄而一丽人盛妆出曰："秀才与我有夙缘，忍舍我别婚他氏乎？"金曰："不敢。"遂携手就寝，备极绸缪。

嗣后，每夜必梦，欢好倍常，而容颜日悴。举家大惧，即为完姻。苏女亦有容色，秀才爱之如梦中人。嗣后夜间，酉戌前与苏氏交，酉戌后与梦中人交。久之，竟不知何者为真，何者为梦也。其父百般禳解，终于无效。体本清羸，斫削逾年，成瘵疾而卒。

与梦中女唱和甚多，不能全录，但记其《赠金郎一绝》云："佳偶岂易寻，夺郎如夺彩。幸亏下手强，争先得为快。"

董观察

董观察名榕，官赣南道时，所属上犹县某村素被山瀑冲没田庐，公为相度开河，引水入江，居民安堵。又改佛寺为濂溪书院，规模一新。

亡何，丁太夫人忧，哀毁过度，欲以身殉。扶榇返里，至滕王阁下，维舟受唁，大吏亲来抚慰，观者无不谓董公真孝子，真好官。次早，方欲解缆，忽家仆等惊觅观察不得，急报守土官。沿江打捞，俱无踪迹。经一昼夜，尸竟逆流至丰城县沙岸上。验视之，犹白衣麻带，面目如生，乃具殓送至舟中。

月馀，公旧仆某偶至上犹，土人告以感公开河之恩，立庙祀公。仆欣然走至庙中拜觇神像，则俨然公之面目。询立像时日，即公堕水夕也。

狐仙开帐

和州张某，作客扬州，寓兴教寺。寺中僧舍，素有狐仙，无人敢居。张性落拓，意往居焉。

未三日，果有一翁，自称吴刚子求见。揖而与言，风采颇异，能知过去未来之事。因问："可是仙乎？"曰："不敢。"张故贫士，意欲交结之，以图富贵，遂设酒食，与之饮宴，吴亦答谢。未半月，张力竭矣，而吴之酒馔甚丰。张遂起贪念，终日嬲其设席。吴作主人，亦无吝色。

如是者月馀，吴忽不至。时遇霉雨，张开箱晒衣，则全箱空矣，中书一账，并质钱帖数纸："某日鸡鱼若干，某日蔬果若干。"皆典张之衣服而用之，笔笔开除，不空设一席，不妄消一文。

皮蜡烛

上虞人钱姓者，为人佣工。夜归，见女路哭，问其故，曰："夫亡无归，家居夏盖山，一时迷路，求为指示。"钱与谐戏，相随至一室中，成夫妇之好。如是者数月。

主人见其貌日憔悴，再三问钱，钱言其故。主人曰："此鬼也，再与交时，须取渠一物以为验。"钱如其言，伴与欢笑，而暗剪女发一束，女大惊走去。钱细视所居之地，全无房屋，其与此女淫处，精流蟹洞中，皆血也。发如烛而软黑若牛皮，刀斫火焚不坏。自此不敢出门，匿主人家。

未几，鬼入主人家，附其婢身作闹曰："还我钱郎！不还我者，即将钱郎交与汝家。我暂去，明年来捉。"且云："俟今秋汝寿尽时，当来降祸。"至期，竟不验。钱姓至今犹存。此事台州张秀墀为余言。

乍浦海怪

乾隆壬辰八月甘三日黎明大风雨，平湖、乍浦之海滨有物突起，自东南往西北，所过拔木以万计，民居屋上瓦多破碎。中间有类足迹大如圆桌子者，竟不知是何物。有某家厅房移过尺许，仍不倒坏。

天开眼

平湖张敹坡，一日偶在庭中，天无片云，忽闻君然有声，天开一缝，中阔，两头小，其状若舟。睛光闪烁，圆若车轴，照耀满庭，良久方闭。识者以为此即"天开眼"云。

泥像自行

平湖张氏，世居兼葭围。其始迁祖名迪，字静庵，明洪武间人。殁时，其家泥塑静庵夫妇二像，高七八寸，供家庙中，所居屋归属长房。历四百馀年，长房子孙贫，屋倾圮，仅存数间，而其像犹在。

张氏故有宗祠，距静庵故居三里许。一日黎明，有乡人操舟者见两老人来雇渡船，遂载以行。问："何往？"云："将之张家祠堂。"既登岸，疾行如飞，舟人望之，见形躯渐小。无何，抵祠前，守祠僧闻扣门声，起视之，寂无所见，惟见两泥像在门枢下，一时惊以为异。其裔孙张丹九方重修祠宇，因加彩绘，别设一厨，供之祠中。

焚尸二则

平湖南门外某乡掘出三穴，二穴已空，中一穴棺木依然，砖书"赵处士之墓"。尸年四十许，貌如生，穿云履，蟹青绸袍，绸如一钱厚，不坏。掘者马某覆出其尸而焚之，火不能旺，乃投诸水。是夜，鬼大哭，一村皆惊。好事者为扛起残尸，血缕缕如注，乃仍纳棺中，加土葬之，是夕遂安。马姓至今无恙，为典史皂役。

平湖小西溪之西蒋姓，田家也，冬至前一日，日方西，烧父尸。方开棺，尸走出，追之，蒋击以锄，尸倒地，乃焚之。晚归，闻其父骂曰："汝烧我甚苦，何不孝至此！"其人头肿如匏，及午而死。张熙河所目击也。

美人鱼人面猪

崇明打起美人鱼，貌一女子也，身与海船同大。舵工问云："失路耶？"点其头。乃放之，洋洋而去。

云栖放生处有人面猪，平湖张九丹先生见之。猪羞与人见，以头低下，拉之才见。

花　魄

婺源士人谢某，读书张公山。早起，闻树林鸟声啁啾，有似鹦哥。因近视之，乃一美女，长五寸许，赤身无毛，通体洁白如玉，眉目间有愁苦之状。遂携以归，女无惧色。乃畜笼中，以饭喂之。向人絮语，了不可辨。畜数日，为太阳所照，竟成枯腊而死。洪孝廉宇麟闻之曰："此名花魄。"凡树经三次人缢死者，其冤苦之气结成此物，沃以水，犹可活也。"试之果然。里人聚观者，如云而至。谢恐招摇，乃仍送之树上。须臾间，一大怪鸟衔之飞去。

续子不语

卷　一

狼军师

有钱某者，赴市归晚，行山麓间。突出狼数十，环而欲噬。迫甚，见道旁有积薪高丈许，急攀跻执椾，爬上避之。狼莫能登，内有数狼驰去。少焉，簇拥一兽来，俨舆卒之异官人者，坐之当中。众狼侧耳于其口傍，若密语俯听状。少顷，各跃起，将薪自下抽取，枝条几散溃矣。钱大骇呼救。

良久，适有樵伙闻声共喊而至，狼惊散去，而异来之兽独存，钱乃与各樵者谛视之。类狼非狼，圆睛短颈，长喙怒牙，后足长而软，不能起立，声若猿啼。钱曰："噫！吾与汝素无仇，乃为狼军师谋主，欲伤我耶！"兽叩头哀嘶，若悔恨状。乃共挟至前村酒肆中，烹而食之。

几上弓鞋

余同年储梅夫宗丞得子晚，钟爱备至。性颇端重，每见余，执子侄礼甚恭，恂恂如也。家贫，就馆京师某都统家，宾主相得。

一日早起，见几上置女子绣鞋一只，大怒，骂家人曰："我在此做先生，而汝辈几上置此物，使主人见之，谓我为何如人？速即掷去！"家人视几上并无此鞋，而储犹痛詈不已。都统闻声而入，储即逃至床下，以手掩面曰："羞死，羞死！我见不得大人了！"都统方为辨白，而储已将床下一棒自骂自击，脑浆迸裂。都统以为疯狂，急呼医来，则已气绝。

白龙潭

弥勒县旧城集汉夷杂处，环山而居。山麓有白龙潭，宽可数亩，有良田千顷，筑土坝以蓄水。俯临大河，水溢，则启闸以泄之。雨时二龙相斗，状如小蛇，或见巨木一段，蒙青苔而竖游，每每冲决坝岸。一日，众农栽秧，值细雨中，飞鱼大小成对，如摆队伍，有绛衣女子持扇挥之，偕至潭中，随即不见。相传龙女归宁云。

夷人依二家，天将暮，忽来衣孝服者，云来投宿。问其所需，则索卧房一间，一大缸满贮清水而已。依疑客浴，遂如所请，并欲为备酒食。客曰："不必，惟有一事相烦，更当重谢。"依问："何事？"客曰："此地龙潭后有大树，君往伐之。俟其将断，先用巨绳缚住，俟潭中有两羊相斗，即断绳倒树。"侬许之。黎明伐树，果见潭中水沸如潮，有黑白二羊出斗。侬思当是此时，乃断绳而倒树，黑羊跃出，水亦平复。急归，欲告客以请功，客竟遁矣。问妻，妻曰："客在房，未尝出户。"乃共搜之。疑其在缸，启覆观之，则黄金满焉，始知客即白龙化身，争潭求助者。于是潭遂以白龙名，而侬家至今称首富。

露水姻缘之神

贾正经，黔中人，娶妻陶氏，颇佳。清明上坟，同行至半途，忽有旋风当道，疑是鬼神求食者，乃列祭品沥酒祝曰："仓卒无以为献，一尊浊酒，毋嫌不洁。"祭毕，然后登墓拜扫而归。

次春，贾别妻远出。一日将暮，旅舍尚远，深怯荒野无可栖止。忽有青衣伺于道旁问曰："来者贾相公耶？奉主命，相候久矣。"问："为谁？"曰："到彼自知。"遥指有灯光处是其村落，私心窃喜，遂随之去。约行里许，主人已在门迓客，道服儒巾，风雅士也。楼阁云横，皆饰金碧。贾叙寒暄问曰："暮夜迷途，忽蒙宠召，从未识荆，不解何以预知，远劳尊纪？"答曰："旧岁路中把晤，叨领盛情，曾几何时，而遽忘耶？"贾益不解。主人曰："去年清明日，贤夫妇上墓祭扫，旋风当道者即我也。"贾曰："然则君为神欤？"曰："非也，地仙也。"问所职司，曰："言之惭愧，掌人间露水姻缘事。"贾戏云："仆颇多情，敢烦一查，今生可有遇合否？"仙取簿翻阅，笑曰："奇哉！君今生无分，目下尊夫人大有良缘。"贾不觉汗下，自思妻方少艾，若或有此，将为终身之耻，乃求为消除。仙曰："是注定之大数，岂予所得更改？"贾复哀求，仙仰天而思，良久曰："善哉，善哉！幸而尊夫人所遇庸奴也，贪财之心胜于好色。汝速还家，可免闺房之丑，不过损财耳。"

贾屈指计程，业出门四日矣，恐归无及，又思为蝇斗微利而使妻失节，断乎不可。乃辞仙而归，昼夜赶行。离家仅四十里，忽大雨如注，遂不得前。明午入门，则见卧房墙已淋坍，邻有单身少年相逼而居，回忆仙言，不觉叹恨。妻问："何叹？"曰："墙坍壁倒，两室相通。彼此少年独宿，其事尚可言，而来问我乎？"妻曰："君为此耶，事诚有之，幸失十金而免。"贾询其故，曰："墙倒后，少年果来相调，予逃往邻家，不料枕间藏金遂被窃去。今渠怕汝归，业已远扬。"问金何来，则某家清偿物也。贾鸣官擒少年笞之，而金卒难追。此事程惺峰为予言。

缢鬼申冤

新安赵天如，授徒黄氏。酷暑畏热，夜不成寐，向居停请易卧室。居停为指数处，皆不当意，惟一楼院内多花树，清风徐来，赵喜之，黄似不可。赵疑切近内室，黄曰："非也。上有鬼魅，故未敢令先生居。"赵云："无妨。"遂移榻焉。秉烛以待。

夜半，忽闻梁间有声，观之，则弓鞋双垂而下，年二十许之美人也，凭栏望月，取妆奁作梳沐状。复行至厢楼，揭起覆瓦数沟，取出白镪六封摊几上，展玩叹息。仍复包裹藏瓦沟中，覆盖如故，转身至赵榻前，将掀帷幕。赵下榻叱逐，直至楼下，入后园竹林中而没。窥之，内有新厝棺，心知即此祟。

明日晤居停，问曰："后园之鬼，得无自缢者乎，为君家谁？"黄不觉泣下，曰："死者为吾爱妾张氏，性最敏慧，掌出纳银钱。一日收某处租三百两，甫交未几，及吾急需，则乌有矣。予一时盛怒，以污蔑之言骂之。讵知渠忿，竟寻短见。"赵曰："是君暴急之过，然其事可得终明乎？"曰："未也。"问有子否，则现拜门墙者是也。赵曰："请为白其冤。"拉黄登楼，揭瓦沟取金出，果然原物也。其夜，见鬼复下如前作梳沐状，取笔题诗于墙，向榻前再拜而去。诗曰："小婢偷金去，私藏瓦上沟。今朝冤始雪，我恨亦全休。"自后此楼安静矣。

执锡二童

顺治进士蒋封翁，名伊，求嗣于灵岩。梦禅僧指执锡二童为之子，因举长子，名之曰陈锡，后为云贵总督。晚年尝曰："吾命中尚应得一子。"久之，梦其中堂曝锦被一床，一龙蟠裹其间。适佃户曹姓者送租，关携其女至，甫十馀岁，裹旧锦衣嬉笑。公见大惊，遂留纳之，生文肃公。

赵氏三世为神

常州赵恭毅公为康熙名臣，人所共知。薨后，有苏州过姓者尝识公于生前，后泛舟洞庭，薄暮，见大舸顺风而来，旗灯皆书湖广城隍司，心窃异之。及迫视，则公危坐舟中，方据案视事。

又陆先生子静，善敕勒之术。尝伏坛至二天门外，见公亦在二天门奏事。其子侍读公，以大臣子弟效力肃州军前，恭毅公薨，恩许奔丧，侍读哀毁遘疾，病中每自诧曰："呕吐满地，使人难堪，吾何为居此职耶！"众问其职，曰："痰火司也。"家人不知痰火司为何神。越日，祷于东岳行宫，则两庑果有痰火司神。病革，人见痰火司灯笼入门，遂瞑。

其子副使公殁后逾年，洪氏姑病昏不省人事，恍惚至一衙署，见公自内出，讶曰："妹何为来此？"延入，谈家事甚悉。姑问："兄现作何官？"曰："巡海道也。事繁，刻欲他出，不能留汝。"且曰："汝嫂亦不久人间，家中多事，可属两侄慎之。"遣二役持香送归。及苏，室中尚有馀香。未几，族人以立嗣兴讼，弥年不宁。又未几，其嫂黄恭人下世。

张少仪观察为桂林城隍神

长洲顾某，以父久病祷于神，愿以身代。一日，梦城隍神遣隶摄至署前，不得即入。见有肩舆远来，顾侧立以待，乃其师也。自舆中出，执手慰劳，且曰："余已为某方土地，生何事至此？"顾具以告，曰："此大孝，吾当为汝白之。"良久出曰："今日神有事，当改期。"遂苏。

越日，隶摄如前，至则神召入，问其父病状，对曰："骨瘦如柴。"神大怒，趣隶杖之。顾不解，呼冤。未几，内送一纸条出，神见之，色始霁，曰："汝父设药肆，某年大疫，不索药值，功德甚大，且怜汝孝，可以延寿一纪。"顾谢而出，问旁人："神何以怒？"曰："兽中惟豺最瘦，世人多讹作'柴'。神始闻之，以为比父于兽，故怒。赖幕客辨明，乃免。"署前所见诸人，皆其乡先辈以刑辟死者，一人被缧绁，一人将递解远行。顾不识，问之，曰："此原任知府某，为其部民所诉，张化为桂林府城隍移牒取之耳。"问："张公何人？"曰："余亦忘其名，尝在云南粮储道，今河南巡抚毕公舅氏也。"

张名凤孙，字少仪，长洲人，与余同举鸿词科，少时有"张三子"之目。三子者，孝子、君子、才子也。生平多厚德，宜其为神。然冥中不知其名，但以戚党官位相炫耀，毋怪人之好谈显者矣。

尸 合

山东王伦之乱，临清焚杀最惨，男女尸填河，高于岸者数尺。贼既平，启闸纵尸顺流而下，无赖者窃剥其衣，故尸多裸露。忽一女尸，年可十七八，裸仰水面，流至闸侧，左足挂闸而止。俄一男尸，年略相似，裸流而下。甫至闸间，忽跃水而起，与女尸合抱，颈股交压。众以篙拨之，竭力不能开。须臾流去，亦不辨其谁氏子也。

葛先生

河南汲县李秀才，就馆村落。夕行迷路，远望丛木间灯火，趋之，见一茅舍，隐隐有读书声。叩其门，主人出迎，年四十许，见李延入，自称葛姓，素好读书，厌尘市嚣杂，故隐此僻处。且言其妻在家乏食，为妻母逼嫁，明日将投河，惟君能救，望乞垂援。言之泣下，李唯唯。因就止宿，茵褥精洁。

既明，身卧冢上，并无屋舍，李骇极趋归。道遇一妇，衣绿衣，行且泣，临水将自投。李挽止之，询其所以，则葛姓妻也，孀居乏食，父母欲夺其志，故觅死耳。李以去舍不远，邀归，与妪共述其异，养为己女。李年已五十馀，忽举一子，视其眉目，酷肖所遇葛姓者，戏以"葛先生"呼之，儿辄笑投其怀。

天 后

林远峰曰：天后圣母，余二十八世姑祖母也，未字而化，灵显最著，海洋舟中，必虔奉之。遇风涛不测，呼之立应。有甲马三，一画冕旒秉圭，一画常服，一画披发跣足仗剑而立。每遇危急，焚冕旒者辄应，焚常服者则无不应，若焚至披发仗剑之幅而犹不应，则舟不可救矣。或风浪晦冥，莫知所向，虔祷呼之，辄有红灯隐现水上。随灯而行，无不获济。或见后立云际，挥剑分风，风分南北。船中神座前必设一棍，每见群龙浮海上，则风涛将作，焚字纸、羊毛等物不能下，便令舟中称棍师者，焚香请棍，向水面舞一周，龙辄戢尾而下，无敢违者。若炉中香灰无故自起若线，向空而散，则船必不保。余族人之父某，言其幼时逢漳郡官兵征台湾，祭纛教场中，某随父往视，见后端坐纛上，貌丰而身甚短。急呼父视之，已不见。

阴氏妹

吴郡申衙前阴某，有妹才十二岁。时方中秋，家人方共饮，闻比邻妇逆其姑，诟谇声甚厉。妹忽变色起，持刀直入其家，毁其几案，捉妇将刃之。家人奔救，女力甚猛，五六人持之方得脱。挟归问其故，犹拗怒咆哮，厉声曰："我必杀此妇报其母。"家人强之卧，则酣睡矣。醒而诘之，惭汗啜泣，不自知其故。

虎投河

绍兴西乡，溪水甚深。一儿戏溪上，见虎来，儿窜入水，泅而出没，且觇之。虎坐岸上眈视良久，意甚躁急，涎流于吻。忽跃起扑儿，遂堕水中，愤迅腾掷，溪水为沸，数跃数堕，竟不能起。儿获免而虎溺死。

武夷君

大兴朱竹君学士，督学安徽。梦上帝召复武夷君位，先生以文集未成泣辞，帝许之。醒而述其事于贵池令林梦鲤，闻者共异之。后视学闽中，谒武夷君庙，庙内施设位置，与梦中一一物合，心益异焉。任满复命，无疾而终。余按：宋人说，杨文公初生时，遍身紫毛长一尺，自呼武夷君，与竹君先生相似。

九华山

九华山最著神异。相传明季海公刚峰雨中皮靴登山，同伴告以皮靴乃牛皮所作，是荤非素，不可着也。乃易草履，随众参神。指庙中鼓问神曰："此亦皮也，宁非荤耶？"言毕，忽霹雳从庙起，将鼓击碎，至今庙鼓无敢用皮，以布代焉。

有江南太平人顾翁，生一子一女，皆成立而妻死，块然老鳏。为子娶农家女姜氏，年十七，性仁孝，翁爱之。亡何，翁疾作，而子未归，姜闻呻吟声，禀请延医。翁曰："我足疾也，但须温暖便差。"姜曰："果若是，又何难？"乃为翁抱足眠，盖惟知尽孝，不解瓜李嫌者。次春子归，道经妹家，妹以嫂孝告之。子不能无疑，而难于发口，乃暮则抱襆被于别室，不与姜眠。姜心疑骇，问其夫。夫曰："汝闻世上有翁媳同眠者乎？"姜始大悟，曰："吾哀翁老病，实与同眠，此心惟天佛知之耳。"其子笑而不答。

一日，闻邻妪鸣锣诵佛声，出问："何作？"曰："将朝九华。"姜即附伴同行。焚香跪拜毕，见对山香炉峰悬崖绝壁，问："彼何名？"老衲曰："此处名龙口香，心迹不能自明，可质证于鬼神者往焉。"姜闻大喜，执香前往。老衲阻之曰："予作沙弥至今老矣，未见有敢登者。况娘子纤纤莲步，岂可冒险者？"姜不听，直抵其处，看者心悸。果及半山而堕，众惜其已成齑粉矣。

邻妪归，急告其翁，翁怪其谬，曰："吾媳昨已返舍。"引邻妪入，果见姜瞑目盘膝坐蒲团上。妪等惊曰："此即活佛，何须更朝九华！"于是齐声念佛而朝拜之。姜始张目而起，共验蒲团，上有"九华山置"四字在焉。共问翁："汝媳何时还家？"翁曰："昨闻院内有声，心疑为贼，偕子往视，则飞下吾媳也，目瞑若死，气息奄奄，故抬诸室。问之，则曰：'媳欲表心迹，故含忿而往，并未虑及生死。不料山高千寻，足软便堕，亦不知何由而归家。'"

妪乃为翁父子述其事，于是夫妻相抱大哭，远迩惊异。嗣后，朝九华者，先来礼姜云。

张稿公

张稿公者，滇南总督衙门掌稿吏也，诚朴无私，历任制府多信服之。一夕早起开门，见缢尸高悬，细认为某甲，缘讼事求稿公左袒而未许者，因复闭门静坐，以听外信。及朝暾上再启门，则缢尸已不见矣，私心窃喜。旁午，忽闻县令出城相验，访死者为谁，则门上缢尸某甲也。始而骇，继而疑，终莫解其故。

数月后，遇市上卖菜佣赵某问曰："某月之晨，君见缢者惊乎？"稿公闻之，招赵入室，款以酒食，问何以知。赵曰："是予负去，安得不知？"稿公曰："我尔不相识，何故负尸？且负尸甚早，城门栅栏未启，奈何？"赵曰："予亦不解其故。是日五鼓贩菜，途遇友人，召予来此，曰：'汝负此尸到某处，必有厚利，胜于贩菜。'予虑城栅未开，友曰：'无伤，但从我行。'从之，及栅栅开，至城城开。"稿公问："友人姓名为谁？"曰："认其人，未问其姓，亦市上交好者也。借去烟插，至今尚未见还。"稿公出百金谢之，嘱勿扬言而别。

一日，赵闲步入城隍庙，见十殿中有泥鬼挂烟插，颇似己物，细认不谬，因摘去，且戏曰："何久假不归耶？"次早在市卖菜，见前遇之友责曰："似尔为人，极难相与，一烟插之微，何即在大众前笑我？"赵方欲道契阔，问姓字，适呼买菜者又至。一掉头间，其友渺然不见。

受私桥

临安府张大与李二为莫逆交，李家虽屡空，然赋性不苟，故张重之。一日向张道贫苦，张适有积金数百，因尽出以付李，相约除存本外，瓜分其利。不料数年间，李资本尽丧而归，闭门高卧，绝不见张。张静待之，许久不至，值嫁女期迫，因登李门问之。李置若罔闻，张怒，互相争詈，观者如堵。问张，则言李无良；问李，则言张冒骗。两无中据，难定曲直。李哓哓不屈，张愈忿，曰："汝明日若敢赴城隍庙盟誓摸钱，吾即休矣。"李谩应之，盖乡人信鬼神，相传城隍神最灵，神前熬油锅，置钱其中，理直者手摸不烂，否则必烂，故胁之。明日，张果来迫李，李亦不惧，同往至庙，撞钟鼓，陈颠末，然后置铁铛熬沸油，掷一钱于油中，令人手摸。李竟取出而手无恙，于是众咸非张，张亦不能再辩。

后李别作生业，数年间满载而归，于是计算张氏本利若干，尽为归楚，亲登其门。张曰："交已绝矣，义不受金。"李曰："实借君物，何敢负德，待来世作牛马偿耶？"推让再三，张终不受。于是乡里为之区画，庙前有板桥已朽，请将此金易之以石，并问李曰："前既昧良，何敢盟誓？"李笑曰："彼时非敢昧良，实恐一经承认，即须原物，粉骨难偿，故先至庙祷神默佑，待发财时再报答张友，不意神灵如是。"众闻之咸笑曰："城隍神乃受君私耶！"后桥成无名，因颜其桥曰"受私桥"。

曹公梦

海阳曹孝廉铨得广西某县，亲友来贺，公欲引疾不赴，曰："幼年曾作异梦，几时入泮，几时娶婚，几时生子，中举选粤西某县，为穿白甲二将军所害。细记所历，一一皆验，不爽毫发。今所选缺，又恰符合，地多苗蛮，野性莫测，先几之兆，可不趋吉而避凶哉！"于是有言梦不足征者，有以期年半载相机进退劝者，公不得已就道。

及抵某县，民淳吏朴，公甚安之。数年后，忽有呈开银厂者，公为转详。奉上檄委公采办，公亲诣厂所，视其开挖。及矿，则见白气二道，宛如长虹，直冲公前。公惊而仆，返馆舍，至夜半竟卒，家人方悟白甲之征。

治妖易治人难

汉阳令刘某，性方鲠，治祝由、科邪教过严，有奸民上控抚军，抚军戒饬之，公抗言抵触，抚军怒曰："若果才能，有沔阳州某案，若能审办乎？"刘唯唯。

先是，沔阳有金桂姐受黄氏聘，及婚期，彩舆迎至家，则两新妇齐出，簪珥服饰，声音体态，无不相肖，因之未敢成礼，仍以两女归金。金父母无从分别，于是两姓俱以人妖莫辨诉官，由州至抚，案悬半载，俱未能决，故抚军以之难刘。

刘禀请提案至抚军公署候审，并请临审时借用抚军宝印，抚军许之。临期，公唤两女隔别细鞫，并其父母庚甲、产业、陈设，一一盘诘，及核供词，如出一口。公乃唤二女至案前曰："观汝二人，原是一胞双女，若并断与黄家，恐尔父母不肯。吾令特设一鹊桥在此，能行者断合，否则断离。"乃铺白布如桥，从仪门直接公座，命二女行布上。一辞不能，盈盈泪下；一则欣欣然喜形于面。公叱泪下者，逐出署外，唤喜者登布上。此女如履平地，步至公前。公暗擎院印，从头击下；两旁覆以网，乃现为狐，投之江中，于是案结。抚军大悦，奏升汉阳府知府，从此遐迩歌龙图再出矣。

汉阳有茶客携重资归，中途为盗所追，奔至汉川，求救于逆旅主人。主人沉吟至再曰："诚若是，则此处非君所宜栖，可速投某武孝廉家，庶保无虞。"引至孝廉家。孝廉兄弟为具酒食，扫卧榻，嘱曰："倘夜间有动作，但安眠，毋轻出视。"客寝矣，兄弟秉烛待盗。盗果踪至，彼此格斗，被孝廉杀其四，馀三盗逾垣逃。天明，呼客起，赴县呈报。讵知客出未几，府差早至，将孝廉兄弟锁去，盖黠盗伪作茶客，先以谋财害命连夜赴府击鼓求救，故刘公发差就近将孝廉兄弟拘到问供。孝廉兄弟陈述颠末，请释一人保家。公不许，并下于狱。盗返入孝廉家，将其家口尽杀而逸。及公觉，急释之，已无及矣。

呜呼！公能断狐，竟不免为盗所卖，岂非治妖易治人难耶！

伏波滩义犬

伏彼滩，入广之要区，因其地有汉伏波将军庙而名也。某年，有客收债而返，泊其处，船户数人夜操刀直入曰："汝命当毕于斯，我辈盗也，可出受死，勿令血污船舱，又需涤洗！"客哀求曰："财物悉送公等，肯俾我全尸而毙，不惟中心无憾，且当以四百金为酬。"盗笑曰："子所有，尽归吾囊橐，又何从另有四百金？"客曰："君但知舟中物，岂识其馀？"乃出券示之曰："此项现存某行，执券往索可得。惟我清醒受死，殊难为情，请赐尽醉，裹败席而终，可乎？"盗怜其诚，果与大醉，席卷而绳缚之，抛掷于河。

甫溺，有犬跃而从焉，俱顺流傍岸。犬起抓击庙门，僧问为谁，不应；及启关，见犬走入，浑身淋漓，衔僧衣不放，若有所引。随至河边，见裹尸，俱欲散去，犬复作遮拦状。僧喻其意，抬尸至庙。抚之，酒气熏腾，犹有鼻息。解其缚，验席上有齿痕，始知是犬啮断，乃与茶汤而卧。

明晨，客醒曰："盗走水路，我辈从陆告官，当先盗至。"盖度其必执券而往某行也。僧诺，与俱。盗果未至，因告行主人以故，戒勿泄。俄而盗果持券至，主人伪为趋奉，遣客鸣官，遂皆擒获。客偕犬同归，终老于家，不复再出，著《义犬记》。

浮 海

王谦光者，温州府诸生也。家贫，不能自活，客于通洋经纪之家。习见从洋者利不资，谦光亦累资数十金同往。初至日本，获利数十倍。继又往，人众货多，飓风骤作，飘忽不知所之。见有山处，趋往泊之，触礁石沉舟，溺死过半，缘岸而登者三十馀人。山无生产，人迹绝至，虽不葬鱼腹中，难免为山中饿鬼，众皆长恸。昼行夜伏，抬草木之实，聊以充饥。及风雨晦冥，山妖木魁，千奇万怪来侮狎人，死者又十之七八。

一日，走入空谷中，有石窟如室，可蔽风雨。傍有草，甚香，掘其根食之，饥渴顿已，神气精爽。识者曰："此人参也。"如是者三月馀，诸人皆食此草，相视，各见颜色光彩如孩童时。常登山望海。忽有小艇数十，见人在山，泊舟来问，知是中国人，遂载以往，皆朝鲜徼外之巡拦也。

闻之国王，蒙召见，问及履历，谦光云系生员，王笑曰："道不行，乘桴浮于海耶！"因以"浮海"为题，命谦光赋之。谦光援笔而就，曰："久困经生业，乘槎学使星。不因风浪险，那得到王庭。"王善之，馆待如礼，尝得召见，屡启王欲归之意。又三年，始具舟资，送谦光并及诸人回家，王赐甚厚。谦光在彼国见诸臣僚，赋诗高会，无不招至，临行赆钱颇多。及至家，计五年馀矣。

先是，谦光在朝鲜时，一夕梦至其家，见僧数甚众，设资冥道场，其妻哭甚哀，有子衰绖以临，谦光亦哭而寤。因思数年不归，家人疑死设荐固也，但我无子，巍然衰绖者为何，诚梦境之不可解也，但为酸鼻而已。

又年馀抵家，几筵俨然，衰绖傍设，夫妇相持悲喜。询其妻，作佛事招魂，正梦回之夕。又问："衰绖为何人之服？"云："房侄入继之服也。"因言梦回时，亦曾见之，更为惨然。

刑天国

谦光又云：曾飘至一岛，男女千人，皆肥短无头，以两乳作眼，闪闪欲动；以脐作口，取食物至前，吸而啖之；声啾啾不可辨。见谦光有头，群相惊诧，男女逼而观之，脐中各伸一舌，长三寸许，争舐谦光。谦光奔至山顶，与其众抛石子击之，其人始散。

识者曰："此《山海经》所载刑天氏也，为禹所诛，其尸不坏，能持干戚而舞。"余按颜师古《等慈寺碑》作"形夭氏"，则今所称刑天者，恐是传写之讹。又徐应秋《谈荟》载：无头人织草履，盖战亡之卒，归而如生，妻子以饮食纳其喉管中。如欲食则书一"饥"字；不食则书一"饱"字。如此二十年才死。又将军贾雍被斩，持头而归，立营帐外问："有头佳乎？无头佳乎？"帐中人应曰："有头佳。"雍曰："不然，无头亦佳。"此亦刑天之类欤？

万年松

广东香山县凤凰山有万年松数株，西洋人架梯取之，其松忽上忽下，随梯转移。洋人怒，用鸟枪击之，连发数十枪，卒不能得。松至今青葱如故。

虹桥板

福建武夷山大藏峰山洞中凹处有大木千百条，横斜架立，千万年不朽不落，色如陈楠。朱文公云：是尧时居民所栖避洪水处，后水退而木存。然木状非受过斧斤者，山洞罗列群木，如民间开木行者然。山下滩水湍急，舟不能泊。余至武夷亲见之。后到杭州，又见孙景高家藏虹桥板一片，木微香，肌纹细润，梁山舟侍讲镌诗其上。

天上过船

乾隆五十五年五月十四日，风雷大作，仪征县江边一客船被风吹至空中，落在洪泽湖沙滩上。舟中米客六人及器物盘碗俱丝毫无损。但据扬州人云，是日亲见有一船从云中过去，初意犹以为大鸟也。

卷 二

鬼 状

河南祥符县最繁剧，凡各州县申解院司案件，有覆审者，多委办焉。自理词讼，虽常接受，而示审无期，反致沉搁。

令尹鲍公，勤于堂事。一夕，收呈状若干，未及细阅，即交幕友批发。次日，幕友问公曰："某处命案，可往验否？"公曰："未见呈禀，安得有此？"索状观之，则是谋杀亲夫状也。内载奸夫姓名，自称瞽某，被杀某处，屈指计之，隔十六年矣。公愕然曰："案悬十六年，事颇怪。"因将各呈俱为批发，独压其呈不发。逢收呈日，又亲点名过堂，并无瞽者。及晚查阅，则前瞽者呈又在内矣。公问书役："汝辈可识刘顺否？"或答曰："有，其人现充臬司厨役。"公赴司请拘凶犯，臬司交公带讯，供认不讳。

先是，刘顺本属无赖，在城外河口以驮人渡河为生。值瞽者夫妻同行，见其妻有姿，遂萌恶念，于负渡时即戏挑之曰："娘子嫁一瞽者，殊非终身了局，倘不予嫌，愿同白首。"其妻心动，共绐瞽者憩树间，解裹足布勒死，挖坑埋之，遂成夫妇。伪作逃荒者至外县雇佃于巨绅家，遂学烹任，颇有所积。乃挈妻入汴城，充臬司厨役。

公廉得真情，即往掘验，尸未朽，伤痕宛然。于是，刘夫妇皆伏诛。

驱狐四字

周公世僎宰虞城时，有耿家庄刘化民家患狐，百法驱禳无效，因诉于公，牒移城隍。公从其请，狐在空中喝曰："汝求城隍，城隍奈我何？"祟之益甚。

公谓神且莫制，殊难为力，其友沈松涛曰："予在息县，有巨绅某之子甫毕姻，迫于父严，恐恋新婚，促令从师远读，且督责曰：'无故不得擅归。'其子绸缪燕尔，未免妄想。一日独坐书斋，见隔墙有美人露半身，秋波流注，挑之，微笑而下。方欲移几梯接，又见墙上立金甲神，手执红旗二杆，一书'右户'，一书'右夜'，向女招展，女杳然遂灭。今试写四字在纸上试之，何如？"因裁黄纸二方，研朱砂书之，令刘持归贴户牖间。是夜狐来，果却步而言曰："户夜神在此，今且让汝，三年后当再来。"从此寂然。周旋即升去，不知其后若何。

其时内幕蒋生知此情节，闻绍兴桂林庵有三尼亦被妖缠，蒋乃教以用朱砂如法书"右户"、"右夜"四字，贴其楼。窗无风自启，楼上狐扒窜一夜，声如铁甲，至曙始息，狐尽逃去。

余按四字平平，不解出于何典，乃能降狐如是，故志之。

女鬼守财待婿

安阳县杨某，开客店，有女适汤阴县邓某，负贩家贫。杨妻杜氏常以钱物周给之。杨蓄白金数十两扃楼中，妇思窃少许与婿作资斧，而未得间。

一日，邻人招杨饮，妇瞰夫出，因启楼，历试数钥，锁始开；取金才出，闻杨遽归，妇仓卒纳金怀中，闭楼阖锁而起。然金在手，无处藏匿，往埋后苑土中。杨夜启楼，不见金，知为妇窃，疑其赠与所私，诟詈百端。妇忿极，俟夫熟睡缢死。死后鬼常作祟。杨不能安其居，乃卖屋远徙。

先是，妇未死时，邓已携妻往湖北依其叔。叔业酱坊，六旬馀无子，见侄大喜，认为己子，自是邓夫妇身登乐土矣。数年后，杨女思其父母，倩夫往探。邓襆被往，则故宅依然，而主人非矣。日已昏暮，邓行倦，欲宿其家。主人辞曰："客房已满，无下榻处，惟后堂两楹，相传有鬼，能祟行旅，至今扃闭，无人敢宿。"邓云："此屋旧属予岳家，乃予熟游地，何曾有鬼？纵有鬼，暂歇一宿，谅也无碍。"主人从之，移灯启户，设床扫尘，邓展衾解屦，和衣偃息。

夜将半，闻堂西角嘤嘤哭声，急起视之，一女鬼披发垢面，倾身来扑。邓跣足急走，幸堂中设一方几，借以障身，鬼东人西，鬼南人北，骇极欲号，而口不能出声。见庭中月白如昼，奔立月光中。鬼追至，不敢犯，惟两目眈眈注视而已。月移一寸，人退立一寸，鬼近一寸，月移一尺，人退立一尺，鬼逼近一尺；月上庭墙，邓负墙立。须臾，月移至膝，鬼蹲身来曳其足。邓叹曰："不意邓某乃死于此。"鬼闻语遂释手曰："汝为谁？"曰："我汤阴邓某。"鬼曰："是吾婿也，胡不早言，几误杀汝？"因告以身死原由，及埋金处。曰："趁天未晓，无人知，速取金去。我所以作祟者，守此财以待汝耳。今日心事已了，予亦不复作祟矣。"乃趋堂西角而灭。邓往掘地，果得金。携归，因益营运，家小丰焉。

僵尸食人血

吴江刘秀才某，授徒于元和县蒋家，清明时，假归扫墓，事毕，将复进馆，谓妻曰："予来日往某处访友，然后下船到阊门，汝须早起作炊。"妇如言，鸡鸣起身料理。刘乡居，其屋背山面河，妇淅米于河，撷蔬于圃，事事齐备，天已明而夫不起。入室催促，频呼不应，揭帐视之，见其夫横卧床上，颈上无头，又无血迹。大骇，呼邻里来看。群疑妇有奸杀夫，鸣之官。官至检验，命暂收殓，拘妇拷询，卒无实情，置妇狱中，累月不决。

后邻人上山采樵，见废冢中有棺暴露，棺木完固，而棺盖微启，疑为人窃发。呼众启视，见尸面色如生，白毛遍体，两手抱一人头。审视，识为刘秀才，乃诉官验尸。官命取首，首为尸手紧捧，数人之力，挽不能开。官命斧斫僵尸之臂，鲜血淋漓，而刘某之头反无血矣，盖尽为僵尸所吸也。官命焚其尸，出妇狱中，案乃结。

鼠 鬼

汉阳崔某，家素封，选云南知县，携家到任，留一老仆守门，自厅以后，俱封锁而去。数年后，罢官旋里，居才数日，家人群告佛楼上每夜有怪。崔素胆壮，移床宿楼下，思觇其异。漏初下，灭烛就枕，即闻楼上拍案声、捶椅声、绕楼行走声，又如官府出门皂役拖板子声。少顷，渐次下楼，降梯一级，又如椎击梯板声。崔骇极，拍床大叫，又如人复曳椎上楼声。家人毕集，以火上楼烛之，虚无一物，益信以为非妖即鬼。延巫觋祈祷不灵，一邑哄传崔家有鬼。

崔蓄梨园一部，内有胆大者数人，思一睹鬼状，乃入夜涂面易服，一人扮伏魔帝君，一人扮周将军侍立，燃烛以待。忽一鼠自神龛顶上窜下，尾大如棒椎，二人急下追捕。鼠因尾大，身体迟滞，顷刻就缚。细视其尾，乃灰尘凝结，重可数斤，不知其故。崔恍然悟曰："昔年此鼠窃食灯油，予自后潜捉其尾，鼠力窜脱去，尾皮尽褪，膏血沾裹灰尘，日积月累，致作此状，曳地作声。笑数月来祈禳纷纭，空见鬼也。"

鳖 精

吴县孙香泉女，适同县某生。女偶食鳖得怪疾：喜则明妆艳服，笑舞百出；怒则抛盆掷碗，诟詈不情。或二三日不食，或一食可兼数人之膳，日渐尪羸。女为祖母所钟爱，因迎归养病，祈祷医药无验。数日后，病辄一止，止时即如平时。家人问病状，女云："初见一皂巾绿袍人向予脸嘘气，即身不自主。其一切语言举动，皆绿袍人所为。"问："食兼数人何也？"曰："非我食也。一绀衣人暨两皂衣人向绿衣人索食，借予饮啖以飨之。绿衣人临去，必伸长其颈，舌三舐，足三踊，不知何故。"

时香泉客河南毕中丞幕中，家遣急足以女病告之。孙即束装归，携女避玄妙观襄衣真人殿中。祟如故。孙思载女远出，或可避之，赁船欲往扬州。无锡顾晴沙观察与孙友善，闻其事，邀至家中，怪亦随往。观察肃容庄论，冀以正理压服之。女掩耳曰："腐气迂儒之谈，勿污吾耳！"因口吐白金一小锭、细珠数粒示观察云："此绿袍人聘我礼也，约月望来娶。"孙恐女为怪祟死，急偕女解维遄发。将抵镇江，女忽云："彼若往扬州，我辈畏江神奇老爷，不能渡江，奈何？"徐云："我有计矣，不必待望日，即于此时娶之可也。"女旋即偃卧呼号，腹痛欲绝。孙恐女即死，许其返棹旋里，女腹痛顿止。

至望日，家人惶惧，恐女有不测，而女故无恙。孙因札致毕中丞，为代请龙虎山张真人除怪。真人得书，遣邹法官至。设坛作法三昼夜而女病瘥。孙问："是何怪？"法官云："绿袍者鳖，绀衣者虾，皂衣者龟，窟在石湖湖心亭下。因汝婿家杀其子孙太多，故率其类来报仇。适遣六丁尽已拘去，汝女无患矣。"余按江神名奇相，见《博物志》。

雷 异

金坛瓜渚有某者，其子幼时与某姓为婚。未几某卒，妻矢志抚孤，屡遭饥馑。子既长，不能行娶礼，遂嘱媒氏辞婚，令别择婿。某夫妇询之女，女志坚不夺，媒复命，母子计无所出。

居久之，母呼其子曰："吾十数年来，饥寒交迫，不萌他念者，望汝成立室家，为尔父延一线也。今茕茕相守，虽百年何济？余昨已议改醮某姓，得金若干为汝娶妇，若干偿宿逋。今金具在床头，汝可视之。"子嗫不能出一语。母泣曰："速诣媒氏言之，余坐待汝夫妇成礼然后去。"子泣不应，母促之再三乃往。时邻左博场有群匪窃听，乘某子夜出，穴壁偷金去。母晨起失金，遂自缢。

越宿，子偕媒来，启户不见其母，怪之，使媒坐客舍而己入内，见母已死，痛极亦缢。媒怪其久不出，呼之无应者，窥其寝，母子俱悬梁死，骇极而号。邻众毕集，咸不解其故。媒因奔告女之父母，女闻之亦缢。时方隆冬，天忽阴晦，雷电交作，震死博徒七人，某子某女俱索断而苏，惟某母救亦不醒。

一时闻其事者相与叹曰："贞烈节孝，三事萃于一门，而一时俱死非其命，若无人为之伸理，雷为之申者，斯亦奇矣！至于苏男女二人，使之完娶，而节母则听其悠悠不返，所以曲全之者又如此，谁谓雷无知耶？"

纪曹孝廉梦

孝廉曹君履青，弱冠时，冬月染疾，困卧五六日。一日，梦在治西横街，有在后呼其姓名者，回睇，不相识，叩之，则曰："奉府君召。"问："何事干涉？"曰："往自知耳。"适族伯用章至，向公人缓颊云："我同侄往何如？"公人颔之。曹于路问公人云："近闻城隍非杨公，谁为摄篆？"曰："东汉袁公也。"遂别去。

用章携履青同行，步履迅速，街衢月色甚皎，但觉阴气中人，两旁屋宇门户俱掩，门楣上各树楮锭一二串，数里中所见无异。俄达一旷野，遥望高垣如城，正南有双扉。用章叩之，内有人应声。启扉入，命向东廊行。少前，用章不知所在。觉力倦，欲稍憩，徙倚一门首，见室前有十数人，或绳系足，或索拴颈，坐立不等；室后半皆羊豕，不得已，坐槛外。忽诸囚咸伸一手出户如索物状，诸羊豕俱来嗅衣啮足，曹甚窘怖，旁有人呼云："勿无礼，所需当即见付。"

未几，公人传讯，出票相示，方恍然知为前身，且曰："君父子为人作券中，其人负心，今屈来一证耳，毋惧也。"至署门，有吏捧册来，词间似索规例。前一人又曰："有，有，迟日取诸我家。"遂止。忽有人短衣跣足，左右望如探访公事者，官吏挥叱之，遽闪避。但见壁上如黑烟一片，缕缕散去。

俄闻内升座讯供，用刑拷掠，声甚厉。少顷，有人出外云："勿须到案，某吐实情矣。"见内牵出一囚：发蓬松覆额，一手着膺，一手抚背，胸口索贯其中，并缚前后手，疲惫斜行，意即捕囚也。署前各散，寂无人踪，探首窥内，厅堂三楹，两廊肩舆牌棍仪仗，悉如人世衙署。进数武，母舅周子坚已先在，曰："甥来作证耶？"因相劳苦，盖翁即宿世债主云。时翁之仲兄方死，语次及之，翁泫然曰："亦在此，我不忍见也。"

正叙语间，前吏来曰："请回已久，何尚滞此？"随之出署，前见一大池，垣周四围，池中一径，石片相接，履之兀兀有声。蓦然堕水，水如涡旋，旋转甚疾，心甚惶迫。忽见岸上莲灯万柄闪烁照耀，往来不定。其行甚速，灯亦渐远，陡然搁浅，一无所见。视之，乃治后玉带河滨也，月光西坠，谯楼五鼓矣。相扶上岸，送周翁出北门，已仍向西返舍。豁然而醒，身卧床上，望月影，听更声，一一如梦，自是病痊。

缢鬼畏魄字

濑江有二士相友善，甲年长而性凝重，乙妻呼甲以伯，相见如家人。俄乙妻死，续娶少艾，甲以嫌不往，踪迹久疏。

一日暮雨，避宿茶亭，距乙家二里许，忽见乙前妻至，甲心动色变。乙妻曰："伯无惧，妾方有求于伯。吾夫后娶者勤于家事，善抚妾子女，今日微反目，有缢鬼知之，将令投缳。此人若死，吾家荡然矣。祈一往救吾夫。"甲曰："吾非师巫，往何能驱鬼？汝在冥中，反不能禁耶？"乙妻曰："是恶戾之气，妾焉敢敌？须伯一往。"甲不得已随之。

行至门，门已闭矣，乙妻已从旁隙入启户，不知何时已燃灯矣，移一椅至中庭告甲曰："伯坐此，有丽人来假道者，即缢鬼也，坚坐勿动，彼自不敢前，妾当在坐后视之。"少顷，果见一女手执红帕含笑婉言曰："妾有事欲前，盍少退？"甲不应，女乃却退。乙妻曰："彼去当复来，来则意态甚恶，伯勿怖也。"须臾女至曰："君胡不避？"甲仍不睬。女忽披发喷血突至甲前，甲厉声叱之，鬼亦灭。乙妻曰："惜哉！伯勿呼，但以左手两指写一'魄'字，指之入地，彼一入，不能出矣。今虽暂灭，彼必暗往吾家，伯可急叩吾夫寝门。"

甲如言，乙从梦中辨其声，曰："兄何暮夜至此？"曰："君勿问我，且问尊嫂安在？"乙绕床扪之不见，急启门呼甲入。烛之，乃悬于床后，共解其缢，灌以汤，徐徐而苏。乙问妻："何苦寻死？"妻曰："吾初不知，恍惚有妇人邀我至园中，寻玩片时，见若有圆窗者，令我引领望之。我头入窗，遂不能出。"甲因具道所遇，而乙前妻杳无迹矣。江西堪舆陆在田与甲善，言其事。

蔡哑子

常州有生而不能言者，蔡姓，逸其名，世居郡北青山庄，家贫行乞，人皆呼为"蔡哑子"。哑子无他技，诸乞儿莫善也，独有许道士待之厚。久之，许道士死于朱家村，尸有重伤，许氏鸣朱某于官，煅炼成狱，拟大辟。或曰："朱某实毙之，罪诚当。"或曰："恐有冤。"然莫知的耗。

一日，蔡哑子至朱家村，村人曰："哑子来，与尔食。"蔡哑子忽张目大言曰："我为朱氏雪冤而来，勿暇食也。"村中老幼惊骇。时朱氏以许道士一案家产荡然，计无所出，谓哑子曰："事关人命，汝无戏言。"哑子曰："到官我自能白之。"于是，朱氏族众及邻保数百人共拉哑子入城。

太守李公适坐堂皇，诘讯哑子，哑子曰："杀人者许雨公也，与朱某何与？"历言情事凿凿，因即签拘许雨公。雨公方与朋辈避暑瓜棚赌钱，拘至，一讯而服，立出朱某于狱。初，雨公与朱某争客行不遂，故设计拉许道士于僻所殴毙之，舁尸朱某门，事甚秘然独不避蔡哑子者，以其生而不能言也。朱某感其再生之德，往乞队中作谢。诸乞儿曰："噫，哑子死矣。"盖即朱某出狱之日云。

珠泾纪事

嘉兴珠泾地濒湖,有童年十三岁,跨牛背,缰绳拴于腰,饮牛于湖。牛入水渐深,没及童足。久许,牛忽惊走,童颠堕水。岸上人恍见有物排浪吞童。牛奔上岸,绳尾拽起一鲇鱼,形如小舟。群哗然,始知牛初为鱼所啮,负痛而奔;奔太速,童遂堕;而童与牛绳相系,鱼虽饵童,而绳不得脱,因为牛曳出,如渔人之钓者。众操刀斫鱼,冀童尚可救。及童出,气已绝,而衣服发肤毫无所损。脔鱼肉称之,得三百八十馀斤。封君朱绪三自吴门归述其事,云乾隆五十四年七月十一日。

叶氏姊

叶星槎别驾之姊适张氏,婚未四十日而寡,无子,归守节于母家,别驾为请旌于朝。乾隆己酉,姊年七十二矣。偶秋日游园中,忽冷风如箭,直射其心,卧床医药罔效,而食量顿增。素持长斋,病后大索荤腥,且能兼数人之食。终日向空絮语,两手作支吾拒抵之状。颐颊间时有伤痕,彻夜呼号,侍婢皆不得眠,唯别驾在坐,则安睡片时。如是数月,医者莫能名其病。

别驾乘其神气稍清时,询以终日喃喃与谁共语,所患何处痛痒而呼号不止?姊初不答,强问之,乃长叹曰:"前世孽也。彼日我游园时,忽阴风吹来,毛发惧悚,急归房中。见一短小妇人,面丑而麻,着白布单衣,浑身补缀,携两小男,亦丑恶蓝缕相随。妇呼我曰夫,儿呼我曰爷。我前生乃男子也,江西人,姓顾,饶于财,妇为我妻,两男皆我子。我嫌妇丑,鸩杀之,并鸩二子,而连娶二美妇,以天年终。妇沉冤百年,索我不得。上年遇张得新,得新前世与渠有瓜葛亲,乃告我在此处,并引之至园;又以室有乩坛,不得入内,匿园中者半年;今始相遇,要我偿命。我亦恍然觉前生杀妻杀子实皆有之,犹忆身死后阎罗王以我生前有罪须审,但怨主未至,且罚作女身而使早寡。皆了了于心目间,悔之无及。彼母子三人者日披我颊,扼我喉,使我不得一息平安。食非我食,而我不自知饱;呼非我呼,而我不能禁声。其苦甚矣!惟弟在侧,则三鬼潜匿;若他人,皆不畏也。所以隐忍不言者,以事太怪而又可丑,今不得不以实告。弟须为我传说于世,使知因果显应,虽隔世不相宽假,虽念佛斋僧,丝毫无益也。"言毕,泣数行下。所谓张得新者,乃叶之老仆,死已多年者也。

别驾闻之骇然,向空喝曰:"冤冤相报,理所固然。然汝辈固含冤,何不索报于前世未死之时,而容其以天年终?又何不索于既死之后,而容其再转人身，迟至七十馀年之久？太觉糊涂非情理。且冤仇宜解不宜结，我为尔延高僧，超度三人早投人生如何？"姊摇头曰："渠说不愿，只需两件衣服上身便好。"叶即制大小纸衣三袭。方持入户，姊忻然起坐床前，两手尽力扯擗，云："我妻穿一件白布衫，破烂不堪，纯以断线缝补，解之不开。我为尽力撕之，才得脱体。今甫换新衣，便觉容貌渐渐可观，虽丑亦像人矣。"其实纸衣犹在桌上未焚，乃谓三鬼已着于身也。

别驾又喝曰："衣既易，可速去！"姊呢喃片刻云："渠尚要黄金数锭、白银一千两。"别驾有难色，姊曰："勿难，只佛草数茎，锡锞一千耳。"佛草者，麦草也。于是眷属辈群取麦草，朗宣佛号而断之。麦草中间有零星颗粒坠地，姊曰："是绝好珍珠，何可抛弃？"皆令拾起。顷刻，得草数百茎，姊呼曰："止，渠等嫌重不能胜矣，宜更与一包袱。"乃剪纸为袱，并锡锞一千焚于床前，姊即瞑目鼾睡，别驾出见客。

逾数时，姊醒，询以怨鬼去否？曰："去矣，要我亲送出大门。"问："鬼得衣物喜否？"曰："不喜，亦不谢，但云着此衣可出去见官府矣。我送渠转入门时，弟方送郑六爷出，我避于门侧，弟不看见我耶？"郑六爷者，别驾所见之客，内室所不知者也，群相骇异。自是姊安眠，不复索饮食。

未三日，忽呼曰："二奶奶来矣！"又呼曰："三奶奶来矣！"呓语相寒温，或笑或泣，刺刺不休。询之则云："此二妇乃我前生继娶之两室也，阴司以大奶奶事要质审，故将二妇囚闭已久，不得托生。今大奶奶得我衣财，向各衙门告准，放出两妇质讯，故先来相看。"且云："明日当赴城隍处听审，我其休矣！"呜咽不自胜。

至夜三鼓，呼号甚惨，迟明，称右股痛甚，视之，一片红肿，若受杖者。次日复呼足股痛，继呼足踝痛，皆红肿溃烂，流血淋漓，委顿特甚。潜语别驾云："我事本无可辨，到案即一一承认，乃既两次受杖，复一次受夹，而案终不结，奈何？"自是遂不能言，又十馀日方死。此乾隆庚戌年二月中事，别驾亲言之。

牟尼泥

进士汤聘为诸生时，家贫甚，奉母以居。忽病且死，鬼卒数人拘之到东岳。聘哀吁曰："老母在堂，无人侍养，聘死则母不得独生，且读书未获显亲扬名，乌可即死？望帝怜而假之年。"东岳帝曰："汝命止秀才，寿亦终此。冥法森严，不能徇汝意，加增功名寿算也。"聘扳案哀号，声彻堂阶。帝曰："既是儒家弟子，送孔圣人裁夺。"命鬼卒押至宣圣处。宣圣曰："生死隶东岳，功名隶文昌，我不与焉。"

回时路遇普门大士，哀诉求生，大士曰："孝思也，盍允之以劝世。"鬼卒曰："彼死数日，尸腐矣，奈何？"大士命善才往西天取牟尼泥补完其尸，善才往。

越三日，裹取牟尼泥来，泥色若栴檀，其香不散。因与善才同至家，而尸果腐烂，蝇蚋嘬于外，虫蛆攻其中。见一灯荧然，老母垂涕。是时死既七日，尚无以为殓也。善才以泥围尸三匝，须臾，臭秽渐息，蝇蚋四散，虫蛆亦去，腐烂者完好如常，遂有生气。善才令聘魂归其中，从口入，曰："我返报大士去矣。"尸即蠕动。

聘张目见母在傍涕泣，亦呜咽不禁。母惊而狂叫，邻人咸集，聘已起坐，曰："母勿怖，男再生矣。"因备言遇大士得再生之故，曰："男本无功名，命限已尽，力求报父母恩。大士命持贪淫荤酒诸戒，与我功名寿算。男惟不能断酒，馀俱如所戒。大士许男成进士，但命无禄位，戒勿仕而已。"复顾母曰："勿怖恐，男实再生也。"后聘举戊戌进士，就真定县令，卒于官。

獭　怪

郭生者，吴郡名家子，弱冠未娶。一夕读书，有好女子到其家，与之狎。自是过午辄至，不意为生妹窥见，告其父。父疑生有私妮，因为之婚。及新妇入房启帐，见好女子在焉，大惊走避，举家哗然。逐之，其女了无惧色，反毅然责生曰："我与若十年凤姻，奈何恋新婚而逐我耶？"家人求祷于法师施亮生，起醮坛作法，敕王、朱二天君持剑击。生即奔突大呼，良久乃定，瞠目曰："妖见神将下击，伏我脚下，被神将斫百馀创，破颅而遁，殆即死矣。"怪果绝，郭生亦无恙。

居无何，郭生家七口同日仆地死，后求法师来作法，仆地中一人忽立而骂曰："吾翁已千岁，郭家杀之，吾必灭郭氏！"中又一人攘臂起曰："子识我为上方君乎？彼女子是千年水獭，颇饶功行，与郭氏子有缘，为汝所杀。今其子孙诉于我，我来与之伸冤。汝之法无奈我何。"法师正惶惑间，忽死者皆苏，人问其故，曰："昨见五鬼甚悍，拉我们至一窟中，见群怪舁一死獭，身被百创，头颅粉碎。众妖缟素发发，吊者皆鳞介之属。闻相聚商量，议倚贵神为援，赂献珠宝无算。贵神者，即上方君。上方君贪其贿，面许之，群孽得贵神援，欲悉族类与法师相抗。忽闻空中万马奔腾声，有金甲神腾空而下，曳铁链数十百条，围缚群孽而去，故我们依旧得活。"从此郭氏平安。

天蓬尺

朱生某，临试日至校士馆门，腹痛甚，广文引验，主司放归。及抵家，腹中隐隐作人语曰："我为姚洙，金陵人，明初为偏将，隶魏国公子麾下。魏公子，即朱生三世前身也。主帅与我千人剿山贼，深入被围。艳我妻潘氏，求援不发。我与千人死伤殆尽，生还者不数人。因强纳我妻，不从，自经而死。欲报已久，故来索命。"家人诘之曰："彼时何不即报，乃迟数百年始报耶？"曰："彼为元戎，忠且勇，宿根甚厚，故不得报。及再世则为高僧，至三世则为显官，有实政，又不得报；即今生，彼亦有科名，尚不得报。今彼一言而杀三命，禄位已削，方得报之也。"问："杀三命者何事？"曰："渠某月日错告某为盗，并其妻、弟俱死，非杀三命耶？"先是朱生被窃，心疑邻人张某所偷，告官究治，以形迹可疑，真赃不获，张与妻及其弟拖累而死，事实有之。

时同邑有周生者，学法治鬼怪颇验，闻之往候。朱生有惧色，腹中不作声。周生出，复大言曰："我岂畏若耶，我畏其天蓬尺耳！"询之周生，果持之袖中也。

又有行脚僧西莲者候朱，见朱痛楚状，乃口诵其咒，腹中曰："师德行人，乃诵咒禁我耶！"西莲曰："我与汝解冤，何为禁汝？"腹中曰："若欲解冤，须诵《法华经》。师所持咒是《秽迹金刚咒》，命恶神强禁我，我岂服哉。"西莲曰："我即起道场诵《法华经》，能解仇释宿冤乎？"腹中唯唯，又要冥镪若干锭，立券约，书中保，曰："依我，我即舍之去。但我贵者，当从口中出，诸跟随者从后窍出。"朱生遂呕痰斗许，下泄数日，而声遂息。

越数日，腹中复言曰："我之仇已解，奈死贼围者又甚众，渠等不肯释，奈何？"于是闻千百人喧阗腹中。朱生患苦，不堪而逝。

撮土避贼

江州医生万君谟，业甚精，远近就医者络绎，君谟皆尽心疗之，绝不计其有无酬谢也，有甚贫者款之于家，病愈而遣之。一日，有道人款门求医，万诊之曰："师病痞膈，服药数十剂，可以平复。"道人曰："来自庐山，奈往返何？"因留治之。月馀果瘳。崇祯末年间事也。其时流寇猖獗，所在患其突至，君谟忧之，道人曰："公有力可徙避之乎？"君谟曰："糊口之外，毫无长物资生，且无别业栖托，奈何？"临行，道人令君谟取土斗许咒之，命藏于功德堂中，晨夕焚香。猝有贼至，取升许土撒前后门，闭户不出，只吃炒米，不举火食，度贼退后乃出。

贼入城数次，及官兵至，俱用此法，绝无所损。邻人有回视者云："但见云雾而已。"及土用完，世已太平。

沙弥思老虎

五台山某禅师收一沙弥，年甫三岁。五台山最高，师徒在山顶修行，从不一下山。后十馀年，禅师同弟子下山，沙弥见牛马鸡犬，皆不识也，师因指而告之曰："此牛也，可以耕田；此马也，可以骑；此鸡、犬也，可以报晓，可以守门。"沙弥唯唯。少顷，一少年女子走过，沙弥惊问："此又是何物？"师虑其动心，正色告之曰："此名老虎，人近之者，必遭咬死，尸骨无存。"沙弥唯唯。

晚间上山，师问："汝今日在山下所见之物，可有心上思想他的否？"曰："一切物我都不想，只想那吃人的老虎，心上总觉舍他不得。"

子不语娘娘

固安乡人刘瑞，贩鸡为生，年二十，颇有姿貌。一日，驱十余鸡往城中贩卖，将近城门，见一女子容态绝世，呼曰："刘郎来耶，请坐石上，与郎有言。我仙人也，与郎有缘，故坐此等君。君不须惊怕，决不害君，且有益于君，但可惜前缘止有三年耳。君此去卖鸡，必遇一人全买，可以扫担而空，钱可得八千四百文。"刘唯唯前行，心终恐惧。及至城中卖鸡，果如所言。心愈惊疑，以为鬼魅，思避之，乃绕道从别路归家，则此女已坐其家中矣，笑曰："前缘早定，岂君所能避耶？"刘不得已，竟与成亲，宛然人也。

及旦，谓刘曰："住房太小，我住不惯，须改造数间。"刘曰："我但有鸡价八千，何能造屋？"女曰："君不须虑及于此。我知此房地主亦非君产，是君叔刘癫子地乎？"曰："然。"曰："此时癫子在赌钱场上输了二千五百文，君速往，他必向君借银，君如数与之，地可得也。"刘往赌钱处，果见乃叔被人索赌债捆缚树上，见刘瑞，喜不自胜，曰："侄肯为我还赌钱，我情愿将房地立契奉赠。"刘与钱，立契而归。女在其屋旁添造楼屋三间，颇为宏敞，顷刻家伙俱全，亦不知其何从来也。

乡邻闻之，争来请见。刘归问之："可使得否？"女曰："何妨一见，但乡邻中有王五者，素行不端，我恶其人，叫他不必来。"刘王以告，王不肯，曰："众邻皆见，何独外我？"遂与群邻一哄而入。群邻齐作揖，呼嫂问安，女答礼回问，颜甚温和。王五笑曰："阿嫂昨宵受用否？"女骂曰："我早知汝积恶种种，原不许汝来，还敢如此撒野！"厉声喝曰："捆起来！"王五双手反接跪矣。又喝曰："掌嘴！"王五自己披颊不已。于是众邻齐跪，代为讨饶。女曰："看诸邻面上，叉他出去！"王五踉跄倒爬而出，嗣后远逃，不敢再住村中。

女为刘生一子，眉目清秀，端重寡言，刘家业小康，不复贩鸡矣。一日，女忽置酒，抱其儿置刘怀中而痛哭不已，刘惊问，故，曰："郎不记我从前三年缘满之说乎？今三年矣！天定之数，丝毫不爽，不能多也。但我去后，君不妨续娶，嘱后妻善抚我儿，须知我常常要来看儿。我能见人，人不能见我也。"刘闻之大恸。

女起身径行，刘牵其衣曰："我因卿来之后，家业小康，今卿去后，我何以为生？"女曰："所虑甚是，我亦思量到此。"乃袖中出一木偶，长寸馀，赠刘曰："此人姓子，名不语，服事我之婢也，能知过去未来之事。君打扫一楼供养之，诸生意事可请教而行。"刘惊曰："子不语，得非是怪乎？"曰："然。"刘曰："怪可供养乎？"女曰："我亦怪也，君何以与我为夫妻耶？君须知万类不齐，有人类而不如怪者，有怪类而贤于人者，不可执一论也。但此婢貌最丑怪，故我以子不语名之，不肯与人相见，但供养楼中，听其声响可也。"刘从之，置木偶于楼中，供以香烛。呼"子不语娘娘"，则应声如响，举家闻其声，不见其形也。有酒食送楼上，盘盘皆空，但闻哺啜之声。踏梯脚迹，弓鞋甚小。女临去时，犹与刘抱卧三昼夜，早起抚之，渺然不见，窗户不开，不知从何处去也。供子不语三年，有问必答，有谋必利。忽一日，此女向空而归，执刘手曰："汝家财可有三千金乎？"曰："有。"曰："有则君之福量足矣，不特妾去，子不语娘娘妾亦携之而去也。"嗣后向楼呼之，无人答矣。

其子名钊，入固安县学，华腾霄守备亲见之。

枯骨自赞

苏州上方山有僧寺，扬州汪姓者寓寺中，白日闻阶下喃喃人语。召他客听之，皆有所闻。疑有鬼诉冤，纠僧众用犁锄掘之，深五尺许，得一朽棺，中藏枯骨一具，此外并无他物，乃依旧掩埋。

未半刻，又闻地下人语喃喃，若声自棺中出者。众人齐倾耳焉，终不能辨其一字，群相惊疑。或曰："西房有德音禅师，德行甚高，能通鬼语，盍请渠一听。"汪即与众人请禅师来。禅师伛偻于地，良久译曰："不必睬他。此鬼前世作大官，好人奉承，死后无人奉承，故时时在棺材中自称自赞耳。"众人大笑而散，土中声亦渐渐微矣。

藤花送终

吏部衙门有藤花一枝，系千年之物，古干如龙，一人不能合抱；叶覆三间堂寝，夏日尤凉，每与牡丹齐开。乾隆六年，冢宰甘公汝来，与果毅公纳亲选官堂上，甫唱名抽签，而甘公薨于椅上，手犹执笔未落也。纳公奏闻于上，赏银一千两，命所属经纪其丧。其夕藤花盛开，结蕊发花，大香三日，较暮春时更盛十倍，不知是何征也。

卷 三

犼

常州蒋明府言：佛所骑之狮、象，人所知也；佛所骑之犼，人所不知。犼乃僵尸所变。

有某夜行，见尸启棺而出，某知是僵尸，俟其出，取瓦石填满其棺，而己登农家楼上观之。将至四更，尸大踏步归，手若有所抱持之物。到棺前，不得入，张目怒视，其光睒睒。见楼上有人，遂来寻求。苦腿硬如枯木，不能登梯，怒而去梯。某惧不得下，乃攀树枝，夤缘而坠。僵尸知而逐之。某窘急，幸平生善泅，心揣尸不能入水，遂渡水而立。尸果踯躅良久，作怪声哀号，三跃三跳，化作兽形而去。地下遗物是一孩子尸，被其咀嚼只存半体，血已全枯。

或曰：尸初变旱魃，再变即为犼。犼有神通，口吐烟火，能与龙斗，故佛骑以镇压之。

地仙遭劫

乾隆二十七年，杭州叶商造花园，开池得二缸，上下覆合。疑有窖，命人启之，则一道人趺坐在中，爪长丈许，绕身三匝，两目莹然，似笑非笑。问："系何朝之人？"摇头不答。饮以茶汤，亦不能言。商故富豪，喜行善事，蒸人参汤灌之，终不能言，微笑而已。商意是炼形之地仙功行未满者，将依旧为之覆藏。其奴喜儿者，想取其爪夸人以为异物，私取剪剪之，误伤其身，鲜血流出。道人两眼泪下，随即倒毙，化枯骨一堆。

余按《南史》列传载，有人掘地开棺，见一女子，自称将成地仙，慎无伤我。掘者利其金钏，断腕取之，遂血流而化枯骨。方知古今事往往相同，殆劫数也，事见《王元谟传》。

张阎王

杭州有张秀才者，素无行，武断乡里。一日过友人家，闻某村有女巫能呼召鬼神，从者甚众。张往观之，巫正作法，观者如堵。张上前手披其颊曰："汝妖言惑众，罪不可逭。若我作阎王，必斩汝。"观者群散去。未几，巫果病落头疽而死。人因呼为"张阎王"。

又数年，张小病，见两公人，素不相识，邀之同行。走至一署，殿宇辉煌，两神卷帘左右坐，中一神座前垂帘，而不可见。张问："神何故见召？"神云："女巫告君，故召讯君。君定渠之罪甚当，原无冤枉，但君亦非正人，须自将生前作恶共有多少，一一自首。"令左右授以简板，自书其上。张援笔直书，两面写完，尚觉未尽。神观之曰："只此数案，业已足矣，君自拟应得何罪。"张思之良久，曰："应遭雷击。"神曰："不足蔽辜，当击三次。"命卷起殿中帘，教张仰视，俨然己像。始悟前身即阎王，因有过恶，又轮回人世也。俄而两公人复来送张回里，如梦初觉，汗流浃背。自是改过为善，一洗前非。

忽一日，雷电交作，震死于地，既而复苏。又数月，看戏于台下，雷电又至，张知击己，叫众人急避，果震死。少顷又苏，跟跄而归，训蒙于乡。又一日，雷声殷殷，绕屋不止，渠恐第三次击死未必能活，因潜身于黑漆桌下。霹雳一声，烧毁床帐，张竟得免。心知劫数已过，仍理举子业。

两年，举孝廉。会试不第，随其戚梁阶平中丞赴湖南巡抚任。路过汉阳，闻有某术士算命极灵，往访之。术士云："君此去小有佳处，但寿命已尽，只可一年即回，不可留恋。回时仍来一晤，我有要事奉托。"张思其言，如期而回。再往访之，其人已死，留札一函。启视之，乃乞其带榇归里也。张为载棺回杭州，未一月，无病卒于家。

余按《广博物志》云："雷火所及，金石俱消，惟漆器不坏。"张之第三次得免，或以是耶？

梁氏新妇

杭州张孝廉来云：梁氏新妇娶未数日，忽然痴矣，口作北语，呶呶不解。细察之，乃其亡兄之口吻。其兄为姚河台之子，作广西同知，卒于任所。口称新妇为妹，云："有要紧事，请主人面谈。"适主人有足疾，不能登楼，乃请其夫人上楼。新妇曰："我来无别话，只要替造一斗姥阁，我便去了。"夫人却之云："汝要奉斗造阁，是姚家事，与梁氏无干。"乃云："我与妹皆前生是斗姥侍者也。今姚氏家贫无力，非梁氏不可。如不依我，我便同妹去复原位了。"夫人不得已许之。新妇云："非立誓赌咒，我不信也。"于是家人皆以为不可，与争辩良久。姚公子生平并非佞佛奉道者，死后忽要奉斗，殊不可解。

杭州故事：新婚妇手执宝瓶，内盛五谷，入门交替。梁氏新妇执宝瓶过城门，司门者索钱吵闹，新妇大惊，遂觉恍惚。后吃符水，神魂少定，曰："我有三魂：一魂失落于城门外，一魂失落于宝瓶中，须向两处招归之。"家人如其言。新妇曰："城门外魂已归矣，宝瓶中魂为米柜所压，尚不能出，奈何？"盖杭州风俗，以新妇所执宝瓶俱放米柜中故也。如其言，病虽差，而神气依旧恍惚。

小婢入穴

张又言：其尊人星子先生督学江西，有小婢甚蠢，忽然伶俐，家人异之。

一日闭门洗浴，久而不出，呼之不应，窥之无人。撬门而入，则浴盆之水尚温也，四面窗关，纤尘不动，但地板上有小洞，仅容一鼠出入者。启板寻之，中有穴深丈许，婢卧其中，痴迷不醒。灌以姜汁，良久方苏，云："一月之前，遇一少年妇人，待之甚厚，教之甚勤，其忽变蠢为黠者，皆此妇所教也。语我云：'我有冤，要你主人申雪。'我许之，而不敢上言。隔数日，妇来责我失约，我对以畏主人，故不敢。妇人云：'你所说亦有理，我不怪你。我有绝好花园，何不同我往游？'遂拉至一处，有小小红门，狭室数间。我云：'并无可游，我要回去。'妇人云：'我与你且去小坐片时，养养足力。'忽闻外边喧嚷声，妇人惊避而走，方知你们来寻我。"遂拉之出穴，鬼亦杳然。

婢年十六七，随即嫁人，至今安然无恙，年已五十馀矣。

吹铜龙送枉死魂锅上有守饭童子

慈溪袁玉梁乩上扶出汪姓者，严州人，秀才，赴秋试，死于七里泷，飘荡无归，凭乩语人，云：水死者其初死时辄有人收管，入一处如今之班房，其主之者名司官，次日始查籍贯，遣卒解赴阎王。起行时，吹铜龙送之。铜龙以铜为之，曲其柄，如今之马上小喇叭状，声甚凄切。汪至冥府，王查其生平无大恶，释之，亦不令托生，亦无人拘管，听其飘扬，故得至此。并言鬼无乐趣，每苦寒冷，必欲就人身傍，吸其生气，始得融畅。倘吸气之时数鬼争挤，一有不慎，逼近人体，即有焦灼之患。

又怕大风，风起时，必伏地不能行，因风大即带有罡气，风着鬼体，其重如山，每望见风起，色如黑漆。遇大风时，如板片一般，片片擦鬼背而过，能令鬼体消铄。

又苦饥，辄入人家窃饭气为食，凡大家食指多者，其饭气浓厚，食之耐饥；贫家饭气薄，不足供饱食也。窃饭时，锅上常有童子守之，童子属灶君所管，每见鬼窃饭气，必相追逐，故大家之饭亦不易得。其窃饭气，必俟饭熟开锅时，有风，则饭气四散，鬼以手攫之，如丝絮状，可抟而食。若无风，则饭气上达，为童子所守，不可窃也。

打破鬼例

李生夜读，家临水次，闻鬼语："明旦某来渡水，此我替身也。"至次日，果有人来渡。某力阻之，其人不渡而去。

夜，鬼来责之曰："与汝何事，而使我不得替身？"李问："汝等轮回，必须替身何也？"鬼曰："阴司向例如此，我亦不知其所自始，犹之人间补廪补官必待缺出，想是一理。"李晓之曰："汝误矣！廪有粮，官有俸，皆国家钱粮，不可虚糜，故有额限，不得不然。若人生天地间，阴阳鼓荡，自灭自生，自食其力，造化那有工夫管此闲账耶？"鬼曰："闻转轮王实管此账。"李曰："汝即以我此语去问转轮王，王以为必需替身，汝即来拉我作替身，以便我见转轮王，将面骂之。"鬼大喜，跳跃而去，从此竟不再来。

道士留符

常州吴某，刑部郎中，讳楫之。吴素好道，自京师归，店晤一道士，风采绝异，不带行李而宿。夜觇之，赤身而坐，气咻咻然从耳中出，蚊不敢近。旦起将行，吴询所往，曰："我云游无定处。"吴拉之南归，供奉甚敬。居数年，临死授二符曰："我受君恩未报，他日有事，可以此符镇压，所以谢君也。"

已而吴某卒，其夫人大病垂危，屡见鬼魅，夜遣婢环视。有仆素健壮，好酒有胆，设席于门外，已醉睡矣，梦一老者，随一童子，持壶杯各一，谓童子曰："彼好酒，可令饮一杯。"童子将一杯置老仆脐内斟之，初觉甚热，后不能耐，乃大呼而起，咳嗽一声，口血已喷满地，从此鬼更猖獗。

未几，家人收拾地方，将停夫人之枢，偶在箱中翻出道士符，乃钉挂帐上。夫人久不言语，见忽诧曰："帐上悬一明镜，中有甲胄将军，持刀逐鬼，鬼尽远遁矣。"夫人从此病愈，又十馀年而终。亲友中有病家借其符驱鬼，无不验者，旋竟失去。

夺状元须损寿

康熙癸未，江南士子赴都会试。解元某负才傲物，陵轹同辈。每曰："今岁状元，舍我其谁！"同辈不堪其侮。

　　既至京师，试期且近，同舍生夜梦文昌帝君升殿胪传，及唱名，则某果状元也，同舍生意窃不平。未几，有女子披发呼冤曰："某行止有亏，不可冠多士，须另换一人。"帝君有难色，顾朱衣神问之。朱衣神曰："万历间亦有此事，以下科状元移置上科。其人早中三年，减寿六岁，此例今可照也。"遂重唱名，状元为王式丹。旦起，某大言如常，同舍生告之以梦。某失色曰："此冤孽难逃。"匪特不思作状元，并不复应试矣。亟束装归，半途而卒。是科状元果王式丹也，寿六十。

照心袍

　　钱塘钱荫庭云：曾从天津买舟回杭，同舟杨姓者，无锡秀才，日坐舟中，默默罕言。钱因其木讷，亦不与共谈。一日偶言因果，钱甚不信，杨因极言其有，且云一月内有数夜往阴间公差，专司钩取人命之事，皆以一纸票注其人名。若有一命之荣及侯王将相，必加一朱印，如人间官府牌票。其印文仿佛官印篆法，但不识其为何字。阎王讯问阳间善恶，先用一袍罩人身上，如人间一口钟之样。人着此衣在身，暧昧亏心之事不觉自吐。阴间待人极宽，人在阳间有一恶念，若复有一善念，即将前恶念销去。司此印者，前明于忠肃公掌之，至今尚未迁去。

罗刹国大荒

　　赵依吉临安归，遇僧说本年二月六日有临安二人，一姓赵，一姓李，贩猪，来卖于杭州。到半途，赵猪已卖矣，欲先归。李姓者要与同归，赵不肯，李怒骂曰："汝虽行，必有恶鬼拦阻，不得到家。"某恶其言，祷于玄坛庙而行。

　　至大桥渡，夜已二更，果见前四人：蓬头恶面，七窍流血，环而围之。渠恃勇欲挥拳，一鬼以黑帕直套其头，便觉冷气攻心，口不能声，倒于地矣。群鬼以泥塞口鼻。忽前有人持棍来赶散四鬼，以手提赵，掷之曰："我特来救汝，我即玄坛神也，此四鬼者，因昨年罗刹国大荒，饿鬼无处觅食，故逃入中国作祟。汝所遇者，罗刹之饿鬼也。但子虽脱于祸，恐有后患，须到家后用香十三枝，自灶前点至门外，方可脱然。"赵惊醒，不料其身已卧自家门外，乃望空拜谢。如其言，果无恙。

绍兴李先生

　　绍兴李直颖，作幕山东太谷县。夜眠书斋，有老人伸靴于坑下曰："我山阴人，亦幕客也。死不得归，奴窃银信衣服而逃，至今家中犹未能知，求君为我寄信到家。"李曰："不必寄信，我即日要返舍，归时即送君枢归可也。"鬼大喜拜谢，且曰："无以报恩，愿代为办案。"从此，李每宵熟寝而几上之案已办定矣，一时有神明之称。逾年，送其枢归，其妻子泣迎于门曰："昨夜梦老相公灵辆还家，故在此相迎也。"

怨气变蛇

亳州贡生邰某，家颇富，住城西五里，地名小镇。家多豪仆，皆倚主人之势，横行乡曲。乡民陈老有田数亩，与邰宅相近，禾稼屡被邰家骤马践伤，与之理说，反受豪奴辱詈。陈老自度势不相敌，莫敢谁何，致成膈疾，年馀将死。

一日，唤工人至家作棺，谓工人曰："棺后为我开一小穴。"闻者皆诧之，问其故。陈老曰："我被邰家欺，气而死，自谅生不能报仇，欲死后变蛇，以食邰之心肝，方泄我恨。"工人笑而从之。至晚，工匠归过邰宅，咸以此事为新闻，笑语喧哗。适值邰某闲立门外，见众人狂笑，因内中有素熟识者，问之，其人即将陈老语相告。邰惊曰："我实不知。"

明日清晨，至陈家云："前事皆家人放肆，故亲来请罪，望翁宥我。"陈老曰："公果不知，能将家人某某等当我面责处，我即不恨公也。"邰曰："可。"即邀陈老至家，将家人重责，又着叩头赔礼，并留之小酌。陈老大悦，即能进饮食。忽胸中作呕，吐出一物，长尺许。众视之，乃一小蛇，游于痰沫内。邰骇然曰："非我今日请罪，则翁必化蛇来报矣！"自后陈病亦愈。

《心经》诛狐

钱塘秀才郑国相有妹适罗氏，于康熙甲申十月初旬夜坐，忽有风从窗隙中入，微有气息，旋见一少年满妆美女，嬉笑而至，后随一毛物，不满三尺，身披半臂。美女与妹言笑，不觉随之而行，或山林，或城市，来往轻疾，不知其魂之离体也。或僵卧三五日方苏。妖戒勿泄，泄必害其性命，故不敢语人。其家以为病疯如此者。

至乙酉八月，国相远归乡试，延妹回家，中秋晚，再四诘之，始吐其实。是夜，妖即闹至五更而去；次夜复至，妹即晕绝。国相挈妹衣领，朗诵《心经》，始得释回。每日因虔祷所供大士前，愿刊施二千馀部，除妖救妹。是夜妖至，举家朗诵大士宝号，饭顷始苏，云："正在危急之际，空中现大士，呼：'孽畜，何得至此？'妖应曰：'因饥觅食耳。'大士叱之，随去，以手向妖一指，腾空而起，妖亦不见。"众觉栴檀香满室，妹得安寝。

　　次日午后，忽又女魂附体，口作北音。国相取《周易》镇之，彼云："乾元亨利贞，我曾读过，不须取来。"口中只唤"还我胡三哥来"不绝。因一一询之，云："我姓缪，唤缪三姑。年十六岁时，池边采荷花，见一美女与我笑语，云是汪大姑，背后随者即胡三哥，名叫将恒，自称天下老狐第三，故称胡三哥。我被其迷，因此而亡。汪大姑得脱生去，今已四十二年。我依倚胡三哥，寻一替代。去年十月，连你妹子寻有三人，期在一年之内，三人中必将一人收尽眼光，方可替代。今胡三哥被收，我无所归，奈何？"国相云："汝何不归母家、夫家？"云："母家远在江西，不能去。七月间，见兰盆会上丈夫抢食，想已不在人世矣。"言讫凄然。国相允以诵《心经》三百卷超度，才即合掌礼谢云："得此，我可再生人世。你为我先诵两卷何如？"国相每诵一卷，缪即念阿弥陀佛一声。诵至三四卷，乃云："不须多诵，若多，则太重了，我手不能持。"并索烧酒、牛肉、银锭五百、烟筒、荷包，一一从之，起身作礼致谢而去。

　　饭顷，妹病始苏，作呻吟声云："我被缪三姑藏山洞中，正在啼哭，忽见缪三姑面色微红，似有酒气，胸怀银锭，口含烟筒，手捧白纸经卷，口称'船若波罗密多'而来，云：'汝父兄念汝，领汝回去。'走得脚痛，故呻吟也。"次早，忽又作缪语云："菩萨不忍将胡三哥杀害，不过拘击而已。今闻胡三哥要打千尺深地洞逃出来，害汝妹性命，我感你恩，故来报信。大相公可再求大士，使他不得逃出。"国相又虔祷大士前，愿再刊施《心经》千卷，共三千卷，并将此胡三哥为怪之事载于经后，普劝世人。祷毕，缪三姑云："如此甚好，但昨日与我的银锭，虚数不敷。"又云："《心经》被人来夺扯碎了，烟袋因狗叫心惊失掉了。今要银锭一千，裙袄二副，仍要烟袋、荷包、烧酒、牛肉。许我《心经》，可先念三十卷，须做一纸箱，开盖对箱朗诵，自然卷数在内。"又云："九月初一日，可斋供大士，将你妹子归依菩萨，取名观贞。打一银锁，将法名凿上，挂有胸前，以避凶灾，以保年寿。"于是一一备办，候暮而送。又云："此刻大士已带了胡三哥到城隍处，你妹子亦去赴审矣。"

　　黄昏后，妹苏曰："城隍庙审事，回来备说。先在庙门外见城隍神接大士上殿正坐，城隍在下侧首旁坐，我跪大士侧边，胡三哥跪丹墀下。大士向城隍说了些话，城隍就问胡三曰：'孽畜，何得扰害生人？'胡三答曰：'我原在新官桥里住，因桥拆造，借居罗家空楼。此系女鬼，他同跟我觅食的。'城隍即令判官查我父母及吾兄之籍，又查罗宅之籍。查毕，叱曰：'他是生人，如何说是女鬼？'喝令掌嘴。掌毕，复抽签掷地，将胡三哥重打三十板，曰：'我处亦不究你，解往真人府去治罪。'随点役二人，备文解去。解差手执红棍，将胡三哥锁押而去。大士出庙升天，我亦出庙门，缪三姑领我回来。"于是延巫祭奠缪三姑，相送而去，不复来矣。

至二十六夜，其妹夜半梦前解差二人，一人手执长枪，枪上挂一毛头，带有血痕，曰："胡三已正法矣。"妹惊醒。次夜，甫就枕，即有一毛头滚地而来，将女左臂带衣痛咬一口。随即喊叫，其头不见，只见左臂衣上染有血痕。自此，或昼或夜，每见毛头在脚边滚来滚去。

九月初一日，依缪三姑之言，置锁凿名，斋供大士。妹见大士吩咐："胡三已经正法，你终身勿往东南去。汝兄许缪三姑《心经》三百卷，他得此经，已成地仙矣。我之《心经》重大，汝兄须加敬奉。"大士又取香灰在女头上书符镇之而醒，于是国相同妹叩谢。但滚地之头不时来搅，国相亦每夜梦与人殴击，不见其形，但觉有一不满三尺之黑物而已。忽悟《心经》佛力浩大，可以解冤释结，超度苦魂，又向大士前再拜，愿诵《心经》三百卷，超度胡三，以解此结。于是毛头亦不复再见。此皆国相亲历之事，向人言之。

旱魃有三种

一种似兽，一种乃僵尸所变，皆能为旱，止风雨。惟山上旱魃名格，为害尤甚，似人而长，头顶有一目，能吃龙，雨师皆畏之。见云起，仰首吹嘘，云即散而日愈烈，人不能制。或云：天应旱，则山川之气融结而成。忽然不见，则雨。

鬼脚甚香能行经受胎

宁波周秀才，在於潜署内作幕。久之，形状羸瘦。同事疑之，叩问，总言无他。一日同食西瓜，客有言鬼无脚，周忽云："鬼不特有脚，且女鬼之脚甚香。"群问："何所见？"周颇悔失言。众再四诘之，始言于某夜月光下有所感触，对月长叹，忽见对过廊下，有一妇人，甚美，亦对月长叹。周初疑为署中人，坦然不惧，讯其所叹何故，遽答曰："子不知我之所叹，犹我之不知子之所叹也。"

少顷，周闭门而睡，心悔月下逢此美妇人，惜未细谈。忽闻窗外小语云："君果有意，当于明夜月下再会。"至次夜，周屏僮仆，相俟月下，久不至，疑其爽约。至四更，忽见妇人踉跄而来曰："我为君驰千里而来。"叩之故，曰："今夜往江南六合祝盟姊寿，去时有同伴数人。恐久留失约，故撇同伴独回。途间恐遇虎狼，胆怯行迟，故后期。天且渐晓，不能缱绻，如君必欲相会，可与僮仆分居，恐与阴阳有犯。"如其言。奴知主人室中有鬼，坚不肯移。周大怒，奴始从之，然每夜必窥探主人之室。妇人遂不至。久之，僮亦释然，不复来扰。

忽妇人至曰："君毋畏，我系前幕友某人之妾，松江人。偶小疾，为庸医所误，遂殁。以阳寿未终，冥籍不收，可以闲游。查《露水夫妻簿》上，与君有缘，但注定只应交媾一百十六次。若无人知，则相处可长，否则，缘尽便散。"又云："君外尚有一人，亦有夙缘，应数百次，不知何日得会。自此后可为地仙，不复轮回。且我行经受胎，皆与君同，奈君命中无子，我不能为君嗣续耳。"从此，周形神愈惫。同人知其事，促之归。周亦以同人皆知，身不能安，遂归宁波，身渐充肥。周每与女交，用红圈印于宪书月日之下，同人数之，得一百十六圈。

王 弼

王弼，字良辅，秦州人。行医延安，遇巫王万里与从子尚贤卖卜龙沙，忿其语侵，坐折辱之。万里恚甚，驱鬼物惧弼。弼夜坐，忽闻窗外悲啸声，启户视之，空庭月明，无有也。翌日，昼哭于门，且称冤。弼乃祝曰："岂予药杀尔邪？苟非予，当白尔冤。"鬼曰："儿阅人多，唯翁可托，故来诉翁，非有他也。翁者果白儿冤，宜集十人为证佐。"

弼如其言。鬼曰："儿周氏女也，居大同丰州之黑河，父和卿，母张氏。生时月在庚，故小字为月西。年十六，母疾，父召王万里占之，因识其人。母死百有五日，父昼卧，兄樵未还，儿偶步墙阴，万里以儿所生时日禁咒之，儿昏迷瞪视不能语。万里负至柳林，反接于树，先剃其发，缠以彩丝；次穴胸割心肝暨眼舌耳鼻指爪之属，粉而为丸，纳诸匏中；复束纸作人形，以咒劫制，使为奴。服役稍怠，举针刺之，痛不可言。昨以翁见辱，乃遣儿报翁，儿心弗忍也。翁能怜之，勿使衔冤九泉，儿誓与翁结为父子。在坐诸父慎毋泄，泄则祸将及。"言讫，哭愈悲。

弼共十人者皆洒涕备书月西辞，联署其名，潜白于县。县审之如初，急逮万里叔侄鞫之。始犹抵拒，月西与争，反复甚苦，且请搜其行橐，遂获符章印尺、长针短钉诸物，万里乃引状云："万里，庐陵人，售术至兴元，逢刘炼师，授以采生法，大概如月西言。万里弗之信，刘于囊间解五色帛，中贮发如弹丸，指曰：'此咸宁李延奴，为吾所录，尔能归钱七十五万缗，当令给侍左右。'万里欣然允诺。刘禹步焚符祝之，延奴空中言曰："师命我何之？"刘曰："尔当从王先生游。先生，仁人也，殊无苦。'万里如约酬钱，并尽受其术。复经房州，遇邝生者，与语意合。又获耿顽童者，亦奴畜之，其归钱数如刘。戒万里终身勿近牛犬肉，近忘之，因啖牛心炙，事遂败，尚复何言。"

县移文丰州，追和卿为左验。和卿来，心颇疑之，杂处稠人中。弼阳问："谁为尔父？"月西从壁隙呼曰："黑衣而蒲冠者是也。"和卿恸，月西亦恸，恸已，历叩家事，慰劳如平生，官为具成案上大府，将定罪，而万里死于狱。

初，弼诉县归，亲朋持壶觞乐之，忽闻对泣声，弼询之，鬼曰："我耿顽童、李延奴也，月西冤已伸，翁宁不悯我二人耶？"弼难之，顽童曰："月西与翁约为父子，吾独非翁儿女耶？何相遇厚薄之不齐也？"弼不得已，再往县入牒。官逮顽童父德宝、延奴父福保至，其所言皆验。自是，三鬼留弼家，昼相随行，夜同弼卧，虽不见形，其声琅然。弼从容问曰："门当有神，尔曷从入？"月西曰："无之，但见绘像悬户上耳。"曰："吾欲爇纸钱赐尔何如？"曰："无所用也。"曰："尔之精气能久存于世乎？"曰："数至则散矣。"顽童善歌，遇弼饮，则唱汉东山调为寿。弼连以酒酹地，顽童辄醉，应对皆失伦。客戏以醮代之，弼童怒曰："几蜇吾喉吻，何物小子，恶剧至此？"哓哓然数其阴事不止，客惭而遁。月西尤号黠慧，时与弼诸子相谑，言辞多滑稽。诸子或理屈，向有声处击之，月西大笑曰："鬼无形，兄何必然，徒见其不智也。"凡八阅月，始寂寂无声。

萧总管求焚

戚南元为归安知县，有萧总管祠甚灵，庙壮丽特甚。一日过之，值赛会之期，聚数千人，戚告于神曰："天久不雨，若能祷神得雨则善；不尔，庙且毁，罪不赦也。"舁木偶于桥上，竟不雨，沉之水中。数日，舟行，忽木偶自水跃入舟中，侍者失色走报曰："萧总管来，萧总管来！"戚笑曰："是总管求焚也。"命系其舟侧。顾岸傍有社祠，则遣黠隶易服入祠，戒之曰："伺水中人出，械以来。"已而果然，盖诸赛者贿没人所为也。遂焚之，而杖作伪者。

全州兵书匣乃水怪奔云之骨

乾隆丙辰，余过广西全州，见绝壁之上有匣，似木非木，其上无盖，舟人云诸葛亮藏兵书处。甲辰，余再过全州，已将五十年矣，仰而谛视，丝毫无损，疑世上焉得有此不朽之木。后广西布政司奇公过其地，用千里镜测之，的是木匣，非石匣也。其下江流迅急，舟难久停，心中终以为疑。

后阅《涌幢小品》云：嘉靖皇帝常遣南昌姜御史往取兵书。姜架云梯，募健卒缘梯而上，乃一木棺，厚尺许，黄黑色，其上有盖。启之，中有白骨，头颅大如车轮，两牙长一尺馀，锋利如刀，遂取以下。御史据实奏闻，瘗其骨于山侧。是夜，姜梦一虎头人，长丈馀，撞门而入，瞪目怒曰："余水神巫支祁之第三子奔云是也，能出入风云，吞啮虎豹。当禹治水时，我父子与之大战。我败伏山泽中，伯益来放火，几为所烧，我咬伤伯益之指而逃。禹王大怒，命天将庚辰用神霄剑斩我，掷尸江中。其时我父尚在，命群水怪取阴沉木为棺，葬我于此。将来劫满时，我尚想下世报仇，汝乃命某卒来剖棺戮尸耶？然汝贵人也，奉天子命而来，我不能害。彼破棺之卒，吾将取其命矣！"言毕而去。次日，卒果暴亡。

余按阴沉木乃洪荒以前之木，经过劫灰者，万年不坏，以故历千百年巍然不朽。其盖被姜御史所取，故今犹暴露也。余丙午游武夷山，见大藏山洞之虹桥板森森架立，恨无姜御史其人者，架云梯取而视之。

卷　四

帝流浆

方延济，善乩术，其主乩者，每年必有一仙。戊子主乩者陈真人，字髯翁，善与众谈论。一日，众人问溺鬼必带羊臊气是何缘故，陈云："凡人魄入地，沾水即臊。河中皆淤泥，本多积秽，魄溃其中，七日即作羊臊气。凡河水鬼带羊臊气者不能祟人，必五年之后无此气便能祸人。"又云："焚死之鬼五体不全，必觅伴合并而后能成形，或二三人合并不等。其并法：老不并少，男不并女。"又云："凡草木成妖，必须受月华精气，但非庚申夜月华不可。因庚申夜月华，其中有帝流浆，其形如无数橄榄，万道金丝，累累贯串垂下。人间草木受其精气即能成妖，狐狸鬼魅食之能显神通。以草木有性无命，流浆有性，可以补命。狐狸鬼魅本自有命，故食之大有益也。"

讨亡术

杭州陈以逮善讨亡术，凡人死有未了之事者，其子孙欲问无由，必须以四金请陈作术。其术择六岁以上童子一人与亡人素相识者，命其闭目趺坐，在童子背后书符于其顶，其符内有"果斋寝气八埃台庋"八字，其时命家人烧甲马于门外。书毕，即瞑目睡去。见当方土地背负一包裹，牵马命骑，同至冥司寻亡过人，询悉其生平未了之事毕即苏。其术尤甚行于杭城。

布政司司房土地，相沿为汉萧何。一日方作术时，童子忽瞪目大呼曰："我乃汉丞相萧何，陈以逯何等人，敢以邪术驱遣我为童子背包牵马！因汝诵《太上玄经》来教我，不敢不遵。此后如敢再尔，吾将诉之上帝，即加阴诛。"陈贪利不改。

一日行法，土地乃领童子经由枉死城中，见断体残肢狰面恶鬼提头掷骸遍满马前，童子惊骇而瘖，以后不敢再奉其法。陈不得已，复教以剑诀，命童子手中执一剑，仍诵前经。土地复领至前所，童子遵诀舞剑，斫杀数鬼，众鬼号呼。忽见空中金光万道，众鬼喜曰："关帝降矣！"见土地揖于帝马前，喃喃不知作何语。有顷，牵童子马至帝前，帝谕之曰："我念以逯老奴才奉太上玄宗之教，故不忍即灭其法。汝可传谕他，以后倘敢再行其术，我当即斩其首。"乃命周仓以青龙刀背击童子一下。童子大叫而醒，嗣后遂绝志不复从陈受法。

陈久之益贫，无所得食，偷于他处复行其术。是年秋，梦至钱塘门外黑亭子湾，见一木榜上罗列其罪，当于九月十三日诛斩妖人陈某。醒后略不为意，稍稍白其梦于人。至期，有好事者欲验其言，往至陈家，见陈身易道服，遍体书符，口诵经咒，似有解禳之法。良久，忽大叫曰："被斩，被斩！"众云："汝尚能言，何以云被斩？"答云："幸我魂多，斩之不死，然亦不能久延矣。"未几病死，视其颈，皮肉虽好而内骨已断矣。

学竹山老祖教头钻马桶

湖广竹山县有老祖邪教，单传一人，专窃取客商财物。其教分两派，破头老祖，即竹山师弟。学此法者，必遭雷击。学法者必先于老祖前发誓，情愿七世不得人身，方肯授法。避雷霆须用产妇马桶七个，于除夕日穿重孝麻衣，将三年内所搬运之银排设于几，叩头毕，遂钻马桶数遍，所以压天神也。

有江西大贾伙计夜失去三千金，旦视箱簏，丝毫不动，惟包银纸有虫蛀小孔而已。因记船过襄阳，有搭船老翁借居舱后，每晚辄焚一炷香，向空三揖三拜，口喃喃诵咒，听之不解，疑即竹山邪教也。识者包银用红纸，四面以五谷护之，则其法不能行。

关帝现相

桐城姚太史孔气鋐云：曾于北直某观察署请乩仙判事，署中亲友齐集，惟观察年家子某静坐斋中不出。或邀之，曰："乩仙不过文鬼耳，我事关圣者也，法不当至乩坛。"客曰："关帝可请乎？"曰："可，并可现相。"遂告知观察。观察亲祈之，年家子愀然曰："诸公须斋戒三日，择洁净轩窗设香供。诸君子另于别所设大缸十口，满贮清水，诸公跪缸外伺候。"年家子遍身着青衣仰天恸哭，口谆谆若有所诉。忽见五色云中帝君衮冕长须，手扶周将军自天而下，临轩南向坐，谓年家子曰："汝勿急，仇将复矣。"某复叩头大哭。周将军手托帝君飞去，只见瑞气缭绕而已。诸公为金甲光眩射，目不能开，皆隔水缸伏地。

一日，年家子不辞而去，闻某大僚中恶于道，皆疑之，终不知所报何仇也。

鼠作揖黄鼠狼演戏

绍兴周养仲，在安徽做幕，携外甥某居县署。空室三间，向来人不敢居，周不信，打扫洁净，自居内间，点烛而卧。忽见房门自开，有一白鼠如人拱立，行数步，鞠躬一揖，至床前又一揖，跃而登床。其旁有两黄鼠狼，拖长尾，含芦柴，演吕布耍枪戏，似皆白鼠之奴隶，求媚于鼠王者也。白鼠伏周君足下，由腹下徐徐而上，肢体如酥，颇觉乐甚；至胸前，便觉如石压身，不能动。鼠以嘴对嘴，挠其沫而食之。渐褪下，仍由其足下床，向门一揖而出。周亦无恙。其甥在外，只见鼠初来时，一揖而门开；出又一揖，而门闭如故。韩诗云"礼鼠拱而立"，其信然欤！

温元帅显灵

阳湖令潘本智之太翁用夫，开钱庄，忽失银千金，仁和令李公学礼亲为踏勘，于灰中查出六百金。李公以为诸伙计之事，欲押带赴县。太翁云："此辈皆老成作之人，必不为此，带我家奴仆研讯可也。"众伙计云："非主人仁厚，我辈皆当受刑。虽然，我辈亦当赴元帅庙明明心。"

众始到庙门，内中一人忽闭目大叫："莫打，莫打！我说，我说。你可将瓮中四百金令汝兄手捧到庙。"诸人见此光景，同搜其家，四百金宛然在瓮，其兄遂头顶四百金送庙中。李令取其亲供，判云："此冥法也，非官法也，候其安静，带县发落。"未几，其人已投水死矣。

僵尸拒贼

杭州洋市街石牌楼贩鱼人，每五鼓出艮山门贩鱼，见树林内灯光隐隐，有美女子独坐纺绩。每日如此，并无别人，疑为鬼，亦不惧。

一日，有白须叟语之曰："君慕此女，欲以为妻乎？我有法，依教则事可图。

明早须持一饭团闯入彼室，诱彼开口，则以饭塞其口，负之而归，勿令见天光，便与人无异矣。"如其教，果得此女。闭楼中，伉俪甚笃。年馀生子，亦能饮食，天阴则下楼执炊。积廿馀年，娶媳生孙，家亦小康，开茶肆。

一日，天大热，日光如火，其媳闻姑下楼，至梯无声。视之，有血水一摊，变作僵尸。其夫心知其故，亦不甚痛苦，但买棺收殓，每夜于棺中出入。常有贼入前门，有人挡之；入后门，又有人挡之，皆僵尸为之护卫也。

亡父化妖

某太守，西北人，其父已死多年，忽一日乘马而来，与生无异，曰："我已得仙，但爱汝，未能忘情，故来视汝。汝可扫一静室与我居住。"其子虽疑，然声音笑貌举止作事果其父也，遂事之如生。日间看书，夜中或寐或不寐，久亦饮食如常，遂相安焉。

年馀，江西张真人过其地，太守告之。张曰："妖也，岂有仙人复久居城市无一毫异于人者乎？能与见否？"太守告其父，父欣然曰："我正欲与天师相见。"谈吐如故。天师曰："此妖非我所知。"询之老法官，云："当乘其不备勘破之。"一日，其父正写字时，法官忽从背后喝之，遂惊如木鸡痴立。法官出袖中天蓬尺从头量之，量一尺则短一尺，量一寸则短一寸，至足而灭，衣冠如蜕，剩胫骨一条。法官曰："此先太翁之真骨也，为狐钻穴，野狗衔出，受日月精华而成此妖，所以能言前生之事。再与女人交，得阴精，其祸更不止此。"太守欲请骨而葬之，法官不可，曰："勿贻后祸。"遂携之去。

余按《太平广记》载，唐时，李霸死后还家，处分奴仆，俱井井有条，然独居一室，不与人见。一日，其子孙逼而视之，变作青面獠牙之鬼，头大如车轮，眼光如野火，子孙大惧而散，霸从此亦遂不来矣。

干麂子

干麂子，非人也，乃僵尸类也。云南多五金矿，开矿之夫，有遇土压不得出，或数十年，或百年，为土金气所养，身体不坏，虽不死，其实死矣。凡开矿人苦地下黑如长夜，多额上点一灯，穿地而入。遇干麂子，麂子喜甚，向人说冷求烟吃。与之烟，嘘吸立尽，长跪求人带出。挖矿者曰："我到此为金银而来，无空出之理。汝知金苗之处乎？"干麂子导之，得矿，必大获。临出，则给之曰："我先出，以篮接汝出洞。"将竹篮系绳，拉干麂子于半空，剪断其绳，干麂子辄坠而死。

有管厂人性仁慈，怜之，竟拉上干麂子七八个。见风，衣服肌骨即化为水, 其气腥臭, 闻之者尽瘟死。是以此后拉干麂子者必断其绳, 恐受其气而死; 不拉, 则又怕其缠扰无休。又相传, 人多干麂子少, 众缚之使靠土壁, 四面用泥封固作土墩, 其上放灯台, 则不复作祟; 若人少干麂子多, 则被其缠死不放矣。

石　某

下津桥石某, 开米铺, 家素丰。忽病, 女鬼凭之, 作杭州声口, 云石某前生与女鬼比邻开当铺, 女鬼之父作客在外, 家有月台, 男女彼此眷恋。一日, 正在月台上私语, 女鬼之叔自外来, 被其撞见, 男窜逸去, 女被叔父羞削, 惭愧自尽。男受惊而回, 又闻女死, 亦一病而亡。男转生石家为男, 女鬼寻觅三十馀年, 始知在苏州, 是以寻觅而至。石家哀求, 情愿当祖宗供奉于书房, 石某果愈。

未几, 一女痘亡, 有老妪见此女坐鬼膝上, 鬼抱而嬉。石大怒骂鬼, 停其祭礼, 鬼大作祟, 乃复求饶而祭之如初, 鬼仍平静。半年后, 忽一日附石某身上云:"吾从此去矣, 快备酒席车船。"家人问故, 曰:"监生娘娘来领我投胎在扬州张姓家, 第三子是我也。"托人询之, 果然。

物　变

每年八九月间, 于阗河石子化玉, 采者以脚端之。两岸卡兵传鼓, 见一人伛偻俯身, 必须得玉以献, 否则治罪。采尽, 则明年复生。天大雾, 则山上石变者为山料, 河中石子变者为水料。俄罗斯国有鸟来千群, 一遇大雾, 即伏地不动, 化为灰鼠。其他沙鱼变虎、变鹿, 两蚁相斗便化为蝇虾, 爬虫变蜻蜓, 为人所扑, 则怒毒而变蜈蚣。

人变树

外国兀鲁特及回部民从不肯自尽, 云自尽者必变树, 树易招斩伐, 故不愿也。秦中明府蒋云骧云。

水精碧霞洗

漳州山上有气冲上, 即知其下有水精; 滇南闻大雷, 便生碧霞洗。皆因时变, 并非洪荒以来已有之物。

浮提国

浮提国人能凭虚而行, 心之所到, 顷刻万里。前朝江西巡按某曾渡海见其人, 相貌端丽, 所到处便能学其言语, 人人闺阃, 门户不能禁隔, 惟从无淫乱窃取之事。

刀疮药

甘肃田五之变，官兵殪之于石峰堡，死者甚众。诸童子割男女之阴，联为一副，卖钱十二文。配刀疮药者争买之，过一宿则臭腐不可用。

乩仙灵蠢不同或倩人捉刀

乩仙灵蠢不同。赵云松在京师烦乡人王殿邦孝廉请仙，殿邦本有素所奉仙，不须画符，焚香默祝即至，下笔如飞，俱有文义。或云松与之倡和，意中方想得某字，而乩上已书，每字皆比云松早半刻。

及云松在滇南果毅公阿将军幕下，阿公之子丰升赫亦能请仙。一夕邀云松同观，而乩大动不能成字。云松知其非通品也，乃戏为之传递。意中想一字，依约至喉间，则乩上即书此字；意中故停不构思，则乩上不能成字矣。

拔鬼舌

蒋敬五之仆阿真，勇而好酒。尝随主寓西直门，其地多鬼，人不敢居，阿真居之。夜有鬼披发而来，某方醉，不惧也。鬼伸舌丈许以吓之。阿真起，以手执之，并拔鬼舌，冷软如绵。鬼大号而去，乃置舌席下。次早视之，一草绳耳。鬼从此绝。

蒋莹溪

蒋莹溪赘于华亭王氏，内弟继勋娶于桐乡，归未数日，室中失牙箸银器数件，搜得于赠嫁之仆处，蒋鸣之官。是晚，仆夫妇齐缢。其夫系一僧，拐妇而来，惧发觉则罪大，故自尽也。不数日，蒋小婢无故自缢，急救乃苏。蒋至其处骂曰："汝有奸拐盗窃之罪，不当官治罪，自殒其生，亦大幸矣，何敢作祟于无辜之小婢？倘婢不活，吾将鞭汝二尸焚之。"嗣后婢安好。

方宫詹

桐城方宫詹亨咸，前身在嘉靖时作青城山道童，见杨升庵中状元，心为一动，遂托生宜兴潘家。少年进士，通一比丘尼，半途相负，尼思慕抑郁而亡。亡何，尼转世为贵公子，潘转世为女，嫁与贵公子而早寡，守节七十馀年，所以报也。三次轮回为宫詹，公生而美貌，耳有穿孔，故乳名姐哥。父拱乾为前明侍郎，名其子必取字于文头武脚，曰膏茂，曰章钺，曰亨咸，皆本此义。或戏之曰："何不取'於戏哀哉'四字为名，亦皆文头武脚也。"

麒麟无肠

乾隆四年，芜湖民间牛生麒麟，三日而死。剖其腹，不见肠胃，中实如蟹，人以为奇。后有人云，《康熙南巡盛典》曾载此事。

四耳猫

四川简州猫皆四耳，有从简州来者亲为余言。

头形如桶

《南史》载：毗骞国王头长三尺，万古不死。后阅谢济世《西域记》云：毗骞王生于汉章帝二年，本朝称董喀尔寺呼尔托托，圣祖曾遣使者至其国见之。王头如桶，颈如鹅，俱长在尺。张目直视，语不可辨。其子孙皆生死如常，惟王不死。事载《康熙天文大成》，赵衣吉秀才云。

鸟 怪

松江王掌科之姨，凌进士应兰之次女。年甫及笄，嫁于李氏。方理晨妆，有五色鸟翔于窗间，飞立于镜架之上，举爪招女，女便痴迷，口啁啾作鸟声，人不能辨。身轻如雀，梁间瓦上，上落如飞。镜架之鸟，则已去矣。家人患之，不能禳解。

闻苏州穹窿山有道人能行法，迎而求之。道人曰："此鸟怪也，我能禳治。但须白布三尺，裹鸟所立之镜，用烈火烧之，镜红而布不坏，则可治也。"如其言，布果不坏。道人口喃喃诵咒，长久曰："妖已得矣。"取瓦坛封之，加字篆其上，嘱家人曰："不可开看，速投江中。"女果如梦初醒，言语如常。问其故，全然不知。家中持瓶者揭封偷视，女瞀乱如初，手制弓鞋，皆作女爪之状。

再请道人，道人曰："不听吾言，果生枝节。幸而夫人有福，此怪逃去不远。再如前法试之，须布烧后现出牡丹花一朵者，吾法始灵。"如其言，果布上现牡丹如画。道士再取磁瓶加封施篆，亲投江中，女病遂愈。至今生子安居，了无他恙。

刘子壮

明末，湖广黄冈州张某之子病重，为鬼所迷。一鬼既集，群鬼皆至，索饭索纸钱者纷集于门。适刘克猷先生推门而入，群鬼惊曰："状元来了！我辈且避。"一老鬼走矣，回头笑曰："没纱帽戴的状元，吾何惧哉？"病人恰愈，众人不解。后刘中本朝状元，方悟老鬼之揶揄也。

黑牡丹

福建惠安县有青山大王庙，庙之阶下所种皆黑牡丹。花开时数百，朵朵皆向大王神像而开。移动神像，花亦转面向之。

李秀才捕亡术

闽中李秀才，老于场屋，而家甚贫，不事馆谷，惟以捕亡糊口，其效甚神。有王某被窃来求，秀才诵咒毕，置镜水面，命王视踪迹。教以某时刻至东门外，见有白须而跛者擒之，则失物必得。王意跛者不能窃物，白须则其人老矣，何能作贼，姑试之。竟如其言，人赃并获。其行窃者系一积贼，年二十馀，虑捕快认识，故偷戏场优人所戴假须充作老翁。先一日，上山遇雨，跌伤其足，故跛也。

石树榕

石树榕，以太学肄业生受知于浮山孙文定公，荐授四川犍为令，署嘉定州。精于占验，一时有管公明、郭景纯之目。一日，于嘉定署中自占，卦成骇曰："予未四十，岂七十二岁方守郡耶！"后年逾四十即殁，惟此一事全不验。然嘉定改府，恰在渠七十二岁之年。

禅师吞蛋

得心禅师行脚至一村乞食，村中人皆浇薄，尤多恶少年，语师曰："村中施酒肉，不施蔬笋，果然饿三日，当备斋供。"至三日，请师赴斋，依旧酒肉杂陈，盖欲师饥不择食，以取鼓掌捧腹之快。师连取鸡蛋数个吞之，说偈曰："混沌乾坤一口包，也无皮血也无毛。老僧带尔西天去，免受人间宰一刀。"众人相顾若失，遂供养村中。

含元殿判官

甘肃中卫令胡纪谟，直隶通州人，戊子孝廉。自言未仕时馆于京师，忽一夜梦仪从甚都，身跨银角花鹿，御风而行。至一处，殿宇甚敞，额曰"含元殿"，旁设公座，案上燃红烛，有泥果三盘，阶下书吏多人，捧册侍立。未登座时，先至侧房将所着衣履脱却，尽易纸者，颇觉寒入肌骨。步出，即扃闭侧门。如有时门缝略开，即觉风吹衣履，有秽气冲入。所办公事，唯按簿点名而已。方点名时，或见故人将受苦楚，稍存回护之心；或见绝色女子，不无动念，即时殿上火起，身上纸衣尽焚。惊心镇定，其火自熄。但所点男女，俱有黄气一团，云是道门中转劫者。一日，见一童子，年七八岁，阅簿，知前身系仁和邵昌皋，亦举戊子北闱，榜发后即殁，计此童子又转轮矣。

如此者数年，每夜必去，几与受戒僧相似，心甚苦之。时尚无子，幸其父为杭州龙王书吏，以乏嗣例为子求免。龙王为之申恳，得准除免此差。

据在含元殿见天府所颁秘书甚多，无如梦中举笔，千钧之重，仅默记得《心经注解》一本,《元君下品戒格》一册, 系杀盗淫狂四则。其律甚细, 大抵与禅门戒律相仿。惜当差数年之久, 而含元殿主从未得一见, 不知何许人也。

杭州屠涧南时在陈望之方伯署中, 亲见其人, 自言如此, 并亲录二书,《戒格》一本带归。此事万近蓬言。

狐狸驮旗白鹿张伞

胡又云: 伊书吏皆阳世读书人, 或生童, 或孝廉, 间有识者。至隶卒多系狐鹿之类。来迎时, 仪从整肃, 狐狸驮旗, 白鹿张伞, 有金角者、银角者, 似以此分职之尊卑。后充教习, 居内城, 则不复至。凡男女, 皆不得同床睡。同床, 则魂归时为生人所冲, 不得入城。盖城内护卫宸居, 天将充满, 狐鹿之属不能入。后以泄机密革任, 始生子女。

虎有黄光

胡又云: 来受轮回者一虎亦有黄光, 生时, 山神土地视之, 奏闻上帝, 知为道中人落劫含元殿者。查得命终时未曾勾取生魂, 遂自缢死, 混入虎胎。旋奉天旨, 若虎伤人, 罪坐含元殿主者及判司。

正色立朝四字现出腿上

吴钠孙, 字坚士, 仁和诸生, 雍正甲辰孝廉作令紫廷先生讳邦煨之孙, 馆于本城汪氏。白日假寐起, 觉左腿作痒, 视之, 现一"正"字, 朱文隆起。又逾时, 复现"正色立朝"四字, 大如碗口, 拭之不灭; 端楷工整, 笔法颇似虞世南《庙堂碑》。见者无不以为异, 然求其故而不得也。

先是一日前, 吴君为移厝屋至三台山, 道过张天官墓, 石牌上镌"正色立朝"四字。或以为有所触犯, 因复肩舆至天官墓上虔祷之。其地去于忠肃公祠不远, 即祷于公祠乞签。神示签云:"少年发迹自豪雄, 更复花枝压帽红。引得乡人齐俯首, 洛阳季子一时荣。"旁有解之者曰:"此吉语, 不必言。"是秋, 适举行己酉正科乡试, 定为护隽之兆。第三句谓远近来观者皆低首谛视, 第四句暗用引锥刺股事, 而延陵季子之称, 于姓亦有关合。及秋试, 竟不第, 现出四字渐渐平复, 以后亦无他怪。此乾隆五十四年六月初三日事。

余按《涌幢小品》载: 嘉靖间, 山东海丰县民徐二病伤寒, 忽臂膊上生"王山东"三字, 知州尤宝以闻, 逮至京师, 验明释放。

狗　儿

申生祥麟者, 小字狗儿, 居渭南, 故农家子。状妍媚而性谌挚, 不为父母所悦。会关中饥，将觅食他郡，以祥麟寄邻家。邻人责以治地，怠则鞭挞之。不堪，乘间乃逃入蓝田山，复越秦岭而西，昼食卉木，夜就岩穴栖其身，凡数月。时方熇暑，入山益深。

一日坐崇阜，下窥洞穴，林萝蔽之，入其中假寐。须臾，黑烟喷入，火燎毛发有声。亟穿穴出，有巨蟒如瓮，不见其首，尾捽洞外，毒雾幂之，高三丈许。祥麟惊扑地，堕土穴中。醒后，自视身首，黝黑如漆，就山中乞食，群呼噪指为鬼物，以刃梃殴逐之。自分必死。亡何，见灌莽中有物若栲栳状，饥甚，剖食之，浆白如乳。数日后，觉体中麻痒，乃入溪涧浴之，忽黑皮蝉蜕而貌转靡嫚。

祥麟故习秦声，出山后由汉中至武昌。其地有胡妲者，艺颇精，求其指示，欲藉以假食。不肯授，转嗾同类揶揄之。愤而弃去，佣于金弹儿家，汉阳名倡也。祥麟事之，见其一颦一笑，一举止，一饮食，一寤寐，明姿冶态，备极诸好。居一载，喜曰："吾得之矣。"复请奏技，观者尽倾，如壮悔堂所传马伶演《鸣凤记》故事也。又数月，夜宿旅店，忽有白刃自牖飞入戕其首，亟避出视之，即胡妲也，知招妲忌，其地不可居，即日返渭南。

方祥麟始去也，年十六，又四载归，入室，不知父母所在。有云见之山西者，复弃家渡河，由蒲州售技至太原访之。一日，演剧于沈竹坪观察署，隶从列侍中有老叟似其父，时方登场，瞥眼不觉失声。询其故，令相识认，果然。其母亦在署，闻亟趋出抱持之，各相视，恸不能起，坐中皆泣下。观察感动，厚赠之，令与俱归。

返旧居，置田五十亩于洒河川原上，将事亲以终其身焉。

鹏 粪

康熙壬子春，琼州近海人家忽见黑云蔽天而至，腥秽异常，有老人云："此鹏鸟过也，虑其下粪伤人，须急避之。"一村尽逃。俄而天黑如夜，大雨盆倾。次早往视，则民间屋舍尽为鹏粪压倒。从内掘出粪，皆作鱼虾腥。遗毛一根，可覆民间十数间屋，毛孔中可骑马穿走，毛色墨，如海燕状。

银 伥

人但知虎有伥，不知银亦有伥。朱元芳家于闽，在山峪中得窖金银归，忽闻秽臭不可禁，且人口时有瘝瘝。长老云："是流贼窖金，时常困苦，一人至，求死不得，乃约之曰：'为我守窖否？'其人应许，闭之窖中。凡客遇金者，祭度而后可得。"朱氏如教，乃祝曰："汝为贼守久，我得此金，当超度汝。"已而秽果净，病亦已，朱氏用富。有中表周氏亦得金银归，度终不能久也，反其金窖中。汤某为作银怅诗曰："死仇为仇守，尔怅何其愚！试语穴金人，此术定何如？"

苍蝇替人治病

诸生俞某久病，家赤贫，不能具医药，几上有《医便》一册，以意检而服之，皆不效。有一苍蝇飞入，鸣声甚厉，止于册上，生泣而祷曰："蝇者，应也，灵也。如其有灵，我展书帙，择方而投足焉，庶几应病且有瘳乎？"徐展十数叶。其蝇瞥然投下，乃犀角地黄汤也。如法制之，服数剂得愈。

鼠荐卷

繁昌令黄公与余同校江南甲子乡试，黄阅赵字号一卷，不合其意，置之落卷箱中。次日早起看文，此卷仍在几上，初意以为本未入箱，偶忘之耳，乃仍放箱中。次早此卷又在几上，疑家人作弊，夜张烛佯寐伺之，见三鼠钻入箱，共扛一卷放几上。黄疑此人有阴德，故朱衣遣鼠为之，遂勉强一荐而中。

榜发，其人姓闵名某，来见，乃告之故，且问："君家作何善事？"曰："家贫，无善事可做，但三世不许畜猫耳。"

石人赌钱

雷州治前立石人十二，执牙旗两旁，即今卫治是也。忽一夜守库军丁闻人赌博争吵声，趋而视之，乃石人也，地上遗钱数千。次早闻于郡守，阅视库藏，锁钥如故，而所失钱如所得之数。郡守将石人分置城隍、东岳两庙，其怪遂止。

犬逐通判

甲辰大荒，平湖尤甚，有赵通判者下县催征，刑法严刻，邑人大恐。时乞儿甚多，忽有黑犬直立作人言告之云："赵通判领库银三千行赈，曷往恳求？"相牵诣赵，顷刻数百人，无赖子又乘之在噪。赵遑惧，逾墙遁去。

佛奴穿母胁生

锡山尤少师时享之子平贞娶王氏，产一女，从左胁下出，名曰佛奴。慧性异常，五岁举动如成人。至秋，渐不食，形体日小。一日，母胁复开，女便跃入，母即痛死，以僧家法焚之，筑小塔于赤石岭葬焉。平贞念妻女，不两月亦死。余素闻鳝鱼率小鱼而游，倘受人惊，则仍奔入母腹中，不料人亦如之。

彭祖举枢

商彭祖卒于夏六月三日，其举枢日，社儿等六十人皆冻死，就葬于西山下，其六十人墓，至今犹在，号曰"社儿墩"。又墓前有薙林，春不种而生，秋不收而枯。或人妄加耕锄墓旁，则雷雨大作。

人皮鼓

北固山佛院有人皮鼓，盖嘉靖时汤都督名宽戮海寇王艮皮所鞔。其声比他鼓稍不扬，盖人皮视牛革理厚而坚不如故也。

指上栖龙

有萃里民王兴，左手大指着红纹，形纡曲，仅寸许，可五六折。每雷雨时，辄摇动弗宁。兴憾焉，欲锉去之。一夕，梦一男子，容仪甚异，谓兴曰："余应龙也，谪降在公体，公勿祸余。后三日午后，公伸手指于窗棂外，余其逝矣。"至期，雷雨大作，兴如所言，手指裂而应龙起矣。

卷　五

夺舍法

庄怡圃言在西番途次，憩一庙侧，旁有毙马，风来腥秽不可忍，欲行又苦足疲。正踌躇间，俄有老僧偕一少年来，亦憩息庙隅。少者谓老僧曰："徒弟，速遣死马去。"老僧即垂目不语。久之，死马忽动，跃然起，向下风行二里许复倒路侧。僧乃开目谓少者曰："已遣去矣。"

此用夺舍法，然其法有夺生夺死不同。夺生者易其魂仍载其魄；夺死者无魄可袭，夺舍后尚须修炼以养魄。今西藏红衣喇嘛悉知其术，在《楞严经》为投灰外道是也。

尸　奔

尸能随奔，乃阴阳之气翕合所致。盖人死阳尽绝，体属纯阴，凡生人阳节盛者骤触之，则阴气忽开，将阳气吸住，即能随人奔走，若系缚旋转者然，此《易》所谓"阴凝于阳必战"也，故伴尸者最忌对足卧。人卧，则阳气多从足心涌泉穴出，如箭之离弦，劲透无碍。若与死者对足，则生者阳气尽贯注死者足中，尸即能起立，俗呼为"走影"，不知其为感阳也。惟口不能言，其能言者，为"黄小二"之类，为老魅所附。

陈聂恒《边州闻见录》载：有客山行，途中闻呼其名者，不觉应之。暮投主人宿，告以故。店主曰："客无忧，我能治之。"夜，携剑同客寝，外打三更，果闻有呼客者，声在墙外。问为谁，答曰："我黄小二也。"启门逐之，见有物如人，奔入一冢而没。

明日询其居邻，知为新死而葬者，相与报官起验。其尸斑烂五色，店主曰："是也，然犹未成精。"与众四觅，入深山中，见遗骸一具，亦五色生毛，曰："此其黄小二矣。"焚之，果啾啾作声；与焚新葬之尸，了无他异。盖槁死之魂，久则成魅，特借新死之体以祸人。无所借，则久而为眚。若遇雷火击散其气，又能布而为疫，此皆山川沴戾之气偶中于身后也。

骷髅三种

地中有游尸、伏尸、不化骨三种，皆无棺木外袭者。游尸乘月气，应节而移无定所；伏尸则千年不朽，常伏地；不化骨乃其人生前精神贯注之处，其骨入地，虽棺朽衣烂，身躯他骨皆化为土，独此一处之骨不化，色黑如磐玉，久得日月精气，亦能为祟。故负米者死，肩骨后朽；舆夫死，腿骨后朽，以其生前用力，为精气结聚，故入土不易朽。伏尸亦然，伏尸则久受精气为游尸，又久而为飞行夜叉。《岣嵝神书》云："老蛤能辟伏尸。"

人气分尘

世皆积尘，人气能分尘，故目不见尘也。尘能朽物，故宫室无人住则易朽。然屋宇年久则又积受人气，与日月风露之气交感，而生影于木石中，如《含文嘉·夏鼎图》所载，门屋市阓，池泽器具，悉能成精，有名字可呼。百年有影，千年则积影成形。此屋日有人住，则精气不能外越，以常为纯阳之气所逼，仅伏形于内，成金水内景之象。一经封闭，数十年得人阳气，则阴气日逼，而内之阳气悉达于外，于是有声有形而出焉，成火日外景之象。惟无质而借气以成形，故能幻变一切，此内生之邪，非外来者之乘虚而据者也。燃火酒照之，则真形立见，闻硫黄气亦退避。

鬼气摄物

赵衣吉曰：凡鬼物摄人及器具，皆用气禁，能以小容大。予少时读书西城童佛庵韩姓家，亲见其家老仆为冤鬼所缠。一夕忽失所在，而门户四隅皆扃，已死于二里外桑园中，颈有手掐痕，青色，究不知从何出户。乙酉馆常山，见有为妖祟者，摄其人入石穴中。穴不甚大，仅容其身，容口如盏。呼之则应，终不可出。破石取之，其人已死。又予戚唐姓家为狐祟，一日，其妇觅镜不得，后取瓶插花，觉瓶倍重于昔，视之，则失镜宛然在中。口小腹大，亦不知何由而入。此皆以气禁。《汉书·方技传》有禁架之术，即此法也。

山魈怕桑刀

常山璩紫庭贡士，有书塾在东门外山中，时有山魈出没其间，土人习见，亦不为怪，呼为"独脚鬼"。皆反踵而行，其来必有风云。其怪最怕桑刀，以老桑削成刀，斫之即死。悬桑刀于门，亦避去。山魈爱听歌，有张某馆衢州山中，每夜山魈踯躅而来，强嬲唱曲。

驱疟鬼咒

道书：疟鬼皆分干支值日，有名字，某日得病，查其名，即可以符驱之。其不以日者，更属狂疟之鬼，尤披猖为祟，名岳子贵，必须用值日之鬼拘之，所谓以贼攻贼也。然持此法行之，亦间有未验者，不如《太平广记》载"驱邪疟鬼咒"甚验。云："勃疟勃疟，四山之神，使我来缚。六丁使者，五道将军，收汝精气，摄汝神魂。速去速去，免逢此人。"凡人疾发时，朗诵不彻，寒热即散，汗出而愈。张雨村先生业蓰台州，亲试有验，传人无不效者。

阴沉木

阴沉木，湖广施南府属山中土产此物，悉掘地得之，名阴沉木。质香而轻，体柔腻，以指甲掐之即有陷纹，少顷复合如奇楠。然土人云，其木为棺，入土则日重，重则沉，葬千年后，其棺陷入地数十丈，亦坚重如铁，故宝贵之。施南买，不过六七十金，可得佳料一具；载至汉口，非千金不易购，以出水脚费大也。盘古以前无可考，和相传近混沌之上代，乃脱高龙汉也。老聃生于龙汉元年，见道书。

织登科记

昔有人误入星渚，见一女织缣，缣上多古篆，不识。问之，曰："此今年登科记也，以呈上帝。"夫登科记必织，登科文必铸，天上之重科目如此，《千佛名经》岂虚语哉！若杨琼芳因贡院失火得元，又何异前明焦状元故事耶！当时人语曰："不因南院火，安得状元焦！"

朱鹿田

朱鹿田先生官刑部郎中时偕大学士马公赴河南查办事件，路宿公馆，卧室三间，朱与马对房而居。时七月十六日，月色皎甚，朱患热不寐。三更忽有风来，门户自开，见白气如虹，蜿蜒进内，近朱帐。朱以拂击之，气即出。朱蹑其后，见气入马卧闼。少焉退出，有红光一道逐气交绕，白气不胜，形亦渐微，即出门去，红光亦回，不复追逐，门户又闭。听马则鼾声如雷，似不觉者。次日，耳房报随从家丁死者二人，皆身软如绵，不知何病。

飞 僵

凡僵尸，久则能飞，不复藏棺中。遍身毛皆长尺馀，毵毵披垂，出入有光。又久，则成飞天夜叉，非雷击不死，惟鸟枪可毙之。闽中山民每每遇此，则群呼猎者分踞树杪击之。此物力大如熊，夜出攫人损稼。

程嘉荫

赵衣吉曰：予幼与程嘉荫同学，嘉荫有巧思，性好道，与范羽士交，得其《奇器录》一本，能为木牛，亲见其制。外式人尽能之，惟中设机各异。其喉舌下横直木，一系舌根，一坠心，心以铅为之；木四边有孔窍，悉用纽穿，贯通于足。行则心摇，铅体重坠，则木一头下垂；少则舌本间又复下垂，则铅心又为所举而向上。如是俯仰，则足上所贯纽，曳足屈伸而行，但甚缓，不能驰。加重物于背，则行亦钝滞。

程云尚有九风轮木加，内五以合五藏，外四以像四肢，则行疾如飞，数百斤皆可负。拈其舌转则铅机横搁腰上，贯绳曳起，足即曲卧，与俗传武侯木牛式及壬遁诸书、西洋大牛法皆异。亦能造寄话筒。筒间寸许，有闸隔之，内有机闭气，人向筒语毕则闸之。闸有次第，若乱开，则不成句矣。据程云，此法可贮百日，过百日则机微气散。

惜早夭，父母以其用心过甚呕血死，故其所得诸书悉焚去，勿留以祸弟也。

水 虎

《尔雅》：虎，有角曰虎，能行水中。而不知水中实有虎也。康熙中，朱鹿田先生曾见松江提督养一虎在池中，以铁栅围之，名曰水虎。饲以鱼虾，不食生肉。《象山志》：里民渔于海，网得一雄虎，在网中犹活，出水即死。剖之，腹中有三小虎。此盖鲨鱼感气而化也，未登陆即为网获。

绿郎红娘

《广语》：广州女子年及笄，多有犯绿郎以死者；男子未娶，多有犯红娘以死者。谚云："女忌绿郎，男忌红娘。"红娘亦曰"过天"，绿郎亦曰"附马"，有犯者须斋醮祷祀驱之。倘男犯绿郎，女犯红娘，其病不救，盖亦妖鬼，犹金华之猫魅。

文人夜有光

爱堂先生言：闻有老学究夜行，忽遇其亡友，学究素刚直，亦不怖畏，问："君何往？"曰："吾为冥吏，至南村有所勾摄。"适同路耳，因并行。至一破屋，鬼曰："此文士庐也，不可往。"问："何以知之？"曰："凡人白昼营营，性灵汩没，惟睡时一念不生，元神朗澈，胸中所读之书，字字皆吐光芒，自百窍而出。其光缥缈缤纷，烂如锦绣。学如郑、孔，文如屈、宋、班、马者，上烛霄汉，与星月争耀；次者数丈，次者数尺，以渐而差，及下者亦荧荧如一灯，照映户牖。人不能见，惟鬼神见之。此室上光芒高七八尺，以是知为文士。"学究问："我读书一生，睡中光芒当几许？"鬼嗫嚅良久曰："昨过君塾，君方昼寝，见君胸中高头讲章一部，墨卷五六百篇，经文七八十篇，策略三四十篇，字字化为黑烟，笼罩屋上，诸生诵读之声，如有浓云密雾中，实未见光芒，不敢妄语。"学究怒叱之，鬼大笑而去。

狐仙正论

献县令明晟，应山人，尝欲申雪一冤狱，而虑上官不允，疑惑未决。门役有王半仙者，与一狐友，言小休咎多有验，遣往问之。狐正色曰："明公为民父母，但当论其冤不冤，不当问其允不允，独不记制府李公之言乎？"门役返报，明为惧然。

因言制府李公卫未达时，尝同一道士渡江。适有与舟子争诟者，道士太息曰："命在须臾，尚较计数文钱耶？"俄其人为帆脚所扫堕江死，李公心异之。中流风作，舟欲覆，道士禹步诵咒，风止得济。李公再拜，谢更生，道士曰："适堕江者，命也，吾不能救；公贵人也，遇厄得济，亦命也，吾不能不救，何谢焉。"李公又拜曰："领师此训，吾终身安命矣。"道士曰："是不尽然。一身之穷达，当安命；不安命则奔竞排轧，无所不至。李林甫、秦桧即不倾陷善类，亦作宰相，彼自增罪案耳。至国计生民之利害，则不可言命。天地之生才，朝廷之设官，所以补救气数也。身握事权，束手而委命，天地何必生此才，朝廷何必设此官乎？晨门曰'是知其不可而为之者'，诸葛武侯曰'鞠躬尽瘁，死而后已'，此圣贤立命之学，公其识之。"李公谨受教，拜问姓名，道士曰："言之恐公骇。"下舟，行数十步，翳然灭迹。

外　国

外国之异，传闻最多。高丽有狗站，以四狗挽车。无启国人死心存，埋之地中，百年又复为人。土哈国昼长夜短，日没顷刻即出。沙弻国日入时声如雷，国中必鸣金鼓以乱之，否则小儿惊死。大耳国耳长七尺，阔四尺，人卧，以一耳为褥，一耳为被。宁公台外人，至冬必蛰，如蛇虫状，不饮不食，不语不言，逢春则蠕蠕而动，饮食来往如初。又某国民百年一蛰。雷州民吃熟肉，咒之变生肉，再咒变猪羊，仍还原形，再咒之仍为熟肉矣。其咒云："东山王母桃,西方王母桃。"只十字而已,殊不可解。大秦国去长安四万里,羊生土中,脐连于地,割之必死,须击鼓以震之,则脐绝而羊逐水草。此说见《新唐书》,近今果有谷种羊之皮,可见古人非欺我也。

作势渡水

张灏游真州竹林寺,寺隔小河二丈,僧驾板桥来往。张到时日暮,桥已撤矣,张奋身踏水而渡。至僧庵,但湿半鞋,僧大惊,以为仙。张笑曰:"我非仙也。少时曾有师授法,用厚砖高尺馀横排于地,铺三丈许,跃上飞走,砖不倾倒,再换薄砖试之。往来而砖不动摇,则用朽烂布绢,布绢受足不穿,再换豆腐,最后用绵纸竹纸。能踏竹纸不破,便可踏水矣。但起步须在二十步之外,一鼓作气,即作虎势腾空如飞。鞋头着水,不过五六寸,即上岸矣。若到水边才鼓气,便不能起势,然极其量,亦不过二丈而止。"

余按王莽用兵,募能飞者。有人应召,缚鸟羽为翅,飞数十步乃坠,莽知不可用,即此类也。

唐公判狱

保定制府唐公执玉尝勘一杀人案,狱具矣。一夜,秉烛独坐,忽微闻泣声,似渐近窗户。命小婢出视,噭然而仆。公自启帘,则一鬼浴血跪阶下,厉声叱之。稽颡曰:"杀我者某,县官乃误坐某,仇不雪,目不瞑也。"公曰:"知之矣。"鬼乃去。

翌日自提讯,众供死者衣履与所见合,信益坚,竟如鬼言,改坐某。问官申辩百端,终以为南山可移,此案不动。

其幕友疑有他故,叩公,始具言始末,亦无如之何。一夕,幕友见曰:"鬼从何来?"曰:"自至阶下。""鬼从何去?"曰:"欻然越墙去。"幕友曰:"凡鬼有形而无质,去当奄然而隐,不当越墙。"因即越墙处寻视,虽甃瓦不裂,而新雨之后,数重屋上皆隐隐有泥迹,直至外垣而下。指以示公曰:"此必囚贿捷盗所为也。"公沉思恍然,仍从原谳,讳其事,亦不复深求。

郭 六

郭六者,淮镇农家妇也,不知其夫姓氏。雍正甲辰、乙巳间,岁大饥,其夫度不得活,出而乞食于四方。濒行,对之稽颡曰:"父母皆老病,吾以累汝矣。"

妇故有姿,里少年瞰其乏食,以金钱挑之,皆不应,惟以女工养翁姑。既而必不能赡,则集邻里叩首曰:"夫以父母托我,今力竭矣,不别作计,当俱死。邻里能助我则助我，不能助我则我且卖花，毋笑我。"里语以妇女倚门为卖花。邻里嗫嚅俱散去，乃恸哭白翁姑，公然与诸荡子游。阴蓄夜合之资，又置一女子，防闲甚严，不使外人睹其面。或曰是将邀重价，亦不辨也。

越三载馀，其夫归，寒温甫毕，即与见翁姑："父母都在，今还汝。"又引所置女见其夫曰："我身已污，不能忍耻伴君，故为汝娶一妇，今亦付汝。"夫骇愕未答，则曰："且为汝办餐。"已往厨下自刭矣。县令来验，目炯炯不瞑。县令判葬于祖茔，而不祔夫墓，曰："不祔墓，宜绝于夫也；葬于祖茔，明其未绝于翁姑也。"目仍不瞑。其翁姑哀号曰："是本贞妇，以我二人，故至此也。我儿身为男子，不能养我二人而委一少妇，途人知其心矣！是谁之过而绝之耶？此我家事，官不必与闻也。"语讫而目瞑。

又有孟村女者，崇祯末，巨盗肆掠，见女有色，并其父母絷之。女不受污，则缚其父母，加以炮烙，父母并呼号惨切，命女从贼。女请纵父母去乃肯从，贼知其绐己，必先使受污而后释，女遂奋掷批贼颊，与父母俱死，弃尸于野。后贼与官兵格斗，马至尸前，辟易不肯前，遂陷淖就擒。

此二事正相反，论者皆有贬词，以为其一失节，其一心太忍。余曰：皆是也。孔子曰："殷有三仁焉。"郭六改行，箕子为之奴也；孟村女抗节，比干谏而死也。古人于徐孝克妻、乐昌公主尚怜之，而况此二人乎！

刘迂鬼

刘羽冲者，沧州人，性孤僻，好讲古制，实迂阔不可行。尝倩董天士画《秋林读书图》，纪厚斋先生题云："兀坐秋树根，块然无与伍。不知读何书，但见须眉古。只愁手所持，或是井田谱。"盖规之也。偶得古兵书，伏读经年，自谓可将十万。会有士寇，自练乡兵，与之角，大败。又得古水利书，伏读经年，自谓可使千里成沃壤，绘图列说于州官，州官使试于一村。沟洫甫成，水大至，顺渠灌入，人几为鱼。由是抑郁不自得。恒独步庭阶，摇首自语曰："古人岂欺我哉！"如是日千百遍，惟此六字。不久发病死。后风清月白之夕，每见其魂在墓前松柏下摇首独步，侧耳听之，所诵仍此六字。

痴鬼恋妻

京师有媪能视鬼，常告人云：昨于某家见一鬼，可谓痴绝，然情状可怜，亦使人心脾凄动。

鬼名某，住某村，家亦小康，死时年二十七八。初死百日后，妇邀我相伴，见其恒坐院中丁香树下，或闻妇哭声，或闻儿啼声，或闻兄嫂与妇诟谇声，虽阳气逼烁不能近，然必侧耳窗外，凄惨之色可掬。后见媒妁至妇房，愕然惊起，左右顾。后闻议不成，稍有喜色。既而媒妁再至，来往兄嫂与妇处，则奔走随之，皇皇如有失。送聘之日，坐树下，目直视妇房，泪涔涔如雨，自是妇每出入，辄随其后，眷恋之意更笃。

嫁前一日，妇整束衾具，复徘徊檐外，或倚柱泣，或俯首如有思，稍闻房内嗽声，辄从隙私窥，营营彻夜。媪太息曰："痴鬼何必如是！"若弗闻也。娶者入，秉火前行，鬼避立墙隅，仍翘首望妇。吾偕妇出回顾，见其远远随至娶者家，为门神所阻，稽颡哀乞，乃得入，则匿墙隅，望妇行礼，凝立如醉状。妇入房，稍稍近窗而窥，至灭烛就寝，尚不去，为中溜神所驱，乃狼狈出。

仍至妇室，妇留一儿在家，闻儿索母啼，趋出环绕儿四周，以两手相搓作无可奈何状。俄嫂出挞儿一掌，更顿足拊心，遥作切齿状。媪视之不忍，乃径归。

狐仙惧内

纪仪庵有质库在西城中，一小楼为狐所据，夜恒闻其语声，然不为人害，久亦相安。一夜，楼上诟谇鞭笞声甚厉，群往听之。忽闻负痛疾呼曰："楼下诸公皆当明理，世有妇挞夫者耶？"适中一人方为妇挞，面上爪痕犹未愈，众哄然一笑曰："是固有之，不足为怪。"楼上群狐亦哄然一笑，其斗遂解。闻者无不绝倒。

军校妻

纪晓岚先生在乌鲁木齐时，一日，报军校王某差运伊犁军械，其妻独处，今日过午门不启，呼之不应，当有他故。因檄迪化同知木金泰往勘。破扉而入，则男女二人共枕卧，裸体相抱，皆剖裂其腹死。男子不知何自来，亦无识者。研问邻里，茫无端绪，拟以疑狱结矣。

是夕，女尸忽呻吟，守者惊视，已复生。越日能言，自供："与是人幼相爱，既嫁犹私会。后随夫驻防西城，是人念之不释，复寻访而来。甫至门，即引入室，故邻里皆未觉。虑暂会终离，遂相约同死。受刃时痛极昏迷，倏如梦觉，则魂已离体。急觅是人，不知何往，惟独立沙碛中，白草黄云，四无边际。正彷徨间，为一鬼将去，至一官府，甚见诘辱，云是虽无耻，命尚未终，叱杖一百驱之返。杖乃铁铸，不胜楚毒，复晕绝。及渐苏，则回生矣。"视其股，果杖痕重叠。驻防大臣巴公曰："是已受冥罚，奸罪可勿重科矣。"

先生《乌鲁木齐杂诗》有曰："鸳鸯毕竟不双飞，天上人间旧愿违。白草萧萧埋旅椟，一生肠断华山畿。"

飞天夜叉

先生在乌鲁木齐，把总蔡良栋言：此地初定时，尝巡瞭至南山深处，日色薄暮，似见隔洞有人影，疑为盗伏丛莽中，密侦之，见一人戎装坐磐石上，数卒侍立，貌皆狰狞。其语稍远不可辨，惟见指挥一卒，自石洞中呼六女子出，并姣丽白皙，所衣皆绘彩，各反缚其手，觳觫俯首跪。以次引至坐者前，褫下裳伏地，鞭之流血，号呼凄惨，声彻林谷。鞭讫径去，六女战栗跪送，望不见影，乃呜咽归洞。

其地一射可及，而洞深崖陟，无路可通，乃使弓力强者攒射。对崖一树，有两矢着树上，用以为识。明日，迂回数十里寻至其处，则洞口尘封。秉炬而入，曲折约深四丈许，绝无行迹，不知昨所遇者何神，其所鞭者又何物。或曰此飞天夜叉化为女子者也。

虎伥

新安程生名敦，有族人家深山中，后圃园亭颇有幽趣，生往候之。迨晚，则键庄门，盖其地有虎也。

一日初更时，月色微明，狂风骤作，一僮欲请钥出户，侪辈止之不可，主人亲晓谕之。僮不得已，私欲越垣而出，以高峻不得升。忽闻垣外有虎啸声，主人乃令众仆挟持此僮，颠狂撞叫，不省人事。生知有异，亲登小楼觇之，则见有一短颈人在垣外以砖击垣，每击，则此僮辄叫呼欲出，不击乃定。生及主人皆知必虎伥也，乃持此僮愈力。僮叫呼良久，忽变作豕声，便溺俱下，其矢亦成猪矢矣，园中之人大惊。至五鼓，此僮睡去。天晓时，生及主人复登楼觇，则见一虎自西边丛薄中跃去，而伥不复见矣。

狼牙

凡猛兽皆以爪牙铦利，故能搏噬，而古者独称狼牙者，但以为尖利害物耳。数年前，甘泉令某一日自外返署，见快役班房系一小兽如犬，而双眼浅绿色，意其为狼，询之果然，乃牵入署。有幕客某以烟杆戳其口，小狼露腭作欲啮状。谛视之，其牙粲白，大小参差不齐，而其龈生成一片，非若人与他兽之分排编次也，因恍然悟古人以狼牙名兵器，盖取诸此。而狼之狠戾恃有此牙，亦天之赋与独异，若人之骈胁，猿之通臂然。

楼　怪

西安省城四府街有王太守宅，太守官浙中，宅久关锁，留仆守之。一日，邻人远望见其后楼悬灯数十盏，趋至询其仆，启门视之，寂然无物。又有童子数人白日往游，至后楼，见有白须老人凭楼窗下视。群哗之，老人忽吐舌，长丈馀至地。大骇而散。

乾隆某年，太守缘事，此宅入官，同寅乾州高公名璨者买之。所属武功黄令景略赴省借宿，夏月昼卧前厅，傍晚乍醒，北窗自启，有物黑面赤睛来窥。黄大呼而起，率众仆逐之，不见。高公赴省，将前在长安任卷宗箱置后楼。一日查旧案，令厮役上楼启之，见巨蛇蟠据箱侧，大骇走，白高公。亲往视之，无有矣。高因不敢居。

忽一日晚间，后楼失火，官吏救之，惟后楼烬焉。院中有白骨一堆。长安令周小亭拨视之，有大牙十数，长各五寸馀。别无他异。秦方伯、舒观察皆取一二枚以去。人皆云此怪已自焚死。高公擢宁武太守，始迁居之。今将此宅转鬻于前盩厔令杨翊亭，竟无他异。

武进两异事

武进之北乡，土名尤村，有某姓诞一儿，暴长，甫十一月而长三尺。每啖饭，三巨碗，或饵以粉糍，能尽七枚。然不能言，尚卧筐篮，需人提抱。此乾隆五十五年事。

毗陵郡北隅有秦姓妇忽诞一儿，状貌狞恶，头有两角，角隐隐复有两目；遍身青色，多肉块磊磊；势长数寸，纤细如灯草；啼声亦甚异。其家以为妖，埋之废圃旁。翼日人过，犹闻地下作呦呦声。此五十五年八月事。

有子庙讲书

西江周驾轩太史，新举孝廉，赴北闱会试。路过邹鲁间，梦人引至一处，栋宇巍峨，上书"有子庙"三字。心疑之，以为有子配享圣人久矣，此地何以别立有庙。俄而召入，上坐有古衣冠者，年五十许，发眉苍秀。揖而进之，命之旁坐，曰："汝西江名士，可知《论语》第二章'孝弟也者，其为仁之本欤'作何解？"周曰："仁为五德之首，孝弟又为仁德之首。"有子曰："非也。古字'人'与'仁'通，我首名'其为人也孝弟'，末句'孝弟也者，其为仁之本欤'，其义一也。汉、宋诸儒不识'仁'字即'人'字，将个孝弟放在仁外，反添枝节。汝到世间为我晓示诸生也。"周唯唯而出，是年即中进士，入词林。

余按"井有仁焉"之"仁",即人字,则此章"仁"之为"人",当亦无疑。

米元章显圣

芜湖鲍某工画,专学米元章,竟能得其大概;且又能烘染纸作旧色,识者莫辨。南北骨董家购者甚多,因之致富。

一日,作画倦矣,坐而假寐,忽见一人唐巾宋服,登其庭骂曰:"我米元章也,汝学我画,仅得皮毛,而欺世取财,将来千百世后道元章之画不过如此,则我之身分姓名,俱为汝糟蹋矣!"因袖中出一石击其右肱,鲍觉酸痛,一惊而醒。从此握笔,腕痛难胜;执箸数钱,依然无恙。

麒麟喊冤

有邱生者,吴人也。幼习时文,屡试不售,怒曰:"宋儒误我!"乃尽烧其《讲章》《语录》,而从事于考据之学,奉郑康成、孔颖达为圣人,而渺视程、朱。家贫,游学楚、蜀。过峨嵋山,坐古松之下,温习《仪礼注疏》。有白额虎衔之而去。行数里,乃掷于深谷中,虎竟去。邱心悔,当是背宋儒之报也。方懊恼间,见谷旁有石门大开。邱走入,则殿宇巍峨,署曰"文明殿",两旁罗列书籍百万,莫知其数。邱掀翻书目,谓必以六经冠首,不意翻毕,竟无有也,心疑之。

旁有古衣冠者倚门而立,邱揖而问曰:"此处何神所居?"曰:"苍圣。"邱问:"苍圣始制文字,自该万卷横陈,独无古《六经》何耶?"古衣冠者曰:"向来原有此书,但名《诗》《书》《周易》,不名经也。自汉人多事,名曰《六经》,造作注疏,穿凿附会,致动上帝之怒,责苍圣造字生此厉阶。从此,文明殿中撤去注疏,致汝掀翻不得。"邱问:"注疏何以上干天怒?"曰:"此事原委甚长,汝且静听我言。汝可知万国九州,只有一天乎?自盘古开辟以来,三皇五帝,莫不钦若昊天,天亦安享郊牛,数千年矣。忽然东汉末年,有五妖神头戴冕旒,身穿龙衮,闯入天宫,各称名号。其自称赤熛怒者,红面猬髯,状尤狞恶。其他兄弟四人,衣青者号灵威仰,衣黄者号含枢纽,衣白者号白招拒,衣黑者号汁光纪,竖眉昂首,哓哓嚷嚷,竟欲篡夺上帝之位,分据为五国。上帝盘问五人得姓受命所由来,皆瞪目不能答。帝命神兵擒之,与斗未决。适苍圣朝天奏曰:'此五神姓名皆谶纬妖言,汉人郑玄师弟所传,但召郑玄来,则不斗而自伏矣。'帝无可奈何,即命九幽使者召郑玄师弟上殿。见其举止老成,饮酒三百杯不醉,遂署文明殿功曹,五妖神始帖服不动。

凡郑所奏,帝亦颁行世间。久之,其教有必不能行者。天子冕旒用玉二百八十八片，天子之头几乎压死。夏祭地示必服大裘，天子之身几乎喝死。只许每日一食，须劝再食，天子之腹几乎饿死。丧礼，含殡用米二升四合，君大夫口含粱稷四升，如角柶不能启其齿，则凿尸颊一小穴而纳之。凡为子孙者，心俱不忍。以讹传讹，习而不察，将及千年。

一日，天帝坐紫薇宫，见云中飞下一兽来，龙鳞马鬣，喊冤奏曰：'臣麒麟也，不食生虫，不践恶草，人人称为仁兽，必待圣人出，臣才下世。不料有妄人郑某、孔某者生造注疏，说郊天必驳麒麟之皮蒙鼓，方可奏乐。信如所言，人主郊天一回，必杀一麒麟，麒麟何罪，遭此屠毒？此等议论，只好吓骗黄巾贼，见老郑便一齐下拜，使麒麟见之，必唾其面。'言未毕，又见空中云鬟霞佩，率领数妇人珊珊来者，跪奏曰：'妾姜氏，周王妃也，当时周王劝农，妾并不随行。今有妄人郑某，说天子劝农，必与王后同行。妾想妇人幽闺弱质，行不逾阈，岂有披霜冒雨出来劝农之理？北魏王肃曾言其非，唐人孔颖达将王大加呵斥，党同诬妄，一至于此！'诸妇人齐奏曰：'妾南国诸侯大夫之妻也，夫君外出，妾等心忧，"亦既觏止，我心则降"，言既见而心安，此人情也。郑训"觏"为交媾之媾，言交精而心降，又训"五日为期，六日不詹"，云妇人五日不御，必有思男子而不得之病。妾等皆公侯淑女，不应贪淫至此。'麒麟在旁踢足大笑，帝问：'何笑？'麟曰：'诸夫人但知责郑玄，不知责戴圣。圣造《礼经》，其罪更大。臣在周文王灵囿中与振振公子同游，见文王宫女原无定数，多不过二三十人，并无九嫔、二十七世妇、八十一御妻之名号，亦从不见有"金环进之、银环退之"之条例。文王日昃不暇，乐而不淫，那得有工夫十五夕而御百馀妇哉？戴圣本系赃吏，造作宫闱经典，以媚昏主；而郑玄师弟又从而附会之，致后世隋宫每日用烟螺五石，开元宫女六万馀人，皆其作俑也。且注《诗经》"昏椓靡供"，言"椓"是椓妇人之阴，此是《景十三王传》中之事，三代无此惨刑。'天帝闻之大悔，喑曰：'朕用人过矣。'召苍圣谓曰：'卿造字原有功于万世，大圣人周公孔子皆出汝门下，不料后来俗儒流弊，一至于斯，何以救之？'苍圣奏曰：'臣兄弟三人同造字，臣所造之字都是下行，臣弟沮诵、佉卢所造之字或右行，或左行。左右行者，行于东西二方；下行者行于中华。今东西方只一教，而中华之教如此纷张，惟有召西方明心见性之人学佛未成者来，大显神通，将此辈一扫而空之。'帝曰：'召佛是矣，何以要召学佛不成者？'苍圣曰：'佛无夫妻父子，故名异端，恐来中国，人多不服。惟有少时借佛书参究一番，中年遁归周、孔者，墨行儒名，人才肯服。宋朝某某最佳。'麒麟在旁争之曰：'楚固失矣，而齐亦未为得也。据汉儒"麟鼓郊天"之说，不过麒麟晦气，而天帝尚得一顿饱餐。若宋儒主持名教，训"天命之谓性"，云"天即理也"，古帝王只有祭天者，无祭理者，将来天帝血食，不从此而斩断乎！不但此也，恐尖嘴雷神还要来闹。'帝曰：'何也？'曰：'朱注有"盛馔"二句，云："敬主人之礼，非以其馔也。"下文注"迅雷必变"云"敬天之怒"，岂非下文暗藏不以其雷耶？从此雷公没人怕了，雷公岂肯甘心？'天帝笑曰：'汝言亦是，但气运各有盛衰，朕亦不能作主，姑且召明心见性之人，视其伎俩何如？'俄见苍圣带领宋儒上殿：有褒衣博冠手执太极图者；有闭目指心自称常惺惺者；有拈花弄月自号活泼泼地者；最后四人扛一大桶，上放稻草千枝，曰：'此稻桶也，自孔孟亡后，无人能扛此桶。唐人韩愈妄想扛桶，被我取他与大颠和尚书札，搜出真赃，把他所扛之桶多掀翻了，何况郑、孔，敢与我四人为难乎！'言未毕，果见赤嫖怒、白招拒五妖神爬墙穴洞，偃旗息鼓而逃。天帝大喜，即命此四人权摄文明殿功曹。此汉学所以不昌，而文明殿之所以无注疏也。"

邱问："既如此，何以架上不收宋儒注疏乎？"曰："一误岂容再误，宋儒此座亦恐终不能久，现在陆、王二姓，本朝颜息斋、李刚主、毛西河等，都与为难。"方谈论间，忽闻钟鼓声，内闻苍圣传旨云："朕命白虎驮邱生来，原恶其自矜汉学，凌蔑百家，挟天子以令诸侯，故有投畀豺虎之意。今闻渠已悔误，可赐山中云雾茶一杯，领其出山，俾述所闻，可以晓世。"

古衣冠者引行曲涧中，邱因问曰："据苍圣之言，汉学不可从；据麒麟之言，宋儒又不足取。然则我将安归？"神曰："随之时义大矣哉！士君子相时而动，故曰"顺天者昌"。即如神道设教，蒋帝既衰，关帝自兴，此眼前之明证也。当汉学盛时，晋朝王弼注《易》，骂郑康成为老奴。康成白昼现形，立索其命而去。元行冲有言：'今人宁道孔圣误，讳言郑、孔非。'亦怕康成作祟故也。今气运既衰，其鬼不灵，而人亦少谈孔、郑矣。当宋学盛时，元朝祭朱考亭，至于呼太祖御名成吉思而祭，尊与天同。明祖登极，又聘宋金华四先生等讲学，皆考亭之小门生也，一脉相传。颁行《四书大全》，通行天下，捆缚聪明才智之人，一遵其说，不读他书。杨升庵有言：'虫有应声者。今之儒生，皆宋儒之应声虫也。'子不作应声虫，安能拾取科名，上报君父乎？"

邱曰："然则上帝亦好时文八股耶？"古衣冠者大笑曰："上帝非秀才，安用时文！不特帝所无时文，即娜嬛洞、二酉山亦从无此腐烂之物。细字小板古书,亦无此恶模样。"邱曰:"然则时文科甲中,何以出许多豪杰? "神曰:"士如鱼也,钓之可得,射之可得,网之亦可得。大者蛟鳌,小者鲂鲤,皆水所生,不因钓射网罟而有异焉。历代以经学取为名臣者,若而人;以诗赋策论取为名臣者,若而人;以时文取为名臣者,若而人。豪杰之士,岂为功令所束而遂淹没哉! 汝试看吕蒙拔于盗贼,郭子仪起于缧绁。盗贼罪人中尚且有人,而况于时文科目耶! "

邱问:"上帝何好? "曰:"好诗文。"问:"何以知之? "曰:"汝试想上帝白玉楼成,何以不召老成人马季常、井大春作记,而召一少年佻㑓之李长吉耶? 海上仙龛,芙蓉城主,何以不召周、程、张、朱聚徒讲学者居之,而召一好酒及色之白居易、豪纵不羁之石曼卿耶? "

邱恍然大悟,乃再拜曰:"如神人所言,某将弃汉学、宋学,而从事于诗文何如? "神曰:"子又误矣! 人之资性,各有短长。著作之才,水也,果有本源,自成江河。考据讲学,火也,胸中无物,必附物而后有所表彰,如火之必附于薪炭也。子天性中本无所有,焉得不首鼠两端? 且子既精汉学矣,试问帝王所食之米何名? "邱不能答。

神曰:"康成注释之'溲溲'云:'舂之播之,使趋于凿。粟一石为粝,舂一斗为粺,又去八升为凿,又去九升为侍御。侍御者,王所食也。'子试思米舂至八九次,其粝粺糠籺将何所归? 天故专生此一流飧糠核而饱秫稗之人,或琐屑考据,或迂阔讲学,各就所长,自成一队。常见孔圣、如来、老聃空中相遇,彼此微笑,一拱而过,绝不交言,此天地之所以为大也。"

邱闻之,色若死灰,意流连不出。神曰:"子休矣! 子被虎衔落山涧,袖中所带《仪礼注疏》,蠨食者过半矣。盍速归乎! "邱再拜出洞,至今犹存。

大通和尚

吴门某进士通禅理,立志成佛。闻天台山僧名大通者年一百二十岁矣,乃徒步访焉。两扣茅蓬,辞不见,进士跪门。

一日,僧召入问:"汝来何为? "曰:"愿学佛。"曰:"君非某尚书之子欤? "曰:"然。""今尚在乎? "曰:"在。""有妻子乎? "曰:"有。"僧曰:"君误矣。佛性慈悲,汝父尚在,妻尚存,而忍心别父弃妻,贪图作佛,此心可以见得佛否? "进士不能答。僧又问:"成佛必须功德,汝立何功? "曰:"我遇荒年必倡捐赈粥,遇棺椁必掩埋,年年买活物放生。"僧曰:"凡有心积德以徼福者,与无德者同。犹之律上过失杀人,虽杀不抵命也。汝贪成佛,而强为诸善，何功之有？汝果要学佛，当先学我，便从此刻学起。我坐则坐，我食则食，我溲溺则溲溺，我眠则眠，汝能照样行乎？"曰："能。"僧长叹一声，便闭目坐榻上，一日不语，不饮，不食，不眠，不起溲溺。进士骨节酸楚，腹中雷鸣，溲溺俱下，而僧不知也。不得已，起跪僧前，愿且还家。僧亦不答，拱手微笑而送出焉。

掠剩鬼

广陵法云寺僧珉楚，常与中山贾人章某亲狎，章死，楚为设斋诵经数月。忽遇章于市，楚未食，章即延入饭店，为置胡饼。既食，楚问："君已死，那得在此？"章曰："吾以小罪未免，今配为扬州掠剩鬼。"问："何谓掠剩鬼？"曰："凡吏人贾贩利息皆有数，过常数得之即为馀剩，吾得掠而有之。今人间如吾辈甚多。"因指路人曰，某某皆是。顷之，有一僧过，指曰："此僧亦是。"因召至与语，良久，僧亦不见。

楚与章南行，遇一妇人卖花，章曰："此妇人亦鬼，所卖花亦鬼所用之花，人间无用。"章出数钱买之以赠楚曰："凡见此花而笑者，皆鬼也。"即告辞而去。其花红芳可爱而甚重，楚亦昏然而归。路中人见花，颇有笑者。至寺北门，自念吾与鬼同游，复持鬼花，殊觉不祥，即掷花沟中，溅水有声。既归，同院人觉其色甚异，以为中恶，竞持汤药救之。良久乃苏，具言其故，因相与复视其花，乃一死人手也。

卷 六

多 官

多官，闽莆田人，襁褓失怙恃，嫂郑氏乳之。长而美丽，兄嫂皆爱之。兄远贾外出，或经年不归。嫂常居母家，携叔去，令出就外傅。邑有叶先生授徒于家，多官往学焉。

江西陈仲韶，贵公子也。年十八，举于乡，兄宦闽，以丧偶故往省。路出莆田值雨，遭多官于道，神为之夺，下舆随行。多官回顾，见其抠鲜衣，曳粉靴走泥淖中，状若狂痴，心颇疑之。仲韶卒尾至其家，苦不得入。访于邻，始知为多官，自书塾归，乃至其嫂家也。

仲韶抵兄署，与其嬖京儿谋欲得多官。京曰："子盍以游学请诸兄？允则事济矣。"兄果喜，仲托莆令修厚赘于叶。叶馆以公子礼，不知为先达也。仲遍谒同学，多官出见，骇然良久，心知客为己来，自是绝不过从，惟扃户而读。居匝月，终无由通款。

一夕，闻多官呻吟声，瞰之，病卧在床，叶偕医来诊其脉曰："虚怯将脱，非参四两不治。"叶闻，欲送之归。仲韶勃然曰："渠家贫，安能办此？即归亦死耳。"立启箧出金授医，复语叶曰："有故悉我任。"遂亲侍汤药，衣不解带者半月有馀。多官旋愈，深德仲韶，于是来往颇密，然终无戏容。

仲无间可入，复谋于京儿，京曰："吾知其感公子矣，不知其爱公子否？可佯病试之。"如其言，多官来，亦如仲之侍己疾者。京儿贿医诡云："药中须人臂血，疾始可治。"命京，京佯不可，多官在旁无语，至暗中乃刺血和药以进。仲知之大喜，以为从此可动也。适兄膺荐入都，招仲偕往，多官闻之，乃夜就仲室曰："曩者公子倾金活我，非爱我故耶？今行有日矣，义不忍负公子，请缔三日好，誓守此身以待。"即宿于仲所三日，仲乃行。

叶有甥名淳者，性淫恶，而颇饶膂力，涎多官美，欲与狎，不可。一日，仲韶使至，多官置来书案上，出询仲起居。淳潜入，见仲书多亲昵语，喜曰："是可劫也。"多官来，袖书示之曰："汝从陈公子，独不可从我乎？"多官初欲拒之，已而思有书在，虑不能灭其迹，复佯笑曰："若还吾书，今夕当从汝。"淳喜，还书而出。多官焚之，乃作二札，一与仲诀，一以告嫂，纳诸箧，即取所佩刀自刭。嫂闻信至，启箧得书，讼其事。淳瘐死狱中。

仲韶归，见所遗书，一恸几绝。感其义，誓不再娶。一夕，梦多官来曰："不可以我故废君祀，君娶，我将为君后。"从之，果举一子，眉目绝似多官，因名喜多。

先是京儿与谋时曰："多官洵美，但眉目间英气太重，充其量可以为忠臣烈士，虑不善终耳。"后果如其言。

祈梦二则

宜兴士人，少时到于忠肃庙中祈梦。夜梦神旁皂隶来，摸其臂与之狎，士人愤怒，大叫而醒，以为忠肃不能御下，何足敬也，遍告亲友。后士人成进士，选湖广龙阳县，十馀年，卒于任所。

赵笠亭祈梦于坟，梦见少保凭几坐，几上燃烛二枝，上有绿字书"冠冕通南极，文章列上台"两句，以为大吉兆。后竟以疾亡。将殡，诸门弟相率临奠设筵告祭，其筵前烛二枝，绿字所书，即此二句。

鬼被冲散团合最难

绍兴傅长纯，馆胡抚军宝璟署。一日，胡出堂理事毕，来告幕中诸友云：适坐堂上，有皂役仓猝后至。甫入门，俄一鬼趋出，与皂相值，为皂冲仆。其鬼四肢悉散堕地上，耳、目、口、鼻、手、足、腰、腹如剥开者，蠕蠕能动。久之渐渐接续，又良久复起而去。胡视皂役之气颇旺，鬼误值，为其气摄住，故不得退避而冲倒也。其倒时，皂竟不知，旁廊下有鬼，多笑之而不前。

石板中怪

桐城朱书楼云：其父昔居巢县，去其家里许，有山险峻，不通人迹。一日，佃户来报："山上木鱼声响，从未见有僧往来，请侦视之。"其父率佃户数十人，披荆斩棘而上。见山顶石洞中有老僧跌坐蒲团，敲木鱼念佛。问："从何来？"僧不答。问："需斋供否？"曰："吾辟谷多年，奚用斋为？"言毕，闭目而坐。

众惊异下山。朱归告其母，母曰："是神僧也。我有蓄金五百，汝为我建佛阁于山上，供养此僧。"朱遂率众鸠工。僧忽出洞指所立处曰："此下若见石板，慎勿轻动，动则妖出。"众不信，以为石下或有窖金，趁僧不在时，共力掘起。忽黑气冲天，飞砂迷目，僧急出洞曰："妖已遁矣，不信吾言，致为人祟，奈何？"工未完，果有方姓家奴被二女妖缠扰几死，其主仓皇来，告僧求教，僧遂下山建坛，竖七星灯。咒语移时，双袖一挥，向空喝曰："汝幽禁虽久，野性尚存，速随吾上山修炼。"是夕，方姓家遂安。嗣后有上山者，常见僧旁有二美女侍立，执卷焚香，丰姿绰约，群以为异。

如是者六年。一日，僧召朱谓曰："予号大容，曾遇异人指点出家。今道行已满，明日即当飞升。二妖已皈佛法，自往他处修真，但与方姓尚有宿愆，吾化后，须供渠七日，消除此案。"及明日，僧举火自焚，于是二女复至方家，附奴身上索酒食，曰："吾已千年未曾看戏，可为我演戏七本，我才看和尚面上，甘心饶汝。"方从之，演毕寂然，惟正厅桌上留红帖一张，大书"嫣红环翠谢戏"六字。

僵尸贪财

金陵张愚谷与李某交好，同买货广东。张有事南归，李托带家信。张归后，寄信李家，见有棺在堂，知李父亡矣，为设祭行礼。李家德之，其妻出见，年才二十馀，貌颇妍雅，设馔款张。时天晚矣，留张宿其家，宿处与停棺之所隔一天井。

至夜二鼓，月色大明，见李妻从内出，在窗缝中相窥。张愕然，以为男女嫌疑之际，不应如此，倘推门而入，当正色拒之。旋见此妇手持一炷香，向其翁灵前喃喃然若有所诉。诉毕，仍至张所住处，将腰带解下紧缚其门上铁环，徐徐步去。张愈惊疑，不敢上床就寝。

忽闻停棺之所豁然有声，则棺盖落地，坐起一人，面色深黑，两眼凹陷，中有绿睛闪闪，狞恶异常。大步走出，直奔张所，作鬼啸一声，阴风四起，门上所缚带登时寸断。张竭力拦门，力竟不敌，尸一冲而入。幸其旁有大木橱一口，张推橱挡尸，橱倒，正压尸身，尸倒在橱下，而张亦昏迷不醒矣。

李妻闻变，率家丁持烛奔至，将姜汤灌醒张而告之曰："此妾翁也，素行不端，死后变作僵尸，常出为祟。性最爱财，前夜托梦于我曰：'将有寄信人张某来我家，身带二百金，我将害杀其身而取之。以一半置我棺中，以一半赐汝家用。'妾以为妖梦，不信其语。不料君果来宿于此，我故焚香祷祝，劝其勿萌恶念。怕他推门害君，故以带缚住门环，而不料鬼力如是之大也。"乃与家丁扛其尸入棺。张劝作速火化，以断其妖。曰："久有此意，以翁故，于心不忍，今不得不从俗矣。"张助以作道场之费，召名僧为超度而焚之，其家始安。

黄鼠狼着纸衣呼小将

李半仙，奉天人，其师黄某，为吾杭方伯国公栋壬戌房师。为通州牧，过于仁慈，上司劾其纵贼殃民，发遣奉天，授徒教读，见半仙曰："子可传道，非功名中人。"半仙叩首听命。令其拜斗四十九日，授书一卷，剑一口，遂能驱邪治病。黄公每岁至滇，来去万里甚速。限满放归，不知所终，盖有道术者。李君每岁一至京师，住国公宅。往往见其役鬼使神，颇有效验。

一日，有狐仙延请赴宴，所设猪羊鸡鸭等肉，率皆淡食，不下盐酱，左右侍立捧盘馔者，皆极大黄鼠狼，人立而衣纸衣，呼为黄小将，惟主人则狐而人形，衣绸缎焉。李怪而问之。曰："若辈福薄，只宜着纸衣，一着绸则病，一着缎即死。今日所以奉请者，有所求也。吾曹子孙辈每有在外间无状者，祈法师遇有此等事，以文书牒我，俾我以家法处置，幸勿伤其性命。如有文书，可焚于紫禁城转湾之城脚下，呼黄小将三声，我即领受。"李唯唯而出。

有患瘵病为冤缠者，半仙为禳解之。若为妖魅，驱之不去，则作法斩之。用米一斗，插剑于中，焚符诵咒，剑自飞舞，斫于门柱，有怪毛绒绒然，截八寸馀。病者获安，李即辞去，从不受谢。

徐明府幕中二事

徐公名振甲，初宰句容，有仲姓戚司刑名事。句境皆山，产雉兔獐狍之类，每岁召猎户捕取供上宪，以为土物。徐公一日召猎户于署中试放火枪，轰然震响，仲姓失色，窜匿于隐处，屏息不动。至晚，觅之不得，遣人出城追逐，直至省垣，避匿一小庵中。署中人多言仲本女狐所生故也。

后徐调任清河，赴省过余，留饮，语余曰："余幕中诸友多有外嬖，家人辈有拂其宠憧之意者，幕友即欲辞去，以此小事甚费周旋，以致此风大炽，署中诸犬效之，两雄相偶，岂非绝倒。"座中广文孙公曰："此何足异，余家牝鸭与牝鸡，每作雌雄相偶之状，更可嗤也。"

同服琉璜效验各别

琉璜有毒，人人所知，然服之而寿考康宁者有之，疽发于背、于颈死者有之。祸福互异，由各人体气本不相同也。本朝托冢宰庸于冬至日嚼雪吞冰，不知其冷，自称阳脏故然。尹文端公隆冬不戴貂帽，戴则虽大雪中汗出如雨。宋夏英公服钟乳、琉璜，偶离此二味，则手足如冰，真不可解也。杭州王画师林常服琉璜，久之毛孔中常突起小泡，青烟一道，直射而出，皆作琉璜气。据云其毒从毛孔中出，便无他患，至今其人年高，卒无恙云。

夜航船二则

杭州夜航船，夜行百里，男女杂沓，中隔以板。仁和张姓少年，素性佻伏，以风流自命，搭船将往富阳。窥板缝，有少艾向渠似笑非笑，张以为有意于己也。夜眠至三鼓，众客睡熟，隔板忽开，有人以手摸其下体。少年大喜过望，挺其阴使摸，而急伸手摸彼，宛然女子也。遂爬身而入，彼此不通一语，极云雨之欢。鸡鸣时，少年起身将过舱，其女紧抱不放，少年以为爱己，愈益绸缪。

及天渐明，照见此女头上萧萧白发，方大惊。女曰："我街头乞丐婆也，今年六十馀，无夫无子女无亲戚，正愁无处托身，不料昨晚蒙君见爱。俗说，一夜夫妻百夜思，君今即我丈夫，情愿寄托此身，不要分文财礼，跟着相公，有粥吃粥，有饭吃饭，何如？"少年窘急，喊众人求救。众齐起欢笑，劝少年酬以十馀金，老姬始放少年回舱。回看彼少艾，又复对少年大笑。

柴东升先生：搭夜航船往吴兴，船中老少十五人，船小客多，不免挨挤而卧。半夜，忽闻一陕西声口者大骂："小子无礼！"擒一人痛殴之，喊叫："我今年五十八岁了，从未干这营生，今被汝乘我睡熟将阳物插入我谷道中，我受痛惊醒，伤我父母遗体，死见不得祖宗。诸公不信，请看我两臀上，他擦上唾沫尚淋漓未干。”被殴者寂无一语。

柴与诸客一齐打火起坐，为之劝解。见一少年羞渐满面，被老翁拳伤其鼻，血流满舱。柴问：“翁何业？”曰：“我陕西同州人，训蒙为业，一生讲理学，行袁了凡功过格，从不起一点淫欲之念，如何受此孽报？”柴先生笑曰：“翁行功过格，能济人之急，亦一功也；若竟殴杀此人，则过大矣。我等押无礼人为翁叩头服罪，并各出钱二百买酒肉祀水神，为翁忏悔何如？”翁首肯之，始将少年释放。

天明，诸客聚笑劝饮，老翁高坐大啖，被殴者低头不饮，别有一少年笑吃吃不休，装束类戏班小旦，众方知彼所约夜间行欢者，乃此人也。

盛林基

乾隆四十一年，乐安县民盛林基，年三十二岁，家有一母一妹。忽一日，以切菜刀断其母妹二人之头，高置几上，买香花灯烛而供奉之。其乡邻惊问何故，笑曰：“送他两人到极好处去成佛，我不过尽孝道耳。”总甲报官来验，坦然出迎，口供与对乡邻之言如一。官请王命凌迟，其人含笑就死，亦无一言。据邻人云：“此人平时待母颇尽孝道，与妹亦甚和睦。”

赵友谅宫刑一案

赵成者，陕西山阳城中人，素无赖，老而益恶。奸其子妇，妇不从，持刀相逼，妇不得已从之，而心终不愿，私与其子友谅谋迁远处以避之。其戚牛廷辉，住某村，离城三十里，遂往其村，对山筑舍而居，彼此便相叫应。

居月馀，赵成得信，追踪而往，并持食物往拜牛廷辉。牛设馔款待，乡邻毕集。席间，客严七，与牛至好，问牛近况。牛告以“生意不好，卖两驴得银三十两，以十金买米修屋，家中仅存二十金”等语。赵成欲通其媳，厌友谅在旁，碍难下手，知邻人有孙四者凶恶异常，且有膂力，一村人所畏也，乃往与谋杀牛廷辉，分其所剩金。孙四初不允。赵成曰：“我媳妇甚美，汝能助我杀牛廷辉，嫁祸于友谅，友谅抵罪，则我即以媳妇配汝，不止一人分十金也。”孙四心动，遂慨然以杀牛为己任。

是夜，与赵成持刀直入牛家，友谅见局势不好，逃入山洞中。孙、赵两人，竟将牛氏一家夫妇子女全行杀尽，而往报官，云是友谅所杀。县官路学宏急遣役往拿，见友谅匿山洞中，形迹可疑，遂加刑讯。友谅不忍证其父，而又受刑不起，遂痛哭诬服。然杀牛家之刀，原是孙四家物，赵家所无也。屡供藏刀之处，屡搜不得，路公以凶器未得，终非信谳，遂叠审拖延，连累席间饮酒乡邻十馀人家产为空。

一日，捕役方带赵成复讯，成自喜案结矣，策赛高歌。其媳见而骂曰："俗云：'虎毒不食儿。'翁自己杀人，嫁祸于儿子，拖累乡邻，犹快活高唱曲耶！一人作事一人当，天地鬼神肯饶翁否！"赵成面赤口噤。捕役以其情急闻于官，官始穷问赵成。初不服，烧毒烟熏其鼻，方输实情。

按律：杀死一家五人者，亦须一家五人抵偿。按察使秦公与抚台某伤其子之孝，狱奏时为加夹片，序其情节，奉上谕：赵友谅情似可悯，然赵成凶恶已极，此等人岂可使之有后！赵成着凌迟处死，其子友谅可加宫刑，百日满后，充发黑龙江。

换尸冤雪

京师顺承门外有甲与乙口角相斗者，甲拳伤乙喉，气绝仆地。时天已晚，路上人将凶手缚置营房，以尸交两营兵看守，待明早报官。会天雨雪，一卒老病畏寒，向年壮者云："我归家添衣服喝酒，略耽延便来。"年壮者许之。其人久而不至，年壮者亦买酒取暖，醉睡帐房。早起寻尸，尸隐不见，方惊愕间，年老者亦至，曰："我已报司坊官，即时来验矣。"年壮者曰："尸竟遗失，官来无可验，我二人罪大，奈何？"老卒沉思良久，曰："我有一计，某处荒地前有人舁一棺来，似是新死之人，尸尚未坏。我与你打破其棺，扛尸来此，以冒抵之，庶可免罪。"年壮者以为然，依计而行。少顷，官来验尸，则额角上有长钉一条，流血被面。问凶手，凶手曰："我实失手打死此人，并未加钉钉额。且此尸面貌，并非我所殴之人。"官不能断。

正喧嚷间，有一男子大呼而入，曰："此事与甲无干，我乃被殴仆地之人。初时气绝仆地，既而苏醒还家，实未死也。"官始将凶手放释，而查问荒地扛棺来厝之人，细加推究钉额之尸，姓刘名况，以染工为业。妻与人奸，乘刘醉，与奸夫钉杀之也。乃释甲而置奸夫于法。

旁观者曰："尸非可换之物，而两营兵奇计如此，此非营兵之愚也，乃暗中鬼神之巧也。"

凡肉身仙佛俱非真体

余每游刹院见肉身菩萨，大概浑身用生漆灰布，叩之橐橐有声。虽腿筋盘屈隐隐可见，而脰颈总歪。在武夷山见草鞋仙，姓程名艮坐石洞中，在九华山见无瑕和尚，皆两目下垂无睛，摇其头尚动，叩其齿皆蛀朽脱落。惟广西永州无量寿佛，虽肉身而头独端正，心常疑之。

后有人云："顺治间有邢秀才读书村寺中，黄昏出门小步，闻有人哀号云：'我不愿作佛。'邢爬上树窃窥之，见众僧环向一僧合掌作礼，祝其早生西天；旁置一铁条，长三四尺许，邢不解其故。闻郡中喧传，某日活佛升天，请大众烧香礼拜，来者万馀人。邢往观之，升天者，即口呼"不愿作佛"之僧也，业已扛上香台，将焚化矣。急告官相验，则僧已死，莲花座上血涔涔滴满，谷道中有铁钉一条，直贯其顶。官拘拿恶僧讯问，云：'烧此僧以取香火钱财，非用铁钉，则临死头歪，不能端直故也。'乃尽置诸法。而一时烧香许愿者，方大悔走散。

全州佛庙大门外有坟一座。相传某御史入庙礼佛，欲试是否肉身，取针刺佛之耳，鲜血流出，御史大惊，出庙颠仆而死，其家即葬之于庙门外以示戒也。余观坟上碑，但记前朝姓名某，而并无此语。余虽不刺佛，然剥其所施衣彩十三层，叩其胸而弹之，亦自觉无礼矣。

动静石

南雁宕有动静石二座，大如七架梁之屋，一动一静，上下相压。游者卧石上，以脚撑之，虽七八岁童子，能使离开尺许，轰然有声。倘用手推，虽舆夫十馀人，不能动其毫末。此皆天地间物理，有不可解者。

玉女峰

雁宕有石如女子独立，长五丈馀，头有髻形。杜鹃花开，红满一头，恰无一朵拂其面上者。袍色微红，裙色惨绿，若天然染就状，界画分明。衣褶之痕，宛然若织。

庐山禹碑

庐山宗生庵旁有谷帘泉，泉有石洞险而深。有人缒身而下，得一碑，上有禹王大篆六字。释文曰："洪荒漾余乃枏。"星子令丁正心在莲花池席上为余言。

飞钟哑钟妖钟

武夷伏虎山之巅有钟系焉，相传唐时飞来，离地三十馀丈，无人能击，故又号哑钟。张家口外总管庙有妖钟，三更外无故自鸣。

鼠渡江

乾隆五十年，有鼠数万衔尾渡江，大小不一，在水飒飒有声。须臾间，江面里许为其所蔽。老舵工云："上江必有水灾。"至七月间，来安、全椒二县起蛟，田堤尽坏。

鹏 过

康熙六十年，余才七岁，初上学堂。七月三日，才吃午饭，忽然天黑如夜，未数刻而天渐明，红日照耀，堂中无片云。或云："此大鹏鸟飞过也。"庄周所云"翼若垂天之云"，竟非虚语。

石中玉碗

乾隆五十五年，荆州大水，周王山崩，有璞石随流而下。耕人以锄击之，中得玉碗，温润洁白，无雕刻而有血沁，周围六寸许，惜石破而碗已伤。群不解碗何以生石中，或曰："此必千年前富贵人家玉碗堕入泥中，泥久气燥，变而为石，故将碗裹在石内。"

瓜子妖

陶方伯在江宁署中与濮某、刘某相友善，中秋招二人饮酒，各把瓜子散步阶下。且行且谈，被风吹数子落在土中。夏间，其地忽发瓜藤，渐长渐大，俄结三瓜，其大如斗。一时贺者纷纷，以为祥瑞。三人闻之，亦自得也。未一年，陶以书案被罪；濮以瘵疾卒；刘癫疾大作，血肉溃烂而亡。

琴 变

金陵吴观星工琴，常为余言：琴是先王雅乐，不过口头语耳，未之信也。年五十时，为赵都统所逼，命弹《寄生草》，旁有伶人唱淫冶小调以和之。忽然风雷一声，七弦俱断，仰视青天，并无云彩，都统举家失色。从此遇公卿弹琴，必焚香净手，非古调不弹矣。

古北口城楼火箭匣

乾隆六年，嘉兴知府杨景震为卢案谪戍军台。登古北口城楼，上有一铜匣，封锁甚固，相传明代总兵戚继光所留，过客不许开看。杨抚玩良久，见匣上金镌一震卦，笑曰："匣上卦名震，与我名景震相应，我当开之。"启其盖，飞出火箭一枝，着于对面景德庙正殿柱上，登时火起，将殿宇僧房焚烧殆尽。

官受妓嗔

杨镜村作苏州太守，娼禁甚宽；某太守治苏州，笞妓甚酷。后两人俱解组矣，偶过江都，有巨公某延之饮酒。座有三妓，皆苏人也，主人戏问："苏州官长贤否？"三人但认识杨公，不认识某公，齐声对曰："杨太老爷待奴辈仁慈，并禁地方衙役光棍吓诈，此等官府，自然公侯万代。后来某大老爷拿奴辈去，非笞即拶，并教供出嫖客姓名，以便他吓诈取钱，不供便打。如此等官，世世子孙要做奴辈这行生意的。"举座大笑，某公不终席登车而去。

京中新婚

北京婚礼，与南方不同。邵又房娶妻，南方诸同年贺之，意欲闹房拜见新人也。不料花轿一到，直进内房，新郎弯弓而出，向轿帷三发响箭，然后抱新人出轿，则乱鬓蓬松，红绸裹首。新郎以秤杆挑下红巾，不行交拜之礼，便对坐床上。伴婆二人，持红毡将四面窗棂遍身遮蔽，进大饺一个，剖之，中藏小饺百馀。两新人饮酒啖饺毕，脱衣交颈而睡。

次日鸡鸣，公公秉烛早起，礼拜天地、灶神、祖庙。过五日后，方才宴客。本日贺者，全无茶酒，饥渴而退。或嘲之曰："京里新婚大不同，轿儿抬进洞房中。硬弓对脸先三箭，大饺蒸来再一钟。秤杆一挑休作揖，红毡四裹不通风。明朝天地祖宗灶，拜得腰疼是阿公。"

张赵斗富

康熙间，河道总督赵世显与里河同知张灏斗富。张请河台饮酒，树林上张灯六千盏，高高下下，银河错落。兵役三百人点烛剪煤，呼叫嘈杂，人以为豪。越半月，赵回席请张，加灯万盏，而点烛剪煤者不过十馀人，中外肃然，人疑其必难应用。及吩咐张灯，则飒然有声，万盏齐明，并不剪煤而通宵光焰。张大惭，然不解其故。重贿其奴，方知赵用火药线穿连于烛心之首，累累然，每一线贯穿百盏，烧一线则顷刻之间百盏明矣。用轻罗为烛心，每烛半寸，暗藏极小爆竹，爆声膈膊，烛煤尽飞，不须剪也。

盐商安麓村请赵饮酒，十里之外灯彩如云。至其家，东厢西舍珍奇古玩罗列无算，赵顾之如无有也。直至酒酣席撤，入燕室小坐，美女二人捧双锦盒呈上，号"小顽意"。赵启之，则关东活貂鼠二尾跃然而出，拱手问赵。赵始哑然一笑曰："今日费你心了。"

朱尔玫

康熙间，朱尔玫以邪术惑人，有神仙之号，名重京师，王公皆折节下之，惟三登熊文贞公之门终不得见。一日，朱又往告司阍云："相公今日着何服，食何菜，坐何处地方，我一一皆知。"司阍者以其言皆中，惊白相公。公笑曰："朱某所测我者，果件件不错，可谓仙矣。第我心上有'不喜见妖人'五个字，渠竟茫然不知，可以谓之仙乎？"阍以告朱，朱惭沮而退。

相传朱与张真人斗法：以所吃茶杯掷空中，若有人捧者，竟不落下。张笑而不言。朱有自矜之色，嗤张不能为此法。张曰："我非不能也，虑破君法，故不为也。"朱固请，张不得已，亦掷一杯，则张杯停于空中，而朱杯落矣。或问真人，真人曰："彼所倚者，妖狐也；我所役者，五雷正神也。正神腾空，则妖狐逃矣。"亡何，朱遂败。

梁制府说三事

同年梁构亭制府总督直隶，自言五岁时，有外祖母杨氏无所依倚，就养女家，得奇疾，卧床能将缎被寸寸裂之，亦不知其指力之勇从何来也。一日召梁太夫人曰："外孙二官以后切不许其立床边，他浑身是火，近之将人炙痛。现在我跟前某姑某舅，人虽物故，而于我有情，时来与我谈笑，一见二官到，无不爬升屋而逃者，使我心大不安。"梁太夫人即手麾公出。公不敢再入，时于窗缝中窥探，杨已知觉，蹙额曰："二官这小儿又来作闹了，速赶他去。"如其言，杨始安寝。

亡何，杨病重气绝矣，良久复苏，张目谓梁太夫人曰："我魂灵要出去，汝家灶神、门神一齐拦柱大门，说我不是梁氏之人，不许我出去，奈何？"梁太夫人曰："当速请高僧来诵经，为母亲忏悔求请，何如？"杨曰："不知仍教二官来向二神一说，神必首肯也。"太夫人即率公往门灶前代为通说，顷刻间，杨瞑目逝矣。

公宰良乡时，病疟甚剧，夜梦本邑城隍请见，谓公曰："我亦从前此地县官也，上帝以我居官清正，命我作城隍神。大人所患之症，即我从前所患之症也，后服某药而愈，今以方授公。"口说某药几味，长揖而去。明日服其方，果两剂而愈。查良乡邑志，果有其人。

又宰香河时，有老翁率其女来喊冤，女颇有姿。问："何冤？"曰："女为城隍神所据，每夜神以车来迎，便痴迷不醒，必到次日辰刻，才放女归。女已定婚某家，致某家不敢来娶，故求公救。"公曰："我能治民，不能治神也。"翁曰："我女说公来城隍庙行香，渠看见城隍神必先出迎。公拜神，神避位答礼。其敬公如是，公肯一言，或神肯听亦未可知。"公窃喜自负，即作文书交翁焚而投之。次日，翁果同女来谢，云："昨晚神竟不来迎女矣。"

官运二则

华雍作淮宁令，有钦差某从广东来，即日将过其境，华遣长随张荣备办公馆。张固干仆，料理齐全，约费百金，而钦差又奉旨往他处审案，遂不果来。

张荣正在彷徨间，适逢江西巡抚阿公思哈拿问进京，路当过此，张荣乃代主人具手本向前迎接，告禀公馆已备。阿公大惊，以为素未谋面，又非属员，何以有此礼文？相迎而进公馆，则挂彩张灯，牲牢夫役，无不齐全，喜出意外，乃召张荣而谕之曰："我系被罪之人，一路人情冷落，虽我所提拔属吏，待我如冰，何以尔主如此隆情古道耶？汝主手本，我理应璧还，今一番感激之心，诚恐忘记汝主姓名，权将手本留下，以便为日后图报之地。"谕毕，亲自作书与华令，称谢再三，方上马去。张荣归，以情节告知主人。主人责以多事，旁有幕友笑曰："此奴办差费重，不如此出脱，叫他从何开消耶！"主人笑而颔之。

未二年，阿公起用山西巡抚。华四参限满，送部引见，奉旨发往山西。初次到辕禀谒，阿公如得至宝，遣家人致意司道曰："请大老爷缓见，我主恩人到矣。"即开中门，亲迎至堂下，呼老贤弟，握手入内，罗列酒肴，待如上客。华长跪辞谢，惧不敢当。阿公曰："有恩不报，我是何等人耶！今日我尽我心，明日汝行汝礼。"尽欢痛饮，送上轿而别。司道闻之，莫不刮目。

未半年，题升通判；又半年，题升同知；再升至南安府知府。阿公调任河南，华亦乞养，满载而归。赏张荣二千金，张亦小康。

傅四爷，吏部司官中之能员也。果毅公讷亲掌吏部时，凡众司官说堂有不能了之事，唤傅来，数言而决，讷甚重之。

故事：保举郎中，一正一副。有户部郎中缺出，讷公正荐之，引见于光明殿。傅乍入殿门即跪，上觉其呆，用副荐者。逾年，吏部郎中缺出，讷公又正荐之，傅入殿门又即跪，上不悦，谓讷公曰："如此等昏人，如何保举？"讷奏："傅某办事甚好，是以屡荐之。不料其不习朝仪，当是福薄。"上意亦解。

未几，又有保举引见之事，将入朝，讷公训之曰："汝两次失仪，今次千万留神，勿再蹈前辙，致伤我脸。"傅唯唯。及至引见时，各官背履历毕，并无此人，讷亦不解其故。直至退朝，到午门外，见傅面目青肿，踉跄涕泣而来。讷问故，曰："司官两次入殿门，见一红袍大人长丈馀，将我拦住，我不得不跪。今番第三次矣。我紧记公爷吩咐之言，以为我再见红袍之人，我当直冲而进，不受其拦。不料其人又在殿上拦住；往前一冲，他手披我颊，提而掷之，遂跌在殿外台坡之下，致伤面目，不能瞻仰天颜，不知前生是何冤孽！自知福薄，求公爷以后亦不必再保举我了。"讷无可奈何。诸司官闻之，咸为骇异。遣人扶至车上，送归其家，随即病发，四日而亡。

钱县丞

睢宁县丞钱某权知县事，其地向例：有路毙者，相验时地主出钱八千送官，便可结案。一日，某村来报："有投河死者。"吏以前例告钱。钱往验尸无伤，命即掩埋。回公馆后，吏送进地主常例八千，钱将受矣，见钱用红绳穿系，色甚鲜华，不解其故，以问吏。吏曰："地方家贫，无力出此，不得已，将一女卖与村邻为妾，得价二十四千。因系喜钱，故用红绳耳。"钱思此钱系逼迫而来，不忍滥受，即召其村人诘之，具以实告。乃并召其买妾者晓之曰："我得人钱而逼之卖女，不仁也；汝乘其急而买其女，不义也。我决不受此钱，汝速退归此女。"其人唯唯。因问卖女者曰："余钱尚存否？"曰："都作衙门胥役使用矣。"钱命胥役追缴，则已彼此饮博，将钱分散。钱慨然顾买女者曰："吾偿尔钱。"即命给发原数，令村人领女归家，此案遂结。

无何，钱患背疽，昏迷于床。梦青衣人召至一处，殿宇巍峨。上坐王者谓钱曰："汝大数已尽，幸有一善事，足以抵偿，汝知之乎？"钱茫然不解，王者命判官查簿与观，则所载某年保全卖女一事也。判官奏曰："此事功德甚大，例得延寿一纪，官至五品。"王首肯之，遂令青衣人送其还魂，疽遂霍然。

钱自此一心行善，凡赈饥埋棺等事，悉捐资为之，官果洊擢同知，而一纪之期已满，背疽又发，家人将理后事，而意尚迟疑，且慰钱曰："公前有一善，寿尚可延，年来善行甚多，安知冥中不再为益算乎？"钱笑曰："不然。昔之善无所为而为之也，故阴间重我；今之善，有所为而为之也，恐阴间未必重我。此番数尽，断不能逃。或者有心为善，终与有心为恶者不同，或者他生其有报乎？"不数日，疽溃而卒。

卷 七

乩 仙

乾隆丙午春，樵川杨荷锄与金陵徐沧浔扶乩。有女仙降坛，诗曰："何处重寻旧翠钿，涛声如梦恨如烟。泉台一去千馀载，只抵相思半日眠。妾王氏小筎也，恰遇有缘人，欲与之语，请君勿惧。"坛中友人孟姓见辞涉艳丽，恐致邪祟，欲烧退符。乩遂书曰："既已招之使来，岂能挥之即去耶！昔者妾美姿容，君饶才韵，相遇大堤之下，同游细柳之阴。鸳侣方成，鸾俦遽拆；珠沉玉陨，蕙折兰催。君屡托迹于人间，妾尚滞魂于水府。今者方备涛神侍从，偶为符使招携。隔世逢鱼水之交，不昧素心一点；对面有河山之阻，谁知红泪千行！恨显晦之攸殊，幸精诚之易合。窗明风露冷，将于斗转参横后寻君；帏静雨云来，其于梦美魂酣时觅我。不呼名氏，恐疑畏之顿生；惟续情缘，讵崇殃之敢作。”是夜，沧浔果梦有女子手持团扇，艳丽非常，相与绸缪，极云雨之欢。次夕复至，流连达旦。

越日又降乩诗云：“赤甲风头雨似尘，天风吹送步虚人。请君试采梅花嗅，老却琼香树树春。”又诗云：“露里夭桃风外柳，昨宵几执纤纤手。千秋无尽是相思，绿卿又到君知否。”末书“珍重”而去。嗣后总未入梦，亦不降乩矣。

勒 勒

淄川高念东侍郎玄孙明经某，自言其少时合卺后得头眩疾，辄仆地不知人事。数日后，耳边渐作声如曰“勒勒”。又数日，复见形，依稀若尺许小儿。自是日羸瘦，不能起床。家人以为妖，延术士遣之，不效，乃密于床头藏剑。病瘥时，每见小儿由榻前疾趋木几下即灭，遂以铜盘盛水置几下。

一日午寝方觉，见童子至，以剑挥之，骎然堕水中。家人于钢盘内得一木偶小儿，穿红衣，颈缠红丝，两手拽之作自勒状，乃毁之，妖遂绝。后相传里中某匠即于是日死，盖明经入赘时，其岳家修葺房宇，匠有求而不遂，故为是压魅术，术破，故匠即死。然自是明经病骨支离，不能胜步履。

明经家故有园亭，一日值月上，扶小仆至亭，至即命仆归内室取茶具。邻旧有女，笄而美，明经故识之。至是，女伺仆去，即登墙而望，手持茗碗，冉冉自墙而下。至亭内，置茶几上，谓明经曰：“知君渴，愿以奉君。”明经疑其怪，且旧病未复，力促之去。女曰：“君领此，妾当去耳。”少顷，闻小仆来，女忽不见，回视几上碗茶，惟一桑叶贮一撮土而已。

嗣后每逢帘波昼静，清夜月明，女辄至，谈论间颇有慧心。明经自以新病初起，刻自把持，女亦不甚干以亵狎，其容姿意态，长短肥瘦，一日间可以随心变易，故明经始虽疑之，久亦乐得，以为谈友，不复问其所自来也。女往来形迹，人不能见，惟至时觉举座冷气逼人。明经一日梦与夫人为欢，醒觉，乃即女，明经知为其术所幻。然欲强留之，女遽揽衣下床，大笑而去。摄其衣，如纸瑟瑟有声。后明经得导引之法，女遂绝迹。

雷击两妇活一儿

安东县村中一妇产子，唤稳婆接生，留宿一夜而去。其夫某自外归，抱子甚喜，欲祀神偿愿。忽探摸其枕，惊曰："我暗藏银四锭在内，无一人知道，如何失去？"妻怪而问之，因谓昨日收生婆睡此枕，可疑也。某即往问索银，许以一半为谢，一半偿还作酬神之用。稳婆勃然大怒，且骂且咒曰："我为汝家接生，乃冤我为贼，是儿必死。若盗汝银，天雷打死！"骂之不已。某反疑其妇有别情，亦不敢索银。

三朝复请稳婆洗儿，是日稳婆不到，令其女来。至夜，儿果暴死。夫妇相泣，盛以木匣，埋之空地。金曰：稳婆之说验矣。时忽雷电大作，远近闻一霹雳奇响，合村有硫璜气，咸踪迹之。见空地跪两妇人，俱雷火烧焦，各捧银二锭在手，而所埋之儿，已出地呱呱啼矣。乡邻奔告埋儿之家来认，见儿腹脐露出针头一指，随拔针出血，儿仍无恙。雷击毙者，一系偷银之稳婆，一系稳婆之女，洗儿时暗以针刺儿脐心致死，欲实其咒诅之言也。见者咸为悚惧。乾隆五十七年六月间事。

火神打跧

吴阳，字南谷，毗陵之马迹山人也。微时馆于某宅，其家方构新居，匠人以盆贮木屑，藏火为炊。一日夜半，南谷闻屋角有声，起视之，见一赤面人向火而吹。南谷叱之，其人打跧对曰："某祝融氏所使，今日此屋当焚。"南谷曰："我在此，乌乎可！"其人唯唯而退。数日后南谷将解馆，戒主人以致警焉，是日南谷归而屋竟焚。南谷后登万历丁未进士，仕至方伯。

杀一姑而四人偿命

建平令周君有族侄，自言：兄弟二人，娶妻各有一子。父母殁后，遗一弱妹，不能抚爱，两妇尤虐待之。妹已字某广文子，贫不能娶，乃赘焉。两妇恒相语曰："一姑已累人，今又多一食指，奈何？终当以计遣之耳。"会兄弟读书城外僧舍，妹婿亦往省其亲，两妇俱托辞归宁，而尽扃其薪米食物以行。次日，姑入厨，无以为炊。忍饿两日，报无可告，转辗不得已，遂自经焉。两妇乃归，召其夫，讳曰病死，草草殡殓，寄书其夫家携柩去，心喜以为脱然矣。然而，室中常闻鬼啾啾哭声。数月而长妇母子骤病俱死。未几，次妇母子亦病，怖甚，嘱夫环守之。夜二鼓，忽阴风袭人，门帘豁然启，见一卒赤发蓝面，齿长数寸，手执钢叉，直入床前攫其子去。急追逐之，见其子犹赤体展动，而忽不见矣，还视榻上，则子已绝，而妇犹呻吟也，黎明妇亦殁。某目击其妻子之死而大悔恨，每告人以示戒焉。夫杀一姑而四人偿之，甚矣，阴谋致死之罪，至大也！

误杀金童

阿云岩相公奉使武林，暇日欲绘一小像，鄞令钱君邀暨阳缪炳泰偕谒，为公写真，甚肖。公喜，以属钱君补图。钱君以公长谈佛法，乃绘公着红袈裟趺坐一山洞。公见之大喜，曰："此吾前生矣！"钱问故，公曰："曩吾督师滇中，适额驸色布腾珠尔布纳病剧，绝而复苏，趣左右，邀我至榻前，曰：'顷至一山，长松插天，苍翠四匝，中有石洞，列古罗汉数尊，旁设蒲团，虚其坐。一罗汉指示曰："此阿某旧居也，以误杀一金童谪人间，能立心不妄杀，有以全活人，乃可复位。其传语焉。"因揭蒲团相视，则赫然一童子骸也。公其善自爱。'额驸言讫而逝。今子所图，适合前兆，岂非天哉！"是图公携归京邸，名公巨卿题咏殆遍，而缪生由此以传神名日下。

钱尚书

毗陵钱梅谷先生名春，明崇祯间，官南京户部尚书。幼患痘，危甚，滨死矣，其父启新先生以独子钟爱，抱诸怀不忍弃，方绕阶行，忽闻空中大声叱曰："谁错行钱尚书痘者，可笞二十，速另降好痘。"遂闻屋瓦有声，如撒豆然。视怀中，则已苏矣。

成童后，常卧楼上。夏月偶他寓，有佣私就其榻卧，恍惚闻叱咤声曰："可恶，可恶！若何等人而敢卧此榻！"觉摇摇不安。急起视，则床已置屋角暗处，非复卧所。嗣后佣见梅谷先生甚畏，辄长跪白事云。

梦 墨

武进钱文敏公戊午应顺天试，场前，梦至正阳门外，见一人貌岸然，支布帐而陈墨若干于其下。先有一髯买墨，公亦就买，售墨者熟视公，予墨两丸，继予髯一丸，遂醒。后谒座主孙文定公，俨然售墨者；次一同年来谒，则髯至焉，是为无锡李君时乘。盖墨两丸者两榜，李以一榜，终于昌平州牧。

钱状元小名

乙丑会试后，都门有某梦阅天榜，见四十一名独泥金书"集贵"二字，上插一小黄伞罩之。醒时，但记其集姓，而忘其名，意必满洲籍，其人当有异也。及榜发，则四十一名乃钱文敏，旋授殿撰，某以为疑。一日，于会宴所谈及之，适汤太史大绅在座，笑曰："钱殿元小名集贵，又何疑乎！"众乃恍然。

归宁女遇怪

陕西清涧县某村有妇归宁，其父送女还。中途历山径，风骤起，女衣裤尽失，裸而立。父无奈，脱衣裹之，掖以行。昏暮抵婿家，婿怪问之，翁告以故。婿咤且怒曰："是何邪魅，翌日当持枪击之耳。"各就寝。黎明，女惊呼婿忽无头矣，其家乃讼之官。

县令戴君提鞫，疑女之有所私而杀其夫也，刑之，坚不承。翁匍匐哭诉其事，令遂躬率丁役，命导至女失衣所，遍加搜觅。见山侧有一穴甚深，令募能下探者，犒钱若干，一健卒应募，乃束炬入。行数十武，忽有天光，见一僧貌狞恶，瞑目卧土榻，卒惧而返，白诸令。令更遣壮役数人持贯索器械随之入，则僧已醒。众向前遽缚之，拥而出见。令再三研诘，不答；批其颊，亦无一言。无如之何，乃加练数围，督众役押解入城，将禁之狱。行里许，忽狂飙大发，众皆目眯，少顷，而僧及解役数人俱杳然矣。遂寝其事。

戴君名树屏，荆溪人也，其幕中戚友归述其异如此。

龙诛龙

乾隆辛亥八月，镇海招宝山之侧白昼天忽晦冥，有两龙互擒一龙捽诸海滨，大可数十围，如人世所画龙状，但角颇短，而须甚长。始堕地犹蠕蠕微动，旋毙矣，腥闻里许，乡人竞分取之。其一脊骨，正可作臼。有得其颔者，市之获钱二十缗。

桑 蚕

宜兴东仓桥离城数里，有某村妇，子患痘，医者下方，须用桑蚕。夫佣于外，其姑命妇觅桑虫。妇至野寻求，见老桑一株，有蚕蠕蠕甚大，喜而捉之。行数武，忽失蚕，妇告其姑。姑曰："此活蚕，非有翼能飞，堕亦只在草间耳，盍往觅之。"妇仍诣其地搜寻，林隙有一洞。方谛视间，忽巨蛇昂首出，俨然人头，有一臂，怒目眈眈，指妇作人语曰："汝再扰我，即当唉汝。"妇惊仆。其姑讶妇久不返，往视之，见其卧地吐沫，面无人色。扶归渐苏，乃述所见如是。儿竟殇，妇亦旋患痫，不知何怪也。此乾隆壬子五月间事。

韩 六

山阴库书冯心法，辛亥冬，其母病，冯夜归。张灯见韩圣华来，竟忘其死，与言生平如故。韩曰："兄家有差使事值我，票已判行，三日可发，我当为兄经理停妥。"冯库书舞弄多事，畏告发，与之议贿，许以钱六千，韩许诺谢去。冯方怪韩之既死，谓母病必危，又疑许贿六千庶可救。及三日韩至，竟入内，而冯母死。岂冥使亦如人间狱讼，不论输赢，总需使费耶？抑衙门人生不顾其亲好者，为鬼亦无异也？

魁魉

山阴高进士之父某翁未遇时，以佣为生。暮归，值长鬼立路侧，倚人屋，腰靠檐上，翁立俟之。鬼手捧一孩子而祝之曰："我欲食尔，尔宜为九品官，有田三千亩，屋九椽，男子二人。我即欲食汝，心不忍食。"遂置之瓦上，回身欲走，则见翁。翁被酒，且立久，绝无恐，心计渠尚不食小孩子，我苟不至饿死，渠岂能食我。我何畏渠。乃谓之曰："吾闻神之长者为魁魉，能富贵人，我将乞汝致富。"鬼拂袖令翁去。翁固求。鬼探袖是绳，缚竹杆一枝，若秤物具；翁再索锤，则鬼拂衣竟去。翁归告妇，取梯抱儿下。

翌日，里许有冯村人姓冯者失其子，遍觅不得。高翁出儿而告以鬼语，冯父乃拜翁呼为外父。后冯果为山西巡检，田庐如魁魉言，高亦自此致富，子发科甲矣。

獭异

山阴施汉一秀才曰：越水乡多獭怪，其小者止泼水侮人，驱之即匿，其老者能惑人如魅。余家旧有獭怪，逢科甲富人，必相狎逼，百年内凡三见矣，不可逐，亦不为祸。余丁亥归里，夜就寝，有声如撒螺壳者，大小千万声，散置几榻间，烛之无有，疑北牖失扃，故扃之，怪亦渐安。

又二十年丙午，余苫块之际，方侧卧，若有物压胸间，小掌抚我头顶甚勤，而其身甚滑，耳边啧啧作亵语。梦见一粉面娘子，年可二十四五，紫缎衫，玄缎半臂，深蓝色裙，就我要抱。却之，则从背后抱我，口向两耳聒聒不休。予梦中谓之曰："世间乃果有淫妪！我二十年前尚不可干，今日能动我乎？"惊而醒，觉耳边啧啧声，头上抚摩状，犹未绝也，旋从枕上逸去，轻小若猫。翌日又至，则觉有物在右股上，梦见昨女子，衣服如故，而立处稍远，隔栏杆相招。予窃念昨身近尚不乱，今隔栏杆乃肯动心耶！遂醒，则物从股上跳去，怪亦遂绝。

丁未冬初，狭猰湖口，夜宿陈氏新楼，濒湖，甫息烛，则物跃上床，予知其非鬼非偷儿也，若喧叫，徒惊邻里，适为人笑，计所以逐之。记得杭大宗先生《秽迹金刚咒》事，试诵之，物辄伏不动。五更，跳下床，有声，遂去。晓起，见伏处衣褶卷起如截。予因作客，不宣告主人。越月又过此宿，解衣始记前事，欲避无及，拥衾坐，久倦合眼，则物已在床里矣。持《金刚咒》，稍缓则辄动欲上；俟诵弛，渐逼近胸膛，出声尖细如鼠叫。旋作人语曰："若佩正一真人符，吾不惧，但公口一动，吾则甚畏耳。"五更，从脚后绕出。是夜诵咒百馀遍。明日，家人怪吾夜作呓语久，自此陈氏亦无他异。

今年二月初二日，乡塾师沈昭远来说獭祟，衣上遗毛可数，向予告急，欲辞馆去，劝之诵《秽迹咒》，又猝不能成诵，但偶忆《本草》有"熊食盐而死，獭饮酒而毙"之语，旧闻丁未进士徐景芳尝用以除馆中獭妖，令沈姑试之。是晚，置双鲫樽酒于案上，二更獭至，沈已迷不能声，但见獭超案饮酒，樽欹，就案舐遗酒有声，食鱼亦尽。既跳下，欲登沈床，则前足甫起，而后足不随，堕地者三，盖獭醉矣。逃去，今遂绝。然则记览不嫌其杂，亦能救人，獭之饮酒，水居人宜知之；而熊之喜盐，又山居人所不可不知也。

柏香簪不宜入殓

会稽乡人陈生，娶郡金氏女，伉俪甚笃。金死，陈设像祝奠，朝夕相对，如其生时。既而金之妹二姑亦病死，将殓忽苏，家人喜甚，乃其声则金氏大姑也，曰："我被勾神误摄入冥，既讯明，释魂欲返，则殓时用柏香簪，魂不能再入。今妹命尽，故我求冥司借躯以还魂，我将归陈。"家人大异之。

金指点其生时所存箱箧衣物，一一不爽，且述其与陈生床第燕私密语，真陈妇也。金之兄自远归，女与言昔日过其家时留饭，肴酒杯盘，及其兄市羊肉船上腥秽逼人，事皆曩昔其兄亲历，不丝毫异。无如其妹已许某姓郎矣，宗族疑妹或托鬼语以饰暧昧，不遽归陈；陈生亦谓姊魂妹体，不忍迎归；某郎家又必欲娶，父母遂送女往。下车，即大言曰："我金氏大姑，非二姑也，我归陈家，不归汝家。汝家必留我，将致大不祥，其无悔。"

是夕，其翁姑扃女与某郎同房，三日而某郎无病猝死，陈益不敢迎女，遂为某郎家守节。凡乡里吉凶事必先知之，言若巫者，乡人异之。或曰："此妖凭焉，非真大姑魂。陈生不迎，非无见也。"

猎户说虎

传闻虎伤人，由伥鬼为尸脱衣与虎食。又云虎能禹步，令尸自起脱衣，此皆不然也。盖人不见虎，故为此推测之词。有郑猎户云："虎擒人，衔其头颈，人痛极，手足自撑拽，势皆向下，衣裤自褪下。人无事而讲礼貌，则岸然巍然也，及至窘急无诉，便自抖擞卑缩，衣带自宽矣。"

郑少年时，尝与同伴值两虎，其一虎衔同伴去，其一虎郑枪中之，未毙而逸。郑惧其复来，乃先上高树避而望之。见虎所衔同伴先下鞋，又下袜，迤逦而裤下矣。明日招伴寻之，则衣履一一在途，其尸隔五里馀，剩其左臂，验有旧伤，果其伴也，腹脏亦未吃尽。又二三里，则所枪伤虎僵伏而毙矣。

传闻虎咬人，初旬在头，中旬在肩背，下旬在腰腿，此大不然，郑所见，皆肩项也。虎作威向前，自上掷下而咬之，非肩项不可挈其躯，无上下异也。即虎食所先虽不可见，其所残剩者偶馀手足，亦无上下旬分手足之异。

虎大者力千斤，小者亦二三百斤，又加以爪牙腾跃，人力断断不能胜。所恃者，人之巧，可以制虎之贪痴耳。虎气旺，中枪多不立毙。郑尝入深山，径转处，有虎如大牛蹲路侧。郑急甚，不及用枪，乃大声喝之，姑慑以气势，虎果跃去。郑度其必来，无村落可避，乃先视其所去处，寻坡下伏。虎果跃至，中郑枪，又跃去。郑度再至则虎必难御，急上高树避之。俄顷虎至，觅郑不得。郑窘甚，足偶失触枝动，虎仰视见郑，跃起扑郑，格巨枝而坠者再，树震撼，叶叶有声。虎疮甚，不能再跃，乃啮道旁石块尽碎，衔石而毙。

伥必附物而行，或猫、兔、鸡、鸭、蛙、雉，皆能作汪汪声。先虎二三里，视机伏处，引而避之，虎辄随伥声转移。制之法：闻伥即用钉钉树上，随所值之第一株，然后击伥所附物，则物毙而伥亦声绝矣。或曰：钉，金也；树，木也。魂属木，魄属金，取以魄就魂之义。魄恶好杀，伥，魄也；禳之以就魂，则惊魄有依，不为虎役矣。

伥声惨而长，无转音，但夜深人静，亦有能作人语。郑尝与同伴往猎，舟泊溪下。一夕，闻岸上敲门声，久而门内人应之欲起，其妇力阻曰："夜深宜避，勿往启户。"敲者益急。其妇卧问曰："客何来？"曰："间壁。""客为谁？"则又曰："间壁。"夫妇遂不起，教以明日来。敲仍急，郑异之，从缝隙视，见有物如数石谷囊者塞其门，从斜月光中审辨之，则虎也，以头撞其门，所应两字则伥也。郑潜曳醒其同舟而告之，皆恐匿船板下，郑乃以枪自后打之，虎惊痛，咬破其门，坏屋檐而去。翌日视之，门下所跪点头处，成两洼迹。行二里馀，溪水中得死虎，重六百斤。或曰：虎负伤落水，不能起也。或曰：虎中枪热甚，故就水取凉，伤发而毙也。

虎食兔，入口即没。虎食鸡与鸠雉，则入口上下腭一再合，即仰喷剩羽如散花雨，周圜丈馀。雉五色文，散飞最可观。

传说虎欺人畏，故不伤醉人，不食孩童，非也。醉人必醉甚，行路欹斜不定，虎始不食，盖扑之不准也。至于孩童，则樗里有邻儿，兄弟夜出门就厕，其兄年十三四，蹲厕上；其弟九岁，立檐下，见有若松毛一团者掷而前，弟畏缩就其兄旁曰："是何物耶？"兄曰："松团耳。"虎前弃其弟而攫其兄去。明日迹血寻之，衣履处处散遗，拔起小松根数十株，盖其兄忍痛手迹也。至血痕阔处而止，盖已食尽，而草上血亦经吮过矣。

虎饥亦食蔬菜。樗里有女子与其嫂在楼煨芋食，弃芋皮窗外。姑偶凭窗，见虎吮芋皮尽仍仰以俟。嫂惧，多煨芋，以皮给之，恐其跃上也。姑欲闭窗，则伸手出怕虎起攫手；坐待，则眼见嫂芋将不继，乃试以全芋投之，虎一吞而尽。姑曰："吾得之矣，若不畏热，可图也。"乃烧铁锤透红，以芋皮裹之，芋皮着热铁即粘，试投之。则虎仰头视既久，见掷物，接而吞之，吞后则跃去。后二日，里得毙虎，爪自裂其胸见骨。

传闻虎不再交，亦非也。虎独处，其有两者，必牝牡也；其有三四五者，必虎母子也。子大，则牝牡母子皆斗，而仍独处矣。大概月大晕夜虎乃交，在半夜后。来日必起大风。郑少时尝闻两虎互鸣，不知何故。一夕宿岭上寺楼，闻两虎鸣甚远，声闻林外，窥之，则月蒙蒙晕矣，有物一堆，上白下黑，如土阜摇动。久之，其下者猛吼震谷，盖其窍初合，牝者痛而惊跃也。晨起则两虎在土阜上，互跳交扑，久之始散。是日，寺僧不敢启门。逾月早起，见隔岭此白黑二虎抱跃而起，既落地，则两释矣。其明年，则有四小虎同行。或曰："虎交一跃，则得一子。四子皆一交所得。"

郑晚年当七十后必持一雨伞行，杆铁自卫，常曰："吾遇虎一，则俟其扑而左右避，以杆抵其腰，能令不再起扑。吾遇虎二三，则张伞而旋转之，能使虎疑，不敢扑吾。"

又数年，郑往邻村看社戏肩伞归，中途昏暮，虎突起道左，郑避扑不及，坠崖下，急坐起张伞伺虎。不料虎亦坠下，压郑身上。伞旋转如轮，虎蹲郑腰腿间凝视伞转。郑急取所佩铁刀，以右手斫其尾闾，左手拔其阴。虎方疑伞，又惊触其阴，跃起力猛，断其阴寸馀。郑据地手不释伞，幸邻人看戏者群过，呼扶以归，而郑力竭矣，越二日死。

鬼请上任

侍御沈立人名孙涟，京邸卧病十馀日，谓所亲曰："有朱衣人从空下中庭，谓直隶保定城隍神缺，当命予摄。予以'老父在南，妻子无托，孑然单身，客死可悯'乞朱衣人善为我辞而另选焉。朱衣人去而复来云：谓'尔父以庶民受侍从封诰，已荣甚，有弟在，不至失养；子已游庠，复何虑？苟召人而皆辞，将无可召之人矣！'朱衣人语如此，予殆不望生，若为我治后事。"所亲多劝慰，谓是病谵语耳。然沈自是不复作声，药饮皆屏。

凡三日，更定后，车夫宿门下，闻叩门声甚喧，问之，则曰："请老爷上任。"车夫嫌其错打门也，令别寻门户去。叩门者云："的是汝家。"车夫云："我家老爷是京官，十年不出城，现在卧病，那得上任？"叩门者曰："非外官也，吾曹是直隶省城隍衙役，明日新官上任，长接在此。你家无人管事，并不打点一些行装犒赏，所以告与汝知。"车夫大恐，缩颈被底，睡不成梦。四更后，但闻沈从内呼从而出，肩舆扛梢触门有声，声劲宛沈也。声渐远，始闻侍沈疾者哭声。明日，车夫以告沈所亲，始知前日语非谵。

通幽法

南塘通判顾梅坡说：张天师有通幽法，有不白事，能遣阳魂至夜台召鬼问话。鬼如何语，即借人口出之，其人不自知也，必愚笨人方可使。梅坡曾亲见五十六代天师。

时有法官某失所司俸银五十两，求之不得，愧恨自缢死。既死，所失银仍不可得，主人乃用通幽法：令水夫某立门槛上，喷水贴符百馀纸，几满身矣。眼、耳皆贴符，唯不贴顶与口。水夫初犹身动，继则不动如铸。少顷出声，则抵冥府门，见某法官肩梁带绳，在冥府门外立候发落。见水夫至，则曰："汝归告天师，银则所私变童某置地板下。"天师遣人揭看，果锱铢不失，因问："尔肩何梁？"则云："缢死鬼皆负梁连绳，不能脱，甚苦其重，惟阳间为之作法事方能脱，否则不脱不能另投生也。望天师慈悲，为作法事。"天师许之。

忽传冥王谕天师府法官："知道尔等屡以细事动扰幽明，来使责二十板，后当戒绝，否则且获重谴。"水夫方僵立，忽作屈身状，呼二十满而起，仍僵立，冥语皆水夫口述，天师如问供状，水夫随问随答。问毕，水夫忽云："本府门神不令入。"则作法者忘焚饬门神一符也。既醒，水夫觉足力乏甚，问冥事殊懵懵，但觉去时贴符渐多，则身上束缚渐紧为窘。两胁逼甚，觉魂从头顶迸出，痛不可当。其归也仍从顶上入，满身舒快，如释重负，如倦极之得眠也。醒后，臀有杖痕，色青，久始褪。自此法官不敢轻用通幽法。

喜 婆

越郡城有惰民巷者，居方里，男为乐户，女为喜婆。民间婚嫁，则其男歌唱，其妇扶侍新娘梳妆拜谒，立侍房闷如婢，新娘就寝始出，谓之喜婆。能迎合人，男女各遂其欢心。服役民家有常主，如田之有佃，得自相顶替，卖买皆有契券。事婚嫁祭祀外，常时则以说媒售衣锦为业。

有某公子者，少年好狎邪游。一日，其素所昵喜婆来告："某日郎可至我家，当治具相待。"公子如期往，则曰："请俟之，尚有佳境。"公子未解也，谓是狎语耳。少顷，有舆女客至门入，见之，则少艳也，衣饰整丽，年二十三四。喜婆旁通言语，坐定进茶具。喜婆出，反扃户去。公子喻意，乃近少艳，不峻拒也。欢毕，问姓与住处，皆不答；求再约，则曰："视缘尽未耳。"启帏出，则喜婆已启扃入矣，为整妆，拥之登舆去。公子固问喜婆以少艳姓氏，则亦坚不可泄也。

后一年，公子观水嬉，则画船中其人在焉，珠翠满头，婢媪侍侧，喻意以目。无何，舷摩桨击，一见而散，不可复识矣。

獭 淫

獭性淫。吴越小家女人多于水中洗亵衣。獭食之久，能为异迷人。雌者多就异类交，为异则迷惑男子，亦不遽至魅死。其雄者闻少妇亵衣气，辄缠绕不去，虽众逐击之，至死势不痿。

辛亥十一月，蔡村人娶妇，客散，婢仆各就寝。郎醉先睡，新娘闭户解带，则有物绕两足间，作鼻嗅口涎状。新娘骇怪，性颇慧，不作声，密启户告其姑，知是獭怪。新妇归房，则獭在门跪俟，随新娘绕足如故。移时，翁姑结健者十馀人，各持一烛一梃入房，即扃门守定，见獭共击。獭上床则上击，落地则下击，走几案则聚击，屋无完器，而獭已聚梃毙于地矣。毛黑如鉴，身长一尺五寸，势长七寸，与人无异，而肉棱甚大。剥其皮，售值足偿所毁器物。其肉腥不可食。或曰："獭肝髓入医经，其势异若此，可为房中药，惜医经不载，而村人皆不之知也。"

虎困藤斗

樗里王姓童子携藤斗籴米，时暮雨，过溪边木桥，童子即以斗加头上，手扶木栏过桥。有虎在桥下伺，前咬童子头，得其斗而去。童子仆地，谓是人所推跌，捽其斗而去也。明日，山中人见虎狂走遍山，则虎衔藤斗不可脱也。

虎口合则藤斗随合，虎口张则藤斗随张，斗塞满口。藤性韧，丝丝嵌入虎牙缝中。虎性躁，不可耐，走三日而伏毙于山中。头犹仰，张其口，犹含藤斗也。

甘公入梦

甘冢宰汝来，余己未座师也。其孙立功，某科翰林，典试湖北，卒于贡院。后其季父广作汉兴道，监试秋闱。夜卧床上，梦立功搴帷入，惊曰："二叔在此耶？"道台亦惊醒。问之旁人，方知所居之处，即当日主考停棺之所也。

卷　八

尸　变

鄞县汤阿达在京，其兄来而不礼。或问之故，曰廿年前曾与兄守一邻女之尸，兄下楼取茶，阿达慕尸之美，有邪心。看之良久，尸忽立起，绕案逐之。阿达至门想走，而门已外扣，盖其兄上楼时见尸相逐，故畏之而扣门也。阿达跳窗走，尸不能跳。阿达晕死瓦上，尸亦僵立不动。次早，家人上楼视之，尸犹僵立，乃取米筛降尸而殓之。隔三日，阿达从市归，白日见此女詈其不良。阿达入城，再入京，至今不敢归。

鬼买行头

杭州线店施三聘，死后无子，妻以其家资转嫁某。三聘到冥府告状，冥王不准。施商之判官书役。云："妇人转嫁，不取夫财，则我辈无可辨也。你妻取财而嫁，则你有钱与我辈；我辈拿你妻来，虽老爷得知，亦无大罪。但你须携银子来买阴司行头，才好去吓后夫，并可以取汝妻之魂。"

施如其言，渡江到本家借取冥资四百作使用。后夫家闻炮竹放则鬼叫，见溺死者、缢死者，皆行头所为，闹十月。以后，有新死木匠鬼来，胥役云："此人力能取汝妻之魂。"匠果斫其床，截其足，妻果叫三日而卒。后夫取用之资，医药棺椁祈祷之费，适如其带来之数。

韩六三事（后又缀一事）

钱铺叶姓，十九岁，病廿馀日，忽起跪数日，自言曰："我山阴活无常韩六也，今为冥役，生前与汝叔好。汝寿未尽，以幼时背后骂小寡母受冥谴，然尚可挽回，须尔叔一行。可俟我本官后日外出拜客时，至岳庙前东首第一位判神前焚锭虔叩，当为尔嘱托内幕挽回。但入庙不可声张何事，只多焚楮锭可也。"翌日，韩复至曰："尔叔可集客作保状，立时焚之，我当赍去为尔关说。尔叔明日午时来，毋俟我主归焉。"

至期，叶叔往庙拜祷，韩已先至家通信，令叶起跪曰："状已入，大费周章，内幕已批定矣，但需费八百，尔叔自有知验，试问麻雀何自来乎？"叶叔归，果云拜时有雀拂帽过，甚奇。叶病遂愈。

清凉桥卖炙糕妈妈之子某为县役。庚戌夏，携所服青衣归，有同役徐失其青衣，见某，问其衣是否。某忿其诬己窃也，骂之。翌日，同其母所谓炙糕妈妈者诣府城隍庙，置香炉而诅之，且骂神不灵。时有他役叶、李、孙三人，见而劝止之，事已寝矣。九月间，有同役程姓者死。

辛亥年正月十四夕，某看灯归，忽仆。及晓，面青，云被冥官掌责。历述被逮至冥时，"冥王判断程姓为窃衣，已夺算，今补枷矣。徐某偶一问及，原无罪。叶、李、孙三人以非己事，肯踊跃争先排难解纷，戒人勿渎神明，各增口福三年。某以微嫌亵渎神祇，既掌，责仍发阳官责四十板。"又云皆是韩六与他料理释回。及开筊后，某果以公事官责如数。叶老矣，李、孙中年人，今皆无恙。

戴七，亦山阴役，好嫖赌，辄月馀不归。其妻某氏，托其邻王三寄口信，云要钱米度日。王三寻见戴七狎邪，则戏云："尔在此贪花，尔妇有信：尔无钱寄归，尔归亦要养汉矣！"戴七信以为真，曰："伊妇人，乃与王三作此言，伊必有故。"

是夜二更归，急叩门，妇披衣起开门，怒其久出，故作色不语，而入室卧。戴以为有所私在室也，提灯遍烛之不得，坐而疑之。适有吴某者，亦同役，过其巷，偶磕烟灰于其壁者三声，其夫方疑，谓是必有所约而至也，开门逐之。吴怪之急走，戴逐里馀及吴，各相视而散。戴归，谓妇与吴私，殴之，妇方妊月馀，毙。是年冬，王三病死。

辛亥正月初旬，吴晚饭罢，口噤遂绝，昏昏睡去，诘朝起，则曰："我当往谢韩六，我当往告戴七。"盖噤时见两冥差，其一为韩六也，摄至冥司，见主者暖帽如显官服，谳"王某以口舌戏嘲酿人命，寿既尽，当杖四十，枷三年，另案再结。吴以非法饮食之灰，不应夜深磕人门壁；戴既开门出，尤不应急走；戴既逐里馀相见，亦当说明其故以释疑。吴当夺算半纪，掌责百二十。戴游荡不归，以疑杀妻，当得绝嗣穷饿。检冥籍戴已有子七岁，命五鬼摄取其魂"，且云："韩六读谳词与伊听，需费八百。"乃诣韩家焚楮谢。戴闻之骇，挈子叩祷于神。第三日，子无病猝死。吴面上掌痕四阅月而青褪。

鬼买缺

山阴户书徐某病，见其故兄来曰："吾已为尔买缺于冥府矣，死可仍为冥判书吏，无苦也。"既而有县役已死祝姓者，亦来谓之曰："尔可不死，但以重资付我，我能为尔弥缝。"某许之。既去，其兄复来谓之曰："囊祝姓盖欲谋买尔缺耳，且赚尔钱。尔寿数有定，求不死无益，徒白弃此缺耳。"徐某曰："吾已许祝姓矣，奈何？"其兄曰："冥司事如人间，此缺尚隔年月，此时不过预定期约耳。祝姓尚可回覆，未晚也。"徐曰："然则何处觅祝而覆之？"其兄曰："余能往。"

翌日，则其兄与祝同来，聚而议之，祝果为买缺谋也，与徐之兄争先。复有故鬼某某者同至，为之平其争议，令五年后此缺出让徐某先补，候徐某五年吏满，再令祝顶补，祝允诺，既而祝又来曰："吾不及待也，当改图他缺去。"徐某病亦渐瘳。

此乾隆辛亥年事，今徐某无恙。此事山阴书吏皆能言之，甚确实也。

温将军

俗祀温将军，道家谓之天篷神，释流谓之药叉神，威灵颇验。

丙戌秋初，山阴安昌里娄象甫由山西巡检假归，偶出访友，与途遇，立语，忽见其故兄敬甫至，拉与路隅密嘱曰："我家修宗祠事发矣！卖地者之祖先鬼有周姓者甚强，初控土地城隍各神，我已为诉雪矣。今温将军奉上帝命，往乍浦办海劫一案，亲来海上，周叩马投词，将军已准，遣副使神至宗祠，会同城隍土地神勘地，讯供修祠本我兄弟董事，徙墓事则尔实掌之，尔当与质讯。尔可速归沐浴更衣，择一室卧，听传问，嘱家人无哗，尤戒哭声，哭则魂散不可复归也。此事尔无恐，谅城隍土地亦当调护，必不肯翻案也。我为尔冥助，可多焚冥锭，及抄周姓卖地契焚之。"象甫在路隅切切私语，并无人与对，其友怪之。

象甫语毕，径归沐浴更衣，入书室扃卧。其家人从窗外聚俟，静以听之。更馀作声，皆质供语也，且促家人多办茶具献客，至百馀盏尚嫌不足，五更客去。象甫晨自启扃出，说所讯事，则买地建祠时，曾迁棺十馀具。象甫给资与佣，而佣忽略遗周姓祖一骨。既迁后，始视地得骨，惧主人责，潜弃骨于河。周因冥控不休，且招诸迁椁鬼同诣温神控告。神命城隍查骨下落，则在水中宛然也。神谓"周子孙受钱，愿卖地迁棺，娄复给有工钱，以建宗祠，且有簿券，原无罪过。周裔寥落，其子孙卖祖墓，原本不合，但已贫穷，无容再议。王佣受值而移骨，潜掷水中，咎实难逭，伊禄已尽，付厉部摄之"。周哭而去。

周本同邑人，生前有军功，娄不肯言其名。是年乍浦潮灾，漂溺数千人。温将军之奉使，其言验矣。娄朴厚人，今年八十有三矣，尚健行不携杖。

鬼请吸烟

谈竹苍，名震，德清人。乾隆乙巳夏，寓苏觅馆，偶染伤寒，发热数日，甚形委顿。昏瞀中梦有青衣人手持一卷至前曰："唤汝去。"谈曰："何人唤我？"曰："阎王唤汝。"谈闻言心悸，不肯同往。青衣人遂将手卷打开，中系黑纸白字，如今之法帖状，谈不觉随行。

至一处，见有官坐案上，旁立书吏一人，似论公事互相争执者。谈至案前，吏曰："汝是谈师爷么？"曰："然。"曰："所言者即系汝事。"谈心惧，回身走避。复至一处，见一月洞门，远望门内有堂屋甚轩敞，排列几案十馀张，俱有冠带人上坐，若会审案件者。中坐一官金面，形状可怕。谈不敢进，青衣人从背后推之。已至案前，金面官问曰："有严姓在我衙门告尔。"谈曰："告我何事？"曰："告尔奸夫淫妇。"谈曰："并无此事。"金面官即令鬼卒将犯证带来，遂有囚车十馀辆推至阶下，先唤男犯一名，见谈曰："不是此人。"后有女犯遥认曰："人虽不是，面貌倒有些像。"金面官又问谈曰："汝认得仓米巷佛婆么？"谈曰："并不认识。"金面官即令青衣人送回阳世，车中女犯尚招手谓谈曰："何不到我处吃茶去？"谈不应而出。

至途中，青衣人于袜桶中取出烟管一根，长仅五寸，请谈吃烟。谈心知是鬼，不肯取吃。梦醒后，汗透重衾，其疾遂愈。

李生遇狐

歙有李生圣修，美丰仪，十四岁，读书二十里外岩镇别院。一夜漏二下，生睡觉，忽睹丽人坐榻上，相视嫣然，年可十五六。生心动，手挑之，亦不拒，遂就燕好。每宵飘然自至，常教生作诗填词，并为改削。间与论时文，则愀然不乐，云："此事无关学问，且君科名无分，何必耐此辛苦？"由是两相酬唱，颇不岑寂，数年迄无知者。

会有杨生者，生中表戚也，亦就院中下帷，与生斋仅隔一壁，常怪生既昏即闭户。一夜月下，杨生潜于壁隙窥之，见方拥丽者坐，急敲扉入，遍烛寂然，问之，始讳。次夜复窥如前状，并闻笑语之声，心知为狐，遂奔告生父。促生返，而狐随至其家，他人莫睹，惟生见之，举家虑为生害。一日，生嫂诣生室大言责曰："妖狐岂无羞耻，强欲夺人婿。况吾家小叔幼已订婚某室，他日入门，谁为嫡庶？"是夜，狐泣谓生曰："嫂氏见责，其言甚正，不容不去，今永别矣。"生为泣下，留之不可，两相唏嘘于枕畔。闻鸡唱，遂下榻而没。

李生工词律，善拳棒，皆狐所教也。闻狐所赠诗词极清丽，惜传者未记。此新安洪介亭所说，李亦自言不讳。

仙童行雨

粤东亢旱，制军孙公祷雨无验。时值按临潮郡，途次见民众千馀聚集前山坡上。遣人询之，云："看仙童。"先是潮之村民孙姓子，年十二，与村中群竖牧犊，嬉于山坡，一儿戏以拳击孙氏子。方击去，忽孙子两脚已离地数尺。又一儿以石击之，愈击愈高，皆不能着体。于是群儿奔说，哄动乡邻，十数里外者俱来哗睹。其父母泣涕仰唤，童但俯笑不言。

制军闻是异，与司道群官徒步往观。仰视一童子背挂青笠，牛鞭插于腰际，立空中。制军方以天旱为忧，便祝曰："尔果仙乎？能三日致雨以救禾稼，当祠祀尔。"童笑而颔之。顷之，浮云一朵，迷失莫睹，制军亦登舆行。

俄大雨滂沱，数日内，粤境叠报得雨，遍满沟泽。制军于是命塑其像，遣画师赴其家，使忆而图之。童父母盖愚农也，苦难形容其状，虽易屡幅莫似。方无计画，忽童自空而下，笑曰："特来为绘吾面目。"遂图而成之。父母将挽留之，倏失所在，遂塑其像于五羊城内三玄宫，题曰"羽仙孙真人"，香火甚盛。

此乾隆五十二年五月事。歙邑洪介亭游粤东，亲见迎孙童子像，因询其颠末，恐有缺疑，他日当谒补山相公证之。

金能退鬼

乾隆己酉年，常熟县为敬公。民人某于二更时还家，忽见穿红裤黑靴者持火把当街立，自腰以上不见，某避入亲戚家中，物即追之而至，因取铜盆击之，化而为五，大恐，闭门入。

后汛兵巡船，于船上见所坐人皆衣红裤黑靴，知其为妖也。击之以枪，每人皆化为五，少顷，河中尽然矣。晚间突入民家，满城不安。敬公差人请顾公讳德懋者来，叩其所以，顾曰："试以鼓击之。"怪愈甚。及命以锣击之，怪遂退，因曰："此阴兵象也，兵以鼓进，以金退。"传合县击锣，三日始安。

秀结宜男

杭州富家子金挺之，美少年也，慕某女不得，因有妖冒作此女来魅。夜必搂抱甚紧，金即下泄如注，几成瘵疾，避之他舍。妖至，觅之不得，即在空楼上束棕荐为人，瓦钵作头，插山花，披红锦衣，以恐其家人，并时作喃喃絮语声。

一日，携一斗大馒头来，上写"秀结宜男"四字，书法秀媚，其家延顾安伯、万近蓬往视之。万云："此蛇妖也，修炼千馀年，我已受菩萨戒，不忍杀，但可驱之去。"顾乃为画先天八卦图镇贴，万但书"楞严咒心"四字治之。妖始泣语小婢云："我本扬州人，为访妹而来，因鼓楼被毁，妹不可见，偶见金郎貌美，钟情于此。今蒙见逐，自限期去，但从此见金郎不得。求郎所悦之歌童为我唱《阳关》一曲足矣。"其家至期，果以鼓吹清歌送之，乃以线绣瓶袋一枚、白镪六钱赏歌童而去。此壬子二月间事也。

黑眚畏盐

丁宪荣，诸城人，言其地有殷家村在城外，多古圹。旧传圹中有怪物，形如人面，无质，仅黑气一团，高可丈许，每夜出昼隐。其出也，遇人于途，隔一矢地，辄作啸声如霹雳，令人心震胆落，惟见者闻，他则罔觉也。啸毕，以黑气障人，至腥秽，触鼻晕绝。里人相戒，视为畏途，昏暮无行者。

有盐贩某市盐他所，贪饮，醉中忘戒，误蹑其地。时月上，已二鼓，前怪忽突出，遮道大啸。某以木挑格之，若无所损，骇极，不知为计，急取盐撒之，物渐逡巡退缩入地，因举箩中盐悉倾其处而去。晓往踪迹，见所弃盐堆积地上，皆作红色，腥秽难闻，旁有血点狼藉，此后怪遂绝。

僵尸挟人枣核可治

尤明府佩莲未达时，曾客河南，言其地棺多野厝，常有僵尸挟人之患，土人有法治，亦不之异。凡有被尸挟者，把握至紧，虽两手断裂，爪甲入人肤，终不可脱，用枣核七个，钉入尸脊背穴上，手随松出，屡试辄效。如新死尸奔，名曰"走影"，乃感阳气触动而然，人有被挟，亦可以此法治之。

量童子

《褚氏遗书》：男子二八精通，能近女，八八六十四而精衰。然近日禀气厚薄不同，有十三四娶妻生子者，似又难拘于定数也。俗有量童子法，能知其近女与否。法用粗线一根，自其项围颈一匝，记其长短；以线双折，从其鼻准横量至耳。长过耳者，便能人道；否则犹童子，不能近女也。

灵 符

万近蓬言：闻胡中丞宝琭病剧时，忽语家人曰："明日慎闭吾户，勿唤勿入也。"如其教，明日日将暮，亦不唤启钥，夫人疑之，自往从穴隙窥，见房内列二桌，南北相向。南向桌上，有一人头大如十石瓮，金目巨口，灼灼翕动，北向桌上，中丞坐与相对，桌上列纸笔，方握管，似与问答欲作书状，第见口动，亦不闻声。遂大惊，排闼入。中丞掷笔而起曰："汝败吾事矣！不然，可得尚延岁月。然此亦天数也，速备我身后事，三日内当死。"已而果然，究不知此大头属何神怪。

时张六乾在座，乃曰："此名灵符，文昌宫宿也。凡有文名才德者，喜往依获。昔朱紫阳注《四书》，每见之而文思日进，后能招之来，麾之去，遇疑义辄与剖晰。中丞盖欲召之来以祈禄命，不意为妇女所败。"予因询其出何书，云："朱子集中序上载其事。"因记之，暇日尚当检集以究其端末也。

吞舟鱼

凡出海客，辄市字纸灰包载以往，云洋中多怪风，及一切水怪，或吞舟鱼，投灰即去。有醝贾业海运，载盐满舟而往。一日，忽遇吞舟大鱼吸浪而来，舟中无字灰，即以盐包投之，吞吸数十而去。后数日，闻有大鱼死滩上，腹中残包犹未化，始知食盐而毙也。

鸡毛烟死蛇

李金什言：鸡毛烧烟，一切毒蛇闻其气即死，凡蛟蜃属皆然，无能免者，究不知相制之性何自而然。或曰：此易知耳。凡蛟蜃与蛇类皆属阴，鸡本南方积阳之象，性属火，为至阳，故至阴之类，触至阳之气，无不立毙，此正《阴符经》注所谓"小大之制，在气不在形"耳。

蛇箱

浙江衢州常山县有山名石硿山，山麓有寺，曰石硿寺，山下溪水汇注，民田皆枕山开陌。土中产一物，如松球，如荔支，大亦相等，外皮亦如松皮色。击碎，内如沥青状。入火烧之，化气而走，彼处土人名曰"蛇箱"。询其义，曰："此蛇入蛰时所含土，启蛰后吐弃于地，故名。"按此乃铅汞之苗所结，故见火即飞，非蛇所衔之土，土人盖不知耳。

番僧化鹤

宫中丞为滇藩时，西藏有僧二人来滇：一老者，望之可八九十许，云已三百馀岁；一差少，望之可五六十许，云已历百二十岁。宫馆之省城隍庙旁舍东廊中，不饮不食。人与之食，亦食，啖可兼人。朔望，宫必招僧入署，设馔与食，僧辄倾诸肴并一器内，和饭手抟而食，尽一二斛，归终不饮食，月惟两餐而已。暇辄市民间小铁器物，转售觅利，得钱必买砖积廊下。人怪而问之，亦不对。

一日，少者他出，老僧忽以砖周叠门户，扃固其室。俄有火自内发，人争往扑救，不得入，烟焰蔽空，有白鹤一只破烟而出。熄后，检其遗蜕，瘗于塔院，少者迄不归，更不知何往。

谢珍格物

谢珍，字紫玮，武进人，游幕来杭。性倜傥好客，有奇才，平居颇精艺事，穷格致之学。一日尝语人曰："古人制物精意，虽日用小物，亦有至理寓焉。如箕帚除秽之器，人多忽视，不知箕插彩花于角，可降紫姑；帚扫鸡雏之背，即成反毛；疫疾焚粪箕，烟能却鬼；冬瓜见苔帚风则易烂，此皆有感应类从之理。"

予因指其座右取火刀石器："此亦有理乎？"曰："金石之属，皆感土火之气凝结，本属同类，赋质并刚。铁击石，则出火以应之，施其所畏也。故火刀忌拨火，拨火则击石勿利。火石如出火少，则纳水中一二日，出之，则取火必多，其故何也，盖金为水母，拨火则枯，性枯则质钝。火石之火，分周四体，外剥既甚，则火藏石心，不易透出。用水激之，中藏之火尽出于外，故击则多火。"试之良然。

烟　龙

张宁人言：其邻老善食烟，手一竹管，长五尺许，已三十馀年矣。忽有道者过门，顾张所持烟管曰："君此物得人精气，久已成烟龙，疗怯者有效，他日有索者，勿轻与。"一日，果有典商来，云其子患怯症，"知君有旧竹烟管，乞市以疗"。乃以七十千价，截半尺许去。其子服之，瘵虫尽化紫水而下。

他日，又遇前道者于门，出残管示之，曰："龙已伤尾，尚可活，须再食十年，乃可作还丹药也。"求其法，但笑不言，径去。其竹管至今犹存，张曾见之，果光泽，须发毕照。夜悬壁间，一切毒虫皆不敢近。

形交气交

诸城刘上舍怡轩言："凡鸟外八窍，内亦少大肠，止有小肠，共粪溺于后。九窍者大小肠皆全，故兽亦分前后阴出入也。"赵依吉曰："鸟之肠一，何以知其为小肠，而非大肠也？"曰："凡人大肠通于后，结于肛，前阴为小肠之头以通溺，兽亦然。独鸟以小肠在后。观鹅鸭相交，前阴突出于后，非小肠何也？大凡鸟之扁嘴者以形交，有阴物相媾。尖嘴者均以气交，无形器也。"
此言可补《禽经》所未备。

蜜　虎

蜜虎，蜂类，形如蚕蛾，首有斑点，鼻上有二短须，口有黑丝如铁线，
常卷缩，或云：此鼻也。入花丛采花，辄伸黑丝入蕊心钓取，犹象之用鼻然。
蜂采花用足，蜜虎用鼻，又各不同。

诸城王氏仆名王三，曾治庄田数十年，云："此虫山东最多，大为农患，
土人呼为'古路哥子'。身有五彩，具细绒，如蚕蛾，尾如鹅尾铺张。雄者
身狭小，可入药；雌者肥壮，不入药。秋间，腹中有子，散子生虫。有数种，
其子产于豆荚上，则为豆虫，如青蟆状。若相扑叠，则体上细毛尽落。以油
盐葱椒炒食之，味胜蚕蛹。其食蜂也，入其窠内，用鼻丝刺蜂，蜂中丝毒辄毙，
然后徐啖之。盖蜂针在尾，此则在首。在尾者属阴，在首者属阳。以阳制阴，
蜂故不能敌也。"

滇南灵草

胡吏目什自滇归，言其地多产灵草，近日有一种草名安驼驼，四方购者
如云，能炼铜为银，又可治病。彼处夷妇善为媚药以悦男，其药成，必试验
乃用。试法：以二巨石各置房东西两头，相隔寻丈，以药涂之，至夜则自能
相合。其药亦以各草合志，然则遐荒僻壤所产，《本草》所不载者何限，又不
仅鸡血藤胶为近日所珍也。

羊乳鹿

临安山中产鹿，清明前后生子。其子必俟天雨方能走，若无雨，终不能
行也。土人觅得归家，以羊乳之，长大便随羊行走，野性稍驯，可为园林点缀，
名"羊乳鹿"。

多角兽

僧志定，居天目，言其山深处长亘一二十里，榛莽森列，无道路。产沙
木，可为枋，豪猪多构巢树隙，为木工所患。忽一年绝迹，不知所往，山民
喜，乃大纵斧斤。有匠某入一荒谷，见一物为藤冒死树上。视之，状如牛，
而形大逾倍。遍体皆短角，长二三寸，灰黑色，如羊角，数以千计；顶上一
角，红如血，长二三尺。盖巨藤多蔓大木，此兽偶从崖上误跃而入，角为藤缠，
四足架空，且藤性柔韧，无所施力，卒致饿死。始知豪猪悉为所啖，究不知
此兽何名。

江中黄袱

张寿庄言：有客行长江，一日，忽见江面浮一物，似黄布衣袱状，随波游泳，猝不能细辨。呼舟子视之，内有舵工大惊失色，曰："此物出，必有覆舟之患，奈何！"急将船上篷桅悉去，惟剩船底，令客安坐以待。措置甫毕，果陡然风发，出入危涛中，卒幸无恙，他舟有未备者，俱遭覆溺。询其故，盖其父昔亦见此遭难，故知之，然莫知其为何物也。忆贾文琼老于贾舶，曾言江行有大风，必先有风旗出水面，或即此欤？

水　乩

和州含山有程姓者，幼失明，路遇异人，授以占乩法，为人决事，多奇中。其法迥与他异，用水一盂，虚书符诀于上，置案间，有顷，则水面泛起泡沫，结而成字，字已，更泛他字。有未识者，复泛如前。如此数十次，或成诗歌，或隐语对答，无不浃入隐微。

九尾蛇

茅八者，少曾贩纸入江西，其地深山多纸厂，厂中人日将落即键户，戒勿他出，曰："山中多异物，不特虎狼也。"

一夕月皎甚，茅不能寝，思一启户玩月，瑟缩再四，自恃武勇尚可任，乃启关而出。行不数十步，忽见群猴数十奔泣而来，尽择一大树而上，茅亦上他树远窥。旋见一蛇从林际出，身如拱柱，两目灼灼；体甲皆如鱼鳞而硬，腰以下生九尾，相曳而行，有声如铁甲然。至树下，乃倒植其尾，旋转作舞状。每尾端有小窍，窍中出涎如弹射树上。猴有中者，辄叫号堕地，腹裂而死。乃徐唼三猴，曳尾而去。茅惧归，自是昏夜不敢出。

蝎虎遗精

蝎虎即守宫，刘怡轩云：其遗精至毒，人误食之，不得见水。倘有水一滴在体，不拘何处，即能消化人骨肉成水。曾有江南民人有二儿自塾归，其母以干冬菜蒸肉脯食之。时正暑，儿食后洗浴，久之不出，怪而视之，则盆中惟有血水，骨肉皆销。众尽骇，不知何故，乃检所存积干菜坛。内有大蝎虎二，相交于上，其精溢菜中，始知误取以食儿。其毒至此。然考《遵生书》云：夏月冷茶过夜者不可食。守宫性淫，见水必交，恐遗精其上。古人亦未尝言其能化人筋骨。

皖城雷异

乾隆五十六年八月初一日午刻，有黑云自东南蔽江来，去地不数丈。少顷，雷电大作，风雨随至，自午至戌末，霹雳数十震，房屋动摇。电光一闪，窗纸飒然有声，是时人人自危，莫测其变。次早始知雷击者凡十数处，抚军署前左首旗竿劈去其半，碎裂处爪痕如梳，约深三四分许。火药局前池中击死大蛇一条，约丈许。其馀墙垣倒塌、栋折榱崩者甚夥。

渔翁游姓者，前数日梦有乞藏其家者，翁辞以隘无所容。早起，即见有物如狝猴状，爪绿色，约长二尺许，踞屋脊上，时移其前后屋瓦，馀无他异。是日雷作，邻人见电光如金线数十条盘游姓屋上，屋旁空地老柳一株，中空如竹，雷揭其皮殆尽，树身迸裂，如横置地上捶碎者，然其中黑煤累累，又如火焚。想其物被击时逃匿柳中，雷因击柳取去，然究不知何怪也。

后数日，有自黄溢来者，云是日雷声甚小；有自桐城来者，问之不知也。黄溢距皖三十里，桐城百里，不同如是。

卷　九

天后绣女

清河县有汪姓、刘姓、阎姓三女，性俱明慧，貌亦清丽相似。汪适王氏，刘适阎氏，即阎女兄，皆业儒。阎适王家营某氏，家颇饶。

乾隆五十一年，阎女病甚，谓其夫曰："我与同县汪女及嫂氏皆河口天后宫绣女，因事谪降，今期满当还，彼二人亦将同往矣。"其夫访诸两家，汪与刘果亦病笃。未几阎死，汪亦死。阎母闻其女死，而媳亦垂毙，惧甚，急诣天后前泣祷曰："妾女已死，仅一媳，倘死，妾何以生？祈稍留以终妾身。"既而刘病果瘳。

年馀，刘忽有身，将产，夜梦天后曰："因汝姑老，暂留尘世，岂容生子耶？"以手扪之，早起，腹平如常人。

先是，刘女自童时适阎后，每月必有一二日键户，终夜不容一人见。有窃听者，如数人言笑，达旦乃已。家人固诘之，终不言，至是始知，今尚存。

代州冯松涛寄居清河目睹之事。

桃源女神

桃源县郑氏女，生而端整，寡言笑。年及笄，一日谓其母曰："儿将某日死，死当为某村神，其地当庙祀我。"母以为颠，弗信。及期微疾，数日而卒。卒时端坐，颜貌如生，室中闻异香，云旗风马之状，家人咸隐约见之。后数日，某村男女同日梦女告曰："吾当血食于此，为尔等福。"居民以为神异，醵金塑像，号曰"娘娘庙"，颇著灵异。乾隆三十四年事也。

女旧有婢李氏，最亲昵。女为神后，每月必数召婢去，肩舆至庙，昏睡终日，醒而归。倘神欲留，强归，肩舆十人不能举。李氏嫁后，仍赴召如常。至五十一年冬，李氏谓夫曰："娘娘命我腊月某日去，去不复归矣。"夫素不信神，诺之而已。至日，李沐浴焚香，使人召其夫一诀。夫故不归，李恚曰："误吾时刻矣！改次年正月某日。"夫归，闻不死，以为妄。

至次年某日，李又召其夫作别。夫怒曰："又作狡狯矣！"竟归视其死否。及归，李言笑如常，嘱家事数语，凭几瞑目而逝。

安庆府学狐

乾隆五十六年，秋祭前数日，涤濯笾豆，预备祭品，陈列明伦堂，夜使人看守。有副斋舆夫田姓者，素勇健，独任其事。是夜微月，田卧至三更觉来，闻有人偶语，开目视之，见二人历阶上，将至卧榻。田跃起大呼，二人径前与斗。田奋力擒一人，掷阶下，大嗥化狐而去；其一复斗，田又擒，掷亦化狐去。

田以为不复至，因就寝。未熟，忽闻人声甚众，且至矣。急起，见一叟须眉尽白，伛偻行，率少年十馀人，喝令击田。田怒，奋拳击众，众应手倒，无能抗者。叟怒曰："如此可恶！"因腾跃以首触田左胁，如中巨石，痛不可忍，仆地不能起。叟喝众急曳至堂后左侧柴房去。田念此去必无生理，见堂右有大钟悬架上，因众扶掖，出不意，疾走架下，以一肘挽架，一手拒敌。叟怒甚，以手持田肘力曳之。田惧，两手固挽。叟力猛，连架曳行数尺，钟声铿然，叟栗而止，令众狐就击之，自顶及踵无完肤，呕血数升，将曙乃去，田亦仆不省矣。

天明，执事者入，见之大骇，以汤灌之，良久乃苏，具道始末，乃知为狐祟，次夜，集众十馀人守之。众不敢卧，坐至四更，无所见，众亦倦甚。甫就寝，闻众驰骤声，张目仰视，闻老人曰："其人在否？"众排头按验曰："无。"老人曰："幸漏网矣，去去。"遂寂然。

田卧病月馀，寻愈。愈后，欲挟刃宿堂上复仇，其妻力阻之，乃止。

湖南贡院鬼

乾隆丙午科，湖南秋闱，澧州吏目冯名廷，奉差委巡场。第三场十四日夜，冯与同寅李某同坐至公堂，李方隐几卧。是夜月色微明，冯见阶下有物长二丈馀，腰腹如囷，通体皆毛，两目闪烁如炬，自西文场出，缓步入东文场。冯素有胆，不惧，初见时低声呼李。李觉仰视，大惊伏案，物去然后起，同入卧处，命仆从同卧一室。

冯以李胆怯，既卧，故以手扣壁击床恐吓之以为戏。正喧笑时，忽有大声呼啸，良久乃已，众皆股栗，以被蒙首。少顷，闻人声轰然，冯与李皆披衣起，监临、监试两主考皆起，使人察问内外，远近无不闻者，咸大诧异。是时头场荐卷已中定十七八，两主考复加校阅，黜落七卷，后竟无他异，岂因此七人不当中而致怪异如此欤？

雷异二则

滁州某村有黄氏妪独坐室中，午后风雨暴至。忽霹雳一声，左壁下诸器物皆移置室中，离壁四五尺；壁上白泥厚不过三分，亦离壁四五尺，植立如堵，丝毫不损。妪惊仆，良久乃苏，不知所击何物，其家亦无他异。

代州旅店中有二客同居，一日早起，大风微雨，一客在土炕上以大瓦盆覆坐之，一客坐门限上对语。坐限上者忽仰见屋梁上有火光二寸，如小蛇跳跃，急呼炕上者视之。其人未及答，忽霹雳一声，屋顶揭去一片，众奔入视，地下一人僵卧，一人在炕上坚坐不动，就视之，已死，顶上一孔如豆。初疑雷击，仰视屋瓦外飞，不似自上而下者。移尸视之，见所坐盆底亦有孔如豆。揭盆视之，炕上亦然。竟从地下起穿炕盆洞腹贯顶，破屋而去。地下者以汤灌苏，得不死。

人变鱼

从子致华作淮南分司，解四川兵饷之夔州城。道上人男女喧哗，举国若狂，问之，曰："某村妇徐氏与其夫同床眠，甚相爱也。早起，则妇面目发肤如故也，而下半身已变作鱼形矣，乳以下鳞甲腥滑，口尚能言，貌亦平整，惟涕泣哀号云：'我睡时无他痛楚，只觉下体作痒，搔之，渐渐起棱，以为将生疥癣耳。不料五更后两脚合并，不能伸缩，摩之，已作鱼尾矣，今将奈何？'夫妻相抱大哭。"致华遣家人视之，果有其事，因官程紧迫，不能逗留，不知报官后将放诸江乎，抑养之家乎？不及问矣。

韩昌黎称老相公

韩文公为贡院土地。庚子岁，有嘉兴秀才陈效曾者，先试前数日入庙，庙祝令拜。生曰："昌黎何拜之为？学不足师，文不足师！"祝强之，大诟而出。试毕，归家而死。

殪数日矣，其妻惧，与小姑合被而寝。夜半，小姑登厕，忽见兄排户搴
嫂帷帐而入。嫂奔出，姑大呼，家人凑集，而嫂之声音状貌俨然兄矣，大声曰：
"我效曾也，身何在？"家人曰："殪矣。"狂奔至棺所，扣棺而哭曰："我得罪
老相公，相公之门人家仆锁我听事，俟老相公科场事毕，当放我。昨老相公
放榜出，责我二十板，我得归，何殪我之速也？"又大哭，家人曰："老相公
何人也？"曰："土地。""土地何人也？"曰："韩昌黎。"客曰："昌黎，伯也。
依今时称谓，当曰伯爷；依家人称之，当曰老爷；乃冥中仅称老相公。"

急淫自缢（删）

照海镜

宜兴西北乡新芳桥邸农耕地得一物，圆如罗盘，二尺馀团围，外围绀色，
似玉非玉，中镶白色石一块，透底空明，似晶非晶，突立若盖。卖于镇东药店，
得价八百文。塘西客某过之，赠以十千，至崇明卖之，得银一千七百两。
海贾曰："此照海镜也，海水沉黑，照之可见怪鱼及一切礁石，百里外可预
避也。"

谷　佛

湖州沈书记号讷庵，有谷佛一尊，弆以玻璃之楼。楼长半寸，楼下有座，
高二分许，中藏大谷一颗，长一分有半。谷有芒，亦长分许。谷旁有窍。晴
明于赤日之中闭一目觇之，其窍渐大如门。觑之久，由门见堂，由堂见殿，
现三宝如来像。像高数丈，缨络庄严，见胸前卐字纹盈尺。旁立文殊、普贤，
若闻人语。眼少瞬，欻忽不见，仍大谷一颗而已。

据沈云此物传留湖州某尚书家，系明时利西公从西洋墨瓦腊泥迦州带来
者，遂入中国。彼国秋熟时，此谷生田亩中，千里赤荒。门人王昙亲见此谷，
不知今归何处。

丹徒异狱

丹徒县宰张名振纲者，驺呼出门，忽一物从空而下落轿檐上。轿方迎风
而趋，物忽堕入衣衩中，弸弸而跳。惊视之，乃男子阴也，仅长二寸许。亟
出轿，命驺从捉之，跳不已，观者如堵。于是携归贮库，遍访此案，不可得。

越一月，西门担水妇王大娘者报某家妇姑杀人，遂拘之亟讯。盖妇姑
二人先通一陕客某，后又通一陈姓者，因彼此通奸。后夫斫杀陕客而支解
埋之，使其尸不辨男女，故割下其阴。仓皇未收，投之楼窗之外，不料落
在本县官轿中。告知知府同寅，无不大笑者。照谋人律，姑、妇、奸夫三

人一齐抵命。

鬼怕讨债

常州一贫汉死，其房卖入富姓。贫鬼作祟，富者锁之，几十年矣。后富者亦穷，大屋卖去，挪居之。忽贫鬼大闹，索镪讨祭，一家大小尽病。时方冬尽，房主负逋最多，债客登堂，日夜号骂，妖魅忽绝，病者尽起。至来岁债务稍清，将账目焚化，鬼又白日大诟，曰："我去年见讨债甚多，疑是我生前旧欠，故而避之。今阅所烧账目，皆尔家积负，不干吾事，吾何避为！"于是抛砖掷火，恶声日甚，而房主亦徙去不复住。

兰渚山北来大仙

会稽兰渚山有兰亭道院焉，其院为北来大仙所居。北来大仙者，狐神也。

初会稽陈贾少年时客楚，丧资本，贫窭不能自给，且病，居废寺中。一夜，有女郎至，容貌都丽，衣服照耀，皆明珠缀成者。贾惊起。女脱臂上钏赠之曰："知郎乏，故来相饷也。"遂去。明日又至。如是数月，枕席谐畅，情好日笃。贾乃以金钏稍赎资斧，理其旧业，而女郎亦购新居，料其家事，且日致金银珠宝之物，不下巨万。

居数年，贾家信忽至。贾欲骄其乡里，又疑女郎为魅，一日伺女郎不在家，贾忽呼数百夫及僮仆等担装鱼贯而去。女归，见一室罄空，追贾至江口，贾已歌呼振帆。女临流号恸，不得渡，贾于是归富人。

越十载，女郎至，呼贾曰："吾狐神也，积千年阴德，名在仙籍。今汝负心，已诉天帝，命江神授吾文檄到此，汝宜死矣。"于是飞刀掷火，家不安枕。百计禳之，无效也。一日，女空中叹曰："吾因往日情重，至于此极。使汝死，恐天下有情人贻笑吾辈。汝家倘能大修醮禳，择名山安我神灵，我仇且释矣。"时兰渚山道士某道法素高，为设醮四十九日，道士谓女曰："何不向我兰渚山住？"女曰："甚好，但吾须住五百年才去。"由是遂绝。

今道院为罗氏业，罗氏为之塑像甚丽。而女亦岁时夜出，与世人谈论云。

吃肾囊中举

杭州士人于文肃祠祈梦，甫睡，一厉鬼舆一肾囊至，大如瓮，曰："欲中举，当食此，否则不中。"士子惧，勉食之。初啖味甚甘，如榉子，片时将厚皮四面食尽，独肾丸二枚齿决不可下。鬼曰："弃之，汝已中矣。"士子喜，然自此下场屡斥。至乾隆癸卯榜发，士子中魁，始恍然解悟，盖浙中呼肾为卵，"鬼"者，"癸"也；"卵"去核，"卯"字也。

杨老爷召稳婆收生

嘉兴乡镇间祠杨老爷神，多灵验。稳婆阿凤者以收生致富，远近生育之家必延之至，始无难产。

忽雪夜有人叩门，问："何来？"曰："冷水湾杨府生公子，主人命来，宜急就船。"凤袭裘同仆下船，果至冷水湾。第宅严丽。进门，主人临轩而立，见凤来，喜甚，命仆导入后堂。则产母方卧床而呼，众媪婢执灯而立，皆惨然曰："吾夫人产四日矣。"凤诊视之，盖肠盘于胎，急不得下也。以法救之，胎应手而出。报主人，主人赠金元宝二铤。凤纳之，曰："后三朝，吾当来。"时天大雪，而房中热气甚逼，凤解衣从事。

及出门就船，始记有外衣未着。归家天已明，视元宝则金纸叠成，而皮衣已送至家矣。由是乡人为老爷作三朝，行围盘钗果之礼，迎各庙诸神来贺。

溺壶失节

西人张某，作如皋令；幕友王贡南，杭州人。一日同舟出门，贡南夜间借用其溺壶，张大怒曰："我西人俗例以溺壶当妻妾，此口含何物，而可许他人乱用耶？先生无礼极矣！"即命役取杖责溺壶三十板，投之水中，而掷贡南行李于岸上，扬帆而去。

三虎索命

元抚将军展成生二女，皆有国色，一嫁李敏达公之第四子星曜道台，一嫁厉少司寇之子守谦太史。乾隆壬子春，余与太史相遇虎丘，偶谈往事，曰："异哉！吾妻之死也。结缡之后，琴瑟甚调，将及三年。忽一日闺中置酒向余作决别状，曰：'我前生猎户也，曾杀三虎，虎魂不散，要来索命。今我怀孕矣，明年分娩之期正值寅年。寅年属虎，我其不免乎？'问：'何以知之？'曰：'昨夜梦中有神人金甲而虎冠者告我也。因所杀三虎中，有二虎俱曾伤人，故上帝不准报仇；其一虎未曾伤人，故准其索命。'言毕涕泣不止。逾年，果以产难亡。"

梁相国解梦

梁文定公病笃，梦至一处，宫殿巍峨，坐客皆非所认识者。公谈久，忽想吃烟，苦无火，或指一殿曰："此中有火。"中坐神人招梁曰："且缓吃烟，我有一对，君对之。"书"三代之英汝继泰"七字。梁惊而醒，召诸门生来视病为解之，俱不能解。良久曰："我不起矣。三者，三中堂（宝也）；英者，英中堂（廉也）；泰者，伍中堂（弥泰）也。三人官与我同而俱死矣，我其继之乎！

速办后事可也。"越三日而薨。

斋　猴

天目山多猴，要往斋猴者，先往韦陀庙烧香通陈："某日来山斋猴。"寺僧为挂牌晓示。临期，主人买馒头一千，铺在庙外地下。清晨，群猴毕集，有一极老者，白髯尺许，飘飘伛偻而至，旁有二猴亦白须。老者扶持而来，群猴跪迎。老者南面就地坐，群猴拱手亦坐，寂然严肃，不敢哗。二侍者捧馒头献老猴，老者食，然后群猴共食。食毕，向主人叉手拜谢而去。梁履素孝廉亲见其事。余欲往施斋，而以路险草深不果往。

狗熊写字

乾隆辛巳，虎丘有乞者养一狗熊，大如川马，箭毛森立，能作字吟诗，而不能言。往观者一钱许一看，以素纸求书，则大书唐诗一首，酬以一百钱。

一日，乞丐外出，狗熊独居，人又往与一纸求写。熊写云："我长沙乡训蒙人，姓金名汝利。少时被此丐与其伙伴捉我去，先以哑药灌我，遂不能言。先畜一狗熊在家。将我剥衣捆住，浑身用针刺之，热血淋漓。趁血热时，即杀狗熊，剥其皮包在我身上。人血、狗血交粘生牢，永不脱落。用铁链锁我以骗人，今赚钱几数万贯矣。"书毕，指其口，泪下如雨。众人大骇，将丐者擒送有司，照采生折割律，立杖杀之，押解狗熊至长沙，交付本家。

余按己未年，京师某官奸仆妇，被妇咬去舌尖。蒙古医来，命杀狗取舌，带热血镶上，戒百日不出门，后引见，奏对如初。元某将军入阵受刀箭伤无算，血涌气绝。太医某命杀马，剖其腹，抱将军卧马腹中，而令数十人摇动之，食顷，将军浴血而立。皆一理也。

雷　屑

吴人蔡鸣西与徐佩玉，中表也，二人之弟自楚同舟载苎麻归。乾隆戊寅九月十三日夜，泊九江，雷雨大作，蔡怯懦，蒙被卧。有铜饭器支炉上，震摇欲堕，徐起移置，见电光直下，森逼双眸，大雷一声，船柁拔去，水溢入。舟人齐起，牵挽就岸，昏黑中互搬什物。

天渐明，见徐顶心插一木，长约三四寸，围寸馀，群相惊问徐。徐不自知，毫无痛痒，宛若生成，恰累坠不可一刻耐。邻舟有人善符咒，曰："此雷屑也，无罪而误触者，予能拔之。"徐甚喜。蔡虑或妄，鸣诸县尹。尹至江干审视，其人书符于徐顶，口诵呐呐，举手一拔，木随手起，复以小黄纸符书贴创处。木入于顶者寸馀，尖锐如锥。或云：能辟邪魅。尹以为当存案，遂携去。

明日，顶上纸自落，完好如初。奇情奇事，奇技奇人，何所不有！

牛粪水

临武县水多激险，东南三十里地名牛头粪，因山相形而名也。产鱼繁，水势奔骤，难施罟网，率用白鸽粪投水，则鱼皆僵浮水面，或驾小舟，或裸下体，沿流检之。

一夕，两人赴饮归，缘岸行，见水面浮巨鱼，一人喜谓同行曰："曷稍待，吾携此鱼来。"遂脱衣入水。久之，人与鱼皆无声。讶其溺矣，急寻村中素善泅之张某，丐其入水相觅，约以若干金为酬。张许诺，索酒饮，立尽数斗，醉若不支，踏小船至浮鱼处，翻波而下，越数武，或起或没。如是数次，奋跃升岸，云："见一匹夫坐沙中，见人至辄移去。快取酒饮我，当再往携与俱来。"又尽数斗，复入水。

少顷波涌，见张擒一人发，踏波登岸，掷于地，以掌批之曰："你累我往返数次，费如许力，实可恨，打得该否？"旁观力劝始解，视其人已死，即昨夕求鱼者。酬以所约金，张笑曰："我两番痛饮，肠味已充，倘挟是术以骗人金，又何异迷人之水鬼！"即摇头举手而去。张殆奇杰之士而隐于水者乎？

吴门顾君朗村是日过其地亲见之，并云土人称其下有龙宫，向一幼童误坠水，至一官署，门坐二人对弈，状怪似虾蟹，见童讶之，询其故，送出水。幼童今现存，年甫三十馀，尝向人谈此异。"

阴阳山

川东新宁县之南乡，地名火石岭，有唐姓者茹素诵佛经，年五十馀，忽无病卒。越四日，胸仍温，家人不忍遽殓。渐复苏，进以汤粥，遂更生，语家人曰：

"我前日偶出门外，见一道人，布袍跣足，呼与同行，觉此身不能自主。行数里，闻水声奔腾，须臾至一河，宽广莫测，巨桥凌空。桥上人见道人，笑呼曰：'通灵来矣。'问：'何地？'答曰：'黄河。'又数里，高山峻起，问：'何山？'答曰：'阴阳山。'匍匐而升，危崖盘驳，惊奇怪异，气色昏黯，中间一径，仅容人行，两旁皆荆棘。见多人往来丛脞中，如觅路状，皮肤皆为荆棘所伤，流血号泣。予惧而询之。道人曰：'人居心坦白，公正无私者，则见此大道可行；巧诈欺伪者，则自投荆棘，徒受折磨。生平不由正道之故耳！'

"山既尽，天日清朗，城郭在望。道人曰：'此太平城，行人杂踏，皆候发落者。'忽见一隶卒执牌来呼曰：'且带三十六人去。'道人亟招予入城。城

中衙署甚多，皆寂然。顷至一署，额曰'业镜司'，拉予由东角门进，立大堂
檐下。见右厢椅上坐一人，补服顶帽，前立一女子，年可十七八，拽之泣冤。
睨视其人，即同乡吴县尹也。询之，道人曰：'吴作令时，有陈氏女夫亡守志，
父欲改嫁，女不允，后讼于吴。吴见皆美少年，意其必合，判归之，女竟自
缢死，今亦来候发放者。'

"少间闻呵殿声，一人升堂高坐，方巾大服，类道教装，两房吏役祗候，
威仪甚肃，潜问何官，曰：'此冥府总政也。'道人叩见，互相问答，莫辨所云。
既而带余跪谒，座上官曰：'汝在世曾诵经否？'应曰：'曾诵。'又曰：'汝诵
何经？'应曰：'诵《金刚经》。'曰：'汝自是好人。但'挈摩诃'如何念成'沙
摩诃'？因错了一字，罚去一岁，今叫汝来，快改过，还汝十年阳寿，去罢。'
遂叩头起立。适前女子来，叩见所诉，果如道人语。座上官曰：'汝该是这样
死。'从案上掷下一物如方斗，曰：'汝自看来。'女遂默然。又曰：'矢志守贞，
今奉岳主之命，燕地投胎，皇庄受禄，去罢。'旋退堂，而云板鼍鼓宛若阳官
仪注。回视右厢，则吴亦不见矣。

"出平阳，见有三十六人蹲踞相向，一隶至来，持巨扇煽之，火焰腾起，
高数丈。须臾火息，三十六人仍在。隶又于怀出一珠，大如卵，置地上，复
以扇煽之，狂风骤起，而三十六人已不知所往。惊问道人，曰：'冥府不比阳
世刑法，只此阴阳火剿除恶类，继以罡风扬其渣滓，落于山则为虫介，入于
水则为鱼虾。行善之人，别有善路去也。'仍由前径而还，遇舅氏某负猪皮在
背，泣曰：'吾不幸死于利川，今且变猪矣。'及家中门，道人竟去，今乃醒，
不自知为已死也。"

遣家人往候吴，果患病危笃，两手厥逆者数日，今得霍然矣。询以女子事，
则果宰蓝田时之案也。未几，其舅氏之子来云，渠父果于某日卒于利川县。

事在乾隆二十二年四月间。唐姓今尚存，言之如绘。吴乃康熙庚子孝廉，
仕于秦，世居新宁县后乡。予曾至其家，子名霖，邑庠生，能诗文，精岐黄，
亦曾备言其事。

亡夫领妇到阴间见太公太婆

毗陵庄生家千，早殁。遗妇陆氏，于乾隆壬子卧病。经夏，至七月六日，
忽梦亡夫挈至一门，厅事颇如旧家。登堂见舅姑咸在，各各悲喜。

俄而，屏后有髯翁夫妇扶杖出，家千曰："此太公太婆也，汝未及见，今
宜祗谒。"氏如礼拜见。髯翁曰："孙妇初见我，当有以款之。"其子以空乏对，

翁乃探囊出白金付左右，须臾肴馔罗列，方围坐共食。翁指盘中肉丸谓家千曰："此味何不携去啖孙妇？"家千遽愀然目视其祖，若以为不可者，翁遂不言。食竟，氏前请曰："既到此，须一见阎王否？"翁曰："汝并无罪过，无庸去见。"因指旁向者谓氏曰："明日戌时，当遣肩舆来迓汝耳。"乃欻然醒。述所见聱翁夫妇，果其生前状貌，口吻宛然；至奔走使令之人，皆其家已故仆妇，一一不爽也。氏言梦中所遇，一家骨肉聚甚乐。

次日七夕，果见梦中二仆舁舆来迎，如期而逝。聱翁者，名椿，字书年，曾为射洪令，一生爽直。家千父字实君，亦诚愿人也。

卷　十

淫谄二罪冥责甚轻

老仆朱明死一日而复苏，告人曰：我被阴间唤去，为前生替人作债负中证，两造互讦，必须我到，才得明白。我见阎罗王之后，据实剖陈，其案遂定，放我还阳。我出殿门，见柱上有一对联云："是是非非地，明明白白天。"我叹赏之，以为不愧神明口气。正徘徊间，见有一群托生之鬼从堂上下来，大半多不相识，只有一女子、一老叟，皆我邻也。女有淫行，叟谄富家，以为此二人者，必坠阿鼻地狱矣。

及判官走过，手持托生簿，因而问之。判官曰："某妇甚孝，故托生山西贵人家为公子；叟甚慈，故托生山东为富家女。"朱大不服，曰："我素知某妇不端，某叟没品，俱得托生好处，然则阎罗衙门，何得为是是非非、明明白白乎？"判官叹曰："此乃所以谓之是是非非、明明白白也。何也？男女帷薄不修，都是昏夜间不明不白之事，故阳间律文载：'捉奸必捉双。'又曰：'非亲属不得擅捉'。正恐黯昧之地，容易诬陷人故也。阎罗王乃尊严正直之神，岂肯伏人床下而窥察人之阴私乎？况古来周公制礼，以后才有'妇人从一而终'之说。试问未有周公以前，黄农虞夏一千馀年史册中，妇人失节者为谁耶？至于贫贱之人，谋生不得，或奔走权门，或趋跄富室，被人耻笑，亦是不得已之事。所谓'顺天者昌'，有何罪过而不许其托生善地哉？况古人如陈太丘吊张让而解党祸，康海见刘瑾以救李崆峒，贬其身而行其仁，功德尤大，上帝录之入菩萨一门，且有善报矣。至于因淫而酿成人命，因谄而陷害平人，是则罪之大者，阴间悬一照恶镜，孽障分明，不特冤家告发也。"

朱闻之大悟而醒。云判官亦其族叔，名启宏，作黄冈州吏目，生前以端谨闻。

人寿有定阴间不能增减

六合程某，平素不信鬼神之事。年六十馀，患病不起，不纳谷者四十馀日。忽一日谓其妻曰："我病不起矣，但两孙婚有日期，我不能一见孙妇，人必笑我没福，盍作速料理，以慰我心。"其妻子如其言，引两新妇到床前拜见。程喜动颜色，曰："吾明日可以去矣，可于次晨即扶我起，便穿入殓之衣。"家人以蟒服进，命斥去之，曰："我并未作官而着此服，必为群鬼所笑，仍衣常服可也。"

服毕，良久曰："有二人在外相待，可烧纸钱具酒肴待之。"妻问："何人？"曰："俞龙、江辛。"二人者已死之人，曾舍身为城隍役卒者也。言毕，沉沉睡去者将一日，忽醒曰："扶我起，将殓衣暂脱，城隍夫人生日，宾客来往甚忙，无暇点名，故俞、江二人仍放我回来，后日方去听候发落。"依旧吃梨汁清茶者。

又二日睡醒，命取衣穿，曰："吾此番真去，不复归矣。但家中子女多向城隍烧香借寿与我，或愿减五年，或愿减十年，虽是他们孝心，恰都可笑。人之年寿，各有定数，非比他物，可以通挪。但有一件奇事，我望见城隍，有素不认识之妇人替我涕泣讨情，放我还阳，城隍摇头不允。我大起疑心，盘问二皂隶：'此是何家妇女？'曰：'唐李氏也，君不记三十六年前之事乎？李氏嫁唐某而夫亡，此妇事堂上姑，送其终，又替其夫承继一子，事毕，再拜灵前，自缢而死。君重其节，托人教唐氏小叔递呈请旌，一切费用，俱是君包揽而去，何竟不记耶？'"程闻之，恍然如昨日事，且知城隍摇头者亦因人寿有定，非城隍所能减增也。言毕，又吃梨汁数杯而逝。程君之子号石泉，亲为余言。

关帝血食秀才代享

某生员请仙，一日，关帝临坛，某以《春秋》一段问之，乩上批答，明晰无误，批讫遂去。某归家后心窃疑之，云："关帝忠贯日月，位至极尊，如何以一纸之符，即能立刻请到？"心甚不服，欲拟表文一道，焚于上天控告。

正作表文间，忽闻扣门声，某启户视之，而不见一人，某愈怒，提笔又做。忽案头有人云："相公缓笔。"某问："尔系何人？"答云："我即临坛之人，实系唐朝秀士。因被乱军所杀，魂魄落在庙中殿下，朝夕打扫殿宇。圣帝怜我勤苦，命我享受庙中血食，并非关帝也。"

某大笑，即欲焚表，案头人又云："缓焚。"某又问："何故？"答云："若焚表文，仍是控告我，总求相公，将表文放入水中，磨灭字迹，方于我无碍。"某又问："关帝到底有临坛时否？"答云："关帝只有一尊，凡天下各庙中血食，皆系我等享受，惟天子致祭，方始临坛。"某问："何以知之？"答云："曾有修炼数千年之狐狸闻天子致祭，一月前斋戒沐浴，遂往窥伺。七月前，见周将军临坛打扫坛舍，红光满室，妖魔尽被烧死，故知天子致祭之期，关帝方临坛云。"

恶人转世为鳖

扬州胡姓有子颇慧，年将二十。将娶之前数月，忽得颠疾，饮食眠动不时，若明若昧，自言自笑。

一日，在床上坐语其父母曰："儿于昨夜奉岳神命署本县城隍事，本县旧有积案十件未结，命儿公正办理。儿恐错误，需请幕友，细思惟有受业某师素称理学可信，可速备礼请之。"时某师已故多年矣。少顷，忽起立云："师至！师至！"喃喃刺刺不休。家人旁听，竟是两人问答，声音笑态，毕肖平日，云"十案中有七案仍从前议，其馀三案，一当斫头，一当剁手，一当充军。"

其时因医言其病须滋阴，买一鳖，于灶下引其首而斩之。鳖头落地，怒目狰狞可骇。相隔卧房甚远，其子忽于床上大喝曰："这恶人应当斩罪，还有甚么不服，斫去还敢怒目视我耶！"家人祈祷城隍庙未回，其子又于床上云："太爷何故烧香于判官面前，他如何当得起太爷一拜？"

十案俱有姓名，细访之，皆系已死境内积恶昭昭在人耳目者。

奸夫死后报仇

仪征县役何二，曾与一妇奸好。其妇有旧好胡四，往来多年，妇利其财。后渐穷窘，妇渐疏之，何复凌之，遂至郁抑而死。妇夫亦死，妇遂归何，竟为夫妇，数年颇有积蓄。

何原有妻已故，曾生一子，忽得狂病，持刀弄斧，见此妇来，即欲手刃，云："我乃胡四，你家用我数千金，财尽心离，更从何姓，如此快活。我死不甘，已诉于神，准我报仇。"医治不效，延僧请道，修斋祈祷，一无灵效。如此数月，其子骨瘦如柴。忽一日叫戏演唱，又忽跨驿馆中马狂奔街市，又忽将家中物件打碎，将银钱搜寻出散与他人，云"神许我将你家财荡散，再讨你儿子的命"云云。至今其子现存，而家资已空。

董刺史雪冤

董公溶任海宁州时下乡踏勘，有旋风迎舆来，左避左随，右避右随。公异之，祝曰："若有奇冤，可在舆前三旋而退，吾当命役从汝指引。"祝毕，果如公谕，遂令干役随风查察。至僻壤处，入墓而殁，稔知为某解元女公子墓，禀覆，公立为传讯。据称其女是暴病夭殇者，公不之信，即欲起墓检验。某乃索公"无故开棺"笔据，方许启墓。公不得已，与之。及起验，果属病亡，公颇自悔，亦惟候告听参而已。

乘舆返，行未数武，旋风复来，公益惊，停舆细思，忆及墓内搁棺石板下当有故，复回至墓。揭石验之，又得一棺，开检，亦一女尸，面貌如生，倾国姿也，遍体鳞伤。讯系解元威逼，强奸不从，受伤身死。公遂按律详革科断，昭雪其冤而旌表之。

刘老虎

刘名捷，江右人，绰号老虎，强而有力，为一乡之无赖。

夜饮醉，归来途间，觉酒上涌，扪壁以行。遇门便入，认为己家。足力愈软，倒地而卧。五更尽始醒，闻人问曰："某人何在？"答曰："在某洞。"又问："此番是谁？"答曰某某。共若干名，刘之姓名在内。自想不知所犯何案，系何衙门拘讯。因仰目视，天亦渐明，细认乃知是土地庙中，遍寻杳无人迹，大为奇异。因思某洞离此不远，无妨一往侦察。

遂飞步至某洞，果有大汉鼾睡正熟。自思大汉雄健，未可软说，乃拔佩刀抓起大汉，将刀置其喉间。大汉惊问："何作？"刘曰："汝是歹人，尚问我耶！"大汉曰："我是过路客，何以指为歹人？"刘曰："既是过客，缘何不投歇店，行踪诡异？若不实言，吾先杀汝！"大汉急曰："我实奉官差拘犯人。"索票观之，第一人即刘也。问犯何事，要其救释。大汉曰："是大数注定，上帝所命，岂予敢徇纵耶？"刘曰："如是，杀汝亦死，释汝亦死，均之死也，不如与汝同死。"复欲刺之。大汉摇手止之曰："救汝。汝可自行咬破手指，血染吾票上，更易姓名，远徙他乡，或可小缓数年也。"刘如其言，见大汉出洞门就地一滚，化为老虎，咆哮入山去。

刘踉跄归，到家，天亦大明，遂改姓名，移居外府。从此改悔，不作无赖，习理生业，娶妻生子，寿至七旬。因亲友家拜斗，为病人作干保，刘思拜斗大事，岂可填写假名，缘将前事告之，填写真名而归。出大门甫数武，被虎衔去。

屈丐者

苏州枫桥镇,乃客商粮艘聚集处。村尽头有古庙,为屈丐者所居。两足不仁,朝出暮归,不离枫桥左右。

一日晨起,见厕傍有遗囊,拾而阅之,中藏白金数百,因思是过客所遗,吾薄命人,安能享此?且不知其作何勾当,一旦失之,有关性命,亦不可知。乃复归庙坐待。

午间,果有人飞步而来,顿足捶胸,状甚惶急,因问之曰:"君得无失物者乎?"客曰:"然,汝拾耶?"屈曰:"有之,但须陈说不谬,方可还君。"客大喜,为述若干封,若干数,是何银色,是何包裹,果相符合,屈乃携出付之。客见原银大喜,愿分半相赠。屈笑曰:"君痴耶?予不拜君全惠,而乃贪其半乎?且君损半,又不能了大事,请即速去,勿误我乞。"客不得已,检拾锭与之而别。

丐至街口,忽见一垂髫女,貌绝美,依父而哭,观者如堵,因问于众。或告曰:"是曹氏索债者将欲夺此女为偿,故悲耳。"问:"欠几何?"众曰:"十金。"屈闻怒曰:"盘剥私债,凶恶如此,设欠官项,又将如何!且十金亦小事,何为富不仁,竟至于此?"讵知债主在旁,闻言而怒,指屈问曰:"似汝填沟壑者,亦来说仁义耶?既出大言,可能为彼偿否?"屈慨然,即将前客所赠为之代偿,取归某之欠约而散。

曹之本意,原在女不在金,恨屈破其奸谋,乃贿捕役,指屈为贼,锁屈送官。吴县陈公深疑其冤,遗金客闻之,又即奔县,代为昭雪。陈公闻之,喜曰:"此义丐也。"照反坐例重惩捕役,并传枫桥各米行至,谕曰:"所有日收米样,俱着赏给屈丐,免其朝夕沿门求乞之苦。"且为披红,令肩舆送归。

于是,此丐享日收石米之利,遂渐延求名医。遇道者与干荷瓣、茅术各药煎洗,不数日,足病竟愈,与常人等。不十年间,便居然置大屋,娶妻室,作富翁矣。

僵 尸

绍兴有徐姓者新典巨宅,书屋三间,台榭俱备,为馆师章生设帐所。章夜读至二更后,忽闻东房启窗之声,疑为暴客,即于窗隙窥之。见一少妇玩月,登假山,攀树杪,逾邻垣去。疑是私奔行径,遂辍书息烛而寐。鸡鸣未曙,闻树头簌簌有声,似是赴阳台归来者。

凌晨,书童送汤沐至,问之曰:"东房为何人住?通内室耶?"童曰:"不通,乃前业主封锁之闲房耳。"章闻大疑，因往观之，则门封锁，窗闭如故；窥之，内有灵枢停焉。至夜留心观察，又复如是。章因秉烛启窗入观，则棺盖斜起，中空无所有矣。章生乃将棺盖代为扶起，取《易经》拆开，密铺棺上，然后归，登楼俟之。及五更时，见女从窗入，睹《易经》而却步，绕棺一周，旁皇四顾。举头见章，知其所为，拜而哀求。章生笑而不许。鬼曰："若汝不下楼，吾即上矣。"章仍不听。鬼物乃变作青面獠牙状，腾踔直上。章遂眩而坠楼，不省人事。

迨书童送茶汤至斋，遍寻章生不得，乃与主人登楼观之。见楼下东房内似有人在，启关视之，则章生与女尸并卧地上。抚之，章体犹温，因共抬出灌救，半晌始苏，述其所见。具呈于官，为之查唤尸亲领埋，而尸亲已全家远出，因房无人看守，故为出典，至徐已三易其主矣，亦由僵尸为祟故耳。于是焚其棺，邻家子患鬼病者，从此绝迹矣。

申氏自拶

张某为其子娶申氏女，成婚岁馀，伉俪甚笃。一日，女痴迷不语，两手直垂下，忽举手合掌，八指交叉作拶状，痛苦异常，呼号欲绝。自不能开，左右代劈之，不能动，即使有力者共劈之，亦莫能动分毫。亟询其故，女则云："有一妇人在我身后，使我至此。"言未毕，更大呼，两颊尽赤，似受批挞者。女不敢言，言则被拶更苦，惟呻吟而已。越时自开，八指皮肉红肿，又半时亦平复。女言动如常，惟不肯明言其故。自是，目必一二次，或三四次，其苦不可言，医药符箓皆不能治，至今犹然，不解其故。

或云：其女生性乖僻，在母家时，家本富饶，女每餐以水牌缮写肴馔，点撰而食。稍不适口，即詈骂并器皿碎之。婢女进茶，若指擎杯口，即碎其杯而重笞其婢，以为手不洁，不可近茶也。其所着裹衣，一经浣濯，即不再服。或云：今之受拶，是暴殄之报，其信然欤！

雁宕仙女

六合戴某，有子十八岁，貌清秀。闭户读书，忽然不见，其家各处寻觅不得。

一日，忽从园中香橼树上飞腾而下，曰："我某夕月下闲步园中，见一美女从空飞来，挟我上升。道：'我凡人也，如何上天？'女微笑，采香橼叶一片，令我踏上，当即腾空而起。到一高山顶上，有石门数十间，门内有亭台花草，无所不备。我问：'此是何处？'曰：'温州雁宕山也。天台小山，尚有刘、阮之事，况我雁宕又高天台一千馀丈，而可无佳话流传人间乎？'与我遂成伉俪。

诸石门中，俱有仙娥来往，老少不一。所说言语，都是玄经秘旨，不能记忆，但觉服食起居鲜华可爱，我乐而忘返。忽昨日谓我曰：'郎父亲明日八十生辰矣，不但郎宜归祝，即妾亦宜同去也。'又取香橼叶一片令我踏上，遂复乘云而起，又到家园。"

其家人邻右闻此信，来观者如麻。忽闻异香扑鼻，空中闻箫鼓声，果有一绝色女子，珠冠玉佩，在云中作叩首状。每一跪起，则霞光四闪，百鸟皆鸣。家人正思攀留，而清风一起，其女与其子已冉冉携手而又去矣。其父思子，涕泣不止。或曰：此怪知礼，俟翁九十岁时，定与令郎再至也。

生魂入胎孕妇方产

金山县有老农某月朔梦一青衣人似公差赍牒来，语之曰："子本月十七数尽应死，因一生勤慎无大过，死后即托生某家为子，亦小康，寿考无虑也。我故先来告知，便早处分家事，届期我来同子往投胎可也。"其人醒，遍告家人，悉以家事付儿子，不数日处置毕，拭巾待期而已。

至十二日夜，忽又梦见前青衣来促之行，农以未及期为辞，曰："我固知之，第彼妇于初十晚偶失足致仆，损动胎气，和能待至十七，即于是夕坐蓐。儿已产，须生魂入窍，乃能饮食，今已三日，君若不行，彼不能生矣。"农寤，述其事于家人，复安枕而殁。

女化男

乾隆四十六年，长沙西城之长安坊，地名青石井。有把总安姓者，一女五岁，与张守备家为养媳，其姑遇之严，少有忤，辄鞭笞交下，不胜其苦。十三岁，逃归父家。张向安索女，安以女未及笄，不愿鬻养姑家，且留家，俟有吉期，备礼遣嫁。张无奈，听之。

及女年十七，婿亦长大，张择期以告，安亦备奁具拟嫁女。女知期近，而畏姑严，终夜哭泣，向天祷求速死，不愿出阁。母见女如此，颇怜之，曰："汝徒哭泣求死无益，若吁天能变得男身，便可免嫁。"是夕，女梦一老人手持三丸，如弹大，二红一白，纳其口而去。比寤后，觉小腹极热，喉痛异常。不一炊顷，阳出于户，竟成伟男，项下结喉突起。惊疑以告母，验之不谬。

安夫妇无子，只此女，一旦成男，喜甚，往告张。以事属怪诞，疑安捏饰赖婚，控于县。时邑令山西党公兆熊拘女到案验之，貌犹是女，而阴头鲜红，确系男子，势难行嫁。命安将奁资贴张，为代聘一女，以予其子。当堂令安女放脚剃发，脱珥着靴，改男装而去。

人化鼠行窃

观察王某，以领饷到长沙，邑令陈公为设备公馆，将饷置卧室内。一夕甫就枕，气逆不能寐，展侧至三更。忽梁上仰尘中有物作啮木声甚厉，悬帐觇之，见顶板洞裂，大如碗，一物自上堕地。视之，鼠也，长二尺许，人立而行。王骇甚，遍索床枕间，思得一物击之，仓卒不可得。枕畔有印匣，举以掷之，匣破印出击鼠。鼠倒地皮脱，乃一裸人。王大惊，喊，吏役皆至，已而邑令陈某亦来，视之，乃其素识乡绅某也，家颇饶于资，不知何以为此。讯之，瑟缩莫能对。

王即坐公馆将动刑。其人自言：幼本贫窭，难以自存，将往沉于河。遇一人询其故，劝弗死，曰："我令汝饶衣食。"引至家，出一囊，令我以手入探之，则皆束皮成卷，叠叠重列，因随手取一皮以出，即鼠皮也。其人教以符咒，顶皮步罡，向北斗叩首，诵咒二十四下，向地一滚，身即成鼠。复付以小囊佩身畔，窃资纳于中，囊不大，亦不满重也。到家诵咒，皮即解脱，复为人形。历供其积年所窃，不下数十馀万。

王因问："汝今日破败前曾否败露？"曰："此术至神，不得破败。曾记十年前，我见一木牌上客颇多资，思往窃之。化鼠而往，缘木将上。突出一猫啮我项，我急持法解皮，欲脱身逃，而骤然有声，猫皮脱，亦人也，遂被执。究所授受，其人与我同师，其术更精，要化某物，随心所变，不必借皮以成。因念同学，释我归，戒勿再为此。已改辙三年矣。缘生有五子，二子已历仕版，一子拔贡，尚有二子，思各捐一知县与之。敛家中银不足额，探知公饷甚多，故欲窃半以足数，不意遭印而败。"王因取皮复命持咒试之，则皮与人两不相合，乃以其人付县复讯，定谳始去。

唱歌犬

长沙市中有二人牵一犬，较常犬稍大，前两足趾，较犬趾爪长，后足如熊。有尾而小，耳鼻皆如人，绝不类犬，而遍体则犬毛也。能作人言，唱各种小曲，无不按节。观者如堵，争施钱以求一曲，喧闻四野。

县令荆公途遇之，命役引归，托以太夫人欲观，将厚赠之。至，则先令犬入内衙讯之。顾犬曰："汝人乎？犬乎？"对曰："我亦不自知为人也犬也。"曰："若何与偕？"对曰："我亦不自知也。"因诘以二人平素所习业，曰："我日则牵出就市，晚归即纳于桶，莫审其所为。一日因雨未出，彼饲我于船上，得出桶。见二人启箱，箱中有木人数十，眼目手足悉能自动；其船板下卧一老人于内，生死与否，我亦不知。"

荆公命二人鞫之，初不承认，旋命烧铁针刺入鬼哭穴，极刑讯之，始言：此犬乃用三岁孩子做成。先用药烂其身上皮，使尽脱；次用狗毛烧灰，和药敷之；内服以药，使疮平复，则体生犬毛而尾出，俨然犬也。此法十不得一活，若成一犬，便可获利终身。不知杀小儿无限，乃成此犬。问："木人何用？"曰："拐得儿，令自择木人，得跛者、瞎者、断肢者，悉如状以为之，令作乞丐求钱，以肥其囊。"即率役籍其船，于船下得老人皮，自背裂开，中实以草。问："何用？"曰："此九十以外老人皮也，最不易得。若得而干之为屑，和药弹人身，其人魂即来供役。觅数十年，近甫得之。又以皮湿未能作屑，乃即败露，此天也！命也！只求速死。"荆公乃曳于市，暴其罪而榜死之，犬亦饿毙。

韩铁棍

韩舍龙者，山西汾阳人，贫无居处，在邑中破寺栖止，佣工为生，勇健多力。一日归，见寺门外卧一道者，询知以病不能去，乃供养之，无德色。

如是三月馀，道者病愈，谓韩曰："感子厚义，无以报，今行矣，平生蓄有一物，食之力逾贲、育，兼可致富，以赠子。七十二年后，终当归我。第子富后，慎勿纳粟得官，徒耗寿算。"言已，口中吐一羊出，小如拳，置掌视之，乃粉所为，纳韩口中。方欲吞噲，羊从喉中直趋而下，道者以掌向韩脑后一拍，韩即晕仆于地。比醒，道者已不知所在，试举櫌锄之属，悉轻如草。次日，乃往见主人，愿居其家为长作，俾买铁另铸作器为锄地。其所耕，十倍于人，日食米必三斗，他物称是。主以其勤而力，甚爱之。

一日，令载煤五十斤自他所归，车历土坂将下，骡蹶车倾，韩在后手挽之，徐徐而下，面色不动。主知其事，异之，诧其神勇，命随镖行押布至都。中途值盗，保镖客二人与斗，俱为伤死，韩手无械，拔道旁枣树扫之，盗尽糜溃，皆获焉。主自后即令押镖贩布，许分其馀息，不令佣作。韩乃铸精铁为棍，长丈有二，重八百斤。其用棍无法，亦无授受，惟恃勇力横击，无能御者，江湖皆呼为"韩铁棍"。盗贼莫敢犯其锋。其棍载在车后，非八人莫能举，而韩以只手取之，轻如草然。

一日至京师，方投寓，忽有人来访，自通姓名曰山东白二，韩素不相识，讶其突如，询来意，曰："我闻君善用铁棍，曷以见示。"韩指车后令客自取之，客以只手轻取而下，谓韩曰："君用此根，不知伤几许人。我仰其面，君试击我，能伤我，则君果为神勇。"韩不可曰："我与君无仇，何故以兵相戏？既与吾角力，不若我屈一指，君能伸之，我即当敛迹归田，不敢驰驱道路矣。"乃环其食指。白以手钩韩指，韩俟其指入，乘势提而掷之地，白起曰："我山东剧盗也，一生无敌，今竟让子。"嗣后，韩行山东、北直一路，如在家中往来。如是二十年，韩分息亦厚，乃辞主人不复作镖客，主人犹载其棍行者二十馀年。

韩归里置田产，生有二子，课农为业，年逾七十，自在场上看麦。忽有一山羊自场出，众咸以为晋地所产皆胡羊，此不知所从来，争逐之。羊入一枯井中，众欲入，韩争先跳下。见羊在井底。以手举之，向上一掷，不觉身随羊上。众在井外，见有白气一缕自井飞出，羊入云中，韩坐地上，气力兼无，共舁之出。寻亦无恙，然自是手无捉鸡之力矣，始悟道士还羊之说，神力已去。又活二十馀年，至九十寿终。所用棍犹在韩庄，至今六十馀年，无有能举之者。

认鬼作妹

浙藩司更夫陈某，喜饮而胆最豪。一夕，巡伺垣墙外，时三鼓，月甚明，见一妇人，年十八九，容貌颇丽。陈念官衙禁地，必无私约者，心知非人，姑戏之，乃往握其腕曰："子夜行，得无觅佳偶乎？我为若婿何如？"妇曰："我非人，乃缢鬼也。"变其貌，甚狞恶。陈曰："我闻鬼皆能改貌，卿即陋劣，我不嫌也。"鬼无奈，乃曰："子姑舍我，有钱十五千与子何如？"陈问："钱从何得？"鬼曰："荐桥某钱庄有女，我明日往祟之，子须认我作妹，我教若与子钱十五千，其病即愈。但子得钱后，我在此勾当一二事，自后毋得再阻我。"陈诺之，鬼乃去。

明日午后，果有人来访陈，且曰："汝妹为鬼太不良，昨日主人女出看戏，归为其所祟，百计求解，云必欲寻其兄来乃去故招子往。"陈乃同往。入门，鬼即在内曰："吾兄至矣！"大恸趋出。陈亦佯泣，相抱而恸。已而鬼曰："吾兄贫，无以为生，汝家富，须予吾兄钱十五千作生计，我当去矣。"店主人不得已，如数予之，女疾果愈。

陈得钱归。不三日，闻司廨中果有妇人缢死者。盖鬼求代，恐陈阻之，故行贿耳。

蟒过岭

湖广武冈州，有水路可达。有赴武冈任者，挈眷由水路行，一路皆滩河，两山壁立，茂树密菁，惟日午见日而已。

一日舟行，闻上流滩畔有人敲锣鸣众，询之，曰："今日蟒过岭，须停舟不得行，行则有失。"问："何以知之？"曰："我处烧山，向例有定期，蟒知之，先期半月相率自南而北，俟北路烧山，则又自北而南。时正十月，盖南路定期在初冬，北路定期在初春故也。其来日，早必有大风以阻行舟，便其横溪而渡。今早风大作，故知之。"问："在何处？"曰："相离里许，可望而见。"

俄顷风愈大，见两山树梢枝叶皆垂，露一蛇首，大如十石瓮，徐徐自山下剪溪过。其头入北山，尾犹在南山未尽，约计两山隔溪可三五百丈，如是者一食顷始尽。一蟒过尽，又一蟒来，长皆仿佛，以次相接而行，其体亦递小，一昼夜乃尽。土人云："此黑蟒，性皆纯良，从不伤人。"

食猴怪物名石掬

湖南至道州路，有一山，高数百丈，于峰环列中有濂溪讲堂。山中最多猴，常出扰人。山脚居民数十家，皆漆户也。山产漆树，红芽初苗如香椿，食者多死，官为立石以禁。沿漆林而入，周遭五六里，隔一涧。过涧即入山径，樵路穿云，高可插天。

吾乡爱堂居士往游，远望崖侧，有似枯松，其毛遍覆数里，蠕蠕然，近视之，皆猴也，屏息而过。已历其上，俯视众猴，约有六七万，老少雌雄环集，呦呦皆有哭声，亦莫测何故。有顷，忽见二猴自上崖来，向众猴摇手，似禁其勿泣者。已而悉起，有扶老者，有携雏者，皆缘崖左而上。至经香台畔，俯伏屏息，高下几无隙地。

旋有大风籁籁动林木，台后出一兽，绝似猴而小，高可尺许，众猴见之，皆俯伏。此兽跃上濂溪讲座，踞膝而坐，推其身，忽伸长丈许，众在下仰望，不见其顶。久之，见一猴来跪其座旁，自以双手向脑后剥去其皮，若供其食啖者。爱堂尚欲再觇其异，不料仆人遽怒起，燃大爆竹震之。响一发，众猴咸惊，坠山下死者不可胜计；其兽闻声一跃，直穿屋顶而出，不知所在。按《异物志》：石掬如猴而食猴，或即此欤？

铁牛法

湖南邑囚论死，秋决后，例多暴尸三日，然后埋。入夜，尸常不见，官吏异之，踩缉四出。初以为其亲属私窃以葬，讯之不承。

有武生某以事赴县，行至一村镇，牵马饮于溪桥之下。水中映有人影，俯窥之，则桥洞内水干，有一人闭目趺坐于中。蹑而就之，见其襟褶间皆血污狼藉。问为谁，不答，因急趋出。适镇中有驻防汛弁，告之守备殷某。殷先入桥下，其人见殷相近，即飞左足将殷踢仆地，后入者至，救殷起，觅其人已不见，互相嗟讶而返。

是夕雷雨，击死一人于桥柱侧，众往视，正昨日桥下人也。或云：此学铁牛法者，可以代形，而终获天谴。

妖术二则

江阴有士人学法于茅山，有术能致妇人。用乌龟壳一个，书符于上，夜拥之而卧，少顷，即见一舆舁一少妇至。或平昔有属意者，皆可召来。其妇不言，与交媾无异生人，天将明乃去。其去时，必反系其裙以出，未知何故。据言此乃所召之生魂也。

娄县有道士善致天女，有求其术者，必令其人备衣裙钗钏之属，须极华丽珍贵，乃可为天女服饰，言着天宫衣不能履凡世故也。其来必在初更，须先扫净室，屏绝人迹，道人入，书符步咒，则天女始至，色果殊丽，异香袭体。人与交合，与世人无异，亦不言笑。天未明，道士来，又屏人书符送天女去，则衣饰皆带去，无一遗存。与天女交者皆无后祸，故其术颇为豪富家所重，即耗其资亦不惜也。后乃知其常通妓女为之。道士素颀而长，将女裸缚于怀，以袍袭之。昏黑人莫能辨，屏人而出诸怀，服其衣饰，伪为天女给客。将晓，仍束而去，以此分肥其衣饰。盖死后其徒言于人云。

种　蟹

盛京将军某，驻扎关东地方，向无鳌蟹，惟将军署颇饶此物。有异之者，请于将军，将军笑曰："此非土产，乃予以人力种之。法用赤苋捣烂，以生鳌连甲剁细碎，和青泥包裹为丸，置日中晒干，投活水溪畔。七日后，侯出小鳌，取置池塘中养之。螃蟹亦如此做法。"按此法《养鱼经》中载之，而不言能种螃蟹。据将军言，则凡介属皆可以此法种之，则是赤苋固蛤介中之返魂丹也。

扯鸡嗉救溺死人法

凡人落水淹毙，一日内者尚可活，《洗冤录》载有"骑牛法"最妙，而不知更有"扯鸡嗉法"，入水三日者亦可活。扬州各帮作排手黄一谦，沛县人，只身带货，无不获利，积至百馀，悉以周济贫乏。康熙五十九年六月，在北通州坝上落水，已三日，捞起，有长眉白髯老翁云："用笔管套鸡嗉，先破一孔，插入肛门，扯出鸡嗉吹之。"吹至三人，心口微动，老人曰："活矣。"众趋视，忽失老人所在，又换人吹，果叹气而苏。

鸟兽不可与同群

荆州寺僧某，颇精禅诵。一日，有猎徒获一虎子归，途憩寺门。僧劝勿杀，众即以虎舍寺中。僧给以饮食，颇驯伏，随僧起居。每课诵，虎亦从众后作顶礼状，课毕乃退。日渐长大。客至方丈，虎伏座下，初甚骇怖，继察其状无恶意，亦不甚畏，狎玩之，虎亦不怒。

一日，有客访僧入方丈，与僧以足蹴虎令去，曰："毋惊我嘉客。"虎作欠伸状，瞪目而视，良久始出。已而又来伏脚下，气粗而有喘声，客愈恐，僧以手批虎，又瞪目视良久，一若有所思状，僧以足踹之乃去。俄而又进，作怒容，直前一口，衔僧头而去，僧犹坐而不仆。寺中人见虎口有血，奔出山门，乃共逐之，入深山去，卒不可获。

拘 蛇

江阴章燕桥言：有南客馆京师，自言能拘蛇，主人欲观其法，不可，强之至再，始允焉。先命竹工削竹签百枝，长三尺许，锯其两端如箭锥。至期，约主人及外客，以麻绳束竹签，捆载而行，同赴西山石佛庙中。锯石台上，步罡书符，口喃喃作词。

俄顷微风起，草中索索作声，蛇果大至。先小后大，盘旋回绕，有若锦者，有若花者，诸色俱备。众咸诧所未见。最后有一蛇至，不甚大，遍体光黝如漆，昂其首，向前视客。客色遽变，怃然曰："殆矣！"急书符退之。众蛇皆散，独黝黑者不去，吻舌张口，似有怒态。客披发跣足持咒，啮舌血喷之，黑蛇始去。顾众曰："君等可归矣，此蛇来与吾较法，我不可，去则贻祸主人。"乃命众人用绳束其身，捆于石佛背上，以所携竹签置于旁，促众人去。

次日客归，众询所以，云是夜风雨大作，其蛇乘空而来，张口吸气，似欲相吞。客望其气来，乃以竹签一枝投之，签为气摄入其腹中。如是数十次，气亦渐衰，签亦将尽。俄闻庙门外有崩撼之声，蛇毙于地，风雨亦息。

金香一枝

富民某，闻某寺有老僧德行颇高，延请至家，供奉一室中，朝夕顶礼，即香柱香炉之内，无不以金为之。

一日，僧于静室中入定，忽见彩云飘渺，异香满室，有二仙女将一莲花座来曰："我奉西方佛祖之命来迎。"僧自顾功行颇浅，惧不敢往。仙女催促再三，且曰："若不去，我无以复命。"僧乃取瓶中香桂一枝与之，始冉冉而去。

明日，主人家产一驴，堕地而死，奴仆辈剖食之，肠中有金香一枝，惊白主人，僧不知也，即主人亦不知金香桂为供奉和尚之物。

后偶于参礼和尚时，主人谈及此事，和尚大惊失色，始以向夕莲花相迎之事告主人，亟看瓶中，已少一枝香桂矣。盖无功食禄，天意所忌，故使变驴以报也。

小僮遇女鬼

镇江梅甫族弟家，雇小童孔姓者，伴其子岸夫宿书楼上。乙巳冬月望日三更后，遣其楼下取物，迟至一更不来，即偕其家西席王松坪先生下楼往看。遍寻不见，于是急呼众家人寻觅。寻至第三进小室内，见其伏卧桌下，头嵌于椅脚内。家人拖出，人事不省，以姜汤灌醒，问其原委，云："我下楼至梯中间，见一奶奶将我搿至堂前，我欲叫人，他将手卡我颈项，我即不能言语。此后如何关门，如何来此，我总不知。"于是令其安睡，次日亦无他恙。

越至次年五月望前，渠卧书楼下厢屋内，时约二更许，明月如昼，忽然大叫，岸夫急起往观，奴云："去冬搿我的女人又来了！我骇怕，将帐门扪紧，他与我扯夺不开而去。我即叫人，他又转来，我不敢叫，他又去了。我遂大叫，他见人来，遂不见了。"问此女人模样，云："身穿蓝衣，面甚标致，其白如雪。"家中恐其后又生事，遂将小童遣去，此后安然，无见闻矣。岸夫侄亲为余言。

怀庆水灾投匾水息

余同年沈永之为怀庆府太守，天久雨，黄河水发，直灌城中。公与属员百姓等俱登城门高阜看水，水高数丈，竟不能归，饿三日矣，除祷天之外，一筹莫展。忽见一黄衣者带笠乘舟而来，问曰："汝等欲使水退，须当问我。"公即问之，曰："可取怀庆府大堂之匾投水中，水即退。"问其姓，答曰："我姓黄。"言毕遂去，水随其舟渐渐流下。

高阜离署数十馀里，公之父母俱在署内，无人能往，正仿徨间，有家人陈姓者曰："小人能识水性，愿往。"公欣然遣之，令其人头顶葫芦，放书其中。泅水到署，见二老登楼哭泣。得其信，大喜，即取匾投水，登时水遂退。

访之里人，云："某处有黄将军庙，想怀庆一府，应遭此劫。投其匾于水，算已应此劫故也。"公即往拈香，瞻其像，果符所见云。

三王神请医治臂

归安有名医汤姓，字劳光，门外挂一匾云："凡求医者，非先送十金不治。"一日，闻外有锣声，出视，见一大沙飞船泊其门外。顷有一人登岸，从者手捧一大元宝，自言王姓，家住菱山下，左臂有伤，特来求治。医即与膏药贴之。拱手而去。医送登舟，照旧筛锣开船，旗上书"三王府"三字，须臾不见。医归家，见桌上元宝乃纸元宝也，大惊曰："此乃东菱山之神！"明日，即着冠袍往拜，见神左臂上膏药犹在，旁有一死蝎存焉。